ullstein

Das Buch

Breisgau, Anfang des 13. Jahrhunderts: Behütet wächst die zarte Abeline als Tochter des Grafen von Melchingen auf. Bis sie bei Nacht und Nebel von ihrem Vater in das Kloster Mariaschnee am Hochrhein gebracht wird. Was sie da noch nicht ahnt: Ihre Mutter hat genau wie sie selbst das zweite Gesicht und wird schließlich als Hexe auf dem Scheiterhaufen verbrannt. Während ihr Vater Abeline im Kloster in Sicherheit wähnt, leidet sie dort unter der grausamen Schwester Hiltrud. Nicht nur, weil Abeline eine »höhere Tochter« ist, hat die machthungrige Nonne es auf sie abgesehen. Auch ihre Gabe droht entdeckt zu werden. Gerade rechtzeitig kommt ihr da der lebenslustige Wildfang Magdalena zu Hilfe.

Die Flucht aus dem Kloster gelingt, und Abeline schließt sich Magdalena und ihrem Vater an, die als Händler von Markt zu Markt durch die süddeutschen Lande ziehen. Magdalena und Abeline sind inzwischen enge Freundinnen geworden, und schon bald sind die beiden eine Attraktion auf jedem Marktplatz. Doch als die Kunde davon zu Schwester Hiltrud gelangt, schweben sie wieder in höchster Gefahr …

Die Autorin

Johanna Geiges hat jahrelang als Drehbuchautorin für große Fernsehproduktionen gearbeitet, bevor sie sich ganz dem Schreiben widmete. Sie lebt mit ihrer Familie in Memmingen.

Von Johanna Geiges sind in unserem Hause bereits erschienen:

Das Geheimnis der Medica
Die Rache der Medica

Johanna Geiges

Das Hexenmedaillon

Historischer Roman

Ullstein

Besuchen Sie uns im Internet:
www.ullstein-taschenbuch.de

Originalausgabe im Ullstein Taschenbuch
1. Auflage Dezember 2014
© Ullstein Buchverlage GmbH, Berlin 2014
Umschlaggestaltung: ZERO Werbeagentur, München
Titelabbildung: © Fine Pic® (Hintergrund);
© Bridgeman Art Library (Frau, Medaillon und Pflanze –
Details aus Botticellis *Venus and the Three Graces Offering
Gifts to a Young Girl*, ca. 1483, Louvre, Paris)
Satz: LVD GmbH, Berlin
Gesetzt aus der Bembo
Papier: Holmen Paper Hallsta, Hallstavik, Schweden
Druck und Bindearbeiten: CPI books GmbH, Leck
Printed in Germany
ISBN 978-3-548-28651-8

»Die Vergangenheit ist niemals tot.
Sie ist nicht einmal vergangen.«

William Faulkner,
Requiem für eine Nonne

DRAMATIS PERSONAE

Abeline – Novizin
Magdalena – ihre beste Freundin
Schwester Bertha – Äbtissin
Schwester Hiltrud – Priorin, Stellvertreterin der Äbtissin
Sophia, Agnes, Richardis, Hadwig, Ida – Novizinnen im
   Kloster Mariaschnee
Schwester Lydia – Pförtnerin im Kloster
Albert – Magdalenas Vater
Konrad II. von Tegerfelden – Fürstbischof von Konstanz
Philip von Melchingen – Abelines Vater
Franziska von Melchingen – Abelines Mutter
Friedrich II. von Hohenstaufen – König von Sizilien,
   später Kaiser des Heiligen Römischen Reiches
Geowyn von der Tann – Ritter
Pater Rasso – greiser Aushilfspriester in Mariaschnee
Paolo de Gasperi – Kundschafter, Freund Friedrichs II.

★ ★ ★

Die Schauplätze sind das Heilige Römische Reich/Deutschland, Oberschwaben, Sizilien, das Nonnenkloster Mariaschnee am Hochrhein, die Burg Melchingen, die Stadt Konstanz, die Kaiserpfalz Hagenau im Elsässischen und der Bodensee in den Jahren 1203–1212.

DIE ACHT TÄGLICHEN ANDACHTEN IM KLOSTER

Die genaue Bestimmung schwankt
je nach Jahreszeit und Region

Mette (Vigil): 2.00 Uhr nach Mitternacht

Laudes (Matutin): zwischen 5.00 Uhr und 6.00 Uhr

Prim: gegen 7.30 Uhr, in der Regel kurz bevor es hell wird

Terz: gegen 9.00 Uhr

Sext: 12.00 Uhr mittags

Non: zwischen 14.00 Uhr und 15.00 Uhr

Vesper: gegen 16.30 Uhr

Complet: gegen 18.00 Uhr

PROLOG

Die Männer auf ihren Pferden waren mitten im strengsten Winter im Jahre des Herrn 1203 am östlichen Ufer des Oberrheins unterwegs. In der Nacht frisch gefallener Schnee lag gut eine Handbreit hoch, kein Wind wehte, eine blasse Sonne stand tief am milchig blauen Himmel, und die Blätter der schneebedeckten Bäume glitzerten in ihrem Licht. Die Pferde stießen weiße Atemwölkchen aus ihren Nüstern, Hufe knirschten im pulvrigen Schnee: besser konnte das Wetter für einen erfolgversprechenden Jagdausflug des Grafen Philip von Melchingen und seiner sechs Männer gar nicht sein. Die mitgeführten und speziell auf die Hatz von Wild abgerichteten Hunde kläfften nervös und aufgeregt, sie ließen sich vom allgemeinen Jagdfieber anstecken und waren in ihrem Tatendrang kaum zu bremsen. Sie dampften geradezu vor Energie in der winterlichen Landschaft, die sich hügelig und bewaldet, von Schnee und Eis bedeckt, bis zum dunstigen Horizont zog. Seit Wochen hielt die klirrende Kälte an, und die Tümpel, Bäche und sogar die Seitenarme des Rheins waren zugefroren.

Der Jagdaufseher des Grafen, ein erfahrener Fährtenleser, entdeckte die frischen Trittsiegel zuerst. Eindeutig eine Wildschweinrotte, er schätzte sie auf acht oder zehn Stück Schwarzwild.

Die Hunde schnüffelten aufgekratzt, dann waren sie nicht

mehr zu halten und hetzten der Spur nach, die Männer auf ihren Pferden hinterher.

Die wilde verwegene Jagd ging am Fluss entlang über Stock und Stein durch ein quer liegendes, lichtes Waldstück aus Kiefern und Tannen. Schneeverkrustete Äste peitschten den Reitern ins Gesicht, aber sie ignorierten sie – genauso wie die Hunde waren auch sie vom Jagdeifer gepackt. Jeder wollte der Erste sein, der die Schwarzkittel stellte, geschickt wurden die Bogen während des Reitens hervorgeholt, die Saufedern gezückt, und die freien Hände tasteten nach den Messern an der Hüfte und den Pfeilen im Köcher. Die Wildschweinspuren machten einen großen Bogen ins Landesinnere und kehrten dann wieder zurück zum Fluss, um dann mitten über eine Ausbuchtung, die gut zweihundert Schritte breit war, zu führen. Und dort, am anderen Ufer, war die Rotte tatsächlich noch kurz zu sehen, bevor sie im Unterholz verschwand. Das spornte die Hunde und Jäger noch einmal zusätzlich an. Ohne darauf zu achten, dass sie eine große Eisfläche überqueren mussten, setzten sie dem Wild nach, die Hunde hechelnd und jaulend voraus. Das Eis knarzte und ächzte hohl, als das erste Pferd mit dem Jagdaufseher das feste Ufer hinter sich ließ und die Hufe auf die schneebedeckte, verharschte Fläche trafen. Der Graf folgte dem vordersten Reiter, und auch die anderen fünf Männer trieben ihre Pferde ohne zu zögern über die zugefrorene Ausbuchtung. Im Eifer des Gefechts achteten sie nicht darauf, dass der trügerische Untergrund gefährlich zu knacken und zu singen anfing. Die Hundemeute hatte schon das andere Ufer erreicht und stürmte in das Dickicht. Genau in diesem Augenblick war ein durch Mark und Bein dringender Ton zu vernehmen, es hörte sich an, als ob eine riesige gespannte Saite aus Metall reißen würde. Auf dem Eis bildeten sich rasend schnell klaffende Spalten, und dann brach das führende Pferd mit dem Jagdaufseher auch schon ein, Pferd und Reiter gingen mit einem Mal im aufspritzenden, dunklen Wasser unter, als wären sie verschluckt worden. Die nachfolgenden Reiter konnten nicht mehr reagieren, die Eisdecke zersplitterte im Nu in Abertausende Facetten und Fragmente wie sprödes Glas. Vom brodelnden Loch aus taten sich riesige spinnennetzartige Brüche auf, augenblicklich versackten Ross und Reiter im aufschäumenden, schwarzen Wasser, welches gellende Schreie und panisches Wiehern im Keim erstickte, und verschwanden in der gurgelnden, bodenlosen Tiefe der Bucht. Ein paar Luftblasen stiegen noch glucksend an den Bruchstellen auf, einzig der Hut des Grafen mit der kecken Fasanenfeder war von der fröhlichen Jagdgesellschaft übrig geblieben und kreiselte langsam auf dem Wasser. Gespenstische Stille kehrte über der Bucht ein, nur in der Ferne hörte man noch das Jaulen und Kläffen der Hundemeute. Sie hatte die Rotte gestellt und wartete vergeblich auf ihre Herren, die Jäger.

»Papa!« – gellend hallte der schrille Schrei durch die nächtlichen Gänge von Burg Melchingen. »Papa!«, schrie die kleine Abeline noch einmal, »Papa!« Sie schnellte aus ihrem Bett hoch, ihre aufgerissenen Augen blicklos in die Dunkelheit gerichtet. Im fahlen Mondlicht waren die Konturen ihres Schlafgemachs kaum zu erahnen, aber Abeline sah nur ihren Vater vor sich, wie er in ihrem Traum langsam immer tiefer im Wasser nach unten sank und schließlich im schwarzen Nichts verschwand, die Augen panikgeweitet und den Arm hilfesuchend nach ihr ausgestreckt.

Unvermittelt wurde die Tür zu Abelines Schlafgemach aufgerissen. Philip von Melchingen, Abelines Vater, kam, nur mit seiner Schlaftunika bekleidet und barfuß, mit einer brennenden Öllampe in der Hand herein. Die Schreie seiner siebenjährigen Tochter hatten ihn geweckt, und er war schnellstens herbeigeeilt. Abeline starrte mit aufgerichtetem Oberkörper auf ihrem Strohlager ins Nichts, Tränen liefen über ihre Wangen. Erst allmählich setzte ihr Denk- und Sehvermögen ein, sie erkannte ihren erschrockenen Vater, löste sich aus ihrer Starre, sprang aus ihrem Bett und mit ausgestreckten Armen so heftig an seine Brust, dass er damit zu kämpfen hatte, seine Öllampe und sein Gleichgewicht nicht zu verlieren. Abeline klammerte sich schluchzend an ihn, er drückte sie an sich, fuhr ihr tröstend über die schönen langen Haare und flüsterte ihr ins Ohr: »Es war nur ein böser Traum, mein Engel, nur ein böser Traum.« Erst in der sicheren Geborgenheit seiner starken Arme und an den kratzigen Hals ihres geliebten Vaters geschmiegt, beruhigte Abeline sich ganz allmählich.

Der Vater trug sie ins elterliche Schlafgemach nebenan, wo ihre Mutter Franziska ebenfalls von Abelines Schreien wach geworden war. »Was hat sie?«, fragte sie mit besorgter Miene.

»Nichts. Sie hat etwas Schlimmes geträumt, das ist alles«, wiegelte ihr Mann ab und ließ Abeline zwischen sich und seiner Frau ins Bett schlüpfen. »Alles ist gut. Schlaf weiter, Abeline«, sagte ihre Mutter, küsste sie sanft auf die Stirn und kuschelte sich an sie. Schnell war Abeline wieder eingeschlummert. Nur bei ihren Eltern war nicht mehr an Schlaf zu denken. Besorgt warfen sie sich im Licht der Öllampe, die der Graf auf einem Hocker abgestellt hatte, einen ahnungsvollen Blick zu. Sie wussten beide, worüber sie sich Sorgen machten: In der Familie von Melchingen war es ein streng gehütetes Geheimnis, dass Abeline offenbar das unselige Talent von ihrer Mutter geerbt hatte, manchmal in ihren Träumen in die Zukunft sehen zu können. Wenn das jemals offenbar wurde, war ihr Leben in großer Gefahr. Denn wer in die Zukunft sehen konnte, musste nach der zwingenden Logik der Kirche eine Hexe sein. Und wer als Hexe gebrandmarkt war, landete unweigerlich auf dem Scheiterhaufen. Eine Hexe ist eine Hexe und muss brennen, so befahl es das Gesetz im Heiligen Römischen Reich.

TEIL I

I

Als Abeline am nächsten Morgen aufwachte, blinzelte sie in die Sonne, die durch die glaslose Fensterlaibung des elterlichen Schlafgemachs hereinschien. In der Ferne war Geschrei zu hören – oder hatte sie das nur geträumt? Sie horchte, nein, sie musste sich wohl getäuscht haben. Sie brauchte eine Weile, bis sie sich erinnerte, warum sie bei ihren Eltern im Bett unter der warmen Felldecke lag und nicht in ihrem eigenen. Sie hatte in der Nacht schlecht geträumt, und ihr Vater hatte sie aus ihrer Kammer zu sich und ihrer Mutter geholt, an ihren Traum konnte sie sich aber nicht mehr erinnern. *Sei's drum*, dachte sie und streckte sich wohlig wie eine Katze, bevor sie aus dem Bett stieg und barfuß über den strohbedeckten Holzbohlenboden ging, was sie immer zum Kichern brachte, weil das Stroh so unter ihren Fußsohlen piekste. Es musste schon später Vormittag sein, wenn es draußen so hell war. Sie hüpfte spielerisch die Stufen der engen Wendeltreppe hinunter ins Erdgeschoss, von der aus man direkt in die Küche der Burg gelangte. Abeline war hungrig wie ein Wolf und freute sich auf ein schönes Frühstück. Vielleicht, wenn sie Glück hatte, gab es noch warmen Hirsebrei, den ihre Mutter für sie immer so schön süß zubereitete, indem sie Honig dazugab, weil sie wusste, was für ein Leckermäulchen ihre Tochter war. Abeline aß eben am liebsten Naschwerk und stibitzte für ihr Leben gern Honig aus dem Honigtopf.

Zu ihrer Verwunderung war jedoch kein Mensch in der Burgküche, nicht einmal Else, die freundliche alte Magd, die ihr immer heimlich einen Löffel vom Honigtopf gab, der so hoch auf einem Regal stand, dass man, wenn man noch so klein war wie Abeline, ohne eine gefährlich wackelnde Konstruktion aus der alten Truhe mit den Tüchern und einem Hocker darauf nicht an ihn heranreichte. Das Wasser kochte im Kessel, der an einer Kette über dem Herdfeuer hing. Abeline sah sich genauer um. Etliche Gerätschaften lagen achtlos herum, Gemüse, das noch geputzt werden musste, und zwei Fasane, erst halb gerupft, waren auf dem großen Zubereitungstisch zurückgelassen worden, ein paar ausgezupfte Federn tanzten im Durchzug in der Luft. Abeline versuchte, sie einzufangen, aber es gelang ihr nicht. Sie blieb stehen und horchte – irgendwie war es ihr auf einmal unheimlich zumute, als hätten die Mägde und Knechte, die in der Küche um die Zeit normalerweise zu tun hatten, alles stehen und liegen gelassen und wären spurlos verschwunden. Sie bekam eine Gänsehaut. Es war trotz des Feuers im Herd kalt, alle Türen standen sperrangelweit offen, und Abeline hatte nur ihre leinerne Schlaftunika an. Wenn ihre Mutter sie so sah, würde sie bestimmt schimpfen. Dabei hatten sie gestern noch ausgemacht, dass sie an diesem Tag anfangen würde, ihrer Tochter das Lesen beizubringen, darauf hatte sich Abeline schon so gefreut. Wo ihre Mutter nur war? Nie hätte sie diese Unordnung geduldet, die Bediensteten in der Burgküche unterstanden ihrer Aufsicht und würden es normalerweise nicht wagen, sich solche Nachlässigkeiten zu erlauben. Wieder fuhr ihr ein kalter Schauder über den Rücken, aber dieses Mal war die körperliche Reaktion nicht nur der Kälte und der Zugluft geschuldet, sondern auch einer unerklärlichen Angst, die allmählich von ihr Besitz ergriff und ihren Rücken heraufkroch wie eine große, fette Spinne.

Unwillkürlich schüttelte sich Abeline bei dieser ekligen Vorstellung.

»Mama?«, rief sie mehr zaghaft als forsch. »Mama – wo bist du?«

Sie spitzte vorsichtig um die Ecke in den großen Bankettsaal, aber auch der war menschenleer, nicht einmal die Hunde waren da, von denen sonst immer ein oder zwei in der Früh vor den verglühenden Resten des Kaminfeuers dösten und darauf warteten, mit Abeline zu balgen.

Wieder war ihr so, als ob sie von draußen Geschrei hörte. Für einen kurzen, schrecklichen Moment stellte sie sich vor, dass Gott der Herr aus einem seiner unergründlichen Ratschlüsse heraus alle Menschen von der Erde hatte verschwinden lassen und nur noch sie, Abeline, übrig geblieben war, mutterseelenallein in der ihr riesig vorkommenden, unheimlichen Burganlage. Oder eine Hexe hatte das im Auftrag des Teufels getan, die konnten zaubern, das hatte ihr Else zugeraunt, die gern einmal gruselige Geschichten erzählte, wenn der Graf und die Gräfin nicht da waren und sie sich um Abeline kümmern musste. Aber das konnte nicht sein, ihre überbordende Fantasie hatte ihr bestimmt wieder einmal einen Streich gespielt. Jetzt erst merkte sie, dass ihr vor lauter Kälte die Zähne klapperten. Sie fuhr mit ihrer Zunge vorsichtig an ihren linken Schneidezahn, der ihr heute noch wackliger vorkam als gestern. Die Mutter hatte ihr erklärt, dass sie nach und nach alle ihre kleinen Milchzähne verlieren würde, aber dafür würden neue nachwachsen. Das war der Lauf der Dinge, wenn man groß und erwachsen werden wollte. Manchmal war Abeline gar nicht so erpicht darauf, erwachsen zu werden. Aber dann wieder wünschte sie sich nichts sehnlicher. Warum in Gottes Namen war das Leben nur so kompliziert?

Hinter ihr heulte ein Windstoß auf, und es quietschte laut.

Sie fuhr herum, das Geräusch kam von der schweren Eichenholztür, die auf den Innenhof der Burg hinausführte. Sie stand halb offen und bewegte sich im Wind, Schneeflocken wehten durch den Spalt in den Saal herein. Der Anblick der wirbelnden Schneeflocken löste etwas in ihr aus, es durchfuhr sie wie ein Blitz im Inneren ihres Kopfes, als die Erinnerung an ihren bösen Traum mit einem Schlag einsetzte. Ihr Vater – er wollte doch heute in aller Früh mit einigen seiner Männer zur Jagd ausreiten … Und sie hatte geträumt, wie sie alle im Wasser untergegangen und ertrunken waren. Schreckliche Angst und Sorge durchfluteten sie: Wenn ihr Traum nun furchtbare Wirklichkeit geworden war? Sie rannte los, blind und taub vor Panik stürzte sie durch den Türspalt hinaus ins Schneetreiben, barfuß und nur mit ihrem dünnen Hemdchen bekleidet. Im Freien musste sie erst gegen die heranwehenden Schneeflocken anblinzeln, die dicht und dick herangeflogen kamen. Was sie schließlich undeutlich am Burgtor erkennen konnte, ließ ihr das Blut in den Adern gefrieren: wehklagende, schreiende Frauen, kläffende Hunde, klatschnasse, verschmutzte Männer, die irgendwelche menschlichen Körper von zwei Pferden herunterzogen, und mitten unter ihnen ihre Mutter. Wo war ihr Vater? Sie rannte auf das Menschen- und Pferdeknäuel zu, blieb aber nach ein paar Schritten wie angewurzelt stehen. Zwei Männer lagen bewegungslos im Schnee, kein Blut war zu sehen, aber Abeline wusste, dass sie tot waren, ertrunken. Sie erkannte einen an seiner bunten Kleidung, den Jagdaufseher. Die Männer, die ihre leblosen Kameraden von den Pferden gewuchtet und in den Schnee gelegt hatten, sahen nicht viel anders aus als die Toten: klatschnass und schmutzverkrustet, ihre Bärte und Haare mit dicken Eisklumpen behangen. Die Frauen der Burg, ihre Mutter und die Mägde, schlugen sich vor Schreck und Grauen die Hände vor das

Gesicht oder hielten sich gegenseitig, zwei Mägde, die Frau des Jagdaufsehers und Else, beweinten die Leichname am Boden und knieten davor. Else schrie und schlug in ihrer tiefen Verzweiflung auf den zweiten Toten ein, bis die Männer sie wegzogen.

Abeline stand noch immer regungslos im Innenhof, eigentlich wollte sie gar nicht wissen, wer dieser zweite Tote war. Panik durchflutete sie – wenn das am Ende ihr Vater war ...

Die Menschenansammlung am Tor erinnerte sie unwillkürlich an ein Fresko in der Klosterkirche von Mariaschnee, dem Frauenkloster am Rhein, das sie einmal zusammen mit ihrem Vater gesehen hatte: die Beweinung Christi – Jungfrau Maria, Maria Magdalena, der Evangelist Johannes und Joseph von Arimathäa trauerten um den toten Jesus, der eben vom Kreuz abgenommen worden war.

Da drehte sich einer der Männer, der ihr bisher nur den Rücken zugekehrt hatte, langsam um, wohl weil er zu spüren schien, dass jemand hinter ihm stand und ihn mit seinen Blicken schier durchbohrte. Es war ein unheimlicher Moment, denn sein Gesicht war nahezu unkenntlich, seine langen, braunen Haare waren ebenso wie sein Bart verfilzt und mit Eisbröckchen durchwirkt, als wären es Perlen. Seine Kleidung, völlig durchnässt und vereist, ließ ihn wirken wie jemanden, der frisch aus einem Sumpfloch entstiegen war wie ein Moorgeist. Nackte, ohnmächtige Erschöpfung und Verzweiflung standen ihm ins Gesicht geschrieben.

»Papa!«, schrie Abeline nach zwei Herzschlägen, rannte los und warf sich dem Mann an den Hals, »Papa, bin ich froh, dass du nicht tot bist!«

»Nein, mein Engel«, erwiderte der Vater und drückte sie so heftig an sich, als wäre er nur für eine kurze Zeit aus dem Totenreich entlassen worden, um seine einzige Tochter noch einmal umarmen zu dürfen. »Ich bin nicht tot. Aber es ist ein Wunder, dass ich es nicht bin. Gott hat ein Einsehen gehabt, dass du mich noch brauchst hier auf Erden. Und ich dich!«

So standen sie eine ganze Weile wortlos da im eisigen Schneetreiben, einen Augenblick erstarrt in ihrem Schock und ihrer Trauer, und sahen auf die schluchzende Else, die sich über ihren toten Mann geworfen hatte.

Bis Abeline ihrem Vater ins Ohr flüsterte: »Ich habe gesehen, wie es passiert ist. Heute Nacht. In meinem bösen Traum.«

»Ich weiß«, sagte der Vater.

Aber Abeline hörte ihn gar nicht. »Ich habe im Traum gesehen, was mit euch geschehen wird. Dass ihr alle im Eis einbrecht. Aber ich habe es vergessen. Ich hätte euch nicht losreiten lassen dürfen, es ist meine Schuld.« Sie schluchzte auf und presste ihr Gesicht fest an die bärtige und kratzige Wange ihres Vaters. »Es tut mir so leid!«

»Nein«, tröstete sie ihr Vater. »Nein, du kannst nichts dafür, mein Engel.«

»Papa ...«, sagte Abeline, hörte abrupt auf zu schluchzen und sah ihren Vater plötzlich erschrocken und fassungslos an.

»Ja, was ist?«

»Papa, ich glaube, mein Zahn ist rausgebrochen.« Abeline langte in ihren Mund und zog entgeistert den linken Schneidezahn heraus, an dem ein wenig Blut klebte. Der Vater nahm ihn, sah ihn an, schenkte seiner Tochter ein trauriges Lächeln und sagte: »Darf ich ihn behalten? Er wird mich in Zukunft beschützen.«

Abeline nickte, sah, wie ihr Vater den Zahn einsteckte, sich umdrehte und so laut sprach, dass ihn alle hören konnten. »Was geschehen ist, können wir nicht mehr ungeschehen machen. Es ist Gottes Wille gewesen. Bringt die Toten in die Kapelle und bahrt sie auf. Kuno, unseren Hundeführer, haben wir im Eis nicht mehr finden können. So Gott will, ist der Fluss auf ewig sein nasses Grab.«

Sie bekreuzigten sich, und dann ging Philip von Melchingen mit Abeline auf dem Arm und gestützt von seiner Frau durch das immer dichter werdende Schneetreiben zurück ins Herrenhaus.

II

»Um Gottes Willen! Was ist nur in dich gefahren?«
Fassungslos stand Albert, der gelernte Goldschmied und heimliche Alchemist, vor seiner achtjährigen Tochter und blickte auf ein Büschel in seiner Hand. Magdalena hatte sich eigenmächtig ihren zotteligen roten Haarschopf geschoren und hockte jetzt vor ihm mit verschnittenen Stoppelhaaren und trotzig vorgerecktem Kinn.

»Schau dich doch an! Du siehst ja aus wie ein Junge!«
Magdalena blieb stumm, verschränkte bockig die Arme und setzte ihr widerborstigstes Gesicht auf, bei dem ihr Mund nur noch ein roter Strich war und ihre Augen schmale Schlitze. Ihr Vater seufzte innerlich. Wenn seine Tochter in dieser Stimmung war, konnte sie sturer sein als ein alter Maulesel. Von wem sie das nur hatte? Er schüttelte resigniert den Kopf, weil er es genau wusste. Ihre Mutter – Gott hab sie selig! – war genauso gewesen. Wenn er gedankenlos etwas Belangloses geäußert hatte, was sie in ihren unerklärlichen Stimmungsschwankungen in den falschen Hals bekommen hatte, kam es durchaus vor, dass sie ihn geschlagene zwei Wochen lang wie Luft behandelte. So lange, bis er es nicht mehr aushielt und sie buchstäblich auf Knien anflehte, ihm zu verzeihen und wieder gut zu sein, obwohl er manchmal gar nicht mehr wusste, was der Grund für ihren beleidigten Dauerzustand gewesen war. Es war eine ständige Gratwanderung gewesen, obwohl sie grundsätzlich eine

gute Ehe geführt hatten. Das lag nur daran, weil er ein durch und durch gutmütiger und nachgiebiger Mann war, der um des lieben Friedens willen stets alle Schuld auf sich nahm, auch wenn er im Recht war. Aber gegen weibliche Sturheit anzukämpfen war, als würde man versuchen, ein Stück Granit durchzubeißen.

Das Irrwitzige an Magdalenas gegenwärtiger Verbocktheit war, dass seine Tochter sich aus heiterem Himmel in den Kopf gesetzt hatte, ein Junge zu werden. Und als Albert geduldig versuchte, sie davon zu überzeugen, dass das nicht möglich sei, weil Gott für sie nun einmal die Rolle eines Mädchens vorgesehen hatte, war sie in ihre Trotzstarre verfallen. Ihr war klar, dass sie damit ihren Vater zwar anfangs zur Weißglut bringen, aber auf Dauer weichkochen würde. Es war eben nicht so einfach, als Vater allein eine kleine Tochter großzuziehen. Die einzige Magd, die sie hatten und die sich um den Haushalt und das Essen kümmerte, war sowieso schon überfordert, weil sie nicht gerade eine Leuchte war. Albert vermisste seine Frau nicht nur deswegen, er wusste, dass seiner Tochter eine Mutter fehlte – aber was sollte er tun? Agnes war zwei Wochen nach der Geburt von Magdalena im Kindbett gestorben. Er hatte in seiner Not noch eine der heilkundigen Nonnen vom nahen Kloster Mariaschnee geholt, aber auch sie konnte gegen das Fieber und den Willen des Herrn nichts ausrichten, trotz Aderlass und endlosen Gebeten. Eigentlich hatte die Nonne, ihr Name war Schwester Hiltrud, erwartet, dass er seine Tochter dem Kloster übergeben würde, weil er als Witwer nicht die Fähigkeiten besaß, um ein Kleinkind aufzuziehen. Genügend Ländereien, die er dem Kloster dafür hätte abtreten können, nannte er schließlich sein Eigen. Sein Vater, ein freier Bauer, der es verstanden hatte, durch den Verkauf seiner Ernten an diverse Klöster bis nach St. Gallen hinauf und nach Hirschlingen, der wohlhabenden Stadt am Ufer des Hochrheins, stattliche Gewinne zu erzielen, hatte einst die eine Hälfte seines Landes dem Frauenkloster vermacht, die andere Hälfte ihm. Doch Albert hatte andere Pläne. Er legte neben seiner künstlerischen Ader eine angeborene Geschicklichkeit für Handwerksarbeiten an den Tag und war bei einem Onkel, einem Gold- und Kunstschmied im Elsässischen, in die Lehre gegangen. So hatte er den elterlichen Hof jahrelang nicht gesehen. Nach seiner Rückkehr brachte er nicht die Begeisterung für Aussaat, Ernte und Viehzucht auf, die nötig war, um Knechte und Mägde anzuleiten und bei der Stange zu halten. Er sah sich einfach nicht in der Lage, die Landwirtschaft im Sinne seines Vaters weiterzuführen, der, wie seine Mutter, in Alberts Abwesenheit gestorben war. Auch seine Frau, die Tochter des Schmieds, hatte keine Neigung gehabt, einen Hof zu führen, und so hatte er kurzerhand alle ihm vererbten Ländereien an einen Nachbarn verpachtet, um sich fortan, nach dem frühen Tod seiner Frau, nur noch seinen zwei verbliebenen Leidenschaften zu widmen: der Erziehung seiner Tochter und dem Experimentieren in seiner großen Werkstatt, die niemandem außer ihm und Magdalena zugänglich war. Durch diese Geheimnistuerei war schon bald bei den einfachen Menschen das Gerücht umgegangen, Albert habe sich teuflischen Machenschaften verschrieben, ein Gerücht, gegen das Albert nichts unternahm, weil es ihn vor Neugierigen schützte: Kein Mensch wollte in die Nähe eines Hofes kommen, auf dem es nicht mit rechten Dingen zuging. Dieses Verhalten hatte allerdings auch einen Nachteil – wenn der schlechte Ruf, den er sich redlich erarbeitet hatte, einem Kirchenoberen zu Ohren kam, konnte es durchaus heikel für ihn werden. Eine von der Kirche eingesetzte Untersuchungskommission wäre das Letzte gewesen, das er hätte brauchen können. So etwas war brandgefährlich, außerdem befürchtete er, dass das Kloster durchaus ein Auge auf seinen Besitz geworfen hatte. Sollte er angezeigt und einem kirchlichen Prozess unterzogen werden, konnte sich das Frauenkloster Mariaschnee bei einem Schuldspruch seinen Besitz unter den Nagel reißen. Ganz abgesehen davon, dass ihn eine Verurteilung das Leben kosten würde. Dabei wollte er nichts weiter, als in Ruhe seinen Forschungen nachgehen. Um wegen der Gerüchte wenigstens den Nonnen im nahen Kloster den Wind aus den Segeln zu nehmen, tat er deshalb alles, um bei ihnen in gutem Licht zu erscheinen. Er besuchte regelmäßig mit seiner Tochter die heilige Messe, spendete fleißig für das Lesen von Totenmessen, die der Seele seiner verstorbenen Frau zugutekommen sollten, und sprang unentgeltlich ein, wenn seine handwerklichen und künstlerischen Fähigkeiten gefragt waren. So hatte er mit selbstentwickelten Farben das Fresko neben dem Altar geschaffen, das die Beweinung Christi nach der Kreuzesabnahme zeigte, ein Werk, das ihm vorzüglich gelungen war und ihm ein Sonderlob des Fürstbischofs von Konstanz einbrachte, Diethelms von Krenkingen, als dieser das Frauenkloster mit seinem hohen Besuch beehrte. Dadurch glaubte sich Albert nach oben genügend abgesichert zu haben, um weiter so zu leben und arbeiten zu können, wie es ihm gefiel. Mit seinen Experimenten in der Werkstatt verfolgte er große Ziele. Sein alter Meister in Straßburg hatte ihn auf die Idee gebracht, aus wertlosen Metallen Gold herzustellen. Von dieser Vorstellung war er inzwischen so besessen, dass sie zu seiner Lebensaufgabe geworden war und aus ihm einen heimlichen Alchemisten gemacht hatte. Im Laufe der Zeit hatte er so viele Experimente durchgeführt, seltsam anmutende Gerätschaften erworben und selbst konstruiert, unzählige Pülverchen gemischt und Essenzen gebraut, dass seine ehemalige Scheune, die er für seine Zwecke umgebaut hatte, zu einem Laboratorium geworden war, in dem er Tage und Nächte verbringen konnte, wenn er sich nicht gerade um seine Tochter kümmerte. Anfangs hatte er eine Kinderfrau angestellt, aber je größer Magdalena wurde, desto schwieriger wurde der Umgang mit ihr. Jetzt, mit ihren fast neun Jahren, war sie so aufsässig geworden, dass sie völlig unfähig war, sich irgendjemandem unterzuordnen. Vor zwei Jahren hatte die Kinderfrau genug gehabt und sich eine andere Stellung gesucht. Magdalena hatte sich zu einem höchst eigenwilligen Wildfang gemausert, war ständig im Freien unterwegs und konnte reiten, fechten und raufen wie ein männlicher Altersgenosse. An ihr war wirklich ein Junge verloren gegangen.

Und jetzt hatte sie sich, entgegen dem ausdrücklichen Befehl ihres Vaters, ihre schöne Löwenmähne abgeschnitten, weil sie sich in den Kopf gesetzt hatte, ein Junge zu sein. Sie eiferte sonst in allen Dingen ihrem Vater nach, und nur weil er in einem unbedachten Moment gesagt hatte, wie hübsch sie sei und dass er darüber nachdenke, mit wem er sie verloben könnte, damit sie später einmal, wenn er nicht mehr da sei, ein Auskommen habe und versorgt sei, war sie aufgestanden, hatte sich in sein Laboratorium eingesperrt, wo mehrere Scheren herumlagen, und war als Junge wieder herausgekommen.

Im ersten Moment war Albert erschrocken und dann so wütend gewesen, dass er ihr gedroht hatte, sie ins Kloster Mariaschnee zu bringen. Diese Drohung erfüllte bis dahin stets ihren Zweck, denn keine Strafe wäre für die freiheitsliebende Magdalena schlimmer, als in einem Kloster zu leben, in dem jede Minute streng reglementiert war. Unter der eisernen Fuchtel der Nonnen hätte sie lernen müssen, ihren notorischen Widerspruchsgeist zu zähmen, sich Gottes Ratschluss zu beugen, und wäre wenigstens die Braut Christi geworden, wenn sie schon auf Erden ihre Bestimmung als weibliches Wesen nicht annehmen und akzeptieren wollte.

Doch als Albert sah, dass ihr seine Drohungen Tränen in die Augen trieben, war seine Wut schnell verraucht. Sie war eben auch sein Fleisch und Blut, und er liebte Magdalena, wie ein Vater seine Tochter nur lieben konnte.

Er nahm das abgeschnittene Haarbüschel, ging damit aus dem Haus, packte eine Schaufel, grub ein Loch hinter der Scheunenwand, legte das Haar hinein und bedeckte es mit Erde, die er mit seinen Stiefeln wieder eben stampfte. Dann stand er eine ganze Weile da und betete zu seiner verstorbenen Frau im Himmel – er war sich sicher, dass sie da auf ihn wartete –, verbunden mit dem inständigen Wunsch, sie möge bei der Heiligen Jungfrau Maria ein gutes Wort dafür einlegen, dass Magdalena eines nicht allzu fernen Tages Vernunft annehmen würde. Er wusste, es tat seiner Tochter nicht gut, ohne gleichaltrige Kinder bei ihrem Vater zu leben, der bei jeder Gelegenheit seinen obskuren Neigungen nachzugehen pflegte. Es war an der Zeit, dass er Magdalena vielleicht bei seinem Nachbarn unterbrächte, der eine Frau und fünf Kinder hatte sowie ein Gesindehaus mit Mägden und Knechten besaß. Dort konnte sie im Stall und auf den Feldern das bäuerliche Leben und Arbeiten lernen und kam vielleicht auf andere Gedanken. Außerdem bestand immerhin die – wenn auch unwahrscheinliche – Aussicht, dass sich so etwas wie eine gegenseitige Zuneigung zwischen ihr und einem der drei Söhne des Nachbarn entwickelte. Das war seine stille Hoffnung, denn in einer Verheiratung seiner Tochter sah er die einzige Möglichkeit, dass sein Besitz nicht eines Tages in die Hände der Kirche fiel, weil alleinstehende Töchter nicht erbberechtigt waren.

Aber es würde schwierig werden und Zeit brauchen, Magdalena davon zu überzeugen, sehr schwierig.

III

Der Junge war von altem sizilianischen Adel, groß gewachsen, hatte pechschwarzes Haar und dunkle Augen. Er war höchstens zehn Jahre alt, und sein nervöses Pferd, ein Rappe, tänzelte. Er ließ es zu, dann dirigierte er es mit leichtem Zügelzug und durch Druck mit seinen blanken Stiefelfersen, an denen er keine Sporen trug, so dass es mit der Hinterhand auf der Stelle trabte und mit der Vorhand einen Kreis beschrieb. Er konnte gut mit Pferden umgehen, und der Rappe war so gelehrig und beherrschte schon das eine oder andere Kunststück. Bei seinen Ausritten über die ausgedehnten Familienländereien hatte er genügend Zeit, verschiedene Gangarten auszuprobieren, ohne sofort das schadenfrohe Gelächter seiner jüngeren Schwestern auf sich zu ziehen, wenn ein ungewöhnlicher Bewegungsablauf nicht gleich perfekt funktionierte. Das Pferd schloss die Pirouette zur Zufriedenheit seines Reiters ab, wurde mit einem zärtlichen Tätscheln des Kamms und ein paar ins Ohr geflüsterten Worten in einer fremden Sprache belohnt, bevor der Junge mit einem Zungenschnalzen seinen Kontrollritt die gräflichen Felder entlang fortsetzte. Er grüßte die Bauern, die mit dem Einbringen der Ernte beschäftigt waren und die er alle beim Namen nannte. Er war beliebt in seiner Grafschaft, die er eines Tages, wenn er volljährig war, übernehmen würde. Das war der Fall, wenn er vierzehn Jahre zählte, bis dahin war seine ältere Schwester für die Verwaltung des Landes verantwortlich. Sie war seit einiger Zeit Witwe, ihre Eltern waren schon lange tot, die Malaria hatte sie ebenso wie ihren Ehemann dahingerafft. Die einfachen Leute mochten den Jungen, weil sie von seiner Familie nie von oben herab, sondern anständig und gerecht behandelt wurden. Sein Name war Paolo de Gasperi.

Das alles wusste Abeline nicht, als er ihr zum ersten Mal im Traum erschien. Was sie sah, war ein verspielter Junge auf einem edlen Ross – so viel verstand sie von Pferden –, der, so erzählte man sich, farbenprächtige und juwelenfunkelnde Kleidung trug. Sie war ja noch nicht viel in der Welt herumgekommen und wusste nur aus den Erzählungen ihrer Eltern, dass es nicht nur das Heilige Römische Reich und Frankreich, Spanien und England gab, und das waren nur die mächtigsten Königreiche, sondern dass die Welt noch viel größer und unvorstellbar weit war. Sie war von riesigen Ozeanen umgeben, worin schreckliche Meeresungeheuer hausten; es gab ferne Länder, in denen wilde Sarazenen herrschten, mit denen es immer zum Krieg kam um das Heilige Land, das Land, in dem Gottes Sohn geboren war und gelebt und gewirkt hatte. Und hinter diesem Land, wo die Sarazenen und die Kreuzritter um die Vorherrschaft kämpften, sollte es noch weitere Länder und Menschen geben, deren Sprache niemand mehr verstand und ihre Sitten und Gebräuche schon gar nicht. Manche sollten gar gottlos und Menschenfresser sein, das alles hatte ihr jedenfalls das Kindermädchen Else unter dem Siegel der Verschwiegenheit geschildert, worauf Abeline nächtelang nicht mehr schlafen konnte, weil sie sich vorstellte, wie diese Menschenfresser andere Menschen fingen, in bauchige Kessel steckten und gar kochten, bevor sie sie verspeisten. Doch so sehr sich Abeline bei dieser Vorstellung gruselte – davon träumte sie nie.

Wovon sie träumte, war hingegen so real, dass sie manchmal glaubte, sie hätte eine Vision von einem Ereignis, bei dem sie selbst unsichtbar für die Beteiligten zugegen war. Sehr bald hatte sie gelernt, diese ganz spezielle Begabung besser für sich zu behalten – denn für ihre Eltern war das eher ein Fluch. Dieses schlimme Wort hatte sie einmal gehört, als ihre Eltern dachten, sie würde schon schlafen und könnte sie nicht hören. Von da an vermied es Abeline tunlichst, auch nur ein einziges Mal eine Silbe darüber zu verlieren; sie liebte ihre Eltern und wollte ihnen eine gute Tochter sein, auf die sie stolz sein konnten und um die sie sich keine Sorgen zu machen brauchten. Das Leben auf Burg Melchingen mit der Verantwortung für Soldaten, Bauern, Gesinde und Vieh war schon schwierig genug für sie, das hatte sie schon von Kindesbeinen an gelernt und verinnerlicht. Fortan behielt sie, so gut es ging, ihre Träume für sich, und wenn ihre Mutter sie am Morgen weckte und sie fragte, ob sie gut geschlafen habe, nickte sie immer und brachte ein Lächeln zustande, auch wenn ihr manchmal, wenn sie eine böse Vorahnung hatte, beileibe nicht nach einem fröhlichen Gesichtsausdruck zumute war. Aber das kam Gott sei Dank nur äußerst selten vor. Zuweilen sah sie in ihren Träumen sogar glückliche Ereignisse voraus, wie zum Beispiel die Geburt von Zwillingen bei der Frau des Huf- und Waffenschmieds oder einen erquickenden Landregen nach wochenlanger, für eine gute Ernte verhängnisvoller Trockenheit und Sommerhitze. Gelegentlich träumte sie auch von Menschen und Vorkommnissen, die sie überhaupt nicht kannte oder verstand, und das kam ihr seltsam vor. Solche Träume waren schnell wieder vergessen, dennoch waren auch sie von eindringlicher Klarheit und Schärfe. Als Abeline älter wurde, hatte sie das Gefühl, dass nur die zuweilen begriffsstutzige Else etwas davon verstand, die als Kindermädchen für sie sorgte. Ihr hatte sie das eine oder andere Mal ihre nächtlichen Visionen gebeichtet. Else hatte sich dann immer eilfertig bekreuzigt – drei Mal hastig hintereinander – und ein unverständliches Gebet genuschelt, und einmal hatte sie eindringlich gesagt: »Kind, du hast von Gott eine Gabe bekommen, die dir gefährlich werden kann, wenn sie jemals an die Ohren von denen da oben gelangen sollte! Versprich mir, dass du niemandem davon erzählst, es könnte zu deinem Schaden und Nachteil sein.«

Abeline hatte zwar nicht die geringste Ahnung, was Else mit »denen da oben« meinte, aber sie befürchtete, dass sie kein Mädchen war wie alle anderen. Und das machte ihr Angst, das wollte sie nicht.

Eines Nachts war ein Komet samt Schweif am Sternenhimmel aufgetaucht und hatte alle Burginsassen mit Ausrufen des Staunens und leiser Furcht ins Freie gelockt. Abelines Vater hatte versucht, das außergewöhnliche Lichtphänomen als natürliche Himmelserscheinung zu erklären, doch die Burgbewohner deuteten es als Zeichen für das bevorstehende Ende der Welt.

Philip von Melchingen versuchte, wenigstens den Leuten die Angst zu nehmen. Doch das war vergebliche Liebesmüh. Dieser unheilvolle Vorgang musste ein Fingerzeig Gottes auf etwas Größeres sein, das konnte ebenso gut die Ankunft und Geburt eines neuen Papstes oder Kaisers als auch der Anfang vom Ende der Welt sein und bedeuten, dass die ägyptischen Plagen bald über die Menschheit hereinbrechen würden.

Tags darauf hatte in Melchingen am Markttag, den Vater und Tochter oft zusammen aufsuchten, ein bärtiger und zerlumpter Prediger mit dem Hinweis auf das göttliche Zeichen am Himmel alle Menschen dazu aufgerufen, sich sofort aller irdischen Besitztümer zu entledigen und Buße zu tun, weil jeden Augenblick mit dem Ende aller Zeiten und damit dem Jüngsten Gericht zu rechnen sei. Er deutete dabei theatralisch auf eine sich rasch auftürmende pechschwarze Wolkenwand. Plötzlich auffrischender Wind, der die Haare zerzauste, den Staub der Straße in die Augen blies und die Tücher und Planen der Marktstände flattern und knattern ließ, schien seine zunehmend schriller werdenden Worte zu bestätigen und verlieh ihnen die nötige Beweiskraft. Kurz darauf setzte das Gewitter mit Blitz, Donner und Hagelschlag ein, und der Großteil der Marktbesucher fiel, statt sich rechtzeitig ein schützendes Dach über dem Kopf zu suchen, zeternd und jammernd auf die Knie, schlug sich anklagend gegen die Brust und intonierte ein allgemeines dumpfes »Mea culpa!«, ganz so, wie es ihm der Prediger vormachte, der sich dazu auch noch seine Tunika vor der Brust zerriss und das »Mea culpa!« allmählich lauter werdend rhythmisch wiederholte. Im Wechselgebet mit der Menge schwoll es schließlich zum »Mea maxima culpa!« an wie eine Meereswoge, die größer und mächtiger wurde und alles mitriss. Da spürte auch Abeline zum ersten Mal, was es mit der Weltuntergangsstimmung auf sich hatte, von der sie Else bisweilen hatte raunen hören, wenn sie von ihrer Beichte kam, die sie immer absolvierte, wenn der Priester aus Melchingen zu Besuch weilte, um in der Burgkapelle eine Messe abzuhalten und die Kommunion zu erteilen.

Nun bekam es Abeline wirklich mit der Angst zu tun. Denn jetzt fiel ihr wieder ein, dass sie Schauplatz und Verlauf des Geschehens in einem Traum vorausgesehen hatte. Dennoch überraschte es sie, wie rasend schnell die Leute offenbar tatsächlich glaubten, dass mit einem Schlag alles vorbei sein könnte, so, als hätten sie ihr Lebtag nur auf diesen Moment der göttlichen Abrechnung gewartet. Das wurde ja auch bei jeder Messe gepredigt, bis es auch dem Letzten in Fleisch und Blut übergegangen war. Die Zeit war reif für das bevorstehende Ende, das war allgemeingültiges Gedankengut, und davon waren auch die Menschen auf dem Marktplatz von Melchingen in diesem Augenblick zutiefst überzeugt. »Memento mori!«, rief der nun völlig entrückte Prediger laut gen Himmel, und »Memento mori!« wiederholten die Menschen und wandten ihre Gesichter ebenfalls mit ausgebreiteten Armen den rabenschwarzen, tief über sie hinwegziehenden Wolken zu, sich dabei ganz und gar dem Graupel, Hagel und Regen ausliefernd, der ihnen ins Antlitz prasselte. So warteten sie blinzelnd darauf, dass sich die Pforten des Himmels auftaten, um die Gerechten und Reumütigen aufzunehmen, während gleichzeitig die Sünder und Ungläubigen durch einen gewaltigen Riss quer über die gesamte Erde direkt in die Hölle einfahren würden, wo die ewige Verdammnis ihrer harrte.

Philip von Melchingen brachte sich und seine Tochter hinter einem geöffneten Torflügel in einem Hauseingang in Sicherheit, hüllte die zitternde Abeline in seinen weiten wollenen Umhang ein und sagte: »Wir warten hier, bis alles vorbei ist. Es wird nicht lange dauern, da hinten wird es schon wieder hell. Du brauchst keine Angst zu haben.«

Abeline sah ihrem Vater forschend in die Augen, ob er auch die Wahrheit sprach, und als ein grellzackiger Blitz und der fast gleichzeitig einsetzende Donnerschlag den Marktplatz erhellte und erzittern ließ, zuckte er nicht einmal mit der Wimper. Abeline drückte sich fest an ihn und war froh, so einen Vater zu haben. Sie war sich sicher, ihr Vater hatte nie Angst und sagte immer die Wahrheit; solange er bei ihr war, konnte ihr nichts geschehen.

Die Schleusen des Himmels über dem Marktplatz von Melchingen hatten sich so schnell wieder geschlossen, wie sie sich geöffnet hatten. Die Apokalypse war ausgeblieben. Nachdem das Unwetter sich endlich verzogen hatte, saßen, lagen oder knieten die Menschen im knöcheltiefen Morast, den der heftige Niederschlag hinterlassen hatte, dreckbespritzt und benommen von den Unbilden des Wetters und von sich selbst. Dampfschwaden waberten über dem Geviert des Platzes, auf den die sommerstarke Sonne wieder schien und die Feuchtigkeit im Nu auflöste, so wie sich auch die Erwartungsstarre bei den reuigen Gläubigen ebenso schnell in Erstaunen, Verwirrtheit und Katzenjammer verwandelte. Nachdem der Spuk vorbei war, konnte sich niemand mehr erklären, wie man sich zu einem derartig ekstatischen Endzeitfieber hatte hinreißen lassen und den Verstand vor lauter Angst, Erregung und hemmungsloser kollektiver Raserei verloren hatte. Mühsam erhob man sich, teils peinlich berührt vom eigenen Sinnestaumel, und klopfte sich verlegen den Schmutz von den Kleidern. Die kurzzeitige rauschhafte Benommenheit ließ sich abschütteln, der Dreck hingegen nicht.

Abeline sah, wie der Prediger schleunigst das Weite suchte, bevor ein paar Männer sich ihn vorknöpfen konnten.

Philip von Melchingen zog seine Tochter schnellstens durch eine schmale Seitengasse davon, er befürchtete, dass die aufgepeitschte Stimmung in sinnlose Gewalt umschlagen könnte. Der Vater bezahlte für die Unterbringung ihres Reitpferdes, und sie machten, dass sie damit aus dem Stall, der Stadt, und wieder zurück nach Burg Melchingen kamen.

Dort, nachdem der Vater beim Abendessen seiner Frau Franziska von ihren Erlebnissen berichtet und Abeline still und in sich gekehrt das einfache Mahl eingenommen hatte, verzog sie sich bald in ihr Schlafgemach. Sie hoffte, den jungen Mann auf seinem Rappen im Traum wiederzusehen, der auf Anhieb eine irrationale und ihre kindliche Seele verwirrende Sehnsucht in ihr ausgelöst hatte, obwohl sie zu Recht befürchtete, von den Nachwirkungen der Aufregung nicht einschlafen zu können. Sie wusste nicht, woher dieses plötzliche Verlangen, das schon fast ein Begehren war, nach einem nächtlichen Traumbild kam, aber sie fühlte sich von der Gestalt auf dem Pferd irgendwie magisch angezogen. Als würde der Junge versuchen, über einen Traum mit ihr Kontakt aufzunehmen, was natürlich unsinnig war, denn erstens waren Träume doch nichts als Trugbilder, die einem der Satan vorgaukelte – so lautete Elses Erklärung –, und zweitens war es bisher noch nie vorgekommen, dass sie sich einen bestimmten Traum wünschen konnte. Doch diese Zweifel wurden überlagert von dem Gefühl, dass der Junge, wo immer er lebte – wenn es ihn überhaupt gab –, ihr etwas mitteilen wollte, etwas Bedeutsames für ihrer beider Zukunft, das sie nur noch nicht verstehen konnte. Sie fand keine Worte für dieses diffuse Gefühl, aber sie wusste, so sicher wie sie das schreckliche Unglück der väterlichen Jagdgesellschaft im vereisten Rhein vorausgesehen hatte, dass das Schicksal etwas vorhatte mit ihr und dem fremden Jüngling. Doch was auch immer das war, blieb im undurchdringlichen Nebel der Zukunft verborgen. Während sie sich noch darüber den Kopf zerbrach, war sie auch schon unmerklich ins Reich der Träume hinübergeglitten, in ein Land, das so fremd und anders war als ihre grüne, bewaldete, im Winter schneebedeckte und eiskalte Heimat, in der man deutsch sprach. Dort war die Luft erfüllt von einem seltsamen Duft, der sie an Kiefernnadeln, Kräuter und Salz erinnerte, es war sonnenhell und heiß, an seltsamen Bäumen, die sie noch nie gesehen hatte, hingen orangefarbene und gelbe Früchte, im Dunst der Ferne ragte ein rauchender Berg auf, und in der anderen Richtung glitzerte und funkelte das Meer wie Abertausende Edelsteine. Inmitten dieses Paradieses – denn das musste es zweifelsohne sein – hörte sie Kampfgeräusche, Schreie und Schläge, aber es war nicht der Klang von Schwertern, den sie kannte, sondern von Holz auf Holz. Zum ersten Mal fiel ihr auf, dass sie ihre Perspektive durch reinen Willen verändern konnte. Sie war neugierig geworden und wollte heran an die Lärmquelle, um zu sehen, was dort vor sich ging. Als sie sich darauf konzentrierte, gelang es ihr tatsächlich, näher an das Geschehen zu kommen. Sie konnte drei elf- oder zwölfjährige Jungen erkennen, die mit Holzprügeln auf einen vierten einschlugen, der sich nach Leibeskräften wehrte, aber so wie es aussah, würde er ihrer Übermacht nicht mehr lange standhalten. Schnell merkte sie, dass es kein spielerisches Scheingefecht war, sondern im Gegenteil ernst zur Sache ging. Die Jungen waren offensichtlich einfache Bauernburschen, ihre Hemden und die Beinlinge waren aus schmutzigem dünnen Leinen, und durch den Kampf, der wohl schon eine Weile unvermindert mit erbitterter Härte geführt wurde, wirkten sie noch schmutziger und zerfetzter, als sie es ohnehin schon waren. Sie alle trugen kein Schuhwerk und bluteten aus zahlreichen Wunden. Der Junge, der sich gegen die drei Gegner zur Wehr setzte, war etwas Besonderes, das fiel Abeline sofort auf. Er war nicht außergewöhnlich groß gewachsen oder besonders muskulös, aber wie er sich zu verteidigen verstand und immer wieder zum Angriff überging, wobei er gleichzeitig darauf achtete, dass er niemandem den Rücken zuwandte, das zeugte von bemerkenswerter Taktik. Vermutlich hatte er schon so manchen Straßenkampf ausgefochten. Sein lockiges Haar war rötlich braun, er blutete aus der Nase, und als seine Gegner ihn zum wiederholten Mal aufforderten, gefälligst aufzugeben, hieb er erst recht mit seinem Stock, der gut vier Ellen maß, beidhändig voller Wut und mit Geschrei und blitzenden Augen auf sie ein. »Ihr Feiglinge«, schrie er, »elende Feiglinge seid ihr. Mein Vater hätte euch alle köpfen lassen!«

Abeline verstand auf einmal, was sie sagten, obwohl es eine fremde Sprache sein musste, aber bevor sie sich darüber wundern konnte, gelang es einem der Kontrahenten, dem Rothaarigen ein Bein zu stellen, so dass er zu Boden stürzte und seine Gegner sofort über und auf ihm waren. Einer setzte seinen Fuß auf den Stock des Gestürzten, der zweite sein Knie auf dessen Brust, und der dritte riss seinen Kopf an den Haaren nach unten – jetzt endlich war der Rothaarige besiegt und auf Gedeih und Verderb der Gnade der übermächtigen Gegner ausgeliefert. Diese zelebrierten ihre nunmehrige Überlegenheit, indem sie ihn mit ihren bloßen Füßen und Händen im Staub festnagelten. Ihr Anführer, ein Kerl mit einer Zahnlücke, schüttelte verächtlich lachend den Kopf und sagte: »Dein Vater? Wer soll das sein? Du hast ja nicht mal eine Mutter. Ich kann deinen Vater nirgendwo sehen. Seht ihr hier irgendwo einen Vater?« Seine Spießgesellen sahen sich demonstrativ um, als ob sie wirklich jemanden suchten, und der Hagere von ihnen sagte: »Nein, wir sehen keinen. Du musst dir schon selber helfen. Gibst du endlich zu, dass du ein Lügner und Betrüger bist?«

»Das bin ich nicht!«, kam es mit Verachtung zurück.

»Na, das werden wir ja sehen«, grinste derjenige, der seinen Fuß auf dem Bauch des Rothaarigen hatte. Er stellte sich mit seinem ganzen Gewicht auf ihn und fragte: »Willst du es jetzt vielleicht zugeben? Los, gib es schon zu! Sprich mir nach: ›Ich bin ein Schwindler!‹ Sag es!« Um seinen Forderungen Nachdruck zu verleihen, fing er an, auf seinem Opfer herumzuhüpfen. Der Rothaarige stöhnte vor Schmerzen und schrie schließlich auf. Zahnlücke beugte sich zu ihm herunter, drückte seinen Stock gegen dessen Kehlkopf und zischte so heftig, sein schmutziges Gesicht kaum einen Fingerbreit von dessen Nase entfernt, dass dem Unterlegenen die Speicheltröpfchen in die Augen flogen: »Sag es. Dann lassen wir dich laufen. Ehrenwort. Sag: ›Ich habe gelogen. Ich bin nichts anderes als ein Großmaul und Schwindler!‹«

Drei verschwitzte, blutende und grausame Köpfe hatten sich über den Wehrlosen gebeugt, ein siegesgewisses dreifaches Grinsen, aber der Rothaarige spuckte ihnen mitten in ihre erwartungsvollen Gesichter. »Niemals. Schert euch zum Teufel!«, keuchte er, und das war das Zeichen für die drei, gnaden- und hemmungslos mit den bloßen Fäusten auf ihr Opfer einzuprügeln.

»Aufhören! Sofort aufhören!« Als sie plötzlich wie aus dem Nichts diese Worte hörten, erstarrten die drei Burschen förmlich. Irritiert sahen sie hoch, von wem dieser unerwartete Einwand kam. Er war es, der Jüngling auf seinem Rappen, der zwischen der Sonne und ihnen auf seinem hohen Ross unbemerkt herangeritten war und ihnen nun mit lauter Stimme Einhalt geboten hatte. Sie blinzelten ihn an, konnten sein Gesicht aber nicht eindeutig erkennen, weil die südliche Sonne genau über seinem Kopf stand.

Doch Abeline wusste, dass es ihr Reiter war, genauso alt wie die Schläger, deren Anführer sich Blut und Rotz mit dem Ärmel seiner Tunika von der Nase wischte, bevor er sagte: »Kümmere dich gefälligst um deinen eigenen Dreck.«

Der Reiter zögerte nur einen Wimpernschlag lang, dann gab er seinem Pferd mit leichtem Druck seiner Fersen das Kommando, auf die drei Burschen loszupreschen. Darauf waren sie nicht gefasst – zwar duckten sie sich instinktiv, aber der Rappe sprang auf Geheiß seines Reiters einfach über sie hinweg, als wären sie ein natürliches Hindernis. Dabei streifte ein Huf den Schädel des Burschen mit der Zahnlücke und warf ihn zu Boden. Die anderen zwei waren zunächst mit dem Schrecken davongekommen, aber als sie sahen, dass der kleine Reiter mit seinem riesigen Pferd kehrt- und Anstalten machte, sie diesmal tatsächlich über den Haufen zu reiten, warfen sie ihre Stöcke von sich und suchten ihr Heil in der Flucht. Der vom Pferdehuf Getroffene rappelte sich stöhnend auf, tastete seinen blutenden Kopf ungläubig mit den Fingern ab und sah sich einem Gegner gegenüber, der sein Pferd schon wieder herumgerissen hatte, um eine neue Attacke zu reiten. Bevor es dazu kommen konnte, stolperte er seinen Kumpanen hinterher, so schnell es ging, es sah aus, als rannte er um sein armseliges bisschen Leben.

Der Reiter wartete, bis alle drei hinter dem nächsten Felsvorsprung verschwunden waren, dann stieg er aus dem Sattel und kniete sich vor den Verprügelten hin, um ihm aufzuhelfen. Der nahm die ausgestreckte Hand dankbar an, erhob sich mühsam und sagte: »Gott segne dich, mein Freund. Du bist zur rechten Zeit gekommen. Sag mir – warum hast du mir geholfen? Unser Zwist ging dich doch gar nichts an. Hast du nicht gelernt, dass man sich nicht in fremde Händel einmischen sollte?«

»Ich bitte dich! Drei gegen einen! Ich kann es nun mal nicht leiden, wenn man so feige ist. Das ist nicht ritterlich.«

»Wie ist dein Name?«, wollte der Rothaarige wissen und wischte sich Schmutz, Schweiß und Blut aus dem Gesicht.

Der Reiter erwiderte nicht ohne eine reichliche Portion Stolz in seiner Stimme: »Mein Name ist Paolo de Gasperi. Meiner Familie gehört das Land, auf dem du stehst.«

Der rothaarige Junge nickte und schien gebührend beeindruckt zu sein.

»Und du?«, fragte der Reiter. »Wer bist du?«

Der Rothaarige brachte, obwohl ihm sicherlich sämtliche Knochen im Leib schmerzen mussten, ein Lächeln zustande, als er schniefend antwortete: »Das Land, auf dem wir beide stehen, hat deine Familie von mir zum Lehen. Ich bin Friedrich Roger von Hohenstaufen, König von Sizilien.«

IV

Kloster Mariaschnee in der Nähe von Hirschlingen hatte eine einzigartige Lage. Es war rechtsrheinisch auf einer Halbinsel in einer natürlichen Schleife errichtet worden, die der mächtige Fluss bildete, nachdem er von Osten kommend in einem weiten Bogen Richtung Norden ins Elsässische weiterfloss. So boten die Wasser des Rheins einen natürlichen Schutz nach drei Seiten hin. Das Kloster mit der Kirche, den Wirtschaftsgebäuden, dem Infirmarium, dem Lang- und dem Querhaus mit Dormitorium, Refektorium und Skriptorium war nur von Nordosten her zugänglich, hohe Schutzmauern schotteten die Gebäude gegen das regelmäßig wiederkehrende Hochwasser ab.

So weit das Auge reichte, gehörten die Ländereien dem Kloster, sie wurden mit Hilfe von unfreien Bauern bewirtschaftet, die im nahe gelegenen Dorf Lienheim in recht armseligen Katen ihr Leben von dem Anteil an den Erträgen fristeten, der ihnen zukam. Der Löwenanteil der Ernten und Einkünfte floss in die Schatulle der Äbtissin; Mariaschnee hatte den größten Grund- und Waldbesitz weit und breit, und jedes Jahr kamen durch Schenkungen oder Erbschaften erhebliche Ländereien dazu, wenn Eltern für ihre Töchter bezahlten, damit sie als Novizinnen im Kloster aufgenommen wurden, oder wenn sich Grundbesitzer angesichts des nahenden Todes plötzlich daran erinnerten, dass es angebracht war, der Kirche im letzten Augenblick ein namhaftes

Stück Land zu übereignen, um ihren Aufenthalt im Fegefeuer zu verkürzen.

Der Legende nach war die Heilige Jungfrau Maria der späteren ersten Äbtissin, Kunigunde von Schachen, erschienen, um ihr aufzutragen, an der Stelle am Rhein ein Frauenkloster errichten zu lassen, wo im Sommer aus heiterem Himmel Schnee fallen würde. Da dieses Wunder über Nacht unweit von Hirschlingen auf der Halbinsel im Rhein vor etlichen Zeugen geschah und Kunigunde von Schachen den damaligen Fürstbischof von Konstanz, Gebhard II. von Bregenz, von ihrer Vision überzeugen konnte, wurde dort im Gedenken an die Erscheinung der Muttergottes das Kloster Mariaschnee gegründet und im Laufe der Jahrzehnte immer weiter ausgebaut. Weil der Zugang von der Landseite gelegentlich bei Hochwasser nur schwer möglich oder zeitweise gar unmöglich war, beschloss das zuständige Klosterkapitel, das nur aus Männern unter dem Vorsitz des Fürstbischofs von Konstanz bestand, einen sicheren und stabilen Damm zu bauen, über den man Mariaschnee nun jederzeit trockenen Fußes erreichen konnte. Den Friedhof, eine kleine Kapelle und einige Wirtschaftsgebäude legte man landaufwärts am Rand eines Waldstückes an, das sich bis auf eine Anhöhe am Horizont hinzog.

Mitten im Sommer im Jahre des Herrn 1206 tauchte ein Reiter kurz vor der einsetzenden Abenddämmerung dort am Waldrand auf. Vor ihm saß ein Mädchen im Sattel, und sie galoppierten auf den Klosterdamm zu, als säße ihnen der Leibhaftige im Nacken. Es war Philip von Melchingen mit der zwölfjährigen Abeline. Sie waren genauso abgekämpft wie das schweißnasse Pferd, dem die Schaumflocken nur so von den Lefzen flogen. Dass der Graf von Melchingen sein schnellstes Pferd nicht geschont hatte und jetzt das Letzte aus ihm herausholte, obwohl ihm klar sein musste, dass er es damit zuschanden reiten konnte, war ihm an diesem Tag gleichgültig. Abeline war vor lauter Erschöpfung unterwegs immer wieder eingenickt. Aber jetzt, als ihr Vater das Tempo angesichts des nahen Ziels noch einmal anzog, war die Müdigkeit verflogen, als sie die auf der Halbinsel thronende Klosteranlage erkannte, in der sie einmal mit ihren Eltern anlässlich der Zweihundertjahrfeier zu Besuch gewesen war. Sie ahnte vage, warum ihr Vater sie nach Mariaschnee brachte, weil sie es in einem diffusen Traum gesehen hatte, aber das hatte sie ihm nicht gesagt. Nein, sie hoffte und betete inständig, dass ihr Traum diesmal nicht Wirklichkeit wurde, doch sie befürchtete, dass es wie immer sein würde: So selten sie träumte – aber wenn sie sich am Morgen danach an ihren Traum erinnerte, so lebhaft, als wäre sie dabei gewesen, dann erfüllte sich dieser Traum, ob sie wollte oder nicht. Es war Fluch und Segen zugleich, sie konnte sich freuen, wenn sie etwas Schönes geträumt hatte, und bekam Angstzustände, wenn etwas Schlimmes bevorstand. Inzwischen war sie so klug, ihren Eltern nichts mehr von den Träumen zu erzählen, weil sie damit nur Schmerz und Schrecken bei ihnen auslöste und sie sich beredte Blicke zuwarfen, von denen sie meinten, ihre Tochter würde sie nicht bemerken. Noch immer glaubten sie, Abeline sei das unschuldige und unwissende kleine Mädchen, das außerstande war, die Sorgen und Probleme der Erwachsenenwelt zu begreifen. Der enorme Entwicklungssprung ihrer Tochter, der sie vieles erfassen ließ, was noch nicht für ihr kindliches Gemüt und ihre Seele bestimmt war, hätte ihre Mutter und ihren Vater bestimmt noch mehr in Angst und Sorge versetzt, aber das wollte Abeline unbedingt vermeiden. Die beiden hatten schon genug Probleme. Seit geraumer Zeit fingen ihre Eltern plötzlich an, zu flüstern oder zu schweigen, wenn sie unerwartet hinzukam. Doch den Grund verstanden ihre Eltern vor ihr zu verbergen. Nein, Abeline behielt ihre Visionen lieber für sich.

Gestern Nacht hatte sie wieder so einen schlimmen Traum. Sie wusste, ihrer Mutter würde etwas zustoßen, etwas so Furchtbares, dass nicht einmal ihr Vater etwas dagegen unternehmen konnte. Aber sie sah es nur undeutlich, vielleicht, weil sie noch nicht verstand, was da vor sich ging. Zuerst träumte sie vom Kloster Mariaschnee, sie sah sich selbst im Habit einer Nonne mit weißem Kopftuch und dem schwarzen Schleier darüber, doch dann verwandelte sich ihr Gesicht in das ihrer Mutter. Ihr Antlitz war inmitten einer Aureole aus Feuer, wie ein Heiligenschein, die Flammen züngelten in Gelb, Orange und Blau, schienen ihr aber nichts anhaben zu können. Auf einmal loderte ihr schönes Haar unheilvoll und zischend auf, aber sie verzog keine Miene und ertrug es mit stoischer Gleichgültigkeit. Was konnte das bedeuten? Es war ein so schrecklicher und grauenhafter Moment, dass Abeline nur noch schreien wollte, aber aus ihrem Mund kam kein Ton.

Als sie aufschreckte, war sie vollkommen verwirrt, sie wusste nicht mehr, ob alles nur Einbildung oder Wirklichkeit war. Jedenfalls war die Vision so heftig gewesen, dass sie davon aufwachte, weil sie das beklemmende Gefühl hatte, vom Rauch des Feuers zu ersticken und keine Luft mehr zu bekommen. Sie schnappte nach Luft, und nach zwei oder drei Atemzügen erkannte sie endlich, dass sie in der Sicherheit ihrer Schlafkammer war, doch die Angst verging nicht. Im Gegenteil, ihr Herz war wie von einer kalten Klammer umfangen, die allmählich enger und enger wurde. Sie versuchte, tief und regelmäßig zu atmen, das hatte sie sich angewöhnt, wenn ein Alptraum sie weckte. Als sie sich ganz auf ihren Atem konzentrierte, ließ der Druck allmählich nach, und sie konnte nach einer Weile wieder Schlaf finden. Doch dann war ihr Vater noch vor Anbruch des Tages in ihre Schlafkammer gekommen, hatte sie aus dem Bett geholt, ihr beim raschen Anziehen geholfen und ihr mitgeteilt, dass sie sofort losreiten mussten. Einen Grund hatte er nicht genannt, obwohl sie danach fragte. Erst als sie vor ihm auf dem Pferd saß und sie aus dem Burgtor hinausritten, ohne dass sie sich von ihrer Mutter verabschieden konnte, merkte sie, dass sie nicht in einem Traum war, sondern dass ihr Vater und sie wirklich gen Osten ritten, der aufgehenden Sonne entgegen. Sie biss die Zähne zusammen, um nicht zu weinen, denn ihr Vater, der ihr sonst alles durchgehen ließ, weil sie sein Liebling war, antwortete auf keine ihrer Fragen und hatte einen so strengen und in sich gekehrten Gesichtsausdruck, dass ihr wirklich angst und bange wurde und sie sich auf dem ganzen langen Ritt nicht mehr traute, ihn anzusprechen.

Kurz vor dem mit quer liegenden Holzbohlen bedeckten Damm zum Kloster zügelte der Vater das Pferd, sprang aus dem Sattel und half Abeline herunter. Sie war noch ziemlich wacklig auf den Beinen, nach dem stundenlangen unbequemen Ritt tat ihr jeder einzelne Knochen im Leib weh, und ihr war ganz schlecht vor Hunger. Der Vater ging vor ihr in die Knie, legte seine Hände auf ihre Schultern und sah sie beschwörend an. »Hör mir jetzt gut zu, Abeline. Es ist sehr wichtig, was ich dir nun sage.«

Er wartete, bis er sicher war, dass seine Tochter ihm aufmerksam zuhörte, dabei entging ihm nicht, dass sich eine gehörige Spur Angst in ihren Augen widerspiegelte. Aber es gab keine Alternative, wenn er ihr Leben retten wollte. Er musste sie belügen, um ihrer selbst willen. »Ich habe nicht viel Zeit, weil ich zurück und mich um deine Mutter kümmern muss.«

»Aber warum ...«

Der Vater legte ihr sanft seinen Zeigefinger auf ihre Lippen, um sie zum Schweigen zu bringen. »Ich werde dir irgendwann alles erklären. In der Eile will ich dir nur so viel sagen: In unserer Burg ist eine schlimme Krankheit ausgebrochen. Darum habe ich dich so schnell wie möglich hierher gebracht, damit du nicht auch noch krank wirst. Im Kloster bist du in Sicherheit. Die Äbtissin weiß Bescheid, dass du kommst.«

»Aber Papa ...«

Philip von Melchingen schüttelte den Kopf. »Es geht nicht anders, mein Engel. Es ist der einzige Zufluchtsort für dich, der deine Unversehrtheit garantiert.«

Er sah ihr noch einmal eindringlich in die Augen. Dann griff er in sein Wams und holte etwas heraus. »Das soll ich dir von deiner Mutter geben.« Er drückte es Abeline in die Hand. Sie sah es an – es war ein silbernes Medaillon an einer silbernen Kette. Abeline sah verunsichert hoch. »Aber warum? Das trägt sie doch immer um den Hals!«

»Es gehört jetzt dir. Sie will es so. Zeige es niemandem, sonst nimmt man es dir noch weg, hast du verstanden?«

»Ja, aber ...«

»Steck es weg!«

Abeline schob das Medaillon nach kurzem Zögern in die Innentasche ihrer Tunika.

»Versprich mir eines, Abeline!«

Abeline wusste, wenn er ihren Namen aussprach, dann war es ernst gemeint, furchtbar ernst.

»Versprich mir, dass du jetzt ganz tapfer bist!«

Er sah, wie sich ihre Augen sofort mit Tränen füllten, aber sie presste die Lippen zusammen und nickte.

»Gut«, sagte er, obwohl nichts gut war. Er musste ein paarmal verdächtig schlucken, aber er durfte sich nicht den geringsten Anflug von Verzweiflung leisten, obwohl ihm beim Anblick von Abelines Augen das Herz zersprang. Das konnte er nicht zulassen, nicht jetzt, wo er Abschied von seiner Tochter nehmen musste. Er durfte es Abeline auf gar keinen Fall noch schwerer machen, als es ohnehin schon war. Vor seiner kleinen Tochter zeigte ein Vater keine Schwäche, sonst würde er alles verspielen, was ihr Vertrauen in seine Stärke anging, ihre Zuversicht, dass ihr Vater schon irgendwie die Schwierigkeiten aus dem Weg räumen würde. Den einen Rest Hoffnung durfte er ihr nicht nehmen, dass alles wieder gut werden würde – eines Tages. Er umarmte sie, damit sie die Tränen in seinen Augen nicht sah. Heftig drückte er sie an sich, ebenso heftig klammerte sie sich an ihn. Dann hatte er seinen Anfall von Schwäche überwunden, er flüsterte ihr ins Ohr: »Du bist mein tapferer Engel, das weiß ich. Hör mir gut zu. Du gehst jetzt ins Kloster. Erzähl niemandem, wer du bist und woher du kommst. Nur die Äbtissin kennt deinen wahren Namen. Bete für mich und deine Mutter. Und wenn der Tag kommt, dann hole ich dich wieder.«

»Wann wird das sein?«, fragte Abeline mit zittriger Stimme.

»Das weiß nur Gott.«

»Versprich es mir!«, sagte Abeline plötzlich mit fester Stimme. »Versprich mir, dass du wiederkommst und mich holst!«

»Ich verspreche es bei meinem Leben.«

Abeline nickte. Sie wischte sich energisch die Tränen von den Wangen. »Ich werde auf dich warten, bis du kommst. Egal, was geschieht. Hast du meinen Zahn noch?«

Der Vater griff in sein Wams und zog einen Geldbeutel heraus, der einige Münzen enthielt. Und Abelines Zahn, den er ihr zeigte. Abeline nickte zufrieden. »Solange du meinen Zahn hast, wird dir nichts passieren.« Sie war auf einmal wie verwandelt, fast erwachsen in ihrer Entschlossenheit, küsste ihn auf seine bärtigen Wangen und sagte: »Und jetzt reitest du wieder zurück zu Mutter. Sie braucht dich nötiger als ich. Mach dir keine Sorgen um mich. Ich werde schon zurechtkommen und jeden Tag für dich beten.«

Philip von Melchingen erhob sich und sah der schmächtigen Gestalt seiner Tochter nach, die sich nach den letzten Worten abrupt umgedreht hatte und energisch auf die Klosterpforte zumarschierte, ohne sich umzusehen. Nur einmal winkte sie kurz nach hinten, blind, weil sie sicher war, dass ihr Vater ihr nachschaute.

Der Graf stieg in den Sattel seines Pferdes, bekreuzigte sich und ritt auf dem Weg davon, auf dem er hergekommen war. Er musste sich sputen. Gestern Nacht war seine Frau von Männern des Vogtes verhaftet und weggebracht worden. Jede Gegenwehr war zwecklos, gegen ein Dutzend schwerbewaffneter Männer konnte Philip von Melchingen mit Gewalt nichts ausrichten. Und mit Worten brauchte man den Soldaten erst gar nicht zu kommen. Sie hatten ihre Befehle, und die führten sie strikt und unnachgiebig aus. Einer ließ sich wenigstens entlocken, was den Vogt dazu gebracht hatte, Franziska von Melchingen verhaften zu lassen. Irgendjemand hatte sie als Hexe denunziert, es musste eine Person aus der Burg sein. Der Graf hatte sich den Kopf zerbrochen, wer so einen tiefen Groll gegen seine Frau verspürte, dass er sie dem Verhör und Urteil eines Inquisitionsgerichts auslieferte. Doch so lange er auch darüber nachdachte – er hätte weder einen einleuchtenden Grund noch jemand Bestimmten benennen können, dem er so etwas Abscheuliches zutraute, die eigene Herrin ans Messer zu liefern.

Seine Frau hatte ihm, bevor sie weggebracht worden war,

noch zuflüstern können, dass er um Himmels willen ihre Tochter in Sicherheit bringen sollte. Franziska fürchtete nicht zu Unrecht, dass man sie, wenn es ganz schlimm kommen sollte, einer peinlichen Befragung unterziehen würde. Sie hatten beide von Fällen gehört, wo Mütter ihre Töchter und umgekehrt der Hexerei bezichtigten, nur um von der Streckbank – oder was für ein Folterinstrument auch immer zur Anwendung gebracht wurde – erlöst zu werden. Wenn er nur daran dachte, war er kurz davor, durchzudrehen. Aber er musste einen kühlen Kopf bewahren, es ging um das Leben von Abelines Mutter, seiner Gemahlin.

V

Die Pforte des Klosters war eine kleine, mannshohe Holztür, die in den rechten Seitenflügel des großen Zugangstores eingelassen war. Abeline stand davor und zögerte. Kurz warf sie einen letzten Blick über ihre Schulter zurück, aber ihr Vater war schon im Wald verschwunden. Entschlossen holte sie tief Luft, packte den schweren Eisenring, der über dem Schloss der Tür angebracht war, und schlug damit an das Eichenholz. Während sie wartete, drehte sich Abeline um und sah, wie die Sonne am westlichen Horizont über dem gewaltigen Fluss und hinter den bewaldeten Hügelketten blutrot unterging. Noch einmal griff sie nach dem Eisenring. Endlich hörte sie Schlüsselgeräusche hinter der Tür. Eine – wie es ihr schien – steinalte Nonne in dunklem Habit fixierte sie forschend unter ihrer bis zu den zusammengewachsenen Augenbrauen heruntergezogenen Haube und fragte: »Was willst du?«

»Ich möchte zur ehrwürdigen Mutter Äbtissin, ich bin angemeldet«, sagte Abeline brav den Spruch auf, den ihr der Vater eingetrichtert hatte.

»Du bist das …«, erwiderte die Pförtnerin abschätzig und musterte sie noch einmal von oben bis unten, bevor sie endlich Anstalten machte, Abeline hereinzulassen. »Warte hier!«, befahl sie, nachdem Abeline durch die Tür getreten war, bevor sie die Einlasspforte wieder umständlich mit einem riesigen Schlüssel absperrte, der neben etlichen anderen an einem

Zingulum um ihren ausladenden Leib befestigt war, und sich wiegenden Schrittes entfernte.

Nun war Abeline also zum zweiten Mal in ihrem Leben im Kloster Mariaschnee. Diesmal kam ihr alles viel größer vor, als sie es in Erinnerung hatte: Linker Hand war die Klosterkirche, an deren Seite zwei vierstöckige Gebäude in L-Form angebaut waren, im Erdgeschoss des ersten das Refektorium, darüber das Dormitorium für die Nonnen und Novizinnen, im Langhaus daneben der Kapitelsaal und das Skriptorium mit den darüberliegenden Gemächern der Äbtissin und den Schlafkammern für die edlen und vornehmen Gäste. An den hohen Umfriedungsmauern, die den Klosterkomplex umgaben und wie Burgmauern wirkten – sie waren der Schutz gegen das regelmäßige Hochwasser –, lagen das Badehaus, ein Hospiz, Werkstätten, Stallungen und Vorratslager in gemauerten Gebäuden und Scheunen. Zwischen Kirche und den Hauptgebäuden konnte Abeline durch die Bögen des Kreuzgangs das Geviert des begrünten Innenhofs sehen. Gegen diese gewaltige Anlage waren die Ausmaße der elterlichen Burg Melchingen geradezu winzig. Gebäude und Wege waren makellos sauber, der Kies war frisch geharkt, kein noch so winziges Unkraut lugte zwischen den Pflastersteinen hervor, und in den Fensterlaibungen im Stockwerk über dem Kapitelsaal waren sogar Glasfenster angebracht, in denen sich die untergehende Sonne spiegelte. Das Kloster musste sehr wohlhabend sein, wenn es sich solche Kostbarkeiten leisten konnte.

Aus der Kirche schwappte leicht und leise an- und abschwellender Choralgesang herüber. Das war wohl zu dieser Tageszeit normal für ein Kloster. Abeline wusste von ihrer Mutter, dass die Ordensregel der Benediktiner, an der sich auch das Frauenkloster Mariaschnee orientierte, achtmal am

Tag eine Andacht vorschrieb. Demnach musste das die Complet sein, die in der Klosterkirche abgehalten wurde. Deshalb war keine Menschenseele zu sehen. Sie wäre gern zur Kirche gegangen und hätte einen Blick ins Innere riskiert. Aber sie wagte nicht, sich von der Stelle zu bewegen. Endlich war das Knirschen von Schritten im Kies zu hören, die Pförtnerin kam aus dem Kreuzgang und winkte Abeline. »Folge mir!«, befahl sie und ging wieder davon. Abeline beeilte sich, hinter ihr herzukommen. Der Weg führte den Kreuzgang entlang in das rechte Langhaus, dort eine Treppe hoch und einen Gang entlang, bis sie vor einer reichverzierten Doppeltür standen. Die Pförtnerin hob den Zeigefinger zum Zeichen, dass nun besondere Aufmerksamkeit von ihr eingefordert wurde. »Die ehrwürdige Mutter wird dich jetzt empfangen. Du sprichst sie mit diesem Titel an und siehst ihr nur in die Augen, wenn du dazu aufgefordert wirst. Ansonsten hältst du den Blick in Demut nach unten gesenkt und machst deinen Mund erst auf, wenn sie dich etwas fragt. Hast du das verstanden?«

»Ja«, antwortete Abeline.

»›Ja, ehrwürdige Schwester‹, heißt das«, korrigierte die Pförtnerin streng.

»Ja, ehrwürdige Schwester«, wiederholte Abeline.

»Merk dir das für die Zukunft«, warnte sie die Pförtnerin noch einmal und klopfte an. Dann wartete sie, den Blick immer noch herrisch auf Abeline gerichtet, als könne sie das Mädchen allein mit dem Bannstrahl ihrer Augen daran hindern, sich vorzeitig zu bewegen, bis ein leises »Ja« von innen zu hören war. Die Pförtnerin öffnete die Tür und gab Abeline mit einer Kopfbewegung zu verstehen, dass sie jetzt eintreten sollte. Dann schloss sie sanft die Tür hinter ihr.

Das Erste, das Abeline auffiel, war Vogelgezwitscher. An der linken Wand des hallengroßen Empfangsraums waren Vogelbauer aller Arten und Größen aufgestellt, und in jedem Käfig saß ein Vogel. Es waren normale Singvögel, Amseln, Meisen, Rotkehlchen, Drosseln, Finken. Abeline konnte alle benennen, sie war oft mit ihrem Vater in den gräflichen Wäldern unterwegs gewesen, er hatte ihr die Vögel gezeigt und erklärt. Sie schätzte, dass es mindestens zwanzig Käfige waren. Aber sie überwand ihre Verwunderung und folgte mit ihren Augen dem fächerförmigen Muster des Steinfußbodens, das den Blick unweigerlich auf den gegenüberliegenden Teil des Raumes lenkte. Dort saß hinter einem Schreibtisch von außergewöhnlicher Größe eine unscheinbare, gedrungene Gestalt in klösterlichem Habit, jedoch nicht im üblichen Schwarz, sondern in Schneeweiß. Sie winkte Abeline, ohne sie zunächst anzusehen, zu sich heran. Benommen und völlig verunsichert vom Anblick der Vögel und dem riesigen Raum, der die Ausmaße des Bankettsaals von Burg Melchingen besaß, zögerte Abeline. Die kleine Gestalt im Hintergrund musste die Äbtissin sein, obwohl Abeline sich eine Äbtissin viel furchteinflößender und eindrucksvoller ausgemalt hatte, weil für ihr bisheriges, kindlich geprägtes Vorstellungsvermögen Aussehen und Machtfülle zusammenhingen – je stattlicher der Mensch, desto höher seine Position in der ständischen Gesellschaft. Eine Äbtissin war eine Respektsperson mit großem Einfluss, die an der Spitze der kirchlichen Hierarchie anzusiedeln war und Befehlsgewalt über Hunderte von Menschen hatte – unfreie Bauern, Nonnen, Novizinnen, Konversinnen. Zwar war sie nur eine Frau, aber über ihr kamen nur noch der Fürstbischof und der Papst. Das wusste Abeline, und dementsprechend eingeschüchtert verlangsamte sie ihre Schritte, als sie sich dem Schreibtisch näherte. Die Äbtissin winkte noch einmal und sprach mit einer gar nicht zu der zierlichen Person passenden tiefen Stimme: »Komm näher, Abeline, keine Angst – ich beiße nicht.«

Sie hob nun den Kopf und lächelte, als Abeline am Rand des Schreibtisches mit gesenktem Blick haltmachte.

»Ein hübsches Mädchen bist du«, sagte sie und entlockte Abeline damit die Andeutung eines Lächelns.

Die Äbtissin erhob sich und ging um den Schreibtisch herum, bis sie neben Abeline stand. Sie war tatsächlich nur einen halben Kopf größer als Abeline und duftete nach Lavendel. »Fürchtest du dich vor mir, Abeline?«, fragte sie. Nach einer kleinen Pause schüttelte Abeline den Kopf. Und doch zuckte sie merklich zusammen, als die Äbtissin sie unvermittelt an das Kinn fasste und ihr Gesicht sanft heranzog, so dass sie in ihre Augen blicken konnte. »Das musst du nicht. Du bist doch ein gottesfürchtiges Mädchen, oder?«

Diesmal nickte Abeline.

»Du hast schöne blaue Augen – von deinem Vater?«

Es brauchte eine Weile, bis Abeline verstand, dass eine Antwort von ihr erwartet wurde. »Nein, ehrwürdige Mutter«, brachte sie heraus. »Von meiner Mutter. Mein Vater hat braune Augen.«

»Soso«, sagte die Äbtissin nur, als ob sie damit die allumfassende Erklärung für Abelines Charakter erhalten hätte. Sie setzte sich wieder hinter ihren Schreibtisch und sah Abeline so lange lächelnd an, bis diese die Augen wieder niederschlug. Die Äbtissin blätterte zerstreut in ihren Unterlagen und redete ein wenig geistesabwesend weiter, als ob sie eigentlich auf die Schriftstücke konzentriert war, die vor ihr lagen. »Wir werden aus dir schon eine brauchbare Dienerin des Herrn und vielleicht eine Braut Christi machen, wenn du dich darum verdient machen kannst. Aber das geht nicht von heute auf morgen. Du wirst viel Geduld aufbringen müssen und viel lernen.« Sie sah wieder hoch. »Damit fangen wir heute gleich an. Kannst du eigentlich lesen und schreiben?«

Abeline nickte.

»Wer hat es dir beigebracht?«

»Meine Mutter.«

»Soso«, lautete wieder die einsilbige Antwort. Damit packte die Äbtissin ihre Unterlagen zusammen, lehnte sich zurück und schob ihre Hände in die weiten, trompetenförmigen Ärmel. »Was hat sie dir denn noch alles so beigebracht, deine Mutter?« Sie wartete aufmerksam darauf, dass Abeline sprechen würde. Die Antwort kam stockend. »Wie man sich benimmt. Wie man stickt. Und wie es in einem Kloster zugeht.«

»Ach«, sagte die Äbtissin. »Woher weiß sie das?«

»Meine Mutter weiß viel.«

Die Äbtissin nickte, ihr war der leicht trotzige Stolz in Abelines Stimme nicht entgangen. Sie seufzte, dann fragte sie: »Dann hat sie dir sicher auch gesagt, was die zwei wichtigsten Eigenschaften sind, die du hier in Mariaschnee lernen und verinnerlichen musst?«

Abeline zuckte verunsichert mit den Schultern.

»Demut und Gehorsam. Das soll deine erste Lektion für heute sein.«

Sie stand auf, ging um den Schreibtisch herum, legte die Hand auf Abelines Schulter und führte sie zu den Vogelkäfigen. »Du hast dich vielleicht gewundert, was eine Äbtissin mit diesen Vögeln will. Sie lernen nie Demut und Gehorsam. Dafür hat sie unser Herr im Himmel nicht gemacht. Aber dafür sind sie auch nicht in diesen Käfigen. Nein, sie versinnbildlichen meine Novizinnen. Der hier ist deiner, ein Mädchen in deinem Alter hat ihn heute gefangen und vorbeigebracht. Sie ist sehr geschickt darin und besorgt mir immer, was ich brauche.«

Sie wies auf einen Kleiber, der aufgeregt in seinem Vogelbauer herumhüpfte und -flatterte. »Am Tag deiner Profess, wenn du dein Gelübde ablegst, kommt er frei. Als Zeichen dafür, dass du an diesem Tag deine endgültige Bestimmung und damit deine innere Freiheit gewonnen hast.«

Abeline sah mit einer Mischung aus Staunen und Mitleid auf den Vogel, aber die Äbtissin zog sie schon am Ärmel wieder weg in Richtung Tür und öffnete sie.

Im Gang an der Wand gegenüber wartete eine Nonne mit unbewegtem Gesicht. Sie hatte die Hände in ihren weiten Ärmeln verborgen und deutete der Äbtissin gegenüber eine leichte Verbeugung an. Ihre Gestalt war schlank und groß, und ihr Antlitz ebenmäßig und schön wie das Idealbild einer Madonna. Aber ihre Augen waren grau und kalt wie der Rhein im Winter. Als ihr Blick auf Abeline fiel, hatte diese einen winzigen Moment lang das unangenehme Gefühl, nackt vor ihr zu stehen und mit einer einzigen Augenbewegung genau von oben bis unten, vom Scheitel bis zu den Fußsohlen, gewogen und vermessen zu werden, körperlich und geistig.

»Schwester Hiltrud – das ist Abeline. Kümmert Euch um sie.«

Damit kehrte sie wieder in ihren Empfangssaal zurück und schloss die Tür.

Schwester Hiltrud schenkte Abeline ein Lächeln, das auf die Mundwinkel beschränkt war, und sagte: »Du siehst hungrig aus. Willst du etwas essen?«

Das war das Beste, was Abeline an diesem langen Tag zu hören bekommen hatte. Sie nickte eifrig.

»Dann komm.«

Schwester Hiltrud drehte sich um und eilte den Gang entlang voraus. Abeline hatte Mühe, ihr zu folgen, so schnell war sie.

VI

Abeline saß ganz allein am riesigen Tisch des Refektoriums, und Schwester Hiltrud sah ihr dabei zu, wie sie gierig ihren Gemüseeintopf hinunterschlang und sich dazu Brot in den Mund stopfte. Obwohl Abeline ganz auf ihr Essen konzentriert schien, war sie doch eine genaue und neugierige Beobachterin, der nichts entging. So, wie Schwester Hiltrud am Kopfende des Tisches stand, erinnerte sie an die zahlreichen Mariendarstellungen, die sie schon in Kirchen und erbaulichen Schriften gesehen hatte: Sie war groß und schlank, mit ebenmäßigem Gesicht und sparsamen, zurückhaltenden Bewegungen und Gesten. Mit ihrer Miene, die keinerlei Gefühlsregung zeigte, und ihrer stolzen Haltung in ihrer perfekt gefältelten, ebenfalls schneeweißen Ordenstracht hatte sie etwas von der marmornen Marienstatue, die in der Burgkapelle von Melchingen stand und segnend die Hand hob. So stellte sich Abeline eine Königin vor, von der in den Märchen, die ihre Mutter zu erzählen pflegte, wenn sie ihre Tochter zu Bett brachte, manchmal die Rede war: unnahbar und doch sich um die Nöte der normalen Menschen kümmernd. Eines aber war Abeline vom ersten Augenblick an aufgefallen: Schwester Hiltrud hatte einen nervösen Tick, den sie vielleicht selbst gar nicht bemerkte – ihr rechtes Augenlid zuckte manchmal, wenn sie mit ihrer unaufgeregten und melodischen Stimme sprach.

Nun stand sie Abeline stumm gegenüber und wartete darauf, dass sie aufgegessen hatte. Als sie fertig war und den Löffel ablegte, fragte Schwester Hiltrud: »Du weißt schon, dass du etwas ganz Wichtiges vergessen hast?«

Abeline kaute noch und schluckte den letzten Bissen hinunter, wobei sie versuchte, Zeit zu gewinnen, um die Frage beantworten zu können. Da fiel ihr die Antwort schlagartig ein. Wo hatte sie nur ihre Gedanken gehabt – vor lauter Hunger hatte sie gar nicht mehr daran gedacht, dass sie in einem Kloster war! Aber sie hätte auch so wissen müssen, dass man vor dem Essen ein Dankgebet sprach, das machten sie schließlich zu Hause auf Burg Melchingen genauso. Sie errötete, weil sie sich schämte, in ihrer Gier das Naheliegendste vergessen zu haben. Schwester Hiltrud schien ihre Gedanken lesen zu können, denn sie sagte:

»Dieses eine Mal sei dir noch verziehen, dass du zuerst an dich und nicht daran gedacht hast, was deine Pflicht Gott gegenüber gewesen wäre. Aber du musst wissen, dass du, wenn du das nächste Mal so eine elementare Nachlässigkeit begehst, unnachgiebig bestraft wirst. Je nach Schwere deines Vergehens.«

»Es tut mir leid …« murmelte Abeline kleinlaut.

Schwester Hiltrud forschte lange in Abelines Augen nach, wie ehrlich sie es meinte. Abeline hielt dem bohrenden Blick tapfer stand. Schließlich sagte Schwester Hiltrud nur ein Wort: »Komm.«

Wieder ging sie voraus, Abeline mühte sich, ihren weitausholenden Schritten zu folgen. Das glockenförmige Habit der Nonne fiel ihr bis über die Knöchel, so dass der Saum nur einen Fingerbreit über dem Boden war und es der hintereilenden Abeline vorkam, als ob Schwester Hiltrud schweben könnte.

Es ging endlose Gänge entlang und breite Treppen hoch bis zu einem großen Raum direkt unter dem Dach, wo die klösterliche Kleiderkammer untergebracht war. Dort saß eine ältere Nonne bei Kerzenlicht an einem Tisch und war mit Näharbeiten beschäftigt, als Abeline hinter Schwester Hiltrud hereinkam. Die Nonne hob bei ihrem Anblick den Kopf, anscheinend sah sie schlecht, denn sie brauchte eine ganze Weile, bis sie erkannte, wer ihr gegenüberstand. Dann erhob sie sich, so rasch es bei ihrer augenscheinlichen körperlichen Unzulänglichkeit möglich war, und grüßte sie respektvoll.

»Wir brauchen zwei Ausstattungen für unsere neue Novizin, Schwester Gudrun«, sagte Schwester Hiltrud und schob Abeline an den Schultern ins Licht der Kerze. »Ja, ehrwürdige Frau Priorin«, sagte die Nonne beflissen, und erst jetzt wurde Abeline klar, dass Schwester Hiltrud die Stellvertreterin der Äbtissin war und damit im Kloster den zweithöchsten Rang innehatte. Sie nahm sich vor, sie bei nächster Gelegenheit ihrem Status gemäß anzusprechen – wenigstens etwas hatte sie schon gelernt: in Mariaschnee wurde die korrekte Titulierung äußerst wichtig genommen.

Schwester Gudrun nahm mit zusammengekniffenen Augen prüfend Maß und stellte sich dann mit zur Seite ausgebreiteten Armen vor Abeline. »Mach mal so«, befahl sie, und Abeline tat es ihr nach. Die Nonne nickte, zündete eine kleine Öllampe an der Kerze an, umrundete Abeline noch einmal damit und verschwand dann in den hinteren Regionen der Kleiderkammer. Abeline stand noch immer mit ausgebreiteten Armen da, bis Schwester Hiltrud ihr die Arme sanft, aber nachdrücklich herunterdrückte. Endlich kam der Lichtkegel mit Schwester Gudrun wieder aus einer anderen Ecke zum Vorschein, sie hatte einen Stapel penibel gefalteter Kleidungsstücke dabei, den sie auf dem Tisch ablegte und anschließend Stück für Stück sorgfältig auseinanderfaltete. Dabei sah sie Abeline skeptisch an und fragte unversehens: »Hast du Läuse oder Flöhe? Oder beides?« Augenblicklich schoss Abeline die Schamesröte ins Gesicht, sie schüttelte den Kopf und antwortete: »Nein, ehrwürdige Schwester.«

Schwester Gudrun warf der Priorin einen fragenden Blick zu, der mit einem unmerklichen Nicken beantwortet wurde, bevor sie selbst eine Frage stellte. »Hast du Schmuck bei dir?«

Abeline schüttelte heftig den Kopf.

»Es ist nicht erlaubt, Schmuck zu tragen, auch kein Kettchen oder Ähnliches.«

»Ja, ehrwürdige Frau Priorin«, sagte Abeline und biss sich auf die Lippen. Das Medaillon in der Innentasche ihrer Tunika fühlte sich plötzlich ganz heiß an, aber Abeline bemühte sich, sich nichts anmerken zu lassen. *Jetzt bloß nicht bei einer Lüge ertappt werden!*, dachte sie. Gott sei Dank war es im Schein der Öllampe ziemlich schummrig, so dass sie hoffen konnte, dass man ihr die Flunkerei nicht ansah.

Schwester Gudrun machte aber schon weiter, nahm jedes Kleidungsstück vor Abelines Gesicht demonstrativ hoch und benannte es. »Tunika aus Leinen. Zweimal. Weißer Ärmelrock. Zweimal. Schwarzes Skapulier. Zweimal. Weiße Kukulle. Zweimal. Weißes Kopftuch und schwarzer Schleier. Zweimal. Schlafdecke. Einmal.«

Dann stemmte sie die Fäuste in die Hüfte und wartete, bis Abeline den Stapel an sich genommen hatte. Abeline schaute die Priorin fragend an und sagte schließlich, an Schwester Gudrun gewandt: »Danke, ehrwürdige Schwester.«

Die nickte und widmete sich erneut ihrer Näharbeit, während Schwester Hiltrud mit Abeline wieder nach unten ging.

Die Priorin hatte die brennende Öllampe von der Kleiderkammer mitgenommen und leuchtete endlich in einen

Gang, der vor einer großen Tür endete, neben der eine Nonne auf einem Schemel saß und offensichtlich eingenickt war. Schwester Hiltruds Schritte auf dem Steinfußboden weckten sie aber aus ihrem leichten Schlaf. Sie schreckte hoch, schoss in die Höhe, tastete nach dem korrekten Sitz von Schleier und Haube und verneigte sich. »Alles ruhig, ehrwürdige Frau Priorin.«

Schwester Hiltrud warf ihr einen strengen Blick zu. »Schwester Afra, du meldest dich nach der Mette bei mir. Du hast geschlafen, obwohl es dir bei der Nachtwache verboten ist.«

»Ja, ehrwürdige Frau Priorin«, erwiderte die Nonne mit devotem Blick und öffnete leise die Tür. Sie führte in das geräumige Dormitorium der Novizinnen, in dem gut dreißig Mädchen auf ihren akkurat aneinandergereihten Strohlagern schliefen – oder zumindest so taten, als Schwester Hiltrud mit Abeline den Schlafsaal betrat. Zwei Öllampen verbreiteten Dämmerlicht, und Abeline brauchte eine Zeitlang, bis sie wusste, warum ihr die Schlafenden seltsam unwirklich vorkamen: alle lagen gerade ausgestreckt auf ihren Rücken, die Hände brav auf der bis zu den Achseln hochgezogenen Decke gefaltet, die Augenlider geschlossen und ruhig atmend – sie wirkten auf den ersten Blick wie nebeneinanderliegende frisch Verstorbene.

Nur eine einzige, ein stämmiges Mädchen gleich am Eingang, hatte sich eingerollt und schnarchte leise vor sich hin. Neben ihm war eine freie Schlafstelle, auf die Schwester Hiltrud jetzt wies. »Das ist dein Bett. Gute Nacht«, sagte sie zu Abeline, verließ den Saal und schloss die Tür.

Kaum war die Tür ins Schloss gefallen, kam Bewegung in den Schlafsaal. Es war, als ob alle, die vorher wie in Todesstarre dagelegen hatten, mit einem Schlag aus dem großen Schlaf erweckt worden waren – bis auf das Mädchen am Eingang mit den kurzen, zerrupften Haaren. Die Mädchen richteten sich auf und drehten sich neugierig nach Abeline um. Aber keines sagte ein Wort. Abeline spürte, dass sie etwas von ihr erwarteten, aber sie wusste nicht, was. Sie war es nicht gewohnt, und ihr war es sichtlich peinlich, aus so vielen Augenpaaren angestarrt zu werden. Allmählich begann die Situation unangenehm zu werden. Da stand eines der Mädchen auf, eilte auf Zehenspitzen zur Tür, legte ein Ohr an das Holz und lauschte. Als sie nichts Verdächtiges hörte, gab sie ihrer Bettnachbarin ein Zeichen, die daraufhin aus ihrem Bett sprang und wortlos auf Abeline zuging. Sie warf ihr langes brünettes Haar kokett zurück, verschränkte die Arme herausfordernd vor der Brust und sagte im Flüsterton, aber doch so laut, dass es im ganzen Schlafsaal zu hören war: »Bist du die Neue?«

Abeline nickte, noch immer hielt sie ihr Kleiderbündel krampfhaft gegen die Brust gepresst.

Das Mädchen wies mit dem Daumen auf sich selbst. »Ich bin Sophia.« Dann rümpfte sie die sommersprossige Nase und fragte mit demonstrativer Geringschätzung: »Und wer bist du?«

Abeline zögerte, weil sie nicht wusste, ob sie ihren wahren Namen nennen sollte, schließlich hatte ihr Vater sie davor gewarnt. Stotternd brachte sie ein »A ... A ... Abeline« heraus. Sophia fing an zu grinsen, dann erwiderte sie laut und deutlich: »Willkommen in Mariaschnee, A-A-Abeline.«

Die ersten Mädchen fingen an zu kichern, dann konnten die meisten sich nicht mehr zurückhalten und prusteten los, bis der ganze Schlafsaal von schallendem Gelächter erfüllt war.

Abeline stand schamesrot da und wäre am liebsten in einem Mauseloch verschwunden.

Die Novizin, die an der Tür horchte, machte kurz »Pst«

und stürmte auch schon zu ihrer Bettstelle. Auch die anderen Mädchen lagen im Nu wieder brav unter ihrer Bettdecke in der anscheinend vorgeschriebenen Schlafstellung.

Nur Abeline war immer noch wie zur Salzsäule erstarrt, als die Tür aufging und die Wächterin sichtlich erbost hereinkam. »Was ist hier los?«, schrie sie. »Ich werde euch alle melden müssen!«

»Wir haben nichts getan, ehrwürdige Schwester. Die Neue da – sie hat uns zum Lachen gebracht!«, meldete sich Sophia aus dem Hintergrund zu Wort, während die anderen zustimmend nickten.

»Wie das?«, wollte Schwester Afra wissen.

»Sie hat uns gezeigt, wie der Teufel aussieht – so!« Sophia stellte sich auf, steckte sich die Zeigefinger in den Mund und zog damit die Mundwinkel zu einer Fratze, während sie mit dem Körper herumhampelte. Dazu schielte sie, was erneut allgemeine Heiterkeit und Zustimmung unter den Mädchen auslöste.

Schwester Afra bekreuzigte sich. »Heilige Mutter Gottes – steh uns bei, jetzt und in der Stunde unseres Todes!«

»Schluss jetzt, das ist eine glatte Lüge!«, ertönte es plötzlich laut und deutlich hinter der Nonne, die der erneut aufflackernden munteren Aufgekratztheit der Novizinnen vergeblich mit fuchtelnden Gesten Einhalt gebieten wollte. Auf einmal war es mucksmäuschenstill. Alle, auch Abeline, wandten sich erstaunt der Stimme zu, die zu dem Mädchen mit dem Strubbelkopf gehörte, das eben noch eingerollt geschlafen hatte und nun breitbeinig dastand und vehement Partei ergriff. »Was sagst du?«, fragte Schwester Afra sie konsterniert.

»Ich sagte, die Neue hat gar nichts getan. Sophia ist und bleibt ein Lügenmaul. Sie hat angefangen.«

»Was behauptest du da, du dumme Gans?!« Mit diesen

Worten stürzte sich Sophia zornbebend auf das Mädchen, stieß es um, und schon wälzten sich die beiden raufend auf dem Boden, kratzten, bissen und schlugen sich. Die verzweifelte Schwester Afra stand händeringend daneben und schrie: »Bei allen Heiligen! Hört auf! Hört sofort auf, sage ich!«

Ein Kreis hatte sich um die erbitterten Kämpferinnen gebildet, einige Mädchen feuerten sie an, andere sahen mit entsetzten Augen, die Hand vor dem Mund, fassungslos zu, wieder andere bekreuzigten sich, konnten aber eine gewisse Faszination nicht verhehlen und den Blick nicht abwenden. Nur Abeline, der Auslöser für alles, stand mit ihrem Wäschebündel immer noch schreckensstarr da und wusste nicht, wie ihr geschah und wie und ob sie sich auch noch einmischen sollte. Schließlich zerrten ein paar Mädchen und Schwester Afra die gehörig zerrupften Streithühner auseinander, bis sie sich, heftig keuchend, zerkratzt und blutig, mit blitzenden Augen gegenüberstanden. Wenn sie nicht zahlreiche Hände zurückgehalten hätten, wären sie erneut übereinander hergefallen.

In diesem Moment läuteten für alle vernehmlich die Glocken der Klosterkirche. Schwester Afra legte ihre ganze verbliebene Autorität in ihre Stimme, während sie sprach: »Ihr hört es. Die Glocke ruft uns zur Mette. Wenn ihr es jetzt schafft, gesittet und ordentlich, wie es sich für Novizinnen gehört, euch in Reih und Glied in die Kirche zu begeben, als wäre nichts geschehen, dann will ich Gnade vor Recht ergehen lassen und diesen ungeheuerlichen Vorfall nicht melden. Ihr könnt euch vorstellen, was wir alle zu hören bekommen, wenn das herauskommt. Novizinnen, die sich prügeln! Herr im Himmel – hast du so was schon gesehen?«

Sie hob ihre Hände in einer verzweifelten Geste gen Himmel und bekreuzigte sich. »Also – kein Wort mehr, und wir decken den Mantel des Schweigens darüber. Seid ihr damit einverstanden?«

Sie schaute reihum und stellte fest, dass den Mädchen der Ernst der Lage mit all den möglichen Konsequenzen voll und ganz bewusst war, und nickte erleichtert, weil sich anscheinend alle wenigstens in dieser Hinsicht einig waren.

»Ihr auch?«, fragte sie die beiden Kontrahentinnen, die ihre Kratz- und Bisswunden betasteten. Sie nickten ebenfalls, wenn auch noch tödliche Blicke ausgetauscht wurden.

»Worauf wartet ihr dann noch? Reicht euch die Hände!«

Widerwillig gaben sich die beiden Mädchen kurz die Hand.

Schwester Afra klatschte aufmunternd: »Los, los! Macht euch fertig für die Mette!«

Endlich kam Bewegung in die Mädchenschar. Was wie ein einziges Durcheinander aussah, war in Wirklichkeit der Versuch jeder Einzelnen, sich so schnell wie möglich die Ordenstracht anzulegen.

Schwester Afra zeigte auf Abeline. »Und du ziehst dich gefälligst aus und schlüpfst ebenfalls in dein Habit. Deine Sachen gibst du mir. Die brauchst du nicht mehr.«

Siedendheiß durchfuhr es Abeline, dass noch ihr Medaillon in der Innentasche ihrer Tunika steckte.

»Ja – du bist gemeint, gnädiges Fräulein!«, blaffte Schwester Afra Abeline an und stemmte auffordernd ihre Hände in die Hüften. Bei den anderen Novizinnen war wieder vereinzeltes Kichern zu vernehmen. Schwester Afra drehte sich um und herrschte die Mädchen an. »Silentium! Oder muss ich doch die ehrwürdige Priorin davon in Kenntnis setzen?« Ihr strenger Blick war unmissverständlich, sofort kehrte Ruhe ein.

Abeline löste sich endlich aus ihrer Starre und zog sich aus, ihre Sachen legte sie auf ihr Lager; dann versuchte sie in aller

Hast, nach dem Beispiel der anderen, sich ebenfalls Tunika, Skapulier, Schleier und Tuch anzulegen, hatte aber Schwierigkeiten damit, weil sie sich nicht auskannte. Das Mädchen mit den Stoppelhaaren erbarmte sich ihrer und war ihr beim Ankleiden behilflich. »Danke«, flüsterte Abeline.

»Schon gut.«

Sie zurrte Abelines Haube fest, zog sich aber selbst nicht um.

»Kommst du nicht mit?«, fragte Abeline leise.

Sie schüttelte lächelnd den Kopf. »Ich gehöre nicht zum Kloster. Ich übernachte nur hier.«

»Wie heißt du?«, konnte Abeline sie noch fragen.

»Magdalena«, sagte sie, legte sich wieder auf ihr Lager, deckte sich zu und blinzelte Abeline mit einem Auge zu.

Schwester Afra ging zur Tür, um die Reihen der sich aufstellenden Mädchen anzuführen. Diesen Moment nutzte Abeline, kniete sich hin, zog blitzschnell das Medaillon aus der Innentasche ihrer abgelegten Tunika, das sich auch noch verhedderte, und schob es rasch unter Magdalenas Kopf, die sie erstaunt ansah. »Heb es für mich auf«, flüsterte Abeline, bevor sie ihr abgelegtes Bündel packte und es Schwester Afra gab.

Dann reihte sie sich schnell als Letzte in die Schlange der Mädchen ein, die schon aufbruchbereit angeordnet war.

Als Schwester Afra feststellte, dass nun endlich alle Novizinnen bereit zum Abmarsch waren, öffnete sie die Tür, murmelte ein kurzes Dankgebet und ging gemessenen Schrittes, wie es sich geziemte, den Zweierreihen der Mädchen voran, die im Gänsemarsch mit vorbildlicher Ernsthaftigkeit und demütiger Haltung zur Kirche folgten, dem Glockenklang, der zur Mette, der Andacht zur zweiten Stunde nach Mitternacht, rief, entgegen.

VII

Die Mette verlief geradezu vorbildlich. Die Novizinnen, die normalerweise stets Gefahr liefen, bei der frühmorgendlichen Andacht in ihrem Chorgestühl rechts vom Altar der Klosterkirche – das linke war für die Nonnen reserviert – einzunicken, weil sie noch nicht so recht an den täglichen und vor allem nächtlichen Rhythmus der Andachten gewöhnt waren, legten diesmal eine besonders muntere Fröhlichkeit an den Tag. Sie beteten und sangen mit so großer Inbrunst, dass die Priorin, die die Vigil wie alle anderen Andachten als Vorsängerin leitete, schon den leisen Verdacht schöpfte, dass irgendetwas nicht stimmte. Sie konnte nur nicht herausfinden, was es war. So sehr sie auch heimlich aus den Augenwinkeln die unschuldigen Gesichter unter den Hauben beobachtete – überall war nur eifrige Hingabe an die gottgefällige Heiligkeit des Augenblicks zu erkennen. Die Klosterkirche war zwar von Dutzenden Kerzen erleuchtet, aber diese spendeten nur ein schummriges Dämmerlicht, so dass die Kratzer und blauen Flecken in Sophias engelsgleichem Antlitz nicht weiter auffielen. Nur Schwester Afra, die dafür zuständig war, während der Andacht mit einer Öllampe in die Gesichter der Anwesenden zu leuchten, um zu kontrollieren, ob auch niemand eingeschlafen war, sah die kleinen Auswirkungen der handfesten Auseinandersetzung bei der Novizin, aber sie würde sich hüten, davon eine Meldung zu machen. Es reichte ihr schon, dass sie sich nach der Mette bei Schwester Hiltrud melden musste, um von ihr abgekanzelt zu werden und ihre Strafe aufgebrummt zu bekommen. Der Strafenkanon war genauestens geregelt und, abhängig von der Schändlichkeit des Fehltritts, in drei Kategorien eingeteilt: leichte, mittlere und schwere Vergehen. Dazu kam die Unterscheidung, die zwischen Nonnen und Novizinnen gemacht wurde. Bei Nonnen kam die Prügelstrafe so gut wie nicht vor, aber bei den Novizinnen war sie nicht außergewöhnlich. Die Äbtissin wollte damit nichts zu tun haben, sie stand über diesen profanen Angelegenheiten und überließ die innere klösterliche Gerichtsbarkeit voll und ganz ihrer Vertreterin Schwester Hiltrud. Diese war, obwohl sie sich immer mit einer Aura von strenger, aber gerechter Befehlsgewalt umgab, eine ausgesprochen erfinderische Meisterin im Ausdenken und Umsetzen von neuen Strafen. Das reichte von einem Bußrutschen auf den bloßen Knien einmal um die Kirche herum über stundenlanges Stillstehen vor dem Altar bis zum Untertauchen im eiskalten Rhein im Winter – eine von den Nonnen besonders gefürchtete Strafe, weil sie meistens auch noch damit verbunden war, dass man in der nassen Tunika im Freien ausharren musste, bis die Priorin fand, dass man genug gebüßt hatte.

Nicht umsonst sang Schwester Afra mit besonderer Inbrunst mit, weil sie es dank ihrer Geistesgegenwart geschafft hatte, im Dormitorium gerade noch rechtzeitig den Deckel auf den Topf der aufquellenden unchristlichen Albernheit – ein sicheres Zeichen für die Anwesenheit des Teufels – zu setzen, bevor die unglaubliche rebellische Stimmung übergekocht und an die Ohren der Priorin gelangt wäre. Aber sie beschloss, diesen Neuankömmling namens Abeline zukünftig im Auge zu behalten. Zwar sah sie jetzt, im Licht der Öllampe und mit Hingabe singend, wie die Verkörperung der

Unschuld aus, doch vielleicht war das nur eine Maskerade, eine raffinierte Täuschung, unter dessen Deckmantel ein Wesen versteckt war, das die anderen Mädchen zu Unruhe und Auflehnung anstiftete, wer weiß. Ein fauler Apfel im Korb konnte alle anderen gesunden anstecken, das hatte der Herr in seiner für den Menschen nicht nachvollziehbaren Weisheit nun einmal so eingerichtet. Wahrscheinlich, um die Festigkeit im Glauben zu prüfen.

Schwester Afra war einfach gestrickt, als Gerüst für ihre Standhaftigkeit in jeder erforderlichen Lebenslage hatte sie stets einen weisen Spruch parat. Allzu viele aufregende oder spektakuläre Ereignisse gab es im monotonen Tagesablauf eines Nonnenklosters normalerweise Gott sei Dank nicht. Damit war sie zufrieden, aus der Wiederkehr des ewig Gleichen schöpfte sie ihre Stärke und Kraft, deshalb war Mariaschnee der einzig mögliche Ort, den Gott für sie vorgesehen hatte. In ihren Gebeten konnte sie dem Herrn gar nicht oft genug dafür danken, was sie auch jetzt tat, als die Priorin vor dem Altar den abschließenden Segen sprach.

Schwester Afra setzte sich wieder an die Spitze des Zuges der Novizinnen und führte die Mädchen genauso gesittet zurück ins Dormitorium, wie sie hergekommen waren. Dort musste sie nicht einmal einschreiten, so zügig und lautlos ging das Ausziehen der Ordenstracht bis auf die Tunika vonstatten. Magdalena, die ihre Privilegien wie immer schamlos ausnutzte, lag leise schnarchend auf ihrem Strohlager und wachte nicht auf, während sich die Novizinnen zum Schlaf hinlegten. Über Magdalena konnte sich Schwester Afra regelmäßig aufregen. Die war auch so ein fauler Apfel, der mit seiner Streitlust immer einen Grund fand, Unfrieden zu stiften. Aber sie hatte eben eine Sonderstellung im Kloster, in dem sie je nach Lust und Laune übernachtete, weil sie der ehrwürdigen Mutter Äbtissin hin und wieder einen besonderen Gefallen tat, ebenso wie ihr Vater, ein seltsamer Mensch, aber ein geschickter Handwerker und kunstfertiger Maler. Magdalena hatte sich bei der Äbtissin unentbehrlich gemacht, weil sie eine außerordentlich geschickte Vogelfängerin war und ihr jeden Vogel besorgen konnte, den es im heimischen Umland gab, eine Schrulle, die Schwester Afra nicht verstand. Aber sie musste nicht alles verstehen, schließlich war sie ja auch nicht Äbtissin. Im Gegenzug durfte Magdalena, wann immer sie wollte, im Kloster am Schreib- und Leseunterricht teilnehmen, sie war darin schneller und besser als die meisten Novizinnen ihres Alters, ein wissbegieriges, gewitztes Mädchen, das, bei strengerer Erziehung, eine wunderbare Dienerin Gottes hätte werden können, davon war Schwester Afra überzeugt. Aber sie fragte ja keiner, schließlich war sie nur für die niederen Wach- und Schließdienste eingeteilt und für die Züchtigung und Sauberkeit der Novizinnen zuständig. Sie kontrollierte noch einmal, ob alle Mädchen die ordnungsgemäße Schlafstellung eingenommen hatten und richtig zugedeckt waren, dann verließ sie das Dormitorium. Eine Weile lauschte sie noch an der Tür, aber diesmal schien alles ruhig zu bleiben. Gerade wollte sie es sich auf ihrem Hocker so gemütlich wie möglich machen, als ihr noch rechtzeitig einfiel, dass sie sich ja nach der Mette noch bei Schwester Hiltrud hätte melden sollen. Sie raffte ihr Habit zusammen und machte sich, so schnell es ihr fortgeschrittenes Alter zuließ, auf den Weg, um sich anzuhören, was ihr die Priorin als Strafe aufbrummen würde. Beim bloßen Gedanken daran seufzte sie und hoffte, dass Schwester Hiltrud die ganze Angelegenheit mit nicht mehr als drei Vaterunsern auf den Steinfliesen kniend vor dem Altar auf sich beruhen lassen würde, was in ihrem Alter und mit ihren morschen Knochen schon Tortur genug war. Sie bekreuzigte sich sicherheitshalber und schickte ein unausgesprochenes Stoßgebet zum Himmel, bevor sie an die Tür zu den Räumlichkeiten der Priorin klopfte.

Abeline sah wieder ihren Vater, wie er den Arm nach ihr ausstreckte und immer tiefer im tintenschwarzen Wasser verschwand. Er wollte um Hilfe schreien, aber es kamen nur Luftblasen aus seinem Mund. Kurz bevor er endgültig im Nichts versank, tauchte plötzlich ein verschwommenes Gesicht auf, das ihr bekannt vorkam. Es war zunächst unscharf, nahm erst allmählich Konturen an und wurde zu Magdalena, allerdings war sie nun älter und weiblicher, und lange rotblonde Haare umwehten wie wogende Wasserpflanzen ihr Antlitz, das anfing zu grinsen ...

»He, du Schlafmütze – wach gefälligst auf! Bist du taub? Die Glocke ruft zur Laudes!« Abeline merkte, wie sie recht derb an den Schultern gerüttelt wurde. *Das konnte doch nicht sein, sie war doch gerade erst eingeschlafen* ... Sie blinzelte und rieb sich die Augen. Magdalena hockte wie ein Troll mit ihrer Igelfrisur vor ihr und hatte ihr kleines Bündel schon gehfertig gepackt, von den hoch gelegenen Fenstern drang erstes fahles Tageslicht und Glockenläuten herein, also hatte Magdalena doch recht und nahm sie nicht auf den Arm: Die nächste Andacht stand an, es musste zwischen der fünften und der sechsten Stunde am Morgen sein. Acht Andachten waren pro Tag vorgeschrieben – Abeline stöhnte innerlich auf, als ihr das wieder einfiel. Die anderen Mädchen waren schon aufgestanden und machten sich fertig. Abeline schlüpfte so schnell wie möglich in ihr Habit, diesmal stellte sie sich schon etwas geschickter an, obwohl sie eigentlich noch ziemlich schlaftrunken war.

In dem Moment kam Schwester Afra herein und klatschte in die Hände – das war ihre übliche Aufforderung zur Eile.

Magdalena flüsterte Abeline noch schnell etwas zu. »Ich muss jetzt gehen. Lass dir nur ja nichts gefallen von Sophia, sie ist ein hinterlistiges Biest. Wir sehen uns irgendwann, falls du dann noch da bist.«

Abeline warf ihr einen verwunderten Blick zu. »Wo sollte ich denn sonst sein?«

Magdalena grinste sie an. »Na, abgehauen. Du wärst nicht die Erste, die es nicht bis zur Profess durchhält.«

Schwester Afra humpelte schon an der Spitze ihrer Mädchenschar hinaus – ihre Knie schmerzten noch vom Strafbeten vor dem Altar, zehn Vaterunser abwechselnd mit Ave Maria auf harten Erbsen! – und Abeline musste sich sputen, um den Anschluss nicht zu verlieren, aber Magdalena hielt sie kurz am Ärmel fest und öffnete ihre rechte Hand. Darin war das Medaillon von Abelines Mutter. »Wenn es dir recht ist, werde ich es für dich verwahren.«

Abeline berührte es kurz und sah Magdalena beschwörend an. »Verlier es nicht – es ist von meiner Mutter ...«

»Keine Bange. Ich werde es hüten wie meinen Augapfel«, wisperte Magdalena und steckte es in ihr Wams. »Wenn du mich suchst, nimm die Landstraße Richtung Nordwesten, bis du nach Hirschlingen kommst, und frag einfach nach Meister Albert. Das ist mein Vater. Jeder kennt ihn und weiß, wo er wohnt.«

»Meister Albert ...«, nickte Abeline etwas verwirrt, weil sie mit ihren Gedanken schon ganz woanders war, und rannte dann den anderen Novizinnen nach, die bereits im Gang zur Klosterkirche verschwanden. Magdalena blickte ihr hinterher, kratzte sich am Kopf, packte ihr Bündel und machte sich gutgelaunt auf den Weg ins Refektorium, um sich in der Klosterküche etwas zum Essen zu stibitzen. Sie hatte einer der Köchinnen, einer Laienschwester, schon die eine oder andere willkommene Zutat für die Küche besorgt

– Magdalena war nicht nur eine geschickte Vogelfängerin, sondern auch eine versierte Pilz- und Kräutersammlerin –, die würde bestimmt wegschauen.

VIII

In den ersten Tagen versuchte Abeline, so wenig wie möglich aufzufallen und sich, so gut es ging, in die Gemeinschaft und den streng geregelten Ablauf des klösterlichen Alltags einzufügen. Da sie ein heller Kopf war und eine schnelle Auffassungsgabe hatte, fiel ihr das nicht weiter schwer. Im Gegenteil, dieses Verhalten half ihr, die Sorgen um ihren Vater und ihre Mutter zu verdrängen, die immer wieder wie eine schwarze Wolkenwand an ihrem Gemütshorizont auftauchten. Vor lauter Anweisungen und Vorschriften, die sie sich einprägen und an die sie sich erst gewöhnen musste, kam sie kaum dazu, über irgendetwas anderes nachzudenken. Außerdem beherzigte sie den Ratschlag ihres Vaters, nicht aus der Reihe zu tanzen und unnötig die Aufmerksamkeit anderer auf sich zu ziehen. Die Aufregung und Unruhe bei ihrer Ankunft – wenn sie sie auch nicht willentlich verursacht hatte – war schon des Guten zu viel gewesen. Abeline war Magdalena noch im Nachhinein dankbar für ihr Eingreifen, denn das hatte ihr bei den anderen Mädchen doch einen gewissen Respekt verschafft, vorerst ließen sie sie in Ruhe – oder, was an Auswirkung das Gleiche war: Man strafte sie mit Nichtbeachtung. Abeline konnte das nur recht sein.

Im Lesen und Schreiben war sie den anderen Novizinnen weit voraus, aber auch auf diesem Gebiet hielt sie sich lieber zurück und tat so, als wäre sie eifrig bemüht, Rückstände aufzuholen, um mit den anderen Mädchen mithalten zu können. Sie merkte, dass die Priorin ihr heimliches Augenmerk auf sie gerichtet hatte, und gab sich, wenn Schwester Hiltrud anwesend war, besondere Mühe, ihr Licht unter den Scheffel zu stellen. Es fiel ihr umso leichter, weil die Mädchen unter der heimlichen Anführerschaft von Sophia eine stille und scheue Novizin namens Ida als Zielscheibe ihrer versteckt ausgetragenen schlechten Scherze und kleinen, hinterlistigen Bösartigkeiten auserkoren hatten. Das lenkte von der verständlichen Neugier für einen Frischling, wie es Abeline in der Klostergemeinschaft war, sehr schnell wieder ab und fokussierte die Hauptaufmerksamkeit in den Niederungen der Rangordnung erneut auf das geborene Opfer Ida. Sie war ein Mädchen, das beim ersten Schlag prompt den Kopf einzog und auf den zweiten wartete, anstatt sich zu wehren – dazu war sie einfach nicht fähig. Abeline hörte sie des Öfteren nachts zwischen den Andachten leise weinen. Ida hatte ihre Schlafstelle neben ihr. Wenn sie es aber wagte, zu ihr hinüberzuschleichen und sie leise flüsternd zu fragen, was sie denn habe, ob sie vielleicht krank sei, dann drehte ihr Ida nur abweisend die Schulter zu und schmollte. Schwester Afra war viel zu einfältig, um die vielen kleinen Gemeinheiten gegen Ida mitzubekommen – dass etwa ihre Haube versteckt worden oder der einzige Brief ihrer Mutter, den sie wie einen Schatz hütete, plötzlich spurlos verschwunden war. Niemand, auch die Priorin nicht, hielt es für nötig, gegen das allgemeine Kichern einzuschreiten, das regelmäßig unter den drei Spießgesellinnen von Sophia – Agnes, Richardis und Hadwig – ausbrach, wenn Ida sich wieder einmal besonders dumm angestellt hatte oder sich beim hastigen Hinunterschlingen des Hirsebreis verschluckte und einen Hustenanfall bekam. Es wurde nur auf den Tisch geklopft und allgemein zur Ruhe aufgefordert, aber niemand nahm

Ida in Schutz, im Gegenteil: Abeline wurde noch mit bösen Blicken bedacht, weil sie die Einzige war, die Erbarmen mit ihrer Mitschwester hatte und ihr hilfreich auf den Rücken klopfte, bis sie wieder Luft bekam. Alle Augen waren auffordernd auf Abeline gerichtet, die eine ganze Weile brauchte, bis sie endlich verstand und sich mit einem Knicks vor Schwester Hiltrud dafür entschuldigte, während des Essens ohne zu fragen aufgestanden und einer Novizin zu Hilfe gekommen zu sein. Abeline beschlich allmählich der irritierende Verdacht, dass Schwester Hiltrud das Treiben der vier Freundinnen bis zu einem gewissen Grad tolerierte. Denn einmal beobachtete sie die Priorin sogar dabei, dass sie, die leibliche Verkörperung der Klosterkorrektheit, kaum ein Grinsen unterdrücken konnte, als Ida an der Reihe war, zu einer Mahlzeit am Pult des Refektoriums vorzulesen, und sich bei einem lateinischen Text aus den Heiligenlegenden ständig vor Aufregung verhaspelte und dann die Worte »via dolorosa« wie »virosa« aussprach. Allerdings war das nur der perfekt lateinisch sprechenden Schwester Hiltrud aufgefallen, die es tunlichst vermied, den Novizinnen und Nonnen diesen hochnotpeinlichen Versprecher näher zu erläutern oder Ida deswegen zu maßregeln. Ida fiel ihre Fehlleistung gar nicht weiter auf, sie wusste genauso wenig wie Abeline, dass »virosa« mit »mannstoll« zu übersetzen war, und erst recht nicht, was das nun wieder bedeutete, aber Sophia und ihre Freundinnen schienen es zu wissen. Jedenfalls warfen sie sich vieldeutige Blicke zu und prusteten schließlich los, bis die Priorin aufstand, Ida vom Pult wegzog und sie, die nicht einmal ansatzweise verstand, weswegen sie jetzt wieder bestraft wurde, mit dem Gesicht zur Wand stellte, wo sie bis zur Complet regungslos verharren musste.

Die Priorin drehte sich demonstrativ zu den Nonnen und Novizinnen und wartete, bis auch die Letzte aufgehört hatte, zu löffeln, und aufmerksam zuhörte: »Nemo prudens punit, quia peccatum est, sed ne peccatur.«

Sie ließ ihre Worte einsickern, dann winkte sie Sophia und meinte maliziös lächelnd: »Und damit es auch diejenigen unter euch verstehen, die immer noch nicht recht des Lateinischen mächtig sind, wird Sophia diesen Ausspruch von Seneca jetzt übersetzen.«

Sophia stand auf, steckte eine widerspenstige Locke zurück unter ihre Haube und deklamierte mit klarer, überdeutlicher Stimme, ohne auch nur ein bisschen zu stocken: »Kein Kluger straft, weil gefehlt worden ist, sondern damit in Zukunft nicht gefehlt werde.«

Sie bekam ein bestätigendes Nicken von der Priorin und setzte sich wieder. Dabei konnte sie ein selbstzufriedenes Grinsen doch nicht ganz verbergen, weil sie demonstriert hatte, dass sie erstens die Beste in Latein war und zweitens die Lieblingsschülerin von Schwester Hiltrud, wodurch sie eine Sonderstellung innehatte, die es ihr erlaubte, gelegentlich gewisse Grenzen zu überschreiten, was für alle anderen undenkbar war.

Von diesem Augenblick an war Abeline klar, warum Ida jedem misstraute und dass sie allen Grund dazu hatte. Als sie mit ihr allein war, weil sie Küchendienst hatte und abräumen musste – es war eine der wenigen Gelegenheiten, zu der niemand anders zugegen war, was ohnehin äußerst selten vorkam –, wollte sie Ida trösten. Wieder einmal liefen ihr Tränen über die Wangen, während sie starr zur Wand blickte. Abeline wischte sie mit ihrem Ärmel ab, aber Ida schenkte ihr dafür nicht einmal den Ansatz eines Lächelns. Auch jetzt ließ sie niemanden an ihrem heimlichen Kummer teilhaben und verhielt sich Abeline gegenüber genauso wie bei allen anderen Novizinnen: kalt und abweisend. Bis die

Situation bei der allwöchentlichen Sonntagsmesse schließlich eskalierte …

Die Sonntagsmesse wurde gewöhnlich von Pater Rasso zelebriert, der dazu jedes Mal aus dem Männerkloster Hirschlingen mit einem Pferdegespann herangefahren werden musste, weil er zu betagt war, um noch reiten zu können. Er war vom Fürstbischof dazu eingeteilt, die heilige Handlung, die nur ein geweihter Priester vornehmen durfte, zu vollziehen. An hohen Feiertagen war es sogar üblich, dass sich der Bischof persönlich aus Konstanz ins Kloster Mariaschnee bemühte, um die Verbundenheit mit der Äbtissin zu demonstrieren und den nicht unerheblichen wirtschaftlichen und spirituellen Beitrag des Klosters für die Heilige Mutter Kirche entsprechend zu würdigen.

Pater Rasso, ein älterer, gebrechlicher Priester, dem die umständliche und beschwerliche Anreise bei jeder Witterung zunehmend schwerer fiel, zeigte gelegentlich gewisse Abweichungen und Aussetzer im Ablauf der liturgischen Handlung, über dessen Klippen ihm Schwester Hiltrud als Vorsängerin geschickt und unauffällig wie immer hinweghalf. Schließlich gab es keine Alternative – die Kommunion abzuhalten war eben nur einem geweihten Priester gestattet und keiner Frau, selbst der Äbtissin nicht. Ein ums andere Mal war die ehrwürdige Schwester Bertha sogar schon beim Fürstbischof in Konstanz deswegen vorstellig geworden und hatte um Ablösung des greisen Priesters nachgesucht. Der Fürstbischof war jedoch der unumstößlichen Meinung, dass man vom Priesteramt nur von Gott abberufen werden konnte, und so zelebrierte der tattrige Pater Rasso nach wie vor die Messen in Mariaschnee und nahm die Beichte ab.

Als schließlich der Moment der Eucharistie gekommen war, in der den Novizinnen und Nonnen die Kommunion gespendet werden sollte, legte sich wie immer nach dem Läuten der Glocke, die die Transsubstantiation anzeigte, ein respektvolles Schweigen über die Gemeinde der Gläubigen, ein tiefes Innehalten, so als hätte sich mit dem Geruch des Weihrauchs auch der Heilige Geist in der Klosterkirche ausgebreitet. Jetzt war der schwierigste Moment gekommen, denn der greise Pater Rasso musste im Stehen die langen Reihen der wartenden Nonnen und Novizinnen an sich vorüberziehen lassen und jeder Einzelnen das Sakrament der heiligen Kommunion spenden, eine langwierige und für ihn anstrengende Zeremonie. Schwester Hiltrud, die um die Schwäche des Paters wusste, stand ihm, so gut es ging, zur Seite und reichte ihm unbewegten Gesichts Leib und Blut Christi in Form von Hostien auf einem Silbertablett und Wein in einem vergoldeten Kelch. Hiermit erteilte Bruder Rasso, ganz wie es vorgeschrieben war, die Kommunion an die Frauen und Mädchen des Klosters. Dabei versuchte er, was er mit Müh und Not noch vermochte, die entsprechenden Worte zu formulieren, allerdings waren sie nicht mehr richtig zu verstehen, denn er hatte keine Zähne mehr und nuschelte sie nur oberflächlich herunter, dem Zeitdruck und der großen Anzahl der nach Vergebung und Labsal dürstenden Sünderinnen in weißem und schwarzem Habit geschuldet.

Abeline rückte Schritt um Schritt langsam in der Schlange der Wartenden nach vorn, die Äbtissin, die an der Seite des Altars stand, beobachtete mit Argusaugen ihre Schäflein, auf dass alles regelgerecht und im Gleichklang mit dem immerwährenden göttlichen Herzschlag geschah. Vor Abeline war nur noch Sophia, davor Ida, die nun an der Reihe war, zwei Schritte nach vorn auf Pater Rasso zuzugehen. Als sie dazu ansetzte und ihren linken Fuß hob, berührte Sophia, von allen anderen außer Abeline unbemerkt, sie leicht mit ihrer Fußspitze an der Hacke, was zur Folge hatte, dass Ida stolperte, ins Straucheln geriet, die Arme in einer instinktiven Geste hochriss und Schwester Hiltrud das Silbertablett mit den Hostien und den Kelch mit dem Wein im vergeblichen Rudern nach Halt im Fallen aus den Händen schlug. Die metallenen Gefäße, die den Leib und das Blut Christi enthielten, schwebten einen winzigen Augenblick in Brusthöhe des Priesters und schleuderten durch den Schwung die Hostien und den Wein in die Höhe, verfolgt von Dutzenden entsetzten Augenpaaren, die zusehen mussten, wie in diesem Moment etwas Entsetzliches, ja, Gotteslästerliches vonstatten ging und die konsekrierten Kommunionsutensilien entweiht wurden. Das Tablett und der Kelch schepperten so laut auf den Steinfußboden, dass alle Anwesenden zusammenzuckten und sich bekreuzigten. Der Wein bespritzte das liturgische Gewand des Priesters und das jungfräulich weiße Habit der Priorin, die beide mit einem Mal aussahen, als wären sie mit Blut besudelt. Die Reaktion von Schwester Hiltrud erfolgte so unerwartet und blitzschnell wie die eines heftig zuschnappenden Reptils – mit voller Kraft schlug sie Ida, die sich noch an die Beine der Priorin klammerte, mit der flachen Hand ins Gesicht, so dass der klatschende Hieb das schmächtige Mädchen auf der Stelle zu Boden streckte.

Einen Atemzug lang schien die Welt stillzustehen, so groß war die Erschütterung über Idas blasphemische Gräueltat.

»Du dumme Gans, was hast du getan?!«, schrie die Priorin sie an. »Du bist ja noch einfältiger, als Gott erlaubt! Ist dir eigentlich klar, dass du dich gegen den Leib und das Blut unseres Herrn versündigt hast? Du bist wahrlich vom Teufel besessen!« Sie begleitete ihre Hasstiraden mit Fußtritten und spuckte dabei Gift und Galle, dass es im Tempel des Herrn nur so hallte.

Ida kauerte am Fuß des Altars und hielt ihre Arme schützend über den Kopf. »Ich hab doch nichts getan«, schluchzte sie. »Ich hab nichts getan. Sophia hat mir ein Bein gestellt!«

»Was fällt dir gemeinem Luder ein, deine übergroße Schuld auch noch auf andere zu schieben?«

Ida wimmerte nur noch vor sich hin. Die Priorin in ihrem Furor wollte noch mal auf Ida eintreten, die Novizinnen und Nonnen waren immer noch unfähig, sich zu bewegen, der Pater stand nur da und sah hilflos an seinem befleckten Messgewand herunter, aber die Äbtissin hatte sich als Erste von ihrem Schrecken erholt und zog Schwester Hiltrud gerade noch rechtzeitig zurück. »Schluss damit! In meiner Kirche wird nicht geschlagen!«

Sie und Schwester Hiltrud starrten sich einen Moment an, bis die Vernunft bei der Priorin wieder Oberhand gewann und sich ihre Wutgrimasse entspannte. Die Äbtissin ließ sie schließlich los, und Schwester Hiltrud hatte sich wieder ganz im Griff. Sie wandte sich an Ida, die als wimmerndes Häufchen Elend am Boden lag.

»Du stehst jetzt sofort auf und sammelst die Hostien bis auf den letzten Krümel wieder auf. Und das Blut Christi wischst du mit deinen Ärmeln vom Boden. Bis auf den letzten Tropfen!«

Alles wartete, was jetzt geschehen würde. Ida erhob sich schwerfällig, als würde das Gewicht der Welt auf ihren Schultern lasten. Da sagte Abeline laut in die quälende Stille hinein: »Sophia hat ihr einen Fuß gestellt. Ich hab's gesehen.«

Abeline wusste selbst nicht, warum ihr das herausrutschte, und kaum dass es heraus war, bereute sie es auch schon. Aber plötzlich war sie im Mittelpunkt der Aufmerksamkeit. Mit schmalen Lippen und mühsam unterdrücktem Zorn kam die Priorin auf sie zu und blieb eine Handbreit vor ihrer

Nase stehen. »Was sagst du da?« Sie durchbohrte förmlich Abelines Augen, und Abeline hätte ihren Blick in Demut auf den Boden richten sollen, aber sie widerstand dem inzwischen in Fleisch und Blut übergegangenen Reflex und antwortete: »Ich habe gesehen, wie Sophia Ida zum Stolpern gebracht hat. Mit voller Absicht.«

In diesem Augenblick hätte man eine Nadel fallen hören können, so still war es in der Klosterkirche geworden.

Die Äbtissin wandte sich langsam zu Sophia um, deren Gesicht puterrot angelaufen war und die hilfesuchend Schwester Hiltrud ansprach: »Das ist gelogen!«

Urplötzlich, niemand hatte damit gerechnet, drehte sie sich zu Abeline um und warf sich schreiend auf sie: »Du verdammte Lügnerin …!«

Abeline war auf den Angriff nicht gefasst, und Sophia hatte sich mit einer solchen Wut auf sie gestürzt, dass sie beide zu Boden gingen. Sophia kniete über Abeline und versuchte, ihr das Gesicht zu zerkratzen. Abeline wehrte sich nach Kräften, aber gegen die stämmige Sophia kam sie nicht an.

»Trennt die beiden, sofort!«

Die schneidende Stimme der Äbtissin brachte die zaudernden Nonnen und Novizinnen endlich dazu, beherzt einzugreifen und Sophia und Abeline auseinanderzuziehen. Etliche Arme zerrten die beiden Mädchen hoch und hielten sie fest. Abeline hatte blutige Kratzer im Gesicht, beide keuchten heftig und warfen sich tödliche Blicke zu.

Die Priorin stand mit wachsbleichem Gesicht daneben, die Arme seitlich ausgestreckt – so, als ekle sie alles an, wisse aber nicht, was sie dagegen tun sollte, außer sich still zu verhalten und abzuwarten, was die ehrwürdige Mutter, Schwester Bertha, sagte. Die Äbtissin musste ihre Autorität wieder herstellen und herrschte die beiden Mädchen und alle Anwesenden barsch an. »Ich will kein Wort mehr hören! Dieser Vorfall ist so unglaublich, dass er einer genauen Untersuchung und Erörterung bedarf. Ihr alle drei ...« – und damit wies sie auf Sophia, Abeline und Ida, die schon auf den Knien begonnen hatte, alle Hostien mit spitzen Fingern einzusammeln, als ob sie damit verhindern könne, dass sie noch mehr entweiht wurden – »kommt nach der Non in mein Empfangszimmer. Schwester Hiltrud, Ihr seid dafür verantwortlich, dass die drei Novizinnen getrennt voneinander in einzelnen Zellen darüber nachdenken, wie sehr sie sich gegen Gott und die Klostergemeinschaft versündigt haben. Schafft sie hinaus – sofort!«

Abeline und Sophia ließen sich fügsam hinausführen, während Ida noch immer auf dem Boden herumkroch und wie besessen versuchte, mit den Ärmeln den verschütteten Wein aufzuwischen. Der Äbtissin, die sich bisher trotz der Eskalation der Ereignisse einigermaßen im Griff gehabt hatte, gingen nun doch bei diesem Anblick endgültig die Nerven durch, und sie brüllte: »Extra omnes! Geht mir aus den Augen, alle! Ich erkläre die heutige Messe für abgebrochen!« Damit drehte sie sich abrupt um, schlug die Hände über dem Kopf zusammen, bekreuzigte sich, küsste ihr kleines Kreuz, das an einer Kette um ihren Hals hing, kniete sich vor den Altar und fing an, murmelnd zu beten.

Einige der älteren Nonnen erfassten als Erste den Ernst der Lage und winkten und schoben die anderen hinaus, zwei Nonnen fassten Ida unter den Achseln und schleiften sie hinterher. Nur Pater Rasso blieb in seinen besudelten Gewändern völlig verunsichert stehen und schien immer noch nicht zu verstehen, was sich da eben vor seinen Augen abgespielt hatte. Er sah sowieso alles nur noch durch einen grauen Nebelschleier, was zusammen mit seinem schlechten Gehör nicht unbedingt ein Nachteil, sondern in diesem Fall vielleicht sogar eine ausgesprochene Gnade war.

IX

Die Kirchenglocke läutete zur dritten Stunde am Nachmittag, die kräftige Sonne erhellte die Kreuzganggalerie, die am Langhaus entlangführte und hinter der sich der Kapitelsaal befand. Schwere Pfeiler stützten die Arkaden und spendeten willkommenen Schatten, denn es war hochsommerlich heiß. Den drei Mädchen, die jeweils unter der unerbittlichen Aufsicht einer Nonne standen und streng getrennt voneinander an drei aufeinanderfolgenden Stützpfeilern warteten, lief aber auch so schon der Schweiß herunter. Nicht nur, weil sie unter ihrem Habit und der Haube sowieso schwitzten, sondern auch, weil sie jetzt, wo die Non vorbei war, einzeln der Vorsteherin des Klosters Rede und Antwort stehen mussten und entsprechend der Schwere ihres Vergehens mit empfindlichen Strafen zu rechnen hatten. Sophia und Ida war das Strafmaß, das auf sie zukam, nur zu gut bekannt. Sie waren schon über ein Jahr in Mariaschnee und hatten bereits etliche Male miterlebt, was es bedeutete, wenn man sich etwas zuschulden kommen ließ, was den ehernen Statuten und streng geregelten Abläufen und Verhaltensmaßregeln des Klosters zuwiderlief. Schon das zweimalige Einnicken während der nächtlichen Vigil oder der Laudes hatte bei den Novizinnen eine Prügelstrafe zur Folge, die aus mindestens drei Schlägen mit der Geißel auf den nackten Rücken bestand. Diese Vorstellung allein konnte den Mädchen schon den Angstschweiß auf die Stirn treiben.

Abeline war neu hier, aber auch sie ahnte, nach dem, was sie so mitbekommen hatte bei den wenigen Gelegenheiten, wenn sich die Mädchen nachts neueste Gerüchte und Schauermärchen zuflüsterten, dass sie in diesem Fall nicht mit ein paar Vaterunsern davonkommen würde – obwohl sie, wie sie fand, sich eigentlich gar nichts hatte zuschulden kommen lassen. Sie hatte zwar Ida verteidigt, aber sie hatte schließlich nur die Wahrheit gesagt. Und davon würde sie auch nicht ein Iota abweichen, das hatte sie sich ganz fest vorgenommen, egal, womit ihr die Äbtissin oder deren Stellvertreterin drohen würde. Abeline kniff die Augen zusammen und blinzelte in die Sonne. Zum ersten Mal seit längerer Zeit – sie hatte dieses Bedürfnis verdrängt wie ein schlimmes Erlebnis – dachte sie wieder an ihre Mutter und ihren Vater. Sie wusste, dass ihre Mutter in großer Gefahr gewesen war, als sie von ihrem Vater aus der elterlichen Burg weggebracht worden war. Ihr schrecklicher Traum kehrte immer wieder, und sie sah das Gesicht ihrer Mutter schmerzverzerrt in Flammen aufgehen. Aber was das bedeutete, konnte sie sich nicht zusammenreimen. Dass ihr Vater eine barmherzige Lüge für den fluchtartigen Aufbruch angewandt hatte, indem er den Ausbruch einer ansteckenden Krankheit vorgetäuscht hatte, um seine Tochter nicht noch mehr zu ängstigen, das ahnte sie nur zu genau. Erwachsene dachten immer, die Kinder wären so töricht, dass sie nichts mitbekommen würden von den Sorgen und Fährnissen ihrer – der wahren – Welt. Das war so dumm und einfältig von ihnen, sie meinten tatsächlich, das ganze Leid und den Schmutz, die Trauer und das Elend von ihren Kindern fernhalten zu können, jedenfalls ihre Eltern, da war sich Abeline absolut sicher. Warum sie ausgerechnet in diesem Augenblick an Vater und Mutter denken musste, wusste sie nicht. Schließlich stand ihr ein schwerer Gang bevor, der mit einer ungerechten und harten

Strafe enden würde, in der Hinsicht machte sie sich keine Illusionen. Eine körperliche Züchtigung fürchtete sie eigentlich nicht, sie würde die Zähne zusammenbeißen und nicht den Ansatz einer Reaktion zeigen, das nahm sie sich ganz felsenfest vor. Die Demütigung würde viel schlimmer sein für sie. Oh ja, Abeline konnte hart sein, auch und besonders sich selbst gegenüber. »Wenn dir einer weh tun will, dann darfst du ihm niemals die Genugtuung geben, dass er damit bei dir etwas erreicht, das macht es nur noch schlimmer. Winsle niemals um Gnade, niemals. Dafür sind wir Melchinger zu stolz«, hatte ihr Vater einmal zu ihr gesagt. Abeline hatte ihrem Vater immer aufmerksam zugehört und sich das meiste davon eingeprägt, auch wenn sie nicht alles verstanden hatte – sie hatte ein ausgezeichnetes Gedächtnis. Selbstdisziplin war die wichtigste Eigenschaft, die ihr von Kindesbeinen an eingebläut worden und die ihr in Fleisch und Blut übergegangen war.

Jäh wurde sie aus ihren Gedankengängen gerissen, als die Tür zum Kapitelsaal aufgerissen wurde. Schwester Hiltrud stand dort, und jede der drei Novizinnen zitterte nun, ob sie die Erste sein würde. Die Priorin sagte nur »Abeline« und wies in den Saal mit den riesigen Ausmaßen – alles war hoch und weit und wie mit einem göttlichen Maß gemessen, nicht mit einem menschlichen –, die Abeline einschüchterten. Schwester Hiltrud schloss die Tür und schob sie auf dem hallenden Steinboden auf die Äbtissin zu, die an der Stirnseite eines Tisches saß, der so lang war, wie der Tisch Jesu gewesen sein musste, an dem er mit seinen zwölf Jüngern das Letzte Abendmahl gefeiert hatte. Jedenfalls hatte Abeline so einen gewaltigen Tisch erst einmal auf einer Abbildung in einem der frommen Bücher gesehen, die ihre Mutter sorgsam aufbewahrte und in die sie bei seltenen Gelegenheiten einen Blick hatte werfen dürfen. Als sie bis auf drei Schritte an die

Äbtissin herangekommen war, das war der übliche Abstand, wenn man mit jemand Höhergestelltem im Kloster zu sprechen hatte, zupfte Schwester Hiltrud an Abelines Habit, aber Abeline wäre auch von selbst stehengeblieben. Sie stand nun, die Hände im Schoß gefaltet, wie ein armer Sünder und Bittsteller vor der ehrwürdigen Mutter und war gespannt darauf, was kommen würde. Dabei versäumte sie es nicht, demütig den Blick zu senken und zu warten, bis sie angesprochen wurde. Die Priorin setzte sich an die Seite der Äbtissin, die bereits mit unbewegtem Gesichtsausdruck und stumm zugesehen hatte, mit welcher Haltung Abeline hereingekommen war und wie sie es nun vorschriftsmäßig vermied, der ehrwürdigen Mutter Oberin in die Augen zu sehen.

»Was soll ich nur mit dir machen, Abeline?«, seufzte sie schließlich, und Abeline schien es, als wirkte sie nun, da klösterliche Rechtsfindung erfolgen musste und Urteil und Strafmaß festzulegen waren, eher angespannt und müde als wütend und aufgebracht wie während der gründlich misslungenen Messe mit Pater Rasso. Da Abeline ahnte, dass dies nur eine rhetorische Frage war, schwieg sie. Sie hatte sich mit ihrer vorlauten Art schon einmal den Mund verbrannt und würde sich hüten, denselben Fehler noch mal zu machen.

»Du kennst doch Judas?«, eröffnete Schwester Hiltrud überraschend die Vernehmung. »Judas Ischariot.«

Diesmal blieb Abeline nichts anderes übrig, als zu antworten. »Ja, ehrwürdige Mutter. Jedes Christenkind kennt ihn. Er hat unseren Herrn Jesus Christus für dreißig Silberlinge verraten.«

»So ist es«, nickte Schwester Hiltrud bestätigend. »Sag mir, Abeline – bist du ein Judas?«

Abeline hob den Blick und sah der Priorin direkt ins Gesicht. Im Sonnenlicht, das auf sie fiel, obwohl sie unauffällig versuchte, ihm auszuweichen, hatte sie grüngelbe Augen.

Wie eine Katze, fand Abeline. Das war ihr bisher nie aufgefallen. »Nein, ehrwürdige Mutter. Bin ich nicht«, sagte sie mit fester Stimme.

»Und trotzdem hast du deine Mitschwester verraten? Was versprichst du dir davon?«

»Gar nichts«, antwortete Abeline achselzuckend. »Ich habe nur gesagt, was ich gesehen habe. Dass Ida an dem ganzen ... dem ganzen Unglück nicht schuld war.«

»Soso, Unglück nennst du das. Ich nenne die Entweihung der Hostien und des Weines eine schwere Sünde. Eine Sünde, die strengstens bestraft werden muss!« Den letzten Satz hatte sie, sich im letzten Moment noch zügelnd, zischelnd und schneidend wie eine Androhung künftiger Qualen herausgepresst, so dass Abeline leicht zusammenzuckte.

Jetzt hob die Äbtissin, die bisher schweigend, aber aufmerksam zugehört hatte, die Hand, zum Zeichen für die Priorin, dass sie jetzt selbst die weiteren Fragen stellen wollte.

»Ein Verräter ist auch, wer falsch Zeugnis ablegt über seinen Nächsten«, sagte sie nachdrücklich und sah Abeline an, als würde sie ihr eine goldene Brücke bauen wollen.

»Warum sollte ich das tun, ehrwürdige Mutter?«

»Nun – um demjenigen Schaden zuzufügen, beispielsweise.«

»Ich habe nicht vor, einem anderen zu schaden. Warum sollte ich Sophia Schaden zufügen wollen?«

»Ja, warum?«, insistierte Schwester Hiltrud. »Sag du es mir.«

Abeline hatte das unangenehme Gefühl, dass sie in diesem Augenblick von beiden forschenden Augenpaaren regelrecht festgenagelt wurde. Wussten sie etwas davon, dass Sophia Abeline bei deren Ankunft zum Gespött der Novizinnen gemacht hatte? Sie wiederholte mit einem Ausdruck, der vollkommene Unschuld signalisierte: »Ich sage nur, was ich gesehen habe. Ich hege keinerlei böse Gedanken gegen meine Mitschwestern. Auch nicht gegen Sophia. Das ist die reine Wahrheit.«

Beim letzten Satz schlich sich doch ein wenig Trotz in ihr Gesicht, was der Äbtissin nicht entgangen war. Deshalb hakte sie noch einmal nach. »Schwörst du beim Leben deiner Mutter, dass du uns die Wahrheit sagst? Du weißt, was denjenigen geschieht, die einen heiligen Eid brechen?«

»Nein«, sagte Abeline. »Weiß ich nicht.«

Diesmal antwortete Schwester Hiltrud. »Ihre Seelen sind auf ewig der Verdammnis preisgegeben.«

Abeline nickte nur – was sollte sie daraufhin auch entgegnen?

Schwester Hiltrud beugte sich vor. »Also – schwörst du?«

»Ja, ehrwürdige Schwester.«

Die Äbtissin und die Priorin verständigten sich mit einem kurzen Blick, dann winkte die ehrwürdige Mutter mit der Hand. »Es ist gut. Du kannst gehen.«

Abeline zögerte. Sie konnte es gar nicht glauben, dass die Untersuchung damit für sie vorbei war, aber schließlich gab sie sich einen Ruck, machte den üblichen Knicks samt Verbeugung und ging zur Tür.

»Sag Ida, sie soll hereinkommen!«, rief ihr Schwester Hiltrud hinterher, als sie nach der hoch angebrachten Türklinke griff und den Türflügel mühsam öffnete, der so schwer war, dass man sich schon dagegenstemmen musste, wollte man ihn aufbekommen.

Im Arkadengang ging sie gesenkten Blickes an Sophia vorbei, murmelte Ida kurz zu: »Du bist dran!«, und folgte ihrer Aufpasserin, die vorauseilte zu einer leerstehenden Zelle über dem Dormitorium der Novizinnen, wo sich Abeline allein und in Abgeschiedenheit ganz ihrer Schuld und dem Gebet widmen konnte, bis die Urteilsverkündung anstand.

So lange musste sie wohl in der Zelle ausharren, denn sie hörte, wie der Schlüssel im Schloss herumgedreht wurde. Zum ersten Mal in ihrem Leben war Abeline eingesperrt. Sie beschloss, das Beste aus ihrer Situation zu machen, und legte sich auf das einfache Strohlager, wo ihr prompt die Augen zufielen, so erschöpft war sie.

X

Abeline musste vor sämtlichen Insassen des Klosters ihren Rücken entblößen, damit sie zur Strafe ausgepeitscht werden konnte. In diesem schrecklichen Augenblick kamen ihr die Nonnen in ihrem schwarzweißen Habit vor wie monströse und hasserfüllte Eltern, die alle in einem großen Kreis mit dunklen Knopfaugen, in denen sich nur die Fackeln widerspiegelten und nicht das geringste Mitgefühl, um sie herumstanden und sie anstarrten. Ein furchtbares Gefühl der Ohnmacht und der Scham überkam sie, als sie langsam anfing, sich ihr Skapulier über den Kopf zu zerren. Schwester Hiltruds Gesicht verzog sich zu einem hämischen Grinsen, weil sie nichts anderes vorhatte, als Abeline zu demütigen. Genau das schien ihr unendliches Vergnügen zu bereiten, so wie sie mit der Geißel mit den fünf verknoteten Lederriemen spielte.

Aus dem Hintergrund trat Sophia hinzu, streckte die Hand nach der Geißel aus und fragte, ob sie die Bestrafung übernehmen dürfe, kurz streifte ein triumphierender Blick von ihr Abelines Augen. Schwester Hiltrud reichte Sophia in einer großzügigen Geste die Peitsche und forderte sie auf, nur ja fest genug zuzuschlagen, weil sie die Strafaktion ansonsten wiederholen lassen würde. Abeline brach in Panik aus und schrie, dass sie unschuldig sei. Aber die Priorin schüttelte über so viel Anmaßung nur den Kopf und widersprach ihr seelenruhig und doch mit schneidender Schärfe: Jeder

Mensch auf Erden habe von seiner Geburt an Schuld auf sich geladen, das sage schon Augustinus, und verdiene es, bestraft zu werden. Abeline solle sich nicht so ignorant und uneinsichtig anstellen, sonst werde sie die Strafe von fünf Hieben verdoppeln und verdreifachen. Die Nonnen und Novizinnen mit ihren hassverzerrten Gesichtern fingen schon laut an zu skandieren: »Zehn Hiebe! Zehn Hiebe!«, als eine laute Stimme bellte: »Los, hoch mit dir. Mach schon!«

Abeline brauchte zwei Wimpernschläge, bis sie begriff, dass sie eingeschlafen war und geträumt hatte und noch auf dem Strohlager in der Nonnenzelle lag. Die barsche Stimme gehörte unverkennbar der Pförtnerin. Sie überwand ihre kurze Benommenheit, sprang auf, zupfte in einer verlegenen Geste ein paar Strohhalme von ihrem Habit und bekam dafür von der beleibten Nonne einen Schlag auf die Finger. »Die ehrwürdige Mutter Äbtissin lässt man nicht warten! Komm jetzt.«

Damit wandte sie sich ab, und Abeline beeilte sich, der Pförtnerin mit dem überdimensionalen Schlüsselbund zu folgen, mit dem sie, gleichsam als Zeichen ihrer Schlüsselgewalt über das gesamte Kloster, ständig klimperte und klirrte. Der Weg führte ins Freie und hinüber zur Klosterkirche, der rechte Flügel des Eingangstors war weit und einladend geöffnet. Die Pförtnerin blieb davor stehen, wartete, bis Abeline herangekommen war, packte sie am Oberarm und führte sie wie ein auf frischer Tat gefasstes Diebsgesindel in das Kirchenschiff und durch den Mittelgang zwischen den ihnen hinterherstarrenden Nonnen und Novizinnen nach vorn zum Altar. So wie es aussah, waren sämtliche Insassinnen von Mariaschnee angetreten, um der bevorstehenden Urteilsverkündung beizuwohnen, und richteten ihre Augen auf Abeline, die nicht einsah, dass sie sich eines Vergehens schuldig gemacht hatte, und deshalb anstatt mit reuiger Miene hocherhobenen Hauptes durch das Spalier der Schwestern marschierte. Vor dem Lettner warteten bereits die Äbtissin, die Priorin und, in Büßerhaltung, Sophia und Ida. Als Abeline Sophia so sah, fand sie, dass Sophia eine begnadete Art hatte, sich bußfertig zu geben – normalerweise, wenn die Novizinnen unter sich waren, zeigte sie ihr anderes Gesicht: herausfordernd, frech und streitsüchtig. Aber jetzt stand sie da wie eine reuige Sünderin, so erbarmungswürdig und unscheinbar, dass man schon von ihrem bloßen Anblick Mitleid bekommen musste. Oder blitzte da doch so etwas wie ein fieser, vernichtender Seitenblick unter dem Rand der Haube auf, der nur für Abeline bestimmt war, als sie ihren Platz neben Sophia einnahm, den ihr die Pförtnerin resolut zuwies? So, wie Abeline Sophia bisher kennengelernt hatte, würde diese sich früher oder später dafür rächen, dass Abeline sie angeschwärzt hatte, dessen war sie sich sicher.

Die Äbtissin trat nun einen Schritt nach vorn, so dass sich die Aufmerksamkeit aller Anwesenden wieder auf sie richtete. Sie erhob ihre Stimme, die erstaunlich laut und klar sein konnte für ihre kleine Gestalt. »In nomine Patris, et Filii, et Spiritus Sancti!«

Die Nonnen und Novizinnen bekreuzigten sich und murmelten: »Amen.«

»Gelobt sei der Herr, denn er hat erhört die Stimme meines Flehens. Der Herr ist meine Stärke und mein Schild. Auf ihn hofft mein Herz, und mir ist geholfen. Amen.«

»Amen«, kam das Echo aus den Kehlen der Schwestern.

»In nomine Iesu Christi Dei et Domini nostri, intercedente immaculata Vergine Dei Genetrice Maria, ad infestationes diabolicae fraudis repellendas securi aggredimur.«

»Fiat misericordia tua, Domine, super nos.«

Es folgte ein Augenblick des stillen Innehaltens, bis die

Äbtissin fortfuhr. »Wir sind hier zusammengekommen, um ein Urteil zu sprechen über ein frevelhaftes Vorkommnis, in welches diese drei Novizinnen verwickelt waren. Wir haben es uns nicht leichtgemacht, ein gerechtes Urteil zu finden, das der Schwere der Tat sowie dem jeweiligen Anteil daran angemessen ist. Nachdem wir jede der drei daran Beteiligten vernommen haben und ihre Sicht des Vorgangs haben darstellen lassen, sind wir zu folgendem Urteil gelangt. Die Novizin Ida ist schuldig an der Entweihung des heiligen Leibes und Blutes Jesu Christi. Ihr wird die Strafe der Geißelung zuteil. Sie soll mit sieben Hieben und sieben Tagen Fasten in der Kunigundenkapelle abgegolten sein.«

Sie wartete ab, bis das Murmeln und Flüstern unter den Schwestern wieder abgeebbt war, bevor sie fortfuhr.

»Die Novizin Sophia trägt eine große Mitschuld. Deshalb wird auch ihr die Strafe der Geißelung auferlegt, die mit fünf Hieben abgegolten sein soll.«

Abeline riskierte einen versteckten Seitenblick auf Sophia und sah aus dem Augenwinkel, dass diese sich zwar eisern unter Kontrolle hatte, aber sich heftig in die Unterlippe beißen musste, damit sie sich nur ja nichts anmerken ließ.

Die Äbtissin wandte sich nun Abeline zu. Abeline machte sich schon auf das Schlimmste gefasst, als die ehrwürdige Mutter zu reden begann. »Die Novizin Abeline wird von jeglicher Mitschuld freigesprochen.«

Aufgeregtes Murmeln setzte unter den Schwestern ein, und in diesem Moment war es mit der demütigen Haltung von Sophia vorbei. Ein unterdrückter Laut entfuhr ihr, und ein Blitz aus ihren Augen traf Abeline, der voller Hass und Rachsucht war. Die Priorin stieß Sophia an, die sofort wieder ihre Büßerhaltung einnahm, aber Abeline wusste, dass sie ihr das nicht vergessen würde. Die Äbtissin hatte Sophias Reaktion wahrgenommen, fuhr aber unbeirrt fort. »Die

Strafe wird morgen vollzogen, damit die beiden Sünderinnen ausreichend Zeit finden, in sich zu gehen und sich darauf vorzubereiten. Eine dringende Einberufung zu Seiner Eminenz, dem Fürstbischof in Konstanz, hält mich davon ab, die Vollstreckung meines Urteils selbst durchzuführen. Aber Schwester Hiltrud wird an meiner statt die Aufsicht über den ordnungsgemäßen Verlauf und die angemessene Ausführung übernehmen, wie es hier und heute festgelegt worden ist. Sie wird mir bei meiner Rückkehr Bericht erstatten. Das wäre alles. In nomine Patris, et Filii, et Spiritus Sancti.«

»Amen.«

Gesittet, wie es sich gehörte, und ohne ein weiteres Wort verließen Nonnen und Novizinnen die Klosterkirche.

Abeline vermied es, noch einmal Augenkontakt mit Sophia zu bekommen, und marschierte mit gesenktem Kopf hinaus. Aber sie konnte Sophias brennenden Blick in ihrem Rücken spüren.

XI

So ging das die ganze Nacht und den nächsten Tag hindurch. Abeline und Sophia belauerten sich unentwegt, die eine, weil sie jeden Moment mit einer erneuten Attacke aus dem Hinterhalt rechnete, die andere, weil sich ihr Hass, je mehr sie darüber nachdachte, was Abelines Aussagen für Folgen hatten, schier ins Unermessliche steigerte und allein auf Abeline fokussierte. Nur so konnte sie sich halbwegs von der lähmenden Angst ablenken, die sich wie Mehltau auf ihr Gemüt legte und jeden Gedanken überlagerte. Sophia wusste, was fünf Hiebe mit der Geißel bedeuteten, sie hatte es selbst erlebt, wie eine Novizin, die wegen einer Lappalie mit fünf Hieben bestraft worden war, die die Pförtnerin, berüchtigt für ihre Schlagkraft, unbarmherzig hart ausführte, eine Woche nur auf dem Bauch liegen konnte, Fieber bekam und beinahe daran gestorben wäre.

Egal ob Vesper, Complet, Vigil, Matutin, Prim oder Terz – jede der Andachten war fortan vergiftet, die Mahlzeiten und die kurzen Schlafphasen im Dormitorium sowieso. Jeder Tag und jede Nacht in Mariaschnee war von Anfang bis Ende minutiös geregelt, jetzt wurden sämtliche Rituale noch schweigsamer absolviert als normalerweise, keine der Novizinnen wagte es, auch nur einen Ton von sich zu geben. Wo zwischendurch, dem jugendlichen Übermut geschuldet, schnell mal geflüstert, oder, ganz selten, auch mal gekichert wurde, herrschte jetzt Grabesstille. Und wirklich jede der

Schwestern hatte ein verstohlenes Auge auf die zwei Delinquentinnen geworfen, neugierig, wie sie mit der ihnen auferlegten Strafe umgingen. Aber auch Abeline wurde mit versteckten und offenen vorwurfsvollen Blicken bedacht, die bei der Mehrheit der Mädchen unzweideutig signalisierten, dass sie es als ungerecht empfanden, dass Abeline ohne Strafe davonkommen sollte, und dass sie ihrer Ansicht nach für ihren Verrat an Sophia ruhig ein paar Hiebe verdient gehabt hätte. Besonders die sich privilegiert vorkommenden und sich entsprechend aufführenden Freundinnen von Sophia, Richardis, Hadwig und Agnes, versäumten es nicht, Abeline ihre Verachtung anmerken zu lassen. Durch die anstehende Urteilsvollstreckung herrschte eine schier mit den Händen greifbare Spannung im Kloster.

Nach der Prim wurde die Äbtissin von einem zweispännigen Wagen abgeholt, der von vier berittenen Wachsoldaten eskortiert wurde und den der Fürstbischof geschickt hatte. Als sie den Wagen in den Hof des Klosters einfahren hörten, versuchte Abeline einen heimlichen Blick darauf zu werfen, wie die Äbtissin, in ihre Kukulle gehüllt, bei leichtem Nieselregen ihren Platz neben dem Kutscher einnahm und davonfuhr. Das war nicht weiter spektakulär, und trotzdem machte sich bei ihr in diesem Augenblick ein undefinierbares mulmiges Gefühl breit. Wo war die Priorin, die Stellvertreterin der Äbtissin, die ihre Vorgesetzte beim Aufbruch zu einer offiziellen Mission eigentlich hätte verabschieden müssen?

Die Tore zur Außenwelt wurden gar nicht erst verschlossen, die Pförtnerin, für alle organisatorischen Belange zuständig, ließ die Mädchen und Nonnen kurz danach im Hof antreten, und gemeinsam zogen sie in einer langen Zweierreihe hinaus, über den Damm und auf das sanft ansteigende nördliche Ufer des Rheins, das in eine grasbewachsene Anhöhe überging bis zum Waldrand, der gut drei Steinwürfe entfernt war. Dort, unter schattigen Buchen, lag der Friedhof des Klosters, zahlreiche Kreuze und Grabsteine tauchten beim Näherkommen im nebligen, wabernden Dunst auf, der sich durch die Feuchtigkeit gebildet hatte. Es hatte zwar aufgehört zu regnen, aber das Gras war noch nass und die Luft stickig. Erste Sonnenstrahlen versuchten noch vergeblich, den grauen Schleier zu durchbrechen, der über der Landschaft lag. Das Raunen und gelegentliche Glucksen des nahen Flusses, der mitten im Sommer viel Wasser mit sich führte, trug dazu bei, dass Abeline die stumme frühmorgendliche Prozession der schwarzweiß gekleideten Nonnen und Novizinnen die Anhöhe hinauf als seltsam unwirklich und gespenstisch empfand.

Links vor dem Friedhof nahm ein kleines Gebäude in den sich ganz allmählich auflösenden Nebelschwaden Gestalt an, es war die weiße Kapelle von Mariaschnee mit ihrem zierlichen Glockentürmchen, dessen Glocke nun anfing zu läuten. Die Novizinnen und Nonnen versammelten sich auf Anweisung der Pförtnerin in einem weiten Halbkreis um die Kapelle, die der Klostergründerin, der heiligen Kunigunde, geweiht war. Die Pforte ging auf, und die Priorin schritt heraus. Sie war ganz in Weiß gekleidet, schlug die Kapuze ihrer Kukulle zurück und ließ zunächst schweigend ihren Blick über die versammelte Runde schweifen, bevor sie das Kreuzeszeichen machte und anfing zu sprechen.

»In nomine Patris, et Filii, et Spiritus Sancti.«

»Amen.«

»Wir sind hier zusammengekommen, um gemeinsam Sühne zu tun vor dem Angesicht Gottes, unseres Herrn, so wie es uns unsere ehrwürdige Mutter Äbtissin aufgetragen hat.«

»Amen.«

»Schwester Ida, tritt hervor, entledige dich deiner Oberkleidung, und knie nieder. Die ehrwürdige Schwester Pförtnerin wird dir nun die verdiente Strafe von sieben Hieben verabreichen. Anschließend wirst du für sieben Tage in die Kapelle eingesperrt, ganz so, wie es das Urteil der ehrwürdigen Mutter Äbtissin vorgesehen hat.«

Als sie nach diesen Worten der Pförtnerin einen Wink gab, die schon die mitgeführte Geißel aus ihrem Zingulum zog, schlug Ida die Hände vor das Gesicht und fing an zu schluchzen.

Die Pförtnerin bellte sie an. »Reiß dich gefälligst zusammen. Wenn man sündigen kann, dann muss man auch die Konsequenzen ertragen.«

Nun schluchzte Ida noch heftiger und war zu keiner Bewegung mehr fähig. Die Pförtnerin stieß sie grob an und befahl: »Tu, was die ehrwürdige Schwester Priorin gesagt hat. Knie nieder und bete das Confiteor.«

Ida fiel auf die Knie, brachte aber vor lauter Schluchzen kein Wort heraus. Die Pförtnerin musste laut vorbeten, bis Ida schließlich wimmernd einfiel und mitbetete. »Ich bekenne Gott, dem Allmächtigen, der seligen, allzeit reinen Jungfrau Maria und allen Brüdern und Schwestern, dass ich Gutes unterlassen und Böses getan habe. Ich habe gesündigt in Gedanken, Worten und Werken. Mea culpa, mea culpa, mea maxima culpa.« Dabei schlug sie sich gegen die Brust, einmal, zweimal, dreimal und immer verzweifelter. Da sie gar nicht mehr damit aufhören konnte, verlor die Pförtnerin die Geduld und streifte ihr, auf ein zustimmendes Nicken der Priorin hin, Habit und darunterliegende Tunika so über den Kopf, dass ihr weißer Rücken entblößt war. Die Pförtnerin krempelte die Ärmel hoch, stellte sich breitbeinig hin, damit sie mit größtmöglicher Wirkung schlagen konnte, holte weit aus und ließ die fünfschwänzige Geißel auf den Rücken von Ida niedersausen, dass es nur so klatschte. Ida schrie gellend auf, aber die Pförtnerin hatte kein Erbarmen. Sie führte die vorgeschriebenen Hiebe alle mit voller Wucht aus, die zunehmend schriller werdenden Schreie ignorierend, die Haut von Ida platzte auf, Blut lief ihren Rücken herunter. Nach dem letzten Schlag brach sie schließlich endgültig zusammen und war nur noch ein wimmerndes Häufchen Elend.

Die ganze Tortur hatte vielleicht zehn Herzschläge lang gedauert, dann war es vorbei. Aber die Wirkung bei den Zuschauerinnen war nicht ausgeblieben. Einige der Frauen hatten sich abgewandt, einige laut gebetet und die Augen niedergeschlagen, andere waren fasziniert oder hatten zumindest ein geringschätziges Lächeln um die Mundwinkel, das schnell einer ausdruckslosen Miene wich, als die Angelegenheit vorbei war und der Blick der Priorin sich wieder auf die Anwesenden richtete. Sophia war leichenblass geworden, und Schweißperlen hatten sich auf ihrer Stirn und der Oberlippe gebildet. Abeline hatte die Hände vors Gesicht gehalten und hoffte nur, dass dieses grausame Tribunal bald zu Ende war. Eine Schwester drehte sich weg und musste sich übergeben, wischte sich kurz mit dem Ärmel den Mund ab und stand dann wieder aufrecht da, als sei nichts geschehen.

Die Pförtnerin schenkte dem armseligen Bündel Mädchen vor sich im Gras einen verächtlichen Blick und sagte, zur Priorin gewandt: »Ich denke, Ihr könnt jetzt das Indulgentiam über sie sprechen, ehrwürdige Schwester.«

Schwester Hiltrud machte das Kreuzeszeichen über Ida und sagte: »Der allmächtige und barmherzige Herr gewähre dir Nachlass, Vergebung und Verzeihung all deiner Sünden, eine Zeit echter und fruchtbarer Reue, ein allzeit bußfertiges Herz und Besserung des Lebens, die Gnade und die Tröstung des Heiligen Geistes und die endgültige Ausdauer in den guten Werken.«

»Amen«.

Die Pförtnerin zeigte auf zwei Nonnen: »Tragt Schwester Ida in die Kapelle und sperrt hinter ihr zu. Den Schlüssel gebt mir.« Die zwei Nonnen packten Ida, die inzwischen das Bewusstsein verloren hatte, an Armen und Beinen und schleppten sie in die Kapelle, die auf jeder Seite nur zwei winzige Fenster über Kopfhöhe hatte, die auch noch vergittert waren.

Die Priorin sah auf Sophia und sagte: »Sophia, tritt vor. Jetzt bist du an der Reihe.«

Sophia machte gefasst einen Schritt nach vorn, im gleichen Augenblick fingen ihre Freundinnen Richardis, Agnes und Hadwig an zu wehklagen. Sophia drehte sich zu ihnen um, warf Abeline noch einen vernichtenden Blick zu und sagte: »Hört auf! Ich will das jetzt ohne euer Getue hinter mich bringen.«

Schlagartig wurde es ruhig, Sophia kniete sich hin, zog sich ohne Aufhebens ihr Habit über den Kopf und bot ihren nackten Rücken der Pförtnerin dar. Die ließ sich von der Priorin durch ein Kopfnicken das Zeichen geben und schlug fünfmal zu. Aber bei weitem nicht so heftig wie bei Ida, jede Schwester konnte das sehen. Sophia zuckte zwar bei jedem Schlag zusammen und stöhnte schließlich auf, doch es bildeten sich nur Striemen auf dem Rücken, die Haut platzte nicht vollkommen auf. Als es getan war, stand Sophia aus eigener Kraft, wenn auch wankend, auf, zog ihr Gewand wieder herunter und sah mit tränennassem Gesicht, aber trotzig in die Runde, gestützt von Richardis und Agnes, die zu ihr geeilt waren. »Habe ich genug gebüßt, ehrwürdige Frau Priorin?«, fragte sie Schwester Hiltrud mit blitzenden Augen und nicht ohne eine gehörige Spur vorwurfsvoller Herausforderung in der Stimme. Die Priorin nickte stumm und wartete, bis Sophia, noch unsicher auf wackligen Beinen und geführt von ihren Freundinnen, in den Halbkreis zurückgekehrt war. Abeline dachte schon, dass die Priorin jetzt noch den abschließenden Segen sprechen würde und die Bestrafungszeremonie damit endlich ein Ende gefunden hätte, doch Schwester Hiltrud hob die Hand, zum Zeichen, dass sie noch etwas zu sagen hatte. »Nach reiflicher Überlegung und strenger Prüfung meines Gewissens bin ich, als ich in der Kapelle der heiligen Kunigunde Zwiesprache mit Gott hielt, mit seiner Hilfe und Eingebung zum Entschluss gelangt, dass alle an dem unglückseligen und verabscheuungswürdigen Vorfall bei der Messe Beteiligten nicht gänzlich von Schuld freizusprechen sind.«

Bei diesen Worten fuhr Abeline ein eiskalter Schauder der Vorahnung über den Rücken. Plötzlich wusste sie, dass ihr böser Traum Wirklichkeit werden würde. Von Anfang an hatte sie befürchtet, dass es noch ein Nachspiel gab. Ihr Nacken versteifte sich, als würde sie jeden Moment die Faust der Pförtnerin dort spüren.

Die Priorin fuhr fort. »Ich verfüge hiermit kraft meines Amtes als Vertreterin der ehrwürdigen Mutter Äbtissin, dass auch Schwester Abeline um der Gerechtigkeit willen mit fünf Hieben zu bestrafen ist und sich anschließend darum kümmern kann, dass Schwester Ida mit ihrer Buße nicht alleingelassen wird. Zusammen können sie in sich gehen und darüber nachdenken, was sie falsch gemacht haben und wie sie sich in Zukunft verhalten müssen, um sich besser unterzuordnen, sich einzufügen und endlich rechtschaffene und nützliche Mitglieder unserer Klostergemeinschaft zu werden. Schwester Pförtnerin, waltet Eures Amtes.«

»Nein!«, schrie Abeline, obwohl sie es gar nicht wollte. »Nein! Das ist nicht gerecht! Das dürft Ihr nicht tun! Die

Äbtissin selbst hat mich freigesprochen!« Weiter kam sie nicht, denn so schnell, als hätten sie nur darauf gewartet, waren schon die Freundinnen von Sophia zur Stelle, Agnes, Richardis und Hadwig, packten Abeline und zwangen sie mit Gewalt auf den Boden. Sophia konnte auf einmal sehr gut ohne Hilfestellung stehen und sah mit gehässiger Schadenfreude zu, wie Richardis Abeline Habit und Tunika nach oben über den Kopf zerrte und den Rücken Abelines zur Auspeitschung freilegte.

Von diesem Augenblick an fand mit Abeline eine regelrechte Verwandlung statt. Sie ballte ihre Hände zu Fäusten und streckte beide Arme von sich, ließ den Kopf geneigt und war bereit für die Schläge. Dabei dachte sie an ihren Vater und dessen Credo: »Wenn dir einer weh tun will, dann darfst du ihm niemals die Genugtuung geben, dass er damit bei dir etwas erreicht, das macht es nur noch schlimmer. Winsle niemals um Gnade, niemals. Dafür sind wir Melchinger zu stolz«, hatte er gesagt. Sie kniff die Augen ganz fest zu und biss die Zähne zusammen, bis sie knirschten, schaltete ihr Gehör aus und dachte an ... ja, wo war denn etwas Schönes, etwas Hoffnungsvolles, auf das sie sich konzentrieren, das sie davon ablenken konnte, einer so abgrundtief ungerechten, demütigenden und erniedrigenden Folter ausgesetzt zu sein? Was war mit Vater und Mutter geschehen? Überall nur Schreckensbilder, Ängste und Leid, wohin auch immer sie ihre Gedanken schweifen ließ. Da tauchte kurz das Gesicht von Magdalena vor ihrem geistigen Auge auf, das freche, offene und rebellische Gesicht, das Abeline von Anfang an in ihr Herz geschlossen hatte, sie wusste selbst nicht, warum. Das Einzige, was sie mit Sicherheit wusste, war, dass Magdalena ganz sicher keinen Mucks von sich geben würde, wenn jetzt die Schläge auf sie einprasseln würden. Und sie wollte es ebenso halten. Den Gefallen, um Gnade zu betteln oder Tränen zu vergießen, würde sie der Priorin, Sophia und den anderen Betschwestern niemals tun, niemals. Magdalena ließ sich auch nichts gefallen, das hatte sie bewiesen. Genauso wollte sie auch sein. Sich nichts gefallen lassen, einen eigenen Kopf haben, frei sein! Sie malte sich aus, wie sie mit Magdalena durch die Wälder zog, wie sie ihr half, Vogelfallen zu bauen und Kräuter zu sammeln, wie sie zusammen alberten und lachten. Und so zuckte sie nur ein klein wenig zusammen, als sie den ersten Hieb verspürte, der auf ihren Rücken klatschte.

Magdalena, dachte sie, *dir kann ich mich anvertrauen, dir kann ich erzählen, wie ungerecht ich behandelt worden bin!*

Der nächste Schlag. Unbarmherzig hart, mit voller Kraft durchgezogen. Abeline spürte ihn nicht. Sie war mit ihrem Körper anwesend, aber nicht mit ihrem Geist. *Magdalena*, dachte sie, *ich weiß, dass du mich als Einzige verstehst und mich verteidigst, warum auch immer ...*

Von nun an war Abeline weit weg mit ihren Gedanken, gleichsam in einer anderen, freien Welt, in der es so etwas wie Gerechtigkeit, Freundschaft, Zuneigung und blindes Verständnis gab, keinen Neid, keine Freude an purer Bosheit, keine unerfüllbaren Zwänge, die bei Nichteinhaltung unweigerlich zu unmenschlichen Bestrafungen führten ...

In dem Augenblick, als der letzte brutale Schlag ihr die Haut auf dem Rücken endgültig aufriss und sie sich die Lippe blutig biss, um einen Schrei zu unterdrücken, wusste sie, dass sie sich fortan in sich selbst zurückziehen musste, wenn sie hier in Mariaschnee nicht vor die Hunde gehen und doch noch eines fernen, allzufernen Tages zurückfinden wollte zu ihrem Vater und ihrer Mutter, zurück zu einem Leben ohne Bevormundung, Strafandrohung und ständige Menetekel. Von nun an war sie eine andere Abeline, nicht mehr das unschuldige kleine Mädchen, das mit nichts als Angst und Unsicherheit hierhergekommen war. Von nun an war sie Abeline von Melchingen, die zwar Schwester Abeline genannt wurde, aber unter keinen Umständen so werden wollte wie die anderen Mädchen und Frauen, die wie Schafe ihr Schicksal hinnahmen und dem unberechenbaren und sprunghaften Willen einer Priorin ausgeliefert waren. Irgendwie musste sie es schaffen, dieses Purgatorium, genannt Kloster, zu überleben. Sie wünschte sich nichts sehnlicher, als so zu sein wie Magdalena, frei wie ein Vogel – wenn er nicht im Vogelbauer der Äbtissin eingesperrt war.

XII

Magdalena wusste nicht, welche Gedanken Abeline im Augenblick größter Schmerzen, tiefster Demütigung und schlimmster Erniedrigung durch den Kopf schossen, aber sie war Zeuge davon, was ihr und den anderen zwei Novizinnen angetan wurde.

Auf ihrem täglichen Kontrollgang war sie schon in aller Herrgottsfrüh in den Wäldern und Auen am Flussufer des Rheins unterwegs gewesen, wo sie an nur ihr bekannten Stellen ihre selbstgebastelten Vogelfallen überprüfte, die sie sorgfältig platziert und mit Vogelfutter präpariert hatte, als sie plötzlich die Priorin in ihrer weißen Kukulle wie einen Geist aus dem Nebel auftauchen sah. Schnell versteckte sie sich hinter einem Baum, um nicht bemerkt zu werden. Schwester Hiltrud war, im Gegensatz zur Äbtissin, ihrem Vater gegenüber nicht gerade freundlich gesinnt, schon mehrmals waren die beiden mit Worten aneinandergeraten. Ihr Vater bezeichnete sie, wenn sie unter sich waren, als Heuchlerin, die hinter ihrer frommen Fassade nur darauf aus sei, ihren Einfluss und Machtbereich zu vergrößern. Und dabei würde sie, wie ihr Vater sich ausdrückte, »keine Gefangenen machen«. Magdalena verstand zwar nicht genau, was er damit meinte, fand es aber tunlichst angebracht, ihr lieber aus dem Weg zu gehen.

Die Priorin eilte auf die Kapelle zu und verschwand darin. Das war nicht außergewöhnlich, gerade wollte Magdalena weiter mit ihrem Vogelbauer, in den sie die Vögel einsperrte, die in ihre Fallen getappt waren – zwei hatte sie schon: eine Haubenmeise und einen Grünfink –, durchs Unterholz streifen, als sich der Nebel vor dem Kloster lichtete und eine schwarzweiße Prozession der Schwestern von Mariaschnee zur St.-Kunigunden-Kapelle zog. Dieses Ritual kannte sie, das konnte nur eine Strafaktion des Klosters sein. Jetzt war Magdalena doch neugierig geworden. Geschickt wie ein Eichhörnchen kletterte sie in die dichtbewachsene Krone einer Buche am Waldrand, von wo aus sie einen perfekten und blickgeschützten Ausguck auf das Geschehen vor der Kapelle hatte. Als die Prügelstrafe bei Sophia vollzogen wurde, gönnte sie ihr die Hiebe aus vollem Herzen, doch als sie sah, wie mit Abeline umgegangen wurde, wäre sie am liebsten von ihrem Hochsitz gesprungen und hätte eingegriffen. Sie wandte ihren Blick ab, als die Pförtnerin ihre Geißel über den nackten Rücken von Abeline hob, und betete, was sie sonst nur in fast aussichtslosen Situationen tat. Sie betete um Stärke für Abeline, denn sie hatte schon lange eingesehen, dass es nichts nutzte, wenn man im Gebet um göttliche Interventionen flehte, die unerfüllbar waren – zum Beispiel, dass die Pförtnerin und die Priorin auf der Stelle von einem Blitz aus heiterem Himmel erschlagen wurden, obwohl das in diesem Moment ihr innigster Wunsch gewesen wäre. Als sie wieder hinsehen konnte, musste sie noch immer gegen den Drang ankämpfen, einfach auf alle Beteiligten mit den bloßen Fäusten loszugehen, aber in vielfachen Auseinandersetzungen mit gleichstarken Jungs hatte sie gelernt, wann es sinnvoll und hilfreich war, sich lieber zurückzuhalten, auch wenn einem das eigene, vor Wut und Hilflosigkeit überkochende Blut den Verstand trübte. Wenigstens wollte sie Abeline trösten und in den Arm nehmen, doch vielleicht war es besser, erst einmal abzuwarten. Sie sah noch genauer hin – was ging denn jetzt am Eingang der Kapelle vor sich? Statt gemeinsam zurückzumarschieren, schienen sie Abeline ebenfalls dort einzusperren! Tatsächlich – die Pförtnerin schloss hinter Abeline ab, die Priorin spendete noch den abschließenden Segen, dann trat die Kolonne der Schwestern den Rückzug ins Koster an. Erst als auch die letzte Nonne über den Damm gegangen und sich die Klosterpforte hinter ihr geschlossen hatte, wagte es Magdalena, sich vorsichtig von ihrem Baum herunterzulassen und auf die Kapelle zuzugehen.

Vom Kopfende eines frischen Grabhügels zog sie das schlichte Holzkreuz heraus, lehnte es so an die vom Kloster abgewandte Seite der Kapelle, dass sie es als wacklige Trittleiter benutzen konnte, und kam mit ihrer Nase gerade hoch genug, um durch eines der handgroßen Fensterlöcher einen Blick in das Innere der düsteren Kapelle werfen zu können. Was sie dort sah, erinnerte sie an ein Fresko in der Klosterkirche, das ihr Vater gemalt hatte, sie war ihm dabei zur Hand gegangen, und er hatte es ihr erklärt: Die Figurenkonstellation wurde Pietà genannt und zeigte die Muttergottes, die den Leichnam Jesu Christi nach der Kreuzesabnahme quer über ihrem Schoß liegen hatte und ihren Sohn betrauerte. In einer ähnlichen Anordnung hatte Abeline, die vor dem kleinen Altar auf dem Boden saß, Idas Kopf in ihrem Schoß, strich tröstend über ihr Haar und starrte mit leerem Blick auf das Kruzifix über dem Altar. Jetzt erst fiel Magdalena auf, dass es totenstill war, nicht einmal ein Vogel war zu hören. Obwohl weit und breit kein Mensch war, wie sich Magdalena vorher versichert hatte, wagte sie es, nur zu flüstern. »Abeline«, wisperte sie durch das Fensterloch, »Abeline, ich bin's, Magdalena.«

Zuerst dachte sie, dass Abeline sie gar nicht wahrgenommen hatte, aber dann drehte sich ihr Kopf ganz langsam in ihre Richtung, und kurz darauf, als Abeline feststellte, dass sie kein Trugbild vor sich hatte, zeichnete sich ein feines Lächeln auf ihrem Gesicht ab. »Magdalena«, sagte sie, »ich wusste, dass du kommst.«

Ganz behutsam nahm sie Idas verschwitzten Kopf – das Mädchen lag seitlich und hatte die Augen geschlossen, atmete aber – mit den Händen und bettete ihn so sanft wie möglich auf ihr Skapulier, das sie ausgezogen hatte und nun als weiche Unterlage für Idas Kopf benutzte, dann stand sie unter Schmerzen auf und machte zwei Schritte bis unter das Fensterloch, an dessen Rand sich Magdalena klammerte.

»Ich hab alles mit angesehen. Was habt ihr bloß verbrochen?«, fragte sie flüsternd.

Abelines Lächeln wirkte angestrengt und müde. »Das ist jetzt ohne Bedeutung. Glaubst du wirklich, die brauchen einen Grund?«

Magdalena sagte nichts, das war Antwort genug.

»Ich erzähle dir das ein andermal«, fuhr Abeline fort. »Kannst du etwas für Ida tun? Ich glaube, ihr geht es sehr schlecht, sie hat Fieber.«

Dann zeigte sie Magdalena ihre Hände, die rot waren von Blut. Eigenem und dem von Ida. »Sie hört nicht auf zu bluten.«

»Was brauchst du?«, fragte Magdalena.

»Wasser und irgendetwas für ihre Verletzungen.«

»Was ist mit deinen?«

»Ich werd's überleben.«

Sie sahen sich stumm in die Augen, Magdalena mit den Händen am Gitter und Abeline nur mit der Tunika bekleidet, die am Rücken rotgefärbt war, wie Magdalena beim Aufstehen gesehen hatte.

Jedes der Mädchen spiegelte sich im Auge des anderen. Abeline spürte, wie sie dadurch wieder an innerer Stärke gewann. Sie würde sie, wenn es sich eines Tages ergeben sollte,

Magdalena wieder zurückgeben. Aber jetzt musste sie erst einmal eines tun: nämlich alles, um Ida zu helfen, die nächsten Tage und Nächte zu überleben. Magdalena schien das zu verstehen. Sie sagte: »Halt aus. Ich komme wieder.«

Damit war sie verschwunden.

Abeline nahm ihren brennenden Rücken nicht mehr wahr. Sie wandte sich zum Altar und sah hoch zum Kruzifix. Es musste doch einen Gott geben, der Unerfüllbares geschehen ließ. Von nun an hatte sie eine Freundin. Sie sank auf die Knie und dankte Gott dafür. Jetzt schöpfte sie neue Hoffnung, dass sie nicht an Mariaschnee zerbrechen würde.

Die Nacht war schon vor Stunden hereingebrochen, Abeline hatte längst aufgehört, die Zeit am Glockenläuten der Klosterkirche abzuzählen. Als jetzt wieder der Klang der Glocke vom Fluss herüberwehte, musste dies die Matutin sein, also die Stunde weit nach Mitternacht. Abeline lehnte in einer Art Dämmerschlaf auf den zwei Altarstufen aus kaltem Stein, neben ihr fieberte, auf dem Bauch liegend, gelegentlich stöhnend und wimmernd, Ida vor sich hin, notdürftig zugedeckt mit ihrem eigenen Habit, das Abeline ihr so vorsichtig wie möglich ausgezogen hatte. In ihren Wachphasen lauschte Abeline, ob nicht endlich ein Geräusch Magdalenas sehnlichst erwartete Rückkehr ankündigte. Aber es war nur das weit entfernte und wehklagende Jaulen eines Wolfs zu vernehmen, der wohl den Vollmond anheulte, dessen Licht durch die vergitterten Fenster fiel. Hatte Magdalena ihr Versprechen gebrochen? Ihr alles nur vorgegaukelt, um Abelines leise Hoffnung in schwärzeste Verzweiflung umzukehren, die umso schlimmer war, weil sie Magdalena vertraut hatte, und jetzt lag Magdalena vielleicht gemütlich zu Hause unter einer warmen Decke und lachte sich schief über Abelines Leichtgläubigkeit und spielte dabei mit dem Medaillon ihrer

Mutter, wenn sie es nicht schon irgendwo in Münzgeld umgetauscht hatte? Beim Gedanken daran liefen Abeline, obwohl sie dagegen ankämpfte, die Tränen über die Wangen. Entschlossen wischte sie mit dem Ärmel über ihr Gesicht. So weit war es schon gekommen, dass sie an ihrer neuen Freundin zweifelte. Vielleicht war Magdalena einfach nicht in der Lage, ihr Versprechen einzuhalten, weil sie dabei erwischt worden war, wie sie versuchte, zur Kapelle zu gelangen. Aber das konnte sich Abeline beim besten Willen nicht vorstellen. So, wie sie Magdalena einschätzte, war sie viel zu geschickt und gewitzt. Oder hatte ihr Vater sie festgehalten und ihr verboten, gegen die Vorschriften des Klosters zu verstoßen, die besagten, dass von der hohen Geistlichkeit ausgesprochene Strafen unumstößlich auszuführen waren?

Irgendwann hatte Abeline es schließlich aufgegeben, weiter zu spekulieren, es war sowieso sinnlos. Genauso wie es sinnlos war, dass Ida in einer wachen Phase um Hilfe geschrien hatte, bis sie nicht mehr konnte. Abeline hatte versucht, sie am Schreien zu hindern, aber Ida hatte sich auf einmal wie eine vom Veitstanz Befallene gebärdet und blindlings um sich geschlagen. Abeline war nichts anderes übriggeblieben, als sich vor den Altar zu setzen und sich die Ohren zuzuhalten, bis Ida vor Erschöpfung zusammenbrach und keinen Ton mehr herausbrachte.

Allmählich verspürte sie brennenden Durst, und der Hunger gesellte sich dazu. Wollten die Nonnen tatsächlich, dass sie und ihre Leidensgenossin fünf volle Tage und Nächte nichts zu essen und zu trinken bekamen? Das würden sie nie durchhalten. Wenn im Kloster streng gefastet wurde, gab es immer zumindest Wasser zu trinken und einmal am Tag zwei Scheiben Brot. Am liebsten hätte Abeline jetzt auch noch angefangen zu schreien, aber das wäre nur eine Vergeudung von Kräften gewesen, die sie noch bitter nötig haben würde. Schließlich gewann doch die Erschöpfung die Oberhand, und sie dämmerte weg.

Fahles Morgenlicht kroch allmählich durch die winzigen Seitenfenster, als Abeline glaubte, Schlüsselgeräusche an der Pforte der Kapelle zu hören und mit einem Schlag hellwach war. Schlüsselgeräusche? Wollte die Pförtnerin nach ihnen sehen? Immer noch kratzte und klapperte es leise im Schloss der Tür, so als wollte der Schlüssel nicht recht passen. Abeline erhob sich mit größter Mühe und spürte dabei jeden einzelnen Muskel und Knochen im Leib. Ihr Mund war völlig ausgetrocknet, und ihre Zunge klebte am Gaumen, ihr Rücken brannte, als hätte jemand Griechisches Feuer darübergeschüttet. Schwerfällig schleppte sie sich zur Innenseite der Pforte, legte ihr Ohr ans Holz und lauschte. Wieder das leise Geräusch wie ein Herumstochern mit einem metallischen Gegenstand. Endlich knackte etwas, und der Sperrriegel schnappte zurück. Knarzend bewegte sich die Türklinke nach unten. Abeline versteckte sich hastig im toten Winkel der Tür, so dass sie nicht gleich gesehen werden konnte. Blitzartig schoss ihr der Gedanke nach Flucht durch den Kopf, aber bei ihrem geschwächten Zustand würde sie nicht weit kommen, außerdem konnte sie Ida nicht einfach im Stich lassen.

Die Pforte ging nun sachte quietschend ganz auf, und ein stacheliger Haarschopf lugte vorsichtig in die Kapelle herein.

»Abeline«, flüsterte es, »Abeline – nicht erschrecken, ich bin es, Magdalena!«

XIII

Während Abeline Idas Rücken so sanft es ging mit Wasser abwusch, das Magdalena in einem Kübel vom nahen Rhein mitgebracht hatte, stand Magdalena vor der Tür und behielt den Zugang zum Kloster im Auge, damit sie nicht noch von einer Nonne, die nach den beiden Mädchen schauen sollte, unliebsam überrascht wurden.

In aller Kürze hatte Magdalena Abeline erzählt, warum sie so lange gebraucht hatte, um zur Kapelle zurückzukehren. Sie hatte zuerst dem Kloster einen Besuch abgestattet, weil sie es sich in den Kopf gesetzt hatte, der alten Pförtnerin irgendwie den Schlüssel zur Kapelle abzuluchsen, ohne dass diese es merkte. Damit hatte sie viel Zeit vergeudet, denn es ergab sich einfach keine Möglichkeit, ohne Verdacht zu erregen an den Schlüssel heranzukommen. Und zu den Gemächern der Äbtissin, die an der Wand in ihrem Empfangsraum Zweitschlüssel von allen Türen hängen hatte, bekam sie auch keinen Zugang. Dort saß die Priorin »wie ein Drache in seiner Höhle«, wie Magdalena es ausdrückte. Anschließend hatte sie versucht, Schwester Botanica, der Heilkundigen des Klosters, Kräuter und Salben abzuschwätzen, indem sie behauptete, bei ihrem Vater sei eine alte Verletzung aufgebrochen, die nicht heilen wollte. Damit hatte sie Erfolg, aber dann beschloss sie, die Werkstatt ihres Vaters aufzusuchen und ihn um Rat zu bitten, wie sie in die Kapelle gelangen konnte.

Bei diesen Worten war Abeline erschrocken, doch Magdalena beruhigte sie: Mit ihrem Vater konnte sie über alles reden, ohne Gefahr zu laufen, dass dieser sie verraten, oder noch schlimmer, ihr verbieten würde, Abeline zu helfen. »Weißt du, mein Vater ist viel zu sehr mit sich und seinen Experimenten beschäftigt. Bei ihm habe ich Narrenfreiheit«, sagte sie und grinste verschwörerisch. Albert, ihr Vater, hatte selbst eine äußerst kritische Einstellung zu allem, was nach Obrigkeit roch, insbesondere nach kirchlicher. Er hatte in seiner Werkstatt eine stattliche Anzahl von Schlüsseln vorrätig, die sich Magdalena auslieh. Albert meinte dazu, dass das Schloss der Kunigundenkapelle wohl eher schlichter Machart sei und sie keine Mühe haben würde, das Schloss mit einem halbwegs passenden Schlüssel aufzubekommen.

Dann war sie wieder den weiten Weg in der Nacht – die Gott sei Dank mondhell war – zurückgelaufen, und hier stand sie nun!

Abeline hatte zuerst der fiebrigen Ida Wasser eingeflößt und dann selbst getrunken, sie glaubte sich kurz vor dem Verdursten. Mit jedem Schluck kehrten ihre Lebensgeister mehr zurück, ihre Verzweiflung wich einer neuen Zuversicht. Magdalena hatte an alles gedacht und etwas zu essen mitgebracht, Brot und Schweineschmalz, das sie gierig gemeinsam verschlangen. Dann hatte Abeline Idas Rücken notdürftig versorgt und mit der Salbe eingeschmiert, die Magdalena Schwester Botanica mit einer Ausrede abgeschwatzt hatte. Ida war danach eingeschlafen und wimmerte nur noch gelegentlich vor sich hin. Jetzt, wo sie mit dem Nötigsten versorgt waren, fand Abeline endlich Zeit, Magdalena zu erzählen, was geschehen war und wofür sie bestraft worden waren. Das Mädchen rümpfte nur die Nase darüber. »Du bist nicht die Erste, die aus nichtigem Anlass hier eingesperrt und vorher noch geschlagen wird. Und glaub mir – du wirst auch nicht die Letzte sein!«

»Aber warum? Warum hat Schwester Hiltrud mir die Prügelstrafe auferlegt? Ich verstehe das nicht. Die Äbtissin hat mich doch von jeder Schuld freigesprochen. Wenn sie davon erfährt, dann …«

Magdalena schüttelte den Kopf über Abelines Blauäugigkeit und Einfalt. »Dann was?«, fragte sie. »Willst du ihr brühwarm auftischen, was passiert ist, wenn sie zurückkommt? Was glaubst du, wird Schwester Hiltrud dazu sagen? Und deine sogenannten Mitschwestern? Sie stecken doch alle unter einer Decke. Die warten nur darauf, dass sie jemanden wie dich piesacken können. Sie werden dich der Lüge bezichtigen und irgendetwas erfinden, um deine Bestrafung zu begründen. Und dann wirst du zusätzlich für das angebliche Belügen der ehrwürdigen Mutter Äbtissin zur Rechenschaft gezogen, bevor sie dir hinterher das Leben endgültig zur Hölle machen.«

Abeline blickte Magdalena mit großen Augen an. Dieses Mädchen schien wirklich viel mehr vom Leben im Allgemeinen und von den Lebensumständen in Mariaschnee zu wissen, als Abeline ihr zugetraut hätte. Die Gewissheit, dass Magdalena recht haben könnte, sickerte allmählich in ihr Bewusstsein. Magdalena las in Abelines Gesicht, wie es hinter ihrer Stirn arbeitete, und fuhr fort: »Und dir das Leben so schwer wie möglich machen, das können sie wirklich, glaub mir. Ich habe noch von ganz anderen Strafen gehört und einige mit angesehen. Das fängt mit stundenlangem Knien auf spitzen Steinen an und hört mit dem Stehen im eiskalten Rhein bis zur Brust mitten im Winter noch lange nicht auf.«

Abeline sah Magdalena immer noch ungläubig an – wollte sie sich nur wichtigmachen oder sprach sie die Wahrheit? Magdalena hielt ihrem forschenden Blick stand.

»Aber warum? Warum machen sie das?«, fragte Abeline.

Magdalena zuckte mit den Achseln. »Das Nonnenleben ist langweilig. Tag und Nacht dieselbe Leier.« Sie verdrehte verächtlich die Augen.

Abeline bekreuzigte sich – so etwas Gotteslästerliches hatte sie noch nie jemanden sagen hören. »Magdalena – du versündigst dich!«, brach es aus ihr heraus.

Magdalena stupste sie ein paarmal mit dem Zeigefinger gegen die Brust. »Und was ist dann das, was sie mit dir gemacht haben, hm?! Willst du mir vielleicht sagen, das sei gottgefällig?«

Abeline schüttelte widerstrebend den Kopf.

»Siehst du. Es ist ganz simpel: Unter den Nonnen und Novizinnen gibt es einige, denen es Spaß macht, andere zu quälen. Und du weißt genau, wen ich damit meine.«

»Ja«, sagte Abeline, natürlich wusste sie es. Aber sie konnte es immer noch nicht ganz glauben.

Magdalena sprach eindringlich weiter. »Mein Vater hat mich vor Jahren einmal gefragt, ob ich ins Kloster will. Weil meine Mutter gestorben war und er nicht recht wusste, wie es weitergehen und was er mit mir kleinem Mädchen anfangen sollte. Ich konnte es zuerst nicht fassen. Mein Vater will mich loswerden, das war mein erster Gedanke. Ich habe ihn nur mit offenem Mund angegafft, weil ich nicht glauben wollte, dass er es wirklich ernst damit meinte. Und dann habe ich angefangen zu flennen und wollte nur noch wegrennen. Er hat mich gepackt und in den Arm genommen und gesagt, dass er nur Spaß gemacht hat. Nie in meinem Leben war ich so erleichtert. Mein Vater hat gesagt: Mönch oder Soldat wird man nur aus Verzweiflung. Ich kann bis heute nicht verstehen, wie jemand freiwillig den Schleier nehmen kann. Warum bist du hier? Du passt doch nicht nach Mariaschnee.«

»Woher willst du das wissen?«

»Weil du kein Schaf bist wie die anderen. Das sehe ich an deinen Augen. Also sag mir – warum bist du hier? Wollten dich deine Eltern abschieben?«

Abeline schlug die Augen nieder. »Was geht's dich an? Sprich nicht so von meinen Eltern.«

Magdalena wandte sich zum Gehen. »Nun – es geht mich ja auch nichts an. Ist deine Sache.«

Aber Abeline packte sie am Ärmel und hielt sie fest. »Warte.«

Magdalena blieb stehen. »Ja, was ist?«

»Danke«, sagte Abeline. »Auch im Namen von Ida.«

»Schon gut«, murmelte Magdalena fast so, als wäre ihr die Situation peinlich. Sie schniefte, was sie immer tat, wenn sie verlegen war, und wischte sich die Nase an ihrem Ärmel ab. Dann wies sie auf Ida, die auf der Seite vor dem Altar lag und deren Wimmern inzwischen in einen monotonen Singsang übergegangen war; sie hatte die Arme um sich geschlungen und die Knie angezogen.

»Schau sie dir an! Da liegt das geborene Opfer. Wenn es mit der zu langweilig geworden ist, stürzen sie sich auf das nächste. Pass auf, dass du das nicht bist! Wehr dich! Allerdings so, dass es die Priorin nicht mitbekommt. Wenn sie merken, dass sie sich an dir die Zähne ausbeißen, suchen sie ein anderes Opfer. Ich bin zwar nur ab und zu zum Übernachten im Kloster. Aber mit mir haben sie's am Anfang auch probiert. Immerhin sind sie dabei an die Falsche geraten.« Sie machte ein paar spielerische Boxhiebe. Abeline konnte nicht anders und lachte.

»Na siehst du, das ist das erste Mal, dass ich dich lachen sehe.« Sie strich Abeline sanft über die Wange. »Ich werde dich so oft wie möglich besuchen. Und jetzt dürft ihr beiden durch nichts verraten, dass ihr Hilfe von außen bekommen habt, verstehst du? Wenn sie das erfahren, bekommt ihr noch eine Woche mehr aufgebrummt, und ich bin fortan Persona non grata und kann mich hier nicht mehr blicken lassen. Ganz abgesehen davon, dass sie meinem Vater Schwierigkeiten machen. Das darf nicht passieren ...«

Sie sah sich um. »Viele Möglichkeiten, hier drin etwas zu verbergen, gibt's nicht. Besser, ich verstecke das ganze Zeug draußen hinter einem Baum, bevor noch jemand kommt.«

Sie warf einen Blick nach draußen und fuhr im selben Augenblick wie von der Tarantel gestochen zurück. »Heiliger Strohsack!«, fluchte sie. Blitzartig machte sie die Pforte zu und lehnte sich kreidebleich mit dem Rücken dagegen. »Wenn man vom Teufel spricht ... die alte Pförtnerin! Sie ist auf dem Weg hierher! Gib mir den Schlüssel, schnell!«

Der riesige Schlüsselbund lag auf dem Boden, wo Magdalena ihn achtlos hingeworfen hatte, nachdem sie in die Kapelle gelangt war. Abeline griff danach und reichte ihn Magdalena. Aber die musste feststellen, dass das Schloss nur von außen ein Schlüsselloch hatte, von innen konnte es nicht versperrt werden. »Lehn dich gegen die Tür, los. Wenn sie probiert, muss sie denken, es ist noch abgesperrt!« Schon stemmte sie sich mit beiden Händen gegen die Pforte, Abeline tat es ihr gleich. Sie sahen sich an, Angstschweiß auf der Stirn, und warteten mit bangem Blick auf den Moment, in dem die Pförtnerin den Schlüssel ins Schloss stecken und merken würde, dass nicht abgesperrt war.

Mit aller Kraft drückten sie gegen die Tür und hielten den Atem an, als es heftig an die Tür klopfte und die Stimme der Pförtnerin zu hören war. »He, ihr zwei da drinnen, antwortet.«

»Sag was!«, zischte Magdalena. »Los, mach schon!«

»He – was ist los da drinnen? Warum höre ich nichts? Schlaft ihr noch, ihr Faulpelze?!«, brüllte die Pförtnerin und hämmerte erneut so heftig mit der Faust gegen die Holztür, als wolle sie Tote aufwecken.

»Was wollt Ihr, ehrwürdige Schwester?«, antwortete Abeline endlich. Magdalena forderte Abeline mit großen Augen dazu auf, unbedingt weiterzureden.

»Wir ... wir sind gerade im Gebet versunken«, flunkerte Abeline leise, weil sie sich für ihre Ausrede schämte.

»Was?«, kam die Stimme der Pförtnerin von außen.

Magdalena verdrehte die Augen und deutete Abeline mit wilder Mimik an, dass sie unbedingt lauter reden sollte.

»Wir beten gerade!«, rief Abeline nun eine gute Spur lauter, in der stillen Hoffnung, dass der Herr im Himmel ihr diese Notlüge verzeihen würde.

»Aha«, kam es von draußen. »Wer's glaubt. Jedenfalls soll ich euch im Auftrag der ehrwürdigen Schwester Priorin mitteilen, dass sie eure Strafe in ihrer übergroßen Güte und Gnade abgemildert hat. Ab morgen bekommt ihr Wasser und Brot. Schwester Hiltrud hat ein viel zu großes Herz, wenn ihr mich fragt. Aber sei's drum – es ist ihre Entscheidung. Wenn's nach mir gegangen wäre: Ich hätte euch schmoren lassen bis zum Jüngsten Tag!«

Magdalena konnte sich eine Bemerkung nicht verkneifen. »Das glaube ich dir sofort, du alte Hexe!«, wisperte sie und stieß Abeline mit dem Ellbogen in die Seite. »Los, sprich weiter! Sag was, das sie hören will. Irgendwas Unterwürfiges, Hauptsache, wir werden sie so schnell wie möglich wieder los.«

Abeline räusperte sich, dann antwortete sie mit fester Stimme und all ihrer verbliebenen Überzeugungskraft, während Magdalena sie mit übertriebenen Gesten wild anfeuerte: »Wir bauen auf Gottes Barmherzigkeit und die ... die unendliche Milde der ehrwürdigen Schwester Priorin. Gott schütze sie!«

Sie hielten den Atem an und horchten. Von draußen kam keine Antwort. Magdalena funkelte Abeline noch einmal an. Abeline holte tief Luft und rief, so laut sie es vermochte: »Wir sind der ehrwürdigen Priorin von Herzen dankbar dafür, dass sie uns die Möglichkeit gibt, unsere schwere Schuld mit Gebeten und Fasten zu sühnen!«

Wieder lauschten sie, aber die Pförtnerin schien nicht auf Abelines Anbiederungen hereinzufallen. Schöpfte sie vielleicht Verdacht? Hatte Abeline zu dick aufgetragen, und die Pförtnerin würde aufschließen, um sich mit eigenen Augen zu vergewissern, dass in der Kapelle alles mit rechten Dingen zuging?

Plötzlich und unerwartet schnappte die Klinke nach unten, anscheinend überprüfte die Pförtnerin, ob die Tür auch wirklich abgesperrt war. Aber die Mädchen drückten noch immer verzweifelt mit aller Kraft von innen dagegen. Endlich ging die Klinke wieder nach oben, ein abschließendes »Dominus vobiscum!«, ertönte von außen, und dann war Stille.

Magdalena boxte Abeline anerkennend in die Rippen. »Gut gemacht«, flüsterte sie.

Erst nach einer gebührenden Wartezeit wagte es Magdalena, die Pforte einen winzigen Spalt zu öffnen, um einen Blick in Richtung Kloster zu riskieren. Die beleibte Pförtnerin mit ihrem typischen Watschelgang befand sich schon auf dem Damm und verschwand schließlich im Eingang zum Kloster.

»Sie ist weg! Halleluja, gelobt sei Jesus Christus!«, sagte Magdalena, bekreuzigte sich und hockte sich auf den Boden der Kapelle, wo sie sich mit dem Rücken an die Tür lehnte und einen Stoßseufzer der Erleichterung ausstieß.

»In Ewigkeit. Amen«, fügte Abeline hinzu, sich ebenfalls bekreuzigend, und setzte sich neben Magdalena, nahm ihre Hand und drückte sie fest und dankbar.

Magdalena fing als Erste an zu kichern, dann setzte auch

bei Abeline ein schier unbezähmbarer Lachreiz ein, den sie zuerst noch unterdrücken wollte. Doch als sie sich in dem Moment ins Gesicht sahen, löste sich ihre ungeheure Anspannung mit einem Schlag. Sie wussten nicht warum, aber sie prusteten wie auf ein Kommando plötzlich los und lachten, bis sie sich den Bauch halten mussten, weil sie eigentlich nicht mehr konnten und Abeline alles weh tat.

TEIL II

I

Über ein Jahr war ins Land gegangen, seit Abeline so unverhältismäßig streng bestraft worden war.

Der monotone Ablauf nach der benediktinischen Klosterregel, in seiner gnadenlosen Regelmäßigkeit nur unterbrochen von den großen kirchlichen Festtagen, hatte bei Abeline nicht unbedingt dazu beigetragen, sich an den Alltag in Mariaschnee zu gewöhnen. Auch hatte sie sich nicht damit abgefunden, ein zukünftiges Leben als Braut Christi zu führen, bis es Gott dem Herrn einst gefallen würde, sie zu sich abzuberufen. Im Gegenteil, mit jedem Tag hoffte sie mehr, dass ihr Vater endlich kam, um sie wieder heimzuholen. Das ließ sie sich aber nicht anmerken, niemals wollte sie sich vor ihren Mitschwestern die Blöße geben, des Nachts unter ihrer Decke beim Heulen erwischt und dafür gepiesackt zu werden wie Ida, die seit ihrer drakonischen Bestrafung damals wie verwandelt schien. Es hatte lange gedauert, bis sie nach heftigen Fieberschüben und schwerer Wundheilung wieder ganz gesundete, gute sechs Wochen. Und das war nur möglich, weil Magdalena jede Nacht mit frischem Wasser, Essen und der Salbe gekommen war und die beiden Mädchen in der Kapelle heimlich versorgt hatte. Niemand hatte etwas davon bemerkt, und auch Ida würde sich hüten, jemals ein Wort darüber zu verlieren, weil sie genau wusste, dass sie ohne diese Hilfe vielleicht nicht überlebt hätte.

Aber fortan war sie für ihr Leben gezeichnet. Nicht allein durch die Narben auf ihrem Rücken, auch ihr Geist hatte Narben davongetragen. Die meiste Zeit über summte sie vor sich hin, lächelte in sich hinein und dann, eines Nachts nach der Vigil, bat sie die Priorin darum, in der Klosterkirche bleiben zu dürfen, um dort für ihre sündigen Gedanken büßen zu können. Dieser Bitte wurde gnädigerweise stattgegeben, was Abeline, die das mitbekam, einigermaßen erstaunte. Als Ida schließlich zurückkam und sich neben Abeline ihr Habit über den Kopf streifte, sah Abeline, die wach geworden war, im Licht der Kerze, die immer für die Türwächterin brannte, dass Ida blutige Striemen auf dem Rücken hatte. In der Hand versteckte sie etwas, das sie sorgfältig unter die Strohmatratze ihres Lagers schob, bevor sie sich seitlich niederlegte und anfing zu murmeln: »Gegrüßest seist du, Maria, voll der Gnade, der Herr ist mit dir. Du bist gebenedeit unter den Weibern, und gebenedeit ist die Frucht deines Leibes, Jesu ...« Das ging so lange, bis sie schließlich wegdämmerte.

Nach dem Wecken zur Laudes, zum Morgenlob, trödelte Abeline absichtlich und eilte noch einmal zurück, weil sie angeblich ihr Brevier vergessen hatte, an dem sie im Skriptorium arbeitete und das sie mit sich nehmen durfte, um ungesehen einen schnellen Blick unter das Lager von Ida zu werfen. Dort lag ein aufgerolltes, schmales und fleckiges Lederband. Schnell schob sie es zurück und beeilte sich, Anschluss zu finden. Ida peitschte sich also aus, um sich für ihre sündigen Gedanken zu bestrafen. Abeline zog sich bei dieser Vorstellung das Herz zusammen.

Sie hatte Magdalena nur einige Male kurz gesehen, und plötzlich tauchte sie beim Gang zu einer Andacht im Schatten der großen Eiche auf, die neben dem Pfad zur Klosterkirche stand. Sie nickte ihr unmerklich zu, und Abeline zwinkerte verschwörerisch zurück. Seit sie ein großes Geheimnis teilten, bestand ein unsichtbares Band zwischen ihnen, das Abeline auch dann spürte, wenn Magdalena nicht da war. Wie sehr sie sie beneidete! Im ersten Jahr ihres Noviziats durfte Abeline das Kloster nicht verlassen. Novizinnen im zweiten Jahr war es erlaubt, wenigstens im Herbst den Bauern bei der Ernte auf den Feldern zu helfen oder im Frühjahr bei der Aussaat. Deshalb ergab sich nur eine Gelegenheit, ihrer Freundin wenigstens ein paar Worte zuzuflüstern, wenn Magdalena im Dormitorium übernachtete. Aber zu mehr als zwei Sätzen kam es nicht, denn sonst zischten die anderen Novizinnen sofort, weil sie schlafen wollten, oder sie drohten, die Wächterin darüber zu informieren, dass während der strikt einzuhaltenden Schlafruhe geschwätzt wurde. Sophie und ihre Freundinnen warteten nur auf eine solche Gelegenheit, sie würden Abeline sofort verpetzen, wenn sie auch nur im Geringsten gegen irgendeine der strengen Richtlinien verstieß. Ansonsten zeigten sie Abeline die kalte Schulter und straften sie mit Missachtung. Das war ihr aber nur recht, auch für sie waren die anderen Luft. Es wurde sowieso generell so gut wie gar nicht mehr gesprochen, weil die Äbtissin nach ihrer mehrwöchigen Absenz bei ihrer Rückkehr die strenge Order ausgegeben hatte, dass von nun an jedes unchristliche Geplapper von der jeweiligen Aufsicht streng angemahnt und im Wiederholungsfall geahndet werden sollte – der Fürsterzbischof von Konstanz hatte ihr dies befohlen. Der Heilige Stuhl in Rom hatte alle Klöster in einem päpstlichen Dekret dazu aufgerufen, fortan das unnötig ausgesprochene Wort als Einflüsterungen des Bösen zu betrachten und sie vom heiligen Boden eines jeglichen Konvents, egal ob weiblich oder männlich, zu verbannen. »Verba vana aut risui apta non loqui!«, lautete der neue Leitspruch, der ausnahmslos für alle galt – »Sprich keine leeren oder zum Lachen reizenden Worte!«. Abeline dachte sich ihren Teil, als die neue Losung von der Priorin beim mittäglichen Essen im Refektorium bekanntgegeben wurde: Anlass zum Lachen hatte sie bisher wahrlich nicht gehabt.

Seit geraumer Zeit konnte sich Abeline nach dem Aufwachen an keinen Traum mehr erinnern. Doch darüber war sie nicht im Geringsten beunruhigt, im Gegenteil, sie konnte gut und gerne darauf verzichten, von Alpträumen heimgesucht und geplagt zu werden, die Ereignisse prophezeiten, die dann auch noch in Erfüllung gingen. Das hatte ihr so große Angst gemacht, dass sie oft nicht einschlafen wollte, bis sie doch der körperlichen und geistigen Anstrengung eines langen Tages Tribut zollen musste und ihr die Augen zufielen. Das ständige Beten, Lernen, Singen und Arbeiten – Nähen, Wäsche waschen, Bücher abschreiben, laut im Chor lateinische Wörter und Grammatik sowie Psalmen und Liedtexte einüben und wiederholen, die Steinböden auf den Knien mit der Bürste schrubben, in der Küche oder im Klostergarten mit anpacken, beim Zubereiten von Arzneien aushelfen, beim Auf- und Abladen von Fuhrwerken mit Hand anlegen – wurde nur allzu selten unterbrochen von den wenigen und knapp bemessenen Ruhestunden. Dieser tagein und tagaus gleichförmige und anstrengende Takt nach der Regel des Heiligen Benedikt erschöpfte Abeline inzwischen so sehr, dass sie sofort in einen traumlosen Tiefschlaf versank, sobald sie sich nur auf ihrem Lager niederließ. Eine bleierne Müdigkeit hatte sich ihrer mehr und mehr bemächtigt, die ihren ansonsten wachen und wissbegierigen Geist nachdrücklich lähmte. Es war, als verwandelte der stetige Rhythmus ihr Blut in eine Art Schlaftrunk, so dass sie zuweilen, besonders während der nächtlichen Andachten, kaum noch die Augen offen halten konnte. Da war sie aber beileibe nicht die Einzige, den anderen Novizinnen ging es ebenso. Manchmal musste die Schwester Wächterin richtig zupacken, um das eine oder andere Mädchen im Dormitorium nach der kurz bemessenen Schlafpause wachzurütteln. Aber in der Hinsicht gab es – außer für Magdalena – keine Ausnahmen. Nur wenn eines der Mädchen so krank war, dass es nicht an den Andachten oder Gemeinschaftsaufgaben teilnehmen konnte, war es vom Wecken befreit oder verbrachte die Zeit bis zur Genesung im Infirmarium. Beim Nähen war die Müdigkeit manchmal so überwältigend, dass sie sich bisweilen absichtlich in den Finger stach, um wieder wach zu werden. Den Wechsel der Jahreszeiten verfolgte sie mit einer tiefsitzenden Wehmut im Herzen, gegen die es scheinbar auch kein Mittel gab. Nur an der Temperatur im Freien, wenn sie im Gänsemarsch auf dem Weg zur oder von der Kirche zurück waren, oder am frisch gefallenen Schnee oder den buntgefärbten Blättern der Eiche im Innenhof konnte sie den Frühling, Sommer, Herbst oder den Winter erkennen. Natürlich waren alle Räumlichkeiten – bis auf die Gemächer der Äbtissin, den Kapitelsaal und die Küche – ungeheizt, aber die Klosterinsassinnen waren entsprechend abgehärtet und die Kälte gewöhnt. Angenehm war es eigentlich nur im Hochsommer, wenn es wirklich wochenlang heiß und schwül war, denn innerhalb der dicken Gemäuer des Klosters war es dann geradezu angenehm kühl. Im Freien konnte es tatsächlich unter der Tracht unerträglich heiß werden, wenn man tagsüber auf den klostereigenen Ländereien zum Unkrautjäten oder Steineaufsammeln oder zur Ernte eingesetzt wurde. Waren Männerleute dabei, war es sowieso absolut unstatthaft, etwa ohne Haube oder Skapulier in gleißender Sommersonne zu arbeiten, auch wenn man unter dem wollenen, schwarzen Habit schwitzte, dass einem die Tunika schnell am Leib klebte. Aber was hätte Abeline darum gegeben, an der Außenarbeit teilnehmen zu dürfen! Doch das war ein Privileg, das man sich durch Wohlverhalten und Demut erst sauer verdienen musste. Wie Magdalena wohl diese Freiheit, kommen und gehen zu dürfen, wie es ihr beliebte, erlangt hatte? Wohlverhalten und Demut konnten es beim besten Willen nicht sein, denn Magdalena war das genaue Gegenteil dessen, was an grundsätzlichen Anforderungen für ein Leben hinter den Klostermauern Voraussetzung war. Sie schien unter dem besonderen Schutz der Äbtissin zu stehen und dies auch oft bis an die Grenze auszunutzen, insbesondere in der Küche. Aber zum Teil war ihre Beliebtheit bei einigen – beileibe nicht allen – Schwestern in Mariaschnee auch durch ihre erfrischende Offenheit zu erklären und ihre lausbubenhaften Umgangsformen, die nie in Bösartigkeit oder Hinterhältigkeit umschlugen. Im Gegenteil: Wo Magdalena war – vorausgesetzt, die Priorin oder die stets übellaunige Schwester Pförtnerin waren gerade abwesend –, wurde gelacht und gescherzt, auch wenn dann sehr schnell aus irgendeiner Ecke ein Zischen oder ein mahnendes Wort kam. Magdalena war nicht nur für Abeline der lebende Hinweis darauf, dass es auch noch eine andere Seite des menschlichen Daseins gab, jenseits von Disziplin, Selbstkasteiung und Gehorsam, eine Zeit der Fröhlichkeit, der Ausgelassenheit und Lebensfreude. All das schien von den wuchtigen Mauern des Klosters geradezu ausgesperrt zu sein. Oder war allein schon das Denken daran eine Sünde? So etwas hätte Abeline nur ihre Mutter oder ihren Vater fragen können. Oder vielleicht Magdalena, die hatte auf alles eine Antwort.

An einem bedrückend grauen, wolkenverhangenen Winternachmittag wollte es der Zufall, dass Abeline zusammen mit Ida zum Schrubben des Steinfußbodens der Klosterkirche eingeteilt war. Es war so kalt, dass ihre Nasen tropften, die

Knie schmerzten immer mehr, und die Hände waren krebsrot und gefühllos vom eisigen Putzwasser. Mechanisch wischten und scheuerten sie Seite an Seite. Sie wussten, die Schwester Pförtnerin würde zu gegebener Zeit mit der Fingerspitze jede Spalte und jeden Sprung in den Steinplatten überprüfen, und wenn sie auch nur den geringsten Rest Schmutz entdeckte, konnten sie wieder von vorn anfangen. Das war meistens der Fall, die Pförtnerin urteilte je nach Laune und Stimmung, und die war eigentlich grundsätzlich miesepetrig und auf Schikane aus. Während Abeline stetig vor sich hinputzte, erstarrte Ida plötzlich mitten in ihrem monotonen Bewegungsablauf und schaute hoch zum monumentalen Kruzifix mit dem Korpus Jesu Christi über dem Altar. Langsam erhob sie sich, den Gekreuzigten dabei nicht aus den Augen lassend, ließ den Putzlappen achtlos fallen, schlüpfte aus ihren Holzpantinen und fing an, barfuß zu einer himmlischen Musik zu tanzen, die einzig und allein nur sie hören konnte. Wie in Verzückung hatte sie die Augen geschlossen und drehte sich mit ausgestreckten Armen um sich selbst. Abeline sah eine Weile verwundert zu, wischte sich mit dem Daumen eine widerspenstige Locke aus der Stirn und zischte: »He, Ida – hör auf mit dem Unfug und mach weiter. Wenn jemand hereinkommt und dich so sieht, dann ...«

Abrupt hielt Ida mitten in ihrer Tanzbewegung inne, ließ jedoch die Arme ausgestreckt und funkelte Abeline mit lodernden Augen an. Augen, die sonst nie jemandem ins Gesicht sahen und normalerweise niedergeschlagen oder ausdruckslos waren. Doch dieses eine Mal fing sie auch noch an, von sich aus zu sprechen, was Abeline niemals zuvor erlebt hatte. »Dann-dann-dann ...«, bellte Ida mit überlauter, beinahe bedrohlicher Stimme, die sich regelrecht nach Herausforderung anhörte. »Was soll dann sein?«

Abeline warf den Putzlappen in ihren Eimer, dass es klatschte, und stand auf. »Das weißt du genau. Dann wirst du nämlich wieder bestraft. Und ich dazu. Reicht dir das letzte Mal nicht?«

Idas Mund verzog sich zu einem schiefen Grinsen, das beinahe hämisch war. Im gleichen Augenblick schien sie durch Abeline hindurchzusehen, und wieder fing sie an, sich selbstvergessen um ihre eigene Achse zu drehen und dazu zu summen.

Abeline stöhnte genervt, machte drei Schritte auf Ida zu und hielt sie an den Schultern fest. »Komm, Ida – nimm bitte Vernunft an und mach mit dem Putzen weiter!«

Idas Blick war auf einmal ganz klar, sie blickte Abeline mit einer seltsamen, für sie völlig ungewohnten Offenheit ins Gesicht. »Warum sollte ich?« Damit streifte sie Abelines Hände ab und fing wieder an, sich zu drehen. »Bald bin ich frei, frei wie ein Vogel!«, sang sie und juchzte so laut dazu, dass es durch das ganze Kirchenschiff hallte. Erschrocken über diesen Gefühlsausbruch presste Abeline ihre Hand auf Idas Mund, hielt sie erneut fest und schüttelte sie, um sie zur Vernunft zu bringen. »Jetzt hör endlich auf mit diesem Unsinn!«

Mit einer unerwarteten Heftigkeit riss sich Ida los und stieß Abeline weg, so dass diese ins Stolpern geriet und unsanft auf dem Boden landete. Verächtlich blickte Ida auf sie herab. »Sieh dich doch an«, sagte sie. »Willst du auf ewig auf den Knien herumrutschen und zur Belohnung auch noch Schläge bekommen?« Abeline rappelte sich auf. Ida verschränkte die Arme in den weiten Ärmeln ihres Habits, streckte das Kinn nach vorn und wirkte, was offensichtlich in ihrer Absicht lag, in dieser gespielten selbstgerechten Pose wie ein schlechter Abklatsch der Priorin, wenn sie eine Strafe kundtat. »Ich weiß einen Weg in die Freiheit. Und weil du mir nie etwas

Böses angetan und mir sogar geholfen hast, teile ich ihn mit dir, wenn du willst.«

»Was sagst du da?«, fragte Abeline irritiert. »Wovon in Gottes Namen sprichst du?«

Ida wandte ihr Gesicht nach oben zum Kreuzrippengewölbe des Kirchenschiffs, als hätte sie eine göttliche Vision, drehte sich wieder tänzerisch und sang laut: »Ave Maria, gratia plena, Dominus tecum. Benedicta tu in mulieribus, et benedictus fructus ventris tui, Iesus.«

Dann blieb sie stehen und breitete die Arme aus. »Sancta Maria, Mater Dei, ora pro nobis peccatoribus nunc et in hora mortis nostrae!«

Langsam drehte sie sich zu Abeline um. »Ich gehe zur Gottesmutter, verstehst du denn nicht? Sie wird mich in Gnade aufnehmen. Ich weiß es, sie hat es mir versprochen.«

»Wer hat dir das versprochen?«

»Maria, die Mutter Gottes, verdammt noch mal!«, sagte Ida trotzig wie ein kleines Kind und stampfte zur Bekräftigung mit dem Fuß auf.

Abeline bekreuzigte sich hastig – sie waren in einer Kirche, und Ida beging die Blasphemie, lauthals zu fluchen! Abeline kam es vor, als sei ein Dämon in ihre Mitschwester gefahren. Auf einmal näherte Ida sich Abeline, die unwillkürlich zurückzuckte, zog sie am Ärmel zu sich heran und flüsterte ihr verschwörerisch ins Ohr. »Ich weiß einen Weg hinaus aus diesem Kloster. Hinaus aus diesem Jammertal! Den hat mir die Jungfrau Maria selbst verraten. Mit dir will ich ihn teilen. Wie ist es – kommst du mit?« Sie streckte die Hand nach Abeline aus.

Die sah sie an und schüttelte misstrauisch den Kopf. »Kein Mensch kommt ins Kloster hinein, geschweige denn hinaus, ohne dass die Äbtissin oder die Priorin es gestattet. Wie willst ausgerechnet du das anstellen?«

Ida stieß ein verächtliches Lachen aus. »Das ist das Geheimnis zwischen mir und der Heiligen Jungfrau Maria, die gebenedeit ist unter den Weibern. Kommst du nun mit? Ja oder nein? Nein? Dann lass es. Es wird dir noch leidtun, aber dann ist es zu spät.«

Im selben Augenblick sank sie wieder auf ihre Knie, zog den Eimer so heftig an sich heran, dass das Putzwasser herausspritzte, packte den Lappen und schrubbte auf den Altar zu. »Zu spät, zu spät, zu spät«, sang sie zum Wischrhythmus vor sich hin und scheuerte dabei in einem wahren Höllentempo wie eine vom Leibhaftigen Besessene den Boden.

Abeline brauchte eine Weile, bis sie das unerklärliche Verhalten ihrer Mitschwester verdaut hatte. Kurz überlegte sie, ob sie mit irgendjemandem darüber sprechen sollte, aber mit wem? Das würde unweigerlich zu einer Untersuchung und einer schweren Sanktion gegen Ida führen, zu nichts anderem. Sie sah der gebeugten Gestalt zu, wie sie Handbreit um Handbreit auf den Knien nach vorn putzend zum Altar robbte – jede weitere Einmischung war aussichtslos. Aber sie nahm sich fest vor, ein besonderes Auge auf Ida zu haben, die anscheinend kurz davor war, vollkommen ihren Verstand zu verlieren. Seufzend ging Abeline auf die Knie und wischte weiter.

Und dann kam der Tag, an dem Ida spurlos verschwand. Es war kurz nach dem Feiertag zu Ehren der Heiligen Drei Könige. Wochenlang hatte Ida kein Wort mehr gesprochen, keinen Blick an Abeline verschwendet, sich ganz in sich zurückgezogen wie eine Schnecke in ihr Schneckenhaus. Abeline hoffte schon, dass sie allmählich wieder Tritt gefasst hatte im eintönigen Ablauf des Klosterlebens, als Ida die Priorin nach der Mette um die Erlaubnis bat, allein in der Kirche bleiben zu dürfen, um ihre Bußexerzitien wieder aufnehmen zu können, die sie allzu lange vernachlässigt habe. Dies wurde ihr gnädig von Schwester Hiltrud gewährt, während die anderen Novizinnen ins Dormitorium zurückgeführt wurden, wo sie sich bis auf ihre Tuniken auszogen und erschöpft und ermüdet auf ihre Nachtlager sanken.

Kaum hatte sich Abeline mit einem leisen Seufzer der Erleichterung auf ihrer Strohmatratze niedergelassen und sich die Decke fest um ihren Leib geschlungen, war sie auch schon eingeschlafen. Diesmal träumte sie keine diffusen, beim Aufwachen schon wieder vergessenen Hirngespinste.

Es war zum ersten Mal nach langer Zeit wieder so, dass Abeline nicht wusste, ob es ein Traum war oder Wirklichkeit, so erschreckend echt war ihre Vision.

Sie schwamm unter Wasser, in einer unergründlichen, grün schimmernden Flüssigkeit. Sie wusste, sie musste auftauchen, um Luft zu holen, weil sie sonst ertrinken würde. Als sie nach unten sah, kam von dort etwas ganz langsam emporgeschwebt und war schließlich als menschlicher Körper zu erkennen. Um den Leib war ein fast durchsichtiger Schleier wie eine römische Toga geschlungen, der sich langsam in der unsichtbaren Strömung wand, er war unmessbar lang wie die Schleppe eines nicht endenden Brautkleides. Das Gesicht konnte Abeline noch nicht ausmachen, aber die Gestalt streckte die Hand nach ihr aus und zeigte mit dem Finger auf sie. Furcht stieg in ihr auf. Konnte das ihr Vater sein, in einem immer wiederkehrenden Traum, ihr Vater, der ihr schließlich seine Hand hilfesuchend hinhielt, die sie nicht zu fassen bekam, so sehr sie sich auch anstrengte? Sie blickte nach oben. Von dort kam eine diffuse Helligkeit, alle Fasern ihres Körpers drängten hinauf, sie musste dringend Luft holen, bevor sie versuchen konnte, der menschlichen Gestalt zu helfen. Näher, immer näher kam sie dem Licht, und schon glaubte sie, die Wasseroberfläche endlich durchbrechen und Luft schöpfen zu können. Da stieß sie völlig unerwartet mit dem Schädel an. Verzweifelt tastete sie mit den Händen nach oben an das milchige Hindernis, das ihr verwehrte, den Kopf aus dem Wasser zu bekommen, und im selben Moment fuhr ihr schockartig die schreckliche Erkenntnis durch alle Glieder: Das Element, das ihr den Zugang zur Luft unbarmherzig verwehrte, war Eis. Blindes, kaltes, dickes Eis. Sie war unter einer undurchdringlichen Eisschicht eingesperrt und würde hilflos ertrinken. Voller Entsetzen ging ihr Blick wieder nach unten. Jetzt erkannte sie, dass die Gestalt mit dem wallenden Schleier nicht ihr Vater, sondern ein Mädchen war. Langes Haar umwaberte ihr Gesicht, das sich ihr nun langsam zudrehte. Luftblasen kamen aus ihrem Mund, so als wollte sie etwas sagen. Und nun erkannte Abeline mit einem Mal, wer das Mädchen war: Ida. Sie sah zu ihr hoch, mit einem so unendlich hilflosen und schmerzlich traurigen Gesichtsausdruck, dass es Abeline schier vor Mitleid die Brust zuschnürte. Aber sie musste selbst schnellstmöglich nach oben, empor zu Licht und Luft, doch erneut stieß sie bei ihrem Versuch mit dem Kopf an.

»Aufwachen! Du sollst aufwachen!« Eine Stimme und ein derber Stoß gegen den Hinterkopf brachten Abeline wieder zurück in die Wirklichkeit. Sophia hatte die Gelegenheit ausgenutzt und auf Geheiß der Schwester Wärterin Abeline auf unsanfte Art aus ihrem Traum geholt – mit der Spitze ihrer Holzpantine. »Los, komm schon. Wir müssen zur Laudes.«

Schwester Afra stand bereits mit bleichem Gesicht an der Tür. Abeline beeilte sich, damit die anderen nicht auf sie warten mussten. Alle gingen erst los, wenn sich auch die letzte Nachzüglerin eingereiht hatte. Abeline sah sich kurz um – ihr Nachbarbett war unberührt, Ida war nicht da.

Als Ida nach dem Vier-Uhr-Läuten immer noch nicht ins Dormitorium zurückgekommen war, war Schwester Afra losgegangen, um nachzusehen, wo sie geblieben war. Zuallererst suchte sie, nachdem Ida in der Kirche nicht aufzufinden war, die Schwester Pförtnerin auf, die für das Stundenläuten im Kirchturm verantwortlich war. Sie hatte Ida nicht gesehen. Und auch im Infirmarium war sie nicht, dort hatte die Schwester ebenfalls nach ihr gefragt, weil sie dachte, dass sich Ida vielleicht krank gefühlt hatte, obwohl sie sich dazu bei ihr hätte abmelden müssen. Schwester Afra hetzte wieder zurück ins Dormitorium der Novizinnen in der Hoffnung, dass Ida dort inzwischen auf einem anderen Weg hineingelangt war. Aber ihr Lager war leer. Schwester Afra beschloss, bis zur Laudes zu warten, bevor sie Ida der Priorin als abgängig melden musste.

Da Idas Platz auch bei der darauffolgenden Laudes unbesetzt war, blieb Schwester Afra schließlich nichts anderes übrig, als der Priorin von Idas spurlosem Verschwinden zu berichten. Dies war eine ernste Angelegenheit, selten hatte Abeline die Priorin so blass und aufgeregt gesehen, zumal sich auch noch die Schwester Pförtnerin zu den beiden gesellte und aufgeregt gestikulierte und verneinend den Kopf schüttelte. Sie hatte ein Bündel in der Hand, Abeline konnte auf den ersten Blick nicht erkennen, was es war, bis die Pförtnerin es mit den Händen auseinanderfaltete und der Priorin hinhielt – es war ein komplettes Habit. Abeline verstand zwar nicht, was die drei Frauen vor dem Altar miteinander tuschelten, aber die Schwester Pförtnerin, die sonst ihren Gleichmut vor sich hertrug wie eine Monstranz, fuchtelte dermaßen mit dem Habit herum, dass sogar das Klirren ihrer zahlreichen Schlüssel an ihrem Zingulum trotz des Gesangs der Nonnen und Novizinnen zu hören war. Schwester Hiltrud nestelte nervös an ihrer Haube, die perfekt wie immer saß. Die Priorin sprach sichtlich erzürnt auf Schwester Afra ein, deren brennende Öllampe in ihrer Hand zitterte, während sie betreten zu Boden sah und hin und wieder den Kopf schüttelte. Schwester Hiltrud traf schließlich eine Entscheidung und hob für alle sichtbar die Hand zum Zeichen, dass sie die Laudes vor der Zeit beenden wollte. Der Gesang der Frauen und Mädchen erstarb und brach schließlich ganz ab, als auch die Letzte endlich bemerkt hatte, dass die Priorin etwas Wichtiges zu verkünden hatte. Nachdem es mucksmäuschenstill geworden war, machte sie das Kreuzeszeichen und sprach den Schlusssegen: »Der Herr segne euch und behüte euch. Der Herr lasse sein Angesicht leuchten über euch und sei euch gnädig. Der Herr hebe sein Angesicht über euch und gebe euch Frieden.«

»Amen«.

»Liebe Mitschwestern. Unglückliche Umstände zwingen mich dazu, die Laudes vorzeitig abzubrechen und mich an euch zu wenden. Wie mir eben mitgeteilt wurde, ist eines der Schafe aus unserer Herde verloren gegangen.«

Die unter den Nonnen und Novizinnen aufkommende Unruhe dämpfte die Priorin mit einer beruhigenden Geste, bevor sie fortfuhr. »Weiß eine von euch vom Verbleib unserer Schwester Ida zu berichten?«

Sie sah sich um, aber außer einem allgemeinen Raunen und Wispern, das schließlich in einem kollektiven, verneinenden Kopfschütteln mündete, geschah nichts. Niemand meldete sich. Die Priorin hob wieder die Hand, damit sich die Aufmerksamkeit wieder auf sie fokussierte, und sprach: »Lasst mich aus dem Evangelium des Lukas zitieren. Da heißt es in Kapitel 15: ›Welcher Mensch ist unter euch, der hundert Schafe hat, und, so er eines verliert, er nicht lasse die neunundneunzig in der Wüste und gehe hin nach dem verlorenen, bis dass er's finde?‹«

Sie ließ die Bibelworte wirken und sprach dann weiter. »Jede von euch begibt sich nun auf die Suche nach Ida. Ihr sollt nicht aufgeben, bis ihr unsere Mitschwester gefunden habt! Sie muss irgendwo im Kloster sein. Schwester Ida hat ihr Habit ausgezogen und auf dem Altar abgelegt, wo es die Schwester Pförtnerin gefunden hat.«

Diesmal war das Raunen schon wesentlich lauter und aufgeregter. Was um Gottes willen hatte das zu bedeuten? Die Priorin unterbrach das Getuschel mit einer unwilligen Handbewegung und rief: »Weit kann sie nicht gekommen sein. Findet sie und bringt sie zu mir!« Die letzten Worte waren in einem Befehlston gesprochen, der die Angespanntheit von Schwester Hiltrud eindringlich unterstrich.

Augenblicklich verwandelten sich die geordneten Reihen der Nonnen und Novizinnen in einen aufgeregten Ameisenhaufen, jede versuchte, gleichzeitig einem der Ausgänge zuzustreben. So ein undiszipliniertes Gewimmel und Gedränge, vermischt mit aufgeregten und lautstarken Ausrufen und Unmutsäußerungen – das Gestoße und Geschubse am Hauptausgang nahm schon fast panikartige Züge an –, hatte Abeline in Mariaschnee noch nie erlebt.

Einzig und allein die Priorin blieb wie eine Statue vor dem Altar stehen, die Hände hatte sie wieder in die weiten Ärmel ihrer weißen Kutte gesteckt, und sah mit vorgestrecktem Kinn und unbewegter Miene dem Geschehen zu.

Abeline wartete, bis sich die Menge am Hauptausgang aufgelöst hatte, dann strebte sie ebenfalls den weit geöffneten Türflügeln zu. Aber ein scharfer Zuruf der Priorin ließ sie innehalten. »Abeline – auf ein Wort!«

Sie kehrte um und blieb mit gesenktem Blick vor Schwester Hiltrud stehen. »Ja, ehrwürdige Frau Priorin?«

»Du warst als einziges Mädchen öfter mit Ida zusammen. Weißt du etwas über ihren Verbleib?«

»Nein, ehrwürdige Frau Priorin.«

»Sieh mich an!«, forderte Schwester Hiltrud streng, und Abeline hob zögernd ihren Kopf. Die Priorin fasste sie mit der rechten Hand am Kinn, damit Abeline sich nicht wieder abwenden konnte. »Hat Ida zu dir davon gesprochen, wo sie hinwollte?«

»Nein, ehrwürdige Frau Priorin.«

»Los, sag schon! Du verschweigst irgendetwas, ich seh's dir doch an.«

Unter dem bohrenden Blick der Priorin durchfuhr es Abeline siedend heiß. Jetzt ein falsches Wort, und sie würde einer unnachgiebigen Befragung ausgesetzt werden, die so lange andauerte, bis sie alles, was sie wusste, aus ihr herausbekamen. Das allein hätte schon unabsehbare Folgen nach sich gezogen, aber dabei würde es nicht bleiben – denn dann stand erst noch der Vorwurf im Raum, warum sie Idas seltsames Verhalten beim Putzen des Kirchenbodens nicht gemeldet hatte. Doch Abeline hatte inzwischen ihre Lektion gelernt und verinnerlicht. Mit einem – wie sie hoffte – nicht allzu treuherzigen Augenaufschlag entgegnete sie: »Ich weiß nicht, wovon Ihr sprecht, ehrwürdige Frau Priorin. Ida hat nie etwas Persönliches zu mir gesagt.«

Schwester Hiltrud entließ sie noch immer nicht und fixierte sie nach wie vor, doch Abeline hielt ihrem Blick eisern stand, auch wenn ihr Herz raste und sie glaubte, ihre Brust müsste jeden Augenblick zerspringen. Nach einer kleinen Ewigkeit ließ die Priorin endlich von ihr ab und nickte. »Ich glaube dir zwar nicht, aber für den Augenblick soll es genug sein. Na los, mach schon und hilf den anderen, Ida zu suchen.«

Abeline machte einen Knicks, dann rannte sie, obwohl dies für gewöhnlich unstatthaft war, durch das leere Kirchenschiff zum Hauptausgang und war froh und erleichtert, endlich im Freien zu stehen und die kühle und klare Winterluft einzuatmen. Es dämmerte, und fahles Morgenlicht erhellte den Innenhof.

Die Nonnen und Novizinnen waren inzwischen nach allen Seiten ausgeschwärmt, frischgefallener Schnee bedeckte den Boden, er war mit ihren Spuren übersät. Abeline ärgerte sich bei diesem Anblick und wunderte sich darüber, dass die Priorin, ansonsten ein Muster an scharfem Verstand und ätzender Logik, anscheinend durch Idas Verschwinden so in ihrer Selbstherrlichkeit erschüttert war, dass sie nicht an das Nächstliegende gedacht hatte – nämlich im Freien keine Spuren zu verwischen. Dass Ida es geschafft haben sollte, die hohen Klostermauern zu überwinden, war undenkbar, außer sie hätte plötzlich Flügel bekommen. Das Tor zum Damm und damit hinüber zum festen Ufer war stets abgesperrt oder von den Argusaugen der Schwester Pförtnerin bewacht. Niemand kam dort ungesehen hinaus. Der gesamte Klosterkomplex war wie eine Trutzburg von hohen Mauern umgeben, die gegen den einzigen Feind gerichtet waren, den das Kloster wirklich fürchtete: das Hochwasser des Rheins. Die Anlage war weitläufig, und die großen Trakte waren verwinkelt und unübersichtlich, die kleinen, die an den Außenmauern klebten, nicht minder. In den zahlreichen Vorratskammern und -kellern, den Wirtschaftsgebäuden, Viehställen und Dachböden gab es für jemanden, der sich verstecken wollte, unzählige Möglichkeiten. Abeline überlegte, während sie im Innenhof unter den schneebedeckten Ästen der kahlen Eiche stand, was Ida genau gesagt hatte, als sie mit entrücktem Gesicht vom Weg in die Freiheit gesprochen hatte. Ein fürchterlicher Verdacht keimte unheilvoll in ihr auf. Wenn das zutraf, was ihr soeben durch den Kopf ging – nämlich was Ida damit gemeint haben könnte, als sie davon geschwärmt hatte, die Jungfrau Maria habe sie gerufen und ihr einen Weg aus dem Kloster aufgezeigt – dann gab es nur eine Folgerung. Und die war so schrecklich, dass Abeline ein kalter Schauder über den Rücken fuhr. Hatte sie nach langer Zeit wieder einmal etwas geträumt, das sich in fürchterlicher Weise bewahrheiten sollte?

Schnell machte sie kehrt und hastete in die Klosterkirche zurück, in der Hoffnung, dass die Priorin sie inzwischen durch die seitliche Pforte zum Kreuzgang und weiter ins Langhaus verlassen hatte, um der Äbtissin Bericht zu erstatten.

Als sie vorsichtig in die Kirche spähte, war Gott sei Dank niemand mehr zu sehen. Abeline durchquerte das Kirchenschiff, ging kurz vor dem Kruzifix in die Knie und bekreuzigte sich, bevor sie rechts vom Altar den kleinen quadratischen Seitenraum durch eine schmale Pforte betrat, welcher eine bauliche Besonderheit darstellte. Mitten im Raum baumelte das dicke Glockenseil herunter, mit dem die jeweils zuständige Schwester das Stundenläuten und das Läuten zu den Messen und sonstigen Anlässen bewerkstelligte. Dies war das Erdgeschoss des Glockenturms, der nur etwa vier Stockwerke hoch war. Glockentürme in Klosterkirchen wetteiferten nicht damit, zur höheren Ehre des Herrn möglichst weit in den Himmel zu ragen wie die Türme von manchen Gotteshäusern, die Abeline gesehen und von denen sie schon gehört hatte. Der Glockenturm von Mariaschnee war in die Außenmauer des Komplexes integriert und überragte sie um ein Stockwerk. Dies war die südliche Mauer, die nach außen senkrecht abfiel und sich direkt an die leichte Biegung des Rheins anschmiegte.

Abeline stieg die rundumlaufende Holztreppe hoch, die bis hinauf zum Gebälk des Glockenstuhls führte und so schmal war, dass gerade ein Mensch darauf gehen konnte. Ganz oben bei der Holzkonstruktion der Glockenaufhängung pfiff der Wind durch die Fensterlaibungen, die nach den vier Himmelsrichtungen offen waren. Abeline warf einen Blick durch eine der schmalen Schallöffnungen hinunter zum Rhein, dessen mächtiger, träge dahingleitender Strom aussah wie der bis ins Unendliche reichende, schuppig glänzende Rücken eines sich dahinschlängelnden silbernen Drachens, der sich im Morgenlicht im Dunst des Horizonts verlor. In diesem Augenblick wusste sie, was Ida getan hatte.

Sie sank auf die Knie und betete mit aller Inbrunst, dass es nicht so war. Dabei fiel ihr Blick auf die Holzbohlen zu ihren Füßen. Nun hatte sie endgültige Gewissheit, als sie zwei ordentlich nebeneinandergestellte Holzpantinen und das zusammengekringelte Lederband sah, das wie ein letzter Gruß im Schatten lag. Sie nahm es hoch, und tausend Gedanken schossen ihr durch den Kopf: Mitleid und Selbstvorwürfe, Verzweiflung und Hader mit sich selbst. Warum hatte sie nichts davon gebeichtet? Ja – warum nicht? Wenn sie streng genug mit sich ins Gericht ging, wusste sie, warum. Weil sie sich im Kloster an keinen Menschen vertrauensvoll wenden konnte. Weil sich niemand dafür interessiert hätte, weil niemand sie verstanden hätte. Abelines Tränen tropften auf die Holzbohlen, Tränen um Ida und ihre verlorene Seele. Mühselig erhob sie sich, warf noch einen Blick auf den trübgrauen, gleichgültigen Rhein und schleuderte das zusammengerollte Lederband von der Spitze des Kirchturms so weit sie konnte aus der Schallöffnung hinaus in die Fluten und die Holzpantinen hinterher. Niemals durfte sie sagen, was sie entdeckt hatte. Wenn es so war, wie sie vermutete, war der armen Ida sowieso nicht mehr zu helfen. Ihre Entdeckung auszuplaudern, würde bedeuten, dass sie selbst den Kopf dafür hinhalten musste – was bei so einem furchtbaren Vorfall eine Strafe ungeahnten Ausmaßes nach sich ziehen würde, dessen war sich Abeline sicher. Für diese Schlussfolgerungen verachtete sie sich. Wenn man die Wahrheit verschweigen musste, um die eigene Haut zu retten – was für ein Mensch war man dann geworden? Verdiente man da noch Gottes Gnade? War es nicht ihre Christenpflicht, im Beichtstuhl, der regelmäßig aufgesucht werden musste, wenn Pater Rasso oder einer seiner Stellvertreter das Kloster zum Abhalten der Heiligen Messe besuchte, die Wahrheit zu sagen, weil sie sich sonst versündigte?

In dieses Gedankendickicht verstrickt, tastete sie sich Stufe um Stufe mit ihren klobigen Holzpantinen die Wendeltreppe wieder hinunter. Am liebsten hätte sie sich mit ihrem ganzen Gewicht an das neben ihr baumelnde Glockenseil gehängt und geläutet und geläutet, bis die halbe Welt zusammengelaufen wäre, um daraufhin allen die nackte Wahrheit zu verkünden. Aber sie tat es nicht.

Als sie unten ankam, wischte sie sich mit dem Ärmel Tränen und Rotz aus dem Gesicht. Niemand durfte ihr etwas ansehen. Damit schadete sie sich nur selbst. Wozu das in letzter Konsequenz führte, hatte sie bei Ida gesehen. Doch Abeline wollte sich nicht aufgeben. Sie musste alles ertragen, um zu überleben, denn eines Tages würde ihr Vater sie abholen, und sie würden zusammen wieder hinaus in die Freiheit reiten. An diese vage Hoffnung konnte sie sich klammern, aber der Gedanke an ihren Vater trieb ihr erneut die Tränen in die Augen. Sie schluchzte auf, setzte sich auf die unterste Treppenstufe und ließ ihren Tränen freien Lauf. Wenn sie wenigstens mit Magdalena hätte darüber reden können, aber die hatte sich schon seit einer kleinen Ewigkeit nicht mehr im Kloster blicken lassen. Sie weinte um Ida, um ihre Eltern, um sich selbst. So lange, bis sie nicht mehr konnte.

Endlich atmete sie tief durch und putzte sich entschlossen mit einem Tuch Nase, Gesicht und Augen ab, bis sie sich wieder einigermaßen im Griff hatte. Sie war zwölf Jahre alt und durfte nicht weinen. Doch sie gab sich zumindest eine Teilschuld am Schicksal von Ida. Sie hätte es vielleicht verhindern können, hatte es aber aus Trägheit und Feigheit nicht getan. So tief war sie unter der unbarmherzigen Knute der Nonnen in Mariaschnee gesunken.

II

Die Suche nach Ida war zwar bis spät in den Nachmittag weitergegangen, aber schließlich ergebnislos eingestellt worden.

Am darauffolgenden Tag hatte Abeline ausgerechnet mit Sophia zusammen Küchendienst. Sie putzten am groben Arbeitstisch Gemüse und ignorierten sich gegenseitig nach besten Kräften, als plötzlich – die Küche hatte zum Innenhof hinaus eine Fensteröffnung – ein Tross Reiter mit lautem Hufgeklapper und Pferdeschnauben durch das große Tor in den Hof hereintrabte. Jede Nonne und jede Novizin, die dazu Gelegenheit hatte, stürzte sofort ans nächste Fenster, um Zeugin dieses martialisch wirkenden Auftritts zu werden, bei dem schwergewappnete Männer, offensichtlich ein Ritter mit einem halben Dutzend Begleitern, Mariaschnee einen Besuch abstatteten. Sogar die steinalte Küchenaufseherin vergaß ihren dampfenden Kessel über dem Feuer, weil die pure Neugier stärker war als das Befolgen der gebotenen Zurückhaltung – schließlich gab es selten genug etwas zu sehen, das die monotone klösterliche Routine unterbrach. Die Begleiter des Ritters, allesamt bärtige, raue Gesellen, stiegen ab, während der Ritter, der ein Kettenhemd und eine Lederkappe unter seinem offenen Fellmantel trug, hoch zu Ross wartete, bis die Äbtissin mit der Priorin an ihrer Seite heraneilte. Erst dann bemühte er sich aus dem Sattel, um der Äbtissin mit der nötigen Ehrerbietung den Saum ihres Habits zu küssen und vor ihr in die Knie zu gehen, nachdem er die Kappe abgenommen und seinen kahlen Schädel geneigt hatte. Dann erhob er sich wieder. Er war ein Riese von Gestalt und überragte die zierliche Äbtissin um mehr als eine Elle. Sein roter Bart war kurz geschnitten, sein Gesicht mit einer markanten Delle auf dem Nasenrücken, die auf einen schlecht verheilten Bruch hindeutete, vermittelte einen unerbittlichen Eindruck. Er sah beileibe nicht so aus, als seien Barmherzigkeit und Mitgefühl seine größten Tugenden.

Sophia vergaß in ihrer jungmädchenhaften Begeisterung ganz, dass sie ihre Mitschwester Abeline eigentlich mit Missachtung strafen wollte, und stieß sie mit dem Ellbogen in die Seite, wobei sie ihr, offensichtlich mit ihrem Wissen prahlen wollend, zuraunte: »Weißt du, wer das ist?« Bevor Abeline irgendetwas entgegnen konnte, beantwortete sie ihre Frage gleich selbst. »Das ist Ritter Geowyn von der Tann mit seinen Männern. Die Priorin soll mit ihm verwandt sein. Er ist sicher gerufen worden, um nach Ida zu suchen. Dem kann kein Mensch entkommen. Er wird sie finden, tot oder lebendig, da kannst du Gift darauf nehmen!«

Abeline sah Sophia merkwürdig berührt von der Seite an. Sie wusste um Idas Verbleib, und die Trauer um das Schicksal des unschuldigen Mädchens stieg wieder in ihr hoch. Am liebsten hätte sie Sophia ins Gesicht geschrien, was sie bedrückte und dass sie und ihre Freundinnen ein gerüttelt Maß Anteil an Idas Verzweiflungstat hatten. Sie fand Sophias Gebaren geradezu abstoßend. Ihre Wangen glühten vor Aufregung, sie war so von dem Schauspiel im Hof gefesselt, dass sie wohl für einen Augenblick völlig vergessen hatte, wer da neben ihr mit den Knien auf der Holzbank in den Hof hinausspähte und dass sie Abeline normalerweise nicht mal eines Blickes würdigte.

Die beiden Mädchen konnten nicht verstehen, was Ritter Geowyn mit der Äbtissin und der Priorin besprach, aber es dauerte nicht lang, da gab der Ritter seinen Männern den Befehl zum Aufsitzen, verbeugte sich und küsste erneut in Ergebenheit den Saum des Kleides der Äbtissin, setzte seine Lederkappe wieder auf, schwang sich in seinen Sattel, und schon donnerte die Kavalkade wieder zum Tor hinaus und ließ eine Schneewolke hinter sich.

Die Küchenaufseherin, die selbst sensationslüstern in den Innenhof gegafft hatte, erinnerte sich wieder an ihre Pflichten, klatschte auffordernd in die Hände und rief: »Genug Maulaffen feilgehalten, ihr Mädchen. Los, zurück mit euch an die Arbeit!«

Abeline und Sophia gehorchten umgehend und kehrten wieder an ihren Arbeitstisch zurück, wo sie beide so taten, als wäre nie etwas gewesen, das sie dazu angestiftet hatte, ihre gegenseitige demonstrative Nichtbeachtung für einen kurzen Moment aufzugeben.

Was für eine Erleichterung wäre es jetzt gewesen, wenn Abeline ihr Wissen mit jemandem wie Magdalena hätte teilen können. Sie biss die Zähne zusammen und ließ ihre ganze aufgestaute Wut und Empörung am Gemüsevorrat aus. Sie schnitzelte so schnell und heftig, wie es nur irgend möglich war, um mit überhektischer Betriebsamkeit zu vermeiden, dass sie womöglich gedanklich wieder abschweifen und in Tränen ausbrechen würde.

Während der Non am nächsten Tag – die tiefstehende Sonne warf gerade ihre Strahlen durch die Südfenster der Klosterkirche – musste sie ihre ganze Willenskraft aufbieten, weil die bleierne Müdigkeit, die sie seit Wochen und Monaten immer wieder überkam, erneut von ihr Besitz ergreifen wollte. Sie war auf ihrem Platz in der hintersten Reihe der singenden Novizinnen und zwickte sich zum wiederholten Mal in die Arme, aber es half nichts. Wie alle anderen auch saß sie, den Kopf vornübergebeugt, und sang mit, aber schließlich bewegten sich nur noch ihre Lippen, ihre Augenlider waren schwerer und schwerer geworden, nur mit großer Mühe konnte sie verhindern, dass sie endgültig zufielen. Die Schwester Pförtnerin, die diesmal bei ihrem Rundgang mit der Öllampe in der Hand kontrollierte, ob auch alle Anwesenden wach waren – was sie wesentlich genauer und strenger nahm als Schwester Afra –, hatte Abeline gerade in Augenschein genommen und überprüft, deshalb dachte sie, dass die Gelegenheit jetzt günstig wäre, um die Augen nur für einen winzigen Moment zu schließen und abzuschalten. Kaum hatte sie das getan, war sie auch schon eingedämmert.

»Aufwachen! Du sollst aufwachen!«, eine Stimme und ein derber Knuff gegen die Schulter brachten Abeline wieder zurück in die Wirklichkeit. Die Andacht war zu Ende, und die Schwester Pförtnerin mit ihrer Öllampe stand neben ihr, während die anderen Novizinnen bereits im Gänsemarsch die Klosterkirche verließen. Die Letzten in der Schlange, Sophia und Agnes, drehten sich kurz um und grinsten hämisch, Schwester Afra scheuchte sie weiter und warf Abeline noch einen schnellen, aber mitleidigen Blick zu. Keines der Mädchen hatte es offensichtlich für nötig befunden, Abeline rechtzeitig aufzuwecken, um ihr eine Strafe zu ersparen. Ruckartig stand sie auf, das Brevier, das sie im Schoß gehabt hatte, fiel zu Boden, aber es war zu spät. Als sie das gnadenlose Gesicht der Schwester Pförtnerin sah, das den Anflug eines Grinsens nicht unterdrücken konnte oder wollte, wusste sie, dass sie sich gar nicht erst um eine Ausrede bemühen sollte. Das Urteil war schon im spöttischen Glanz ihrer Augen zu lesen. »Komm mit. Wir melden das jetzt bei der ehrwürdigen Schwester Priorin!«, sagte sie nicht ohne Schadenfreude, aber Abeline war noch so benommen, dass sie sich ganz in Gedanken wieder hinsetzte und ihr Brevier aufhob, bevor ihr bewusst wurde, dass ihr wieder einmal eine Strafe bevorstand. Die Schwester Pförtnerin zerrte bereits am Ärmel ihres Habits, keifte: »Was ist? Hörst du nicht?«, und Abeline quälte sich hoch und folgte der Schwester, die mit ihrer Öllampe vor zum Altar ging, wo Schwester Hiltrud ihnen noch den Rücken zukehrte, weil sie betete. Sie warteten darauf, dass die Priorin ihre Zwiesprache mit dem Allmächtigen beendete. Fieberhaft überlegte Abeline, was sie als Entschuldigung vorbringen könnte, aber wie sie es auch in ihrem Kopf drehte und wendete, ihr fiel nichts ein, was Schwester Hiltrud würde gnädig stimmen können. Die Priorin bekreuzigte sich und wandte sich vom Altar ab. »Abeline ist während der Andacht eingeschlafen, ehrwürdige Frau Priorin«, meldete die Schwester Pförtnerin.

Schwester Hiltrud steckte die Hände in ihre weiten Ärmel und schüttelte mit betrübter Miene den Kopf. »Warum ausgerechnet bist es immer nur du, Abeline, die sich nicht an unsere Regeln halten kann? Sag mir – was ist das für ein Stachel in deinem Geist? Warum kannst du dich nicht einordnen in unsere Gemeinschaft und ein nützliches Mitglied unseres Ordens werden? Hast du auch nur die geringste Ahnung, wie weh mir das tut, wenn ich dich immer und immer wieder bestrafen muss? Lernst du denn gar nicht dazu? Oder ist das ein innerer Dämon, der dich dazu verleitet, ständig aus der Reihe zu tanzen?«

Abeline wusste beim besten Willen nicht, was sie auf diese vielen Fragen antworten sollte. Also hielt sie es für das Klügste, erst einmal den Mund zu halten. Wahrscheinlich hatte die Priorin gar nichts anderes erwartet, denn sie fuhr fort: »Wenn dein Vater nicht ein gewichtiges Wort für dich eingelegt hätte, würde ich sogar so weit gehen zu sagen, du hast es nicht verdient, hier in Mariaschnee darauf hinarbeiten zu dürfen, die Braut Christi zu werden und ...«

»Mein Vater ...« Abeline war plötzlich hellwach. Deshalb wagte sie es auch, Schwester Hiltrud ins Wort zu fallen, ein Sakrileg, wie sie sehr wohl wusste. »Verzeiht, dass ich euch unterbreche, ehrwürdige Frau Priorin, aber ... Ihr habt von meinem Vater gehört? Was ist mit ihm?«

»Oh«, bemerkte die Priorin süffisant, »du bist also doch noch in der Lage, gelegentlich für bestimmte Nichtigkeiten ein gewisses Maß an Aufmerksamkeit aufzubringen, insbesondere wenn sie außerklösterliche Belange betreffen, habe ich recht?«

Beschämt schaute Abeline zu Boden und schwieg.

Die Schwester Pförtnerin stieß Abeline unsanft in die Seite und herrschte sie barsch an. »Antworte gefälligst, wenn dich die ehrwürdige Frau Priorin etwas fragt!«

Abeline hob ihr Gesicht und legte ihre Zurückhaltung ab. »Mein Vater ist mein Vater. Was ist falsch daran, wenn ich mich nach seinem Befinden erkundige? Ich habe seit über einem Jahr nichts mehr von ihm gehört. Und von meiner Mutter auch nicht!«

Die Priorin tauschte einen demonstrativen Blick mit der Schwester Pförtnerin, der besagte, dass Abeline noch immer nicht verstanden hatte, was der Eintritt in ein Kloster für eine Novizin bedeutete. Oder wusste sie etwas, das Abeline verschwiegen wurde? Abeline war sich nicht sicher, als Schwester Hiltrud zur Bekräftigung ihrer Worte ihre Hände auf Abelines Schulter legte und in einer Stimme mit ihr sprach, die dazu ausersehen war, die Sünder auf den rechten Weg zu führen und vor dem ewigen Höllenfeuer zu bewahren: »Mein Kind – in dem Moment, in dem du die Schwelle von Mariaschnee überschreitest, muss dir klar sein, dass du dein ganzes Leben, deine Familie, deine Herkunft, deine Vergangenheit, einfach alles, was dein weltliches Dasein ausgemacht hat, hinter dir zurückgelassen hast. Dein Leben gehört fortan ausschließlich Jesus Christus, unserem Herrn. Dein Vater ist von diesem Zeitpunkt an der Vater im Himmel und deine Mutter die Jungfrau Maria. Sie werden für dich Sorge tragen, einzig und allein ihnen bist du verantwortlich. Und natürlich der ehrwürdigen Mutter Äbtissin und mir als ihre rechtmäßigen Stellvertreter hier auf Erden. Solange du diese Grundsätze nicht verstanden und angenommen hast, wirst du nie die nötige Einstellung aufbringen, um endlich in Demut und Gehorsam den Schleier der Braut Christi mit Freuden und innerer Überzeugung anzunehmen. Ich sehe es deshalb als meine heiligste Pflicht und Aufgabe an, dich – übrigens auch im Auftrag deines Vaters – auf den rechten Pfad zu bringen. Mit welchen Mitteln das nötig ist, bestimmst allein du durch dein Verhalten. Und wenn ich sehe, dass dieses Verhalten Anlass zur Korrektur gibt, wäre es dann nicht eine grobe Unterlassungssünde meinerseits, wenn ich nicht einschreite und gegebenenfalls entsprechende Maßnahmen ergreife? Ich will, dass du das einsiehst und begreifst. Wenn du gezüchtigt wirst, dann tut mir das selbst körperlich und tief in meiner Seele weh. Aber es muss sein, um deiner selbst willen. Das siehst du doch ein?«

Eigentlich wollte Abeline nur achtlos mit der Schulter zucken, aber sie durfte die Priorin nicht noch weiter herausfordern. Außerdem schüchterte sie ein bedrohlicher Blick der Schwester Pförtnerin noch vollends ein, so dass ihr schließlich ein »Ja, ehrwürdige Frau Priorin« über die Lippen kam, wenn auch sehr leise und ohne richtige Überzeugung, und selbst das fiel ihr schwer. Abeline wollte in diesem Augenblick nur eines: dass Schwester Hiltrud endlich ihre Hände von ihren Schultern löste und damit herausrückte, was sie sich diesmal für eine Strafe ausgedacht hatte. Das endlose Hinauszögern ihres Urteils verschlimmerte die Situation nur noch; Abeline kam es vor, als ob die Priorin es richtiggehend genoss, ihre Zöglinge auf die Folter zu spannen und die Qual damit in die Länge zu ziehen. Endlich tat ihr Schwester Hiltrud den Gefallen und nahm ihre Hände von den Schultern, steckte sie, wie es ihr üblicher Gestus war, in die weiten Ärmel ihres schneeweißen Habits und sagte: »Ich denke, eine Woche strenges Fasten bei absoluter Dunkelheit in einer der Kellerzellen wird dir die Gelegenheit geben, über deine Einstellung gründlich nachzudenken ...«

Weiter kam sie nicht, denn in diesem Moment wurde die Haupteingangstür zur Kirche aufgerissen, und eine junge Nonne stürzte völlig aufgelöst herein, blieb nach ein paar Schritten nach Atem ringend stehen und schrie von weitem, dass es durch das ganze Kirchenschiff hallte: »Ehrwürdige Frau Priorin – sie haben Ida gefunden!«

Bei diesen Worten durchfuhr Abeline ein Schauder. Das konnte nicht sein. Sie sah, dass die Priorin und die Schwester Pförtnerin genauso ungläubig und überrascht waren wie sie, bevor alle drei ihre gebotene Zurückhaltung vergaßen, ihre Kutten rafften und hinter der jungen Nonne, die schon wieder hinauslief, durch das Kirchenschiff herrannten, dass die vielen Holzpantinen im Stakkato auf dem Steinfußboden schepperten.

III

Als die Priorin, Schwester Afra und Abeline hinaus ins Freie stürmten, sahen sie sich einem Schreckensbild gegenüber, das Abeline unwillkürlich an jenen verhängnisvollen und tief in ihrem Gedächtnis eingegrabenen Morgen erinnerte, an dem ihr Vater und seine überlebenden Männer von der Jagd zurückgekommen waren und die Körper der Ertrunkenen in den Hof von Burg Melchingen gebracht hatten. Auch in diesem Augenblick war das Entsetzen, das sich wie ein unsichtbares, aber bedrückendes Leichentuch über den Innenhof des Klosters gelegt hatte, förmlich mit der Hand zu greifen. Sprachlose und schreckensbleiche Ordensschwestern machten angesichts der Äbtissin, die aus ihren Gemächern geholt worden war und herbeigeeilt kam, den Platz frei, so dass Ritter Geowyn und seine Männer im Fokus standen, die dick vermummt und grimmig neben ihren dampfenden Rössern und einem armseligen vierrädrigen Karren Aufstellung genommen hatten. Sie blickten der Äbtissin und der Priorin entgegen, die aus verschiedenen Richtungen kamen und nun ihren Lauf verlangsamt hatten, ebenso wie Abeline. Der Ritter und seine Männer rissen sich die Kopfbedeckungen von den Schädeln und verneigten sich. Die Äbtissin schritt durch den knirschenden Schnee auf den Karren zu, auf den der Ritter stumm mit einer weit ausladenden Geste deutete. Auf der Ladefläche lag unter einer Pferdedecke ein Körper. Die Äbtissin brauchte gar nicht näher heranzutreten, um zu wissen, wer das war. »Ihr habt sie also gefunden, Ritter Geowyn«, sprach sie den Ritter an. In ihrer Stimme klang tiefste Resignation mit.

»Nein, ehrwürdige Mutter«, entgegnete er mit einer rauen, aber ruhigen Stimme und schüttelte den Kopf. Bis auf das Schnauben eines der Pferde war es grabesstill geworden. Jeder lauschte auf das, was der Ritter sagen würde. »Nicht wir, es waren Bauern, etwa einen halben Tagesritt rheinabwärts. Ihr Leichnam ist wohl ans Ufer geschwemmt worden, sie haben sie auf einer Sandbank gefunden. Als wir davon erfahren haben, sind wir hingeritten und mussten feststellen, dass es wohl die vermisste Novizin ist. Deshalb haben wir sie hierhergebracht. Wenn Ihr Euch selbst davon überzeugen wollt ...«

Die Äbtissin nickte knapp, Ritter Geowyn gab einem seiner Männer, der noch einen Kopf größer war, ein Zeichen, dieser ging zum Karren, zog die Decke beiseite, nahm den Leichnam behutsam in seine Arme und trug die leblose Gestalt, deren Gliedmaßen so weiß waren wie ihre Tunika, auf seinen Händen an den sich bekreuzigenden Nonnen und Novizinnen vorbei bis zur Äbtissin. Idas Tunika und ihre Haare waren von Frost und Eis überzogen, in den Armen des Hünen schien sie leicht wie eine Feder und zerbrechlich wie Glas zu sein. Die Äbtissin bestätigte: »Ja, es ist Ida. Ich danke Euch, Ritter Geowyn, und Euren Männern, dass Ihr sie gefunden und hergebracht habt.«

Abeline betrachtete das kalkweiße Gesicht ihrer toten Mitschwester, das wie durch ein Wunder keine sichtbaren Verletzungen aufwies und friedlich war wie das Antlitz einer Schlafenden. Sie biss sich auf die Lippen, wagte es aber nicht, sich von der Stelle zu rühren, obwohl sie Ida am liebsten über die kalten Wangen gestreichelt hätte, um sie im Tod noch zu trösten und sie um Vergebung dafür zu bitten, dass sie sich nicht mehr um sie bemüht hatte. Auch die Priorin war zur Salzsäule erstarrt. Nach wie vor sprach niemand ein Wort, alle warteten, wie die Äbtissin reagierte. Es war, als hätte der Allmächtige für eine kleine Ewigkeit den Lauf der Welt angehalten. Der Hüne mit Ida auf den Armen bewegte sich immer noch nicht, seine Haltung hatte etwas Anklagendes, obwohl dies sicher nicht seine Absicht war. Die ganze Anordnung mit den wie festgefroren wirkenden Schwestern in ihrem Habit im Halbkreis, den Atemwölkchen aus Dutzenden von Nasen und Mündern und der wie aus Stein gemeißelten Statue aus Riesenmann und marmorfarbenem Leichnam war für Abeline wie ein einziger stiller Vorwurf: Seht her, hier in diesen starken Armen ist das unschuldige Opfer, das ihr alle auf dem Gewissen habt!

Endlich brach die Äbtissin den Bann, indem sie das Kreuzeszeichen schlug und sagte: »Gott sei ihrer armen Seele gnädig und vergebe ihr ihre Sünden. Wir sind nur Menschen, und wir können es nicht. Unsere Mitschwester Ida hat eine Todsünde begangen, indem sie ihre unsterbliche Seele dem Teufel anvertraut hat. Damit ist sie auf ewig verloren. Es ist unsere Pflicht, sie trotzdem zu bestatten. Aber durch ihre frevlerische Tat hat sie die ewige Ruhe in geweihter Erde verwirkt. Sie soll am Waldrand über der Kunigundenkapelle begraben werden. Legt sie einstweilen auf den Karren zurück, und bedeckt ihren Leichnam. Morgen werde ich den Totengräber des Dorfes damit beauftragen, ihr ein Grab zu schaufeln.«

Der Hüne gehorchte auf ein Kopfnicken seines Anführers hin und trug Ida zurück zum Karren, wo er sie, so sanft es ging, auf der Ladefläche ablegte und wieder zudeckte.

Abeline nahm ihren ganzen Mut zusammen und schritt an der Priorin vorbei nach vorn zur Äbtissin, beugte ihr Knie vor ihr und fragte: »Verzeiht, ehrwürdige Mutter Äbtissin, darf ich eine Bitte äußern?«

Die Priorin löste sich aus ihrer Starre und machte Anstalten, Abeline am Arm zu packen und wegzuzerren, aber die Äbtissin gebot ihr mit einer Geste Einhalt. »Lasst sie!«, befahl sie kurz und knapp, steckte ihre Hände in ihre Ärmel und sah Abeline aufmunternd an. »Sag, was du zu sagen hast, Abeline.«

Abeline beugte noch einmal als Geste des Dankes ihr Knie. Dann richtete sie sich kerzengerade auf und blickte in die vielen Gesichter der bärtigen Männer und blassen Frauen und Mädchen, die um sie herumstanden und gespannt darauf warteten, was dieses schmächtige Mädchen in seinem schwarzweißen Habit jetzt von sich geben würde. Abeline schloss kurz die Augen, atmete einmal tief durch und fing an, so laut zu sprechen, dass es alle hören konnten. »Wer von euch hilft mir, oberhalb der Kunigundenkapelle ein Grab zu schaufeln, Ida dort hinzubringen und zu bestatten? Und zwar jetzt?«

Keiner der Umstehenden rührte sich.

Abeline wartete drei, vier Herzschläge lang.

Als dann immer noch niemand auch nur einen Finger bewegte, ging sie zum Zugpferd des Karrens, packte es an der Kandare, zog daran, schnalzte dazu mit der Zunge, und das Gespann setzte sich in Bewegung.

Auf einmal hörte sie eine vertraute Stimme: »Warte. Ich komme mit.«

Mehr nicht. Aber das genügte, um Abeline ein Lächeln aufs Gesicht zu zaubern. Es war Magdalena, die inzwischen auch dazugestoßen war und im Hintergrund abgewartet hatte, wie sich die Situation entwickeln würde.

Magdalena nahm das Zugpferd von der anderen Seite am Geschirr, und zu zweit dirigierten sie das Gespann aus dem Hof und durch das Tor hinaus, während man ihnen teils erstaunt, teils bestürzt hintersah. Niemand wagte es, einzugreifen oder sich ihnen in den Weg zu stellen, denn die Äbtissin regte sich nicht und sah nur zu. Viele waren von der Kühnheit der Worte und von Abelines Tat so überrascht, dass sie zu keiner Reaktion fähig waren und, als der Karren schon auf dem Damm zum Festland war, schielten sie nur auf die Äbtissin, was diese wohl zu tun und zu befehlen gedachte. Selbst die Priorin wartete darauf, dass die oberste Instanz des Klosters ein Machtwort sprach, welches Abelines und Magdalenas Tun im letzten Moment noch Einhalt gebieten könnte. Doch nichts dergleichen geschah. Im Gegenteil, die Äbtissin drehte sich abrupt weg und marschierte schnurstracks zum Eingang des Quergebäudes, in dem ihre Gemächer waren. Sie begegnete Schwester Afra, die geradewegs aus der Hütte an der Außenmauer des Klosters kam. Von dort hatte sie gleich nach Abelines kurzer Ansprache mehrere Spitzhacken und Schaufeln geholt und trotz ihres hohen Alters geschultert. Sie ging an der Priorin vorbei, hielt sie keines Blickes für würdig und trottete zielstrebig auf das Tor zum Damm zu. Als sie es erreicht hatte, eilte ihr der Hüne nach, nahm ihr wortlos das Werkzeug ab und begleitete sie. Die Glocken fingen an zu läuten, und erst in diesem Moment löste sich die Versammlung im Hof auf, nicht ohne eine allgemeine, teilweise heftig und lautstark geführte Debatte darüber, wie nun das überraschende Geschehen, das Abeline ausgelöst hatte, zu bewerten sei. Die Priorin fand ihre Fassung wieder, erinnerte sich an ihre Pflichten als Gastgeberin und lud Ritter Geowyn und seine Männer ins Refektorium ein, wo sie Bier und Essen bekamen und sich stärken und aufwärmen konnten. Sie selbst zog sich danach mit Geowyn in ihren Empfangsraum zurück, weil es noch einiges mit ihm zu besprechen gab.

Gleich neben der hüfthohen Mauer aus groben Steinen, die auf der weitflächigen Anhöhe über der Kunigundenkapelle den Klosterfriedhof nach drei Seiten einfriedete, schufteten Abeline, Magdalena, der Hüne aus Ritter Geowyns Gefolge und Schwester Afra im Schweiße ihres Angesichts, um ein Grab für die sterblichen Überreste von Ida auszuheben. Keiner gab auch nur einen Ton außer gelegentlichem Stöhnen oder Ächzen von sich, sie alle wussten, was sie taten. Es war schlicht und einfach ein Akt der Menschlichkeit. Abeline warf Magdalena einen dankbaren Blick zu, den diese mit einem Lächeln erwiderte. Auch sie wechselten kein Wort, bis der Hüne – der die meiste Arbeit leistete und rackerte für drei, was auch vonnöten war, denn die Oberfläche des Bodens war gefroren – schließlich bis zur Brust im ausgehobenen Grab stand und befand, dass sie nun ausreichend tief gegraben hatten. Sie halfen ihm gemeinsam heraus und dann wickelten sie den Leichnam in ein großes, weißes Tuch, das Schwester Afra auch noch mitgebracht hatte. Abeline war nicht nur erstaunt über das tatkräftige Zupacken der Türwärterin und ihr Mitleid mit Ida, sondern auch darüber, dass sie gar nicht so einfältig war, wie sie immer tat, sondern vorausdenkend und eigenwillig. Alle, die jetzt dabei halfen, den eingewickelten Körper so respektvoll wie möglich ins Grab zu betten, waren sich dessen bewusst, dass sie die große Mehrheit der Klosterinsassinnen und vor allem die Äbtissin und die Priorin mit ihrer Tat offen herausgefordert hatten. Als oberste Instanzen von Mariaschnee hatten sie schließlich die Verantwortung dafür, dass die Grablegung einer Selbstmörderin nach dem herrschenden Kirchengesetz vonstatten ging. Bei Menschen, die Hand an sich selbst gelegt hatten, war es üblich, den nächstbesten Totengräber dafür zu bezahlen, den Leichnam in ungeweihter Erde außerhalb jeglichen Gottesackers in aller Stille zu verscharren, weil die Seele des Toten sowieso durch die ruchlose Tat für alle Ewigkeit verloren war. In manchen Gegenden war es sogar vorgeschrieben, dass der Kopf eines Selbstmörders vom Leib getrennt begraben werden musste. Was das Ganze für Mariaschnee noch schlimmer machte: Seit Menschengedenken war es nicht mehr vorgekommen, dass eine Nonne oder Novizin Selbstmord begangen hatte. Satan musste persönlich von Geist und Körper Idas Besitz ergriffen haben und hatte sich damit eine Seele eingeheimst. Nur so war es zu erklären.

Schweigend schaufelten sie die Erde wieder in die Grube und glätteten anschließend den kleinen Erdhügel. Magdalena hatte aus zwei abgeschnittenen Zweigen und einer Schnur ein schlichtes Kreuz gebastelt. Schwester Afra und der Hüne hielten mit gefalteten Händen am Grab ihren Kopf gesenkt und warteten darauf, dass Abeline, die schließlich den Anstoß für ein halbwegs anständiges Begräbnis gegeben hatte, ein paar Worte sagen würde, um dem Ganzen einen einigermaßen würdigen Abschluss zu verleihen. Abeline faltete die Hände und sprach: »Ich weiß nicht, woher du gekommen bist und wohin du gehen wolltest, Ida. Ich weiß nicht, wer du eigentlich warst. Du hast still gelebt und still gelitten, das allein weiß ich. Ich weiß allerdings auch, dass es kein Mensch verdient hat, so verzweifelt und einsam zu sein, wie du es wohl warst. Möge Gott dir gnädig sein. Er ist der Einzige, der verstehen kann, was in dir vorgegangen sein mag. Gott ist barmherzig. Wir bitten dich, Gott: Vergib Ida ihre Sünden, sie wusste nicht, was sie tat. Führe sie in dein Reich, und schenke ihr die ewige Ruhe. Amen.«

Die anderen murmelten ebenfalls ein »Amen«, der Hüne sammelte Schaufeln und Hacken ein, und Schwester Afra trat an Abeline heran und gab ihr die Hand. »Vergelt's Gott, im Namen von Ida«, sagte sie zu der überraschten Abeline und folgte dem Hünen mit den Werkzeugen zum Kloster.

Abeline und Magdalena blieben noch am Grab stehen, und Magdalena legte tröstend ihre Hand auf Abelines Schulter. Abeline umarmte ihre Freundin, und jetzt hätte sie endlich alles loswerden können, was sich in der letzten Zeit bei ihr aufgestaut hatte, aber sie schloss nur die brennenden Augen und war unendlich dankbar dafür, dass sie jemanden gefunden hatte, an den sie sich anlehnen durfte. Obwohl sie es nicht wollte, kullerten ihr doch zwei Tränen über die Wangen und auf Magdalenas Schulter. Aber es waren keine Tränen der Trauer und des Schmerzes, davon hatte sie genug vergossen, es waren Tränen der Erleichterung und der Freude. Sie lösten sich voneinander und sahen zum Kloster hinunter, das unter ihnen an der Flussschleife im schönsten roten Abendlicht der untergehenden Sonne lag, als wolle der Herr im Himmel vor aller Welt durch dieses Zeichen der Gnade und Bevorzugung von Mariaschnee demonstrieren, dass das Kloster ein gottgefälliger Hort des Friedens und der irdischen Glückseligkeit sei – *wenn auch nur bis zum Einbruch der Dunkelheit*, dachte Abeline in einem Anfall von Sarkasmus. Sie schlenderten den Pfad hinunter, und jetzt konnte Abeline ihrer Freundin das Herz ausschütten und ihr erzählen, was alles seit ihrem letzten Zusammentreffen geschehen war.

Weil es so spät geworden war, übernachtete Magdalena im freien Schlaflager neben Abeline, und das gab den beiden Mädchen eine weitere Gelegenheit, sich leise wispernd auszutauschen. Schwester Afra war von der ungewohnten körperlichen Arbeit so erschöpft, dass sie auf ihrem Wachposten vor der Tür laut vor sich hinschnarchte, und die anderen Mädchen im Schlafsaal wagten es in dieser Nacht nicht, sich zu beschweren. Auch hatten sie inzwischen zu viel Respekt vor Magdalena, der angesichts der tief schlafenden Wärterin durchaus zuzutrauen war, dass sie, sollte es jemand wagen, Abeline und Magdalena zum Schweigen aufzufordern, mit handfesten Argumenten darauf antwortete. Selbst Sophia, die normalerweise immer ganz vorn stand, wenn es gegen Abeline ging, verkroch sich unter ihrer Decke und gab keinen Mucks von sich, obwohl sie wahrscheinlich wach war und sich darauf konzentrierte, etwas davon zu verstehen, was sich die beiden Mädchen zuflüsterten. Aber so sehr sie sich auch anstrengte, sie konnte nur ein leises Wispern vernehmen, das ab und zu von einem unterdrückten Kichern unterbrochen wurde.

Als die Glocke zur Vigil rief, schlief Magdalena längst den Schlaf der Gerechten. Agnes war von der Schwester Wächterin vorher instruiert worden, sie war als Älteste im Dormitorium dafür zuständig, dass alle Mädchen pünktlich zur Andacht erschienen, und sie nahm ihre Aufgabe gewissenhaft wahr, wollte sie doch auf gar keinen Fall bei der Priorin in Ungnade fallen. Also weckte sie alle Mitschwestern und Schwester Afra, und gemeinsam zogen sie im Gänsemarsch los zur Klosterkirche – wie es sich gehörte ohne ein überflüssiges Wort. Überhaupt hatte sich seit Idas Tod eine seltsam düstere Stimmung auf das Gemüt der Klosterinsassinnen gelegt. Man war bemüht, in vorauseilendem Gehorsam alle Regeln strengstens zu befolgen und jeden Schritt so leise wie möglich auszuführen. Selten war mit so viel echter Inbrunst gebetet und gesungen worden. Ob es das schlechte Gewissen war oder der deutliche Fingerzeig, dass der Tod allgegenwärtig war und jederzeit zuschlagen konnte, das war bei jeder Ordensschwester anders ausgeprägt. Tatsache war jedoch, dass hin und wieder hinter vorgehaltener Hand getratscht und gemunkelt wurde. Weil Idas sterbliche Hülle nicht in geweihter Erde lag und sie nicht ordnungsgemäß, wie es sich für einen Christenmenschen gehörte, die letzte Ölung und die priesterlichen Sterbesakramente empfangen hatte, ging das Gerücht um, dass ihre arme Seele keine Ruhe finden und fortan im Kloster spuken würde. Vor allem des Nachts gab es nicht wenige, die sich nicht mehr allein in dunkle und abgelegene Winkel der Klosteranlage trauten, aus Angst, Idas Geist würde ihnen auf Befehl des Satans auflauern und ihnen ihre eigene unsterbliche Seele aus der Brust reißen wollen.

Am nächsten Morgen, kurz vor der Prim, war es an der Zeit für Magdalena, wieder aufzubrechen. Während Abeline sich für die Andacht bereitmachte, packte sie schon ihr Bündel. Sie war unterwegs zum Markt nach Melchingen, wo sie für ihren Vater allerlei Kleinkram bei diversen fahrenden Händlern besorgen musste, die er für seine Experimente und Arbeiten brauchte. Magdalena war in letzter Zeit kaum noch dazugekommen, dem Kloster einen Besuch abzustatten, weil ihr Vater sie stark in Beschlag genommen und sie Spaß daran gefunden hatte, bei ihm das Goldschmiedehandwerk zu lernen und ihm auch in seinen anderen, vielfältigen Tätigkeiten zur Hand zu gehen. Ihre Haare ließ sie jetzt wieder wachsen, wie sie gerade sprießten, aus der Igelfrisur war ein lockiger Strubbelkopf geworden, aber im Übrigen gab sie sich nach wie vor so burschikos wie eh und je.

Kurz bevor sich Abeline ihren Mitschwestern im Gang anschließen musste, hatten sie noch, ohne dass es jemand mitbekam, ausgemacht, dass sie sich gegenseitig, wenn es die Umstände erlaubten, Briefe schreiben und hinter einem losen Stein verstecken würden, den Magdalena in Augenhöhe an der Innenseite der Außenmauer in einem abgelegenen Winkel der Klosteranlage ausfindig gemacht und gelockert hatte. Sie umarmten sich kurz zum Abschied, und Abeline schloss sich den anderen Novizinnen auf dem Gänsemarsch zur Klosterkirche an. Als sie sich kurz umdrehte, war Magdalena schon verschwunden.

IV

Endlich war der langersehnte Frühling gekommen, und nach den feierlichen Osterfestlichkeiten labte nicht nur die zunehmend wärmer werdende Sonne Abelines Körper und Geist, sondern auch die Aussicht darauf, dass es ihr endlich möglich sein würde, das Kloster gelegentlich verlassen zu dürfen. Lange genug, so schien es ihr, war sie nun in Mariaschnee und hatte sich, so gut es ihr möglich war, untergeordnet und war fleißig und strebsam ... Wenn sie an ihrem Lieblingsarbeitsplatz war, dem Skriptorium, vertiefte sie sich ganz in ihre Bücher. Beim Abschreiben von alten Texten zeigte sie so viel Einfühlungsvermögen, Genauigkeit und Eifer, dass sie, anstatt für andere niedere Tätigkeiten eingesetzt zu werden, mehr und mehr mit dem Kopieren von seltenen und wichtigen Folianten betraut wurde. Am Verhalten von Sophia und deren Freundinnen hatte sich nichts geändert, für ihre Mitschwestern blieb Abeline eine gemiedene Außenseiterin, und Sophia und deren Freundinnen ignorierten sie. Das störte sie nicht weiter, sie ignorierte sie ebenso. Die Priorin ging Abeline aus dem Weg, und wenn das nicht möglich war, dann sah sie durch sie hindurch, als existiere sie nicht, aber auch das war Abeline nur recht. Schließlich konnte sie nur inständig hoffen, dass Schwester Hiltrud durch die sich überschlagenden Ereignisse nach dem Auffinden von Idas Leiche ihre Strafandrohung, weil Abeline während der Andacht die Augen zugefallen waren, vergessen hatte.

Im Skriptorium fühlte Abeline sich wohl, ihre Arbeit wurde anerkannt, weil sie gut war, das war der einzig gültige Maßstab für bevorzugte Behandlung in der Schreibstube und nicht Liebedienerei oder hinterhältiges Anschwärzen. Gelegentlich fiel sogar ein Lob für sie ab, was sie stolz machte und noch mehr anspornte. Schwester Nelda, die Aufseherin im Skriptorium, war zu ihrer Mentorin geworden. Sie hatte ein hässliches rotes Feuermal an der rechten Wange, was ihr ein strenges Aussehen verlieh, sie redete nicht viel und bemerkte jeden noch so kleinen Fehler, aber sie war nicht ungerecht und darauf versessen, Strafen um ihrer selbst willen zu verteilen. Wenn sie ein Lob aussprach, was selten vorkam, dann war es ehrlich gemeint, genauso, wenn sie tadelte. Bei ihr hatte Abeline das Gefühl, dass sie etwas lernen konnte und nicht nur stur und einfältig pauken musste wie im Latein- und Grammatikunterricht bei der Priorin.

Aber nicht nur die Einstellung Abeline gegenüber, zumindest im Skriptorium, hatte sich geändert und war vorsichtigem Respekt gewichen, sondern auch Abelines Schlafgewohnheiten. Seit Ida begraben worden war, schlummerte sie meistens tief und traumlos. Vielleicht lag es daran, dass sie zwischen den nächtlichen Andachten wie ein Stein ins Bett fiel und viel zu früh, bevor sie richtig ausgeruht war, zur nächsten Andacht geweckt wurde. Vielleicht auch daran, dass in das leere Schlaflager an ihrer Seite, das Ida gehört hatte, eine robuste und vierschrötige Novizin namens Clara vom weit entfernten Frauenkloster Engelberg Einzug gehalten hatte. Es hieß, die Äbtissin habe mit Clara absichtlich ein Mädchen herbeigeholt, das in der Lage war, allein durch ihre körperliche Anwesenheit die permanente Unruhe unter den Novizinnen endlich unter Kontrolle zu bringen – sie war pausbäckig, einen Kopf größer als Sophia und ungefähr doppelt so breit. Aber das war nur eines von vielen Gerüchten, die über Clara kursierten. Ein anderes besagte, sie wäre als rechte Hand der Priorin eingeschleust worden, um dieser über jede Unregelmäßigkeit sofort Bericht zu erstatten. Entsprechend hatte sich das Verhalten der Novizinnen im Dormitorium gewandelt, das gegenseitige Misstrauen erstickte jede Form von Albernheit oder Aufsässigkeit im Keim. Schwester Clara selbst verriet kein Wort über ihre Herkunft oder den Grund, warum sie nach Mariaschnee gekommen war. Sie kam mit dem andauernd wechselnden Schlaf-und Wachrhythmus bestens zurecht, ließ sich nichts gefallen und fauchte Sophia und ihre Freundinnen sofort an, wenn sie auch nur die geringsten Anstalten machten, irgendeine ihrer Kränkungen oder Brüskierungen anzuzetteln, so dass sie sehr bald alle Lust verloren, sich mit ihr anzulegen. Die üblichen Rituale eines Frauenklosters waren ihr längst in Fleisch und Blut übergegangen, und heilig war ihr nur eines: ihr Schlaf. Das war auch der Grund, weshalb Abeline nicht mehr von Alpträumen heimgesucht wurde: Sobald Abeline im Schlaf nur den geringsten Muckser machte oder etwa anfing, mit geschlossenen Augen zu murmeln oder zu stöhnen, hielt Clara ihr die Nase zu, oder, wenn das nichts nutzte, bekam sie einen deftigen Rippenstoß mit dem Ellenbogen, erwachte gezwungenermaßen, und der Traum war zu Ende, bevor er richtig angefangen hatte.

Nur einmal, ein einziges Mal, hatte sie doch wieder einen Traum. Es war in der Fastenzeit im Skriptorium, wo Abeline über ihrer Arbeit saß und eine besonders filigrane und wundervoll ausgeführte Initiale aus dem Stundenbuch eines Meisters abzeichnen sollte, die ihre ganze Aufmerksamkeit und Konzentration erforderte. Es ging um eine sogenannte bewohnte Initiale, was hieß, dass der Buchstabe der Initialkörper war, und im Hohlraum, der aus dem U gebildet wurde, ein feuerspeiender, mehrköpfiger Drache abgebildet war, aus dessen Mäulern Flammen schlugen. Dabei handelte es sich um den Beginn einer Bibelstelle aus der Offenbarung 12, 3. Der Text lautete: »Und es erschien ein anderes Zeichen am Himmel, und siehe, ein großer, roter Drache, der hatte sieben Häupter und zehn Hörner und auf seinen Häuptern sieben Kronen.« Abeline fuhr mit dem Finger über die kolorierte Zeichnung im Original, als könne sie mit der sanften Berührung erfühlen, wie der Meister seine Arbeit ausgeführt hatte, und da geschah es plötzlich – wie mit großer Wucht überkam sie ein Bild, das sie schon einmal vor ihrem geistigen Auge gesehen hatte: Sie sah sich selbst im Habit einer Nonne mit weißem Kopftuch und dem schwarzen Schleier darüber, doch dann verwandelte sich ihr Gesicht in das ihrer Mutter Franziska. Ihr Antlitz war inmitten einer Aureole aus Feuer, die Flammen loderten in den Farben des Drachens, rot, golden und blau, ihr schönes Haar entzündete sich plötzlich, und aus ihren unendlich traurigen Augen flossen Tränen. Sie schien etwas sagen zu wollen und bewegte den Mund, aber die Worte drangen nicht bis zu Abeline durch. Dann legten sich ihre brennenden Hände vor das Gesicht, und als sie sich wieder lösten, war kein menschliches Antlitz mehr vorhanden, nur ein zähnebleckender Totenkopf. Abeline schrie auf und fiel in ein bodenloses, schwarzes Loch.

Als sie wieder zu sich kam, fand sie sich auf den Holzbohlen des Skriptoriums wieder, in ihrem allmählich schärfer werdenden Blickfeld die besorgten Gesichter von Nonnen, die sich über sie beugten. Schwester Nelda kam mit einem Becher Wasser herangeeilt, den sie ihr mit sorgenvoller Miene einflößte. Allmählich kehrte sie in die Gegenwart zurück, sie war vollkommen verwirrt und wusste einen Augenblick lang nicht mehr, was Einbildung war und was

Wirklichkeit. Am helllichten Tag hatte sie bisher noch nie so einen Traum gehabt, vielleicht war es sogar etwas, was manche Kleriker als Vision bezeichneten, eine Art göttliche Eingebung. Aber dann besann sie sich wieder darauf, dass es besser war, sich nichts anmerken zu lassen, und entschuldigte sich damit, dass ihr plötzlich schwarz vor Augen geworden und sie vom Hocker gefallen sei. Auf die gutgemeinte Frage von Schwester Nelda, ob sie die Schwester Infirmaria holen solle oder Abeline sich nicht doch ein wenig ausruhen wolle, sie würde sie bei der Priorin für die anstehende Andacht entschuldigen, schüttelte sie heftig den Kopf. »Nein, nein, es war nur eine Unpässlichkeit, vielleicht habe ich zu streng gefastet, es geht schon wieder.« Die Nonnen halfen ihr auf, und zusammen machten sie sich auf den Weg zur Klosterkirche, deren Glockengeläut schon die Terz ankündigte.

Während der Andacht, in der sie ständig die Blicke der im Skriptorium tätigen Nonnen auf sich spürte und sich bemühte, nur ja wieder einen normalen Eindruck zu erwecken, sang und betete sie zwar nach Kräften mit, aber in ihrem Kopf schwirrte und summte es wie in einem Bienenstock. Was hatte dieser überdeutliche und heftige Traum zu bedeuten? Ihrer Mutter musste etwas Schreckliches bevorstehen oder schon geschehen sein, wenn sich bewahrheitete, was sie in ihrem Trugbild gesehen hatte. Und bisher war das auf die eine oder andere Weise immer eingetreten. Gewaltsam versuchte sie, sich auf den Ablauf der Andacht in der Klosterkirche zu konzentrieren.

Nach dem Schlusssegen wollte sie eigentlich so schnell wie möglich zurück ins Skriptorium, um zu versuchen, ob es ihr noch einmal gelingen würde, durch eine Berührung der Initiale des Folianten auf ihrem Schreibpult eine Art geistigen Kontakt zu ihrer Mutter aufzunehmen, als sie von der Pförtnerin abgepasst und aufgehalten wurde. »Abeline – du kommst mit mir!«, befahl sie mit gewohnter Strenge und marschierte auch schon in ihrem Watschelgang mit klimperndem Schlüsselbund voraus, ohne sich umzusehen, ob Abeline ihr auch folgte. Das war das übliche Procedere, aber Abeline beschlich, während sie versuchte, mit der Schwester Pförtnerin Schritt zu halten, eine unheilvolle Ahnung, als die Schlüsselbewahrerin des Klosters sie durch den Kreuzgang zum Querhaus und dort die Treppe hoch zu den Gemächern der Äbtissin führte. Wenn man bei der Priorin oder gar bei der Äbtissin antreten musste, bedeutete das im Allgemeinen nichts Gutes. Abeline hatte sich sowieso schon seit geraumer Zeit gewundert, dass Idas Grablegung – von ihr gegen alle Regeln und gegen die Autorität und das ausdrückliche Diktum der Kirche eigenmächtig durchgeführt – damals so ohne weiteres toleriert worden war. Jetzt sollte es also doch noch zu einem Nachspiel kommen. Sie war immer noch leicht benommen von der Erscheinung ihrer Mutter mit der brennenden Aureole und dem schrecklichen Schlussbild und verspürte seit ihrem Sturz und der kurzzeitigen geistigen Abwesenheit im Skriptorium ein unkontrollierbares Zittern in allen Gliedern, das Gott sei Dank während der Terz nach und nach schwächer geworden war. *Tief durchatmen!*, befahl sie sich. *Du musst dich wieder besinnen, reiß dich zusammen!*

Der Gedanke an ein Strafgericht seitens der Äbtissin trug nicht gerade zur Beruhigung bei. Aber sie musste auf alles gefasst sein.

Sie gelangten schließlich in den ersten Stock des Aedificiums, die Pförtnerin war kurzatmig und schnaufte von der Anstrengung des Treppensteigens wie ein alter Ackergaul, bis sie an der reich mit Schnitzereien verzierten Doppeltür ankamen, vor der Abeline erst einmal, nämlich bei ihrer Ankunft in Mariaschnee, gestanden hatte. Die Schwester Pförtnerin rang zunächst nach Atem, dann klopfte sie laut gegen die Tür, bevor sie sie öffnete. »Schwester Abeline wäre da, ehrwürdige Mutter Äbtissin«, meldete sie und schob Abeline in den Empfangsraum, bevor sie die Tür wieder hinter ihr schloss.

V

Die Äbtissin war gerade dabei, die Vögel zu füttern, die aufgeregt in ihren Käfigen herumflatterten und piepsten. Abeline war gleich an der Tür stehengeblieben und wartete in demonstrativer Ergebenheit darauf, dass sie angesprochen wurde. Aber die Äbtissin drehte sich nicht um, sondern versorgte weiter die Vögel und sagte nur: »Komm her, Abeline, komm her!«

Abeline setzte sich in Bewegung und klapperte mit ihren Holzpantinen den Steinfußboden entlang bis zur Wand mit den Vogelbauern.

»Weißt du, was das für ein Vogel ist, den ich gerade füttere?«, fragte die Äbtissin in einem so freundlichen Ton, dass Abeline noch misstrauischer wurde, als sie es ohnehin schon war.

»Ein Kleiber, ehrwürdige Mutter Äbtissin.«

Die Äbtissin drehte sich um und hatte ein Lächeln im Gesicht. »Du kennst dich aus mit den Vogelarten?«, wollte sie wissen.

»Ja, schon. Mein Vater hat mir das beigebracht.«

Die Äbtissin öffnete den Vogelbauer, packte mit sicherem Griff zu und hielt den schlanken, graublau-rostrot gefärbten Vogel mit dem schwarzen Augenstreif in ihrer rechten Hand, die sie behutsam aus der Käfigtür nahm. Er bewegte aufgeregt das Köpfchen mit dem spitzen Schnabel hin und her, aber die Äbtissin hielt ihn sicher und hob ihn zwischen ihr

Gesicht und Abelines. »Ist er nicht ein wunderschönes Geschöpf Gottes?«, sagte sie leise und voller Ehrfurcht.

»Ja«, hauchte Abeline und strich dem Vogel sanft mit ihrem Zeigefinger über den fedrigen Schopf. »Das ist er.«

»Dann will ich dir etwas verraten, Abeline. Das ist nicht nur ein Kleiber, sondern es ist dein Vogel, er personalisiert dich. Ich habe ihn erst, seit du hier in Mariaschnee bist. Kannst du dich daran erinnern, was ich dir dazu bei deiner Ankunft erzählt habe?«

»Ja, ehrwürdige Mutter Äbtissin. Sobald die Zeit für die Profess gekommen ist und ich das Gelübde abgelegt habe, wird er freigelassen.«

»Das ist richtig. Als Zeichen für deine innere Freiheit, die du an diesem Tag gewinnen wirst.«

Sie steckte ihre Hand mit dem Kleiber wieder in den Vogelbauer und ließ das Tier los, bevor sie das Türchen wieder verriegelte. Der Vogel flatterte hin und her, bis er sich wieder beruhigte und endlich auf seiner Stange Platz nahm, von wo aus er Abeline und die Äbtissin mit schiefgelegtem Köpfchen neugierig beäugte.

Zum ersten Mal überhaupt zeigte sich ein freundliches Lächeln auf dem Antlitz der Äbtissin. Sie legte ihre Hände auf die Schultern von Abeline, die sich unwillkürlich verkrampfte.

»Wie hübsch und groß du geworden bist«, sagte die Äbtissin. »Wie alt bist du jetzt?«

»Ich werde bald vierzehn, ehrwürdige Mutter Äbtissin.«

Die Äbtissin ließ sie nicht los, sondern sah ihr weiterhin ins Gesicht. »Abeline, Abeline – du tust immer so, als würdest du dich in alles einfügen, aber in Wirklichkeit ist da etwas in deinem Kopf ...«, sie klopfte mit ihrem Zeigefinger auf Abelines Stirn. Abeline lief puterrot an, weil sie sich von der Äbtissin bis auf den Grund ihres Herzens durchschaut fühlte. »… nenne es, wie du willst: Widerspruchsgeist, Hoffärtigkeit, Trotz, Aufsässigkeit … jedenfalls ist das alles zusammen nicht das Holz, aus dem Nonnen geschnitzt werden. Ich erkenne das genau, meine Liebe. Willst du wissen, warum? Weil ich selbst so war, bevor ich Gottes Gnade erfahren und meinen Weg gefunden habe.«

Abeline machte eine unwillkürliche Bewegung, aber die Äbtissin ließ sie immer noch nicht aus ihrem Griff. *Wie vorhin den kleinen Vogel*, dachte Abeline. Gnadenlos fuhr die Äbtissin fort: »Du bist eigensinnig, klug und du hast Mut bewiesen und dich für eine Mitschwester eingesetzt, obwohl diese vom Teufel verführt worden ist und den Weg der Verdammnis eingeschlagen hat. Das verdient Respekt.« Die Klostervorsteherin ließ endlich ab von Abeline, ging zum Außenfenster, das verglast war und einen Blick auf den Rhein erlaubte, und wendete Abeline den Rücken zu, während sie weitersprach. »Nicht in den Augen aller Insassen dieser ehrwürdigen Klostermauern, gewiss, aber in den meinen, und ich habe hier das Sagen. Weißt du, warum ich dich und dein Tun verteidigt habe? Gegen die Mehrheit der Klosterversammlung?«

»Ja, ehrwürdige Mutter Äbtissin«, hörte sich Abeline sagen und hätte sich gleichzeitig am liebsten auf die Zunge beißen können, die wieder einmal schneller war als ihr Verstand.

Überrascht drehte sich die Äbtissin um. Mit so einer Antwort in dieser heiklen Angelegenheit hatte sie nicht gerechnet. »Also?«, fragte sie.

»Weil Barmherzigkeit eine gottgefällige Tugend ist, ehrwürdige Mutter Äbtissin, und es ein Akt der Barmherzigkeit war, was wir Ida angedeihen ließen.«

»Du hast immer noch Angst, dafür bestraft zu werden, nicht wahr?«, fragte die Äbtissin unerwartet.

Abeline nahm ihren ganzen Mut zusammen und antwortete: »Ich wüsste nicht, wofür, ehrwürdige Mutter Äbtissin. Ich habe mir nichts zuschulden kommen lassen.«

»Seit wann haben Novizinnen das zu beurteilen?«

»Verzeiht, so war das nicht gemeint.«

»Das will ich hoffen. Sonst hätte ich mich in meinem Urteil doch sehr getäuscht. Nun, meine Stellvertreterin, die ehrwürdige Schwester Priorin, hat nachdrücklich eine strenge Bestrafung für dich gefordert. Nachträglich und nachdrücklich. Nicht für dein Verhalten beim Begräbnis von Ida, das ja ausdrücklich von mir sanktioniert wurde, sondern weil du in der Andacht zuvor eingeschlafen bist. Stimmt das?«

»Ja, ehrwürdige Mutter Äbtissin. Es tut mir leid. Ich war vollkommen übermüdet.«

»Das ist eigentlich keine ausreichende Entschuldigung, das dürfte dir bekannt sein.«

Was sollte Abeline dazu sagen? Die Äbtissin hatte recht. Sie fuhr fort: »Nun gut. Schwester Hiltrud ist nur durch das Auffinden des Leichnams von Ida daran gehindert worden, die Bestrafung anzuordnen. Aber sie hat es nicht vergessen und mich darauf aufmerksam gemacht.«

In Abeline krampfte sich alles zusammen. Also war sie doch in den Empfangssaal des Klosters gerufen worden, um bestraft zu werden. Sie machte sich auf das Schlimmste gefasst.

»Schwester Hiltrud hat mir dargelegt, dass du es dringend nötig hast, dich mehr disziplinieren zu lassen.«

Die Äbtissin ließ ihre Worte bei Abeline wirken und beobachtete sie genau dabei. Obwohl sich Abeline dagegen wehrte, musste sie doch heftig schlucken.

»Das Einschlafen während der Andacht ist im Wiederholungsfall strafwürdig, das hat man dir sicher eingeschärft.«

Abeline nickte. »Ja. Mehrmals.«

»Deine Einsicht spricht für dich. Aber angesichts deines

Verhaltens Idas sterblichen Überresten gegenüber erscheint es mir ausnahmsweise zweitrangig. Dort hast du dich meines Erachtens vorbildlich verhalten. Mir als Äbtissin waren da angesichts der kirchlich vorgeschriebenen Vorbehalte und des daraus folgenden Verhaltenskodexes, den ich nun mal zu vertreten habe, die Hände gebunden, aber du hast das einzig Richtige getan. Und genauso habe ich Schwester Hiltrud gegenüber argumentiert. Die Strafe ist damit vom Tisch.«

Abeline schloss kurz die Augen und stieß, obwohl sie das eigentlich gar nicht wollte, einen Seufzer der Erleichterung aus.

Die Klostervorsteherin kam wieder bis auf Armeslänge heran und sagte: »Du hast dich sehr für Schwester Ida eingesetzt – weshalb?«

Sie war jetzt so nahe gekommen, dass Abeline einen leichten Geruch nach Weihrauch wahrnehmen konnte, und sah ihr forschend in die Augen. Abeline hatte das Gefühl, die Äbtissin würde jede auch noch so kleine Lüge oder Zögerlichkeit erkennen und daraus ihre Schlussfolgerungen ziehen, deshalb antwortete sie so ehrlich, wie sie konnte: »Sie hat mir leidgetan.«

Die Äbtissin nickte nachdenklich, ließ aber ihren Blick nicht los. »War Ida ein gutes Mädchen?«

»Nun, sie war verschlossen, und ich weiß nicht viel über sie.«

»Hattest du das Gefühl, dass der Teufel von ihr Besitz ergriffen hatte?«

Jetzt fing Abeline, die bis dahin ohne Zögern Rede und Antwort gestanden hatte, unter den bohrenden Augen der Äbtissin doch an, herumzudrucksen. »Manchmal benahm sie sich seltsam ...«

»Warum hast du niemandem davon erzählt? Mir oder der Priorin? Wir hätten vielleicht rechtzeitig eingreifen können.

Wir hätten sie retten können. Wir hätten vielleicht sogar ihre Seele retten können, Abeline!«

Den letzten Satz hatte sie scharf und eindringlich und mit einem gewissen Vorwurf ausgesprochen. Abeline senkte ihren Blick. Was auch eine Form von Schuldeingeständnis war, aber mit allem, was sie über Ida wusste und weiter zugab, würde sie sich nur noch tiefer ins Unrecht setzen, deshalb beschloss sie, lieber ihren Mund zu halten.

Die Äbtissin schwieg eine Weile, bevor sie, diesmal sanfter, fortfuhr. »Haben die anderen Novizinnen sie ... drangsaliert? Sich über sie lustig gemacht? Sie ... gequält?«

Abeline presste die Lippen zusammen. Die Äbtissin nickte, diese Reaktion war ihr Antwort genug. Was wie ein unverbindliches Gespräch begonnen hatte, war inzwischen in ein regelrechtes Verhör ausgeartet. Abeline ärgerte sich über sich selbst. Sie hätte es besser wissen müssen, hätte vorsichtiger und unverbindlicher antworten müssen. Die raffinierte Äbtissin hatte sie mit gespielter Freundlichkeit hinters Licht geführt, und sie war ihr in die Falle gegangen.

»Ida war also nicht besonders beliebt?«

Abeline schüttelte den Kopf.

»Du bist auch nicht beliebt bei den anderen – habe ich recht?«

Wieder schüttelte sie den Kopf. Die Äbtissin fasste sie am Kinn und zog ihren Kopf nach oben, um wieder ihre Augen fixieren zu können. »Hast du noch deine Träume, Abeline?«, fragte sie wie aus heiterem Himmel. Abeline fuhr es eiskalt den Rücken hinunter. Woher wusste die Äbtissin davon? Das war ihr ureigenstes Geheimnis, ein Geheimnis, das sie nicht einmal mehr mit ihrem Vater oder ihrer Mutter geteilt hatte, aus Angst, es könnte furchtbare, unabsehbare Folgen für sie haben.

Die Äbtissin ließ sie los und drehte sich wieder weg. »Ich

weiß mehr über dich, Abeline, als du selbst, glaub mir. Dein Verhalten, als Idas Leichnam gefunden und hergebracht wurde, hat mir sehr viel über dich erzählt. Du bist eine kleine, raffinierte Lügnerin, Abeline.«

Abeline streckte das Kinn vor und erwiderte: »Verzeiht, wenn ich widerspreche, aber ich habe nie Lügen erzählt, ehrwürdige Mutter Äbtissin.«

»Dann sag mir: Wenn man die Wahrheit kennt und sie ganz oder teilweise verschweigt ... ist das nicht auch eine Form der Lüge?«

»Gott ist mein Zeuge: Ich habe mein Gewissen befragt und versucht, immer danach zu handeln.«

Nach einer quälend langen Pause, die schier endlos schien, nickte die Äbtissin fast beifällig. »Das war die einzig richtige Antwort, die du geben konntest. Jetzt verzeih mir, meine Liebe, dass ich dir so hart auf den Zahn gefühlt habe. Ich wollte wissen, wie du reagierst, wenn man dich in die Enge treibt. Du sprichst wie eine Frau und nicht mehr wie ein Kind, Abeline. Sag mir – bist du auch körperlich eine Frau? Deine Mutter wird dir vielleicht gesagt haben, was ich meine.«

»Ja.«

Mehr gab Abeline nicht von sich, aber die Äbtissin sah ihre Vermutung bestätigt.

»Hattest du Angst, als du zum ersten Mal geblutet hast?«, fragte sie unvermittelt.

»Nein. Gott hat es so eingerichtet, dann kann es nicht falsch sein.«

Die Äbtissin nickte anerkennend. »Ich habe es dir schon einmal gesagt: Du bist sehr tapfer und mutig, mein Kind. Aber berufe dich nicht zu oft auf Gott. Das könnte bei manchen Menschen dazu führen, dass sie dich verdächtigen, gewissen Einflüsterungen Folge zu leisten. Einflüsterungen, die aus einer Quelle stammen, die der Antichrist eingerichtet hat. Sei vorsichtig damit. Du könntest dir schaden, wenn du mit deinen freimütigen Äußerungen zu weit gehst und zu selbständig denkst. Denk an meine Worte. Du stehst hier unter meinem Schutz, aber sollte ich einmal nicht mehr sein, fallen sie über dich her wie die Raben über ein trockenes Stück Brot.«

Jetzt war Abeline die völlige Verunsicherung im Gesicht abzulesen. Was meinte die Äbtissin mit diesen kryptischen Worten? Aber bevor sie dazu eine Frage stellen konnte, setzte sich die Äbtissin hinter ihren überdimensionalen Schreibtisch und kramte in ihren Unterlagen herum, als wäre sie wieder allein.

Abeline war verunsichert. War sie damit entlassen? Sie zögerte – ohne einen ausdrücklichen Befehl der Äbtissin wagte sie es nicht, sich von der Stelle zu rühren. In diesem Augenblick riefen die Glocken der Klosterkirche zur Andacht. Die Äbtissin, die zu Tinte und Feder gegriffen hatte und auf ein Palimpsest kritzelte, hob die Hand und sah nicht hoch, als sie sagte: »Hörst du nicht? Die Sext wartet auf dich. Was zögerst du noch? Wir sind fertig für heute.«

Abeline fiel ein Stein vom Herzen, folgsam beugte sie das Knie und versuchte, mit ihren klappernden Holzpantinen auf dem Steinfußboden so wenig Lärm wie möglich zu machen, als sie auf die Tür zuging. Eben wollte sie die Türklinke herunterdrücken, da hielt sie ein Ausruf der Äbtissin noch einmal zurück. »Warte – hab ich dir schon gesagt, dass du ab sofort meine ausdrückliche Erlaubnis hast, das Kloster zu verlassen, wenn es die Arbeit im Wald oder auf den Feldern erfordert? Nein?«

Abeline gelang es, den Kopf zu schütteln, zu einer Antwort war sie in diesem Moment nicht fähig.

Die Äbtissin fuhr fort: »Ach ja – noch etwas. Du bist zukünftig für die Vögel hier verantwortlich. Einmal am Tag säuberst du die Käfige und sorgst für Futter und Wasser. Das Futter bekommst du von Magdalena. Ich habe schon deswegen mit ihr gesprochen. Wie mir zugetragen wurde, versteht ihr euch gut. Das ist dir doch recht, oder?«

Endlich sah sie von ihren Unterlagen hoch und lächelte Abeline zu, als wäre nie etwas vorgefallen, das die Beziehung zwischen ihnen auch nur im Entferntesten hätte trüben können.

Abeline war wieder rot geworden und fing an zu stottern: »Ja natürlich, ehrwürdige Mutter Äbtissin, natürlich ist mir das recht. Ich weiß gar nicht, wie ich Euch danken soll ... ich ...«

»Schon gut. Bedank dich bei Magdalena. Sie mag dich und hat sich für dich eingesetzt. Es soll mir recht sein. Und jetzt verschwinde, sonst wird die Schwester Priorin noch ernstlich böse, wenn ich dich von der Sext abhalte!«

Sie winkte sie hinaus, und Abeline machte, dass sie die Tür hinter sich zuzog – dabei wendete sie vor lauter Erleichterung zu viel Kraft auf, so dass sie krachend hinter ihr ins Schloss fiel. Abeline zuckte zusammen und erwartete einen Verweis der Äbtissin. Sie lauschte, um sofort antworten zu können, aber nichts dergleichen geschah.

Im Gang war weit und breit niemand zu sehen, die Sext hatte bereits angefangen. Abeline war auf einmal seltsam leicht ums Herz, wie schon seit langem nicht mehr. Zuerst lehnte sie sich aufatmend mit dem Rücken und mit geschlossenen Augen an die schwere geschnitzte Holztür, und dann erlaubte sie es sich, in schwungvollen Schritten, eine fröhliche Melodie vor sich hinsummend, den Gang hinunterzuklappern, in Tanzschritten, wie sie es auf einem Fest auf Burg Melchingen gesehen hatte, als sie noch ein kleines Mädchen war. Es war schon mitten in der Nacht gewesen und für sie längst Schlafenszeit, aber fernes Gelächter und Musik hatten sie geweckt. Heimlich war sie die Treppe hinunter zum Festsaal geschlichen, woher der Lärm kam, um einer beschwingten Gesellschaft beim Tanzen zuzusehen. Mitten unter den Tanzenden Mutter und Vater, lachend und sich ihres Lebens freuend. Und sie stand in ihrem dünnen Hemdchen mit bloßen Füßen auf den Steinstufen der Treppe. Ihr Vater hatte sie schließlich entdeckt, war heraufgekommen, hatte sie nicht geschimpft, sondern an sich gedrückt und war mit ihr im Arm wieder zurück zu den Tanzenden gegangen, wo sie sich mit einreihen durfte zwischen den Erwachsenen … wie waren sie alle unbeschwert und glücklich gewesen!

Ach wie lange war das schon her – war alles Schöne im Leben so flüchtig, nur noch ein Hauch aus der Vergangenheit? Alles Schreckliche und Schmerzhafte blieb auf ewig im menschlichen Gedächtnis haften, als wäre es gestern gewesen, während man die leichten und sorgenfreien Momente nicht richtig festhalten konnte, sie verblassten zusehends und wurden schwächer und schwächer, bis sie endgültig der Vergessenheit anheimgefallen waren, als hätte es sie nie gegeben. Egal, darüber wollte sie in diesem Augenblick nicht nachdenken. Sie durfte das Kloster zum ersten Mal verlassen, seit sie hier war! Und sie würde Gelegenheit bekommen, sich offiziell mit Magdalena zu treffen! Das hätte sie sich in ihren kühnsten Träumen nicht ausgemalt, als sie damals – vor wie langer Zeit? – von der Schwester Pförtnerin zur Äbtissin geführt worden war.

Unten an der Treppe, die sie geradezu hinuntergestürmt war, besann sie sich wieder. Niemand durfte ihr anmerken, wie sehr sie sich freute. Niemand – sonst würde sie schneller, als ihr lieb sein konnte, bei den Nonnen und Novizinnen, die ihr nicht wohlgesonnen waren – und das war die große Mehrheit –, wieder zur Zielscheibe von Neid und Missgunst werden. Nein, dieses Glücksgefühl würde sie so lange wie möglich konservieren und auskosten. Und dazu musste sie die Gründe dafür für sich behalten.

Sie senkte in demütiger Weise den Kopf, steckte die Hände in die Ärmel ihrer Ordenstracht und eilte in angemessener Gangart und im klosterüblichen Tempo zur Kirche. Es kam ihr vor, als verleihe ihr das schwarzweiße Habit Flügel und sie könnte damit über dem Boden schweben. Sie musste von weitem aussehen wie die Elster, die in einem Käfig im Empfangssaal der Äbtissin war und den meisten Krach machte, nur viel größer. Beim Gedanken daran stahl sich doch ein winziges Lächeln in Abelines Gesicht. Ein Kichern konnte sie gerade noch unterdrücken, bevor sie die schwere Tür zur Klosterkirche aufdrückte.

VI

Hätte Abeline gewusst, dass die Äbtissin kurz, nachdem sie den Empfangssaal verlassen hatte und das Klappern ihrer klobigen Holzschuhe im Treppenhaus des Aedificiums verhallt war, auf den Gang hinausgetreten war und ihr vom ersten Stock aus durch eines der unverglasten Rundbogenfenster, halb versteckt hinter der Stützsäule, nachsah, wie sie auf die Kirchentür zueilte und genau dasselbe dachte wie sie in diesem Augenblick, nämlich dass sie in ihrem wehenden Habit aussah wie eine Elster, wäre ihr nicht so beschwingt zumute gewesen. Erst recht nicht, wenn sie gesehen hätte, wie die Äbtissin nachdenklich dabei an den Fingernägeln ihrer rechten Hand knabberte, eine üble Angewohnheit von ihr, die sie einfach nicht ablegen konnte, wenn ihr etwas großes Kopfzerbrechen bereitete.

Gleichzeitig ging weiter hinten im Gang die Tür von den Räumlichkeiten der Priorin auf, die ebenfalls gewartet haben musste und nun auch durch ein Rundbogenfenster auf den Innenhof blickte, wo sie eben noch sehen konnte, wie Abeline in der Klosterkirche verschwand. Die Äbtissin hatte die Schritte von Schwester Hiltrud vernommen, nahm schnell die rechte Hand herunter, ballte sie zur Faust und zog den weiten und langen Ärmel ihres Habits bis zu den Knöcheln darüber. Erst jetzt drehte sie sich nach ihr um. Die Priorin kam langsam auf die Äbtissin zu und stellte mit unbewegtem Gesichtsausdruck, aber gleichzeitig unverblümtem

Vorwurf in der Stimme fest: »Ihr habt es Abeline also nicht gesagt?«

»Nein«, antwortete die Äbtissin. »Natürlich nicht. Sie würde es womöglich nicht verkraften.«

»Abeline hat einen starken Willen. Nach meinem Geschmack einen viel zu starken. Sie ist nicht wie Ida.«

»Trotzdem. Idas schändlicher Tod hat eine Menge Staub aufgewirbelt. Ich möchte mich nicht noch einmal vor dem Fürstbischof für so etwas verantworten und rechtfertigen müssen.«

»Verzeiht, ehrwürdige Mutter, aber Abeline gehört zu der Sorte Mädchen, die die Knute braucht, damit sie den rechten Weg findet. Ihr Wille muss gebrochen werden, erst dann kann sie im Schoß der Heiligen Mutter Kirche ihre wahre Bestimmung finden.«

»Ich brauche keine Belehrungen von Euch.«

»Vergebt mir, das steht mir selbstverständlich nicht zu, aber es ist meine unmaßgebliche Meinung. Abeline braucht nicht nur eine strenge Behandlung, sie muss auch lernen, mit schlechten Nachrichten fertig zu werden. Wenn sie nach ihrer Mutter gerät, und das schließe ich aus ihrem bockigen Verhalten und daraus, dass sie angeblich Geschehnisse voraussieht …«

»Tut sie das? Woher wollt Ihr das wissen?«

»Von anderen Novizinnen, die sie nachts im Schlaf reden gehört haben. Sie hat den Teufel im Leib, wenn Ihr mich fragt. Wie sonst kann sie mit verschiedenen Stimmen und mit fremden Zungen reden, wie mir glaubhaft versichert wurde?«

»Sie redet in fremden Sprachen?«

»Ja. Es hörte sich italienisch an. Im Schlaf. Wenn sie so weitermacht, dann wird sie auch als Hexe enden. Aber vorher wird sie mit ihrer schwarzen Magie noch ganz Mariaschnee vergiften. Könnt Ihr das verantworten? Glaubt Ihr wirklich, Idas Tod und Verderben kommen von ungefähr? Ich jedenfalls nicht.«

Die Äbtissin seufzte tief und sah grübelnd in den Innenhof hinaus. Endlich sagte sie: »Das sind schwere Beschuldigungen, die Ihr da ausspVrecht.«

»Das ist nicht nur meine Meinung. Die Schwester Pförtnerin und noch einige andere denken genauso darüber.«

»Abeline kann nichts für ihre Mutter. Für mich ist sie bis zum Beweis des Gegenteils ein unschuldiges Mädchen.«

»Bitte um Verzeihung, aber mir scheint sie höchst berechnend zu sein. Wie von dunklen Mächten beseelt. Ist es nicht so, dass der Satan geradezu ein Meister der Verstellung ist?«

Die Äbtissin fixierte die Priorin lange, die weder ihrem forschenden Blick auswich, noch auch nur das geringste Anzeichen von Verunsicherung zeigte. Schließlich sagte sie leise: »Ich kann nur beten und hoffen, dass Ihr Euch irrt.«

Die Priorin kam ganz nahe an die Äbtissin heran, sah sich vorher noch um, damit sie sicher sein konnte, dass sie nicht belauscht wurden, dann hauchte sie: »Wenn nicht, werden die Folgen auf Euch zurückfallen, damit müsst Ihr rechnen.«

»Wollt Ihr Eurer Äbtissin drohen?«

»Nein. Ich wollte Euch nur warnen. Schließlich tragt Ihr die Verantwortung für Wohl und Wehe unseres Klosters.«

»Da habt ihr recht. Und das ist nicht immer einfach, glaubt mir …« Die Äbtissin lächelte bitter und fragte völlig unvermittelt: »Wollt Ihr sie haben? Die Verantwortung?«

Die Priorin zögerte einen Lidschlag zu lange mit ihrer Antwort, bis sie erwiderte: »Ihr seid die ehrwürdige Mutter Äbtissin, nicht ich.«

»Aber wenn ich nicht mehr bin, macht Ihr Euch berechtigte Hoffnung, es zu werden, nicht wahr?«

»Das liegt nicht in meinem Ermessen. Sondern bei der Klosterversammlung und dem Fürstbischof.«

»Ich kenne Eure Ambitionen, Schwester Hiltrud.«

Es war wie ein Kräftemessen mit den Augen, die Priorin zeigte dabei keine Schwäche und offenbarte so das Gegenteil dessen, was sie laut aussprach: »Jede von uns muss den Platz im Leben einnehmen, den Gott für ihn vorgesehen hat.«

»Wohl wahr, wohl wahr ...«

Schwester Hiltrud machte endlich einen Schritt rückwärts, zog eine Schriftrolle aus ihrem Ärmel und zeigte sie vor. »Diese Nachricht habe ich heute bekommen. Sie ist von Ritter Geowyn.«

»Ritter Geowyn kann schreiben?«

»Nein. Er hat seinen Bericht in die Feder eines Schreibkundigen diktiert. Ritter Geowyn hat den Ablauf der Geschehnisse um Abelines Mutter bis zuletzt in allen Einzelheiten verfolgt und mir darüber auftragsgemäß Bericht erstattet. Soll ich Euch seinen Brief vorlesen?«

Die Äbtissin schüttelte resigniert den Kopf und winkte ab. »Nein. Sagt mir einfach, was er zu berichten hat.«

»Er kann es selbst tun. Er ist eben eingetroffen und befindet sich im Refektorium beim Essen. Er hat zwei Tage ununterbrochen im Sattel gesessen.«

Die Äbtissin schenkte der Priorin einen unfreundlichen Blick, bevor sie sagte: »Bringt ihn zu mir. Auf der Stelle.«

Die Priorin verneigte sich kurz und rauschte davon. Die Äbtissin fing wieder an, an ihren Fingernägeln zu kauen, während sie Schwester Hiltrud nachblickte. Dann sah sie sich ihre blutigen Fingerkuppen an, als hätte sie eben erst bemerkt, was sie da in ihrer gedanklichen Abwesenheit gemacht hatte, zog ein Tuch aus der Tasche ihres Habits, tupfte das Blut weg und begab sich in ihren Empfangssaal.

Ritter Geowyn von der Tann nahm ehrerbietig seine Lederkappe vom kahlen Schädel, die er, egal, wie das Wetter war, sommers wie winters zu tragen pflegte, beugte das Knie und küsste den Saum des Habits der Äbtissin, bevor er sich wieder aufrichtete und darauf wartete, von ihr angesprochen zu werden. Die Priorin stand in ihrer üblichen unnahbaren Haltung neben ihm, beide ließen sich nicht vom Lärm der Vögel im Empfangsraum irritieren. Die Äbtissin wartete ab, bis sich die Vögel wieder beruhigt hatten, und sah ins Gesicht des Ritters, der sie um eine Elle überragte. »Nun, Ritter Geowyn, sprecht. Was habt Ihr zu berichten? Ist die Gräfin Franziska von Melchingen schuldig gesprochen worden?«

Der rotbärtige Hüne nickte und begann. »An Gräfin Franziska von Melchingen wurde ein Exempel statuiert, ehrwürdige Mutter Äbtissin. Nach einem fast einjährigen Verfahren nach dem neuen, von Seiner Heiligkeit Papst Innozenz III. vorgeschlagenen und allseits begrüßten Regelwerk der sogenannten Inquisition wurde in einem Geheimprozess die eindeutige Schuld der angeklagten Hexe festgestellt. Sie selbst hat zugegeben, schwarze Magie ausgeübt zu haben.«

Die Äbtissin hob Einhalt gebietend die Hand. »Hat sie das unter der Folter zugegeben?«

Der Ritter zuckte mit den Schultern. »So, wie sie am Schluss aussah, gehe ich davon aus. Ich selbst war nicht dabei.«

Die Priorin mischte sich ein. »Die Folter ist vom Heiligen Vater im Falle von Hexenwerk und Ketzerei im Sinne der Wahrheitsfindung ausdrücklich gestattet worden.«

Die Äbtissin atmete einmal tief durch und forderte den Ritter mit einer Geste auf, fortzufahren.

»Die Gräfin wurde von mehreren Zeugen der Hexerei und Häresie bezichtigt und schließlich vom hohen Gericht unter Vorsitz des Vogtes für schuldig erklärt und vor zwei Tagen der Blutgerichtsbarkeit überantwortet.«

»Was heißt das?«, fragte die Äbtissin und verzog das Gesicht, weil sie die Antwort schon ahnte.

»Sie verbrannte auf dem Scheiterhaufen.«

Die Äbtissin wandte sich ab, schloss die Augen und bekreuzigte sich.

Wieder fühlte sich die Priorin berufen, sich einzumischen. »Genauso wie es das neue Gesetz Seiner Heiligkeit Innozenz III. für ihre Verbrechen vorsieht. Nur so kann ihre Seele geläutert und gereinigt werden.« Beim Gedanken daran schien förmlich das innere Feuer göttlicher Genugtuung und himmlischen Eifers in ihren Augen zu leuchten.

Die Äbtissin hatte sich wieder gefasst und fragte Geowyn von der Tann: »Was ist mit Abelines Vater, dem Grafen, geschehen?«

»Er musste von sechs Wachen des Vogtes in Ketten gelegt werden, weil er nach dem Urteilsspruch im Gerichtssaal einem der Wachen das Schwert entwendete und den Inquisitor damit erschlagen wollte.«

»Wer war der Inquisitor?«

»Ein Neffe des Papstes aus Rom, Carlo Brandini. Das war auch der Grund, weshalb das Verfahren sich so in die Länge zog. Es dauerte volle zwei Monate, bis der Legat mit der Vollmacht des Heiligen Vaters versehen und aus Rom eingetroffen war.«

Erneut erläuterte die Priorin Ritter Geowyns Erklärungen: »Der Fürstbischof bestand darauf – und es war ihm wichtig –, dass alles nach Recht und Gesetz vonstatten ging, schließlich war es ja auch das erste Mal, dass so ein Verfahren auf dem Boden des Heiligen Römischen Reiches durchgeführt wurde.«

»Wieso erfahre ich das erst jetzt?«, fuhr die Äbtissin Schwester Hiltrud an.

»Ich wollte Nebensächlichkeiten und die Niederungen der

menschlichen Natur in diesem Fall von Euch fernhalten, damit Ihr Euch ganz auf Eure geistlichen Belange hier in Mariaschnee konzentrieren könnt, ehrwürdige Mutter Äbtissin«, erwiderte die Priorin ungerührt.

Diesmal war die Äbtissin, sonst die Ruhe selbst, wirklich wütend und blaffte Schwester Hiltrud an: »Überlasst das gefälligst in Zukunft meiner Entscheidung, womit ich mich befasse und womit nicht, habt Ihr verstanden?«

Die Priorin beugte eilfertig das Knie. »Ganz wie Ihr meint …«

»Das ist eine Order, keine Meinung, Schwester Hiltrud! Habe ich mich deutlich genug ausgedrückt!?«

»Ja, ehrwürdige Mutter.«

Jetzt war Schwester Hiltrud doch anzumerken, dass sie sich gewaltig zusammennehmen musste, weil es ihr spürbar unangenehm war, in Gegenwart des Ritters von der Klostervorsteherin so zusammengestaucht und auf ihre Kompetenzen hingewiesen zu werden. Aber ihr Gesicht hatte sofort wieder die Maske der Unnahbarkeit angenommen, die kurzzeitig verrutscht war.

Die Äbtissin sah Ritter Geowyn mit müdem Blick an. »Sprecht weiter. Was ist dann geschehen?«

»Dem Grafen wurde sein Besitz aberkannt, die Grafschaft samt ihren Bewohnern ist in das Eigentum der Kirche übergegangen und zum Lehen übereignet worden.«

»Wem?«

Nun musste Ritter Geowyn schlucken, sein Adamsapfel zuckte, als er sagte: »Mir als treuem Vasallen des Fürstbischofs von Konstanz.«

In diesem Moment konnte die Äbtissin im Gesicht der Priorin ablesen, wie sie unverhohlen triumphierte, obwohl sie versuchte, sich nichts anmerken zu lassen. Aber ihre Augen, die Fenster der Seele, verrieten sie. Die Klostervorsteherin versagte sich einen Kommentar und fragte resigniert: »Was ist weiter mit dem Vater von Abeline geschehen?«

»Der Fürstbischof hat bestimmt, dass er auf Lebenszeit aus dem Gebiet seines Bistums und auf Betreiben von Carlo Brandini mit Vollmacht des Papstes des weiteren aus dem gesamten Heiligen Römischen Reich verbannt ist. Es heißt, er will das Kreuz nehmen und versuchen, sich ins Heilige Land zu den Tempelrittern durchzuschlagen.«

»Von wem habt Ihr das?«

Er zuckte mit den Schultern. »Gerüchte. Jedenfalls ist er spurlos verschwunden.«

»War das alles?«

»Ja, ehrwürdige Mutter Äbtissin.«

»Gut. Danke für Euren Bericht. Ihr seid entlassen.«

Der Ritter verneigte sich ehrerbietig und marschierte zur Tür, die Priorin wollte ihm auf dem Fuß folgen, aber die Äbtissin hielt sie am Ärmel fest und wartete, bis der Ritter den Saal verlassen hatte. Dann sagte sie: »Ich werde für den Grafen und für die Gräfin beten. Das rate ich Euch ebenfalls. Wenn ich es Euch sage, dann lasst ihr eine Messe für die Seele der Gräfin lesen. Und dass mir kein Wort über dieses Gespräch nach außen dringt! Ich will nicht, dass Abeline davon erfährt. Schwört es mir bei allem, was Euch heilig ist!«

»Wenn Ihr es wünscht ...«

»Nein. Ich verlange es von Euch! Schwört es! Auf mein Kreuz!« Sie hielt Schwester Hiltrud ihr goldenes Kreuz entgegen, das an einer schweren Kette um ihren Hals hing und den hohen Rang ihrer Trägerin demonstrierte. Nur sie durfte als äußeres Zeichen ihrer Würde so etwas Wertvolles besitzen.

»Ich schwöre es, ehrwürdige Mutter Äbtissin«, beteuerte die Priorin, küsste das dargebotene Kreuz und zog sich mit einer angedeuteten Verbeugung zurück.

Als die Tür ins Schloss gefallen war, wandte sich die Äbtissin der langen Reihe von Vogelkäfigen zu und blieb vor dem Kleiber stehen, der sie mit seinen Knopfaugen ansah, als ob er sie verstehen könnte. Ihm flüsterte sie zu: »Arme Abeline, ich werde dich heute Abend in meine Gebete einschließen.«

Dann ließ sie sich erschöpft auf ihren Stuhl hinter dem Schreibtisch sinken.

Doch sie konnte nicht still sitzen, stand abrupt wieder auf und ging in den Gang hinaus an eines der Rundbogenfenster zum Innenhof. Dort hörte sie mit geschlossenen Augen dem engelsgleichen und innigen Gesang zu, der leise aus der Klosterkirche herüberwehte. Ihre Lippen bewegten sich in einem stillen Gebet. Als der Choral zu Ende war, bekreuzigte sie sich, stürmte zurück in den Empfangssaal und ließ die Tür so heftig ins Schloss fallen, dass die Vögel in ihren Käfigen aufschraken und wild herumflatterten. Die Äbtissin schenkte ihnen nicht die geringste Beachtung und setzte sich wieder hinter ihren Schreibtisch. Sie nahm die Kopie eines Breviers in die Hand und bewunderte die Arbeit. Abeline von Melchingen hatte sie angefertigt. Sie war meisterhaft.

VII

Wieder war über ein Jahr vergangen. Der Sommer neigte sich dem Ende zu, und die Zeit im Kloster Mariaschnee war im immer gleichen, langweiligen und einförmigen Trott des vorgeschriebenen Tages- und Nachtablaufs vergangen, in die sich auch die häufig angesetzten Feiertage einfügten. Fast in jeder Sext wurde eines Heiligen gedacht, aber das war Alltag. Nur die wirklich großen kirchlichen Festtage wie Ostern, Pfingsten und Weihnachten boten eine willkommene Abwechslung in der Routine. Aber in der Welt außerhalb der Klostermauern nahmen die Feiertage, an denen nicht gearbeitet wurde, allmählich überhand. Es gab inzwischen so viele davon, dass Papst Innozenz III. die Anzahl der Festtage reduzieren wollte, weil wegen der ständigen Feierlichkeiten lebenswichtige Tätigkeiten wie Aussaat, Pflege der Saat und Ernte vernachlässigt wurden. Darunter litten nicht nur die Versorgung der Bevölkerung mit Lebensmitteln, sondern auch der Arbeitseifer und Fleiß der Menschen und zu guter Letzt auch der Strom der Einkünfte der Kirche, was am wenigsten tolerierbar war.

Aber all diese hochtheologischen und damit politischen Fragen tangierten Abeline nicht. Sie glaubte inzwischen, dass sie verstanden hatte, wie man am besten mit dem Alltag im Klosterleben umging, wenn man weiter- und überleben wollte. Man ließ sich treiben vom Strom der Andachten,

Messen und Rituale, wie ein kleines Stöckchen im mächtigen Fluss namens Rhein, der an den Mauern von Mariaschnee vorbeiflutete: träge, gleichförmig, stoisch und duldsam; man passte sich den Jahreszeiten an, den Gewohnheiten und Launen der übergeordneten Schwestern, und versuchte nicht, gegen den Strom zu schwimmen, weil es absolut sinnlos war und man dabei nur von den Wirbeln verschlungen wurde und unterging. Diese einfache, aber bittere Lektion hatte sie gelernt und versucht zu verinnerlichen, weil es das Leben bedeutend einfacher machte. Sie hatte ihre Nischen gefunden, in denen sie sich mit der ausdrücklichen Genehmigung durch die Äbtissin einen gewissen Freiraum leisten konnte, solange sie gleichzeitig die Pflichten einer Novizin nicht vernachlässigte. Im Skriptorium war sie eine unentbehrliche Kopistin geworden, sie kümmerte sich zuverlässig um die ihr anvertrauten Vögel in ihren Käfigen, und sie genoss es außerdem, zu Arbeiten außerhalb des Klosters herangezogen zu werden, wo sie sich ganz besonders anstrengte, um auf gar keinen Fall Anlass zu einem Tadel zu geben.

Einen so furchtbaren und plötzlich einsetzenden Traum hatte sie seit ihrem Zusammenbruch im Skriptorium nicht mehr gehabt. Je mehr Zeit seither verstrichen war, desto inständiger konnte sie sich der Hoffnung hingeben, dass dieser Vorfall nur eine Folge ihrer überreizten Phantasie war, eine zu intensive Beschäftigung mit den Texten der Offenbarung, die mit ihren unheimlichen Schreckensbildern irgendetwas in ihrem Kopf ausgelöst haben mussten. So versuchte Abeline jedenfalls das zu deuten, was sie wie in einem Spiegel gesehen hatte, so klar war es gewesen. In Erfahrung zu bringen, wie es ihren Eltern ging, war ihr erstens strikt von ihrem Vater untersagt worden, weil es, wie er ausdrücklich betonte, gefährlich für sie sein könnte, und zweitens so gut wie undurchführbar. Wie sollte sie auch ihren Eltern eine Nachricht zukommen lassen, Burg Melchingen war mehr als einen Tagesritt weit entfernt – und auch nur, wenn man das Reitpferd schier zuschanden ritt. Außerdem wollte Abeline unbedingt vermeiden, dass ihre Eltern sich erneut Sorgen um sie machten, wenn sie erfuhren, dass Abeline wieder von einer Zukunft träumte, die – hoffentlich – vielleicht nie eintreffen würde. Sowieso war es in der Zeit des Noviziats ausdrücklich verboten, Kontakt mit jemandem von zu Hause aufzunehmen, weder brieflichen noch persönlichen, Besuche waren grundsätzlich untersagt.

Sophia und ihre Freundinnen hatten aufgehört, sie bei jeder sich bietenden Gelegenheit in irgendeiner subtilen Form zu piesacken, es war ihnen schlicht und einfach langweilig geworden, weil Abeline sich diesbezüglich ein dickes Fell zugelegt hatte und alle Versuche, sie zu provozieren, einfach an sich abprallen ließ. Um ihre nach wie vor vorhandene Abneigung gegen Abeline trotzdem weiterhin, wenn auch unauffällig, nach außen hin zu demonstrieren, bildeten sie nun, noch mehr als je zuvor, eine Art Geheimbund, der nur aus Sophia, Agnes, Richarda und Hadwig bestand und aus dem jedes andere Mädchen, insbesondere Abeline, strikt ausgeschlossen war. Sie flüsterten, konspirierten und kicherten, wenn sie unter sich waren, nach wie vor miteinander, sobald sich aber jemand näherte oder vielleicht daran teilhaben wollte, verstummten sie und warfen sich nur noch beredte Blicke zu oder kümmerten sich wieder um ihre Arbeit. Abeline tat dieses unschwesterliche Verhalten mit einem Achselzucken ab und kümmerte sich um ihre eigenen Angelegenheiten. Die Arbeit im Skriptorium ließ es zu, dass sie heimlich Briefe auf Palimpseste schreiben konnte, die sie schnell unter den riesigen Folianten versteckte, wenn jemand näher kam. Diese Briefe waren für Magdalena bestimmt. Der lose Stein an der Außenmauer tat seine Dienste als Briefversteck, und so hielten sich die beiden Mädchen auf dem Laufenden, wenn sie sich einmal nicht sehen konnten. Im Verhältnis zu ihren Mitschwestern tat die Monotonie des Tagesablaufs ein Übriges, und der tragische Ausgang der Geschichte um Ida hatte hauptsächlich dazu geführt, dass die Mädchen eine Zeitlang jegliche Lust an ihren Spielereien verloren hatten, gleichzeitig war es die Furcht vor Schwester Clara und vor Sanktionen, die sie von weiteren Sticheleien abhielt und die sowieso ständig wie ein Damoklesschwert über ihnen schwebte. Jede Einzelne war bemüht, nur ja nicht wieder gegen den Stachel zu löcken und es sich mit einer Aufsicht führenden Schwester, einer übereifrigen und zur Denunziation neigenden Novizin wie Clara, der Pförtnerin, der Priorin oder gar der Äbtissin zu verderben.

Manchmal fragte sich Abeline, wie lang diese allgemeine Friedhofsstimmung noch anhalten würde, aber dies auch nur im Zwiegespräch mit Magdalena und wenn niemand mithören konnte. Das war fast regelmäßig alle zwei Wochen der Fall und einer der wenigen Momente, auf die sich Abeline mit großer, gezwungenermaßen nach außen hin unmerklicher Ungeduld freute. Sie trafen sich höchst offiziell, denn es ging um die Übergabe des Vogelfutters, das Magdalena mitbrachte. Die Äbtissin bestand darauf, dass ihre Vögel nur ausgesuchtes Futter bekamen, und Magdalena sorgte dafür – außerdem brachte sie immer nur so viel mit, dass es gerade für vierzehn Tage reichte, damit sie stets einen plausiblen Grund hatte, Mariaschnee aufzusuchen. In einem Sack hatte sie – neben Getreide – jeweils extra verpackte Leckerbissen wie Samen von Kiefern- oder Tannenzapfen und gehäckselte Nüsse dabei sowie, für die Insektenfresser, lebende Ameisen und Käfer, die sie im Wald aufgesammelt hatte und die in von ihrem Vater gefertigten Behältern eingesperrt waren. Das Portionieren und die Übergabe besorgten sie im Vorratskeller hinter einer Treppe, wo sie Platz genug und einen Tisch mit Kerzenlicht hatten, und gegebenenfalls rege Arbeitstätigkeit vortäuschen konnten, falls eine Schwester aus dem Refektorium kam, um für die Küche etwas zu besorgen. Denn unten im weitläufigen Keller waren nicht nur alle Lebensmittel in Salzfässern gelagert, die kühl verwahrt werden mussten, sollten sie längere Zeit auf Vorrat aufbewahrt werden, sondern auch in endlosen Regalen Äpfel und Birnen. Hier im Duft des Obstes und zahlloser getrockneter Kräuter konnten Abeline und Magdalena meistens ungestört sitzen, nach Herzenslust plaudern und auch mal albern sein und sich ihr zukünftiges Leben ausmalen. In ihrer unbefangenen Art hatte Magdalena ziemlich genaue Vorstellungen. Während sie mit wie immer herzhaftem Appetit in einen Apfel biss, holte sie mit schwungvoller Geste etwas aus ihrer Tasche, die sie in ihr Wams genäht hatte, und hielt Abeline die geschlossene Faust hin. »Nun rate mal, was das ist«, sagte sie geheimnisvoll. »Wenn du's errätst, dann gehört es dir.« Sie drehte und wendete ihre Faust vor den Augen ihrer Freundin. Abeline runzelte die Stirn und sagte: »Ich weiß nicht ... ein Ei?«

»Falsch. Zweimal darfst du noch.«

»Eine Münze?«

»Beinah. So was Ähnliches ...«

Abeline zuckte mit den Schultern. »Ich komm nicht drauf. Jetzt sag schon!«

»Mach die Augen zu«, bat Magdalena, und Abeline schloss ganz fest die Augen. Sie spürte, wie Magdalena aufstand, hinter sie trat und ihr etwas um den Hals legte. Dann sagte sie stolz: »Jetzt darfst du sie wieder aufmachen.«

Langsam öffnete Abeline die Augen und sah an sich hinunter. Über ihrem dunklen Habit lag auf der Brust etwas, das glänzte und glitzerte – es war ein daumennagelgroßes Kreuz an einem Kettchen. Vorsichtig berührte Abeline es, als wäre es aus Eis und könnte durch die Wärme ihrer Finger schmelzen. Sie besah es näher – es war ein filigranes, schlichtes Kreuz aus Gold.

»Es ist echt«, sagte Magdalena. »Mein erstes selbstgemachtes Stück. Wenn es dir gefällt, gehört es dir.«

Abeline sah hoch. »Es ist wunderschön. Aber es ist viel zu wertvoll. Das kann ich nicht annehmen.«

»Doch, kannst du. Sonst bin ich auf immer und ewig beleidigt.«

Abeline konnte nicht anders – sie fiel Magdalena um den Hals und flüsterte: »Danke. So etwas Schönes habe ich noch nie geschenkt bekommen.« Dann löste sie sich wieder, nahm das Kettchen ab und stopfte es Magdalena wieder in die Tasche in ihrem Wams. »Bewahre es für mich auf. Wenn eine Mitschwester es sieht, nehmen sie es mir weg. Du weißt doch, dass wir keinerlei Schmuck tragen dürfen.«

»Es ist etwas Besonderes. Mein erstes selbstgefertigtes Stück.«

»Eben. Du gibst es mir wieder an dem Tag, an dem ich von meinem Vater abgeholt werde.«

»Da muss er sich aber allmählich sputen, dass er kommt, bevor du dein Gelübde ablegst. Dann ist es zu spät. Wann ist es eigentlich so weit?«

»In einem Jahr.«

»Willst du das wirklich so lange durchhalten?«

»Du stellst vielleicht Fragen. Was bleibt mir anderes übrig?«

»Weiß nicht. Ich jedenfalls mache die Goldschmiedelehre bei meinem Vater fertig. Dann packe ich mein Bündel und sehe mir die Welt an. Mein Vater hat einen Verwandten mit einer großen Goldschmiedewerkstatt im Elsässischen, da hat er selbst das Handwerk gelernt. Bei dem könnte ich für eine Weile unterkommen. Ich bin gut und geschickt – das sagt mein Vater, und der muss es wissen.«

»Das glaube ich dir. Aber vergiss nicht: Du bist ein Mädchen!«, wagte Abeline einzuwerfen. »Seit wann dürfen Mädchen ein Handwerk ausüben?«

Dieses stichhaltige Argument wischte Magdalena mit einer verächtlichen Handbewegung beiseite und warf den abgenagten Apfelbutzen in eine Ecke. »Du bist eine alte Unke, weißt du das? Wenn es so weit ist, werde ich schon sehen, wie ich das hinbekomme. Von irgendwas darf man doch noch träumen, oder? Ich meine nicht so, wie du manchmal träumst. Von deinem schönen sizilianischen Jüngling zum Beispiel …«

Damit zog sie Abeline gern auf, die ihr in einem Brief von ihrem Traum geschrieben hatte und prompt jedes Mal rot wurde, wenn Magdalena sie damit neckte, es war schon zu einem Spiel zwischen den beiden geworden. Magdalena hob entschuldigend die Hände: »Du weißt, was ich damit meine.«

»Ja. Aber es ist nur ein Traum.«

»Mit dem Unterschied, dass ich nie so was träume. Und dass deine Träume wahr werden.«

»Manchmal, ja. Aber es sind nicht immer nur schöne Träume.«

»So ist das im Leben«, sagte Magdalena und seufzte schwer. Sie mussten beide lachen. Magdalena wurde wieder ernst und sagte: »Mein Traum ist es eben, dass ich so leben möchte, wie ich es mir vorstelle. Ich will jedenfalls nicht darauf warten, dass mein Vater einen dieser dummen und schmutzigen Nachbarsjungen als Ehemann für mich aussucht. Lieber laufe ich davon. Aber das weiß er, deshalb hat er es schon seit einiger Zeit nicht mehr erwähnt. Das heißt, er traut sich nicht mehr, weil ich mich sonst wieder in seiner Werkstatt einsperre. Das ist das Einzige, wovor er sich wirklich fürchtet ...« Sie kicherte, griff nach dem nächsten Apfel, den sie zuerst mit ihrem Ärmel polierte, bevor sie zubiss. »Und du?«, fragte sie mit vollem Mund. »Du willst also wirklich bis ans Ende deiner Tage hier als Nonne leben, wenn dein Vater dich nicht hier rausholt? Pfui Teufel ...«, sie spie das abgebissene Apfelstück mit angewidertem Gesicht wieder aus und ließ den Apfel unter den Tisch fallen. »Der war faul.«

»Wie sagt Schwester Hiltrud, unsere ehrwürdige Frau Priorin?«, antwortete Abeline und äffte sie in ihrer hochnäsigen Art nach. »Jede von euch muss den Platz im Leben einnehmen, den Gott für ihn vorgesehen hat.«

»Glaubst du das wirklich?«

Abeline zuckte mit den Schultern. »Die ehrwürdige Frau Priorin wird schon wissen, wovon sie spricht ...«

Sie feixten beide, dann putzte Magdalena ihren Mund mit dem Ärmel ab, beugte sich zu Abeline und nahm ihr Gesicht in ihre Hände. »Schau mir in die Augen, Abeline. Du bist jung, du bist hübsch, von edler Herkunft, du bist nicht auf den Kopf gefallen, und du kannst bisweilen in die Zukunft sehen. Was hast du da bei dir gesehen?«

Sie ließ nicht los, Abeline seufzte und sagte: »Was mich angeht? Nichts.«

»Wie auch immer – glaubst du, es ist dem Herrn im Himmel recht, wenn du dich dagegen versündigst, dass er dir so ein hübsches Aussehen und solche Talente gegeben hat?«

»Scht! Sei nicht so laut!«, zischte Abeline, entzog sich Magdalenas Griff und lehnte sich wieder zurück.

Magdalena nickte und hob die Hände, weil sie sich bestätigt fühlte. »Ein Talent hat er dir jedenfalls nicht verliehen. Und das heißt Mut.«

Damit hatte sie einen wunden Punkt bei ihrer Freundin

getroffen, die sich sofort kratzbürstig zur Wehr setzte. »Mut? Ich bin nicht feige, wenn du das meinst!«

»Ja, ich weiß«, beruhigte sie Magdalena. »Ich meine auch nicht die Art von Mut, der Schmerz aushält oder so. Nein, ich meine den Mut, etwas wirklich Wahnwitziges zu tun, verstehst du?«

»Ich weiß schon, auf was du wieder hinauswillst. Du meinst: von hier abzuhauen ...«

»Beispielsweise. Oder sagen wir mal: ein kleines bisschen zu schwänzen ...«

»Weißt du, was du da sagst?«

»Ja, weiß ich. Wann begleitest du mich mal zu mir nach Hause, wie du es mir versprochen hast?«

»Du weißt ganz genau, dass das nicht möglich ist. Meinst du, ich will noch einmal zuerst ausgepeitscht und dann zwei Wochen lang eingesperrt werden? Meinst du das wirklich? Das eine Mal hat mir vollauf gereicht.«

Magdalena erkannte, dass Abeline noch im Nachhinein die blanke Wut, wenn nicht sogar der blanke Hass erfasste, und versuchte, ihre Freundin wieder zu beruhigen. »Vergiss diese Geschichte, das ist vorbei.«

»Nein«, zischte Abeline. »Das werde ich nie in meinem Leben vergessen. Das und was sie mit Ida gemacht haben.«

»Kann ich verstehen«, sagte Magdalena ruhig. »Wenn sie das mit mir versucht hätten, ich glaube ... ich ...«

»Was?«

»Ich glaube, ich hätte ... vielleicht ist es besser, ich erzähle es dir ein andermal ...« Sie drehte theatralisch die Augen gen Himmel. »Nicht in diesen heiligen Hallen.« Magdalena machte mit den Händen eine Bewegung, als würde sie einen Putzlappen auswringen, dazu flüsterte sie gespielt konspirativ: »Ich glaube, ich hätte an deiner Stelle jemandem den Hals umgedreht. Jemand ganz bestimmtem ...«

Sie sahen sich an und mussten gegen ihren Willen grinsen. Ein Geräusch ließ sie zusammenzucken – es waren Schritte zu vernehmen, das Schuhwerk im Kloster, die obligatorischen Holzpantinen, war Gott sei Dank schon von weiter Ferne zu hören. Schnell beugten sie sich über den Tisch und taten so, als würden sie das von Magdalena mitgebrachte Vogelfutter auf einer Strichliste durchgehen. Magdalena stieß den verräterischen angebissenen Apfel noch beiläufig mit dem Fuß in ein dunkles Eck. Dann lauschten sie. Die Schritte kamen bis zum oberen Ende der Kellertreppe. Sie verlangsamten sich, dann ließ ein blechernes Scheppern die beiden Mädchen im Keller zusammenfahren, jemand holte anscheinend aus dem Raum hinter der Küche des Refektoriums irgendeinen Kessel und hatte ihn fallen gelassen. Es erfolgte ein schimpfendes »Heilige Maria, Mutter Gottes!«

»Das ist Schwester Mechthild, die Köchin. Sie flucht immer, wenn sie glaubt, dass niemand sie hört«, gluckste Abeline leise – dann entfernten die Schritte sich wieder.

Abeline fasste Magdalena an der Hand. »Eines möchte ich wissen, wenn wir hier schon dabei sind, uns Geheimnisse zu erzählen. Warum kannst du in Mariaschnee aus- und eingehen, wie es dir gefällt? Warum, sag mir?«

Magdalena entzog Abeline ihre Hand, es war ihr deutlich anzusehen, dass ihr diese Frage nicht recht schmeckte. »Ich darf es dir nicht sagen«, erwiderte sie schließlich und machte Anstalten, ihre Sachen wieder zusammenzupacken und das Treffen zu beenden.

»Warum nicht?«, fragte Abeline.

»Ich ... ich habe es versprochen.«

So verunsichert hatte Abeline ihre Freundin noch nie erlebt. »Wem hast du es versprochen?«

»Herrgott, Abeline – willst du mich in Schwierigkeiten bringen? Und andere noch dazu?«

Abeline schüttelte betreten den Kopf. »Nein, natürlich nicht. Verzeih.«

»Schon gut. Ich muss jetzt gehen. Bis zum nächsten Mal.«

Sie drehte sich um und hatte schon einen Fuß auf der Treppe, als Abeline heranstürmte und sie freundschaftlich in den Arm nahm. »Sei mir nicht böse«, sagte sie. Magdalena schnaufte einmal tief durch, dann schüttelte sie den Kopf, erwiderte die Umarmung und meinte: »Nein. Bin ich nicht.« Sie stieg die Treppenstufen hoch und verschwand aus Abelines Blickfeld.

VIII

Bis zum Ende des Monats Heuert herrschte ungewöhnlich heißes und trockenes Sommerwetter. Der Regen hätte der Entwicklung der Gerste, des Roggens, der Hirse und des Dinkels auf den Feldern gutgetan und den noch nötigen letzten Schub gegeben, aber er war schon zu lange ausgeblieben. Die Böden waren ausgetrocknet, was zur Folge hatte, dass wegen des Wassermangels das Getreide nicht richtig reif geworden war. Trotzdem musste es abgeerntet werden, obwohl sich größtenteils nur kümmerliche Körner in den Ähren gebildet hatten. Landauf und landab war alles, was zwei Beine und zwei Arme hatte, damit beschäftigt, die Getreide- und auch die Heuernte einzubringen, aus Sorge, dass ein plötzlich auftretender Gewittersturm den mageren Ernteertrag vollends zunichtemachen könnte. Alle packten mit an: die klosterabhängigen Bauern sowieso, deren Frauen und Kinder, und auch die Nonnen und Novizinnen, sofern sie die Erlaubnis hatten, sich nach außerhalb der Klostermauern zu begeben. Von Sonnenaufgang bis Sonnenuntergang wurde geschuftet; Schnitterinnen und Schnitter mähten mit einer gezähnten Sichel die Halme möglichst schonend ab, damit wenig Körner verloren gingen; Pferde- und Ochsengespanne waren ohne Pause unterwegs, um die abgemähten und zusammengebundenen Garben in die Scheunen zu transportieren, wo sie gedroschen und eingelagert wurden.

Es war eine anstrengende und staubige Angelegenheit, der Schweiß floss in Strömen, aber niemand murrte oder beklagte sich, denn jeder wusste, dass sich in diesen Tagen und Wochen entschied, wie viele Vorräte man für den Winter zusammenbekam, der hart und lang werden sollte. So sagten es jedenfalls die Alten voraus, die behaupteten, es in den Knochen spüren zu können, wie die kalte Jahreszeit ausfallen würde. In der Erntezeit war es sogar üblich, dass einige Andachten im Kloster ausfielen, weil die Arbeit auf den Feldern ausnahmsweise Vorrang hatte. Die Äbtissin hatte ausdrücklich dafür Dispens erteilt, wie ihnen die Priorin versicherte, bevor sie die Mädchen und Frauen des Klosters in die Felder entließ. Abeline war dafür eingeteilt, das abgemähte Getreide zu bündeln, zusammenzubinden und zu verladen, eine schwere und schweißtreibende Arbeit, aber eine willkommene Abwechslung vom eintönigen Klosteralltag. In der freien Natur unter samtblauem Himmel verging die Zeit wie im Flug, während sie hinter den dicken Mauern von Mariaschnee – so kam es Abeline gelegentlich vor – förmlich stillzustehen schien oder zumindest so zäh dahinfloss wie Bienenhonig. Auch wenn schon nach kürzester Zeit bei sengender Sonne die Tunika am Körper klebte, war es den Klosterschwestern nicht erlaubt, die Ordenstracht abzulegen, die die Hitze noch unerträglicher werden ließ.

Wie freuten sich alle, ob Bauer oder Nonne, wenn endlich das Mittagsläuten der fernen Klosterkirche zu vernehmen war, das die wohlverdiente längere Schaffenspause ankündigte. Die in der Küche tätigen Ordens- und Laienschwestern von Mariaschnee und einige Bauersfrauen hatten nämlich unterdessen schon unter Buchen und Eichen, die mitten auf den bewirtschafteten Feldern standen und kühlenden Schatten spendeten, alles aufgetischt, was nötig war, um die Arbeitsmoral der fleißigen Erntehelfer aufrechtzuerhalten und zu stärken: Brot, gesalzene Butter, Käse, Brei aus Hülsenfrüchten, Dörrfleisch und gewässertes Bier. Alle Erntehelfer kamen dort zusammen, um zu essen, zu trinken und sich während der schlimmsten Mittagshitze auszuruhen. Dabei wurde kaum gesprochen, zu erschöpft waren sie, nur die Krüge wurden herumgereicht, und so lagen oder saßen sie im Gras oder hielten, ihre Haube oder eine selbstgefertigte leichte Kopfbedeckung über das Gesicht geschoben, ein kleines Nickerchen, bevor die Kirchturmglocke sie wieder zur Feldarbeit rufen würde. Am Essen wurde nicht gespart, ein knurrender Magen war nicht gerade förderlich für den Arbeitseifer, und der war schließlich vonnöten, um die – wenn auch kärgliche – Ernte rechtzeitig unter Dach und Fach zu bringen. Es war der einzige Zeitpunkt des Jahres, wo Groß und Klein, Leibeigener und Nonne, Frau und Mann so etwas wie ein Gemeinschaftsgefühl verband, weil sie alle an einem Strang zogen, gemeinsam schwitzten, gemeinsam am Abend einen schmerzenden Rücken und Blasen an den Händen beklagten und jeder todmüde auf sein Lager sank. Zwar blieb jeder Stand unter sich, die Ordens- und Laienschwestern lagerten mit Abstand zu den Bauern und deren Familien, aber das war der Schicklichkeit und dem Respekt vor den Dienerinnen Gottes geschuldet, deren Kloster sie Brot und Arbeit zu verdanken hatten, denn so weit das Auge reichte, gehörte das Land, das sie bewirtschafteten, zu Mariaschnee.

Die Einzige, die sich nichts dabei dachte, zwischen den beiden Lagern, die im Grunde zwei verschiedene Welten repräsentierten, hin- und herzupendeln, war Magdalena, die natürlich auch bei der Ernte aushalf; bei so einem wichtigen Großereignis durfte und wollte sie nicht fehlen. Sie kannte jeden und hielt ein kleines Schwätzchen mit dem einen oder anderen, langte ungeniert mit ihrem Holzlöffel, den sie stets in einer Schlaufe an ihrem Beinkleid mit sich trug, in den großen Schmalztopf bei der Bauernrunde und drängte Abeline, unbedingt davon zu probieren. Sie trank wie eine Verdurstende aus ihrem Bierhumpen, und wenn nicht alle Novizinnen so erschöpft gewesen wären, hätte sie mit ihrem quirligen Verhalten sicher für Aufsehen und Tratsch gesorgt, aber Sophia und ihre Freundinnen waren viel zu müde, um sich darum zu kümmern, was Magdalena und Abeline sich zu erzählen hatten und worüber sie so lauthals lachten. Während die meisten, ermattet von der Arbeit und satt vom reichlichen Essen und Trinken, vor sich hindösten oder einen kleinen Mittagsschlaf hielten, zog Magdalena Abeline plötzlich hoch und auf eine Senke zu, in der sie aus dem Blickfeld der Ruhenden verschwanden. Sie führte bergab hinunter zum Rhein. Abeline ließ sich mehr oder weniger widerwillig mitschleppen, weil sie sich eigentlich in der kostbaren Pause ausruhen wollte, aber gegen den Enthusiasmus ihrer unternehmungslustigen Freundin war kein Kraut gewachsen. Der Quälgeist Magdalena gab nicht nach und spornte sie an, mit ihr ein Wettrennen bis zum Rheinufer zu veranstalten – trotz der sengenden Mittagshitze. Damit hatte sie in Abeline eine ganz neue Saite zum Klingen gebracht. Sie war barfuß – die bei dieser Hitze nur lästigen Holzschuhe hatte sie am Rastplatz zurückgelassen – und trottete zunächst nur hinter Magdalena her.

»Was ist denn, jetzt komm schon!«, drängte ihre Freundin. »Hier sieht uns keiner«, fügte sie hinzu und warf sicherheitshalber einen Blick zurück, wo von ihrer Warte aus gerade noch die Baumwipfel über die Anhöhe spitzten. »Ich will dir was zeigen.«

»Was denn?«, fragte Abeline mit bemühter Begeisterung.

Magdalena, die herumhüpfte wie ein junger Ziegenbock, rief nur: »Wirst schon sehen! Wer zuerst mit den Füßen im

Wasser ist, der hat gewonnen!« Und schon stürmte sie davon, auf das gut eine halbe Meile entfernte Rheinufer zu. Aber jetzt hatte Abeline Blut geleckt. Magdalena war langes und ausdauerndes Laufen gewöhnt, aber diesmal wollte Abeline nicht zurückstehen. Sie raffte ihr Habit und fing an, ihre Schritte zu beschleunigen. Ihre bloßen Füße fühlten weder Stoppeln noch Steine, wie ein Reh auf der Flucht rannte sie immer schneller. Dabei entwickelte sie eine Leichtigkeit, die sie selbst überraschte. Nach hundert Schritten hatte sie Magdalena eingeholt, die auf einmal den Atem ihrer Freundin im Nacken spürte und deshalb selbst noch einmal zulegte.

Der Fluss kam schnell näher, Seite an Seite gaben beide Mädchen ihr Letztes, um die Erste zu sein. Fast gleichzeitig stürmten sie, ohne anzuhalten, ins Wasser, an einer Stelle, wo das Ufer flach war, und ließen sich, als sie bis zur Hüfte im Fluss waren, einfach fallen. Sie tauchten ihren Kopf unter Wasser, das köstlich erfrischend und kühl war. Lachend und prustend kamen sie wieder hoch, bespritzten sich schreiend und versuchten, sich gegenseitig unterzutauchen. Als sich schließlich die erste Überschwänglichkeit gelegt hatte und sie sich im Wasser Auge in Auge gegenüberstanden und mit den Händen ruderten, um ihr Gleichgewicht zu halten, spuckte Magdalena Abeline einen Schwall Wasser ins Gesicht und rief: »Kannst du schwimmen?«

Abeline schüttelte den Kopf.

»Aber ich!«, kreischte Magdalena. »Wie ein Fischotter!«

Sie kämpfte sich ans Ufer zurück, entledigte sich ihrer Kleidung bis auf ihre Tunika und stürzte sich wieder kopfüber in die Fluten, um ihrer Freundin ihre Schwimmkünste zu demonstrieren.

Lange sah Abeline den ungelenken Bewegungen von Magdalena nicht zu, dann watete auch sie ans Ufer, riss sich ihr Habit vom Leib und versuchte, in ihrer Tunika so weit in den Fluss zu stapfen, bis sie den Grund nur noch auf Zehenspitzen balancierend ertasten konnte. Dann stieß sie sich ab. Aber der Versuch, es Magdalena mit ihren froschartigen Arm- und Beinbewegungen gleichzutun und sich damit über Wasser zu halten, ging gründlich daneben. Sie ging sofort unter wie ein Stein, schluckte Wasser, spuckte und schlug um sich, weil sie keinen Halt mehr fand. Sie wollte rufen, aber dabei bekam sie nur noch mehr Wasser in den Hals. Es dauerte eine ganze Weile, bis Magdalena erkannte, dass Abeline in echten Schwierigkeiten war. Aber dann kämpfte sie sich mit aller Macht heran, packte ihre Freundin am Kragen ihrer Tunika und zog sie so weit ans Ufer, dass sie wieder stehen konnte.

Abeline hustete, spuckte und keuchte, aber sie musste dabei trotzdem lachen.

Als sie sich wieder einigermaßen erholt hatte, bemerkte Magdalena altklug: »Schwimmen ist nicht so einfach. Das kannst du nicht von Geburt an, das musst du richtig lernen.«

Statt einer Antwort schaufelte Abeline mit beiden Händen Wasser auf Magdalena, die mit gleichen Waffen zurückschlug. Jetzt trugen die beiden eine regelrechte Wasserschlacht aus.

Bis Magdalena unvermittelt ihre Gegenwehr einstellte und horchend stehen blieb.

»Pscht! Sei mal ruhig!«, befahl sie und legte den Zeigefinger zum Zeichen des Schweigens auf ihre Lippen. Sie hielten beide den Atem an, ihre Haare tropften vor sich hin, nur das Plätschern und Raunen der Wasserfluten war zu hören.

Und dann, ganz in der Ferne, ein leiser Glockenklang – die Glocke der Klosterkirche vermeldete das Ende der Mittagspause.

Abelines Augen weiteten sich vor Schrecken. »Komm, wir müssen gehen.«

Sie wollte sofort ans Ufer, aber Magdalena hielt sie am Ärmel fest. »Was soll's – komm, bleib hier! Es ist so schön, und uns vermisst sowieso niemand!«

Abeline warf einen skeptischen Blick in die Richtung, in der gerade der letzte Glockenton verhallte. »Das geht nicht, wir müssen zurück, bevor jemand merkt, dass wir fehlen.«

»Angsthase, Angsthase!«, johlte die völlig überdrehte Magdalena und bespritzte Abeline wieder mit Wasser.

»Verstehst du denn nicht«, schrie Abeline zurück und versuchte, sich wegzuducken, »wenn ich nicht gleich zurückkehre, lande ich wieder für eine Woche in der Kapelle bei Wasser und Brot! Und meine Erlaubnis, das Kloster verlassen zu dürfen, wird sowieso auf der Stelle zurückgenommen. Das kann ich nicht aufs Spiel setzen.«

»Wirst du auch nicht. Ich weiß, wie wir das deichseln.«

Abeline schüttelte den Kopf, dass die Wassertropfen nur so flogen. »Magdalena – ganz im Ernst: Ich gehe jetzt zurück. Ich kann froh sein, wenn Sophia mich nicht schon jetzt bei der Priorin verpetzt.«

»Soll sie doch ...«, grinste Magdalena. »Die werden wir schön ins Bockshorn jagen!«

Abeline wollte nicht weiter debattieren und drehte sich ab. Aber Magdalena blaffte: »Jetzt hör mir gefälligst zu!« Sie hielt Abeline am Oberarm so fest, dass sie sich nicht losreißen konnte. »Du bleibst hier. Wir werden denen einen gehörigen Schrecken versetzen.«

»Lass schon los, du weißt genau, dass das nicht geht!«

Doch Magdalena ließ nicht locker, und Abeline erkannte in ihren blitzenden Augen, dass ihre beste und einzige Freundin in diesem Augenblick einen geradezu teuflischen Plan im Sinn hatte. »Abeline, ich sage dir – wir werden den Klosterschwestern einen Denkzettel verpassen, den sie nicht so schnell vergessen werden.«

»Bist du noch ganz bei Trost – was meinst du damit?«, wagte Abeline jetzt doch verunsichert, aber mit aufkeimender Furcht einzuwerfen.

Magdalena packte Abeline noch fester und zog sie heftig so nah zu sich heran, dass sich ihre Nasenspitzen fast berührten.

»Hör auf damit – du tust mir weh«, wehrte sich Abeline.

»Stell dich nicht so an, du Zimperliese!«, fauchte Magdalena. Wasser tropfte von ihrem Kinn und ihren klatschnassen Haaren, die am Kopf klebten und ihr über die Augen fielen, was ihr ein ganz anderes, fremdes Aussehen verlieh. Kurzzeitig hatte Abeline den erschreckenden Eindruck, sie stünde einem dieser leibhaftigen Wassergeister gegenüber, von denen ihr die Kinderfrau Else auf Burg Melchingen einmal erzählt hatte. Einer Wassernixe, die einem zuerst schöntat, und dann, wenn man auf sie hereingefallen war, zog sie einen in die abgrundtiefe Dunkelheit ihres Unterwasserreichs hinunter, wo man für alle Zeiten verloren und in ihrer Gewalt war. »Wolltest du dich nicht immer eines Tages dafür rächen, was sie dir und Ida angetan haben? Jetzt ist die Gelegenheit dazu, begreifst du denn nicht?«, zischte Magdalena.

Abeline schüttelte den Kopf, sie verstand wirklich nicht, was Magdalena meinte und was in ihrem unberechenbaren Kopf vor sich ging. Die Angst vor den Folgen eines unüberlegten Streichs steckte plötzlich wie ein dicker Kloß in ihrem Hals. Sie merkte, dass sie, bis zur Brust im kalten Wasser stehend, zu zittern angefangen hatte, was nicht nur am kalten Wasser lag. Gänsehaut kroch ihr den Rücken hoch und die Arme entlang. »Nein. Nein, ich begreife wirklich nicht, was du meinst. Bitte, lass mich los!«

Doch Magdalena spürte, dass sie etwas in Abeline ausgelöst hatte, und schüttelte sie, als könne sie damit erreichen, dass Abeline endlich ihre Bedenken verwarf und auf ihr Vorhaben einging.

»Wir schlagen der scheinheiligen Priorin ein Schnippchen. Schwester Hiltrud wird außer sich sein vor Wut – weil sie, wenn alles so vonstatten geht, wie ich mir das vorstelle, nichts machen kann. Hast du das nicht immer schon gewollt?«

Da Abeline immer noch unentschlossen war und zögerte, zerrte Magdalena mit einem heftigen Ruck an Abelines Tunika, die zerriss, und Abelines nackter Rücken mit den vernarbten Striemen wurde sichtbar. Magdalena wies mit der Hand darauf. »Das ist die Handschrift von Schwester Hiltrud. Du wirst sie dein Leben lang mit dir herumtragen. Hast du vielleicht vergessen, dass sie dich hat auspeitschen lassen? Vor aller Augen?«

Jetzt ließ sie endlich los. Abeline verlor das Gleichgewicht, weil sie sich dagegengestemmt hatte, stolperte rückwärts ins Wasser und ging unter, tauchte aber sofort prustend wieder auf und versuchte, ihre zerrissene Tunika zusammenzuhalten.

»Hörst du mir jetzt vielleicht mal zu?«, fragte Magdalena, und Abeline nickte. Sie strich sich die nassen Haare aus der Stirn und lauschte fassungslos und gleichzeitig fasziniert dem, was Magdalena sich ausgedacht hatte.

Wenn es darum ging, jemandem eins auszuwischen, war Magdalena wirklich ein Ausbund an Hinterhältigkeit.

Je mehr Magdalena ihren Vorschlag ausführte und ihre Freundin darüber nachdachte, desto mehr ließ Abeline sich von Magdalenas Aufmüpfigkeit und Begeisterung anstecken. Ihre Freundin hatte recht – es war an der Zeit, es Schwester Hiltrud und ihren willfährigen Novizinnen einmal so richtig heimzuzahlen …

Magdalena feixte bis über beide Ohren, als sie sagte: »Oh, ich wünschte wirklich, ich könnte ihr Gesicht sehen!«

IX

»Was sagst du da?«, fragte Schwester Hiltrud ungläubig und drehte sich, nachdem sie sich noch hastig bekreuzigt hatte, zu Sophia und deren Freundinnen um. Sie kniete immer noch vor dem Altar der Klosterkirche, wo sie in ihr Gebet vertieft gewesen war, ihr tägliches Zwiegespräch mit Gott, das sie nur führte, wenn sie sicher sein konnte, allein und ungestört zu sein in diesem für sie heiligsten und hingebungsvollsten Moment des Tages. Ein Ritual, dem sie regelmäßig nachzukommen pflegte – das wussten alle in Mariaschnee –, und nun wagte es tatsächlich eine Novizin, sie dabei anzusprechen. Diese dummdreiste Anmaßung allein war schon ein himmelschreiendes Sakrileg, welches sie augenblicklich so wütend machte, dass ihr rechtes Augenlid zu zucken anfing und sie alle Willenskraft aufbringen musste, um nicht loszubrüllen. Sie schloss kurz ihre Augen, dann hatte sie sich wieder so weit unter Kontrolle, dass sie sich den nötigen Anschein von Gelassenheit und Souveränität geben konnte, so wie es von einer Priorin erwartet wurde. Auch wenn in ihr innerlich ein Vulkan brodelte. Langsam erhob sie sich und wandte sich den Störenfrieden zu.

Vor den Stufen des Altars hatten Sophia, Agnes, Richardis und Hadwig Aufstellung genommen, ihre Brustkörbe hoben und senkten sich vom heftigen Atmen, ihre Gesichter waren gerötet und schweißüberströmt, ihre Augen flackerten vor purer Panik und Bestürzung. Schwester Hiltrud hatte die Mädchen hereinstürmen gehört, laut keuchend und auf bloßen Füßen, das allein war alarmierend genug. Etwas Furchtbares musste geschehen sein.

Ihre böse Vorahnung wurde nur allzu schnell bestätigt, denn Sophia brachte in abgehackten, atemlosen Worten heraus, was sie, die Priorin, als Erste erfahren musste: »Verzeiht ... die Störung ... ehrwürdige Frau Priorin, aber ... aber ... Schwester Abeline ist ertrunken!«

Es war Spätnachmittag, die Sonne schien grell durch die hohen und schmalen Ostfenster, in den Lichtbalken tanzten winzige Staubpartikel. Es war einer der seltenen Tage, an denen es sogar in der Klosterkirche warm war. Eben wäre, bei normalem Tagesablauf, die Vesper begangen worden, aber wegen der Erntezeit war sie ausgefallen.

Und nun zappelten diese vollkommen aufgelösten Mädchen wie eine Schar aufgescheuchter Gänse vor der Nase der Priorin herum und schrien alle hektisch durcheinander, so dass Schwester Hiltrud dem Chaos erst einmal Einhalt gebieten musste.

»Noch mal von vorn«, sagte sie bemüht abgeklärt, »und nur Sophia. Die anderen stehen gefälligst still, wie es sich in einer Kirche geziemt, und halten ihren Mund!«

Endlich kehrte Ruhe ein. Die Priorin fuhr fort: »Also, Sophia – habe ich recht gehört? Schwester Abeline soll ertrunken sein? Wo? Wann? Wie ist das überhaupt geschehen?«

Erneut fingen die Novizinnen an, los- und durcheinanderzuschnattern, bis die Priorin ihre mühsam gewahrte Geduld mit einem Schlag verlor und mit einer Lautstärke losbrüllte, dass es durch das ganze Kirchenschiff hallte und sogar die steinalte Schwester Clarissa, die immer so tat, als sei sie stocktaub, und die gerade mit frischen Kerzen aus der

Sakristei kam, erstaunt den Kopf hob. »Silentium! Alle! Augenblicklich!«

Die Mädchen verstummten unverzüglich. Nur ihr Keuchen und Schnaufen – sie waren die weite Strecke von den Feldern bis zum Kloster gerannt – war noch zu vernehmen. Die Priorin besann sich wieder auf ihre Rolle als stets besonnene und unerschütterliche Autoritätsperson und betonte mit gefährlicher Ruhe: »Ich sage es nicht noch einmal. Nur eine von euch spricht. Und zwar Sophia. Langsam und der Reihe nach. Was genau ist geschehen?«

Sophia holte tief Luft und begann: »Nach der Mittagspause haben wir sie vermisst. Abeline, meine ich. Eine von uns ...«

Richardis meldete sich zaghaft, indem sie den Finger hob: »Das war ich!«

Die Priorin winkte ungnädig ab. »Weiter!«, befahl sie.

Sophia fuhr fort: »Richardis hat gesehen, wie Abeline zusammen mit Magdalena zu den Rheinauen hinuntergelaufen ist. Wir haben Schwester Afra informiert, und sie hat mich und Richardis hinterhergeschickt, sie zu holen, weil sie vielleicht das Läuten der Glocke nicht gehört haben, die das Ende der Mittagspause anzeigt.«

Die Priorin wedelte ungeduldig mit der Hand. »Weiter, weiter!«

»Als wir am Ufer ankamen, war weit und breit kein Mensch zu sehen.« Sophia blickte Richardis auffordernd an. Die wartete auf ein zustimmendes Nicken von Schwester Hiltrud, und erst, als sie deren Einverständnis signalisiert bekam, machte sie weiter.

»Ich bin das Ufer entlang rheinabwärts. Sophia suchte in der anderen Richtung. Und dann ... dann habe ich es gefunden.«

Die Priorin musste den letzten Rest ihrer Selbstbeherrschung aufbieten, um Richarda nicht an ihrem Habit zu packen und die ganze Geschichte aus ihr herauszuprügeln. »Was hast du gefunden?«, presste sie mühsam hervor.

Richarda drehte sich zu Agnes um und forderte sie auf, vorzutreten. Agnes machte zwei Schritte auf Schwester Hiltrud zu und zeigte vor, was sie in ihren Händen hielt: ein nasses Habit. Dann trat auch noch Hadwig vor und hob in die Höhe, was sie mitgebracht hatte: eine zerrissene Tunika. »Die hier gehört zweifelsohne Abeline. Sie hat ein A am Kragen eingestickt.«

Die Priorin zerrte Hadwig die Tunika aus den Händen und betrachtete sie. Der Riss ging vom Kragen hinunter bis fast zum unteren Saum. Bevor sie etwas sagen konnte, mischte sich Sophia ein. »Die Kleider sind ein paar hundert Fuß rheinabwärts an Land gespült worden. Wir haben noch eine Weile weitergesucht und sogar nach ihr gerufen, aber Abeline haben wir nicht gefunden.«

»Und Magdalena?«, wollte die Priorin wissen.

»Keine Spur von ihr. Auch keine Kleider.«

Schwester Hiltrud warf das feuchte Tuch, das Abelines Tunika gewesen war, Hadwig vor die Brust und befahl: »Alle, die beim Einbringen der Ernte nicht unbedingt gebraucht werden, haben sich an der Suche nach den beiden Mädchen zu beteiligen, so schnell wie möglich, bevor es dunkel wird. Gebt das weiter!«

Sophia beugte kurz das Knie und vermeldete mit einem gewissen Stolz: »Ehrwürdige Frau Priorin, ich war so frei und habe das schon veranlasst.«

»Wenigstens eine, die mitdenkt«, lobte die Priorin. »Ihr geht jetzt zurück und beteiligt euch bei der Suche. Das hat die allerhöchste Priorität. Ich melde den Vorfall der Äbtissin. Nehmt genügend Fackeln mit, falls wir bei Einbruch der Nacht weitersuchen müssen.«

Die Mädchen wollten schon los, aber die Priorin hielt sie

noch zurück. »Halt – schickt einen der Bauern mit einem Pferd nach Ritter Geowyn und seinen Männern. Los, worauf wartet ihr noch?!«

Die Mädchen beugten ihre Knie und dann huschten sie davon, ihre nackten Füße patschten auf dem Steinboden der Klosterkirche, und die Priorin drehte sich zum silbernen Kruzifix auf dem Altar, schlug die Hand vor das Gesicht und murmelte: »Herrgott im Himmel – welche Prüfungen hast du mir mit Schwester Abeline noch auferlegt? Nimmt das gar kein Ende mehr?«

Sie hörte ein Geräusch und tat so, als würde sie sich erschrocken danach umdrehen. Doch sie hatte im Augenwinkel längst gesehen, dass Schwester Clarissa neben dem Altar stehengeblieben war und ungläubig glotzte. Natürlich hatte sie jedes Wort gehört, das war ihr anzusehen. Dabei war ihr eine Kerze auf den Boden gefallen, aber in ihrer grenzenlosen Neugier schien sie das nicht einmal zu bemerken. Die Priorin hob die Kerze auf und gab sie der Schwester zurück, die sich dafür mit einem Kopfnicken bedankte.

Die Priorin beachtete sie nicht weiter und eilte durch die seitliche Pfote auf den Kreuzgang hinaus, um zu den Gemächern der Äbtissin zu gelangen. Sie musste ihr Bericht erstatten. Ihre Gedanken rasten. So schwer ein neuerlicher unnatürlicher Todesfall in Mariaschnee, ob Unfall oder Schlimmeres, die Integrität des Klosters, seinen Ruf und damit auch das Ansehen der Äbtissin belasten und beschädigen würde, spielte er doch der Priorin indirekt in die Karten. Erstens, was ihre geheimen Ambitionen anging, in nicht allzuferner Zukunft die Nachfolgerin der Äbtissin zu werden, und zweitens, Abeline im besten Fall losgeworden zu sein, und zwar für immer. Dieses Mädchen hatte den Teufel im Leib, das war vom ersten Moment an spürbar, Schwester Hiltrud hatte das Böse in den Augen der Novizin gesehen, die ganz nach ihrer Mutter kam, deren Seele – Gott sei's gepriesen! – bereits im Höllenfeuer brannte, und zwar auf ewig. Und wenn Luzifer schon nicht mit übergroßer Strenge und Drill aus Abeline ausgetrieben werden konnte, auch weil sich die Äbtissin schützend vor die Novizin gestellt hatte, schien sich dieses Problem nun von selbst gelöst zu haben. Wie hieß es so schön: Wenn sich Abeline selbst ihr nasses Grab geschaufelt hatte, hätte die Priorin gleich zwei Fliegen mit einer Klappe geschlagen. Nein, eigentlich drei. Denn wenn Abeline nicht mehr war, die Einzige, die noch Ansprüche auf den Besitz derer von Melchingen hätte stellen können, dann konnte Ritter Geowyn von der Tann endlich ganz und gar sicher sein, rechtmäßiger Herr auf Burg Melchingen zu sein. Sie würde ihm persönlich mitteilen, dass sein größter Wunsch in Erfüllung gegangen sei. Oh, wie würde er ihr dankbar sein! Und somit auf ewig in ihrer Schuld stehen und von ihrer Gnade abhängig sein ...

Mit dieser überraschenden und für ihre in den Tiefen ihres Herzens verborgenen Pläne so erfreuliche Entwicklung der Ereignisse konnte sie in der Tat mehr als zufrieden sein. Ihre Gebete hatten also doch Wirkung gezeigt, der Herr im Himmel hatte seine treueste und frömmste Dienerin endlich erhört. Im Gegenteil, er hatte sie unter Tausenden auserkoren, sich aus den schlimmsten Niederungen ihres Daseins – ihre Eltern waren arme Tagelöhner gewesen, die sie an der Pforte eines Klosters hoch im Norden als kleines Kind ausgesetzt hatten – zu erheben, hatte ihr Talent und Ehrgeiz geschenkt und ihr den steinigen Weg ganz nach oben gezeigt, den sie in Demut, Disziplin und Gehorsam gegangen war. Jetzt war es nicht mehr sehr weit bis zum Gipfel. Das alles hatte sie ihrem Schöpfer zu verdanken. Ja, sie war eine willfährige Dienerin des Herrn, und sie würde ihn nicht enttäuschen ...

Schwester Hiltrud war, ohne es recht zu merken, weil sie ganz in ihre Gedankenwelt versunken war, inzwischen vor der Tür zu den Gemächern der Äbtissin angelangt. Sie atmete einmal tief durch, nahm ihre übliche kerzengerade Haltung ein, tauschte das verräterische Lächeln in ihren Mundwinkeln angesichts der Erfüllung ihrer geheimsten Wünsche wieder gegen ihre übliche strenge und unnahbare Priorinnenmaske aus und klopfte mit ihrer Faust so heftig an die Tür, als würde sie Einlass an der Himmelspforte begehren.

X

Fackeln erleuchteten das nächtliche Flussufer. Rheinauf- und rheinabwärts suchten immer noch Dutzende von Nonnen, Novizinnen und ganze Bauernfamilien aus den umliegenden Dörfern und Weilern die diesseitigen Uferstreifen ab, doch sie hatten bis jetzt nicht die geringste Spur der vermissten Mädchen gefunden. Vereinzelt waren Rufe zu hören, »Abeline!« und »Magdalena!«, schallte es durch die Dunkelheit, aber keiner der Helfer konnte etwas Verwertbares melden.

Die Äbtissin und die Priorin standen in ihren weißen Habiten auf einer Anhöhe und sahen dem vergeblichen Treiben von der Ferne aus zu. Von ihrer hohen Warte aus wirkten die Fackeln wie ein langgezogenes Band aus Glühwürmchen, das sich am Westufer des Rheins entlangzog, noch hatte niemand die Hoffnung aufgegeben, dass die beiden Mädchen noch am Leben waren. Die einzige Bewegung der Äbtissin bestand darin, ihren silbernen Rosenkranz ständig durch die Finger gleiten zu lassen und dazu unverständliche Ave Marias zu murmeln, während die Priorin mit versteinerter Miene das gespenstische Treiben zu ihren Füßen und den flackernden Widerschein der Fackeln im tintenschwarzen Wasser beobachtete. In ihrem Rücken rollte unheilvolles Donnergrollen heran, ein Wetterleuchten nach dem anderen erhellte für kurze Momente den Horizont im Südwesten und ließ rasch anschwellende Wolkengebirge sichtbar werden. Erste schwere Regentropfen fielen vom Himmel. Das langersehnte Gewitter war im Anmarsch, dabei war die Ernte noch nicht gänzlich eingebracht. Jeden Moment konnte der Himmel seine Schleusen endgültig öffnen, der Regen nahm stetig zu, und auffrischende Windböen ließen die Ordenstracht der Klosteroberen auf der Bergkuppe flattern. Die Äbtissin und die Priorin mussten ihr Habit an den Oberschenkeln festhalten, sonst hätte ein heftiger Windstoß sie ihnen noch über den Rücken gestülpt.

Von Nordwesten kam eine Handvoll Fackelträger herangeritten, an ihrer Spitze Ritter Geowyn, der vor den beiden Nonnen vom Pferd sprang, sein Knie beugte und meldete: »Ehrwürdige Mutter Äbtissin, wir sind einige Meilen rheinabwärts geritten und haben nichts gefunden. Ich glaube nicht, dass es bei der Dunkelheit und dem aufziehenden Unwetter noch sinnvoll ist, weiterzusuchen.«

»Ihr meint, ich soll die Suche einstellen lassen?«, rief die Äbtissin gegen den Wind an und beobachtete sorgenvoll, wie die Blitze und der nachfolgende Donner immer näher kamen und der Regen immer dichter wurde.

»Jawohl«, stimmte ihr Ritter Geowyn zu. »Ich schlage vor, die Männer und ich reiten morgen früh bei Sonnenaufgang alles noch einmal ab und weiten unser Suchgebiet nach Norden und Osten aus. Verzeiht die Frage, aber … könnte es nicht sein, dass die Mädchen einfach davongelaufen sind?«

»Und dazu lässt Abeline ihre gesamte Kleidung zurück und läuft nackt durch die Gegend? Glaubt Ihr das wirklich?«, fragte die Äbtissin in angespanntem Ton zurück und wankte leicht, denn ein gewaltiger Windstoß von hinten hätte sie fast umgeworfen. Die Priorin wollte sie stützen, aber die Äbtissin schob ihre Hand beinahe brüsk wieder weg. Mit der anderen Hand hielt sie ihre Haube fest, weil sie ständig vom Wind vor ihr Gesicht geblasen wurde.

Ritter Geowyn antwortete mit lauter Stimme, um den pfeifenden und heulenden Wind zu übertönen: »Ich habe Euch ja gesagt, was wohl – Gott möge es verhüten! – nach meinem momentanen Wissensstand geschehen ist. Abeline hat ihr Habit abgelegt, um sich im Wasser zu erfrischen, hat sich zu weit vom Ufer weggewagt und ist von der Strömung erfasst und weggerissen worden. Wisst Ihr, ob Abeline schwimmen kann?«

»Schwimmen? Abeline?« Sie sah Schwester Hiltrud fragend an, aber die zuckte nur mit den Schultern. »Das weiß ich nicht. Ich glaube kaum.«

»Und Magdalena?«

»Das könnte ich mir eher vorstellen. Sie ist ein wildes Mädchen und kann alles, fast wie ein Junge. Es ist gut möglich, dass ihr Vater es ihr beigebracht hat. Ich weiß es aber auch nicht mit Sicherheit.«

Ritter Geowyn nickte. »Nehmen wir an, Magdalena ist Abeline zu Hilfe gekommen und die Zeit, sich ihrer Kleidung zu entledigen, hatte sie nicht. Beim Versuch, Abeline zu retten, könnte sie ebenfalls von der Strömung mitgerissen worden sein. Meine einzige Hoffnung ist, dass die beiden Mädchen so weit stromabwärts getrieben worden sind, dass sie erst nach einigen Meilen ans Ufer gelangen konnten.«

»Sie könnten auch ans andere Ufer gekommen sein, oder?« Ihr besorgtes Gesicht offenbarte, dass sie sich mit allen Fasern ihres Herzens an diese noch so vage Möglichkeit klammerte. Ritter Geowyn war zwar skeptisch, aber er wollte ihr nicht den letzten Rest Hoffnung nehmen, so unwahrscheinlich sie auch war.

»Das … das ist durchaus möglich«, sagte er und versuchte, so gut es ging, eine zuversichtliche Miene aufzusetzen.

»Gut – dann sucht morgen in aller Früh weiter nach ihnen. Gebe Gott, dass Ihr mit Eurer Vermutung recht habt.«

Genau als sie das letzte Wort ausgesprochen hatte, wurde ihr Antlitz urplötzlich in ein grellweißes Licht getaucht – ein taghellen Blitz mit fast gleichzeitig einsetzendem Donnerknall erleuchtete zwei Herzschläge lang die Dunkelheit über den Wäldern. Die Priorin zuckte heftig zusammen und zog den Kopf ein, die Äbtissin blieb eisern stehen, schloss nur kurz die Augen und führte den Rosenkranz an ihre Lippen. Ritter Geowyn und seine Männer hatten alle Hände voll zu tun, um ihre Pferde wieder unter Kontrolle zu bekommen, die mit panikgeweiteten Augen wieherten, anfingen zu bocken oder sich losreißen wollten.

Fast gleichzeitig setzte der Regen ein, Ritter Geowyn musste gegen die Widrigkeiten des Wetters anschreien, der Sturm ließ die Ohrenklappen seiner Lederkappe mit ihren Bändern flattern, vor dem gelblich orangenen Aufflackern des Wetterleuchtens sah er mit seiner massigen Statur aus wie ein germanischer Donnergott, fand die Priorin für einen winzigen Moment, bekreuzigte sich aber bei diesem unchristlichen Gedanken ganz schnell.

Ritter Geowyn rief: »Ganz wie Ihr wünscht, ehrwürdige Mutter Äbtissin, wir machen morgen früh weiter!«, er verneigte sich, schenkte der Priorin einen kurzen Blick und schwang sich wieder auf sein scheuendes Pferd. Dann sprengte er in den Regen davon, seine Männer hinter ihm her.

Die Äbtissin und die Priorin konnten im Wolkenbruch kaum ausmachen, wie die Männer auf die stark gelichteten Reihen der Fackelträger zuritten und sie aufforderten, die Suche abzubrechen. Die meisten waren sowieso schon ohne ausdrücklichen Befehl eilends davongelaufen, um Schutz vor dem Unwetter zu suchen, das nun mit voller Kraft hereinbrach.

»Denkt Ihr wirklich, dass es sich so abgespielt hat?«, fragte die Priorin auf der Hügelkuppe, deren triefend nasse Haube ihr ein jämmerliches Aussehen verlieh.

»Ich weiß es nicht«, antwortete die Äbtissin. »Ich kann es nur hoffen.«

Damit wandte sie sich ab und hastete, ihr Habit raffend, durch den peitschenden Regen in Richtung Mariaschnee davon. Sie ging so forschen Schrittes, dass die Priorin laufen musste, um ihr folgen zu können.

XI

Als Abeline und Magdalena sich nach ihrem Entschluss, Magdalenas riskantes Spiel zu spielen, hinter einem dichten Buschwerk oberhalb des flachen Uferbereichs versteckt hatten, brauchten sie nur noch abzuwarten. Abelines Gewänder hatten sie so auf die Steine drapiert, dass sie nicht übersehen werden konnten. Magdalena hatte ihre Oberbekleidung – ihr Wams und ihre Beinlinge – an Abeline weitergegeben, damit sie nicht nackt herumlaufen musste. Sie selbst trug jetzt nur noch ihre Tunika, aber es war immer noch drückend heiß. Sie sprachen jetzt kein Wort mehr, der Rubikon war überschritten, von jetzt an gab es kein Zurück. Trotz der Hitze fing Abeline an zu zittern, es war die Anspannung und die Aufregung angesichts dessen, was unweigerlich kommen würde. Nachdem sie sich auf Magdalenas tolldreistes Schelmenstück eingelassen hatte, kam ihr erst nach und nach so richtig in den Sinn, was sie mit ihrem vorgetäuschten Verschwinden für einen Riesenaufruhr in Mariaschnee verursachen würden. Wenn je die Wahrheit darüber ans Licht kommen würde, hätte Abeline allen Grund, das furchtbare Strafgericht der Äbtissin und vor allem der Priorin zu fürchten – die fünf Peitschenhiebe und die eine Woche in der Kunigundenkapelle zusammen mit Ida wären dagegen das reinste Honigschlecken gewesen. Obwohl sie im Schatten lagen, fing Abeline an wie im Fieber zu schwitzen, und das Zittern wollte nicht aufhören. Magdalena hatte versprochen, dass sie heil aus dieser Sache wieder herauskommen würden und der Spaß und der Nervenkitzel, es der Priorin heimzuzahlen, die Anspannung und ein paar Notlügen wert waren. Sie nahm Abelines Hand und drückte sie beruhigend. »Glaub mir, es wird alles gutgehen.«

Abeline erwiderte den Druck mit der Hand. Von nun an waren sie auf Gedeih und Verderb aufeinander angewiesen. Aber Abeline fand das nicht belastend, im Gegenteil. Sie fühlte sich seltsam frei. Obwohl sie etwas Verbotenes tat. Oder vielleicht gerade deshalb. »Dein Wort in Gottes Ohr!«

»Scht! Da kommt jemand!«

Auch Abeline sah, wie Sophia und Richardis die Anhöhe zu den Feldern heruntergestürmt kamen, am Ufer anhielten und sich umsahen. Sophia formte mit ihren Händen einen Trichter und rief: »Abeline! Magdalena! Wo seid ihr!?«

Magdalena drückte Abelines Hand heftiger. Die freie Hand hielt sie sich vor den Mund, um nicht in lautes Lachen auszubrechen. Auch ihre Nerven waren bis zum Zerreißen gespannt. Nach Lachen war Abeline wahrlich nicht zumute. Jetzt wären noch Zeit und die letzte Gelegenheit gewesen, einfach aufzuspringen und irgendeine Ausrede vorzubringen, aber sie tat es nicht und sah zu, wie sich Sophia und Richardis trennten, die eine ging nach links, die andere nach rechts. Es war Richardis, die auf Abelines Habit und die zerrissene Tunika stieß, die Kleidungsstücke an sich nahm und damit zu Sophia rannte, die nach kurzer Debatte und erneutem ergebnislosen Rufen schließlich wieder die Anhöhe hochlief, Richardis hinterher. Als die beiden hinter der Kuppe verschwunden waren, stand Magdalena auf und streckte sich. »Los, machen wir, dass wir wegkommen, bevor sie mit Verstärkung anrücken.«

»Meinst du, das tun sie?«, fragte Abeline, die sich ebenfalls erhob und sich den Sand aus ihren Sachen klopfte.

»Darauf kannst du Gift nehmen«, meinte Magdalena trocken im Ton eines erfahrenen Feldherrn und spähte mit zusammengekniffenen Augen rundum. »Die Äbtissin wird Mann und Maus aufbieten, um uns zu finden.«

Sie sah, wie in Abelines Augen die Furcht erneut aufflackerte, und klopfte ihr ermutigend auf die Schulter. »Aber damit habe ich gerechnet. Komm jetzt, wir müssen über den Rhein, bevor uns jemand sieht.«

»Über den Rhein? Aber ich kann doch nicht schwimmen!«

»Brauchst du auch nicht«, beruhigte sie ihre Freundin. »Lass dich überraschen. Was glaubst du, wie ich über den Rhein komme? Weil ich vielleicht fliegen kann? Nun mach schon – uns steht noch ein langer Fußmarsch bevor. Wir werden wohl in die Nacht kommen.«

Sie fing an, rheinabwärts zu traben, in einem gleichförmigen, aber zügigen Tempo, dem sich Abeline mühelos anpasste.

Nach einer Weile kamen sie an ein Waldstück, das sich ganz bis zum Fluss hinunterzog. Abeline hatte sich noch nie Gedanken darüber gemacht, wo Magdalena eigentlich zu Hause war und wie sie den weiten Weg zum Kloster zurücklegte. Denn weit war er, Magdalena hatte ihr immer erzählt, dass sie fast einen ganzen Tag unterwegs war. Nun war sie doch überrascht, dass Magdalena zielstrebig ins Unterholz eintauchte und darin verschwand. Kurz darauf hörte sie einen scharfen Pfiff. Und noch einen. Sie zögerte, dem Pfiff zu folgen, bis sie ein Rascheln und Knacken und die Stimme ihrer Freundin aus dem Gebüsch hörte: »Packst du vielleicht mit an, oder soll ich hier alles allein machen?« Sie kroch der Stimme nach ins Unterholz und fand Magdalena. »Du kannst pfeifen?«, fragte sie erstaunt.

»Klar«, sagte Magdalena, »hat mir mein Vater beigebracht.«

Sie steckte zwei Finger in den Mund und stieß einen lauten und scharfen Pfiff aus. Abeline lachte. »Du weißt ja«, sagte Magdalena schelmisch, »Mädchen, die pfeifen, und Hühnern, die krähen ...«

»... soll man beizeiten die Hälse umdrehen!«, vollendete Abeline den Satz. Jetzt mussten beide lachen. »Kannst du mir auch zeigen, wie das geht?«, fragte Abeline und versuchte vergebens, ihren Lippen auf die gleiche Art einen Pfiff zu entlocken. Aber Magdalena war schon dabei, einen kleinen Nachen von Zweigen und Ästen zu befreien. »Das bring ich dir später bei, wenn wir Zeit haben«, sagte sie. »Was stehst du da? Komm und hilf mir!« Abeline fasste mit an, und mit vereinten Kräften zerrten sie das kleine, kompakte Holzboot aus dem Unterholz ins Freie. Stolz zeigte Magdalena darauf. »Hab ich selbst gemacht. Natürlich mit Hilfe meines Vaters. Ich verstecke es immer hier, damit es keiner findet, solange ich nicht da bin. Das ist unsere Fähre ans andere Ufer.« Sie zogen den Nachen zum Fluss, und Abeline setzte sich unsicher hinein, Magdalena schob ihn ganz ins Wasser, legte ein Knie auf die Bordwand, stieß sich mit dem anderen Bein ab und schwang sich geschickt hinein. Es wackelte bedenklich. Abeline hielt sich krampfhaft fest und versuchte, auf den Knien den heftig schwankenden Nachen auszubalancieren. Im Boot waren ein Querbrett als Sitz und zwei Stechpaddel. Magdalena drückte eines davon Abeline in die Hand, nahm das andere und steuerte den Nachen in die Strömung. »Setz dich neben mich. Und häng dich rein, damit wir nicht zu weit abgetrieben werden«, sagte sie und rückte beiseite, um Abeline neben ihr auf dem Querbrett Platz zu machen. Dann paddelten die beiden Mädchen, was das Zeug hielt. Abeline brauchte nicht lang, um sich auf die Bewegungsabläufe einzustellen, und die Strömung tat ein Übriges, so dass sie den an dieser Stelle mehr als siebenhundert Fuß breiten

Strom zügig durchqueren und am anderen Ufer anlandeten. Sie zogen den Nachen an Land und wieder ein gutes Stück rheinaufwärts, dann versteckten sie ihn hinter einem Gebüsch, wo sie ihn noch mit Zweigen und Schilf tarnten. »Nur für alle Fälle«, meinte Magdalena. »Hier kommt selten jemand vorbei. Aber man weiß ja nie …«

Demonstrativ wischte sich Magdalena den Schweiß aus der Stirn, streckte die Arme aus und rief: »Das war's. Fürs Erste sind wir in Sicherheit.« Sie warf einen skeptischen Blick gen Himmel, wo inzwischen eine breite, schwarze Wolkenwand aufzog, die hoch und rasend schnell aufquoll. Ein zusätzliches dumpfes Grollen verhieß nichts Gutes. »Lass uns sputen, es kann nicht mehr lange dauern, dann haben wir ein richtig schönes Unwetter.« Magdalena schlug einen Saumpfad landeinwärts ein, Abeline trabte wortlos und leichtfüßig hinterher.

Inzwischen war die Nacht hereingebrochen. Das schwere Gewitter, das über sie hinweggegangen war, hatten sie unter der Wurzel eines abgestorbenen Baumes in einer kleinen Höhle glimpflich überstanden und anschließend, als der Regen sich endlich verzogen hatte, ihren Weg über hügeliges und zunehmend waldiger werdendes Gelände fortgesetzt. Der Himmel war wieder klar, die Sterne blinkten, und ein heller Dreiviertelmond spendete ausreichend Licht. Aber Abeline war überzeugt, dass Magdalena den Weg auch mit verbundenen Augen hätte finden können, so zielsicher marschierte sie vorneweg. Sie verloren kein Wort, aber ihr gegenseitiges Vertrauen war inzwischen so groß geworden, dass Abeline, die jeden Gedanken an die Folgen dieses Ausflugs verdrängte, es zuweilen vorkam, als wäre Magdalena ihre ältere Schwester. Insgeheim hatte sie sich immer ein Geschwister gewünscht, am liebsten eine starke Schwester, an die sie sich mit ihren Sorgen oder Fragen hätte wenden können, die man ab einem bestimmten Alter nicht mehr der Mutter mitteilen mochte. Magdalena zögerte nie, wusste immer, was zu tun war, und bis jetzt war alles so gekommen, wie sie es geplant hatte. Sogar geschlagen hatte sie sich schon für sie, bei ihrer allerersten Begegnung. Ihre Zuneigung zu diesem eigenartigen, gelegentlich rauen Mädchen war so gewachsen, dass sie für Magdalena durchs Feuer gegangen wäre. In ihrer Gesellschaft dachte sie nicht an mögliche böse Konsequenzen ihres Handelns, es reichte ihr, mit ihrer Freundin zusammen zu sein.

So in Gedanken versunken, lief sie plötzlich auf Magdalena auf, die stehen geblieben war und nach vorn deutete. »Da wären wir. Willkommen im Heim von Meister Albert und Magdalena. Du wirst dich wie zu Hause fühlen!«

Sie standen am Rand einer weiträumigen gerodeten Lichtung mitten im Wald, und eine brennende Fackel, die neben einem Ziehbrunnen im Boden steckte, ließ einen langgestreckten, geduckten Hof mit Strohdach mehr erahnen als erkennen. An seiner Seite schlossen sich eine große Scheune und ein Stall sowie einige kleine Hütten an. Durch die Ritzen der Scheune drang flackerndes Licht.

Magdalena stieß einen schrillen Pfiff aus, als plötzlich die Holztür der Scheune von innen krachend aufgetreten wurde und ein bärtiger Mann in seinen Vierzigern mit schütterem Haar laut hustend herausgestürmt kam. Abeline zuckte vor Schreck zusammen – er hatte ein seltsames Gebilde aus Leder um den oberen Teil des Gesichts gebunden, mit runden Gläsern vor den Augen, das ihm ein unheimliches, insektenhaftes Aussehen verlieh. In seinen Händen, die dicke Handschuhe bedeckten, trug er einen schweren Eimer mit ausgestreckten Armen vor sich her, aus dem Flammen schlugen und aus dem es fürchterlich qualmte, gärte und brodelte. Er lief, seine Augen nur auf den heißen und gefährlichen Brei in seinem Eimer gerichtet, an den beiden Mädchen vorbei, ohne ihnen auch nur einen Blick zu schenken, dabei brüllte er: »Vorsicht! Aus dem Weg!«, und schleuderte nach ein paar weiteren Schritten den Eimer in einem gewaltigen Bogen von sich. Er plumpste in einen Tümpel, wo das Wasser aufspritzte und sich sein glühender Inhalt zischend, dampfend und mit hochschießenden Stichflammen auf der Wasseroberfläche ausbreitete, dass man meinen konnte, ein Drache habe das alles ausgespien. Der Mann war von der Wucht seines Wurfes auf dem vom Regen glitschigen Boden ausgerutscht, lag nun bäuchlings im Schlamm und hob seinen Kopf, um nur ja nichts zu verpassen und mit forschender Neugier zu beobachten, was im Teich vor sich ging. Dort glühte, kochte und sprudelte es noch kurz und heftig, dann verblubberten die letzten Reste kläglich, die züngelnden Flammen erloschen, und der Spuk war vorbei.

Der Mann rappelte sich leise fluchend auf, er war von oben bis unten voll Schmutz, den er sich oberflächlich mit seinen Handschuhen abwischte, dann zog er sie aus und nahm die lederne Maske mit den dicken Gläsern, die offensichtlich zum Schutz der Augen diente, ab, bevor er die beiden Mädchen fröhlich angrinste.

»Wie ihr sehen könnt, wäre mein kleines Experiment beinahe gründlich schiefgegangen«, lachte er dabei herzlich und breitete entschuldigend die Arme aus.

Abeline hatte staunend zugesehen, so einen seltsamen Auftritt hatte sie noch nie erlebt. Magdalena klopfte ihr kameradschaftlich auf die Schulter. »Du kannst den Mund wieder zumachen. Darf ich vorstellen – das ist Meister Albert, mein Vater. Er ist nicht immer so. Aber meistens.«

Meister Albert kam mit einem breiten Lächeln auf Abeline zu, sein Gesicht war rußgeschwärzt bis auf den weißen Streifen um die Augenpartie, wo die Ledermaske gewesen war, und sagte: »Verzeih mein Aussehen. Du musst Abeline sein. Magdalena hat mir schon viel von dir erzählt. Sei herzlich willkommen.«

»Danke, Meister Albert«, brachte Abeline heraus und beugte das Knie. Er zog Abeline sogleich wieder hoch, hakte sich bei ihr unter und führte sie fürsorglich zum Hof, als ob sie sich schon seit Jahren kennen würden. »Sag einfach Albert zu mir. Die Freunde meiner Tochter sind auch meine Freunde. Aber, um ehrlich zu sein, außer dir hat sie gar keine.« Magdalena lief nebenher und mischte sich gleich ein. »Hör nicht auf meinen Vater. Er erzählt viel Unsinn, wenn er den ganzen Tag über in seiner Werkstatt sitzt.«

»Papperlapapp«, konterte Albert, löste sich von Abeline und schlug den Weg zum Brunnen ein, der neben dem Hof war und von der im Boden steckenden Fackel beleuchtet wurde. »Geht schon mal hinein. Der Kessel mit Essen hängt bereits am Haken, du musst nur Feuer anschüren, Magdalena. Ich mache mich so lang erst mal sauber.« Vor sich hinpfeifend ließ er den an einer Kette hängenden Wassereimer des Ziehbrunnens in den Schacht hinunter, kurbelte ihn gefüllt wieder hoch und begann, seinen Oberkörper freizumachen.

Magdalena zuckte mit den Schultern und seufzte: »So ist er eben, mein Vater.« Sie gab Abeline einen freundschaftlichen Schubs in Richtung Hof. »Jetzt komm, ich bin am Verhungern!«

Zusammen betraten sie das Bauernhaus.

XII

Zwei Stunden später saßen sie um den wuchtigen, grob gezimmerten Tisch im Wohnraum, der fast das ganze Geschoss des Hofes einnahm. An der hinteren Wand war eine große Herdstelle mit Rauchfang, die zugleich zum Kochen und Heizen diente. Magdalena hatte ein paar Kerzen aufgestellt, die ein warmes Licht verbreiteten, bevor sie einige Holzscheite vom penibel geschichteten Holzstapel nahm, sie auf die Glutreste der Herdstelle legte und hineinblies, bis unter dem Kessel ein munteres Feuer brannte. Abeline fühlte sich gleich wohl und fand alles heimelig und behaglich. Die Wände waren aus rohem Balkenwerk, deren Ritzen mit Moos und Stroh verstopft waren. Die Fensterluken waren mit Schweineblasen verschlossen, der Fußboden bestand aus festgestampftem Lehm. In der hinteren Ecke stand ein hölzernes, pritschenartiges Gestell mit einem Strohsack, das als Schlafplatz für den Hausherrn diente. Alles war sauber und ordentlich. Sie hatten Brot und einen Brei aus Hülsenfrüchten und Fisch gegessen und verdünntes Bier getrunken, und Abeline war pappsatt. Jetzt erst merkte sie, dass sie todmüde war. Albert, der nun wieder wie ein ganz normaler Mann und Vater aussah, hatte sich in Ruhe die Geschichte der beiden angehört, an ein paar Stellen gelacht oder die Stirn gerunzelt und zum Erstaunen Abelines kein einziges Mal so etwas wie Kritik geäußert. Jetzt nahm er einen tiefen Schluck aus seinem Bierhumpen und sagte: »So viel zum gemütlichen Teil des Abends. Jetzt sollten wir vielleicht, bevor wir alle schlafen gehen, uns überlegen, wie wir euch aus dem Schlamassel wieder herausbringen, den ihr euch eingebrockt habt. Magdalena können sie im Kloster sowieso nichts anhaben, um die mache ich mir keine Sorgen. Aber um dich, Abeline. Wenn herauskommt, dass ihr der Priorin einen Denkzettel verpassen wolltet, dann sehe ich schwarz für dich.«

»Also ich habe mir das so gedacht«, plapperte Magdalena unbefangen los, die selbstverständlich schon einen Plan hatte, aber ihr Vater unterbrach sie. »Lass Abeline reden. Sie sitzt in der Patsche, nicht du.« Er wandte sich Abeline zu. »Wie hast du dir das jetzt vorgestellt? Oder willst du vielleicht ganz dem Kloster den Rücken kehren?«

Abeline erschrak – an so etwas hatte sie nicht im Entferntesten gedacht.

»Nein, natürlich nicht.«

»Das will ich dir auch geraten haben. Es gab mal so einen Fall, vor Jahren, als Magdalena noch nicht auf der Welt war, deshalb weiß sie nichts davon. Da hat eine Novizin, den Namen habe ich vergessen, bei Nacht und Nebel das Weite gesucht, weil sie es nicht mehr ausgehalten hat.«

»Das kann ich gut verstehen«, murmelte Magdalena.

»Du hältst jetzt ausnahmsweise mal den Schnabel«, wies ihr Vater sie zum Erstaunen Abelines streng zurecht. Er konnte also auch anders.

Magdalena wollte schon in ihr altes Verhaltensmuster fallen und schmollen, besann sich aber angesichts des Ernstes der Lage eines Besseren und hörte aufmerksam zu, was ihr Vater zu erzählen hatte.

»Das dumme Ding war einfach so, aus purer Verzweiflung, geflohen, ohne Vorkehrungen zu treffen, ohne Plan. Sie hatte nur etwas zum Essen dabei und eine Decke, die sie gestohlen hatte. Es war auch noch Winter, also der ungünstigste Zeitpunkt für eine Flucht«, fuhr Albert fort. »Natürlich kam sie nicht weit. Ihr wisst, dass es einen Ritter gibt, der in den Diensten des Klosters steht.«

»Ritter Geowyn«, sagte Abeline.

»Geowyn von der Tann«, verbesserte Magdalena vorlaut, die es einfach nicht lassen konnte, alles besser zu wissen.

»Genau der. Es heißt, dass er früher mal ein Plackerer war. Bis er Buße tat und sich verpflichtete, für den Rest seines Lebens dem Kloster Mariaschnee zu dienen, damit er Vergebung erlangen konnte. Die meiste Zeit ist er unterwegs, um für die Kirche von säumigen Schuldnern den Zehnten einzutreiben. Sein Ruf ist fürchterlich. Und seine Spürnase ebenfalls. Er brauchte keine zwei Tage, dann hatten er und seine Männer das arme Mädchen gefunden und zurückgebracht. Die Strafe war drakonisch. Sie haben ein Klostergericht über sie abgehalten, sogar der Fürstbischof aus Konstanz war anwesend, der Vor-Vorgänger des jetzigen. Diethelm von Krenkingen war sein Name.«

»Und die Äbtissin?«

»Die gegenwärtige Äbtissin war damals noch nicht Vorsteherin von Mariaschnee. Sie ist erst danach aus einem Kloster im Elsässischen hierhergekommen, auf Wunsch des jetzigen Fürstbischofs.«

Abeline wollte es ganz genau wissen. »War die Priorin schon da?«

»Schwester Hiltrud? Oh ja, allerdings. Sie war noch blutjung, aber damals schon ein kluges Köpfchen. Sie wartete nur darauf, dies auch an entsprechender Stelle und vor den richtigen Herrschaften demonstrieren zu können, und jetzt bot sich ihr die ideale Gelegenheit. Sie vertrat die Rolle der Anklägerin vor dem Gericht. Ihre Argumentation war makellos und scharfsinnig, ganz im Sinne der Kirche und überzeugte alle.« Seine Stimme nahm einen verächtlichen Ton an. »Sie verkörperte die Anklage so perfekt, dass Fürstbischof Diethelm sie anschließend für ihre Verdienste in diesem Fall von der einfachen Nonne zur Priorin erhoben hat.«

Er schwieg verbittert und starrte vor sich hin. Magdalena stupste ihn mit dem Ellbogen an. »Jetzt sag schon – was ist mit dem Mädchen geschehen?«

»Mit dem strengen Urteil wollten sie ein Exempel statuieren – als Warnung für alle, die auch nur mit dem Gedanken spielten, aus dem Kloster zu fliehen. Sie sperrten das Mädchen in einen Käfig und tauchten sie kurz vor Weihnachten im eiskalten Rhein damit unter Wasser. Fünf oder sechs Vaterunser lang. Es war ein Gottesurteil. Wenn sie überlebte, sollte sie wieder in die Klostergemeinschaft aufgenommen werden.«

»Woher weißt du das so genau?«, wollte Magdalena wissen.

Er zögerte, bevor er mit belegter Stimme weitersprach. »Weil ich auf Befehl des Fürstbischofs den Käfig bauen musste.«

Auf dieses Geständnis folgte eine lange Stille, in der nur das Knacken und Knistern des verglühenden Restholzes im Herd zu vernehmen war, bis Magdalena schließlich fragte: »Und das hast du getan?«

Der Vorwurf und die Empörung in Magdalenas Stimme waren unüberhörbar.

Albert seufzte schwer und fing mit seinem Blick die Augen seiner Tochter ein. »Wenn du überleben willst, widersetzt du dich nicht einem Befehl deines Bischofs, mein Kind.«

Magdalena schlug die Augen nieder. Ihr Vater sprach weiter.

»Ich habe also den Käfig gebaut, aber mich schließlich geweigert, ihn auch noch mit der Delinquentin ins Wasser zu lassen und den Henkersknecht zu spielen.«

»Wer hat es getan?«

»Schwester Hiltrud. Zusammen mit der Schwester Pförtnerin. Und ich wurde mit vorgehaltener Waffe von Ritter Geowyn gezwungen, bei der Tortur zuzusehen.«

Jetzt war Magdalena ganz kleinlaut geworden. »Und dann?«

Albert zuckte mit den Achseln. »Als sie den Käfig aus dem Rhein gezogen haben, war das Mädchen bereits tot. Jetzt fällt mir ihr Name wieder ein. Sie hieß so ähnlich wie du, Abeline. Ihr Name war Adelaide.«

Sie schwiegen alle eine Weile nachdenklich und bestürzt. Dann räusperte sich Magdalenas Vater. »Was ich damit sagen will: Eure Ausrede muss schon hieb- und stichfest sein und alle restlos überzeugen. Sonst traust du dich besser nicht mehr ins Kloster zurück, Abeline, wenn dir dein Leben lieb ist. Wie ich von Magdalena weiß, bist du Schwester Hiltrud sowieso ein Dorn im Auge.«

»Ja. Sie kann mich offensichtlich nicht besonders leiden.«

»Na – wenn das nicht die Untertreibung des Jahres ist!«, höhnte Magdalena.

Ihr Vater wischte die Bemerkung mit der Hand beiseite.

»Tatsache ist: Wenn sie Abeline auch nur das Geringste anhängen kann, wird sie es tun. Habe ich recht?«

Abeline schwieg vielsagend.

»Also, mein Vorschlag ist folgender: Ich bringe euch beide morgen früh ins Kloster zurück. Wir spannen unsere Pferde vor den Wagen und fahren zur Fähre nach Hirschlingen, setzen dort über und erreichen Mariaschnee so gegen Mittag. Und ich erzähle denen, dass ich euch halbtot aus dem Rhein gefischt habe. Abeline ist in der Mittagsruhe mit Magdalena an den Rhein spaziert. Sie war erhitzt von der Arbeit und wollte im Fluss ein kurzes, erfrischendes Bad nehmen. Durch Unachtsamkeit und auch ein wenig Leichtsinn ist sie dabei zu tief ins Wasser geraten und hat um Hilfe gerufen ...«

Magdalena machte eifrig nahtlos weiter. »*Verzweifelt* um Hilfe gerufen! Ich sehe, dass meine Freundin in Schwierigkeiten ist, weil sie nicht schwimmen kann, im Gegensatz zu mir, ich springe in den Fluss und kann ihren Kopf gerade noch über Wasser halten. Wir werden durch die starke Strömung ziemlich weit abgetrieben und können mit Müh und Not halb ohnmächtig das jenseitige Ufer erreichen. Dort hast du uns kurz vor Einsetzen des Unwetters gefunden, zu dir nach Hause gebracht, uns wieder aufgepäppelt und sofort am nächsten Tag nach Mariaschnee gebracht, weil du dir denken konntest, dass die sich große Sorgen machen und uns suchen. Na – wie hört sich das an?« Begeistert von ihrer Version der Geschichte sah sie Abeline erwartungsvoll an.

Ihre Freundin spielte mit. »Was heißt ›wie hört sich das an?‹ – genau so und nicht anders ist es gewesen.« Dazu machte sie ein völlig überzeugendes Gesicht, als würde sie schon einem kirchlichen Tribunal gegenübersitzen.

Magdalena legte als Erste die rechte Hand auf den Tisch. Abeline schlug ein. Und Albert ebenfalls. Er packte die Mädchenhände fest, aber seine Begeisterung hielt sich in Grenzen. Beschwörend redete er auf sie ein. »Merkt euch eins: Sollten sie euch getrennt voneinander vernehmen, dürft ihr auf gar keinen Fall von der vereinbarten Geschichte abweichen! Haltet sie so einfach wie möglich und beruft euch im Notfall darauf – wenn sie versuchen, euch das Wort im Mund herumzudrehen –, dass ihr womöglich zu viel Wasser geschluckt habt, deshalb nicht ganz bei Sinnen gewesen seid und es nicht mehr wisst. Lasst euch bloß nicht gegeneinander ausspielen!«

»Wie soll das gehen?«, fragte Magdalena.

»Zum Beispiel, indem man euch trennt und dann behauptet, die eine von euch hat gestanden, dass ihr dem Kloster einen bösen Streich spielen wolltet. Auch wenn es gar nicht wahr ist. Oder sie erwecken den Anschein, dass eine von euch der anderen die Schuld in die Schuhe schiebt. Immer eisern bei eurer Geschichte bleiben, egal, was sie sagen.«

Er stand auf und fing an, die vielen Kerzen auszublasen, die Magdalena immer vom Kloster mitbrachte, wo sie regelmäßig bei ihren Besuchen heimlich ein paar abstaubte.

»Komm«, sagte Magdalena mit zusammengekniffenen Augen zu Abeline, »wir machen die Feuerprobe! Wer die Hand als Erste zurücknimmt, ist ein Verräter.«

Sie hielt ihre Hand flach über eine brennende Kerze auf dem Tisch. Ohne zu zögern tat Abeline es ihr gleich. Dabei schauten sie sich an, bis ihnen die Tränen in die Augen traten, sie zuckten, aber keine der beiden gab nach.

Albert legte den Türriegel vor, dann wandte er sich dem Tisch zu und merkte erst, was die Mädchen da veranstalteten. Er fackelte nicht lang und bereitete dem schmerzhaften Spielchen humorlos ein Ende, indem er die Kerzen einfach ausblies. »Geht jetzt schlafen. Wir müssen morgen früh raus.«

Die Mädchen sahen ein, dass er recht hatte, standen auf und kühlten ihre schmerzenden Hände im dem stets gefüllten Wasserkübel, der neben der Herdstelle stand, um bei einem plötzlichen, durch Funkenflug ausgelösten Brand im hölzernen Rauchfang sofort löschen zu können. Dabei tauschten sie einen verschwörerischen Blick aus – als hätten sie sich gegenseitig ihre uneingeschränkte Loyalität für alle Zeiten bewiesen und dies mit Schmerzen besiegelt.

Während Albert schon auf seiner Schlafpritsche unter die Wolldecke kroch, begaben sich die zwei Mädchen durch eine Tür in eine schmale Kammer nebenan, die Magdalena voller Stolz mit einer brennenden Öllampe in der Hand herzeigte. »Hab ich dir zu viel versprochen? Das ist mein eigenes Dormitorium, das hat mein Vater ganz allein für mich eingerichtet. Kennst du jemanden, der so etwas hat? Ich jedenfalls nicht«, sagte sie und kramte aus einer Truhe an der Wand eine frische Tunika heraus, die sie Abeline reichte, bevor sie unter die Decke ihrer Schlafpritsche rutschte. Abeline war unschlüssig stehen geblieben, zog schließlich Magdalenas Sachen aus und die Tunika über und kroch dann neben Magdalena unter die Decke.

»Außer vielleicht ein vornehmes adliges Frauenzimmer auf einer großen Burg«, seufzte Magdalena sehnsüchtig und zupfte die Wolldecke sorgfältig über sich und Abeline zurecht. Die Schlafpritsche war breit genug für sie beide, und sie kuschelten sich schwesterlich eng aneinander.

»Ganz schön viel Aufregung für einen Tag, was?«, wisperte Magdalena und gähnte.

»Machst du immer solche Sachen?«, fragte Abeline nach einer Weile und gähnte ebenfalls.

»Pah, das war ja noch gar nichts. Du solltest mal dabei sein, wenn wirklich was los ist.«

Sie kicherten leise.

»Das möchte ich gerne«, seufzte Abeline. »Aber daran auch nur zu denken, ist hoffnungslos. In einem Jahr soll ich Nonne werden. Dann ist es ganz vorbei.«

»Warum? Du sagst dem Kloster Lebewohl und ziehst mit mir in die Welt hinaus.«

»Hast du die Geschichte von deinem Vater nicht angehört? Was mit Adelaide passiert ist?«

»Adelaide hatte sich keinen Plan zurechtgelegt. Wir werden uns schon was ausdenken, damit sie uns nicht erwischen. Darin bin ich gut.«

»Wir sind Mädchen, Magdalena.«

»Ja und?«

»Ich meine ja nur. Wir werden entweder Ehefrauen oder landen im Kloster, oder noch schlimmer, als Hübschlerin bei einem Frauenwirt.«

»Woher weißt du denn so was? Als Novizin?«

»Ich bin nicht in einem Kloster geboren worden. Und mein Vater hat großen Wert darauf gelegt, dass ich erfahre, was in der Welt so vor sich geht.«

»Was ist mit deinen Eltern? Warum bist du in Mariaschnee gelandet?«

»Das ist eine lange Geschichte. Erzähl ich dir ein andermal. Jedenfalls können wir als Mädchen nicht einfach durch die Lande ziehen, wie es uns gefällt.«

»Warum nicht? Warum sollen nur die adligen Knaben so etwas tun dürfen? Oder die Handwerksburschen? Wenn es so weit ist, wird mir schon was einfallen. Eins sag ich dir: Ich gehöre jedenfalls weder zur ersten noch zur zweiten, geschweige denn zur dritten Sorte. Es muss noch einen anderen Weg geben für uns Mädchen. Eine vierte Möglichkeit. Und genau den werden wir einschlagen.«

Abeline seufzte tief. »Wäre schön, wenn du recht hast. Vielleicht sollten wir es versuchen. Die vierte Möglichkeit ... Eines Tages ...«

»Ja, ganz sicher. Eines Tages ... schlaf gut, Abeline.«

»Du auch, Magdalena«, murmelte Abeline.

Sie sagte Magdalena nicht mehr, dass sie selbst ein eigenes Schlafgemach auf Burg Melchingen gehabt hatte. Damals, als ihre Welt noch nicht aus den Fugen geraten war. Und sie noch nicht ihrem Vater versprochen hatte, so lange im Kloster auszuharren, bis er sie wieder abholen würde. Warum er bis jetzt wohl noch nicht gekommen war? Beklommenheit und eine böse Vorahnung krochen in ihr hoch, wenn sie an ihre Träume dachte. An den Traum, in dem ihr Vater in der Dunkelheit versank und hilflos die Hand nach ihr ausstreckte. Und an den Traum, in dem das Gesicht ihrer Mutter von Flammen verzehrt wurde und nur noch ein Totenkopf übrig blieb. Ein Schauder durchfuhr sie. Wenn nur ihren Eltern nichts Furchtbares zugestoßen war! Es war inzwischen so viel Zeit vergangen. Bestimmt hätte ihr Vater sie schon längst geholt, wenn er könnte. Irgendwie musste sie in Erfahrung bringen, wie es um ihn und ihre Mutter stand. Nur – wie sollte sie das anstellen? Ihr fiel etwas anderes ein. Sie stupste Magdalena leicht mit dem Ellbogen an. »Sag mal, Magdalena – würde es dir was ausmachen, wenn du mir noch schnell das Medaillon gibst, das ich dir anvertraut habe?«

»Jetzt?«, stöhnte ihre Freundin, die schon fast eingeduselt war. »Muss das unbedingt jetzt sein?«

»Ja. Jetzt. Bitte tu mir den Gefallen. Es ist das einzige Andenken an meine Mutter, das ich habe.«

»Heiliger Sankt-ich-weiß-nicht-wer, der du für den Schlaf zuständig bist – sei so gut und schenke denselben meiner Schwester im Geiste, Abeline! Amen«, stieß Magdalena ein nachgiebig-brummiges Stoßgebet aus, bevor sie ihren Teil der Decke aufschlug und sich wieder aus dem Bett quälte. Sie schlurfte zur Truhe, öffnete den Deckel, kramte darin herum und wurde fündig. Danach legte sie sich wieder neben Abeline und drückte ihr das Schmuckstück in die Hand. »Gute Nacht. Tu mir den Gefallen und schlaf jetzt endlich«, murmelte sie, blies noch die Öllampe auf dem dreibeinigen Hocker neben ihrem Kopfende aus, was sie vorher vergessen hatte, und war auch schon eingenickt.

Abeline befühlte das Medaillon andächtig und küsste es. Irgendwie hatte sie das Gefühl, dass davon Kraft und Zuversicht ausgingen. Sie legte es sich auf die Stelle ihrer Brust, wo sie ihr Herz klopfen spürte, umklammerte es so fest, dass es ihr weh tat, dort, wo die Kerzenflamme ihre Haut in der Handinnenfläche angesengt hatte, dachte an die vierte Möglichkeit, an ihre Mutter, betete für sie und ihren Vater, und dann war auch sie endlich eingeschlummert.

XIII

»In nomine Patris, et Filii, et Spiritus Sancti!«
Als danach das »Amen!« der vollzählig bis auf die Schwester Pförtnerin angetretenen Nonnen und Novizinnen im Kirchenschiff der Klosterkirche von Mariaschnee ertönte, wusste Pater Rasso nicht mehr weiter. Die Priorin schloss kurz vor stiller Hoffnungslosigkeit über dessen kaum noch zu ertragende und immer schlimmer werdende geistige Abwesenheit die Augen und drehte sich hilfesuchend zur Äbtissin um. Die beiden ranghöchsten Klerikerinnen des Klosters standen vor dem Altar und waren der Verzweiflung nahe, weil Pater Rassos Versuch, eine Messe zu zelebrieren, seit dem letzten Mal noch deutlich desolater ausfiel – wenn das überhaupt noch möglich war. Diesmal war er völlig desorientiert, und in seiner Hilflosigkeit erinnerte er sich nicht einmal mehr an die grundlegende Liturgie einer Messe, obwohl er diese seit Menschengedenken – jedenfalls seit über vierzig Jahren – mehr oder weniger souverän hatte absolvieren können, weil ihm deren Ablauf ja schon längst in Fleisch und Blut übergegangen war.

Aber hier und heute wusste er wirklich nicht mehr weiter, er hatte nicht nur schlagartig die Worte und die Gesten vergessen, sondern auch, wo er sich eigentlich befand und was die verwirrend vielen Buchstaben bedeuteten, die ihm diese Frau in dem schneeweißen Habit in einem aufgeschlagenen Buch vor die trüben Augen hielt. Was in Gottes Namen wollte diese Frau eigentlich von ihm? Schreckhaft wich er vor ihr zurück, als wäre sie eine Ausgeburt der Hölle. »Apage, Satanas!«, nuschelte er und hielt ihr sein Kreuz entgegen, das an einer Kette um seinen Hals baumelte.

Spätestens jetzt war der Zeitpunkt für die Klostervorsteherin gekommen, um energisch einzugreifen, bevor sich diese peinliche Situation noch zu einem handfesten Skandal ausweiten konnte.

Für die Äbtissin war schon vor dem Beginn der Messe beim Eintreffen von Pater Rasso unzweifelhaft klar gewesen, dass es eigentlich sinnlos war, mit diesem bemitleidenswerten Greis weiterhin die Messe feiern zu wollen. Er hatte sie nicht einmal mehr erkannt und musste sich mehr oder weniger willenlos in die Sakristei führen lassen, wo man ihm mit vereinten Kräften sein priesterliches Ornat anzog und alle Zeugen dieses unwürdigen Vorgangs innerlich um Gottes Beistand flehten, damit diese liturgische Feier noch einmal halbwegs mit Würde und Anstand über die Bühne gebracht werden konnte. Angesichts des miserablen Zustands von Pater Rasso konnte die Äbtissin einen Besuch bei Konrad II. von Tegerfelden nicht weiter hinauszögern, sie musste schnellstmöglich in seinem Bischofssitz in Konstanz wegen der unaufschiebbaren und dringenden Ablösung des Geistlichen vorstellig werden. Und nicht nur deswegen – auch das Verschwinden von Abeline und Magdalena, sollte nicht noch ein Wunder geschehen und die beiden Mädchen lebend aufgefunden werden, würde sie zur Sprache bringen müssen. Damit stand ihr ein wahrlich unangenehmer Gang nach Canossa bevor, ganz abgesehen davon, dass sie selbst eine tiefe Trauer und Verantwortlichkeit verspürte, wenn Abeline und Magdalena tatsächlich etwas zugestoßen sein sollte.

Es war absolut unabdingbar und eine conditio sine qua non, dass ein männlicher Priester die Messe abzuhalten hatte, selbst in einem Nonnenkloster wie Mariaschnee, und auch wenn noch so hochrangige kirchliche Amtsträgerinnen vor Ort waren. Denn sie waren eben nur Frauen. Und Frauen, auch wenn sie Äbtissin oder Priorin waren, durften die Zeremonie und die heilige Kommunion nicht vornehmen, dazu brauchte es einen geweihten Geistlichen, selbst wenn dieser wie heute seinen eigenen Namen nicht mehr wusste, weil er mittlerweile schlicht und einfach zu alt und gebrechlich geworden war. Dabei hatte die Äbtissin vorgehabt, wenn schon ein Priester wie Pater Rasso zu seinem allwöchentlichen Routinebesuch im Kloster weilte, eine besonders feierliche Messe abhalten zu lassen, mit der speziellen Fürbitte, dass Abeline und Magdalena von der Muttergottes begleitet und direkt in den Himmel geführt würden – im Falle ihres tragischen Todes, womit inzwischen gerechnet werden musste. Die Suchaktion, die beim ersten Licht des Tages wieder aufgenommen worden war, hatte nichts gebracht, und von Ritter Geowyn und seinen Männern, die sich beileibe nicht schonten und auch seit dem ersten Hahnenschrei bereits unterwegs waren, war bisher keine Erfolgsmeldung zu hören gewesen.

Nach all diesen Gedanken, die ihr zwischen dem Einführungssegen von Pater Rasso und seiner offensichtlich zutage tretenden und nicht mehr länger zu kaschierenden Verwirrtheit, die inzwischen in Wahnvorstellungen überzugehen drohte, rasend schnell durch den Kopf gegangen waren, musste die Äbtissin jetzt schleunigst eine Entscheidung treffen. Darauf warteten alle in der Kirche, auch die Priorin, denn es machte sich bereits eine gehörige Unruhe breit, die Nonnen und Novizinnen, die gedrillt waren auf absolute Schweigsamkeit, Geduld und Gehorsam, wagten es schon, zu tuscheln und sich zu räuspern – die Worte »Apage, Satanas!« waren in den ersten Reihen deutlich zu hören gewesen und brachten das Fass zum Überlaufen.

Die Äbtissin stellte sich vor Pater Rasso in Positur und hob die Hand. Sofort erstarben alle Geräusche, und die Blicke richteten sich auf sie.

»Laudetur Iesus Christus.«

Die Anwesenden antworteten im Chor: »In aeternum. Amen.«

»Leider muss ich euch mitteilen, dass der ehrwürdige Pater Rasso wegen einer plötzlichen Unpässlichkeit nicht in der Lage ist, wie gewohnt die heilige Messe mit uns zu feiern. Die ehrwürdige Priorin wird stattdessen eine mir wichtige und von Herzen gewünschte Bibelstelle vorlesen lassen, die uns alle in dieser schweren und betrüblichen Stunde Trost und Beistand geben wird.«

Bevor wieder Unruhe aufkommen konnte, fuhr die Äbtissin mit dem Kreuzeszeichen und dem Schlusssegen fort, einen Seitenblick auf Schwester Hiltrud werfend, die ihren dicken Folianten sinken ließ, den sie Pater Rasso vorgehalten hatte. »Der Herr segne und behüte euch. Der Herr lasse sein Angesicht leuchten über euch und sei euch gnädig. Der Herr erhebe sein Angesicht auf euch und schenke euch Frieden!«

»Amen.«

Die Äbtissin ließ das allgemeine »Amen« noch eine Weile nachhallen, in der Kirche und in den Köpfen, dann sagte sie laut und vernehmlich: »Ich bitte die Schwestern Nelda und Walburga zu mir nach vorne zum Altar.«

Sofort lösten sich die Angesprochenen aus der Gruppe der Nonnen und kamen der Aufforderung nach. Mit leiser Stimme befahl ihnen die Äbtissin: »Führt Pater Rasso durch die Sakristei ins Infirmarium, die Schwester Infirmaria soll sich um ihn kümmern und ihm, wenn nötig, einen Schlaftrunk brauen. Macht schnell und so wenig Aufhebens wie möglich!« Die Schwestern nahmen nach einem kurzen Beugen ihrer Knie den orientierungslosen Pater, der auch ihnen zitternd sein Kreuz entgegenstreckte, resolut in ihre Mitte und bugsierten ihn in die Sakristei, die einen Zugang zum Kreuzgang hatte. Die Äbtissin wollte unter allen Umständen verhindern, dass Pater Rasso durch den ganzen langen Mittelgang der Klosterkirche geschleppt werden musste und dort womöglich vollkommen den Verstand verlor und sich vor aller Augen zur Wehr setzte. Sein Verhalten und sein Anblick waren so schon verstörend genug.

Als er endlich verschwunden war, atmete die Äbtissin auf und wandte sich leise an die Priorin. »Die Schwestern sollen alle noch hier in der Kirche versammelt bleiben. Ich möchte auf gar keinen Fall, dass sich alles in Unruhe auflöst und Tratsch und Klatsch ausbricht. Lasst etwas Erbauliches aus einem der Evangelien vorlesen. Oder etwas Tröstliches aus den Psalmen. Auf keinen Fall aus der Offenbarung des Johannes, habt Ihr verstanden? Die Frauen und Mädchen sind sowieso schon kurz davor, ihre Fassung zu verlieren. Wir dürfen jetzt keinen Fehler machen. Ich sehe nach Pater Rasso.« Damit verschwand sie in der Sakristei.

Die Priorin rief mit lauter Stimme aus: »Lasset uns still für eine baldige Genesung von Pater Rasso beten«, ging vor dem Kruzifix in die Knie und gab sich den Anschein, als ob sie betete. Ein Scharren und Rascheln der Gewänder in ihrem Rücken versicherte ihr, dass ihre Mitschwestern ihrem Beispiel folgten und ebenfalls zum Gebet niederknieten.

Damit hatte sie einen Augenblick Zeit gewonnen, um nachzudenken. Schwester Hiltrud wunderte sich. So zerstreut und fahrig hatte sie die Äbtissin noch nie erlebt, seit jeher war sie ein Vorbild an Gelassenheit, Stärke und Entschlusskraft. Aber die Ereignisse der letzten Zeit schienen sie doch mehr mitgenommen zu haben, als sie zugab. Schwester Hiltrud hatte das Gefühl, wenn jetzt noch irgendetwas Unerwartetes oder Schlimmes geschah, war sie gezwungen, nein: war es geradezu ihre Pflicht, in einem Brief an den Fürstbischof über die Zustände in Mariaschnee Bericht zu erstatten, ohne ihre Vorgesetzte darüber zu informieren, weil es letztendlich um deren Führungsschwäche ging, die mehr und mehr zutage trat, je öfter Gott der Herr ihnen Prüfungen auferlegte. Was für ein Fluch lag wohl seit geraumer Zeit über dem Kloster, dass es zu einer Anhäufung und Verkettung von unerklärlichen Vorfällen gekommen war, von denen einer schlimmer war als der andere? Dass Mariaschnee einfach nicht mehr zur Ruhe kam, sondern im Gegenteil nahezu jeden Tag etwas geschah, das das von Gott und der Heiligen Mutter Kirche so gründlich austarierte Gleichgewicht zu zerstören drohte? In ihrem tiefsten Inneren wusste Schwester Hiltrud, was der Grund dafür sein musste. Sie hatte es von Anfang an gewusst. Es konnte unzweifelhaft nur etwas mit der Ankunft dieses Mädchens zu tun haben. Seit diese Abeline durch die Pforte von Mariaschnee getreten war, war es mit der Ordnung im Frauenkloster vorbei. Dieses Mädchen hatte aus dem festen und unerschütterlichen Hort des Glaubens und der göttlichen Harmonie eine Brutstätte des Zweifels, der lauernden Todsünde und der ständigen Unruhe gemacht. Die Priorin war sich inzwischen absolut sicher – Abeline musste ein Werkzeug des Teufels sein, eine Hexe wie ihre Mutter! Hinter der Maske des lieblichen, unschuldigen Mädchengesichts verbarg sich die Fratze des Antichristen. Ausgesandt, um Unfrieden zu stiften, Zwietracht zu säen und den Glauben zu zersetzen. Wer sollte sich ihr entgegenstemmen? Die Äbtissin? Sie sah es nicht oder wollte es nicht sehen, sie war schwach, unfähig und hatte keinen Mumm. Wahrscheinlich hatte Abeline es auch verstanden, die Äbtissin so in ihrem Sinne zu zermürben und deren Glauben zu untergraben, dass sie den Einflüsterungen und den Angriffen Luzifers nichts mehr entgegenzusetzen hatte. Nur so war es zu erklären, wie Abeline es immer wieder geschafft hatte, sich eine Sonderstellung unter den Schäflein der Äbtissin zu ergattern.

Sie atmete tief durch, ihr Entschluss war gefasst. Es war an der Zeit, mit eisernem Besen zu kehren. Genau zu diesem Zweck hatte Gott, der Allmächtige, sie, Schwester Hiltrud, zur Priorin von Mariaschnee gemacht und dazu auserkoren, den Augiasstall auszumisten und dem ganzen Höllenspuk ein Ende zu bereiten. Die Äbtissin war nicht mehr in der Lage, entsprechende Gegenmaßnahmen zu ergreifen. Ihr Geist und ihre Seele waren bereits so gründlich vergiftet, dass sie auch schon zur willfährigen Handlangerin des Teufels geworden war. Schwester Hiltrud stand auf einmal ihr himmlischer Auftrag kristallklar vor Augen. Sie musste handeln, bevor Mariaschnee endgültig unter die Fuchtel des Bösen geriet. Sie stand in der Gnade des Herrn, er hatte sie dazu ausersehen, ganz an die Spitze zu gelangen, damit sie ihre Pflicht tun konnte. Dem Fürstbischof würde nach Kenntnis der Vorkommnisse schon sehr bald gar nichts anderes übrigbleiben, als die Äbtissin abzusetzen – wegen erwiesener Unfähigkeit, ein Nonnenkloster zu führen. Keine Äbtissin durfte wegen eines unpässlichen Paters beinahe die Kontrolle verlieren und falsche Entscheidungen treffen. Keine Äbtissin durfte eine Strafe wegen Einschlafens während der Andacht erlassen, die ihre Priorin aus gutem Grund ausgesprochen hatte, ohne deren Autorität zu schwächen und damit gleichzeitig die fundamentale Disziplin im Ganzen nachhaltig in Frage zu stellen. Keine Äbtissin durfte einer notorisch aufsässigen Novizin erlauben, außerhalb der Klostermauern im Freien zu arbeiten, wenn nicht erwiesen war, dass diese so gefestigt war im Glauben, dass ihr die weltlichen Anfechtungen, wie zum Beispiel ein kühlendes Bad im Rhein, nichts mehr anhaben konnten. Keine Äbtissin konnte es sich erlauben, so wenig über die ihr anvertrauten Schäflein zu wissen und ihnen blind zu vertrauen. Warum nur hatte die Äbtissin kein Überwachungssystem durch die reiferen Nonnen eingerichtet, damit ihr nicht entgehen konnte, wie der Satan allmählich von Geist und Seele zweier Novizinnen Besitz ergriff, die die Grundfesten von Mariaschnee erschüttern und zum Einsturz zu bringen drohten?

Dies alles musste der Fürstbischof schnellstens aus erster Hand erfahren. Jetzt kam es eigentlich nur noch darauf an, was mit Abeline und Magdalena geschehen war. Ihr Schicksal konnte der endgültige Beweis dafür sein, dass die Äbtissin auf der ganzen Linie versagt und dem Teufel Einlass ins Kloster gewährt hatte.

Die Priorin erhob sich, bekreuzigte sich, drehte sich mit honigsüßem Lächeln zu ihren Mitschwestern um und gab ihnen mit huldvoller Geste zu verstehen, dass sie sich wieder erheben konnten.

»Schwester Sophia«, sagte sie nun und winkte sie zum Altar. Während Sophia sich neben sie stellte, hatte sie die Bibel vom Altartisch genommen und sehr schnell die Stelle gefunden, die sie jetzt vorlesen lassen wollte, schließlich konnte sie große Teile der Heiligen Schrift auswendig. Auch darin war sie besser als die Äbtissin. Gott hatte doch alles in seiner Weisheit so eingerichtet, dass es so kam, wie es kommen musste.

»Liebe Mitschwestern«, begann sie laut und vernehmlich. »Wir alle brauchen in diesen schweren Zeiten Labsal für

Geist und Seele. Ich habe deshalb eine Bibelstelle ausgesucht, die uns Trost im Glauben schenken und unsere Zuversicht stärken wird. Gleichzeitig soll es ein heilsamer Fingerzeig des Herrn sein an uns alle! Hört gut zu, denn dies ist das Wort Gottes! Schwester Sophia wird uns nun zur Mahnung aus der Offenbarung des Johannes, Kapitel 14, vorlesen. Bitte, Schwester Sophia!«

Sie reichte Sophia die aufgeschlagene Bibel und machte einen Schritt zur Seite. Sophia suchte ihren Blick, und auf ein auffordernds Nicken der Priorin hin begann sie laut und deutlich aus der Bibel zu zitieren.

»›Und ich sah eine weiße Wolke. Und auf der Wolke saß einer, der gleich war eines Menschen Sohn. Der hatte eine goldene Krone auf dem Haupt und in seiner Hand eine scharfe Sichel. Und ein anderer Engel ging aus dem Tempel und schrie mit großer Stimme zu dem, der auf der Wolke saß: Schlag an mit deiner Sichel und ernte, denn die Zeit zu ernten ist gekommen, denn die Ernte der Erde ist dürr geworden. Und der auf der Wolke saß, schlug mit seiner Sichel an die Erde und die Erde ward geerntet!‹«

Sophia hatte sich in Rage geredet, das konnte sie gut, deshalb hatte die Priorin sie auch ausgesucht. Als Schwester Hiltrud ihren Blick über die Reihen der Anwesenden schweifen ließ, stellte sie befriedigt fest, dass die Bibelstelle und Sophias Stimme alle in ihren Bann geschlagen hatte. Einige machten große Augen, andere schluckten verdächtig oder kauten mit bangen Gesichtern auf ihren Lippen, vor allem die älteren Schwestern beteten still, wieder andere hielten die Hände vor den Mund, um zu verbergen, dass ihnen die Angst in die Glieder gefahren war.

Alle hatten die bösen Vorzeichen mitbekommen: die durch das Missgeschick einer Novizin völlig verunglückte Kommunion, die strenge Bestrafung aller daran Beteiligten, den Freitod dieser Novizin, die schlechte Ernte, das spurlose Verschwinden von Abeline und Magdalena, und jetzt die beinahe in ein Possenspiel umkippende heilige Messe – so eine Anhäufung von Heimsuchungen und Plagen konnte nur eines bedeuten, und in der Offenbarung des Johannes stand es geschrieben, ihre Mitschwester las es ihnen auf Geheiß der Priorin vor, schlug es ihnen geradezu um die Ohren: Das Ende aller Tage kam unerbittlich näher. Die Apokalypse war nicht mehr fern …

XIV

Die Pförtnerin Schwester Lydia versuchte an ihrem Pult in ihrem Wächterstübchen zu lesen, das neben der Pforte lag und ein offenes Fenster nach Nordosten hinaus besaß, von dem aus man einen weiten Blick über den Damm und die Zufahrtsstraße hatte, die eine Anhöhe hinaufführte und schließlich in den Wald mündete. Von ihrer Warte aus konnte sie den einzigen Zugang, der zum Kloster führte, immer genauestens einsehen und kontrollieren. Ihr entging nicht das kleinste Eichhörnchen, das den Weg kreuzte, und kein Fasan, der am Waldsaum im Balztanz aufflatterte. In die Weite sah sie noch wie ein Adler, aber die Worte in ihren erbaulichen Büchern, die sie stets vor sich aufgeschlagen hatte, verschwammen in letzter Zeit immer mehr, so dass sie schon ein Psalmenbuch aus dem Skriptorium besorgt hatte, das mit übergroßen Lettern geschrieben war, damit sie überhaupt noch etwas erkennen konnte, und auch nur, wenn sie einen mehr als armlangen Abstand zu den Pergamentseiten einnahm. Im Stillen verfluchte sie das Alter und die damit einhergehenden Gebrechen, auch die wenigen ihr verbliebenen Zähne bereiteten ihr ständig Ungemach. Besonders einer plagte sie schon seit Tagen, aber sie konnte sich einfach nicht überwinden, ihn ziehen zu lassen. Die Probleme mit ihren Zähnen waren so schlimm geworden, dass ihr damit ihre einzige Freude, nämlich das heimliche übermäßige Essen auch in den häufigen Fastenzeiten – sie hatte dank ihrer

Aufgabe eine Sonderstellung im Kloster und mit ihren Schlüsseln Zugang zu jeder Vorratskammer –, im Laufe der Jahre mehr und mehr vergällt worden war. Trotz ihrer gezwungenermaßen reduzierten Essgewohnheiten war ihre Leibesfülle aber seltsamerweise bei seinem größten Umfang geblieben, die hatte ihr auch den watschelnden Gang eingetragen, an dem sie schon von weitem erkennbar war. Sie wusste, dass hinter vorgehaltener Hand über sie gelacht wurde, und hatte sich zu einer Menschenhasserin entwickelt, die unter dem Eindruck litt, dass die anderen Schwestern sich einfach leichter und unbeschwerter durchs Leben bewegten als sie – und das hing nicht nur mit ihrer eigenen Korpulenz zusammen. Doch sie haderte deswegen nicht mit ihrem Schöpfer, sondern mit ihren Mitschwestern, und als Ausgleich zu ihren Zipperlein und Beschwerden war sie darauf bedacht, diesen jungen und leichtsinnigen Dingern, insbesondere den Novizinnen, das Leben so schwer wie möglich zu machen. Sie empfand sogar eine klammheimliche Freude dabei, wenn sie ihnen nicht nur Angst vor Strafen einflößen konnte, sondern diese Sühnelektionen, wie sie es gerne nannte, auch persönlich durchführen durfte. In solchen gesegneten Augenblicken überkam sie eine Art heiliger Zorn, und sie vergaß all ihre körperlichen Kalamitäten, wenn sie wusste, dass sie als der verlängerte, strafende Arm des Herrn zur Ausführung schreiten konnte. Die Priorin kannte ihre Neigung und übertrug ihr deshalb stets die Prügelstrafe, weil die Schwester Pförtnerin diese nicht durch falsches Mitleid verwässerte, sondern eher noch härter zuschlug, als es sein musste.

Sie war Pförtnerin mit Leib und Seele, aber nicht nur am Einlass des Klosters, sondern auch im wahren Glauben, sie fühlte sich als Bewahrerin, als Vollstreckerin und als Hüterin der strengen Gesetze von Mariaschnee. Kontrolle über andere zu haben, war ihr Lebensinhalt. Die gegenwärtige Äbtissin war ihr viel zu lax. Sie ließ den Nonnen und vor allem den Novizinnen zu viel Spielraum und drückte allzu oft ein Auge zu, anstatt energisch durchgreifen zu lassen – wenn sie sich schon nicht selbst die Finger schmutzig machen wollte. Aber dafür wäre ja sie, die Schwester Pförtnerin, da gewesen, denn ihrer Meinung nach war schon der geringste Verstoß zu ahnden, die Klosterregeln waren in ihrer letzten Konsequenz schließlich nichts anderes als von Gott vorgegebene Gebote, die strikt eingehalten werden mussten.

Sie seufzte schwer und versuchte sich wieder auf den Text zu konzentrieren. Aber heute wollte ihr das nicht gelingen, weil sie andauernd an dieses kleine Miststück von Novizin denken musste, das den Namen Abeline trug. Sie wünschte sich nichts sehnlicher, als dieses Mädchen noch einmal in ihre Finger zu bekommen, dann würde sie ihr schon die Dämonen austreiben. Von Anfang an hatte Schwester Lydia geahnt, dass Abeline nichts Gutes im Schilde führte. Inständig betete sie, dass Abeline nicht ertrunken war, sondern noch lebte und auf der Flucht war. Aber nicht etwa aus Nächstenliebe oder Mitleid – sie wollte, dass ihr Stolz gebrochen wurde und sie um Gnade flehend vor ihr winselte. Wenn Abeline nämlich nur einfach davongelaufen war, wie die Schwester Pförtnerin vermutete, dann würde Ritter Geowyn sie unweigerlich aufspüren und hierherschleppen, wenn es sein musste, an ihren schönen langen Haaren.

Sie griff sich unter ihre Haube und kratzte sich am Kopf. Eitel war sie beileibe nicht, aber dass ihr auch noch fast alle Haare ausgefallen waren, das bereitete ihr manchmal schon Sorgen. Sie seufzte, wenn sie daran dachte, dass man mit jedem Tag dem Grab einen Schritt näher kam. »Erbarmen, Jesus Christus! Maria, bitte für mich!«, betete sie schnell, weil sie trotz aller körperlichen Beschwerden noch keine Neigung verspürte, mit dem Fegefeuer Bekanntschaft zu machen, das ihr, wie allen anderen Sündern auch, drohte, bevor man, je nach der Schwere der persönlichen Schuld, entweder in den Himmel oder in die Hölle einfuhr. Vielleicht sollte sie doch ein wenig öfter und inniger beten, jetzt, wo sie sich allmählich überlegen musste, was sie dem Herrn im Himmel sagen sollte, wenn er sie am Jüngsten Tag dazu aufforderte, ihre guten Taten zu benennen.

In diesem Moment vernahm sie ein Geräusch, das durch das Fenster drang. Taub war sie noch nicht, das war auch der einzige Sinn, der noch tadellos in Ordnung war. Sie warf einen Blick hinaus und sah, wie ein Gespann aus dem Wald schnell näher kam, darauf ein Fuhrknecht, der die Pferde mit lauten Rufen anfeuerte, und zwei kleinere Gestalten. Sie ging näher ans Fenster und sah genauer hin. Heilige Mutter Gottes – was war das denn? Hastig bekreuzigte sie sich – der Fuhrknecht war der ihr bekannte Meister Albert, eine ihrer Meinung nach zwielichtige Gestalt, die seltsamerweise eine Vorzugsbehandlung durch die Äbtissin genoss – warum wusste keiner –, und daneben dessen Tochter, das Frettchen, wie sie Magdalena in ihren Gedanken zu nennen pflegte, ein Mädchen, das in Mariaschnee aus- und eingehen konnte, wie es ihm beliebte, auch sie hatte unter den Fittichen der Äbtissin einen privilegierten Status. Und die dritte Person auf dem Kutschbock – wahrlich, in Dreiteufelsnamen! – war die leibhaftige Abeline, die von der Äbtissin schon auf dem Weg ins Jenseits vermutet wurde. Aber sie sah genauso springlebendig und putzmunter aus wie ihre Freundin, das Frettchen.

»Heilige Maria, Mutter Gottes, bitte für uns Sünder, jetzt und in der Stunde unseres Todes!«, murmelte sie und bekreuzigte sich dreimal, ohne sich dessen bewusst zu sein.

Wenn das keine Manifestation der Macht des Teufels war – anders konnte es nicht sein, dass diese zwei naseweisen Gören einfach wieder hier auftauchten, als wäre nie etwas vorgefallen und wären das gesamte Kloster und alle Menschen weit und breit nicht in hellster Aufregung und Aufruhr um Wohl und Wehe der beiden Mädchen gewesen! Und jetzt kamen sie daher, als hätten sie eben mal schnell mit Meister Albert einen kurzweiligen Marktausflug unternommen …

Endlich gelang es Schwester Lydia, sich von diesem wahrhaft dämonischen Anblick zu lösen und sich auf ihre Pflichten zu besinnen. Bevor sie den Näherkommenden Einlass gewährte, die gerade den Knüppeldamm erreichten, musste ihre Ankunft auf der Stelle der Priorin und der Äbtissin gemeldet werden!

Sie drehte sich um, riss die Tür zum Innenhof auf und wollte gerade loshasten, als sie die Äbtissin im Kreuzgang erspähte, die auf dem Weg zurück in die Klosterkirche war. »Ehrwürdige Mutter Äbtissin«, schrie sie, ohne nachzudenken und so laut sie nur konnte, »kommt schnell!«

Die Äbtissin nahm das Geschrei und das heftige Winken der Pförtnerin wahr, blieb stehen, erkannte, dass etwas Wichtiges geschehen sein musste, raffte ihr Habit und stürmte, so schnell sie nur konnte, über den knirschenden Kies zum Tor. Die Schwester Pförtnerin ließ sie gar nicht erst zu Wort kommen und zerrte sie gleich in ihr Kabuff, wo sie wortlos auf das Fenster wies. Die Äbtissin warf einen Blick hinaus, das Fuhrwerk mit den drei Personen darauf rumpelte bereits über den Knüppeldamm. Sie sah die Schwester Pförtnerin mit einem ungläubigen Ausdruck an, als ob sie ihren eigenen Augen nicht trauen konnte, dann faltete sie kurz ihre Hände, schloss die Lider, murmelte: »Halleluja! Meine Seele preist die Größe des Herrn und mein Geist jubelt über Gott, meinen Retter. Denn auf die Niedrigkeit seiner Magd hat er geschaut.«

Sie nahm Schwester Lydia bei den Armen, eine intime Geste, die sie ihr noch nie hatte angedeihen lassen, und sprach auf sie ein, wie auf ein Kind, das von einer dringenden Sache überzeugt werden muss: »Schwester Lydia, Ihr wartet hier. Verhaltet Euch ruhig und bleibt auf Eurem Platz! Ich will auf keinen Fall, dass sich die Rückkehr der Vermissten wie ein Lauffeuer verbreitet und das ganze Kloster komplett zum Narrenhaus wird! Habt Ihr mich gehört?«

Die Schwester Pförtnerin nickte verständnislos, die Äbtissin löste sich von ihr und befahl: »Öffnet die kleine Pforte, ich will zuerst mit ihnen sprechen.« Als sie daraufhin immer noch nicht reagierte, schüttelte die Äbtissin sie energisch: »Los, macht schon!« Endlich reagierte sie, fingerte nach ihrem riesigen Schlüsselbund und watschelte hinaus, schloss die kleine Pforte auf, die im großen Torflügel integriert war, und trat zur Seite, um die Äbtissin hinauszulassen. Mit einer Schnelligkeit, die ihr niemand zugetraut hätte, war sie wieder in ihrem Wärterstübchen und eilte erwartungsvoll ans Fenster, um nur ja nichts davon zu versäumen, was sich da draußen vor dem Tor abspielte.

Schwester Lydia musste mehrmals mit den Augen blinzeln, um ganz sicherzugehen, dass sie keinem Trugbild aufsaß: Die Äbtissin ging dem Gefährt entgegen und stellte sich tatsächlich mit ausgebreiteten Armen hin, bis das Fuhrwerk anhielt und die beiden Mädchen absprangen. Sie umarmte die beiden auf herzlichste Art und Weise. Obwohl die Schwester Pförtnerin die Ohren spitzte, konnte sie kein Wort von dem verstehen, was die vier da draußen zu besprechen hatten, denn nun war auch noch Meister Albert dazugetreten und redete auf die Äbtissin ein.

Was ging da vor sich? Schwester Lydia konnte sich keinen Reim darauf machen. Warum wurden die Mädchen, die ihrer Meinung nach große Schuld auf sich geladen hatten und gar nicht streng genug bestraft werden konnten, auf so überaus herzliche Art empfangen? Sie verstand die Äbtissin und ihre Reaktion auf das plötzliche Auftauchen von Abeline und Magdalena nicht mehr. Oder besser: Sie hatte die Art der Äbtissin, das Kloster nicht mit eisenharter Hand zu leiten, eigentlich nie verstanden. Entweder hatten die zwei Ausreißerinnen die halbe Welt an der Nase herumgeführt oder sie waren mit dem Teufel im Bunde, was eigentlich auf dasselbe hinauskam. Die Novizin Adelaide, an die sie sich noch gut erinnerte, hatte vor vielen, vielen Jahren einen Fluchtversuch riskiert und war hart – wie das Gesetz Gottes es befahl – dafür zur Rechenschaft gezogen worden. Ein Exempel, fürwahr. Aber es hatte Wirkung gezeigt. Seither war das Klosterleben wieder in geordneten Bahnen verlaufen, so wie es sich gehörte. Bis Abeline aufgetaucht war. Quod erat demonstrandum – da draußen stand der lebendige Beweis für die Existenz des Bösen in der Gestalt von scheinbar unschuldigen Mädchen.

Die Priorin musste sofort davon erfahren. Nur sie war in der Lage und willens, ein Zeichen zu setzen, ein Fanal gegen Verderbtheit und Verweichlichung, gegen die Infiltration durch Luzifer. Schwester Lydia spürte, dass Mariaschnee an einem Punkt angekommen war, an dem es ums Ganze ging. Um die Gnade Gottes oder darum, zukünftig dem Antichrist zu dienen und sich ihm zu unterwerfen. Sie war hin- und hergerissen zwischen ihrem Gehorsam der Äbtissin gegenüber – schließlich hatte sie den ausdrücklichen Befehl erhalten, an Ort und Stelle auszuharren – und dem Bedürfnis, die Einzige, die in diesem Kloster noch ganz bei Verstand und unerschütterlich fest im Glauben war, nämlich

Schwester Hiltrud, sofort von der Wiederauferstehung und Rückkehr der Mädchen und damit von der Wiederkunft des Bösen zu unterrichten. Von diesem Zwiespalt innerlich schier zerrissen, fing sie an zu zittern. Die Order der Äbtissin war eindeutig. Auch wenn es falsch war – sie musste ihr gehorchen. Ihre in Fleisch und Blut übergegangene Unterwürfigkeit vor ihrer Dienstherrin gewann die Oberhand. Der Priorin konnte sie später immer noch berichten, was sich vor ihren Augen vor dem Eingang abgespielt hatte.

In diesem Augenblick, als sie ihre Entscheidung getroffen hatte, kam die Äbtissin auch schon auf die Pforte zu. Schwester Lydia beeilte sich, sie zu öffnen. Selten hatte sie die Äbtissin so glückstrahlend erlebt. Sie sprach ohne Umschweife auf sie ein. »Ihr hört mir jetzt gut zu und tut genau, was ich sage. Ihr geht ohne Hast in die Klosterkirche, dort werden noch alle versammelt sein. Sprecht nur mit der Priorin, so dass Euch niemand hören kann. Berichtet ihr, dass Abeline und Magdalena leben und wohlbehalten hier eingetroffen sind. Aber sie soll darüber noch Stillschweigen bewahren. Alle sollen auf ihren Plätzen bleiben und auf mich warten. Ich persönlich werde mit den beiden Mädchen durch die Sakristei hereinkommen und die frohe Botschaft verkünden. Wenn die Mitschwestern die zwei sehen, wird das die Moral im Kloster immens stärken, da bin ich mir sicher!«

Ihre Augen blitzten vor Zuversicht und Vorfreude, so aufgekratzt und überschwänglich hatte Schwester Lydia die Äbtissin noch nie erlebt.

Sie zauderte. »Und das Tor?«

»Das öffne ich selbst. Aber erst, wenn Ihr in der Kirche seid. Na los, was zögert Ihr noch?«

Die Äbtissin wartete tatsächlich darauf, bis die Schwester Pförtnerin sich aus ihrer Wachstube bewegte, und beobachtete sie, wie sie den Kiesweg zur Kirche entlangeilte, so schnell, wie es überhaupt bei ihrer Leibesfülle möglich war, bis sie sich eines Besseren besann und ihre Schritte verlangsamte. Kurz drehte sie sich noch einmal unsicher nach der Äbtissin um, und dann war sie in der Kirche verschwunden. Die Äbtissin winkte Meister Albert heran, der ihr dabei half, den schweren Balken zu entfernen, mit dem das Tor verriegelt war, dann schoben die Mädchen die Torflügel ganz auf, und Albert konnte mit dem Pferdeführwerk in den Hof einfahren.

XV

»Schließt die Augen, um zu sehen!«
Die Äbtissin wartete, bis alle Novizinnen und Nonnen, die immer noch in der Klosterkirche versammelt waren, ihrem unmissverständlichen Appell Folge geleistet hatten – den Kopf gesenkt, die Augen geschlossen, sich ganz auf die Stimme ihrer Klostervorsteherin konzentrierend und sich von ihr leiten lassend – und absolute Stille einkehrte. Nur die Priorin und Schwester Lydia, die neben ihr am Altar Aufstellung genommen hatten, sahen sie mit einem Ausdruck an, der unverhohlen Skepsis und Misstrauen signalisierte, auch wenn sie noch so sehr versuchten, dies zu verschleiern, weil es sich nicht ziemte, eine Entscheidung der Äbtissin auch nur im Geringsten in Zweifel zu ziehen.

Obwohl der Priorin und der Pförtnerin klar war, dass die Äbtissin die glückliche Rückkehr der Vermissten verkünden würde, wussten sie nicht, welche Konsequenzen sie für die Auslöserinnen der Suchaktion vorgesehen hatte. Für Schwester Hiltrud und Schwester Lydia gab es nur eines: Was für Adelaide damals als Folge ihrer Flucht recht gewesen war, nämlich eine förmliche Anklage vor einem Klostergericht und die zwingend logische Verurteilung und deren Vollstreckung, konnte zumindest für Abeline nur billig sein. Egal, wie die Umstände ihres Verschwindens gewesen sein mochten – entscheidend war der immense Schaden, den sie in der Klostergemeinschaft in spiritueller und geistiger Hinsicht angerichtet hatte. Dafür allein schon musste sie bestraft werden. Sollten Ungehorsam und Disziplinlosigkeit in Mariaschnee auch nur im Geringsten toleriert werden, war dem glorreichen Einzug Satans Tür und Tor geöffnet. Da waren sich die Priorin und die Pförtnerin ganz und gar einig, darüber musste nicht gesprochen werden. Und sie glaubten fest daran, eine Mehrheit der Klosterinsassinnen in dieser Angelegenheit hinter sich zu haben.

Inwieweit Magdalena in die Geschichte verwickelt und damit Schuld auf sich geladen hatte, würde noch festzustellen sein.

Ein Klostergericht unter Vorsitz des Fürstbischofs mit einer genauen Untersuchung der näheren Umstände war das Mindeste, was die beiden Mädchen zu erwarten hatten. Was das Strafmaß anging, so würde die Priorin als gewiefte Anklägerin schon dafür sorgen, dass strengste Maßstäbe angelegt wurden.

Schwester Hiltrud fing den Blick der Äbtissin ein, die sie einfach nur ernst und auffordernd ansah, bis sie und Schwester Lydia ebenfalls befolgten, was die Äbtissin von ihnen verlangte, und die Augen schlossen – auch wenn es ihnen sichtlich schwerzufallen schien. Die Klostervorsteherin selbst war nun die Letzte, die sich in sich selbst versenkte, bevor sie anfing, laut und vernehmlich mit ihrer dunklen Stimme zu predigen. »Höret die Botschaft dieser Stunde aus dem Lukasevangelium, das Gleichnis vom verlorenen Sohn …«

Die Äbtissin hob ihr Antlitz zum Kirchengewölbe, so, als würde sie die Eingebung ihrer Worte vom Gefilde der Seligen empfangen, und streckte den linken Arm, ohne ihre Predigt zu unterbrechen, zur Sakristei aus, wo hinter der Tür Abeline, Magdalena und ihr Vater auf einen Wink von ihr warteten. Albert schob alsdann die beiden Mädchen hinaus, die neben die Äbtissin an den Altar traten und demütig ihre Blicke auf den Boden gerichtet hielten, so wie es Meister Albert ihnen– insbesondere seiner Tochter – eingetrichtert hatte.

Die Äbtissin sprach währenddessen ununterbrochen nach oben, zum Himmel hin, nicht zu der ihr anvertrauten Nonnenschar.

»Und er machte sich auf und kam zu seinem Vater. Da er aber noch ferne von dannen war, sah ihn sein Vater, und es jammerte ihn, er lief und fiel ihm um seinen Hals und küsste ihn. Der Sohn aber sprach zu ihm: Vater, ich habe gesündigt gegen den Himmel und vor dir; ich bin hinfort nicht mehr wert, dass ich dein Sohn heiße. Aber der Vater sprach zu seinen Knechten: Bringet das beste Kleid hervor und tut es ihm an, und gebet ihm einen Fingerreif an seine Hand und Schuhe an seine Füße, und bringet ein gemästet Kalb her und schlachtet's; lasset uns essen und fröhlich sein! Denn dieser mein Sohn war tot und ist wieder lebendig geworden; er war verloren und ist gefunden worden. Und sie fingen an fröhlich zu sein.«

Die Priorin hatte längst wieder ihre Augen aufgeschlagen, ihr rechtes Augenlid zuckte. Auch alle anderen Anwesenden, durch die aufkeimende Unruhe während der Predigt von ihrer Kontemplation abgelenkt, hatten nach und nach die anfängliche Anweisung der Äbtissin außer Acht gelassen und riskierten einen verbotenen Blick zum Altar. Ihre Reaktion war je nach Alter, Temperament und innerer Einstellung unterschiedlich: Die einen glaubten, Zeuge eines wahrhaftigen Wunders geworden zu sein, die anderen schlugen die Hände vor dem Gesicht zusammen und konnten es nicht glauben, einige wenige schüttelten den Kopf in stiller Empörung, oder ihnen war deutlich anzusehen, dass sie der Meinung waren, es sei hier nicht mit rechten Dingen zugegangen. Gleichgültig blieb niemand, als Abeline und Magdalena es endlich wagten, sich den Blicken ihrer Mitschwestern zu stellen.

»Laudetur Iesus Christus!«, sagte die Äbtissin. »Er hat uns unsere verlorenen Töchter wohlbehalten zurückgeführt!«

Wieder war die Reaktion der Mitschwestern gespalten. Während die Äbtissin in ihrer Euphorie über die heile Rückkunft der verschwundenen Mädchen einen einigenden, einmütigen und geschlossenen Geist der Erleichterung und der Freude erwartet hatte, um die klösterliche Harmonie der Gemeinschaft wieder herzustellen, kam das notwendige »In aeternam. Amen« aus dem Munde der Versammelten doch nicht so laut und überzeugend, wie es für gewöhnlich der Fall war. Aber die Äbtissin, die das sehr wohl wahrgenommen hatte, beschloss, einfach darüber hinwegzugehen, und befahl: »Oremus.«

Wieder wartete sie eisern, bis auch das letzte Räuspern und Husten verstummt war, um fortzufahren: »Herr, wir danken dir, dass du unsere Gebete erhört hast und deine schützende Hand über unsere Schwestern Abeline und Magdalena gehalten hast in der Stunde ihrer Verzweiflung und ihres Unglücks, dass du sie gerettet und wohlbehalten zu uns zurückgeleitet hast, Abeline in die Klostergemeinschaft, und Magdalena in die Obhut ihres Vaters.«

Die Priorin und Schwester Lydia tauschten einen vielsagenden Blick aus.

»Verzeih uns, o Herr, wenn wir aus Sorge um unsere zwei Schwestern auch nur den geringsten Zweifel daran hatten, dass du sie auf den richtigen Weg führst und wieder zu uns nach Mariaschnee zurückbringst, beides, den Leib und die Seele. Gelobt sei der Herr, jetzt und in alle Ewigkeit. Amen.«

Sie wartete auf das unvermeidliche liturgische Echo aus Dutzenden Kehlen, eine Bestätigung und Bekräftigung ihres Gebets.

»Amen«, kam es endlich von den Mitschwestern vor ihr im Kirchenschiff, teils mit, teils ohne innere Überzeugung, die Diskrepanz war überdeutlich zu spüren. Eine kurze Pause entstand, die Äbtissin nahm an, dass alle verstanden hatten, dass dieser kleine Dankgottesdienst aufgelöst war. Aber keine der Frauen und Mädchen machte auch nur die geringsten Anstalten, die Klosterkirche zu verlassen. Die Mehrheit schien darauf zu warten, dass noch etwas geschah. Eine Minderheit, allen voran das Lager um Sophia, wollte die Mädchen bestraft sehen, das war in ihren Gesichtern zu erkennen, in denen die Priorin lesen konnte wie in einem Buch. Sie warf der Äbtissin einen verstohlenen Blick zu und erkannte, dass diese in ihrer Verblendung die Stimmung unter den Nonnen und Novizinnen nicht richtig deuten konnte oder wollte. Aber schon die hasserfüllten Blicke von Sophia und ihren Freundinnen sprachen Bände. Sie wollten, dass man für Unbotmäßigkeiten zur Verantwortung gezogen wurde, so wie dies auch mit ihnen geschehen würde. Und wenn das, was Abeline und Magdalena ausgelöst hatten, keine Unbotmäßigkeit war, dann hieß das, dass sich die erste der neun Pforten zur Hölle bereits aufgetan hatte. Das konnte nur durch eine Strafe für die beiden Mädchen wiedergutgemacht werden – ganz abgesehen davon, dass die Motive von Sophia und ihren Anhängerinnen für Sanktionen nicht nur allgemeiner, sondern auch persönlicher Natur waren. Aber keine von ihnen traute sich, etwas dazu zu sagen.

Die Schwester Pförtnerin war schließlich die Einzige, die es wagte, ihre Meinung in dieser Causa kundzutun. Sie machte einen Schritt nach vorn und hob die Hand. »Ich bitte um Vergebung, ehrwürdige Mutter Äbtissin, aber ich hätte da eine Frage, die mir schwer auf der Seele liegt.«

»So?«, entgegnete die Äbtissin. »Wenn sie Euch so schwer auf der Seele liegt, dann äußert sie, Schwester Portaria.«

Die Schwester Pförtnerin war keines Menschen Freund, grausam und nachtragend, aber feige war sie beileibe nicht. Sie vermutete die Priorin auf jeden Fall an ihrer Seite und nahm dies auch von etlichen anderen unter den Nonnen an, deren Wort Gewicht hatte in Mariaschnee. Nicht nur die Novizinnen, die nichts zu melden hatten, waren in der Mehrzahl dagegen, dass Abeline so davonkommen sollte. Sie stellte sich breitbeinig in Positur und sprach mit alles andere als serviler Stimmlage: »Findet Ihr nicht auch, dass eine schonungslose Untersuchung der Vorkommnisse angebracht wäre?« Dabei zeigte sie mit ihrer Geißel, mit der sie andauernd zu spielen pflegte und die sie unbewusst aus ihrem Zingulum genommen hatte, auf Abeline und Magdalena.

»Warum? Es war ein unverschuldetes Unglück, und sie sind wohlbehalten wieder zurückgekommen, so schnell es ihnen möglich war.«

»Nun – eben *weil* sie wohlbehalten wieder zurückgekommen sind. Ohne den geringsten Kratzer. Ist das nicht Anlass genug?«

»Wofür?«

»Dass sie einem klösterlichen Tribunal Rede und Antwort stehen. So wie Adelaide es tun musste.«

»Adelaide?«

»Ihr kennt den Fall nicht?«

Die Äbtissin drehte sich kurz zur Priorin um, die mit maskenhaftem Gesicht zusah, wie das Zwiegespräch zwischen der Klostervorsteherin und der Schwester Pförtnerin eskalierte. Von ihr konnte sie keinen Beistand erwarten. Sie wandte sich wieder an Schwester Lydia. »Oh doch«, antwortete sie. »Er ist mir aus den Annalen des Klosters bekannt. Aber hier liegt ein völlig konträrer Fall vor. Abeline wollte nicht die Flucht ergreifen.«

»Woher wollt Ihr das wissen?«

Obwohl der Ton der Schwester Pförtnerin schon sehr scharf, ja geradezu anmaßend geworden war, gelang es der Äbtissin, milde zu lächeln und nicht ebenfalls ihre Stimme zu erheben, als sie antwortete: »Weil die Mädchen mir den genauen Hergang glaubwürdig geschildert haben.«

»Und Ihr glaubt ihnen? Diesen beiden da?«

Wieder wies sie mit ihrer Geißel auf Abeline und Magdalena, die sich instinktiv an den Händen gefasst hatten und sich inzwischen vorkamen, als stünden sie schon vor einem Gericht, das dem klösterlichen noch übergeordnet war.

»Warum sollte ich nicht?«, fragte die Äbtissin.

»Weil sie lügen, wenn sie nur den Mund aufmachen.« Bei diesen Worten sah sich die Schwester Pförtnerin bei ihren Mitschwestern um, als ob sie Beifall oder zumindest Zustimmung erwartete. Vereinzelte verhuschte Bewegungen unter den Klosterschwestern und verhaltenes Stöhnen waren angesichts des sich aufschaukelnden Diskurses zwischen Klostervorsteherin und Pförtnerin auszumachen. Einige nickten bestätigend, doch anderen war anzusehen, wie unwohl sie sich allmählich fühlten und sich für Schwester Lydias Verhalten schämten. Ihr Gebaren kam bereits einem Sakrileg erster Güte gleich, sie ließ allmählich jegliche Subordination vermissen und gab sich immer mehr als fanatische Hüterin des wahren Glaubens. Die Situation war sowieso schon angespannt genug.

Aber die nun folgenden gewichtigen Worte aus ihrem Mund schlugen ein wie ein Blitz aus heiterem Himmel in die einzeln stehende Eiche auf freiem Feld, als sie anklagend und außer sich mit ihrer fünfschwänzigen Peitsche auf die beiden Mädchen vor dem Altar wies und zeterte: »Und sie lügen, weil sie des Teufels sind! Abeline und Magdalena sind Hexen! Ja seid Ihr blind, dass Ihr das nicht sehen könnt?!«

Als sie dies ausgesprochen hatte, war es für einen Augenblick so ruhig im Kirchenschiff, dass man eine Stecknadel hätte fallen hören.

Meister Albert wagte sich einen Schritt aus der Sakristei heraus, innerlich gewappnet, sofort einzugreifen, falls es zum Äußersten käme und er die beiden Mädchen notfalls vor einer aufgebrachten und aufgestachelten Nonnenmeute schützen und in Sicherheit bringen musste.

»Warum sagt Ihr so etwas Ungeheuerliches?«, fragte die Äbtissin in die Stille hinein, jetzt doch sichtlich verwirrt und getroffen.

»Weil ich genau diese Anschuldigungen vor einem klösterlichen Gericht unter Vorsitz des ehrwürdigen Fürstbischofs wiederholen werde. Ich fordere Euch hiermit im Namen der ehrbaren Nonnen und Novizinnen von Mariaschnee auf, denen unser aller Wohl und Seelenheil am Herzen liegt, so schnell wie möglich ein solches Tribunal einzuberufen. Es ist höchste Zeit, dass der Fürstbischof von den schändlichen Vorkommnissen in unserem Kloster Kenntnis erhält und eingreift, bevor es zu spät ist und wir alle endgültig dem Angriff des Bösen unterliegen!«

Die erhebliche Unruhe, die nun unter den Schwestern ausbrach, bestätigte sie in ihrer Forderung. Es fehlte nicht viel, und große Teile der Klostergemeinschaft hätten Beifall geklatscht, so sehr hatte die anklagende Brandrede der Schwester Pförtnerin ihr Blut in Wallung gebracht.

Die Äbtissin schien konsterniert und geradezu gelähmt zu sein von dem Hass und der Empörung, die ihr entgegenschlugen. Sie hob die Hand, schrie »Silentium!«, und, oh Wunder, die Schwestern hörten doch noch auf sie und beruhigten sich wieder einigermaßen. Die Äbtissin versuchte immer noch, einen ruhigen und abgeklärten Eindruck zu machen, und sprach die Schwester Pförtnerin direkt an: »Sagt mir, Schwester Portaria, was ist mit Euch geschehen? Warum lasst Ihr Euch von Eurem Zorn so mitreißen? Und stachelt unsere Mitschwestern auf? Wisst Ihr nicht, dass dies eine Todsünde ist? Was haben Euch die beiden Mädchen getan? Ich habe das Gefühl, dass Ihr davon besessen seid, um jeden Preis eine Stimmung zu erzeugen, die darauf abzielt, Zwietracht und Hass zu säen, um Gewalt zu ernten, anstatt dass Ihr Euch darum bemüht, im Geiste unseres Herrn zu handeln, die Wogen zu glätten und Barmherzigkeit zu üben.«

Die Schwester Pförtnerin war nicht bereit, auch nur eine Handbreit nachzugeben, so sehr war sie von ihrer Mission erfüllt, und so sehr hatte sie sich in Rage geredet – es gab für sie kein Zurück mehr. »Es gibt Augenblicke im Leben, ehrwürdige Mutter Äbtissin«, ätzte sie, »da gibt es keine andere Möglichkeit mehr, als wider den Stachel zu löcken, das bin ich meiner unsterblichen Seele und meinem heiligen Gelübde schuldig, das ich bei meiner Profess abgelegt habe.«

»Soweit ich mich erinnere«, gab die Äbtissin genauso ätzend zurück, »gehört Oboedientia zur heiligsten Pflicht einer Nonne. Ist es nicht so? Steht nicht der Gehorsam an erster Stelle unserer Ordensregeln?«

»Gehorsam meinem Herrn im Himmel gegenüber – ja. Und genau diesem Gehorsam fühle ich mich verpflichtet. Er steht noch über dem Gehorsam der Klostervorsteherin gegenüber. Das könnt Ihr doch nicht leugnen. Ich als langjähriges Mitglied dieses Konvents werde jedenfalls nicht sehenden Auges dastehen und warten, bis Mariaschnee dem Untergang geweiht ist, nur weil Ihr – verzeiht, ehrwürdige

Mutter Äbtissin! – Euch von diesen beiden Hexen um den Finger wickeln lasst!«

Wieder fuchtelte sie mit ihrer Geißel vor Abeline und Magdalena herum, die immer noch wie festgenagelt und starr vor dem Altar standen und eigentlich gar nicht recht erfassen konnten, warum sie zur Zielscheibe und zum Auslöser von so vielen Attacken, Aufregung und Zwietracht geworden waren. Sie zitterten beide, und Abeline hatte mit ihrer Linken so fest Magdalenas Hand umklammert, dass es schon weh tun musste, aber das merkten sie nicht.

»Es reicht jetzt«, sagte die Äbtissin leise, aber bestimmt.

»Aber seht Ihr denn nicht …«, versuchte Schwester Lydia einzuwenden, doch die Äbtissin unterbrach sie schroff. »Es reicht, habe ich gesagt!«, wiederholte sie mit schneidender Schärfe. »Ihr seid zu weit gegangen, Schwester Portaria. Wenn jemand bestraft wird, dann seid Ihr es. Ihr habt die Ordensregel des Gehorsams gebrochen und versucht, Unfrieden zu stiften – trotz mehrfacher Aufforderung meinerseits, Euch zu mäßigen. Und deshalb erkläre ich hiermit, dass Schwester Lydia von heute an streng dem Fasten unterworfen wird und an keinem Gottesdienst und keiner Andacht mehr teilnehmen darf. Sie hat sich ausschließlich in ihrer Zelle aufzuhalten. Dies gilt so lange, bis sie sich wieder eines Besseren besinnt und mich, diese beiden Mädchen und den ganzen Konvent um Verzeihung bittet für ihre beleidigenden und herabwürdigenden Worte.«

»Aber …«

»Habt Ihr mich nicht verstanden?«, wurde sie von der Äbtissin angeherrscht. »Habe ich mich vielleicht nicht deutlich genug ausgedrückt?!«

Die Äbtissin war kalkweiß vor Wut. Sie hatte ihre ganze Autorität, die ihr beinahe zu entgleiten gedroht hatte, in diesem Moment in die Waagschale geworfen. Es stand nun auf der Kippe, ob es zu einem noch nie dagewesenen Aufruhr im Kloster kam, oder ob die Äbtissin noch einmal das Ruder herumreißen konnte, um die Stimmung zu ihren Gunsten umzukehren.

Die Schwester Pförtnerin schaute sich um und suchte Hilfe bei ihren Mitschwestern. Aber alle wichen ihrem Blick aus und sahen betreten zu Boden. Die kollektive Widerspenstigkeit, die sich durch die Angriffslust von Schwester Lydia in Windeseile ausgebreitet hatte, war angesichts der energischen Worte der Äbtissin auf einmal erloschen wie ein Strohfeuer. Das gerade noch rechtzeitige gebieterische Auftreten der Klostervorsteherin zeigte endlich Wirkung.

Schwester Lydias Kampfgeist war deutlich angeschlagen, fast schon verzweifelt suchte sie Blickkontakt zur Priorin, aber die tat so, als bemerke sie den hilfesuchenden Ausdruck in deren Gesicht nicht und blieb betont starr in Haltung und Mimik, die Hände wie immer in ihre weiten Ärmel gesteckt und mit kerzengeradem Rücken. Was nichts anderes bedeutete, als dass sie die Schwester Pförtnerin allein im Regen stehen und ihr nicht die Unterstützung angedeihen ließ, die diese wohl erwartet hatte.

Schwester Lydia musste endlich einsehen, dass sie den Kürzeren gezogen hatte, steckte ihre Geißel zurück in ihr Zingulum, beugte ihr Knie pro forma vor dem immer noch aufgebrachten Angesicht der Äbtissin, drehte sich abrupt um und stolperte die Stufen des Altars hinunter. Ihre Mitschwestern machten eine Gasse für sie frei, und sie stapfte vor aller Augen den langen Mittelgang durch das ganze Kirchenschiff nach draußen, als wäre es der Weg zu ihrer eigenen Hinrichtungsstätte.

Sobald die schwere Eingangstür hinter der schwankenden Gestalt laut ins Schloss gefallen war, fragte die Äbtissin laut und provokativ: »Hat sonst noch jemand etwas vorzubringen gegen diese beiden Mädchen? Nein? Niemand?«

Sie ließ ihren Blick lange über die Gesichter aller Anwesenden schweifen, die diesem fast alle auswichen und stattdessen betreten und demütig zu Boden starrten.

»Gut«, sagte die Äbtissin. »Dann erkläre ich hiermit feierlich und unumstößlich, dass die zeitweilige Abwesenheit von Schwester Abeline und Magdalena durch das Zusammentreffen unglücklicher und nicht selbst verursachter Umstände hinreichend aufgedeckt ist und fortan nicht mehr erwähnt wird. Abeline und Magdalena werden ausdrücklich von mir von jeglicher Schuld freigesprochen. Wer weiterhin das Gegenteil behauptet oder Gerüchte davon in Umlauf bringt, wird entsprechend von mir zur Verantwortung gezogen.«

Sie sah demonstrativ die Priorin an, die das Muster der Steinfliesen zu ihren Füßen zu studieren schien.

»Das gilt für alle, ohne Ausnahme. Habt ihr verstanden?«

»Jawohl, ehrwürdige Mutter Äbtissin«, kam die prompte Antwort wie im Chor. Nur die Priorin blieb stumm und starr, als wäre sie eine Marmorstatue.

»Und jetzt geht mir aus den Augen. Alle!«

Die Versammlung löste sich so schnell auf wie noch nie. Die schwarzweißen Gestalten schwebten geradezu wieselflink aus der Kirche, so als hätten alle wichtige Geschäfte zu tätigen, die keinerlei Aufschub duldeten.

Auch die Äbtissin, immer noch über alle Maßen außer sich, verschwand ohne ein weiteres Wort durch die Sakristei, Meister Albert musste ihr auf einen Wink hin folgen, so dass am Ende nur Abeline und Magdalena übrig blieben. Und die Priorin, die sich nicht vom Fleck bewegt hatte. Sie hatte Abeline keinen Moment aus den Augen gelassen und dabei etwas gesehen, das aus ihrem Ausschnitt blitzte und sich leicht unter dem Stoff abzeichnete.

Von den beiden Mädchen fiel endlich alle Anspannung ab, sie umarmten sich still und heftig.

Die Priorin wartete, bis sich die beiden wieder voneinander gelöst hatten, dann sagte sie: »Abeline – auf ein Wort.«

Abeline und Magdalena tauschten einen knappen Blick aus, dann wandte sich Abeline der Priorin zu, beugte andeutungsweise das Knie und sagte: »Was kann ich für Euch tun, ehrwürdige Frau Priorin?«

Die Priorin zog ihre Hände aus den weiten Ärmeln ihres weißen Habits und berührte mit der rechten Hand Abelines Gesicht, so dass diese zusammenzuckte, aber nicht zurückwich. Mit dem Daumen machte sie auf Abelines Stirn das Kreuzeszeichen, eine Geste, die Abeline regungslos über sich ergehen ließ und die der Priorin nur dazu diente, wirklich sicher zu sein, dass Abeline etwas unter ihrer Tunika trug, etwas Unstatthaftes ...

Magdalena sah gebannt zu, was nun geschehen würde.

Die Priorin fuhr mit ihrer Hand weiter über Abelines Wange bis zum Halsausschnitt ihrer Tunika, wo die feinen Glieder einer Kette hervorspitzten. Sie fischte die Kette ganz heraus, zum Vorschein kam ein Medaillon – das Medaillon von Abelines Mutter, welches Abeline vor ihrer Abreise vom Hof Alberts umgehängt und in der ganzen Aufregung vergessen hatte abzunehmen. Ihr Gesicht lief rot an, sie wagte es aber nicht, sich zu bewegen. Die Priorin wog das Medaillon in ihrer Handfläche. »Was ist das?«

»Ein ... ein Medaillon«, stotterte Abeline.

»Das sehe ich. Von wem hast du das?«

»Von meiner Mutter.«

»Nimm es ab.«

Zögernd befolgte Abeline den Befehl.

»Gib es mir!«, forderte die Priorin sie auf. Abeline zog die Kette über den Kopf und streckte sie der Priorin hin, so wie ein bei einem Zweikampf Unterlegener sein Schwert dem Gegner. Schwester Hiltrud nahm den Schmuck entgegen und inspizierte das Medaillon ganz genau. Es zeigte das Wappen der Melchinger, einen steigenden roten Hirsch mit siebenendigem Geweih auf zwei blauen Wellenbalken vor weißem, in Perlmutt eingelegtem Hintergrund. Das Medaillon hatte einen zierlichen Verschluss, den sie öffnete. In dem winzigen Hohlraum lag ein mit Wachs an einem Ende zusammengeklebtes Haarbüschel, das sie mit spitzen Fingern herauszog. »Was ist das?«, fragte sie mit angewidertem Gesichtsausdruck.

»Das sind Haare von meiner Mutter«, antwortete Abeline mit zittriger Stimme. »Bitte, ehrwürdige Frau Priorin – lasst sie mir.«

Die Priorin hielt das winzige Haarbüschel gegen das Licht, bevor sie Abeline direkt in die Augen sah und dabei maliziös die Mundwinkel wie zu einem Lächeln verzog. »Es ist ein Hexenmedaillon, weißt du das?«

»Nein, nein, es gehört meiner Mutter«, protestierte Abeline.

»Eben. Ich sage doch: das Medaillon einer Hexe.«

Abeline wollte danach greifen, aber die Priorin zog ihre Hand mit dem Schmuck und dem Haarbüschel schnell weg und ließ Abeline nicht aus dem Bannkreis ihrer Augen. Sie kam Abeline mit ihrem Gesicht so nahe, dass das Mädchen den Hauch ihres Atems spürte, als sie sagte: »Wenn du glaubst, die Sache ist damit ausgestanden, dann täuschst du dich. Wir beide sind noch nicht fertig miteinander.«

Mit diesen Worten ließ sie das Medaillon verächtlich vor Abelines Füße fallen, drehte sich um und eilte durch die Sakristei aus der Klosterkirche, dabei wischte sie ihre Hände demonstrativ an ihrer Kutte ab, als hätte sie sich besudelt.

TEIL III

I

Die Fackeln erleuchteten den Innenhof von Mariaschnee in der Nacht nur spärlich, und die ersten Schneeflocken des Winters fielen so dicht, dass die ganze Welt hinter einem weißgrauen Vorhang zu verschwinden schien. Abeline blieb für einen kurzen Augenblick stehen und schaute blinzelnd nach oben, so dass die Kapuze ihrer Kukulle auf ihre Schulter herunterrutschte, streckte die Zunge heraus und versuchte, die filigranen Kristalle zu schmecken. Aber schon spürte sie einen groben Stoß gegen ihre Schulter, der sie unmissverständlich aufforderte, weiterzugehen. Die Novizinnen waren auf dem Weg von der Matutin zurück ins Dormitorium, und Sophia, die hinter Abeline herging, hatte nicht die geringste Lust, wegen Abelines kindischen Anwandlungen auch nur einen Lidschlag länger als notwendig in der Kälte zu verbringen, obwohl es im Schlafraum der Novizinnen auch nicht viel wärmer war, aber dort konnte man sich wenigstens unter die Decke verkriechen. Abeline wich aus, ließ Sophia und noch ein paar andere Novizinnen vorbei und schaffte es, sich an das Ende der Novizinnenschar, die wie stets im Gänsemarsch unterwegs war, zu mogeln. Sie blieb zurück im Freien, als die Novizinnen im Eingang zum Querhaus verschwanden. Wenn auch nur für einen kurzen friedlichen Augenblick wollte sie ganz allein mit sich und der Nacht sein, um die unendliche Stille zu genießen, die sich wie eine dicke Daunendecke über alles legte. Wie wohltuend das war – kein Räuspern, kein Husten, kein Murmeln eines Gebets, kein unterdrücktes Schluchzen, kein Schnarchen, einfach nichts.

Nur der eigene Atemhauch, der in der Dunkelheit verpuffte.

Gerade vier oder fünf Atemzüge lang konnte sie diesen Zustand genießen, dann rief auch schon die Aufsicht der Novizinnen, Schwester Afra: »Jetzt komm schon, Abeline.« Abeline seufzte und befolgte die Aufforderung schweren Herzens. Sie mochte Schwester Afra trotz ihrer Schrulligkeit. Sie musste eben ihren Pflichten nachkommen, dabei war sie aber nie boshaft oder hinterhältig, sondern eher gutmütig und drückte auch einmal ein Auge zu. Schwester Afra war eine der wenigen, die Abeline seit dem Vorfall im Sommer nicht wie jemanden behandelte, vor dem man Angst haben musste, sich mit dem Schwefelgestank des Teufels anzustecken, sondern sie ging mit ihr um wie mit jeder anderen Novizin. Als Abeline sah, dass Schwester Afra mit ihrer Fackel in der Hand sogar auf sie wartete, schenkte sie ihr ein dankbares Lächeln, das verständnisvoll erwidert wurde, und huschte schnell den letzten Novizinnen nach, die ins Dormitorium drängelten.

Als Abeline auf ihrer Strohmatratze lag, ihre Decke bis zum Kinn hochzog – die Arme mussten deutlich über der Decke liegen, um das zu überprüfen, brannte ständig eine Öllampe – und die Augen schloss, musste sie an jenen schrecklichen Moment denken, als die Priorin ihr das Medaillon abgenommen und es dann verächtlich hatte fallen lassen. In ihrem Blick lag so viel Hass und Bosheit, dass Abeline jetzt noch ein kalter Schauder über den Rücken lief. Seither war ihr Leben im Kloster noch einsamer und isolierter geworden, als es ohnehin schon gewesen war. Niemand richtete mehr das Wort an sie; nicht die Äbtissin, die fast überhaupt nicht mehr zu sehen war, weil sie entweder mit ihren Verwaltungsaufgaben beschäftigt war oder sich länger in Konstanz aufhielt, wo sie mit dem Fürstbischof und anderen Klostervorstehern Mariaschnee betreffende kirchliche Obliegenheiten besprach; unter anderem brauchte sie dringend Ersatz für Pater Rasso. Auch nicht eine der Novizinnen, die inzwischen komplett ins Lager von Sophia übergelaufen waren, sogar Clara; und schon gar nicht die Priorin, die ihr zwar ab und zu einen Blick zuwarf, der ihr bedeuten sollte, dass sie Abeline nicht aus den Augen verlor und sie bei der kleinsten Nachlässigkeit zur Rechenschaft ziehen würde, sie aber ansonsten in Ruhe ließ. Es war eine trügerische Ruhe, dessen war sich Abeline bewusst, und sie würde auch nur so lange anhalten, wie die Äbtissin ihre schützende Hand über sie hielt. Denn dass die große Mehrheit im Konvent ihr feindlich gesonnen war, ließ man sie oft genug spüren. Beim Aufbruch von oder zu den Andachten bekam sie gelegentlich den einen oder anderen schmerzhaften Rempler von einer Novizin, scheinbar unbeabsichtigt, und immer war es eine andere, aber doch mit solcher Regelmäßigkeit, dass es kein Zufall sein konnte. Beim Essen im Refektorium blieben stets nur die Reste oder die kleinsten Portionen für sie übrig, bei der Einteilung der Arbeit wurden ihr die unangenehmsten und niedrigsten Dienste aufgehalst – Latrinen putzen oder im Infirmarium die Kranken und Siechen waschen –, und oft musste sie dort Wachdienste abhalten, wenn alle anderen schon viel zu müde und erschöpft dafür waren. Aber sie führte alle ihr anvertrauten Aufgaben mit größter Akribie und gewissenhaft aus, ohne ein Wort der Klage und ohne Murren.

Wenigstens das Füttern der Vögel und das Saubermachen der Käfige in den Räumen der Äbtissin war ein kleiner

Lichtblick des Tages. Dabei begegnete sie nie der Äbtissin, es kam ihr fast so vor, als ob diese vermeiden wollte, sie zu sehen. Außerdem wurde sie dabei von der maulfaulen Novizin Clara beaufsichtigt, die darauf achtete, dass sie nicht zu viel Zeit damit vergeudete. Nur die Vögel schienen sich auf sie zu freuen und sie auf ihre Art zu begrüßen.

Schwester Lydia war von ihrem Dienst als Pförtnerin entbunden und von einer anderen Nonne abgelöst worden. Seit die Äbtissin ihre Verbannung ausgesprochen hatte, saß sie wie eine Gefangene in ihrer Zelle und war nicht mehr herausgekommen. Abeline vermutete, dass Schwester Lydia lieber bis ans Ende ihrer Tage dort schmoren und sich selbst kasteien würde, als einzuknicken und alle um Verzeihung zu bitten, so wie es die Äbtissin von ihr gefordert hatte.

Einzig die Leiterin des Skriptoriums, Schwester Nelda, und Schwester Afra behandelten sie so, als wäre nichts geschehen. Schwester Nelda versuchte sogar alles, um Abeline so oft wie möglich als Kopistin im Skriptorium abstellen zu lassen, denn ihrer Meinung nach hatte Abeline ein großes Talent dafür. Aber das war nur noch selten der Fall, weil Schwester Nelda bei der Arbeitseinteilung der Nonnen und Novizinnen nicht das letzte Wort hatte. Das hatte die Priorin.

Von Magdalena hatte Abeline seit ihrer kurzen, aber innigen Umarmung am Altar der Klosterkirche nichts mehr gehört oder sie auch nur gesehen. Zusammen mit ihrem Vater war sie überstürzt aus dem Kloster abgereist, aber vorher hatte sie noch einen letzten Brief hinter dem losen Mauerstein in der Außenmauer verstecken können. Abeline trug ihn immer bei sich und jetzt, als sie sicher sein konnte, dass alle schliefen, holte sie ihn wieder hervor und las ihn im schwachen Licht der Öllampe. Sicher zum hundertsten Mal, obwohl sie ihn längst auswendig kannte.

Abeline, liebste Freundin,

wir können uns leider für eine längere Zeit nicht mehr sehen. Ich hätte so gerne noch mit Dir darüber gesprochen, was da eigentlich in deine lieben Mitschwestern gefahren ist, als sie uns der Hexerei bezichtigt haben, aber mein ach so vernünftiger Herr Vater hält es für das Beste, wenn wir uns erst mal so schnell wie möglich von Mariaschnee verabsentieren, bevor unserer ehrwürdigen Frau Priorin doch noch irgendetwas einfällt, um uns ein Bein zu stellen. Wahrscheinlich hat er ausnahmsweise sogar recht damit. Auf Anraten der Äbtissin ist es auch angebracht, dass ich vorerst das Kloster nicht mehr mit meinem hohen Besuch beehre. Sie ist übrigens meine Tante, ihre Schwester war meine Mutter – dies nur ganz kurz zur Erklärung, damit du verstehst, warum ich in Mariaschnee so einfach aus- und eingehen kann. Oder besser: konnte. Das sollte aber lieber niemand wissen, darum hab ich's dir nie gesagt, weil sie sonst auch noch Schwierigkeiten bekommt, wenn bekannt wird, dass sie ihrer Nichte und ihrem Schwager eine Vorzugsbehandlung angedeihen hat lassen.

Also: Lippen versiegeln für die nächsten tausend Jahre!

Vergiss nicht: Sie ist die Einzige, die dir halbwegs Schutz bieten kann, wenn ich die Lage richtig einschätze. Und das tue ich meistens.

Ich kann dir deshalb auch keine Briefe mehr schreiben, weil ich Angst habe, dass uns noch jemand auf die Schliche kommt und du die Folgen auszubaden hast.

Ich vermisse dich jetzt schon. Halt durch, denn eines Tages machen wir das, worüber wir gesprochen haben, du weißt schon.

Die vierte Möglichkeit ...

Jetzt muss ich Schluss machen, mein Vater drängelt die ganze Zeit.

Also: Kopf hoch, wenn der Hals auch dreckig ist – das sagt Meister Albert immer, und er muss es schließlich wissen.

Ich denke immer vor dem Einschlafen an dich, fühl dich umarmt und verstanden.
  Deine Magdalena

Übrigens: Ich an deiner Stelle würde diesen Brief verbrennen oder in ganz kleine Fetzen zerreißen und dort hineinwerfen, wo auch die ehrwürdige Frau Priorin zu Fuß hingehen muss, sobald du ihn gelesen hast. Ist besser so, glaub mir ...

Abeline seufzte leise, faltete den Brief wieder zusammen und steckte ihn in die Innentasche ihrer Tunika zurück. Sie brachte es einfach nicht übers Herz, ihn zu vernichten, wie es Magdalena vorgeschlagen hatte. Sie hatte so wenig, an das sie sich klammern oder über das sie sich freuen konnte, dazu war er ihr zu wertvoll. Es war das Einzige neben der Erinnerung an ein paar kostbare Stunden in Freiheit, das sie von Magdalena hatte.

Denn kaum war die Priorin nach ihrer denkwürdigen Drohung aus der Kirche gerauscht und waren die Mädchen langsam dabei, wieder zu sich zu kommen, war Meister Albert aufgetaucht und hatte Magdalena mit sich gezogen, weil die Äbtissin noch mit ihr sprechen wollte. Abeline war allein zurückgeblieben, hatte die Haarlocke ihrer Mutter zurück ins Medaillon gesteckt und war dann ins Refektorium gegangen, wo ihre Mitschwestern schon beim Essen waren, das diesmal schweigsam und ohne begleitende Lesung eingenommen wurde. Sie hatte keinen Bissen heruntergebracht und nur auf den Teller vor sich gestarrt.

Das Medaillon hatte sie eigentlich Magdalena wieder zur Aufbewahrung mitgeben wollen, aber dazu war keine Gelegenheit mehr gewesen. Sie versteckte es hinter dem losen Stein in der Mauer, dort, wo sie immer ihre Nachrichten verborgen hatten, dem einzigen Ort, der sicher genug war.

Wenn die Priorin danach fragen würde, womit Abeline jederzeit rechnete, würde sie behaupten, dass sie das Medaillon im Rhein versenkt hätte. Ob sie mit dieser Lüge durchkommen würde, war eine andere Frage. Aber etwas Besseres fiel ihr nicht ein. Sie dachte noch einmal an Magdalena und hatte das Gefühl, dass sie in diesem Moment eine Art geistige Verbindung zu ihr hatte. Sie lächelte, als sie im Gedanken daran einschlief.

II

Der Traum, der Abeline wie ein plötzlich einsetzender Fieberschub überfiel, kam aus dem Nichts und war so überdeutlich und klar wie nie zuvor. Ihr war, als schwebe sie durch Zeit und Raum, und dann öffnete sich ein gewaltiges schneebedecktes Gebirgspanorama vor ihrem inneren Auge, und unterhalb der Schneegrenze tauchte ein schmutzig braunes, enges Tal auf. Eine kleine Heerschar schlängelte sich den Alpenpass an einem Bachlauf entlang bergauf. Es war kalt und regnete in Strömen, und die vielleicht hundert Edelleute, Ritter und Soldaten auf ihren Pferden waren bis auf die Haut durchnässt, die Farbigkeit der kostbaren Gewänder ihrer Anführer, die an der Spitze ritten, hatte durch die Nässe gelitten, alles wirkte grau in grau und gleichförmig abgestumpft. Aber ihre Gesichter schienen trotz der widrigen Umstände alles andere als niedergeschlagen, im Gegenteil, sie waren unbeirrbar entschlossen und tatkräftig. Der zweite Mann, der hinter einem kleinwüchsigen Bergführer ritt, hatte eine außergewöhnliche Ausstrahlung, und seine Anführerqualitäten waren unübersehbar. Er war blutjung, höchstens sechzehn oder siebzehn, und von ihm ging eine so starke und siegessichere Zuversicht und ein überzeugtes Sendungsbewusstsein aus, dass Abeline sofort erkannte, dass dies nur der Junge sein konnte, den sie in ihrem lange zurückliegenden Traum gesehen hatte, der ihr aber immer noch so präsent war, als sei es erst gestern gewesen. Er hatte sich in einem fernen südlichen Land gegen drei Gegner unerschrocken zur Wehr gesetzt und anschließend seinem Retter gegenüber behauptet, sein Name sei Friedrich Roger von Hohenstaufen. Dann konnte der andere Jüngling, der an seiner Seite ritt, mit schwarzen Haaren und stolzer Haltung, nur Paolo de Gasperi sein, der Reiter, der ihn damals mit seinem energischen Eingreifen vor einer noch derberen Abreibung durch die drei Straßenjungen gerettet hatte. Sie waren auf einer wichtigen Mission unterwegs, das spürte Abeline mit größter Bestimmtheit.

Auf einer Mission, die die Welt verändern würde.

Sie ritten nach Norden zu, in Abelines Richtung, in den Bereich des Heiligen Römischen Reiches, der ihre Heimat war. Sie würden sich von nichts und niemandem aufhalten lassen. Das war so sicher wie die Tatsache, dass nach einer langen und dunklen Nacht wieder ein neuer Tag begann und die Sonne aufging, manchmal nur diesig und zögernd, doch zuweilen auch strahlend hell und mit einer Kraft, die alle Finsternis und Trübsal mit einem Schlag hinwegfegen konnte.

Eines Tages würde sie ihnen begegnen. Eines nicht mehr allzu fernen Tages ...

Die Reiterschar wurde vom Regen und einem herabfallenden Höhennebel verschluckt, als ob sie nicht von dieser Welt wären.

Abeline ahnte, dass der Nebel auch ein Zeichen dafür war, dass es noch im Ungewissen lag, wann dieser Feldzug stattfinden würde. Aber dass er sich so oder ähnlich abspielen würde, daran zweifelte sie nicht.

Als der Nebel sich auf einmal lichtete, sah Abeline in ihrem Traum überall glitzerndes Wasser. Aus diesem Wasser tauchte mit dem Rücken zu ihr ein breitschultriger Mann auf, in einer Lamellenrüstung aus dicken Lederplatten, so langsam, als würde er ganz allmählich hochgehoben. Sogleich wusste Abeline, wer das war. Nur ein Mann hatte sich so eine Rüstung speziell für sich anfertigen lassen, weil sie leichter war als ein Harnisch aus Eisen oder ein Kettenhemd. Wasser troff von seinen langen Haupthaaren. Als er bis zur Hüfte aus dem Wasser emporgestiegen war, drehte er sich ruhig und fast feierlich um seine Achse, bis er ihr sein Antlitz zuwandte und sie ihn eindeutig erkannte: Philip von Melchingen, ihr Vater. Er trug sein Wappen groß auf der Brust, den springenden roten Hirsch vor weißem Hintergrund auf zwei stilisierten blauen Wellen, die den Rhein symbolisierten. Sein Gesichtsausdruck war ernst, seine Augen geschlossen. Aber dann schlug er sie auf, griff mit der rechten Hand unter den Halsausschnitt seiner Ledermontur und holte einen kleinen Beutel hervor, der an einer Schnur um seinen Hals hing. Er langte hinein und zog etwas Kleines, Weißes heraus, das er Abeline entgegenhielt, bis es einen Sonnenstrahl auffing und aufblitzte: ihr Milchzahn. Er lächelte traurig, steckte den Zahn behutsam wieder in den Beutel und unter seine Lederrüstung zurück.

Abeline wollte ihren Vater berühren, ihn festhalten, obwohl sie eigentlich wusste, dass das nicht möglich war. Doch sein Abbild zerfloss bereits vor ihrem inneren Auge und löste sich im Nichts auf. Abeline hoffte inständig, dass nun vielleicht ihre Mutter erschien, doch übergangslos erschien im glitzernden Flusswasser, aus dem ihr Vater aufgetaucht war, das verzweifelte Gesicht von Magdalena, der irgendjemand ein Messer an die Kehle hielt. Sie strampelte und wehrte sich, doch sie konnte sich nicht aus dem Klammergriff befreien. Sie schrie nach ihrem Vater, Abeline hörte es überdeutlich. Ein dicker Blutstropfen quoll aus der Stelle an ihrem Hals, an der die Messerspitze angesetzt war, und wurde größer und größer, bis er sich in eine seifige, nahezu milchig weiße und undurchsichtige Brühe verwandelte, in der das Haupt der Äbtissin schwebte und sich dann langsam erhob. Abeline erschrak fast, denn sie sah die Klostervorsteherin nun zum ersten Mal ohne ihre obligatorische rituelle Kopfbedeckung, sie hatte dickes, schlohweißes Haar, das zu einem langen Zopf gebunden und um ihren Hinterkopf zu einer Schnecke zusammengerollt war. Ihre rechte Hand tauchte aus dem dampfenden Wasser auf und wischte sich über das Gesicht, Wasserperlen schimmerten auf ihrer glatten Haut. Jetzt verstand Abeline: Die Äbtissin nahm im Badehaus des Klosters ein heißes Bad. Ihr gewöhnliches Ritual einmal in der Woche, wenn sie in Mariaschnee war, egal, ob zur Sommer- oder Winterzeit. Jede Nonne oder Novizin wusste es: Dann war die Badestube ausschließlich für sie reserviert, und niemand durfte sie dabei stören. Plötzlich zuckte die Äbtissin, die bisher einen völlig entspannten Eindruck gemacht hatte, zusammen, dann wurde sie mit einem Ruck von einer unsichtbaren Kraft unter Wasser gezogen. Ihre Hände ruderten hilflos in der Luft und klatschten dann kraftlos herunter, Blasen sprudelten an die Oberfläche, die sich langsam wieder beruhigte und spiegelglatt wurde. Dann verblasste auch dieses Bild, und die Priorin erschien, mit maskenhaft blasiertem Gesicht, abweisend wie stets. Sie wischte ihre nassen Hände an ihrem weißen Habit ab, gerade so verächtlich, wie sie es getan hatte, als sie Abelines Medaillon und das Haarbüschel fallen gelassen hatte – mit einer unmissverständlichen Mischung aus Abscheu und Ekel. Anschließend steckte sie in ihrer typischen Gestik die Hände in ihre weiten Ärmel und verzog ihren Mund zu ihrem eiskalten Lächeln, das ihre Augen nie mit einschloss ... und dann fingen die Glocken der Klosterkirche leise an zu läuten.

Abeline fuhr hoch von ihrem Lager – die Glocken läuteten zur Prim, der frühmorgendlichen Andacht! Es dauerte eine ganze Weile, in der ihre Mitschwestern im Dormitorium schon emsig damit beschäftigt waren, um sie herumzuwuseln und sich für die kommende Andacht zu präparieren, bis Abeline überhaupt in der Lage war, zu realisieren, wo sie war. So sehr hatte sie ihr Traum – oder besser: ihre Träume – vereinnahmt und von ihrem Bewusstsein Besitz ergriffen. Ihr war, als habe sie einen Blick in ein aufgeschlagenes verbotenes Buch geworfen, das ihr für kurze Zeit eine illegitime Vorausschau auf Ereignisse in der Zukunft gewährte. Und das mit einer Deutlichkeit und Nachhaltigkeit, dass sie meinen konnte, sie habe diese Geschehnisse als unsichtbarer Beobachter miterlebt.

Sie musste mit Schwester Nelda vom Skriptorium sprechen, die viel davon verstand, was in der großen weiten Welt des Heiligen Römischen Reiches vor sich ging, weil ihr eigener Kenntnisstand darüber nicht besonders ausgeprägt war – wie sollte er auch, als Novizin in einem abgeschotteten Kloster in einer vergessenen Ecke des Reiches. Sie musste in Erfahrung bringen – und zwar ohne Verdacht zu erregen – was es mit dem ersten Teil ihres Traumes auf sich hatte, in dem sie den langgezogenen Trupp Bewaffneter über einen Pass in den Alpen hatte ziehen sehen und gleichzeitig spürte, dass dem Reich große Umwälzungen bevorstanden.

Was ihren Vater anging, da hatte sie das sichere Gefühl, dass er versucht hatte, mit ihr zu sprechen, und dass er mit ihr von weit her Kontakt aufnehmen wollte, um ihr mitzuteilen, dass er am Leben war, immer noch auf seinen Glücksbringer, ihren Milchzahn, vertraute, und dass sie aushalten sollte, bis er kommen konnte. Oder wollte er, indem er den Zahn vorzeigte, damit andeuten, dass sie jetzt auf eigenen Füßen stand und selbst zusehen sollte, ihr Glück allein zu finden? Jedenfalls war sich Abeline sicher, dass er noch lebte. Diese Ahnung, die fast schon Gewissheit war, bestärkte sie ungemein. Sie würden sich wiedersehen, wann und wo auch immer. Nur das Schicksal ihrer Mutter bereitete ihr große Sorgen. Warum war ihr Vater immer nur mit traurigem oder hilfesuchendem Gesichtsausdruck in ihren Träumen erschienen? Warum nie zusammen mit ihrer Mutter? Und was hatte das Auftauchen der Äbtissin vor ihrem inneren Auge zu bedeuten? Darauf konnte sie sich beim besten Willen keinen Reim machen. Und warum erschien ihr Magdalena zum ersten Mal im Traum? Sie schien in großer Gefahr zu sein. Nur zu gern hätte sie gewusst, wie es ihr gerade ging. Vielleicht …

»Abeline – musst du denn immer die Letzte sein?«, wurde sie von Schwester Afra ermahnt und aus ihren Gedanken gerissen. Schwester Afra stand vor ihr und war ihr noch dabei behilflich, die Haube und das Habit zurechtzuzupfen, bevor es im Gänsemarsch zur nächsten Andacht in die Klosterkirche ging.

Abeline war inzwischen schon so routiniert, dass sie die ganze Prim mit allem, was an liturgischen Ritualen dazugehörte – Zuhören, Hinknien, Beten, Aufstehen, Singen, Zuhören, Hinknien, Wechselgebet, Schlusssegen –, durchexerzieren konnte, ohne innerlich beteiligt zu sein, aber auch ohne dass es jemandem auffiel, das war die eigentliche Kunst. Vielmehr dachte sie, während sie die Prim absolvierte, nur über ihre Träume und deren Bedeutung nach. Träume, die auch jetzt noch so präsent waren wie nie zuvor. Aber sie konnte sie beim besten Willen nicht ansatzweise so deuten und entschlüsseln, wie sie es gerne gehabt hätte. Ihre seltsame Gabe war mitunter auch ein Fluch, denn nach ihren Träumen geriet sie stets ins sinnlose Grübeln. Weil sie genau spürte, dass die geträumten Vorhersagungen ihr Leben nicht nur beeinflussen, sondern sogar bestimmen würden. Wenn sie denn alle zutrafen, aber vielleicht waren es auch nur normale Alpträume, weil sie sich um die Menschen, die sie liebte, immer so große Sorgen machte. Das alles konnte ihr Verstand allmählich nicht mehr fassen, und es bereitete ihr große Angst, die sie unbewusst gegen Ende der Prim so laut singen ließ, dass die robuste Clara neben ihr es nicht lassen konnte, ihr einen schiefen und abfälligen Blick zuzuwerfen und einen versteckten Stoß mit dem Ellenbogen zu verpassen. Doch Abeline nahm ihn gar nicht richtig wahr, so sehr war sie in ihre innere Welt und die damit zusammenhängenden unendlich vielen Fragen verstrickt.

III

Es war mitten in der Nacht zwischen zwei Andachten. Die Priorin lag vor dem Altar der Klosterkirche und sah hoch zum Kruzifix, weil sie für ihr Vorhaben den Segen des Herrn dringender brauchte als ein Verdurstender das Wasser.

Vier Wochen lang war sie in sich gegangen, hatte außerhalb der üblichen Fastenzeit gefastet, gebetet und sich gequält. Der Entschluss, den sie schließlich nach reiflicher Prüfung und Überlegung gefasst hatte, war ihr deshalb so schwergefallen, weil er erstens nicht leicht durchzuführen war, zweitens weitreichende Folgen hatte, drittens unumkehrbar war und weil sie ihn viertens ganz allein durchführen musste, ohne dass auch nur der geringste Verdacht auf sie fallen durfte. Sonst war alles umsonst, und sie hätte nicht nur ihre Ambitionen verwirkt, sondern auch ihr Leben. Die Last dieser Verantwortung war eigentlich von einer Person allein gar nicht zu schultern, aber sie durfte nicht davor zurückschrecken. Es wäre nicht nur unentschuldbare Feigheit gewesen, sondern die endgültige Kapitulation vor dem Einzug des Bösen in Mariaschnee.

Wohl tausendmal war sie im Kopf alles durchgegangen, hatte Alternativen gewälzt und nach Ausreden gesucht, aber wie sie es auch drehte und wendete: Es gab nur diese eine Möglichkeit. Ihr Entschluss war unwiderruflich gefasst. Dass dem Wirken des Satans in ihrem Kloster nicht anders Einhalt geboten werden konnte, hatte sie selbst miterlebt.

Wie kläglich war der Versuch von Schwester Lydia gescheitert, die Dinge offen anzusprechen und die Mitschwestern zu überzeugen, Luzifer noch rechtzeitig das Handwerk zu legen. Es hatte nicht ausgereicht, obwohl sie die ganze Kraft ihrer Persönlichkeit in die Waagschale geworfen hatte. Im Gegenteil, der Einfluss des Bösen war mit ihrem Einsatz, für den sie mit dem Verlust ihrer Position und ihrer Freiheit teuer bezahlt hatte, nicht einmal zurückgedrängt worden, sondern größer denn je. Solange die Äbtissin das Sagen hatte und es immer wieder schaffte, alle Ereignisse in Mariaschnee zu ihren Gunsten umzudeuten, war es auch vergeblich, um eine Audienz beim Fürstbischof zu bitten oder ihm einen diesbezüglichen Brief zu schreiben. Dies wäre nur sinnvoll gewesen, wenn sie die große Mehrheit der Mitschwestern in dieser schwerwiegenden Angelegenheit eines Misstrauensvotums gegen die eigene Klostervorsteherin hinter sich gewusst und sich darauf berufen hätte können. Erst dann wäre es zu einer Untersuchung unter dem Vorsitz von Fürstbischof Konrad II. von Tegerfelden gekommen, in der sie ihre Anklage glaubhaft und überzeugend hätte vortragen können. So blieb ihr nach sorgfältiger Abwägung nur ein Ausweg, den sie allein, ohne Hilfe und Mitwisser, gehen und auf ihr eigenes Gewissen nehmen musste. Für diesen schweren Gang benötigte sie allen seelischen Beistand und Zuspruch, den sie bekommen konnte – und zwar von allerhöchster Stelle: von Gott, dem Allmächtigen. Er musste auf ihrer Seite sein, allein Er konnte ihr die Kraft, die Zuversicht und die Stärke verleihen, die für ihre Mission vonnöten war.

Wieder hob die liegende Priorin den Kopf und sah entschlossen zum Kruzifix über dem Altar hoch. Nein, es war nicht nur eine Mission, es war ihre Obliegenheit, ihre heilige Pflicht! Nur der Herr im Himmel konnte die Tat, die sie begehen musste, verstehen und billigen. Sie senkte ihren Kopf und spürte die Kühle der Steinplatten auf ihrer Stirn. Nach einer Weile des inbrünstigen Betens fühlte sie es durch sich hindurchströmen: Der Herr bestärkte sie, ermunterte sie und gab ihr schließlich einen Plan, wie sie vorzugehen hatte. Je mehr sie darüber nachdachte, desto überzeugender kam er ihr vor. Alles, was sie tun musste, war, umsichtig – und ohne weiter mit sich zu hadern – zu handeln, dann konnte gar nichts schiefgehen.

Doch gemach – sie musste Schritt für Schritt vorgehen, um nur ja keine Fehler zu machen. Zu allererst musste sie Ritter Geowyn von der Tann eine Order zukommen lassen. Es traf sich gut, dass sie ihn in Kürze sowieso aufsuchen würde, um sich berichten zu lassen, wie er damit vorankam, die überfälligen Zehnten bei säumigen Bauern einzukassieren. Ritter Geowyn war nicht zimperlich, in keiner Beziehung, und die Priorin zweifelte nicht daran, dass es ihm gelungen war, die Außenstände einzutreiben, obwohl die Ernte dieses Jahr so schlecht ausgefallen war und manche Bauern wohl große Mühe haben würden, sich und ihre Familien über den Winter zu bringen. Die Priorin hatte ihm bei der Wahl seiner Mittel freie Hand gelassen. Bei manchen Bauern kam man mit Drohungen nicht weiter, da mussten handfestere Argumente eingesetzt werden. Ritter Geowyn wusste, was damit gemeint war, auf ihn konnte sie sich verlassen. Sie war seine Herrin, und er war ihr treuer Gefolgsmann. Schließlich hatte sie dafür gesorgt, dass er sich seinen Traum verwirklichen konnte, wieder eines Tages Burgherr zu sein – Burg Melchingen war ihm nach dem Prozess und der Hinrichtung der Hexe Franziska von Melchingen und der Flucht ihres Ehemannes Philip vom nunmehrigen Besitzer, dem Bistum Konstanz, zum Lehen übereignet worden für seine Verdienste um Mariaschnee, mit der Auflage, auch zukünftig in Diensten des Klosters zu stehen und alle Anweisungen der Äbtissin oder ihrer Stellvertreterin gewissenhaft und schnellstmöglich durchzuführen. Mariaschnee hätte für die schmutzige Arbeit keinen Besseren finden können, das konstatierte sogar die Äbtissin. Was diese nicht wusste, war, dass Schwester Hiltrud und Ritter Geowyn ein dunkles Geheimnis miteinander teilten, das niemals ans Licht kommen durfte …

Die Priorin hatte schon immer Gefallen an dem stattlichen Ritter mit seinen ungeschliffenen Manieren gefunden. Natürlich hatte sie das in den schwarzen Tiefen ihres Herzens verborgen und sich für ihre sündigen Gedanken so manche Buße auferlegt. Aber gebeichtet hatte sie ihr Begehren nie, höchstens Pater Rasso, der aber in seiner begrenzten Aufnahmefähigkeit gar nicht richtig zugehört hatte. Schließlich musste er dem halben Kloster die Beichte abnehmen, ein langwieriger und eintöniger Vorgang, der ihn schon lange an den Rand der Erschöpfung und Verzweiflung getrieben hatte, was nur zu verhindern war, indem er jede Beichte radikal abkürzte und den Pönitenten nach ein paar Sätzen mit der Absolution abfertigte. Ebenso gut hätte er gleich eine Generalabsolution aussprechen können, aber das Bußsakrament der Ohrenbeichte war obligatorisch, und kirchliche Vorschrift war kirchliche Vorschrift. So hatte es jedes Mal eine beträchtliche Schlange vor dem Beichtstuhl gegeben, wenn Pater Rasso Mariaschnee aufgesucht hatte. Doch auch das war nun Vergangenheit, wie so vieles. Nicht dass sie sich nach Pater Rasso sehnte, aber auf eine gewisse Art war Kloster Mariaschnee ein Hort des Friedens gewesen, bevor alles aus den Fugen geraten war. Schwester Hiltrud ermahnte sich: Alles durfte sie – nur nicht der Melancholie verfallen, die manchmal so plötzlich über sie hereinbrach wie die

Nacht in den südlichen Ländern, sie hatte einmal davon gelesen.

Schwester Hiltrud glaubte schon, ihre sündhaften Hirngespinste Ritter Geowyn betreffend seien eine zeitweilige Verwirrung gewesen und nach ein paar Wochen, in denen sie den Ritter nicht gesehen hatte, ausgestanden wie eine überwundene Krankheit. Aber sobald Ritter Geowyn wieder auftauchte, waren alle guten Vorsätze wie weggeblasen, und der bittersüße Geschmack der Versuchung trat erneut an deren Stelle. Die Priorin hatte genau gespürt, wie Geowyn sie mit seinen wölfischen Blicken verfolgte, sobald sie unbeobachtet waren, weil sie, wenn er Bericht erstatten musste, dies nur unter vier Augen zu tun pflegten. Und sie musste feststellen, dass es sie erregte, von ihm begehrt zu werden. Sie, von der hinter ihrem Rücken geflüstert wurde, dass sie statt Blut flüssiges Eis in ihren Adern hätte! Wenn sie diesen Blick spürte, drehte sie sich nach ihm um, und Ritter Geowyn schaute tatsächlich schnell wieder weg. Sie wollte beileibe nicht mit den Waffen einer Frau oder sogar einer Hübschlerin – Gott stehe ihr bei! – kokettieren, sie wusste gar nicht, wie das ging, darin hatte sie keinerlei Erfahrung, schließlich war sie eine Nonne. Aber auch eine Nonne war eine Frau, und seine jetzige Reaktion erregte sie noch viel mehr, weil sie spürte, dass sie Macht über diesen Mann der Gewalt ausüben konnte, dass er tun würde, was sie von ihm verlangte, dass sie ihn wie einen Tanzbären am Nasenring herumführen konnte, wenn sie ihm dafür in Aussicht stellte, wonach es ihn gelüstete.

Die Äbtissin überließ ihrer Stellvertreterin alle profanen Angelegenheiten – also die wirtschaftlichen – zur Gänze. Nur einmal im Jahr wollte sie genau darüber informiert werden, wie es um die Finanzen des Klosters stand. Einkünfte und Ausgaben mussten penibel aufgelistet werden. Die Priorin hatte stets alles perfekt dafür vorbereitet, auch in schlechten Zeiten erwirtschaftete das Kloster genügend Überschüsse, um einen gehörigen und zufriedenstellenden Teil davon an den Fürstbischof in Konstanz abführen zu können. Solange das Wirtschaften der Priorin in dieser Hinsicht keinen Anlass zur Klage bot, hatte Schwester Hiltrud völlig freie Hand.

Vor zwei Jahren, kurz nach Ostern, war es dann geschehen. Ritter Geowyn hatte mit seinen Leuten ein Fuhrwerk mit Säcken voll Getreide und einen Ochsen sowie drei Kühe ins Kloster gebracht, die er einem Bauern abgenommen hatte, der behauptet hatte, den Zehnten auf Grund einer schlechten Ernte nicht leisten zu können. Ritter Geowyn hatte ihm ein wenig auf den Zahn gefühlt, was nichts anderes bedeutete, als dass seine Männer auf dem Bauernhof das Unterste zuoberst gekehrt und eine versteckte Vorratskammer ausfindig gemacht hatten. Der Bauer hatte wegen seiner frech aufgetischten Lügengeschichte nicht nur seine linke Hand durch einen Schwertstreich von Ritter Geowyn verloren, sondern auch seine versteckten Vorräte und das Vieh.
Bei einem Krug Bier im Empfangsraum der Priorin kreuzten sich die Blicke von Schwester Hiltrud und Ritter Geowyn und blieben ineinander hängen. In diesem Augenblick erkannten beide gleichzeitig das Begehren des anderen. Geowyn wagte es, ihre Hand zu berühren, und dann, als er kein Zurückweichen, sondern sogar eine Erwiderung als Antwort bekam, gab es kein Halten mehr. Vorbei war es mit jeglicher Zurückhaltung oder der Angst vor Entdeckung, die unweigerlich einen furchtbaren Skandal ausgelöst hätte, an dessen Ende Ritter Geowyn am Galgen bau-

meln und die Priorin sich die Seele auf dem Scheiterhaufen aus dem Leib schreien würde. Die pure Leidenschaft hatte die Oberhand gewonnen und alle Bedenken vergessen gemacht; erst als sie beide völlig ausgepumpt und verschwitzt wieder zu sich kamen, wurde ihnen allmählich bewusst, auf was sie sich da eingelassen hatten. Aber sie bereuten nichts. Zwar ordnete die Priorin verschämt ihre Kleider und Ritter Geowyn sah, während er die seinen ordnete, zu seiner Beruhigung aus dem rückwärtigen Fenster auf den Rhein hinunter, aber beide versuchten, schnellstmöglich den Eindruck zu erwecken, als sei nichts geschehen – um bloß keinen Verdacht aufkommen zu lassen, falls doch noch jemand käme.

Als sie sich jetzt wieder in die Augen blicken konnten, verstand die Priorin zum ersten Mal, was der Spruch aus der Bibel, der an so vielen Stellen vorkam, bedeutete: »Sie erkannten einander.« Ja, genauso war es. Dazu bedurfte es keiner langen Aussprache, sie hatten sich schlicht und einfach gefunden. Sie waren erwachsene Menschen mit völlig gegensätzlicher Vergangenheit. Sie wussten auch, was das bedeutete – eine gemeinsame Zukunft für sie beide war nicht vorgesehen. Doch das würde sie nicht stören. Jeder von ihnen führte sein eigenes, selbstbestimmtes Leben. Und doch würde es Augenblicke geben – heimliche zwar, aber vielleicht war auch das gerade der Reiz –, wo sie zusammen sein konnten. Das war ein himmlisches Geschenk. Niemals würde oder durfte jemand davon erfahren. Darüber waren sie sich in diesem Augenblick einig, das musste nicht ausgesprochen werden.

Es war ihnen bisher gelungen, ihr Verhältnis geheim zu halten. Allerdings war es auch einfacher geworden, dass sie sich treffen konnten, ohne Aufmerksamkeit zu erregen, seit Ritter Geowyn stolzer Burgherr auf Burg Melchingen geworden war. Schwester Hiltrud hatte genügend Gründe, ihn bisweilen auf seiner Burg aufzusuchen, um wichtige Belange des Klosters, auch im Auftrag der Äbtissin, mit ihm durchzusprechen. So auch diesmal. Bevor sie ihren Plan endgültig zur Ausführung bringen konnte, musste sie Ritter Geowyn nämlich noch eine Order erteilen, die eine Vorbedingung ihres Plans war. Es ging nicht nur darum, die Äbtissin auszuschalten und sich an deren Stelle zu setzen, auch diese Magdalena und deren Vater mussten kaltgestellt werden. Sie würde ihnen noch eine Gelegenheit geben, freiwillig das Feld zu räumen und sich für immer in andere, so weit wie möglich entfernte Gefilde zu begeben. Das würde keinerlei Aufsehen erregen und wäre für alle Beteiligten das Beste. Sollten sie nicht darauf eingehen, würde die Priorin mit Hilfe von Ritter Geowyn drastischere Maßnahmen ergreifen lassen.

Für Abeline war in ihrem Plan ein Entkommen nicht mehr vorgesehen. Ihr irdisches Dasein war abgelaufen, sobald die Priorin Äbtissin geworden war. Dafür hatte sie sich schon die genaue Vorgehensweise zurechtgelegt. Den Befehl für Ritter Geowyn, Meister Albert und Magdalena zu vertreiben, erläuterte sie ihm nicht weiter. Auch in ihre anderen langfristigen Pläne weihte sie ihn nicht ein. Das musste sie mit sich allein austragen. Er würde es sowieso verstehen, wenn es erst so weit war. Das war ja das Einzigartige an ihm: Er handelte, ohne Fragen nach dem Warum zu stellen. Weil er wusste und akzeptierte, dass es richtig war, was sie tat. Das mochte sie ja so an ihm. Unter anderem.

Beinahe hätte sie geschmunzelt, als sie an der Seite eines Fuhrknechts auf dem Kutschbock eines zweirädrigen Karrens den steilen Burgweg hinauffuhr und das Burgtor in Sichtweite kam, wo Ritter Geowyn sie schon erwartete. Aber das sparte sie sich für den Moment auf, wo sie mit ihm allein war. Vor seinen Männern und dem Gesinde auf der Burg durfte sie nicht aus ihrer Rolle fallen, die sie seit Jahr und Tag so perfekt verkörperte: die der unnahbaren, eisenharten Stellvertreterin der Äbtissin von Mariaschnee, wegen ihres kalten Herzens gefürchtet und gleichzeitig geachtet und respektiert als unantastbare Sachverwalterin der höchsten moralischen Instanz auf Erden, der Heiligen Mutter Kirche.

Ritter Geowyn von der Tann beugte das Knie und nahm seine Kopfbedeckung ab, als die Priorin näherkam. So, wie es sich gehörte und wie es seine Pflicht und Schuldigkeit gegenüber seiner Dienstherrin war.

Später, sehr viel später – eine Lerche trällerte schon von draußen, und im Osten färbte sich der Himmel bereits rosarot – lag Ritter Geowyn auf seinem Lager und sah zu, wie Schwester Hiltrud in ihre Ordenstracht schlüpfte, um vor Tagesanbruch in ihr Gemach zu schleichen.

»Wann sehen wir uns wieder?«, fragte er.

»Wenn ich getan habe, was getan werden muss.«

»Vor dir muss man sich in Acht nehmen. Ich möchte dich nicht zum Feind haben.«

»Ich dich auch nicht,« sagte sie und schenkte ihm ein Lächeln, dass so selten war wie Schnee im Sommer. Und umso kostbarer.

»Ist es das, was uns miteinander verbindet?«

»Nicht ausschließlich,« antwortete sie, beugte sich hinunter und gab ihm einen Kuss zum Abschied, der länger ausfiel, weil er sie mit seinen starken Armen gepackt hielt. Endlich löste sie sich von ihm und ordnete sorgfältig, was er wieder durcheinandergebracht hatte.

»Du weißt, was du zu tun hast,« sagte sie dabei.

»Ja«, erwiderte er. »Die Frage ist, ob du es weißt. Wenn etwas schiefgeht …«

»Ich habe alles genau geplant. Es wird nichts schiefgehen.«

»Dein Wort in Gottes Ohr.«

»Ich weiß, dass ich es habe.«

»Wenn es jemand wissen kann, dann du.«

Sie hatte ihre Hand schon an der Tür zum Gang und lauschte, als er von seinem Lager hochfuhr und sie noch einmal an sich riss. »Wenn du dabei bist, reite ich einmal durch die Hölle und zurück.«

»Sind wir da nicht schon?«, fragte sie und sah ihm spöttisch in die Augen.

»Ja«, sagte er nachdenklich, »ja. Mag sein. Vielleicht ist das der einzig richtige Ort für jemanden wie mich.«

»Dann sind wir schon zu zweit.«

Er nickte, öffnete vorsichtig die Tür und spähte in den Gang hinaus. Die Luft war rein, er hielt ihr die Tür auf, bis sie barfuß über den mit Stroh bestreuten Steinboden davongehuscht war, ihre Holzpantinen in der Hand.

Ritter Geowyn schloss die Tür wieder, so leise er konnte, und lehnte sich mit dem Rücken dagegen. Schon jetzt sehnte er sich wieder nach ihrer Umarmung. Aber das musste warten.

So lange, bis alles erledigt war, wie Schwester Hiltrud es geplant hatte.

IV

Auf dem versteckt und abseits gelegenen Hof von Meister Albert ging es wie immer gemütlich zu: Albert und seine Tochter Magdalena hatten in aller Ruhe gemeinsam gegessen – und zwar gebratene Brassen, die Magdalena selbst in einem ausmäandernden Seitenarm des Rheins gefischt hatte, ihrem bevorzugten Fanggebiet. Niemand sonst war so geschickt im Erbeuten von Tieren, egal ob es um Vögel in einer Falle, Hasen und Kaninchen in der Schlinge oder Fische ging. Die holte sie nicht nur mit der Angel – was ihr oft zu langweilig war –, sondern zuweilen sogar mit den bloßen Händen aus dem Wasser oder mit einem angespitzten Holzspieß. Dazu stand oder hockte sie geduldig an einer seichten Stelle und wartete, bis ein größeres Exemplar in ihre Reich- oder Fangweite kam, dann schlug sie zu, durchbohrte es entweder mit dem Spieß oder packte es mit einem blitzschnellen Griff und warf es an Land. Ihr Vater hatte ihr schon dabei zugesehen und staunte immer wieder über ihre Jagdmethoden. Dafür musste er die Fische immer ausnehmen, Magdalena konnte kein Blut sehen.

Zusammen mit ihrem Vater bereitete sie Fisch oder Wild dann über dem Herdfeuer zu. Gewürzt wurde mit Salz, obwohl es teuer war. Albert hatte einen ansehnlichen Vorrat davon, sie benutzten es auch zum Einpökeln. Magdalena war eine ausgewiesene Expertin im Finden und Hinzufügen von Kräutern und verfeinerte alle Speisen damit.

Die beiden genossen ihre gemeinsamen Mahlzeiten, und dann ging jeder von ihnen wieder seiner Passion nach. Albert verbrachte die meiste Zeit in seinem Laboratorium beim Experimentieren. Er war immer noch besessen davon, aus Blei und anderem Metall und allerlei alchemistischen Gerätschaften und Zutaten Gold zu machen und ein Wundermittel gegen Krankheiten jeglicher Art zu entwickeln. Dass er dabei nur wenige bis gar keine Fortschritte machte, störte ihn nicht weiter. Das Herumtüfteln und Forschen war sein Lebensinhalt, und jeden Abend trug er sorgfältig seine Erkenntnisse in einen dicken Folianten ein, manchmal diktierte er auch seiner Tochter in die Feder, weil er sein eigenes Gekritzel nur schwer entziffern konnte und Magdalena so eine schöne Schrift hatte.

Er nahm sich aber auch Zeit, Magdalena das Goldschmiedehandwerk weiter beizubringen, das er selbst von der Pike auf gelernt und jahrelang ausgeübt hatte. Die Grundlagen beherrschte sie schon perfekt, jetzt musste sie lernen, Schmuckstücke anzufertigen, die auf den Märkten der näheren und weiteren Umgebung verkauft werden konnten.

So werkelten die beiden, wenn sie nicht gerade anderweitig zu tun hatten und unterwegs waren, Seite an Seite in Alberts Scheune, die er für ihre Zwecke umgebaut und eingerichtet hatte. Magdalena war stets still und konzentriert. Sie war gerade damit beschäftigt, eine Fassung für einen Edelstein zu schmieden, den sie aus den Beständen ihres Vaters hatte. Ihm entfuhr hin und wieder ein lautes »Ha!« oder ein »Das darf doch nicht wahr sein!«, wenn ein durchgeführtes Experiment klappte, so wie er es sich vorstellte, oder zum x-ten Mal fehlschlug. Aber das irritierte Magdalena nicht weiter, weil sie das schon so gewöhnt war.

Diesmal hatte er ein Gebräu zusammengerührt, das unvermittelt fürchterlich zu qualmen und zu stinken anfing, so dass er husten musste und den Rauch mit den Händen wegwedelte.

Magdalena stellte auf einmal ihr Hämmern ein und horchte.

»Pscht! Sei mal ruhig!«, sagte sie. »Da kommt jemand.«

Albert zog seinen brodelnden Topf von der Feuerstelle, die er selbst konstruiert hatte und die er wie ein Schmied durch einen Blasebalg auf hohe Temperaturen bringen konnte, und horchte ebenfalls.

In der Stille waren Pferdegetrappel und Rufe von draußen zu vernehmen.

Eine Männerstimme schrie: »Meister Albert! Kommt heraus und zeigt Euch!«

Albert und seine Tochter tauschten einen besorgten Blick aus. Sie bekamen selten zufälligen Besuch, dazu waren sie zu weit entfernt von der nächsten menschlichen Siedlung, und außerdem war es den Leuten, die den Hof kannten, nicht ganz geheuer, was dort vor sich ging.

Die Zeiten waren gefährlich, Albert rückte seine Lederschürze zurecht und packte sicherheitshalber ein Hufeisen, bevor er die Tür nach draußen aufriss. Magdalena hatte er ein Zeichen gegeben, sich erst einmal bedeckt zu verhalten und sich nicht sehen zu lassen.

Fünf Männer, alle hoch zu Ross und großgewachsen, warteten auf dem Vorplatz. Der Anführer, ein breitschultriger Mann mit gestutztem Bart, der auf dem Kopf eine Lederkappe mit Ohrenschützern trug, stieg von seinem Pferd, gab die Zügel an einen Begleiter ab und näherte sich Albert.

»Gott zum Gruß, ihr Herren«, sprach Albert sie freundlich an und verbarg die Hand mit dem Hufeisen unter seiner Schürze. »Seid Ihr vom Weg abgekommen?«

»Nein«, sagte der Anführer und schlug Albert ohne Vorwarnung seine Faust mitten ins Gesicht.

Albert landete krachend mit einem Schmerzenslaut auf dem Rücken und hielt sich stöhnend seine blutende Nase und die aufgeplatzten Lippen. Der Mann mit der Lederkappe stand breitbeinig vor ihm und wartete, die Hände in die Hüften gestemmt. Die anderen Männer auf ihren Pferden schauten mit ausdruckslosen Gesichtern zu.

Mehr verblüfft und geschockt als schlimm verletzt richtete Albert seinen Oberkörper auf und versuchte blinzelnd seinen Blick auf den Mann zu fokussieren, der ihn niedergeschlagen hatte. Der verzog keine Miene, als er von oben herab sagte: »Gott zum Gruß, Meister Albert. Ich möchte mich Euch vorstellen. Mein Name ist Geowyn von der Tann.«

»Ich kenne Euren Namen. Was ... was wollt Ihr, Ritter Geowyn?«, nuschelte Albert.

»Ich will, dass Ihr von hier wegzieht. Weit weg. Ihr habt zwei Wochen Zeit, Euren Hausrat zu packen. Falls Ihr bis dahin nicht verschwunden seid, dann ...«

»Dann? Was ist dann?«

»Dann zünden wir Euren Hof an. Aber vorher vergnügen sich meine Männer noch mit Eurer Tochter. Wie heißt sie doch gleich?«

»Lasst sie in Ruhe. Sie hat Euch nichts getan ...«

Ritter Geowyn stellte seinen schweren Stiefel auf Alberts Adamsapfel, um seinen Worten Nachdruck zu verleihen. »Wisst Ihr nicht, dass es unhöflich ist, wenn man Fragen nicht beantwortet? Also – wie heißt Eure Tochter?«

»Magdalena«, brachte Albert krächzend heraus.

»Richtig, Magdalena ... Wenn also meine Männer fertig sind mit Magdalena, nageln wir sie an das Scheunentor und schneiden ihr die Kehle durch. Und Ihr dürft dabei zusehen.«

Die Tür zur Scheune ging auf, und ein sechster Mann kam mit Magdalena heraus, die sich wehrte und strampelte, sich aber nicht gegen den bärenstarken Kerl durchsetzen konnte, der sie mit einem Arm fest gepackt hatte und ihr mit dem anderen ein Messer an den Hals hielt.

»Ich hoffe für Euch, Ihr habt verstanden, Meister Albert. Es wird keine zweite Warnung geben«, sagte Ritter Geowyn ungerührt, spuckte zur Bekräftigung seiner Worte neben Magdalenas Vater in den Staub und gab seinen Männern mit einem Wink zu verstehen, dass ihr Auftrag für den Augenblick ausgeführt und beendet war, bevor er auf sein Pferd stieg und als Erster davonpreschte.

V

»Wieso willst du das wissen?«, fragte Schwester Nelda Abeline, die ehrerbietig, wie es sich geziemte, vor der Nonne mit dem hässlichen Feuermal im Gesicht Aufstellung genommen hatte und einen in Schweinsleder gebundenen Oktavband in den Armen hielt. Die Priorin war für zwei Wochen in klösterlichen Angelegenheiten unterwegs, hieß es, und Schwester Nelda hatte sofort die Gelegenheit genutzt und Abeline zu sich berufen. Da sie nach Schwester Hiltrud und Schwester Lydia eine der dienstältesten Nonnen in Mariaschnee und in der Klosterhierarchie auch ihrer Verdienste wegen weit oben angesiedelt war, hatte sie das Recht dazu, und so war Abeline wieder an ihrem Schreibpult im Skriptorium gelandet, wo sie zum Verdruss der anderen Novizinnen ungestört ihrer Lieblingstätigkeit nachgehen konnte: Bücher kopieren. Was die Buchstaben und die Fehlerlosigkeit anging, konnte ihr sowieso niemand etwas vormachen. In den zahlreich anzufertigenden kunstvoll ausgeschmückten Initialen und Illustrationen war sie zuweilen sogar besser als das Original. Schwester Nelda stellte ihr alles zur Verfügung, was sie brauchte: das beste Schreibpult mit den günstigsten Lichtverhältnissen, feinstes Pergament, Federn, Tinte, Pinsel und Farbpigmente. Abeline war in der Lage, alle Majuskeln, Minuskeln und Miniaturen so feinsinnig und kunstvoll anzufertigen, dass Schwester Nelda ihr dabei am liebsten stundenlang über die Schulter zugesehen hätte, wenn sie nicht hätte annehmen müssen, dass Abeline sich dadurch gestört fühlte.

»Nun«, sagte Abeline, lächelte dabei Schwester Nelda mit Unschuldsmiene an und wies auf ihren Oktavband, mit dem sie gerade beschäftigt war, »dieser Psalter soll doch ein Geschenk für den Stellvertreter Gottes auf Erden sein. Ihr habt mir selbst gesagt, dass ich mir deswegen besondere Mühe geben soll. Und ich denke, ein schön geschriebenes Grußwort am Anfang mit den besten Wünschen aus Mariaschnee würde beim Heiligen Vater sicher Eindruck machen und Gefallen finden.«

Schwester Nelda schüttelte belustigt den Kopf. »Du bist nicht nur eine begnadete Skriptorin, Abeline, sondern du hast auch noch das Zeug zum Legaten. Papst Innozenz III. ist seit dem Jahre 1198 auf dem Stuhl Petri. Dieser Psalter soll ihm auf Anweisung des Fürstbischofs zum dreizehnjährigen Jubiläum seiner Weihe am 22. des Monats Hornung offeriert werden, also spute dich, das ist schon in fast einem Jahr.«

»Verzeiht, wenn ich neugierig bin, Schwester Nelda, aber es interessiert mich. Wen hat der Heilige Vater denn zum jetzigen Kaiser gekrönt?«

»Den Welfen Otto von Braunschweig. Seit 1209 ist er der Vierte seines Namens. Vorher war es Philipp von Schwaben, ein Staufer, aber der wurde von einem Wittelsbacher mit dem Schwert erschlagen. Doch das soll für uns nicht weiter von Belang sein. Das sind weltliche Angelegenheiten, wir haben uns um die unsrigen zu kümmern, um die kirchlichen und geistlichen. Erst recht eine Novizin!«, wies sie Abeline zurecht.

»Eine Frage noch, ich bitte Euch«, sagte Abeline. Sie wusste ganz genau, dass sie nur bei Schwester Nelda derart insistieren konnte, weil sie bei ihr durch die Wertschätzung ihrer Arbeit einen Stein im Brett hatte. »Wieso gibt es Gerüchte, die bis zu uns durchgedrungen sind, dass es um den Kaiserthron Streitigkeiten gibt?«

»Seit wann kümmern sich Novizinnen um die Besetzung des Kaiserthrons?«, fragte Schwester Nelda misstrauisch.

»Ich habe in der Küche beim Abräumen einiges aufgeschnappt. Von den Laienschwestern, die Zugang zum Dorf haben. Nennt es Küchentratsch. Und da ich weiß, dass es nur wenige Nonnen gibt, die sich damit auskennen und sich auf dem Laufenden halten, wie es draußen in der Welt zugeht … wage ich es, Euch zu fragen. Weil Ihr bestimmt eine dieser wenigen Nonnen seid, ehrwürdige Schwester. Oder ist mein Begehren ein falsches? Bitte erklärt es mir!«, bat Abeline, die sich dabei nicht genierte, ihren treuherzigsten Augenaufschlag einzusetzen.

Das war nicht ohne Risiko, aber sie hatte Schwester Nelda richtig eingeschätzt, sie konnte ihr vertrauen, und Schwester Nelda hatte in Abeline jemanden gefunden, auf den sie große Stücke hielt und mit der sie zuweilen auch über Dinge reden konnte, die sich jenseits der Klostermauern von Mariaschnee abspielten. Natürlich war die hohe Politik keine Angelegenheit von Nonnen, aber Schwester Nelda gehörte zu den wenigen, die der Meinung waren, dass es auch für klösterliche Belange ganz nützlich sein konnte, ab und zu ein wenig über den Tellerrand hinauszublicken. Schließlich gab es kein Gebot Gottes oder der Kirche, das besagte, man dürfe sich als Klosterinsassin nicht darum kümmern, wer gerade Papst war oder auf dem Kaiserthron saß. Es konnte ja durchaus sein, dass Umwälzungen auf hoher kirchlicher oder weltlicher Ebene Auswirkungen auf das Klosterleben hatten, in positiver wie negativer Hinsicht. Diese Sicht der Dinge und ihre Interpretation war eigentlich der Äbtissin vorbehalten, aber Abeline hatte schon einmal beim Füttern der Vögel mitbekommen, wie Schwester Nelda in den

Räumlichkeiten der Äbtissin mit der Klostervorsteherin darüber geredet hatte.

Schwester Nelda seufzte und gab nach. »Setz dich«, sagte sie und führte Abeline an ihren Arbeitstisch, der ein wenig abseits stand und wo ihnen niemand zuhören konnte.

»Ja, es gibt Streitigkeiten um den Kaiserthron. Schon seit langer Zeit. Das Heilige Römische Reich ist so riesig und erstreckt sich auch noch diesseits und jenseits der Alpen, dass es fast unmöglich scheint, es zu regieren. Zumal es bei uns noch so viele Fürsten gibt, die Sonderrechte haben und diese bis aufs Blut verteidigen. Genauso jenseits der Alpen. Da ist der Lombardische Bund mit Mailand, Verona, Padua und Venedig, die alle Eigeninteressen haben und sehr reich und damit stark sind, weil sie große Heere unterhalten können. Und unser Heiliger Vater in Rom ist mittendrin und will natürlich, dass nur jemand den Thron besteigt, den er für den Richtigen hält und der auf seiner Seite ist. Du kannst dir vorstellen, wie schwierig das ist, diese Gemengelage auszutarieren. Nördlich der Alpen, also bei uns, gibt es zwei Lager, die um das Anrecht streiten, den Kaiser zu stellen. Das sind die Welfen und die Staufer. Und jetzt gibt es nicht wenige, die nach dem gewaltsamen Tod Philipps von Schwaben wieder einen Staufer zum Kaiser haben wollen, obwohl bereits mit Otto von Braunschweig ein Welfe mit dem Segen des Papstes auf dem Thron sitzt. Aber Otto will zum Missfallen unseres Papstes Innozenz nicht mit seinen Truppen aus Italien weichen.«

»Und wer soll das sein? Dieser Staufer?«

»Die Anhänger der Stauferpartei setzen ihre ganzen Hoffnungen auf einen sechzehnjährigen Jungen, der in Sizilien beheimatet ist. Weißt du, wo das ist?«

»Ja. Dort wachsen goldene und orangene Früchte an den Bäumen. Es ist eine Insel im Mittelmeer.«

»Richtig. Und weißt du, warum sie auf ihn setzen?«

Abeline schüttelte den Kopf. Aber sie war ganz Ohr. Ob das der Jüngling aus ihren Träumen sein konnte?

»Weil sein Großvater Friedrich Barbarossa war. Ein großer Kaiser, dem viele noch nachtrauern. Der junge Mann heißt nach seinem Großvater Friedrich ...«

»Friedrich von Hohenstaufen, König von Sizilien!«, rutschte es Abeline heraus – vorlaut zu sein, war schon immer eine große Schwäche von ihr gewesen. Und wie fast immer bereute sie es auch jetzt und hätte sich auf die Zunge beißen können.

»Woher weißt du das?«, fragte Schwester Nelda erstaunt.

»Küchentratsch ...«, antwortete Abeline so unschuldig wie möglich und zuckte entschuldigend mit den Schultern.

Schwester Nelda schien ihr zu glauben. Sie lächelte großzügig. Abeline war ganz aufgeregt und versuchte, sich zu zügeln und sich nichts anmerken zu lassen, als sie weiterbohrte: »Was gibt es über diesen Friedrich zu berichten?«

Abeline bemerkte, dass sich Schwester Nelda allmählich über ihre Neugier wunderte und die Stirn runzelte. Schnell fing sie an zu betteln: »Bitte, ehrwürdige Schwester Nelda – sagt es mir!«

Schwester Nelda seufzte nachgiebig und dann erzählte sie: »Seine Eltern waren Kaiser Heinrich VI. und Konstanze, eine Tochter des Normannen Roger II. Die Ehe war noch von Kaiser Friedrich Barbarossa in die Wege geleitet worden, es war eine politische Ehe, keine sehr glückliche, wie man sagt.«

Abeline hing förmlich an Schwester Neldas Lippen. Die fuhr fort: »Nach fast neun Jahren Ehe kam schließlich der kleine Friedrich 1194 auf die Welt. Konstanze zählte damals schon beinahe vierzig Jahre.«

»Was? Sie wird Mutter in diesem hohen Alter?«

»Ja – da muss Gott wahrlich ein Wunder bewirkt haben … Sie gebar ihren Sohn in einem Zelt mitten auf dem Marktplatz von Jesi in Italien, ihr Mann war mit seinem Heer schon auf dem Weg nach Sizilien, er musste sie hochschwanger zurücklassen. Als Friedrich vier Jahre alt war, hatte er Vater und Mutter schon verloren, sie waren beide gestorben. Unser jetziger Papst Innozenz hat deswegen seine Vormundschaft übernommen und für seine Erziehung gesorgt. Friedrich soll allerdings nicht sehr fügsam gewesen sein und als Junge ein wildes Leben geführt haben – sagt man.«

In dem Gedanken daran lächelte sie, Abeline ebenfalls, sie hatte es seit ihrem Traum gewusst. Endlich hatte der Junge, den sie mit ihrem inneren Auge im Straßenkampf gesehen hatte, ein Gesicht, einen bestätigten Namen und eine Vergangenheit bekommen. Ob er auch eine Zukunft hatte – das würde sich herausstellen, wenn er tatsächlich versuchte, die Alpen zu überqueren, und auf Widerstand stieß. Diese Überlegungen behielt Abeline natürlich für sich.

»Woher wisst Ihr das alles?«, wollte sie dann doch noch erfahren.

»Das ist in meiner Position nicht weiter schwer. Fast alle Schriftstücke, die aus dem Kloster hinausgehen oder hereinkommen, landen hier auf meinem Schreibtisch. Und der Schriftverkehr unter den Klöstern ist rege. Du brauchst nicht denken, dass wir in Mariaschnee hinter dem Mond leben. Alle Klöster verstehen sich gleichzeitig als Teil des Reiches *und* als Diener der weltumspannenden Mutter Kirche. Das eine schließt das andere nicht aus. Wir tauschen uns ständig aus mit allen anderen Klöstern, um zu erfahren, was sonst in der Welt vor sich geht. Die Kirche ist mächtig, und das hat sie auch uns zu verdanken. Nicht nur im Glauben – auch im Wissen liegt Macht. Aber das ist nur meine unmaßgebliche Meinung«, beeilte sie sich hinzuzufügen.

Abeline hatte den Eindruck, dass Schwester Nelda auf einmal befürchtete, zu weit gegangen zu sein und Abeline in zu viele Geheimnisse, sowohl persönlicher als auch allgemeiner Natur, Einblick gewährt zu haben, deren Aufdeckung einer unreifen Novizin gegenüber mit gewissen Gefahren verbunden waren – wenn es an die Ohren der Priorin gelangte, zum Beispiel.

Schwester Nelda stand auf. »Genug für heute.«

Abeline hatte verstanden und erhob sich ebenfalls. »Vergebt mir meine Neugier, ehrwürdige Schwester. Und danke, dass Ihr mich in Euer Vertrauen gezogen habt. Ich werde es nicht missbrauchen und niemandem von diesem Gespräch erzählen.«

Sie beugte das Knie und ging wieder an ihr Pult zurück. Viel Zeit bis zum Glockenschlag, der die Vesper ankündigte, blieb ihr sowieso nicht mehr, aber sie wusste nun alles, was sie erfahren wollte. Friedrich von Hohenstaufen war der Jüngling, der über die Alpen ziehen würde, um zu versuchen, sich sein angestammtes Reich zurückzuerobern. Der Junge aus ihrem Traum. Sie wünschte ihm von Herzen, dass es ihm eines Tages gelang. Er hatte so ausgesehen, als ob er dazu in der Lage sei, diese gewaltige Herausforderung anzunehmen und zu bewältigen, und auch das gespaltene Heilige Römische Reich mit starker Hand wiederzuvereinigen und weise und gerecht zu herrschen. Auf so jemanden warteten die Menschen, seit die Zeiten eines Barbarossa Vergangenheit waren.

Beinahe hätte Abeline bei diesen Gedanken wieder angefangen zu träumen, aber die nun einsetzenden Glocken der Klosterkirche erinnerten sie an die Vesper. Hastig raffte sie ihr Habit und eilte aus dem Skriptorium.

VI

Die Priorin wusste, wenn die Äbtissin in Mariaschnee weilte, war es ihr liebgewonnenes und regelmäßiges Ritual, einmal in der Woche das Badehaus für sich zu beanspruchen, um sich in den mit heißem Wasser von den Herdstellen der nahen Küche gefüllten Badezuber zu begeben und sich dort von einer Laienschwester gründlich einseifen und mit einer Bürste den Rücken schrubben zu lassen. Anschließend, nachdem noch ein Eimer mit heißem Wasser ins lauwarm gewordene Bad geschüttet worden war, pflegte sie die Laienschwester hinauszuschicken und sich mit geschlossenen Augen allein der Kontemplation hinzugeben, während alle Nonnen und Novizinnen in der Complet waren und sich danach zur Ruhe begaben, bevor sie zur Mette nach Mitternacht wieder herausmussten. Die Laienschwestern waren nach den Aufräumarbeiten des Abendessens im Gesindehaus, die Äbtissin war also ganz ungestört, nicht einmal ein Klappern oder Schimpfen aus der Küche belästigte sie. Normalerweise genoss sie ihr Bad so lange, bis das Wasser zu kalt geworden war und sie sich frisch, sauber und gestärkt fühlte, dann stieg sie heraus, trocknete sich ab und schlüpfte in eine saubere Tunika, um anschließend während der Mette durch die Sakristei zu kommen und bis zum Schlusssegen noch daran teilzunehmen. Das Badehaus, ein Anbau aus Holz, der aus praktischen Gründen an die Rückwand der Küche des Refektoriums angelehnt war – so konnte das an den Herdstellen aufgeheizte Wasser in Eimern schnell herbeigebracht werden –, war mit einem großen Badezuber aus Holz ausgestattet und hatte nur einen Zugang. Wenn sich die Nonnen und Novizinnen dort wuschen, was ihnen einmal in der Woche erlaubt und vorgeschrieben war – dies geschah unter der Aufsicht von Schwester Afra –, durften sie den Zuber nur als Behälter für heißes Wasser verwenden, als Badebecken war er ausschließlich für die Äbtissin und die Priorin vorgesehen. Die Nonnen und Novizinnen, die das Badehaus stets getrennt nutzten, stürzten sich für gewöhnlich selbst oder gegenseitig Wassereimer über den Kopf, mit denen sie aus dem gefüllten Badezuber schöpften, und wuschen sich im Stehen oder auch auf Hockern sitzend mit Seifenlauge und Waschlappen ab.

An diesem späten Abend im Monat Ostaramond war die Äbtissin im Badehaus und lag im heißen Wasser des Badezubers, die weißen Arme am Rand des Zubers aufgestützt, und ließ sich von der jungen Laienschwester die Haare waschen. Behaglich lehnte sie sich mit geschlossenen Augen im Holzzuber zurück, der mit weißen Leintüchern ausgelegt war, um ihren Körper vor möglichen Holzsplittern zu schützen. In diesen raren Momenten fühlte sie sich geborgen in der Hand Gottes, geradezu wie im Mutterleib. Das Wasser, das ihren Körper angenehm umschmeichelte, schwappte leise, und die Äbtissin überkam kurzzeitig der Anflug eines schlechten Gewissens, weil es ihr so gutging. Aber dann besann sie sich wieder auf ihre große Verantwortung und darauf, dass alles, was sie tat, zuerst vor dem Fürstbischof und dann, eines fernen Tages, vor dem Jüngsten Gericht standhalten musste. Sie war sich sicher, in der Causa Abeline und Magdalena richtig gehandelt zu haben. Die Priorin würde das nie und nimmer einsehen, sie war mit Abeline spinnefeind. Manchmal fragte sich die Äbtissin, wodurch es zu dieser übergroßen Abneigung gekommen war. Sie fand nur eine Antwort: Schwester Hiltrud, die eine ehrgeizige Fanatikerin war in der Verteidigung des wahren Glaubens und die deshalb nach der Meinung der Klostervorsteherin nie zur Äbtissin aufsteigen durfte, denn Barmherzigkeit und Güte waren nicht gerade ihre herausragendsten Eigenschaften, war tatsächlich von dem Gedanken besessen, dass der Teufel von Abeline Besitz ergriffen hatte – wie bei Franziska von Melchingen, ihrer Mutter. Wenn die Äbtissin an deren Flammentod dachte, dann empfand sie nur Mitleid mit dem armen Mädchen. Bisher war es ihr gelungen, sie von der Welt da draußen abzuschotten und ihr die Wahrheit über ihre Mutter zu ersparen. Sie seufzte tief unter der sanften Kopfmassage der geschickten Laienschwester. Irgendwann musste sie Abeline mit der Wahrheit konfrontieren. Vielleicht nach der Profess – ja, das schien ihr der angemessene Zeitpunkt dafür zu sein. Mit der Profess würde Abeline endgültig die Braut Christi sein und dürfte bis dahin genügend innere Kraft und Stärke im Glauben gefunden haben, um die Nachricht vom Tod ihrer Mutter auf dem Scheiterhaufen aufnehmen zu können, ohne gleich zusammenzubrechen und an Gottes Gnade und Gerechtigkeit zu zweifeln.

Sie gab der Laienschwester ein Zeichen – jetzt war es an der Zeit, die Seifenlauge aus den Haaren zu spülen, einen Eimer heißes Wasser nachzugießen und sich anschließend zurückzuziehen.

Als die Laienschwester alles wie üblich erledigt hatte, die Äbtissin die Tür nach draußen endgültig zuschlagen hörte und annahm, dass sie nun allein war, streckte sie sich so im Badezuber aus, dass sie das Gefühl hatte, leicht wie eine Feder zu sein und schweben zu können. Sie hatte den Hinterkopf tief unter Wasser, nur ihre Nasenspitze lugte heraus, und sie war darauf konzentriert, mit den Händen auf dem Rand ihr Gewicht im Wasser auszubalancieren. Deshalb hörte sie auch nur das Rauschen ihres Blutes in den Ohren und nicht, wie die Tür wieder aufging und jemand hereinkam, barfuß, die geräuschvollen Holzschuhe in der Hand, damit man ihn nicht schon von weitem heranklappern kommen hörte. Die Gestalt im schwarzen Habit und tief ins Gesicht gezogener Kapuze schlich im Schein der Kerzen um den Badezuber herum ans Kopfende.

Die Äbtissin, immer noch Ohren und die geschlossenen Augen unter Wasser, schien mit ihren Gedanken im Elysium zu sein und außer süßen Engelsstimmen nichts wahrzunehmen. Schwester Hiltrud krempelte die Ärmel hoch, schob ihre Kapuze in den Nacken und sah von hinten über den Rand des Badezubers. Ihr Schatten fiel über das Antlitz der Äbtissin, die unvermittelt die Augen aufschlug und die Priorin, deren Gesicht eine Handbreit über dem ihren schwebte, ansah. Dies kam für Schwester Hiltrud so überraschend, dass sie zurückschreckte. Die Äbtissin setzte sich in aller Ruhe zurück und strich sich das Wasser aus dem Gesicht, wandte sich aber nicht um, als sie zur Priorin in ihrem Rücken sagte: »Sprecht, Schwester Hiltrud, ich habe Euch schon die ganze Zeit erwartet.«

»Nun«, antwortete die Priorin, »gut Ding will Weile haben.«

»Quidquid agis, prudenter agas et respice finem«, entgegnete die Äbtissin.

Die Priorin nickte, verzog den Mund zu einem schiefen Lächeln und sagte: »Jaja, ich habe das Ende bedacht. Und ich kann Euch mit dem dritten Kapitel des Predigers Salomo aus dem Alten Testament antworten: ›Alles hat seine Zeit. Alles Vorhaben hat seine Stunde unter dem Himmel. Das Geborenwerden hat seine Zeit und das Sterben hat seine Zeit.‹«

»Wenn das auf mich gemünzt sein soll, dann teilt mir wenigstens mit, warum«, sagte die Äbtissin und erhob sich plötzlich aus dem Wasser, packte ein Leintuch, das zum Abtrocknen über den Zuberrand gehängt war, schlang es in einem Schwung um ihren Körper wie eine römische Toga und zurrte es fest. Dann drehte sie sich zu Schwester Hiltrud um. »Und zwar ins Gesicht. Nachdem wir jetzt genügend Sprüche ausgetauscht haben, könnt Ihr mir vielleicht erklären, was in Euch gefahren ist, dass Ihr mich zu dieser späten Stunde in meiner Kontemplation zu stören wagt, Schwester Hiltrud!«

Sie hatte wieder ihre ganze Autorität in ihre Stimme gelegt, und Schwester Hiltrud war einen Schritt zurückgewichen. »Schade. Ich wollte es Euch leichter machen, aber Ihr zwingt mich dazu ...«

Sie griff an ihren Rücken und zog aus ihrem Zingulum einen gebogenen Schürhaken, den sie von der Herdstelle der Küche mitgenommen hatte. Die Äbtissin blieb gefasst. Sie erschien auf einmal ganz ruhig, fast heiter, als hätte sie das alles kommen sehen. »Sagt mir wenigstens: Warum?«

»Es gibt nichts mehr zu sagen. Es ist schon alles gesagt worden. Verhaltet Euch ruhig und wehrt Euch nicht, dann wird es ganz schnell gehen.«

»Wozu braucht Ihr den Schürhaken? Warum habt Ihr mich nicht einfach unter Wasser gedrückt und ertränkt?«

»Das hat einen rein praktischen Grund. Ihr habt meine Anwesenheit zu früh bemerkt.«

»Und weshalb dieses ... Instrument und kein Dolch oder Gift?«

Die Priorin zuckte die Achseln. »Es muss wie ein Unfall aussehen. Damit niemand Verdacht schöpft. Jeder wird denken, es ist ein Gottesurteil gewesen. Gott hat die Äbtissin gerichtet.«

»Aber das seid dann Ihr gewesen. Der verlängerte Arm Gottes.«

»So ist es.«

»Ah ja, ich verstehe. Und jetzt habe ich Euch nicht den Gefallen getan und mich ertränken lassen. Was wollt Ihr stattdessen behaupten?«

»Es bleibt dabei. Ihr seid ausgerutscht und habt Euch Euren Kopf angeschlagen.«

»Verstehe.

Warum habt Ihr eigentlich so lange gebraucht, um Euch dazu durchzuringen, mich ... aus dem Weg zu räumen?«

»Weil ich so töricht war und Euch noch eine letzte Gelegenheit geben wollte, Eure Meinung zu korrigieren.«

»In Bezug auf was?«

»In Bezug auf alles. Ihr führt Mariaschnee sehenden Auges in den Untergang. Das darf ich nicht zulassen.«

»Nein, das ist es nicht. Ihr habt gezögert, weil Ihr vor Euch selbst zurückschreckt. Ist es nicht so?«

Schwester Hiltrud schüttelte den Kopf und lächelte sardonisch. »Es ist sinnlos. Ihr könnt mich nicht davon abhalten, meine Pflicht und Schuldigkeit zu tun.«

»Ihr schreckt vor Eurer schwarzen Seele zurück ... seht Ihr nicht, dass Ihr auf ewig verdammt seid, wenn Ihr Euren Plan ausführt?«

Damit schien sie doch einen wunden Punkt bei der Priorin getroffen zu haben, die anfing, den Zuber mit dem erhobenen Schürhaken in der Hand zu umrunden und sich dabei immer mehr in einen Zorn hineinredete, der ihr gleichzeitig helfen sollte, ihre Schwäche zu überwinden und dem grausamen Spiel ein Ende zu bereiten. »Ich war es nicht, der die Türen und Tore von Mariaschnee sperrangelweit aufgerissen und auch noch geschrien hat: ›Kommt nur herein!‹, als der Teufel an unsere Pforten klopfte! *Ich nicht!*«

Die Äbtissin ließ Schwester Hiltrud nicht aus den Augen und drehte sich mit, immer noch wehr- und schutzlos im Wasser des Zubers stehend.

»Ihr irrt Euch. Ihr irrt Euch grundsätzlich, Schwester Hiltrud. Der Teufel hat an die Tür Eures Herzens geklopft, und Ihr habt sie ihm aufgetan. Schon vor langer Zeit.«

Die Priorin antwortete nicht.

Die Äbtissin streckte ihre Arme seitlich von sich, die Handflächen nach oben. »Dann tut, was Ihr tun müsst. Warum zögert Ihr noch länger?«

»Habt Ihr keine Angst vor dem Tod?«, fragte die Priorin.

»Ich kann jederzeit reinen Gewissens vor meinen Schöpfer treten. Wenn meine Zeit gekommen ist, dann ist es eben so. Gott der Herr hält mich in seinen Händen, mir kann nichts geschehen, was nicht sein Wille ist. Aber um Euch mache ich mir Sorgen. Ihr ladet eine Todsünde auf Euch und verspielt leichtfertig Eure unsterbliche Seele … Wofür? Weil Ihr an meine Stelle treten wollt? Ist es das wert?«

»Schluss jetzt mit Euren Haarspaltereien, Äbtissin. Wir haben genug Zeit damit vergeudet.« Die Priorin war am Kopfende des Zubers stehen geblieben, sammelte sich noch einmal und sah die Äbtissin schließlich direkt an, die ihre Augen mit ihrem Blick einfing.

Die Äbtissin nahm wahr, wie die Priorin mit sich kämpfte und zögerte. Diesen Moment wollte sie nutzen, um schnell aus der Holzwanne zu steigen und zur Tür zu laufen. Aber die Holzwanne hatte hohe Wände, sie blieb mit ihrem um den Leib gebundenen Leinentuch beim Versuch, mit einem Schwung darüberzusteigen, hängen und fiel mit dem Oberkörper über die Kante auf den Boden. Schwester Hiltrud nahm diesen Augenblick der Hilflosigkeit als Geschenk des Himmels und schlug mit aller Kraft zu. Der Schürhaken prallte mit voller Wucht gegen die Schläfe der Äbtissin, riss ihr die Haut auf, zertrümmerte den Schädel und ließ sie auf der Stelle erschlaffen. Blut sickerte aus der Wunde, halb lag ein Bein im Wasser, der Oberkörper hing in grotesker Verrenkung über der Kante des Zubers, ein Arm berührte den Boden.

Die Priorin stand mit dem hocherhobenen Schürhaken keuchend da, darauf wartend, dass sich die Äbtissin noch einmal bewegte und sie erneut zuschlagen musste, um ihr Werk endlich zu beenden. Aus der Kopfwunde der Äbtissin floss Blut, das sich neben der Holzwanne immer weiter ausbreitete. Die Priorin verharrte schlagbereit, bis sie endlich sicher sein konnte, dass die Äbtissin tot war. Langsam ließ sie den Schürhaken sinken. Er entglitt ihrer Hand und fiel klirrend auf den Steinfußboden. Schwester Hiltrud setzte sich erschöpft auf einen dreibeinigen Hocker, auf dem die frische Tunika für die Äbtissin bereitgelegt war, und verbarg den Kopf in ihren Händen.

Aber dieser Anfall von Verzweiflung dauerte nicht länger als fünf Atemzüge, dann hatte sie sich wieder gefasst. Entschlossen stand sie auf, nahm den Schürhaken vom Boden und wischte das Blut an der Kante des Badezubers ab, dort, wo der Kopf der Äbtissin aufgeprallt sein konnte, wäre sie ausgerutscht. Danach wusch sie das noch daran anhaftende Blut im Badewasser mit einer Bürste ab. Die immer noch heftig atmende und schweißüberströmte Priorin hielt kurz den Atem an und horchte. War da nicht ein Geräusch draußen in der Küche des Refektoriums? Nein, sie musste sich getäuscht haben. Schwester Hiltrud sah an sich herunter – sie war zwar von ein paar Wasserspritzern nass geworden, aber sie konnte im Licht der Kerzen keine Blutspritzer auf ihrem schwarzen Habit erkennen, das sie extra für diesen Zweck angezogen hatte. Doch als sie mit den Händen darüberstrich, sah sie Blut daran kleben. Je mehr sie wischte, umso blutiger wurden ihre

Hände. Sie schlüpfte aus dem Habit, darunter kam ihre weiße Ordenstracht zum Vorschein. In heller Panik versuchte sie, ihre Hände am Habit abzuwischen, bis sie auf die Idee kam, sie zuerst im Badewasser zu waschen und dann mit der Innenseite des schwarzen Habits abzutrocknen. Sie knüllte das schwarze Habit zu einem Bündel zusammen, packte den Schürhaken, den sie auf dem Hocker abgelegt hatte, sah sich kurz um und war schon fast an der Tür zur Refektoriumsküche, als sie es sich anders überlegte. Sie kehrte noch einmal um und legte den Kopf der Äbtissin so an den Rand des Zubers, dass ein Unfall augenscheinlich war. Ganz zufrieden mit ihrem Arrangement war sie nicht, aber der Zustand der Leiche ließ sich nicht mehr ändern. Erst dann hastete sie mit Schürhaken und Kleiderbündel zur Tür und öffnete sie vorsichtig. Niemand war zu sehen. Schnell schlüpfte sie in ihre dort abgestellten Holzpantinen. Teil eins ihres Plans war geschafft. Der Rest sollte ein Kinderspiel sein.

VII

Nach der Complet war eigentlich für die Novizinnen Bettruhe angesagt. Die Zeit bis zur Mette war die einzige, in der sie ein paar Stunden ungestört durchschlafen konnten, und für gewöhnlich waren alle Insassinnen des Dormitoriums in den frühen Nachtstunden so müde, dass sich alle durchgehend im Tiefschlaf befanden. Abeline hörte den gleichmäßigen Atem oder das leise, aber regelmäßige Schnarchen ihrer Bettnachbarinnen. Sie fühlte nach ihrem zusammengefalteten Brief in der Innenseite ihrer Tunika, den sie heimlich im Skriptorium für Magdalena geschrieben hatte, in der stillen Hoffnung, dass ihre Freundin doch gelegentlich eine Möglichkeit finden würde, in Mariaschnee vorbeizukommen. Selbst wenn Abeline ihr nicht begegnete, würde Magdalena, wenn sie hier wäre, auf jeden Fall einen kurzen Blick in ihr gemeinsam genutztes Versteck werfen, den Hohlraum hinter dem losen Stein an der Außenmauer, ihre geheime Stelle für die Übermittlung von Nachrichten. Seit sie unter ihre Decke gekrochen war, überlegte sie fieberhaft, wie sie es anstellen sollte, den Brief in das Loch in der Mauer zu stecken, ohne dabei erwischt zu werden. Sie wollte ihn nicht zu lange mit sich herumtragen. Den Brief von Magdalena hatte sie inzwischen schweren Herzens doch vernichtet. Es war besser so. In der momentan äußerst angespannten Lage im Kloster, in der jede die anderen mit Argusaugen belauerte, durfte sie sich nicht mehr den kleinsten

Fehler oder Verstoß erlauben. Jedes Mädchen und jede Frau wusste, dass es bei der nächsten Unregelmäßigkeit Höchststrafen hageln würde. Die Äbtissin war gezwungen, mit aller Härte durchzugreifen. Ihre Milde, ihre Regel »Gnade vor Recht«, wurde ihr inzwischen als Schwäche ausgelegt. Dass sie sich das nicht länger leisten konnte, munkelten nicht nur die Falken unter den Nonnen. Die gegenwärtige Ruhe in Mariaschnee war trügerisch. So trügerisch und tückisch wie das Eis, auf dem ihr Vater vor vielen Jahren mit seiner fröhlichen Jagdgesellschaft eingebrochen war.

Abeline seufzte leise und drückte den Brief an Magdalena fest an sich.

Die vierte Möglichkeit ...

Die vierte Möglichkeit, von der Magdalena so schön gesprochen und geschrieben hatte, war in weite Ferne gerückt. Sie war eine Schimäre, ein wunderbarer Traum, in dem sie sich verlieren konnte, weil sie dann hoffte, nicht wieder von Schreckensbildern oder undeutbaren Hirngespinsten im Schlaf verfolgt zu werden. Aber es war nur eine unerfüllbare Sehnsucht, die nie Wirklichkeit werden konnte. Bald kam die Profess auf sie zu, danach war sie auf ewig an die Ordensgemeinschaft gebunden. Wollte sie das? Oder blieb ihr überhaupt eine Wahl? Sie musste noch einmal mit Magdalena darüber sprechen. Vielleicht war es auch an der Zeit, ihrer Freundin von ihrer Herkunft zu erzählen. Dass sie das noch nie gemacht hatte, wunderte sie selbst. Schließlich hatte Magdalena mehrfach bewiesen, dass Abeline sich auf ihre Freundin verlassen und ihr blind vertrauen konnte. Aber ihr Vater hatte es ihr strengstens verboten, weil es zu gefährlich sei. Warum? Warum durfte niemand wissen, wer sie war? Nur die Äbtissin und die Priorin, so vermutete sie, waren in dieses Geheimnis eingeweiht. Hätte sie doch Magdalena und ihrem Vater davon erzählt, für sie wäre es am ehesten möglich gewesen, etwas über ihre Eltern herauszubekommen! Oder war es besser, dass sie sich an das Schweigeversprechen gehalten hatte, das sie ihrem Vater gegeben hatte, weil er sonst in große Schwierigkeiten geraten würde? Der Zweifel nagte, wie so oft, wieder an ihr, je mehr sie grübelte. Sie gab sich innerlich einen Ruck. Es war sinnlos, sich darüber den Kopf zu zerbrechen, was nun einmal geschehen und nicht mehr zu ändern war. Auf Geheiß von Schwester Nelda, die es gut mit ihr meinte, sollte sie lieber allmählich anfangen, sich innerlich auf ihre Profess vorzubereiten, auf das endgültige, unwiderrufliche Ordensgelübde, für immer die Braut Christi zu sein, unbedingten Gehorsam zu üben und sich freiwilliger Armut und eheloser Keuschheit zu verschreiben. Schwester Nelda hatte ihr versprochen, mit der Äbtissin zu reden und sie zu bitten, dass Abeline nach ihrem Noviziat als Nonne unter ihr im Skriptorium arbeiten durfte. Damit wäre sie Schwester Nelda direkt unterstellt und müsste nicht mehr unter der ständigen Fuchtel und Schikane der Priorin leiden. So direkt hatte Schwester Nelda das zwar nicht ausgesprochen, aber sie hatte schon angedeutet, dass sie den Eindruck hatte, Schwester Hiltrud führte einen persönlichen Feldzug gegen Abeline, warum auch immer. Abeline war dankbar für dieses Angebot, das ihr bewies, dass es auch jemanden gab, der ihre Arbeit und sie schätzte, was bei den vielen Anfeindungen im Kloster eine seelische Wohltat war. Wenn Abeline auf ihre Vernunft hörte, war es die beste aller Möglichkeiten, unter Schwester Nelda im Skriptorium des Klosters zu arbeiten, sollte ihr wirklich ein Leben als zukünftige Nonne beschieden sein.

Sie horchte. Immer noch keine außergewöhnlichen Geräusche, wenn man einmal davon absah, dass eine Novizin im Schlaf murmelte und eine andere sich unruhig hin und her wälzte. Sie würde es riskieren und jetzt zu der Stelle an der Außenmauer schleichen. Wenn sie entdeckt würde, könnte sie immer noch behaupten, ihr sei übel gewesen und sie sei auf dem Weg zur Latrine. Behutsam schälte sie sich aus ihrer Decke und erhob sich. Ihre Holzschuhe ließ sie stehen, sie waren viel zu laut, aber sie schlüpfte so leise wie möglich in ihr Habit und zog die Kapuze über den Kopf. Das größte Hindernis war die Tür auf den Gang hinaus, aber so, wie sie Schwester Afra kannte, schlief die Türwächterin längst den Schlaf der Gerechten. Oft musste sie von einer Novizin geweckt werden, wenn die Glocke zu nachtschlafender Zeit zu einer Andacht rief. Auch diesmal hatte es sich Schwester Afra auf einer Decke am Boden vor der Tür so bequem wie möglich gemacht und schnarchte. Abeline schaffte es knapp, die Tür einen so großen Spalt aufzumachen, dass sie hindurchschlüpfen konnte, ohne Schwester Afra zu berühren. Sie huschte den langen Gang entlang, leise patschten ihre bloßen Füße auf dem kalten Steinboden. Als sie ins Freie kam, war sie froh, dass der Mond zwischen den Wolken hervorlugte, der Weg durch das Refektorium hindurch und an der Küche vorbei durch den Hinterausgang war zwar von Fackeln spärlich beleuchtet, aber danach musste sie noch durch dunkle und verwinkelte Ecken bis zur Außenmauer schleichen, da war ein wenig Mondschein hilfreich.

Sie kam auf Zehenspitzen ins Refektorium und hörte in der angrenzenden Küche ein Geräusch. Lichtreflexe an den Wänden zeigten, dass wohl das Herdfeuer noch zu lodern schien, das um diese Zeit gewöhnlich längst erloschen war. Abeline war bekannt, dass jetzt, kurz vor Mitternacht, möglicherweise die Äbtissin noch in der Badestube war, das hieß, ganz besonders vorsichtig zu sein.

Abeline wagte einen Blick in die Klosterküche hinein. Dort war eine Gestalt in weißem Habit hastig bemüht, etwas in den noch glühenden Herdfeuerresten zu verbrennen. Es schien so, als müsste sie nachhelfen, jedenfalls legte sie Holzscheite nach und blies kräftig in die Glut, um die Flammen anzufachen. Abeline stockte der Atem. Das war alles andere als eine normale Küchenprozedur, es war der untaugliche Versuch, ein schwarzes Habit in Brand zu stecken, sie konnte das Bündel erkennen, das die Gestalt, die ihr den Rücken zukehrte, nun auseinanderfaltete und über das nun aufflackernde Feuer hielt.

Abeline zuckte zurück. Sie hatte die Gestalt erkannt. Es war Schwester Hiltrud, die Priorin. Was um Himmels willen hatte sie mitten in der Nacht am Herdfeuer zu schaffen? Aus der Tür zur Badestube, die eine Handbreit offen war, schimmerte Kerzenlicht. Aber es war keine Stimme zu hören, auch kein Plätschern von Wasser. Was war mit der Äbtissin geschehen? Abeline musste unbedingt in Erfahrung bringen, was da los war. Irgendetwas Ungewöhnliches musste vorgefallen sein, an Schwester Hiltruds Verhalten war nichts normal, nicht um diese Stunde. Vielleicht war der Äbtissin etwas zugestoßen und sie konnte noch helfen. Aber die schemenhafte Erinnerung an ihren Traum, in dem die Äbtissin im Badewasser nach unten gezogen worden war, hielt Abeline zurück. Sie merkte, wie sie zu zittern anfing – aber nicht, weil es ihr zu kalt war, sondern weil der ängstliche Teil von ihr eigentlich nur wegwollte. Aber andererseits – was ging da nur vor sich? Magdalena hätte sie jetzt sicher einen Hasenfuß geschimpft. Die Priorin war so mit ihrem Kleiderbündel und den Herdflammen beschäftigt, die einfach nicht stark genug auflodern wollten, dass sie anscheinend nichts um sich herum wahrnahm. Angetrieben von ängstlicher Neugier und brennender Sorge um die Äbtissin stieg eine furchtbare Ahnung in Abeline auf: Hier war etwas Sinistres im Gange! Sie entschied sich schließlich dafür, nicht wegzulaufen, sondern der Sache auf den Grund zu gehen. Sie drückte sich an der Wand entlang, blieb dabei möglichst im Schatten und achtete auf ihre Füße, um nur ja nicht auf knirschendes Spreu zu treten, um im Rücken der Priorin zur Badestubentür zu gelangen. Vorsichtig warf sie einen Blick durch den offenen Spalt. Was sie sah, ließ ihr buchstäblich das Blut in den Adern gefrieren: Dort lag, in unnatürlicher und verrenkter Haltung ein Körper über dem Rand des Badezubers. Obwohl ihr die Sicht auf das Gesicht versperrt war, war Abeline sich sicher, dass es die Äbtissin war. Und sie war tot, eine Blutlache hatte sich unter ihr ausgebreitet. Abeline hatte schon als Kind einige Leichen gesehen und wusste zu unterscheiden, ob jemand nur bewusstlos war oder wirklich sein Leben ausgehaucht hatte. Wie in ihrem Traum hatte der Leichnam weißes, langes Haar, und die zierliche, in ein Leinentuch eingewickelte Gestalt war unverkennbar. Abeline war kurz davor, in die Badestube zu eilen, um zu sehen, ob sie nicht doch noch etwas tun konnte. Aber ihr Überlebensinstinkt hielt sie davon ab. Offensichtlich hatte die Priorin die Äbtissin erst vor kurzem gewaltsam ums Leben gebracht – wenn sie die Klostervorsteherin tot aufgefunden hätte, würde sie Alarm geschlagen haben, das war so sicher wie der Papst in Rom war und Innozenz III. hieß. Aber jetzt – Abeline spürte bei einem Seitenblick auf die Herdstelle ihr Herz bis zum Hals klopfen – versuchte die Priorin immer noch, ein Habit zu verbrennen. Endlich schlugen die Flammen hoch, und Abeline setzte ihre Füße Schritt um Schritt zurück, um unbemerkt aus der Gefahrenzone zu kommen und den Rückzug anzutreten. Sie hatte noch gute zwei Armlängen vor sich, um aus der Küche und ins Refektorium zu gelangen. Behutsam tastete sie sich an der Wand entlang. Sie wollte sich schon umdrehen und endgültig das Weite suchen, völlig verwirrt und außer sich vor dem, was sie gesehen hatte, aber sie konnte sich nicht von der Stelle bewegen. Der Gedanke daran, dass die Äbtissin offensichtlich eines gewaltsamen Todes gestorben war, begann sich erst allmählich in ihrem Kopf festzusetzen, und die Folgen davon manifestierten sich mit atemberaubender Geschwindigkeit. Sie presste die Hand vor den Mund, um nicht aufzuschreien. Denn die Priorin hatte sich umgedreht und sah um sich, als hätte sie ein Geräusch wahrgenommen. Dabei schaute sie wie ein Raubvogel hin und her, der nach Beute sucht. Abeline machte sich so dünn wie möglich und drückte sich noch weiter in den Schatten an der Wand. Was sie in diesem Augenblick vom Antlitz der Priorin abgelesen hatte, würde sie nie vergessen. Es war eine Mischung aus Triumph, Panik und fanatischer Entschlossenheit. Wenn Abeline jetzt auch nur einen Mucks von sich gab – sie war sich sicher, die Priorin würde sie anspringen wie eine Giftviper, zu der man sich zu weit hinuntergebeugt hatte. Abeline traute sich nicht zu atmen und hielt die Luft an, so lange, bis Schwester Hiltrud sich wegdrehte und noch einmal die Badestube betrat, während das Herdfeuer das schwarze Habit mit seinen Flammen aufzehrte. Jetzt schien der geeignete Moment gekommen, um endlich Reißaus nehmen zu können. Sie lief blindlings los und stolperte nach einem Schritt mit dem Fuß über einen Tiegel, den irgendjemand aus Gott weiß was für Gründen in der dunklen Ecke gleich neben der Tür zum Refektorium auf den Boden gestellt und vergessen hatte. Der Tiegel schleuderte quer durch die Küche, es schepperte dermaßen laut und durchdringend, dass es Abeline durch Mark und Bein fuhr und sie fürchtete, das ganze Kloster aufgeweckt zu haben.

Jedenfalls sah sie im Augenwinkel, wie die Priorin die Tür zur Badestube aufriss, um nach der Ursache des Lärms zu sehen, aber da hatte sie schon ihre Beine unter den Arm genommen und lief, als ginge es um ihr Leben. Was in der Tat der Fall war, denn die Priorin hatte nach kurzem Zögern den Schürhaken wieder an sich gerissen und die Verfolgung aufgenommen.

Abeline kannte sich inzwischen so gut aus in Mariaschnee, dass sie den Weg auch blind gefunden hätte. Hinzu kam, dass sie das Gefühl hatte, den heißen Schwefelatem des Teufels im Nacken zu verspüren, und dementsprechend schnell unterwegs war. So sehr ihr der Schreck in die Glieder gefahren war, hatte sie doch noch einen Rest Verstand, der ihr sagte, dass sie ihre Verfolgerin nicht direkt in das Dormitorium der Novizinnen führen durfte. Sonst könnte sie gleich stehen bleiben und sich zu erkennen geben. Deshalb bog sie, kaum war sie im Freien, zu den Ställen und Wirtschaftsgebäuden ab, statt durch den Kreuzgang ins Querhaus zu laufen. Ihre bloßen Füße schmerzten, als sie auf ein paar spitze Steine trafen, aber sie kümmerte sich nicht darum und behielt ihr hohes Tempo bei.

Als sie an einer Tür vorbeikam, bremste sie abrupt ab. Sie war nicht verschlossen, Abeline schlüpfte hinein und drückte sie wieder zu. Sie lehnte sich mit dem Rücken dagegen und versuchte, ihren keuchenden Atem unter Kontrolle zu bekommen. Ihr Herz hämmerte so stark gegen ihre Brust, dass sie glaubte, man müsse es bis draußen hören können.

Im Kies kamen deutlich vernehmbare Schritte näher, die Abeline zur Salzsäule erstarren ließen. Erst jetzt begriff sie, wo sie war: im klösterlichen Pferdestall. Sie nahm den Geruch wahr und das leise Schnauben der Pferde, die auf sie aufmerksam geworden waren. Wieder hörte sie vor der Tür Schritte im Kies knirschen, sie wurden lauter, verharrten, bewegten sich an der Stallwand entlang. Abeline wagte es, einen Blick durch einen Spalt in der Bretterwand nach draußen zu riskieren. Im fahlen Mondlicht sah sie, wie sich die

Priorin auf dem Kreuzweg zwischen den Gebäuden witternd nach allen Richtungen drehte, bis sie schließlich stehen blieb und dann undeutlich vor sich hin schimpfte und wütend mit dem Fuß aufstampfte – Abeline glaubte mit ziemlicher Sicherheit vulgäre und gotteslästerliche Flüche herauszuhören – wie ein fuchsteufelswilder Dämon, dem sein Opfer, kurz bevor er zuschnappen konnte, durch ein zu enges Loch entschlüpft war. Endlich entfernten sich die Schritte. Abeline blieb immer noch starr an der Stallwand aus Brettern stehen und starrte auf die Pferde, die sich inzwischen an ihre Gegenwart gewöhnt hatten. Ihre Gedanken rasten – was sollte sie jetzt nur tun? Sie war unfreiwillig Zeugin eines Mordes geworden. Und das auch noch an der Person, die sie als Einzige vor der Willkür und dem Hass einer Nonne hätte schützen können. Einer Nonne, die Abeline als Hexe bezeichnet hatte, obwohl sie selbst eine war – jedenfalls benahm sie sich so, jetzt offenbarte sie ihre wahre Natur, das, was sie unter der unantastbaren und untadeligen Oberfläche sorgfältig verborgen gehalten hatte. Abeline fuhr ein Schauder über den Rücken – Schwester Hiltrud war eine skrupellose Mörderin, die wusste, dass es eine Zeugin für die Tat gab oder zumindest dafür, was sie kurz danach getan hatte, um ihre Tat zu vertuschen. Sie würde alles daransetzen, diese Zeugin aufzuspüren und aus dem Weg zu räumen, noch nie war sich Abeline einer Tatsache so sicher gewesen wie dieser. Wenn Schwester Hiltrud herausbekam, dass Abeline sie bei ihrem schändlichen Treiben beobachtet hatte, wäre ihr Leben keinen Pfifferling mehr wert. Dass die Priorin bei der Verfolgung ihrer Ziele bereit war, über Leichen zu gehen, hatte sie zur Genüge unter Beweis gestellt.

Was sollte sie also tun? Ihr blieb nur eine einzige Möglichkeit – sie musste schnellstens und vor allem ungesehen zurück ins Dormitorium, beten, dass niemand aufgewacht war und ihre Abwesenheit bemerkt hatte, unter ihre Decke kriechen, sich schlafend stellen und darauf warten, was die Priorin unternahm. Gewiss setzte sie alles daran, die entwischte Augenzeugin ausfindig zu machen. Dabei war sich Abeline nicht sicher, ob sie auf ihrer Flucht nicht doch erkannt worden war. Es nutzte alles nichts – sie musste es darauf ankommen lassen. Eine andere Lösung gab es nicht – sie konnte nicht planlos, ohne Schuhe und warme Kleidung, ohne einen Essensvorrat aus dem Kloster fliehen. Dieser Ritter Geowyn und seine Männer würden sie binnen kürzester Zeit finden, und ihr würde mit tödlicher Sicherheit das gleiche Schicksal blühen wie ihrer bemitleidenswerten Vorgängerin Schwester Adelaide. Abeline zweifelte keinen Augenblick daran, dass die Priorin genügend Lügen auftischen würde, die sie mit dem Tod der Äbtissin belasteten. In dieser Hinsicht gab sie sich keinen Illusionen hin – selbst wenn sie alles wahrheitsgemäß erzählte, was sie beobachtet hatte, und sich gegen Schwester Hiltruds Intrigen zur Wehr setzte, konnte sie sich an den fünf Fingern ihrer Hand abzählen, wem man letzten Endes Glauben schenken würde. Also nichts wie zurück in den Schlafsaal der Novizinnen.

Vorsichtig öffnete sie die Holztür. Sie hatte, wie die meisten einfachen Türen, simple Scharniere aus Leder und konnte deshalb nicht quietschen, aber dafür knarzte sie ziemlich laut. Abeline streckte den Kopf ins Freie, sah niemanden und horchte. Nichts war zu hören außer dem fernen Schrei eines Käuzchens. Entschlossen machte sie einen Schritt auf den Kiesweg, und genau in dem Moment brach mit einem Schlag die Hölle los.

VIII

Der erste Schlag des Klöppels gegen die Glocke der Klosterkirche von Mariaschnee ertönte dumpf dröhnend, die nächsten wurden drängender, kamen in immer schnellerem Rhythmus, bis das Geläut meilenweit durch die Nacht zu hören war. Dies war nicht das gewöhnliche Läuten zur Andacht, dies war das stürmische Alarmläuten bei hereinbrechenden Katastrophen wie einem Überfall, einem Hochwasser oder einer Feuersbrunst. Nur dass es diesmal für eine Katastrophe ganz anderen Ausmaßes stand, nämlich für die Entdeckung eines grauenvollen Verbrechens – die Ermordung der Äbtissin. Die Priorin, die den Alarm auslöste, hatte sich mit beiden Händen ans Glockenseil gehängt und setzte ihr ganzes Gewicht ein, um die Glocke so fest wie möglich zu läuten. Ihre Füße wurden vom Hochschwung des Glockenseils vom Boden gerissen, aber sie ließ sich hochziehen und holte noch mehr Schwung. Rasend vor Wut ließ sie alles an der Glocke der Klosterkirche aus. Jetzt, nachdem ihr schon der zweite Fehler in ihrem so wohldurchdachten Plan unterlaufen war, durfte sie keinen dritten machen, sonst wären die Folgen fatal. Der erste war, dass sie die Äbtissin nicht hatte ertränken können, so wie sie das ursprünglich vorgehabt hatte. Stattdessen hatte sie ein Blutbad angerichtet und dann, in ihrem Schock, war sie so verwirrt und in Panik gewesen, dass sie nicht rechtzeitig bemerkt hatte, wie sie von jemandem beim Verbrennen ihres mit Blut besudelten Habits beobachtet worden war. Zwar konnte sie die Augenzeugin noch verfolgen, aber dummerweise nicht erkennen, wer es war. Beinahe hatte sie das Mädchen – der Gestalt und der Geschwindigkeit nach, die sie vorlegte, musste es eine der Novizinnen sein – sogar noch eingeholt, da war es auf einmal wie vom Erdboden verschwunden. Schwester Hiltrud hatte nicht viel Zeit für Suchaktionen oder Überlegungen: Jetzt musste sie aufs Ganze gehen. Ihr blieb gar keine andere Wahl. So schnell sie konnte, war sie zur Klosterkirche gerannt und hatte sich mit aller Kraft an das Seil der Glocke gehängt, um das ganze Kloster zusammenzurufen.

Endlich schaffte sie es, das Glockenseil loszulassen. Dabei stürzte sie und schrammte sich auch noch die Hände auf. Aber sie spürte es nicht einmal, rappelte sich hoch und rannte los. Sie musste vor den Klosterinsassinnen am Altar der Klosterkirche sein, dem allgemeinen Treffpunkt bei einem Alarmläuten, um mit all ihrer zur Verfügung stehenden Verstellungskunst ein Schauspiel abzuliefern, das glaubwürdig genug war, um alle von ihren Worten zu überzeugen, dass sie, die Priorin, unfreiwillig Zeugin eines abscheulichen und verwerflichen Verbrechens geworden war.

Sie hastete ins Kirchenschiff, sah sich um – noch war niemand da – und stellte sich vor dem Altar in Positur. Unbeweglich wartete sie, während nach und nach die ersten verstörten, teils verschlafenen, teils über die Maßen aufgeregten Schwestern endlich eintrafen. Mit einem Mal füllte sich die Kirche, und alle drängelten sich um den Altar, erwartungsvoll, neugierig oder, zum größten Teil, voller Furcht vor einem neuen, unerhörten Ereignis, das sich wegen des Glockengeläuts mitten in der Nacht zugetragen haben musste. Erst als die Priorin sicher war, dass alle aus dem Nachtschlaf

Aufgeweckten auch anwesend waren, hob sie die Hände, bis endlich absolute Stille einkehrte, und sagte: »Höret die Worte der Offenbarung des Johannes, Kapitel sechs. ›Und ich sah, dass es das sechste Siegel auftat, und da ward ein großes Erdbeben und die Sonne ward schwarz wie ein härener Sack, und der Mond ward wie Blut, und die Sterne des Himmels fielen auf die Erde. Und die Könige auf Erden und die Großen und die Reichen und die Hauptleute und die Gewaltigen und alle Knechte und alle Freien verbargen sich in den Klüften und Felsen an den Bergen und sprachen zu den Bergen und Felsen: Fallt über uns und verbergt uns vor dem Angesicht dessen, der auf dem Thron sitzt, und vor dem Zorn des Lammes! Denn es ist gekommen der große Tag seines Zorns und wer kann bestehen?‹«

Sie machte eine Pause. Niemand bewegte sich, bis die Priorin weitersprach: »Ihr Schwestern im Herrn. Unser ehrwürdiges Kloster ist wahrlich in letzter Zeit nicht von Heimsuchungen verschont geblieben. Zu meiner größten Trübsal, Gott sei's geklagt, ist uns wieder ein großes Unglück widerfahren.« Sie wartete ab, bis sich die verständliche Unruhe im Kirchenschiff wieder gelegt hatte, bevor sie fortfuhr: »Gott der Herr hat uns der schlimmsten Prüfung unterzogen, die ich mir überhaupt vorstellen kann. Unsere geliebte, von uns allen hochverehrte und respektierte ehrwürdige Mutter Äbtissin ist nicht mehr.«

Schieres Entsetzen spiegelte sich in den Gesichtern der Anwesenden. Bevor es in ein allgemeines Jammern und Wehklagen übergehen konnte, sprach die Priorin weiter. »Sie ist durch eine ruchlose, sinnlose und deshalb nur teuflisch zu nennende Tat ermordet worden! *Durch eine von uns!*«

Die Priorin hatte die letzten Worte regelrecht ausgespuckt vor Verachtung und Abscheu. In ihrem Furor, in den sie sich hineingesteigert hatte, erwartete sie einen allgemeinen Aufschrei der Empörung und Wut, aber das Gegenteil trat ein. Das Entsetzen war so groß und eine solche Begebenheit so unvorstellbar, dass alle nur fassungslos und ungläubig auf sie starrten und keinen Laut hervorbrachten, so schockiert waren sie von der leidenschaftlich vorgetragenen Aussage ihrer Priorin, die vor dem Altar stand wie der Zorn Gottes persönlich.

In Windeseile breitete sich Misstrauen aus, alle beäugten sich gegenseitig, die Mörderin war mitten unter ihnen, jede konnte es sein.

Endlich hatte sich die Priorin wieder gefasst und hob erneut den Arm, was angesichts der sowieso schon herrschenden Totenstille eigentlich überflüssig war.

»Die ehrwürdige Mutter Äbtissin liegt tot im Badehaus. Ich habe ihren Leichnam entdeckt und noch eine Gestalt im Habit unseres Ordens gesehen, die sich über sie gebeugt hatte. Sie hatte die Kapuze über dem Kopf, und deshalb konnte ich ihr Gesicht nicht sehen. Aber ich werde sie finden, das schwöre ich bei Gott – denn es kann nur die Fratze des Teufels sein, die sich darunter verbirgt!«

Ein Aufschrei der Empörung und des Entsetzens ging durch die Reihen der Anwesenden. Die Priorin fuhr ungerührt fort. »Als sie mich hörte, ergriff sie die Flucht. Leider ist sie mir entkommen. Ich habe mit der Glocke Alarm geschlagen, um Euch, meine Mitschwestern, in dieser schrecklichen Stunde zusammenzurufen. Ich bin Eure Priorin, und im Falle eines unnatürlichen Todes der Äbtissin ist es meine Pflicht, alle Umstände, die dazu geführt haben, aufzuklären. Noch bevor wir beginnen können, unsere ermordete Mitschwester gebührend aufzubahren, zu betrauern und die entsprechenden Fürbitten und eine ihrer Bedeutung und Größe angemessene Trauerfeier ins Auge zu fassen, werde ich als stellvertretende Klostervorsteherin alles dafür tun, den Mord aufzuklären, die Schuldige zu finden und so lange einzusperren, bis ein ordentliches Gericht unter Vorsitz des Fürstbischofs zusammenkommt, das ein der gottlosen und gotteslästerlichen Tat entsprechendes Urteil spricht.«

Nach kurzem, betroffenen Schweigen brach sich plötzlich die ganze aufgestaute Empörung Bahn, Entsetzen machte sich breit, Wehklagen setzte ein, einige Nonnen fingen hemmungslos an zu weinen, und zwei oder drei Schwestern zerrissen sich ihr Habit vor Schmerz und sanken ohnmächtig auf den Boden. Das Chaos war über die Insassinnen von Mariaschnee hereingebrochen, manche schienen sogar zu glauben, der Tag des Jüngsten Gerichts sei gekommen, so bleich und schreckensstarr waren ihre Gesichter.

Abeline, die sich unauffällig am Haupteingang unter die wild hereinströmenden Novizinnen gemischt hatte, ohne dass in der allgemeinen Aufregung auch nur irgendjemand darauf geachtet hatte, aus welcher Richtung sie gekommen war, bemerkte angesichts des Aufruhrs gar nicht, dass ihr auch bereits Tränen der Trauer um die Äbtissin herabliefen.

Aber darauf, dass sie mit ihren Worten nun endlich den allgemeinen Tumult auslösen und die Zuhörer aus ihrer Starre aufwecken würde, hatte die Priorin hingearbeitet. Sie ließ ihn geraume Zeit zu, bis sie aus Leibeskräften schrie: »Silentium!!«

Alle zuckten zusammen und bemühten sich, wieder auf Schwester Hiltrud zu hören, die alles tat, um den Eindruck zu erwecken, dass sie genügend Führungsstärke und Willenskraft besaß, um diese Krise unter Kontrolle zu bekommen. Die Priorin merkte, dass es unter diesen schrecklichen Umständen sogar leichter war, die Frauen und Mädchen in ihrem Sinne zu lenken, sogar bei den wenigen Schwestern, die nie auf ihrer Seite gestanden hatten. Sie befanden sich allesamt in einem Ausnahmezustand, der sie gefügig werden ließ, weil er auch bei denjenigen den Widerspruchsgeist lähmte, die immer gern ein Wenn und Aber auf den Lippen hatten. Auch sie konnte die Priorin bei ihrer klösterlichen Ehre packen und ihren Zielen einverleiben, ohne dass sie es merkten, einfach weil sie ihrem Gehorsamsgelübde verpflichtet waren und ihre stellvertretende Klostervorsteherin die Einzige zu sein schien, die noch in der Lage war, in dieser prekären Situation einen kühlen Kopf zu bewahren, Verantwortung zu übernehmen und so zu handeln, wie es am besten für sie alle war. Im Schmerz und in der Trauer, auch in der Angst, die viele befallen hatte, waren sie dankbar dafür, dass jemand ihnen sagte, was sie zu tun und zu lassen hatten. Selbständiges Denken war auf der mittleren und unteren Befehlsebene des Klosters sowieso nicht angebracht, ohne gleich in den Ruch des Hochmuts oder der Eitelkeit zu kommen, eine der sieben Todsünden.

Schwester Hiltrud nahm die Gelegenheit wahr und wollte die absolute Befehlsgewalt, die ihr nun in den Schoß gefallen war, rigoros ausnutzen. Jetzt hatte sie das Sagen, die Schwestern und Novizinnen würden ihr aufs Wort gehorchen, solange noch kein Fürstbischof oder ein Vogt anwesend war, der über ihr stand.

»Stellt euch links und rechts vom Mittelgang auf, alle!«, befahl die Priorin vom Altar herunter, in einem Ton, der keinerlei Widerspruch duldete.

Während sich die Nonnen und Novizinnen, irritiert und verwirrt über die seltsame Order, in Reihen das ganze Kirchenschiff entlang anordneten, nahm Schwester Hiltrud zwei von ihnen zur Seite. »Schwester Infirmaria und Schwester Nelda – Euch als langjährige und ehrenwerte Mitglieder unseres Konvents muss ich bitten, Euch in respektvoller

Weise um den Leichnam der Äbtissin zu kümmern. So, wie er jetzt daliegt, ermordet, entbehrt es jeglicher Würde vor dem Ansehen der ehrwürdigen Mutter Äbtissin. Sorgt dafür, dass er ordnungsgemäß und ihrem hohen Amt angemessen hergerichtet und aufgebahrt wird.«

Die Schwestern beugten die Knie und eilten durch die Sakristei davon.

Inzwischen waren alle in Reih und Glied angetreten, keinem Ordnungsprinzip folgend, sondern Alte, Junge, Kleine und Große durcheinander. Die Priorin schritt die Reihen ab wie ein Feldherr seine Soldaten kurz vor der Schlacht. Sie würde das schlechte Gewissen und die Furcht von den Augen ablesen und die Fratze des Teufels hinter der Maske der Rechtschaffenheit finden, keine der Nonnen und Novizinnen wagte es, die Augen niederzuschlagen. Und wenn doch, dann blieb Schwester Hiltrud so lange stehen, bis sie auch dieses Augenpaar mit ihrem messerscharfen Blick durchbohren konnte.

Aber dann schien sie eine Eingebung zu haben, drehte sich um und sagte mit schneidender Stimme: »Zeigt eure Füße her, alle!«

Verwirrung über das Verhalten der Priorin brach aus, aber nach einigem Zögern rafften alle ihr Habit, damit man die Füße sehen konnte.

Abeline, die fast am Haupteingang stand, schoss das Blut in den Kopf, weil sie sofort ahnte, was Schwester Hiltrud beabsichtigte. Sie musste bei Abelines Flucht bemerkt haben, dass sie barfuß gewesen war. Langsam zog sie ihr Habit hoch. Verstohlen äugte sie die Reihe neben sich entlang, und pure Erleichterung überkam sie: Jede Dritte hatte keine Schuhe an, wohl weil viele, aufgeschreckt durch das Glockenläuten, gleich losgehastet waren und in ihrer Panik die

Schuhe vergessen hatten, oder, ebenso wahrscheinlich, weil die Holzpantinen beim Laufen eher hinderlich waren.

Die Priorin riss einer Schwester die brennende Fackel aus der Hand und fuhr mit ihrer Inspektion fort, blickte jeder ins Gesicht und auf die Füße.

Abeline begann zu schwitzen. Es schien ewig zu dauern, bis die Priorin endlich zu ihr kam. Abeline hatte das unbestimmte Gefühl, dass das Absicht war, und sah auf ihre Füße hinunter. Sie hatte einen Blutfleck auf der kalten, grauen Steinplatte hinterlassen. Er stammte aus einer Wunde an der Fußsohle, weil sie auf ihrer wilden Flucht in einen spitzen Stein getreten war. Schnell stellte sie ihren schmerzenden Fuß wieder darüber und betete inständig, dass die Priorin ihn nicht bemerken würde. Abeline nahm sich ganz fest vor, der Priorin ruhig in die Augen zu sehen und nicht auszuweichen. Sie hatte schließlich gar nichts in der Hand, um ihr irgendetwas nachzuweisen. Trotzdem machte sie sich auf alles gefasst. Doch ihr Wissen um die wahre Täterin machte sie gleichzeitig auch stark. Wenn erst der Fürstbischof hier wäre, würde sie ihm alles erzählen. So lange würde sie noch durchhalten. Dass Konrad II. von Tegerfelden so bald wie möglich in seinem Bischofssitz in Konstanz benachrichtigt werden und sofort anreisen würde, stand außer Frage. Nur ihm konnte sie sich anvertrauen, vielleicht noch Schwester Nelda, aber ihr geheimes Wissen war gefährlich. Wenn es der Priorin einfiel, Abeline zu verdächtigen, konnte sie sich so in die Enge getrieben fühlen, dass sie Abeline ausschalten würde.

Es war immer noch ruhig im Kirchenschiff, nur das Geräusch der Schritte von Schwester Hiltrud war zu hören und gelegentliches Räuspern. Die Priorin hielt ihre Fackel so nahe an Abelines Kapuze, dass diese unwillkürlich zurückzuckte. Doch sie sah nicht demütig zu Boden, sondern bemühte sich mit aller Kraft, den Blick fest zu erwidern. Es war wie ein stilles Kräftemessen, wer zuerst nachgeben und beiseiteschauen würde. Das rechte Auge der Priorin begann zu zucken, was sie offensichtlich ärgerte. Abeline gönnte sich diesen kleinen innerlichen Triumph, aber sie verzog keine Miene. Doch dann stieß Schwester Hiltrud mit ihrem Schuh grob gegen ihren Knöchel und sagte: »Mach einen Schritt nach hinten. Los, tu, was ich dir sage!«

Abeline wich zurück und der Blick der Priorin richtete sich auf den Boden.

»Was ist das?«, fragte sie und wies mit der Fackel auf den Fleck.

»Blut, ehrwürdige Frau Priorin.«

»Woher?«

»Ich bin beim Herlaufen in einen Stein getreten.«

Die Priorin drehte sich wortlos weg und rief laut: »Alle auf eure Plätze. Lasset uns jetzt unserer ehrwürdigen Mutter Äbtissin gedenken und ein stilles Gebet sprechen.«

In die Schwesternschar kam Bewegung, Abeline wollte ebenfalls nach vorn zum Altar, aber Schwester Hiltrud hielt sie, ohne hinzusehen, am Ärmel fest.

»Du nicht«, sagte sie. »Du kommst mit mir.«

Widerstandslos ging Abeline mit Schwester Hiltrud in die Sakristei. Dort sagte sie nur: »Du wartest hier, bis ich komme!«, und eilte hinaus zum Kreuzgang.

Abeline setzte sich auf einen Hocker und zerbrach sich den Kopf, was die Priorin jetzt schon wieder mit ihr vorhatte. Sie musste Magdalena von den Vorkommnissen in Kenntnis setzen. Unwillkürlich tastete sie nach dem Brief, den sie im üblichen Mauerloch hatte verstecken wollen. Seinetwegen war sie überhaupt erst in diese üble Situation geraten. Was für ein bodenloser Leichtsinn, ihn immer noch mit sich herumzutragen! Gar nicht auszudenken, wenn die Priorin ihn bei ihr entdeckt hätte …

Sie fuhr in den Ausschnitt ihrer Tunika, fingerte nach der eingenähten Innentasche und fand … nichts! Hastig durchsuchte sie alle Falten ihres Gewands, aber der Brief blieb verschwunden. Siedend heiß fuhr es ihr durch alle Glieder – sie konnte ihn nur auf ihrer Flucht verloren haben. Sie musste den Brief finden, bevor ihn die Priorin oder sonst jemand in die Finger bekam. Aber die Anordnung der Priorin war eindeutig gewesen: Hier in der Sakristei sollte sie warten. Bevor sie weiter darüber nachdenken konnte, kam Schwester Afra herein. »Da bist du ja. Du sollst zu Schwester Nelda. Sie ist im Keller bei den Vorräten. Wegen des … des Leichnams unserer armen Äbtissin. Gott sei Ihrer Seele gnädig!« Die Rührung übermannte sie, sie wischte sich die Augen.

»Was macht sie denn da?«, wollte Abeline wissen.

»Da gibt es allerlei Öle. Die man braucht, um … um die tote Äbtissin …«, sie musste sich räuspern, um ihre Stimme wiederzufinden, und bekreuzigte sich, »… sie muss gewaschen und für ihre letzte Ruhe gesalbt werden. Für diesen Fall gibt es vom Papst geweihte Öle. Die sind in einem besonderen Raum im Keller. Geh schon, mein Kind, Schwester Nelda wartet nicht gerne. Sie hat wohl etwas Wichtiges mit dir zu besprechen, vielleicht sollst du ihr zur Hand gehen.«

»Aber ich muss hier auf die ehrwürdige Frau Priorin warten.«

»Ich tu das für dich. Geh nur«, sagte Schwester Afra. Sie nahm ächzend auf dem Hocker Platz und schickte Abeline mit einem Kopfnicken hinaus. Dabei kam sie sich vor wie Judas, der seinen Herrn im Garten Gethsemane verraten hatte. Sie hatte allen Grund, sich nicht weiter zusammenzureißen, und fing an, bitterlich zu weinen.

IX

Abeline ging mit gesenktem Kopf den Kreuzgang entlang. Kurz dachte sie daran, nach dem Brief zu suchen, aber dann verwarf sie den Gedanken wieder – wie sollte sie ihr Verhalten erklären, wenn sie jemand dabei beobachtete? Ganz abgesehen davon, dass sie bei ihrer Flucht total kopflos gewesen war und gar nicht mehr genau wusste, wo sie entlanggerannt war.

Sie marschierte also zielgerichtet in das Aedificium, in dem das Refektorium und die Küche untergebracht waren, und von hier aus die Kellertreppe hinunter, dorthin, wo sie immer mit Magdalena das Vogelfutter für die Tiere der Äbtissin vorbereitet und hauptsächlich getratscht hatte. Wie sehnte sie sich nach diesen Augenblicken der Leichtigkeit und Unbeschwertheit zurück, an der Seite ihrer einzigen Freundin, der sie jetzt alles anvertrauen hätte können. Was wäre das für eine Erleichterung, *geteiltes Leid war eben nur halbes Leid*, dachte sie und seufzte.

Unten im Keller erleuchteten brennende Öllampen und Fackeln die langen und muffigen Gänge. Sie ging an den leeren Kellerzellen vorbei, die kein Fenster nach draußen hatten und, weil sie so tief lagen, ständig feucht und klamm waren. Sie wurden schon seit Menschengedenken nicht mehr genutzt, und Abeline schauderte, wenn sie daran dachte, in einem dieser unheimlichen und modrigen Löcher eine Nacht verbringen zu müssen.

Bei einer Fackel am Ende des Ganges standen ein paar Schwestern und tuschelten miteinander, nur undeutlich zu erkennen im dämmrigen Licht. Eine von ihnen musste Schwester Nelda sein, aber Abeline zögerte, als sie bemerkte, dass auch die Priorin unter ihnen war. Sie entschloss sich, doch hinzugehen, als sie von einem Arm fest gepackt und herumgedreht wurde. Ihr Entsetzen war ihr von den Augen abzulesen, denn es war Schwester Lydia, die abgesetzte Pförtnerin, die sie zu sich heranzog und ihr ins Gesicht flüsterte: »Nein, Abeline, dein Weg ist ein anderer. Du kommst mit mir.«

Abeline wollte sich aus dem ehernen Griff winden, aber die Pförtnerin war stärker, als man es ihr ansah, sie ließ nicht los und sprach weiter auf sie ein, wobei sie Abeline mit ihren Speicheltröpfchen besprühte. »Es nutzt nichts, wenn du dich zur Wehr setzt. Entweder du kommst mit, oder ich ziehe dir meine Geißel über dein hübsches Gesicht. Dann wird unter der Haut schon deine wahre Fratze zum Vorschein kommen, damit es alle sehen können.« Mit ihrer freien Hand hob sie die fünfschwänzige Peitsche drohend empor, bereit, jederzeit damit zuzuschlagen. Abeline hörte auf, sich zu wehren. »Na also. Mit dir kleinen Ratte werde ich noch allemal fertig«, grinste Schwester Lydia und zeigte dabei ihr lückenhaftes Gebiss. »Auch wenn in einer kleinen Ratte manchmal ein großer Teufel steckt.« Dabei presste sie ihre Hand um Abelines Oberarm so fest zusammen, dass diese in die Knie ging und vor lauter Pein einen Schmerzenslaut ausstieß. »Ja, schrei nur, solange du noch kannst. Bald wirst du dir wünschen, du wärst nie geboren worden. Geboren von einer Hexe, um selber eines Tages zu einer solchen zu werden. Aber wir werden das nicht zulassen. Mit dir ist das Böse nach Mariaschnee gekommen. Und mit deiner Auslöschung wird es auch genauso schnell wieder verschwinden. Dafür ist jetzt gesorgt.«

»Schwester Nelda, Schwester Nelda – helft mir!«, schrie Abeline verzweifelt den Gang hinunter, aber die Schwestern drehten sich nur wortlos um, keine reagierte. Abeline dachte für einen winzigen Augenblick, sie sei in einem ihrer Alpträume, die immer so real waren. Wenn sie das hassverzerrte Gesicht von Schwester Lydia ansah, konnte man es fast glauben. War Schwester Lydia aus ihrer Zelle entkommen, um in den Kellern des Klosters ihr Unwesen zu treiben? Oder hatte man sie, kurz nach dem Tod der Äbtissin, auf Befehl der Priorin aus ihrem Kerker entlassen, damit sie dort weitermachen konnte, wo sie von der Klostervorsteherin aufgehalten worden war? Wieder beugte sich die Pförtnerin zu ihr hin und verstärkte noch einmal den Druck um ihren Oberarm, während sie flüsterte: »Spar dir deine Stimme, gleich kannst du schreien, so viel du willst. In deiner Zelle wird dich niemand hören. Und keiner wird dir helfen, Abeline, auch nicht dein Freund, der Satan. Der macht sich schnell aus dem Staub, wenn er einsehen muss, dass er verloren hat. Komm mit, du wirst schon sehen, was wir mit Novizinnen anstellen, die den Teufel im Leib haben und nicht einmal davor zurückschrecken, die ehrwürdige Mutter Äbtissin zu ermorden.«

Sie schleppte Abeline zur weit abgelegenen letzten Zelle, drückte die Tür auf, die ein vergittertes Fensterchen in der Größe eines Breviers hatte, und stieß Abeline hinein, so grob, dass sie auf dem Boden landete. Dann schlug sie die Tür zu, und Abeline hörte noch, wie abgesperrt wurde und die Schritte sich entfernten.

Mühsam erhob sie sich und setzte sich auf die harte Holzpritsche, den Kopf in die Hände gelegt.

Was war in der kurzen Zeit geschehen, als sie in der Sakristei gewartet hatte? Die Priorin musste von Anfang an im Besitz ihres Briefes gewesen sein. Aber was bewies das? Dass sie, Abeline, heimlich Kontakt zu Magdalena hatte? Nein, der Brief allein belastete Abeline viel stärker. Er war der Beweis dafür, dass die Priorin in allem, was sie behaupten würde, recht hatte.

Zwar hatte Abeline den Brief verklausuliert geschrieben, aber die Priorin war eine Meisterin in der Exegese von Texten, nicht nur biblischen. Aber noch viel schlimmer – viel, viel schlimmer! – war die Tatsache, dass Schwester Hiltrud damit behaupten konnte, sie wisse, wer die Mörderin war. Diese habe auf ihrer Flucht vor ihr den Brief verloren, und der beweise, dass Abeline die Gestalt gewesen war, die sich über die Äbtissin gebeugt hatte, nachdem sie sie erschlagen hatte.

Diese niederschmetternden Schlussfolgerungen jagten durch Abelines Kopf, immer und immer wieder. Wie sollte sie sich angesichts dieser aussichtslosen Lage verteidigen? Sie musste die Angelegenheit in die Länge ziehen, bis der Fürstbischof kam. Ihm könnte sie die Wahrheit sagen. Aber würde er ihr glauben? Einer von allen als aufsässig und frech beleumundeten Novizin, deren Wort gegen das einer hochangesehenen Priorin stand? Wenn es um Leben und Tod ging? Denn wenn man sie verurteilen würde, schuldig am Tod der Äbtissin zu sein, war ihr Leben verwirkt. Fragte sich nur, auf welche Art und Weise – vermutlich stand ihr der Flammentod auf dem Scheiterhaufen bevor. Vielleicht hatte sie deshalb so oft davon geträumt, und nicht ihre Mutter, sondern sie selbst war das Opfer ...

Zeit zum Nachdenken hatte Abeline genug. Genug, um auch der allmählich anschwellenden Verzweiflung und Hoffnungslosigkeit Gelegenheit zu geben, von ihrem Geist Besitz zu ergreifen. Sie versuchte, das Gefühl der Panik zu unterdrücken, und lief in der Zelle hin und her, aber es half nichts. Die Zelle war stockdunkel, man konnte die Hand nicht vor den Augen sehen. Nur durch das vergitterte Fensterchen drang ein fahler Lichtstrahl herein. In den Gängen im Keller schien sich niemand mehr aufzuhalten, es waren keine Stimmen oder Schritte zu hören. Nur ab und zu war ein Rascheln und ein Fiepsen zu vernehmen, wahrscheinlich Ratten. Abeline schauderte. Vier Schritte in der Breite, sechseinhalb in der Länge, immer wieder maß Abeline die Größe ihres Gefängnisses ab, auch wenn ihr verletzter Fuß schmerzte.

Schließlich versuchte sie zu schlafen, aber das wollte ihr nicht gelingen. Sie fror und zog ihr Habit so eng es ging um den Körper. Lange Zeit lag sie so da und betete. Nichts wünschte sie sich so sehr, wie für eine kurze Weile Trost und Ruhe zu finden, und dabei glitt sie endlich in einen unruhigen Schlaf hinüber.

Sie träumte. Die Priorin stieg aus dem milchigen Wasser des Badezubers empor wie ein Engel in weißer Tunika und mit verklärtem Gesicht. Zwei Hände – Abeline wusste genau, dass es Gottes Hände waren – reichten von oben, vom Himmel, eine schwere Kette mit einem Kreuz herunter. Es war die Amtskette der Äbtissin, die über die Schulter der Priorin gelegt wurde. Schwester Hiltrud kniete sich damit vor den Altar, dann stand sie wieder auf und bekreuzigte sich. Sie hatte nicht bemerkt, dass ihre Hände voller Blut waren und beim Bekreuzigen rote Spuren auf Stirn und Habit hinterlassen hatten. Sie lachte Abeline ins Gesicht, ein hämisches, hässliches Lachen. Aber dann, als sie ihr Antlitz gen Himmel streckte, kam etwas Schweres von oben herunter, direkt vom Himmel, so schien es, ein metallenes Monstrum, und erschlug die Äbtissin.

Ihr schreiender Mund verzerrte sich, wurde immer größer, und im Schwarz dieses Schlundes sah Abeline eine Gestalt, die sich in unerträglichen Schmerzen, gefesselt auf einem brennenden Scheiterhaufen wand. Es war das Gesicht ihrer Mutter. Oder war es ihr eigenes? Ihr Vater hatte immer gesagt, sie sei ein Ebenbild ihrer Mutter. Abeline spürte die Flammen fast körperlich.

Sie schrie und wachte von ihrem eigenen Schrei auf. Zwei oder drei Atemzüge brauchte sie, bis ihr wieder klar wurde, wo sie war. Sie zitterte vor Kälte, hatte Hunger und Durst, alles tat ihr weh, und sie wusste nicht, wie lange sie schon in der Zelle war, ob es Tag oder Nacht war. Sie stand auf und hämmerte mit ihren Fäusten an die Tür. Sie schrie, aber niemand schien sie zu hören. Sie klopfte und klopfte, bis ihre Hände schmerzten und sie nicht mehr konnte. Dann lauschte sie. Nichts als das Tropfen von Wasser an der Wand ihrer Zelle war zu vernehmen. Sie sank an der Tür zusammen und konnte die Tränen der Verzweiflung nicht länger zurückhalten. Offenbar hatten sie es darauf angelegt, sie zuerst zu quälen, bevor sie sie vor Gericht zerrten. Wahrscheinlich sperrten sie Abeline so lange im Dunkeln ein, bis sie freiwillig alles zugab.

Aber den Gefallen würde sie ihnen niemals tun. Wie hatte ihr Vater immer gesagt: »Wenn dir einer weh tun will, dann darfst du ihm niemals die Genugtuung geben, dass er damit bei dir etwas erreicht, das macht es nur noch schlimmer. Winsle niemals um Gnade, niemals. Dafür sind wir Melchinger zu stolz.«

Der Stolz der Melchinger war das Einzige, was ihr noch geblieben war. Und den würde sie nicht aufgeben. Denn dann war sie verloren.

Abeline wusste nicht mehr, wie lange sie jetzt schon in diesem stinkenden Loch steckte, ohne Essen, nur einen Eimer mit brackigem Wasser hatte sie in der Ecke entdeckt und daraus getrunken, sonst wäre sie verdurstet. Vor Schwäche konnte sie sich kaum von ihrem Lager erheben, ihre Lippen waren aufgesprungen und ihre Willenskraft so weit gebrochen, dass es nicht mehr weit zur völligen Selbstaufgabe war. Sie hatten sie einfach in ihrem eigenen Saft schmoren lassen. Abeline schätzte, dass sie mindestens sechs oder sieben Tage ohne Licht, Essen oder irgendeinen menschlichen Kontakt in dieser unterirdischen Zelle eingesperrt war, einem Vorhof zur Hölle, so kam es ihr vor. Sie schwebte zwischen innerer Unruhe, Zweifel, Angst und Dämmerzustand. Aber je länger ihre Dunkelhaft dauerte, desto fester wurde ihr Vorsatz, die Regel, die ihr Vater ihr eingebläut hatte, um jeden Preis einzuhalten: *Winsle niemals um Gnade, niemals.*

X

»Die vierte Möglichkeit – sag mir: was soll das sein?«
Nur diese Frage stellte die Priorin. Sie sah ausgeschlafen aus, mit rosigen Wangen, und verkörperte absolute Selbstsicherheit und Souveränität, gepaart mit einer Süffisanz, die sie wohl der Macht zu verdanken hatte, die ihr durch den Tod der Äbtissin in den Schoß gefallen war.

Als Abeline auf der Pritsche vor sich hindämmerte, war ohne Vorwarnung die Zellentür aufgegangen, und Schwester Hiltrud stand mit einer brennenden Öllampe da. In ihrer blütenweißen, jungfräulichen Tracht sah sie aus wie ein Engel der himmlischen Heerscharen, was sie beabsichtigte, denn sie setzte ihre Wirkung durchaus als Waffe ein. Sie war gekommen, um die Sünderin Abeline damit zu konfrontieren, was sich inzwischen oben in der Welt ereignet hatte und was mit ihr geschehen sollte. An ihrer guten Laune konnte Abeline schon von vornherein feststellen, wie schlecht es um ihre Sache stand, die Priorin trug ihre Überlegenheit und Siegesgewissheit vor sich her wie eine Monstranz bei der heiligen Messe.

Schwester Hiltrud hatte zunächst, als sie plötzlich im Rahmen der Zellentür stand, weder die Nase gerümpft – was Abeline verstanden hätte – noch irgendetwas gesagt. Sie stand nur da und wartete ab, bis Abeline sich mühsam in eine halbwegs aufrechte Stellung gebracht hatte.

»Also – was ist mit der vierten Möglichkeit? Was bedeutet sie?«, fragte die Priorin erneut und beleuchtete Abelines schmutziges Gesicht mit den aufgesprungenen Lippen.

»Ich habe Durst ...«, krächzte Abeline mühsam. »Ich ... ich kann so nicht sprechen.«

Wortlos ging die Priorin aus der Zelle und ließ die Tür offen. Sehnsüchtig warf Abeline einen Blick darauf, aber sie würde keine drei Schritte weit kommen, sie war schon fast zu schwach, um überhaupt aufstehen zu können. Dann hörte sie ein Klappern, und kurze Zeit später kam Schwester Mechthild, die Abeline als gute, aber ständig vor sich hin maulende Köchin schätzte, und brachte ihr Brot, Wasser und Brei. Abeline fragte sie, welcher Tag war, aber Schwester Mechthild sagte kein Wort, wartete, bis Abeline alles aufgegessen hatte, und verschwand wieder, diesmal allerdings nicht ohne die Tür hinter sich abzusperren.

Von nun an bekam sie zweimal am Tag etwas zu essen, offenbar wollte man sie wieder aufpäppeln, wozu auch immer. Nach und nach kam sie wieder zu Kräften und bereitete sich darauf vor, von Schwester Hiltrud vernommen zu werden. Abeline würde nicht von ihrer einmal eingeschlagenen Strategie abweichen und alles leugnen, bis sie vor den Fürstbischof geführt wurde.

Aber sie kannte die erste Frage der Priorin, also überlegte sie gut, was sie darauf antworten sollte. Auf keinen Fall die Wahrheit, sonst würde sie Magdalena auch noch mit hineinziehen.

Als die Tür wieder aufging, war Abeline auf alles gefasst und sah sich erneut der Priorin gegenüber, die sie im Licht ihrer Öllampe lange fixierte, ohne sie anzusprechen. Abeline konnte sich vorstellen, wie sie aussah: Schmutzig, bleich und mit verfilztem Haar blinzelte sie in das Licht, das ihre Augen nicht mehr gewohnt waren. Dann stand sie auf, weil es sich in der Gegenwart einer so hochgestellten Nonne nicht geziemte, sitzen zu bleiben.

»Also?«, fragte Schwester Hiltrud nur, als wäre sie vor gerade einer Viertelstunde schon da gewesen und wollte übergangslos dort weitermachen, wo sie aufgehört hatte.

»Ehrwürdige Frau Priorin ...« fing Abeline an, wurde aber sofort unterbrochen.

»Siehst du das?«, sagte Schwester Hiltrud und hob die Amtskette mit dem Kreuz, die um ihren Hals baumelte, in den Lichtkegel der Lampe hoch. »Der ehrwürdige Fürstbischof hat mich vor drei Tagen zur Äbtissin von Mariaschnee ernannt. Mit einhelliger Zustimmung des gesamten Konvents.«

»Verzeiht. Das wusste ich nicht – ehrwürdige Mutter Äbtissin«, brachte Abeline mit Müh und Not heraus.

»Schon besser. Also?«

»Ihr habt meinen Brief an Magdalena gefunden.«

»Das ist keine Antwort auf meine Frage. Natürlich habe ich das.«

»Nun, ich habe Magdalena lange nicht mehr gesehen. Ich habe den Brief einfach so geschrieben, als würde ich mit ihr reden.«

»Wie wolltest du den Brief Magdalena zukommen lassen?«

»Gar nicht. Ich habe ihn eigentlich nur für mich geschrieben.«

»So? Diesen Brief?«

Sie zog das Pergament aus dem Ärmel ihres Habits und faltete es auf. Dann las sie vor:

Magdalena, liebste Freundin,

Du weißt nicht, wie sehr ich dich vermisse.

Und wie ich das kleine Stückchen Freiheit vermisse, das ich mit Dir und Deinem Vater genossen habe. Es waren die schönsten Stunden seit langem ...

Aber ich habe das Gefühl, dass Du-weißt-schon-wer mich dafür bitter bezahlen lässt und nur auf eine Gelegenheit wartet, damit sie mich packen und bestrafen kann.

Du hast mir die ganze Wahrheit über Dich erzählt, aber ich habe die meine Dir gegenüber zurückgehalten. Das tut mir leid.

Ich heiße mit vollem Namen Abeline von Melchingen und bin die Tochter von Philip und Franziska von Melchingen.

Wenn Du mir einen Gefallen tun willst, dann bring bitte in Erfahrung, was mit ihnen geschehen ist, weil ich mir große Sorgen um sie mache.

Weißt du noch – die vierte Möglichkeit?

Je länger ich hier eingesperrt bin, desto mehr sehne ich mich danach.

Es wird jeden Tag schlimmer.

Hast Du schon einen Plan?

Dann komm bald und teile ihn mit mir, ich bin dabei. Etwas Besseres als den Tod findet man überall ...

Abeline,
Deine Freundin, die kein Hasenfuß mehr sein will!

Schwester Hiltrud ließ das Pergament sinken und sah Abeline an. »Ist dieser Brief von dir?«

»Ja.«

»Was ist die vierte Möglichkeit?«

»Wir haben einfach nur so vor uns hingesponnen. Was aus uns wird. Dabei sind uns mehrere Möglichkeiten durch den Kopf gegangen. Die vierte Möglichkeit war und ist es für mich, die Braut Jesu Christi zu werden.«

»Was sind die anderen drei?«

»Heirat, als Goldschmiedin arbeiten, das will Magdalena machen, oder als Heilkundige tätig sein.«

»Ist das alles?«

»Ja, ehrwürdige Mutter Äbtissin.«

»Abeline, du beleidigst meine Intelligenz. Du schreibst hier, du fühlst dich eingesperrt. Dass es jeden Tag schlimmer wird. Du hast mit Magdalena über deine Flucht gesprochen, stimmt's?«

Abeline schlug die Augen nieder.

»Keine Antwort ist auch eine Antwort«, sagte die Äbtissin und steckte den Brief wieder in ihren Ärmel zurück. Dann fuhr sie fort: »Nun, das alles ist jetzt sowieso Schnee von gestern. Der Inhalt des Briefes – in all seiner Eindeutigkeit und Anmaßung – ist nachrangig. Was zählt, ist, dass du ihn verloren hast, ich ihn gefunden habe und dass er beweist, dass du nach der Ermordung der ehrwürdigen Äbtissin vor mir geflohen bist, als ich dich im Badehaus überrascht habe.«

»Das ist eine Lüge. Ich habe Euch überrascht.«

»Das weiß außer uns beiden niemand. Und es wird niemals jemand erfahren.«

»Warum seid Ihr Euch da so sicher?«

Ein süffisantes Lächeln umspielte die Lippen von Schwester Hiltrud.

»So wie die Dinge sich entwickelt haben, Abeline, bleibt dir wohl nur noch die fünfte Möglichkeit.«

»Die fünfte Möglichkeit? Was ... was soll das sein?«

»Kannst du dir das nicht vorstellen? Nach allem, was du getan hast?«

»Ich habe nichts getan. Und ich bin gerne bereit, das vor dem ehrwürdigen Fürstbischof zu wiederholen.«

Schwester Hiltrud lachte einmal verächtlich auf und schüttelte den Kopf. »Das hättest du wohl gerne. Aber dazu wirst du keine Gelegenheit erhalten.«

Sie beugte sich zu Abeline und flüsterte: »Nur weil wir hier ganz unter uns sind ... ›Du-weißt-schon-wer‹ und ›Abeline von Melchingen‹ ... was steckst du dumme Gans auch deinen neugierigen Kopf in die Badestube ... mit deinem Brief und deiner Flucht hast du dein Todesurteil unterschrieben.«

Sie nahm wieder ihre normale Haltung und den kühlen Tonfall ein. »Aber ich bin dir noch im Nachhinein dankbar dafür. Du hast mir eine ganze Menge Ärger erspart. Weil Gott mir unerwartet eine Täterin in die Hand gab. Nämlich dich.«

Abeline erwiderte darauf nichts. Sie konnte Schwester Hiltruds triumphierendes Gesicht nicht länger ertragen und senkte den Blick.

»Oh, ich weiß nur zu gut«, sinnierte die frischgebackene Äbtissin, »was jetzt in deinem Kopf vorgeht. Was du alles gegen mich vorbringen wolltest, solltest du erst dem Fürstbischof gegenüberstehen. Ja, ihr Novizinnen haltet euch für so gescheit, so klug, so ... einzigartig. Ich weiß das, weil ich schließlich auch eine von euch war. Und mir ging es genauso. Dabei seid ihr noch nicht einmal flügge. Närrinnen seid ihr allesamt. Ihr wisst nichts, aber auch gar nichts über Gottes großen Plan, weil ihr nur eure eigene, hoffnungslose, törichte und ichbezogene kleine Vorstellung von Glück in euren Köpfen habt. Und die hat euch noch der Teufel eingegeben. Trotzdem seid ihr voller Hochmut und Eitelkeit. Insbesondere du.«

Leise fragte Abeline: »Warum habt Ihr die ehrwürdige Mutter Äbtissin umgebracht?«

Die neue Äbtissin zuckte mit den Schultern, als spräche sie über eine Lappalie. »Weil die Zeit dafür gekommen war, deshalb. Der Antichrist war auf dem Vormarsch. Durch dich. Durch dich und deine Mutter. Die Äbtissin hatte die Zeichen nicht erkannt, nicht erkennen wollen. Du hattest sie schon verführt und auf deine Seite gezogen. Darum war ich gezwungen zu handeln. Ich war das Werkzeug des Herrn. Er hat mir eine schwere Prüfung auferlegt. Aber ich habe ihn nicht enttäuscht. Und siehe – er hat meine Hand geführt und mich geleitet. Wie es in der Offenbarung des Johannes in Kapitel zwölf heißt: ›Und es wurde gestürzt der große Drache, die alte Schlange, die da heißt Teufel und Satan, der die ganze Welt verführt!‹«

Für kurze Zeit loderte wieder das Feuer des Fanatismus in ihren Augen auf. Sie küsste das Kreuz an ihrer neuen Kette, und bei diesem Anblick wurde ihr Ton wieder geschäftsmäßig.

»Da fällt mir ein – wo ist eigentlich dein Hexenmedaillon? Wir haben deine ganzen Habseligkeiten durchsucht und konnten es nicht finden.«

»Wenn ihr damit das Medaillon meiner Mutter meint ...«

»Ich sagte doch: das Hexenmedaillon. Ja, das meine ich. Wo ist es?«

»Ich habe es in den Rhein geworfen.«

»Du warst noch nie eine gute Lügnerin, Abeline.«

Dann tat die Äbtissin etwas, womit Abeline nicht gerechnet hatte – sie packte Abelines Kragen und fauchte ihr ins Gesicht: »Komm schon, heraus damit. Wo hast du es versteckt?«

Abeline fauchte zurück: »Da, wo Ihr es nicht findet! Es ist verflucht, und es wird dieses Kloster zugrunde richten eines Tages. Weil Ihr des Teufels seid, nicht ich!«

Sie bereute es nicht, als sie diese Worte in ihrer Rage ausgesprochen hatte. Die blindwütige Drohung war einfach so aus ihr herausgerutscht, nur um Schwester Hiltrud *einmal* Widerpart zu geben, ihr zu zeigen, dass sie, Abeline, einen eigenen Willen hatte, der nicht zu brechen war. Viel schlimmer konnte ihre Lage sowieso nicht mehr werden. Dachte sie. Aber da sollte sie sich täuschen.

Mit angewiderter Miene ließ die Äbtissin Abeline wieder los und zeigte sich geradezu erfreut, dass es ihr gelungen war, Abeline wenigstens einmal so zu provozieren. »Habe ich gerade dein wahres Gesicht gesehen, Abeline? Deine wahren Gedanken gehört? Ja, so wird es wohl gewesen sein. Du hast mir dein wahres Ich offenbart. Ich wusste es von Anfang an. Ich werde es Wort für Wort an den ehrwürdigen Fürstbischof weitergeben. Es bestätigt nur unser aller Meinung.«

Sie atmete auf, als wäre sie erleichtert, dann schüttelte sie mit künstlichem Bedauern den Kopf. »Nein, dein Medaillon, egal wo du es hast, wird dir jetzt auch nicht mehr helfen. Ich bin nämlich gekommen, um dir zu sagen, dass deine Tage gezählt sind auf Erden. Du solltest Folgendes wissen. Du bist in Abwesenheit von einem Gericht unter Vorsitz des Fürstbischofs zum Tode verurteilt worden. Du hattest schon recht. Du wirst aus diesem ehrwürdigen Kloster herauskommen. Aber nicht lebend. *Das* ist deine fünfte Möglichkeit. Gott sei deiner armen Seele gnädig.«

In Abelines Ohren rauschte es. »Aber warum?«, fragte sie tonlos. »Warum hört man mich nicht an? Ich will vor den Fürstbischof gebracht werden! Ich habe das Recht, mich zu verteidigen!«

»Du hast alle Rechte mit deiner abscheulichen Tat verwirkt, Abeline. Der Fürstbischof will sich nicht mit dem Anblick einer solchen Sünderin besudeln. Deine Schuld ist ohne jeden Zweifel erwiesen. Du bist eine Hexe. Er hat dich noch vor dem Urteil wegen Ketzerei exkommuniziert. Der Vogt hat das Todesurteil gebilligt und unterschrieben, damit ist es rechtsgültig und binnen zwei Tagen zu vollstrecken. Du bist eine Schande für das Kloster, unseren Orden und die ganze christliche Menschheit. So lauten die Worte des ehrwürdigen Konrad II. von Tegerfelden. Du wirst mit der härtesten aller Strafen büßen.«

»Ich ... ich soll auf den Scheiterhaufen?«

»Nein. Das wäre viel zu milde für dich und das, was du getan hast. Wir werden an dir ein Exempel statuieren müssen. Dir werden morgen früh bei Sonnenaufgang die Haare geschoren. Als Zeichen deiner übergroßen Schande. Alsdann wirst du zur Kunigundenkapelle gebracht und dort lebendig eingemauert. Auf dass die Mauern der Kapelle dein steinernes Grab werden, das als ewiges Mahnmal davon Zeugnis ablegen soll, was aus einem Mädchen werden kann, das sich dem Leibhaftigen verschrieben hat. Noch in vielen Hundert Jahren wird jeder, der daran vorbeikommt, sich bekreuzigen und daran denken, wie wichtig es ist, das Böse rechtzeitig zu bekämpfen und zu vernichten, bevor es uns vernichtet.«

Abeline stand immer noch da und war nicht zusammengebrochen, so wie es die neue Äbtissin angesichts der niederschmetternden Nachrichten erwartet hatte, doch ihre Beine zitterten, und sie konnte sich kaum noch aufrecht halten. Aber sie biss mit aller Kraft die Zähne zusammen, bis sie knirschten: Zusammenklappen würde sie erst, wenn sie wieder allein war. Zu viel auf einmal war in der kurzen Zeitspanne, in der Schwester Hiltrud in ihrer Zelle war, über sie hereingebrochen. Das konnte, das durfte alles nicht wahr sein – man hatte sie also schon abgeurteilt. Ohne sie auch nur anzuhören. Das war bei einem Inquisitionsprozess wegen

Ketzerei – und in diesem Fall kam ja auch noch der Mord an der Äbtissin dazu – durchaus möglich, der Fürstbischof konnte Ankläger, Verteidiger und Richter in einer Person sein. Schwester Hiltrud war wohl als Zeugin aufgetreten, und dass sie ihre Rolle überzeugend gestaltet hatte, davon konnte Abeline ausgehen. Jedes Wort, das sie gesprochen hatte, jede Lüge, war als reine Wahrheit aus dem Mund der zukünftigen Äbtissin aufgenommen worden, so überzeugend und unantastbar wie die Worte in der Bibel. Zumal ihr vermutlich die Pförtnerin, Schwester Lydia, als weitere Zeugin beigepflichtet hatte. Abeline glaubte schon, in das riesige schwarze Loch, das sich vor ihr auftat, zu fallen. Sie wünschte sich nur noch, endlich allein gelassen zu werden, damit niemand zusehen konnte, wie sie sich ihrer bodenlosen Verzweiflung hingab.

Aber Schwester Hiltrud machte keinerlei Anstalten, die Zelle zu verlassen. Sie wollte ihren totalen Triumph ein wenig auskosten und zusätzlich Öl ins Feuer gießen, um der trotzigen, wie versteinert dastehenden Abeline den endgültigen Todesstoß zu versetzen. »Ach, noch etwas, bevor ich es vergesse«, sagte sie in einem Ton, der so falsch und honigsüß daherkam, dass es mehr weh tat als ein Schlag ins Gesicht. »Du wolltest doch wissen, was mit deinen Eltern geschehen ist. Ich habe meiner ehrwürdigen Vorgängerin schwören müssen, es dir nicht zu sagen. Aber jetzt, wo sie nicht mehr ist, bin ich nicht mehr daran gebunden. Deshalb will ich dir auch nicht länger verschweigen, dass deine Mutter schon vor langer Zeit, kurz nachdem du ins Kloster gebracht worden bist, den qualvollen, aber gerechten Tod einer Hexe auf dem Scheiterhaufen gefunden hat.«

»Nein!«, schrie Abeline. »Nein!«

Sie sank auf die Knie und schlug die Hände vor ihrem Gesicht zusammen.

Die Äbtissin von Mariaschnee sprach ungerührt weiter. »Ich war leider nicht anwesend, als ihr Körper ein Opfer der reinigenden Flammen wurde. Aber Ritter Geowyn war Augenzeuge und hat gesagt, dass es kein leichter Tod war und sie sehr lange gekreischt hat wie ein kleines Mädchen.«

Abelines Oberkörper sank kraftlos auf den Boden.

Jetzt kannte die Boshaftigkeit der Äbtissin kein Halten mehr.

»Und was deinen Vater angeht – er hat sich aus dem Staub gemacht, ist in Acht und Bann getan und soll angeblich auf dem Weg ins Heilige Land sein. Aber das ist nur ein Gerücht. Viel wahrscheinlicher ist, dass er seinem Leben selbst ein Ende gesetzt hat.«

Das war zu viel für Abeline – sie ballte die Hände und brüllte der Äbtissin ins Gesicht: »Nein – das hat er nicht! Er hat mir versprochen, dass er mich wieder hier rausholt!« Pure Verzweiflung und blinde Wut verzerrten ihr Antlitz, als sie mit erhobenen Fäusten auf Schwester Hiltrud losgehen wollte. Doch die hatte damit gerechnet und wich elegant zurück, so dass Abeline erneut zu Boden stürzte.

Die Äbtissin spielte nun ihren letzten Trumpf aus, um Abeline den übrig gebliebenen kläglichen Rest von Hoffnung auch noch zu nehmen.

»Dich hier herausholen – das wird er nun wohl nicht mehr tun können. Und glaub ja nicht, dass du Magdalena noch einmal sehen wirst. Sie ist genauso eine Dienerin des Satans wie du. Ich konnte nur nie etwas gegen sie unternehmen, weil ihre Mutter die Schwester der Äbtissin gewesen ist. Aber das ist Gott sei Dank alles Vergangenheit. Magdalena hat es vorgezogen, mit ihrem Vater das Weite zu suchen. Bevor sie es mit Ritter Geowyn zu tun bekommen, der mit seinen Männern dafür gesorgt hat, dass die beiden sich nie mehr in dieser Gegend blicken lassen können, es sei denn, sie ziehen es vor, gleich über seine und seiner Männer Klinge zu springen.«

Sie kostete die Wirkung ihrer Worte aus, bevor sie Schluss machte.

»Wir sehen uns morgen bei Sonnenaufgang. Ich danke meinem Gott, dass es das letzte Mal sein wird.«

Die frischgekürte Äbtissin von Mariaschnee warf noch einen verächtlichen Blick auf das jämmerliche Bündel Mensch, das ihr zu Füßen lag und dessen Schultern vor unterdrücktem Schluchzen zuckten, dann ging sie hinaus, schlug die Tür zu und sperrte ab.

Ihre herrischen Schritte verhallten in der Dunkelheit.

XI

Die Sonne ging blass im Osten über Mariaschnee auf. Abeline sah hoch und blinzelte. Sie versuchte, in ihrem schmutzigen Habit so aufrecht zu stehen wie möglich, zu viel mehr war sie nicht mehr fähig. Sie hatte aufgehört zu denken. Sie würde alles über sich ergehen lassen, egal was jetzt auf sie zukam, nur um dann endlich Ruhe zu haben und mit sich selbst und ihrer bleiernen Leere, die sie befallen hatte, allein zu sein.

Die vielen Gaffer um sich herum nahm sie schon gar nicht mehr wahr. Auch nicht den Fürstbischof von Konstanz, Konrad II. von Tegerfelden, der es sich doch nicht nehmen lassen wollte, die Delinquentin, die ihm ihr Todesurteil zu verdanken hatte, höchstpersönlich noch in Augenschein zu nehmen, wenn er schon einmal die Gelegenheit hatte, eine der Hexerei und des Mordes überführte Novizin ihren letzten Gang antreten zu sehen. Er war betagt, aber rüstig, eine imposante Gestalt mit silbernem, sauber gestutztem Bart, und hatte für diesen besonderen Anlass ein prächtiges Ornat angelegt mit allen Insignien seines Amtes und seiner Macht. Auf seinen Bischofsstab gestützt und mit der Mitra auf seinem Haupt stand er inmitten seiner persönlichen Leibwache, die aus einem Dutzend schwerbewaffneter Ritter bestand, das bischöfliche Wappen – ein silberner Adler zwischen zwei roten Büffelhörnern auf blauem Grund – flatterte auf einer Fahne im auffrischenden Wind.

Zu seiner Rechten, wie eine Statue aus feinstem Marmor, mit bleichem, hocherhobenem Antlitz, demonstrierte die neue Äbtissin, was es hieß, seinen Machtanspruch zu verkörpern und die neue Ägide in ihrem Kloster dadurch einzuläuten, dass sie als erste Amtshandlung eine ihrer Novizinnen bei lebendigem Leibe einmauern ließ. Neben und hinter ihr waren Ritter Geowyn und seine Männer, die wie immer keine Miene verzogen.

Den dicht gedrängten Menschenkreis auf dem weitläufigen Vorplatz der Klosterkirche vervollständigten alle Nonnen und Novizinnen des Klosters.

Im Zentrum des Kreises und der allgemeinen Aufmerksamkeit, der Neugier und auch des Abscheus stand Abeline, die um aufrechte Haltung bemüht war und zum Glockenturm sah, hinter dem die Sonne aufging, um keinem der Anwesenden in die Augen sehen zu müssen. Sie schien ganz auf den Turm fixiert und vermittelte den Eindruck, nur körperlich anwesend zu sein. Ihren Oberarm hielt Schwester Lydia mit eisernem Griff gepackt – nicht dass Abeline noch im letzten Moment versuchen würde, in einer sinnlosen Verzweiflungstat Reißaus zu nehmen. So einer hinterhältigen Hexe war alles zuzutrauen. Abeline hatte blutige Striemen auf Nase und Wangen, die von einem Hieb mit der fünfschwänzigen Geißel quer über das Gesicht herrührten, den die alte und neue Pförtnerin ihr wütend versetzt hatte, weil dieses widerspenstige Biest von Mädchen einfach nicht damit herausrücken wollte, wo sie ihr Hexenmedaillon versteckt hatte. Erst ein Machtwort der Äbtissin, die bei der Abholung der Delinquentin dabei sein wollte, um sicherzugehen, dass sie sofort eingreifen konnte, wenn Abeline doch noch etwas Belastendes von sich geben sollte, verhinderte, dass Schwester Lydia so lange auf Abeline einschlug, bis sie entweder gesprochen hätte oder tot umgefallen wäre. Die Äbtissin legte größten Wert darauf, dass Abeline die ihr zugedachte Strafzeremonie noch auf eigenen Beinen durchstehen konnte. Alles andere wäre eine Zumutung für den Fürstbischof gewesen, auf dessen Empfindlichkeiten Schwester Hiltrud Rücksicht nehmen musste. Wenn es nach ihr gegangen wäre, hätte Ritter Geowyn Abeline mit den Füßen voran zur Einmauerungsstätte schleppen können.

Die Äbtissin konnte mit ihrer Strategie zufrieden sein: Sie hatte Abeline mit den Hiobsbotschaften über alle, die das Mädchen liebte, gleichsam jegliche Form von Widerspruchsgeist mit der Wurzel ausgerissen, das Mädchen fügte sich willenlos in sein Schicksal und hatte sich innerlich aufgegeben – genau das hatte Schwester Hiltrud beabsichtigt.

Abeline hielt den Kopf der Sonne entgegen, sie würde sie nun zum letzten Mal spüren, ihre verfilzten, langen Haare wehten im Wind.

Nicht mehr lange, dachte Schwester Lydia gehässig, *dann siehst du so kahl aus wie ich unter meiner Haube!* Sie klapperte probehalber mit ihrer Schere, die sie in der linken Hand hielt, und wartete auf ein Zeichen der Äbtissin. Als diese nickte, packte Schwester Lydia eine dicke Strähne von Abelines Haaren und schnitt sie so knapp über der Kopfhaut ab, wie sie nur konnte. Ungerührt ließ Abeline die überaus grobe und ruppige Prozedur über sich ergehen. Sie verzog nicht einmal ihr Gesicht, als Schwester Lydia ihr die Haare büschelweise ausrupfte, weil die stumpfe Schere nicht richtig schnitt. Endlich war die Pförtnerin fertig und betrachtete stolz ihr Werk. Kahlgeschoren, mit blutigen Stellen auf dem Schädel und mit vereinzelt übrig gebliebenen Haarstoppeln sah Abeline zum Erbarmen aus.

Der Kreis der Umstehenden öffnete sich auf ein Zeichen des Fürstbischofs zum Haupteingang des Klosters hin und bildete zwei Menschenreihen links und rechts des Weges bis zum Damm aufs Festland. Die Spitzen setzten sich in Bewegung, nach und nach marschierten alle los. Abeline wartete, bis sie einen Stoß von Schwester Lydia zwischen die Schulterblätter bekam, dann ging auch sie, beidseitig flankiert von den Klosterinsassinnen, über den Damm und den gewundenen Weg am Friedhof vorbei hinauf zur Kunigundenkapelle. Der Fürstbischof, die Äbtissin und die Soldaten bildeten die Nachhut.

Oben an der Kapelle ordneten sich alle in einem weiten Halbkreis um die Front der Kapelle an.

Zwei unsicher wirkende Männer, Steinmetze aus Konstanz, wo sie beim Bau des großen Münsters tätig waren, hatten die Holztür des Eingangs bereits entfernt und diesen bis auf einen schmalen Durchschlupf zugemauert. Sie warteten mit Steinen und Mörtel darauf, das letzte Loch zu schließen, um Abeline für alle Zeiten in ihrer eigenen Gruft einzusperren. In ihren Gesichtern konnte man ablesen, dass ihnen nicht ganz wohl bei der Sache war. Aber wenn ihr oberster Dienstherr – der Fürstbischof – es befahl, dann folgte man, ohne zu zögern. Sie stocherten mit ihren Kellen im Mörtel herum, um ihn geschmeidig zu halten, aber auch, um ihre Unsicherheit zu vertuschen, die sie angesichts des Menschenauflaufs befallen hatte.

Als der Halbring um die Front der Kunigundenkapelle geschlossen und Abeline vor dem fast zugemauerten Eingang stand, fingen die Klosterschwestern an, ein Ave Maria zu singen.

»Ave Maria, gratia plena, Dominus tecum. Benedicta tu in mulieribus, et benedictus fructus ventris tui, Iesus. Sancta

Maria, Mater Dei, ora pro nobis peccatoribus nunc et in hora mortis nostrae! Amen.«

Dann kehrte wieder Stille ein.

Die Priorin trat vor Abeline hin, die in dem bemitleidenswerten Zustand einer ertappten armen Sünderin immer noch von der Pförtnerin festgehalten wurde, und sprach so laut, dass es alle hören konnten: »Abeline. Bevor wir dein Urteil vollstrecken – hast du noch etwas zu sagen? Du kannst jetzt deine Seele erleichtern, wenn du hier, vor Seiner Gnaden, dem ehrwürdigen Fürstbischof, deine übergroße Schuld bekennst und von Herzen bereust. Also sprich, wenn du etwas zu sagen hast. Ansonsten schweige für immer.«

Alles hielt den Atem an und wartete darauf, wie Abeline reagieren würde. Sie schien erst jetzt geistig wieder aus fernen Gefilden zurückzukehren, sah Schwester Hiltrud ohne weitere Regung an, und dann schweifte ihr Blick über die Reihen der Umstehenden. Jeder Einzelnen schaute sie ins Gesicht – insbesondere Sophia, Agnes, Richardis, Hadwig, Schwester Afra und Schwester Nelda. Sophia erwiderte ihren Blick trotzig und überlegen und wich nicht aus, ebenso Schwester Afra und Schwester Nelda, aber aus anderen Gründen – sie schienen eher stumm bei Abeline Abbitte leisten zu wollen und konnten ihre Trauer nur mit Müh und Not zurückhalten. Alle anderen ertrugen Abelines Blick nicht und senkten den ihren beschämt zu Boden. Schließlich wandte sich Abeline der Pförtnerin zu, die sie immer noch fest gepackt hatte. Ihr Blick brannte sich förmlich in Schwester Lydias Augen, so dass diese Abelines Oberarm mit einem Mal losließ und zurücktrat, als habe sie die Befürchtung, Abeline könnte plötzlich von selbst anfangen zu brennen.

Kaum wurde sie nicht mehr festgehalten, wandte sich Abeline an die Äbtissin. »Ja«, sagte sie mit seltsam klarer

Stimme, so dass es auch wirklich alle hören konnten. »Ja, ich habe noch etwas zu sagen. Ich habe von Euch geträumt, Äbtissin, und Ihr sollt wissen: Meine Träume gehen in Erfüllung. Ich habe geträumt, dass eines Tages etwas Großes vom Himmel herunterfällt und Euch erschlägt. Denkt an meine Worte, wenn es so weit ist, aber dann wird es zu spät sein!«

Bevor irgendjemand reagieren konnte, schritt Abeline, ohne sich noch einmal umzudrehen, auf das schmale Loch in der frischen Steinmauer zu, die den einzigen Zugang zur Kunigundenkapelle verschloss, stieg hindurch und war im Inneren verschwunden.

Die Pförtnerin bekreuzigte sich kreidebleich, alle anderen taten es ihr gleich, einige wisperten aufgeregt, und die Äbtissin war nicht in der Lage, zu reagieren, so sehr war sie von der völlig unerwarteten Attacke Abelines getroffen worden. Damit hatte sie niemals gerechnet. Der Fürstbischof fasste sich als Erster, begab sich zum Durchgang in der Mauer und schrie hinein: »Apage, Satanas! Entferne dich, du unreine Seele! Fahre ein in die Hölle, wo du hingehörst! Und lasse Raum dem Tröster, dem Heiligen Geist!«, dazu machte er mit seinem Bischofsstab das Kreuzeszeichen.

Er winkte ungeduldig den zwei Steinmetzen und befahl mit barscher, befehlsgewohnter Stimme: »Macht endlich dieses Loch zu, damit die Hexe uns nicht mehr unter die Augen kommt und für alle Zeiten weggesperrt ist!«

Die beiden Maurer beeilten sich, dem Befehl ihres Bischofs nachzukommen, indem sie das Schlupfloch mit den bereitgestellten Schlusssteinen fachgerecht zumauerten und mit dem letzten Rest Mörtel das Mauerwerk noch sauber verputzten.

Der Fürstbischof hob seinen Stab, alle Augen richteten sich auf ihn. »Ihr alle, die ihr Zeugen dieser unwürdigen Entweihung einer heiligen Zeremonie geworden seid – ich befehle euch, streicht die Worte dieser Hexe auf ewig aus eurem Gedächtnis, damit sie euch nicht vergiften! In nomine Patris, et Filii, et Spiritus Sancti!«

Alle murmelten: »Amen.«

Der Fürstbischof nickte. »So sei es. Nun gehet hin in Frieden!«

Die Äbtissin hatte sich nicht gerührt, aber ihr Gesicht war leichenblass. Die Pförtnerin wollte sie stützen, aber sie wehrte sie unwirsch ab und marschierte neben dem Fürstbischof her, der sich bereits mit steinerner Miene in Richtung Kloster in Bewegung gesetzt hatte. Die Soldaten und Klosterinsassinnen, von denen manche verstohlen tuschelten, manche so schreckensbleich und stumm waren wie ihre Äbtissin, folgten. Die Menschenschlange pilgerte wieder zurück zum Kloster.

Die beiden Steinmetze überprüften noch einmal ihre Arbeit, packten ihre Siebensachen zusammen und wollten sich schon ebenfalls auf den Weg zurück machen, da kehrte der jüngere der beiden noch einmal um.

»Was machst du?«, fragte der Bärtige ängstlich.

»Hilf mir«, antwortete der Jüngere. »Falte deine Hände, damit ich hochsteigen kann.«

Er stand unter dem handgroßen Fensterloch der Westseite, die vom Kloster aus nicht zu sehen war, und blickte hoch. Das Fenster war in fast doppelt mannshoher Reichweite angebracht.

»Willst du uns in Schwierigkeiten bringen?«, fragte der Bärtige.

»Nein. Jetzt komm schon. Hier sieht uns kein Mensch.«

Der Ältere faltete seine Hände, lehnte sich mit dem Rücken an die Wand, und der Jüngere stieg über die Händeleiter auf die Schultern seines Gefährten. Er riskierte einen Blick ins Innere der Kapelle, die vollkommen leergeräumt war, und sah Abeline regungslos auf den Stufen sitzen, die einmal zum Altar geführt hatten, auch er war nicht mehr vorhanden. Er zog aus seiner Tasche ein Tuchbündel. Darin war sein Essen für den Tag eingewickelt, Brot und Käse. Er ließ es durch das Fensterloch in die Kapelle fallen, Abeline reagierte nicht darauf. Dann sprang er von den Schultern des Älteren auf den Boden zurück.

Der fragte: »Warum hast du das gemacht?«

»Ich hatte Mitleid«, sagte sein Gefährte einfach, packte seine Gerätschaften und ging bergab in Richtung Kloster. Der andere folgte ihm.

XII

Abeline wusste nicht, wie viel Zeit vergangen war, es war ihr auch gleichgültig. Alles war ihr gleichgültig. Ob sie lebte oder tot war, ob der Rhein noch Wasser führte oder ausgetrocknet war, ob die Sonne noch auf- oder unterging. Sie legte sich einfach auf den Boden und ließ es Tag und Nacht werden. Sie weinte nicht, sie bewegte sich nicht, sie wartete einfach auf den Tod.

Aber so schnell, wie sie es sich erhoffte, kam er nicht. Stattdessen kamen Hunger und Durst. Und alle Knochen fingen an, ihr weh zu tun. Mühsam quälte sie sich hoch, versuchte, ihre Glieder zu dehnen, und blinzelte in den Sonnenstrahl, der von schräg oben durch das kleine Fensterloch kam und in dem der Staub tanzte. Da stieß sie mit dem bloßen Fuß an etwas. Ein zusammengebundenes Stoffbündel. Sie hob es auf und öffnete es. Brot und ein Stück Käse. Sie roch daran, ihre Sinne kamen allmählich wieder zum Vorschein wie sie selbst aus dem Reich der lebendigen Toten, in das sie sich zurückgezogen hatte wie eine Schnecke in ihr Schneckenhaus. Ihre Kopfhaut fing an zu schmerzen und zu jucken, sie kratzte sich mit einer Hand und sah immer noch Brot und Käse auf dem Stofftuch an, als könnte sie nicht ganz begreifen, was sie damit anstellen sollte. Doch als sie merkte, wie ihr das Wasser im Mund zusammenlief, fing sie schlagartig an, voller Gier vom Brot herunterzubeißen und dazu den

Käse zu essen. Danach schloss sie die Augen und kostete dem Geschmack nach. Zum ersten Mal sah sie sich um. Nichts als kahle Wände. Sie ging auf den roh zugemauerten Eingang zu und fuhr prüfend mit den Händen über die Steine. Der Mörtel war getrocknet, sie drückte versuchsweise mit der Schulter dagegen, aber die Mauer war schon felsenfest. Dort auch nur zu kratzen war aussichtslos, sie würde sich nur die Nägel abbrechen und blutige Finger holen.

Sie stellte sich in den wärmenden Sonnenstrahl und ließ es zu, dass ihr Denkvermögen wieder einsetzte und nach einem Ausweg suchte. Aber gleichzeitig setzten damit auch mit voller Wucht die pure Niedergeschlagenheit und der abgrundtiefe Kummer um ihre verlorenen Eltern und Magdalena wieder ein. Das durfte sie nicht zulassen.

Oder war es vielleicht einfacher, gleich den Verstand zu verlieren, anstatt in sinnloser Hoffnung dahinzuvegetieren, bis man seinen letzten Atemzug tat? Sie hatte nicht einmal mehr so viel Freiheit, wie es Ida beschieden war, die ihrem Leben im Rhein ein Ende setzen konnte. Sie hatte einmal davon gehört, dass ein Mörder, der auf seine Hinrichtung wartete, sich lieber selbst an der Wand seines Gefängnisses den Kopf eingerannt hatte, als sich in Geduld zu üben, bis der Scharfrichter kam, um ihn abzuholen. Das würde sie nicht fertigbringen. Sie würde verdursten. Sie nahm an, dass man drei oder vier Tage ohne Wasser auskommen konnte, aber sicher nicht viel länger. Sie hatte gerade Brot und Käse gegessen, und beides war noch nicht verdorben. Also war sie bisher nicht allzu lange in der Kapelle, ihr Dämmerzustand konnte höchstens zwei Tage gedauert haben. Von dem Augenblick an, als sie mit den Fäusten auf die Äbtissin losgegangen war, bis zu dem Moment, wo sie Brot und Käse verschlungen hatte, konnte sie sich an nichts mehr erinnern. Ihr blieben noch ein paar Tage, bis sie so schwach wäre, dass ihr die Sinne schwanden.

Die fünfte Möglichkeit, wie es Schwester Hiltrud in ihrer Boshaftigkeit genannt hatte.

Sie hörte die ferne Glocke der Klosterkirche, die wohl zur Terz läutete. In Mariaschnee ging also alles wieder seinen gewohnten Gang. Wie schön für die neue Äbtissin. Abeline fühlte, wie eine unbändige Wut auf diese Frau in ihr hochkochte, eine Wut, die sie gar nicht von sich kannte. Schwester Hiltrud hatte auf ganzer Linie gewonnen, ihr Triumph war vollkommen. Wie konnte Gott so etwas nur zulassen? Sie, Abeline, war ihm immer aufrichtig und treu ergeben, konnte sich nicht entsinnen, eine größere Sünde begangen zu haben, und er strafte sie so maßlos? Wofür? Was hatte sie nur getan?

Sie musste an den Spruch ihres Vaters denken. Für eine von Melchingen gehörte es sich ebenso wenig, sich zu bemitleiden, wie um Gnade zu winseln. Wenn ihr so ein Schicksal nun einmal beschieden war, musste sie es annehmen. Das war besser, als in Selbstverachtung zu sterben. Dann würde sie eben ihre Lieben im Jenseits wiedersehen. Das war ein gewisser Trost für Abeline. Gott konnte nicht so grausam sein, sie ins Fegefeuer zu schicken, für Dinge, die sie nicht getan hatte. Oder war ihr Traum von dem brennenden Gesicht, das entweder sie selbst oder ihre Mutter war, vielleicht ein Zeichen dafür?

Inzwischen war es Nacht geworden, und sie merkte, dass sie zusehends schwächer wurde und ihre Gedanken immer mehr irrlichterten. Ihr Durst hatte solche Ausmaße angenommen, dass sie die Feuchtigkeit, die an einer Ecke durch die nasse Mauer sickerte, vom Steinboden aufleckte.

Wieder hörte sie die Glocke schlagen. *Zeit für die Mette!*, schoss es ihr kurz durch den Kopf, bevor ihr klar wurde, dass sie nicht im Dormitorium der Novizinnen war, sondern eingesperrt in der Kapelle. Sie kauerte sich wieder zusammen, um sich in ihren gnädigen Dämmerzustand zu versetzen, aber der wollte sich einfach nicht mehr einstellen. Also stand sie mit Müh und Not auf und versuchte, durch das Fensterloch einen Blick auf den Sternenhimmel zu erhaschen. Ein Teil des Mondes war tatsächlich zu sehen.

Plötzlich glaubte sie, einen Pfiff gehört zu haben. So wie damals, als Magdalena ihr pfiff, damit sie ihr half, das Boot aus dem Unterholz zu ziehen, um damit über den Rhein zu setzen.

Aber das konnte nicht sein.

Ihr verwirrter Geist musste ihr einen Streich gespielt haben. Trotzdem lauschte sie. Vielleicht war es irgendein Nagetier gewesen, das nachts unterwegs war, ein Marder oder ein Iltis, sie wusste nicht, welche Tiere sich mit Pfiffen verständigten, aber es gab sicher welche.

Da! Wieder ein Pfiff. Nicht sehr laut, aber deutlich.

Ein kalter Schauder lief ihr über den Rücken. Magdalena hatte versucht, Abeline beizubringen, wie man es anstellte, dass beim Versuch zu pfeifen mehr als ein Zischen herauskam, aber Abeline war, was das anging, ein hoffnungsloser Fall. Trotzdem probierte sie es jetzt, steckte zwei Finger in ihren ausgetrockneten Mund und blies, was das Zeug hielt. Tatsächlich kam ein kläglicher Ton zustande, auf den von draußen prompt ein Echo erfolgte, diesmal ziemlich laut und scharf. Und auf einmal hörte sie ein Geräusch außen an der Fensterwand, und dann – sie glaubte, ihren Augen nicht zu trauen – verdunkelte ein Umriss im Fenster den Mond, und eine Stimme sagte: »Weißt du noch: Mädchen, die pfeifen, und Hühnern, die krähen ...«

»... soll man beizeiten die Hälse umdrehen!«, vollendete Abeline den ihr wohlbekannten Satz mit krächzender Stimme. Sie räusperte sich und fragte ungläubig: »Magdalena – was machst du hier?«

»Na, was wohl – wir holen dich da raus«, lautete die lakonische Antwort.

Gleichzeitig waren Kratz- und Klopfgeräusche an der frischen Mauer in Abelines Rücken zu vernehmen. Abeline schlug das Herz bis zum Hals, sie spürte auf einmal keinen Durst, keinen Hunger und keine Schmerzen mehr, als sie fragte: »Wer ist wir?«

»Ich und mein Vater. Wer sonst? Oder denkst du vielleicht, Schwester Hiltrud hilft uns dabei?«

Abeline senkte lächelnd den Kopf. Das war Magdalena, wie sie leibte und lebte, ihre beste, ihre einzige, ihre kratzbürstige und zugleich wundervolle Freundin. Sie hatte sie nicht im Stich gelassen. Dann gab es doch noch einen Gott, der sie nicht vergessen hatte. Sie schaute wieder nach oben, die Geräusche an der Mauer vor dem Eingang hatten inzwischen an Intensität zugenommen.

»Wie wollt ihr das anstellen?«, fragte sie mit bangem Herzen.

»Es wird ganz schnell gehen«, antwortete Magdalena. »Wenn du frei bist, rennst du sofort mit uns los. Wir haben am Waldrand unsere Pferdewagen in Stellung gebracht. Kannst du dich hinter dem Altar verstecken? Du brauchst irgendeine Deckung.«

»Nein. Hier drin ist nichts mehr.«

»Auch gut. Dann legst du dich an den Altarstufen so flach wie möglich auf den Boden. Zieh dir deine Kapuze über den Kopf, steck die Finger in die Ohren, mach die Augen zu und warte.«

»Aber wie …«

»Du wirst es schon merken, wenn es so weit ist. Hast du alles verstanden?«

»Ja.«

Eigentlich hatte sie gar nichts verstanden, aber Magdalena würde schon wissen, was sie tat. Das hoffte Abeline jedenfalls.

Der Kopf im Fensterloch verschwand, und dann hörte Abeline, wie die Klopf- und Scharrgeräusche an der zugemauerten Stelle wieder lauter wurden. Inständig betete sie, dass man den Lärm nicht bis zum Kloster hören konnte, dann erinnerte sie sich wieder an Magdalenas Anweisungen und befolgte sie so rasch wie möglich. Sie legte sich seitlich der Altarstufen flach auf den Boden, bedeckte sich mit ihrem Habit, zog die Kapuze über ihren Kopf, steckte die Finger in die Ohren und drückte die Augen ganz fest zu. Dabei versuchte sie, ruhig und gleichmäßig zu atmen. Sie zählte ihre Atemzüge, aber nichts geschah. Sie war schon bei hundert angekommen und wollte gerade wieder aufstehen, als es einen ungeheuren Donnerschlag gab, so dass sie glaubte, die Kapelle würde auseinandergerissen. Gleichzeitig durchzuckte ein greller Blitz den Raum, und Steinbrocken prasselten gegen die Wand, einige davon trafen Abelines Körper. Es stank nach Schwefel, ein beißender Qualm erfüllte die Kapelle. Abeline musste husten und rappelte sich hoch, Staub, Dreck und Steinbrocken fielen von ihr ab, ihre Ohren klingelten, und sie entdeckte dort, wo einmal der frisch zugemauerte Eingang war, ein klaffendes Loch, durch das nun Magdalena und Meister Albert hereinkrochen. Abeline konnte sich vor Schreck nicht von der Stelle rühren, doch die beiden packten sie wortlos und zerrten sie ins Freie. Dort gönnten sie sich einen kurzen und stolzen Blick auf das immer noch rauchende Loch in der Mauer der Kunigundenkapelle, dann schleppten sie Abeline zum Waldrand, zogen sie auf den ersten der zwei wartenden vierrädrigen und vollbepackten Pferdekarren und fuhren nacheinander davon, Abeline neben Albert. Magdalena kutschierte den zweiten Wagen, als wäre Mariaschnee der Eingang zur Hölle und müssten sie das Kloster so schnell und so weit wie möglich hinter sich lassen, bevor der Satan in Gestalt von Schwester Hiltrud auf den Lärm reagieren und die Verfolgung aufnehmen konnte.

TEIL IV

I

»Also, wenn Ihr mich fragt – die Hexe ist nicht mehr am Leben!«, sagte Ritter Geowyn, der seine Lederkappe abgenommen hatte und sich nachdenklich mit der Hand über seine Glatze fuhr.

Es war früh am Morgen, und er hatte mit seinen Männern beim ersten Tageslicht die Kapelle und die Schäden begutachtet und stand jetzt unschlüssig neben der Äbtissin vor dem klaffenden Loch in der Mauer der Kunigundenkapelle, das an den Rändern schwarz von Ruß war.

»Was sagt Ihr dazu, Ritter Geowyn?«, fragte die Äbtissin und wies auf das Loch.

Geowyn strich mit zusammengekniffenen Augen und gerunzelter Stirn über seinen spiegelglatten Schädel, als könne er damit sein Denkvermögen anspornen. »Tja, ehrwürdige Mutter Äbtissin, nach allem, was mir je widerfahren ist und was ich gesehen habe – und ich habe wohl einiges gesehen, einmal sogar das Griechische Feuer ... aber selbst das hat bei weitem nicht diese Zerstörungskraft. So etwas ist mir noch nie untergekommen. Dafür kann es nur eine Erklärung geben ...«

Er schüttelte den Kopf und knetete verlegen seine Lederkappe mit den Händen.

»Verzeiht, wenn ich Euch ins Handwerk pfusche, das ist eigentlich nicht meine Obliegenheit, wahrlich nicht. Aber glaubt mir – hier war der Teufel am Werk. So ein Loch stammt von keines Menschen Hand. In der Kapelle haben wir nicht die geringste Spur von Abeline gefunden. Meine Männer haben auch die Umgebung bis über den Waldrand hinaus abgesucht. Nichts. Sie scheint spurlos verschwunden. Der Satan persönlich muss sie befreit und geholt haben und ist mit ihr in die Hölle gefahren.«

»Meint Ihr das wirklich?«

»Wie wollt Ihr sonst dieses gewaltige Loch erklären? Es wurde nicht aufgestemmt. Die Mauer war zwei Fäuste dick und bereits ausgehärtet. Es gibt keine andere Möglichkeit – die ungeheure Macht, so ein Loch in eine Mauer zu reißen, steht nur einem zur Verfügung.«

»Die vierte Möglichkeit ...«, dachte Schwester Hiltrud laut nach.

»Die vierte Möglichkeit?« Ritter Geowyn war irritiert. »Ich fürchte, ich kann Euch nicht ganz folgen ...«

»Es ist nichts von Bedeutung«, winkte die Äbtissin ab. »Ihr denkt, so etwas kann nur der Satan?«

»Es fällt mir schwer, das zu sagen, aber ja, das vermute ich. Alle Spuren weisen darauf hin. Der gewaltige Donnerschlag heute Nacht, den das ganze Kloster gehört hat, der Ruß, der Gestank ...«

Er hatte einen Steinbrocken vom Lochrand genommen und roch daran. »Schwefel!«, sagte er angewidert und warf den Brocken weg. Mit einer Geste wies er auf den Durchbruch und fragte: »Wer außer dem Teufel persönlich kann so etwas bewirken?«

Er sah seine Männer auffordernd an, die ihm beipflichteten, indem sie nickten.

»Sagt, Ritter Geowyn – habt Ihr Angst vor ihm? Vor dem Teufel?« Die Äbtissin erforschte sein bärtiges Gesicht.

Ritter Geowyn gab ihr die Andeutung eines Lächelns zurück. »Weder vor Tod noch Teufel, so lange ich in Eurem und damit in Gottes Auftrag unterwegs bin.« Erneut blickte er, um Zustimmung heischend, nach seinen Männern. Deren grimmiges Kopfnicken bestätigte es ihm.

»Dann wird es wohl so gewesen sein, wie Ihr sagt«, konstatierte die Äbtissin nachdenklich und küsste für einen geistesabwesenden Moment das Kreuz an ihrer Kette, bevor sie Ritter Geowyn wieder in die Augen blickte.

»Und wenn der Teufel sie nur befreit hat? Damit sie weiterhin ihr Unwesen treiben kann?«

Ritter Geowyn zog die Schultern hoch, als wisse er da auch keinen Rat und falle das nicht unter seine Kompetenzen.

Die Äbtissin steckte entschlossen ihre Hände in die Ärmel ihres weißen Habits, nahm Haltung an und setzte ihr offizielles Gesicht auf. »Ritter Geowyn – hiermit erteile ich Euch den ausdrücklichen Befehl, mit Euren Männern nach Abeline zu suchen. Ich kann nicht ausschließen, dass sie mit Hilfe des Teufels entkommen ist. Und das darf nicht sein. Das Kloster stellt Euch alle Mittel zur Verfügung, die Ihr benötigt. Ich erteile Euch im Namen des Fürstbischofs im Vorhinein Dispens und gebe Euch ein entsprechendes Schreiben mit. Und wenn Ihr sie findet, tut, was getan werden muss. Auf der Stelle, zögert nicht!«

Sie sah ihm auffordernd in die Augen, bis er zustimmend nickte. Dann fuhr sie fort, während sie immer mehr von Hass erfüllt wurde. »Ihr sollt Abeline nicht nur finden. Wir wollen, dass sie für immer vom Angesicht dieser Erde verschwindet und ausgelöscht wird. Ihr Name darf nicht mehr in den Mund genommen werden, er ist getilgt für alle Zeit. Versprecht Ihr mir das bei Eurer unsterblichen Seele?«

»Ihr habt mein Wort.«

»Wenn Abeline wirklich irgendwo da draußen herumläuft, ist sie eine Gefahr für die ganze Christenheit. Und wir haben die heilige Pflicht, sie zu finden und dahin zu schicken, wo sie hingehört. Nämlich in die Hölle, sollte sie nicht schon längst darin schmoren. Wir haben uns verstanden, Ritter Geowyn?«

Der Ritter beugte sein Knie vor ihr. »Jawohl, Ihr seid deutlich genug gewesen, ehrwürdige Mutter Äbtissin.«

Er küsste ihre dargebotene Hand, setzte seine Kappe auf, stieg auf sein Pferd und ritt davon, gefolgt von seinen Männern.

Die Äbtissin sah ihm nach, führte ihren Handrücken zum Mund und drückte ihre Lippen darauf. Dann wandte sie sich nach einem Wimpernschlag des sehnsüchtigen Innehaltens abrupt ab, küsste das Kreuz an ihrer Kette noch einmal und ging zum Loch in der Mauer. Mit der rechten Hand fuhr sie am Rand entlang und roch daran. Der unverkennbare Schwefelgeruch ließ sie angewidert die Nase rümpfen. Sie betrachtete ihre schwarzen Fingerkuppen, als sei Blut statt Ruß darauf zu sehen, dann versuchte sie, mit hektischen Bewegungen den Schmutz zuerst im Gras und dann an ihrer schneeweißen Kutte abzuwischen, während sie schon zum Kloster zurückeilte.

Dort warteten die Klosterinsassinnen seit geraumer Zeit in voller Aufregung, weil sie auf eine Erklärung der Äbtissin für die nächtlichen Ereignisse hofften. Abeline musste wirklich mit dem Teufel im Bunde sein, wenn es sich tatsächlich so abgespielt hatte, wie man munkelte. Denn gesehen hatten den Ort des Geschehens bisher nur die Äbtissin und die Pförtnerin, allen anderen war es ausdrücklich verboten worden, das Kloster zu verlassen, um die Ursache des donnernden Knalls und des Feuerblitzes, der von der Pförtnerin in ihrem Wachhäuschen zufällig beobachtet worden war, zu erkunden.

Die Pförtnerin war mit puterrotem Kopf von der Kapelle zurückgekommen – so hatte man sie noch nie gesehen. Sie bekreuzigte sich ununterbrochen und war völlig außer sich. Sie war in aller Eile, die ihr körperlich nur begrenzt zur Verfügung stand, zur Kapelle hoch- und dann wieder zurückgehastet, um Ritter Geowyn zu Hilfe zu rufen. Er hatte mit seinen Männern im Gästehaus übernachtet, war aber bereits vom Krach und dem Lärm im Kloster, weil sich überschlagende Gerüchte wie ein Lauffeuer verbreiteten, wach geworden, hatte sich schnell bewaffnet und im Innenhof auf Befehle gewartet. Als er die Pförtnerin von der Kapelle herunterkommen und den Damm überqueren sah, brach er mit seinen Männern sofort dahin auf, wo die Äbtissin schon nach ihm Ausschau hielt, während die Pförtnerin mitten unter den Nonnen und Novizinnen keuchend und schwitzend im Innenhof stehen blieb. Ihre Haube war verrutscht, sie griff mit schmerzverzerrtem Gesicht an ihre Brust, wankte und presste mühselig ein paar Sätze heraus. »Die Hexe ... sie ist weg! Der Teufel hat sie heute Nacht geholt! Der Leibhaftige ... er hat sie befreit! Abeline ... sie ist nicht mehr da!«

Dann drehte sie sich und brach zusammen, schnappte nach Luft, scharrte mit den Füßen im Kies und blieb schließlich regungslos liegen.

Statt ihr zu Hilfe zu eilen, wichen alle zurück.

»Schwester Lydia ist tot! Das ist Abelines Schuld! Die Schuld der Hexe! Sie wird uns alle holen! Wir sind verloren!«, schrie Sophia panisch und rannte ziellos davon. Sie hatte nur das ausgesprochen, was alle dachten.

Abelines Fluch hatte Tod und Verderben über das Kloster Mariaschnee gebracht.

II

Abeline saß neben Magdalena auf dem Kutschbock des zweiten großen vierrädrigen Wagens, über dessen Ladefläche eine Plane gespannt war. Sie hatte die Augen geschlossen und genoss das kräftige Muskelspiel und den Geruch des Zugpferdes vor ihnen, das Brennen der frühsommerlichen Sonne auf ihrem Gesicht und die Ungebundenheit, tun und lassen zu können, was ihr beliebte. In diesem glücklichen Augenblick fühlte sie sich so, wie ihrem Kleiber im Vogelkäfig der früheren Äbtissin wohl zumute sein musste, wenn er in die Freiheit entlassen wurde. Eines Tages würde sie ins Kloster zurückkehren, das Medaillon ihrer Mutter aus dem Versteck holen und die Vögel alle freilassen, das nahm sie sich fest vor. Sie sollten ebensowenig wie sie selbst weiter eingesperrt sein.

Aber vorerst wollte sie nur eines: alles, was mit der Schreckensherrschaft der neuen Äbtissin und dem zwanghaften Klosterdrill von Mariaschnee zu tun hatte, für immer vergessen.

Keine Mette, keine Laudes, keine Prim zwang sie dazu, aufzustehen. Keine Priorin – oder jetzt: Äbtissin – zwang sie dazu, etwas zu tun oder zu sagen, wozu sie keine Lust hatte. Keine ständige Angst vor Verfehlungen, Strafen oder Fehltritten vergiftete mehr ihren Geist und erzog zu unbedingtem Gehorsam, der im Grunde nur ein Euphemismus für Unterwerfung und Versklavung war. Keine gehässige

Mitschwester konnte sie wegen einer Kleinigkeit oder mit einer einfachen Lüge denunzieren. Keine Aufsicht weckte sie mitten in der Nacht mit einem groben Schlag auf, bloß weil ihr eine Hand im Schlaf unter die Decke geraten war. Und vor allem: Niemand bezichtigte sie des Mordes, der Hexerei, Ketzerei oder anderer Todsünden, die sie nie begangen hatte.

Denn nun lebte sie das, was sie sich in ihren kühnsten Vorstellungen, von ihrer Freundin Magdalena entfacht, immer ausgemalt hatte, das, woran sie im Grunde ihres Herzens aber nie ernsthaft geglaubt hatte.

Sie lebte die vierte Möglichkeit.

Dabei war es gar nicht so gewesen, dass sie eine Wahl gehabt hätte, ganz im Gegenteil. Das Schicksal, die Umstände, Gottes Plan – mehr oder weniger war sie zu ihrem Glück gezwungen worden. Nachdem sie einmal durch die Hölle gegangen war ...

Sie sah ihre Freundin an ihrer Seite an, der sie ihre neugewonnene Freiheit zu verdanken hatte. Magdalena, die zu einem richtig hübschen Mädchen herangewachsen war, was sie auch nicht länger verleugnete; vielmehr war sie stolz darauf. Und auf dem zweiten Wagen saß Meister Albert, der auch in verzweifelten Situationen nie den Mut verlor und immer einen Ausweg wusste. Er hatte die Zügel in der Hand und pfiff fröhlich vor sich hin, obwohl er seinen Hof hatte aufgeben müssen. Ihnen verdankte sie nicht nur ihre Freiheit, sondern auch ihr Leben.

Nie hätte sie von sich aus den Mut aufgebracht – auch wenn Magdalena sie noch so oft deswegen gehänselt hatte –, aus freien Stücken dem Kloster für immer den Rücken zu kehren und fortan durch die Lande zu ziehen, wie es ihnen gefiel.

Wie es ihnen gefiel – nein, das stimmte nicht ganz.

Bei allem überschwänglichen Glücksgefühl durfte sie nicht vergessen, dass sie eigentlich auf der Flucht waren.

Albert, Magdalena und Abeline hatten sich noch in der Nacht nach der Befreiungsaktion erzählt, was seit ihrer letzten Begegnung geschehen war. Zeit war genügend dafür vorhanden. Ihre wenigen Besitztümer stapelten sich, säuberlich verstaut, hinter ihnen auf den zwei Pferdefuhrwerken. Albert hatte die Drohung von Ritter Geowyn so ernst genommen, wie sie gemeint gewesen war. Gleich am darauffolgenden Tag hatte er seinen Nachbarn aufgesucht, der einen Fußmarsch von einer guten Stunde entfernt wohnte, Hof und Grund zu einem Spottpreis an ihn verkauft, seine wichtigsten Utensilien und Gerätschaften auf die zwei Wagen gepackt, die Hühner geschlachtet und ein Festessen mit Magdalena veranstaltet, bevor sie ihrem Heim für immer Lebewohl sagen mussten. Nachdem Magdalena den Dolch des Mannes an ihrer Kehle gespürt hatte, gab es für sie und ihren Vater keinen Grund mehr für ein Zögern. Ihr altes, bisheriges Leben war unwiderruflich zu Ende, darüber zu jammern und zu wehklagen, war sinnlos, sie mussten zusehen, dass sie wegkamen, sonst war es keinen Pfifferling mehr wert. Aber Magdalena wollte nicht wegziehen, ohne sich von Abeline zu verabschieden. Heimlich, das hatte sie ihrem Vater wohlweislich verschwiegen, wollte sie ein letztes Mal versuchen, ihre Freundin Abeline zur Flucht zu überreden. Außerdem würde es Albert wagen, die Schwester seiner verstorbenen Frau, die Äbtissin, um Rat und Hilfe zu fragen, obwohl ihnen eigentlich nahegelegt worden war, das Kloster Mariaschnee zu ihrem eigenen Besten nicht mehr zu betreten.

Auf dem Weg zum Kloster hatten sie schließlich in Hirschlingen, wo sie mit der Fähre über den Rhein gesetzt hatten, zu ihrem Schrecken von einem großen Hexen- und

Mordprozess gegen eine Novizin namens Abeline im Kloster Mariaschnee gehört, bei dem sogar der Fürstbischof anwesend war und den Vorsitz führte. Die Trauer und Bestürzung, als sie erfahren hatten, dass die Äbtissin, Magdalenas Tante und Alberts Schwägerin, von ebendieser Novizin erschlagen worden sei, war groß, aber Magdalena glaubte nie und nimmer daran, dass Abeline etwas Derartiges tun würde. Eine Laienschwester, die Albert kannte und die ab und zu in ihrem Dorf übernachtete, erzählte ihnen, was angeblich mit der Äbtissin geschehen war und dass Abeline dazu verurteilt worden war, lebendig eingemauert zu werden. Magdalena war felsenfest davon überzeugt gewesen, dass Abeline unschuldig war. Albert vermutete sogleich einen Zusammenhang zwischen der unmissverständlichen Drohung durch Ritter Geowyn und dem Tod der Äbtissin. Schwester Hiltrud wollte wohl nicht nur Abeline, sondern auch Magdalena und ihn ausschalten, weil sie ihr gefährlich werden konnten. Deshalb hörte er seiner Tochter aufmerksam zu, als diese ihm den gewagten Plan auftischte, Abeline zu befreien und auf ihrer erzwungenen Flucht mitzunehmen. Der Plan war typisch Magdalena – sie ging immer aufs Ganze und schlug vor, ihr Vater könnte doch so viel von seinem »Donnerkraut« zusammenmischen, wie für eine Bresche in die Wand der Kunigundenkapelle nötig war, damit ein Mensch gerade hindurchschlüpfen konnte. Sie wusste, dass ihr Vater durch Zufall die Rezeptur für einen Stoff mit geradezu durchschlagender Wirkung erfunden hatte. Albert war zwar anfangs noch skeptisch, aber je mehr er darüber nachdachte, desto mehr Gefallen fand er daran, erstens der von krankhaftem Ehrgeiz besessenen Schwester Hiltrud einen Denkzettel zu verpassen und zweitens den Nonnen von Mariaschnee ein Rätsel aufzugeben, das sie in ihrer Verbohrtheit nur mit einem Teufelspakt in Verbindung bringen und nie lösen würden. Wie auch – er wusste selbst nicht, was er da in seinem heiligen Eifer, Gold zu machen, einmal aus den vielen Ingredienzien, die er vorrätig hielt, zusammengebraut hatte. Aus Zufall hatte er mit einem pulvrigen Gemisch aus Holzkohle, Salpeter und Schwefel experimentiert, weil er sich davon versprach, beim Abbrennen des Stoffes eine höhere Temperatur für das Schmelzen von Metallen erreichen zu können. Als er der Mixtur mit einem brennenden Kienspan aus Versehen zu nahe gekommen und sie in Brand gesteckt hatte, war sie in einem Höllenblitz und -knall in die Luft geflogen und hatte das halbe Dach seines Laboratoriums weggeblasen. Er war in die Ecke geschleudert worden und sah wieder einmal aus, als wäre er durch den Rauchfang der Herdstelle ins Haus gekommen.

Als Magdalena heimgekommen war und die Bescherung gesehen hatte, war er schon damit beschäftigt gewesen, die genaue Zusammenstellung und das Mischverhältnis penibel aufzuschreiben. Später hatte er weitere Versuche damit angestellt – natürlich unter entsprechenden Vorsichtsmaßnamen und im Freien. Er hatte es »Donnerkraut« genannt.

Für den guten Zweck, nämlich die Befreiung Abelines aus ihrem Kapellenkerker, erklärte er sich bereit, eine genügend große Menge herzustellen, um damit die halbe Wand der Kapelle in die Luft jagen zu können.

Es war trotz allem ein riskantes Unterfangen gewesen, auch für Abeline, die keine Deckung in der Kapelle hatte. Doch sie hatten es gewagt und gewonnen. Und sie wussten: Bis irgendjemand ihre Spur aufnehmen konnte, wären sie längst über alle Berge.

Obwohl sie schon so viele Meilen zwischen sich und Kloster Mariaschnee gebracht hatten, verspürten sie immer noch ein ungutes Gefühl im Nacken, das sie häufig nach etwaigen

Verfolgern Ausschau halten ließ. Dazu hatten sie allen Grund, denn eines war ihnen klar: Die Äbtissin würde weder rasten noch ruhen, bis sie alle drei in ihre Hände bekam. Noch wahrscheinlicher war, dass sie ihren besten Spürhund, Ritter Geowyn, und dessen Männer mit dem Befehl ausgesandt hatte, sie gleich zu töten. Sie wussten einfach zu viel, Abeline hatte Meister Albert und Magdalena haarklein erzählt, wie es zu ihrer Verurteilung gekommen war, wer die Äbtissin auf dem Gewissen hatte und dass sie, Abeline, Zeugin des Mordes gewesen war. Solange sie noch lebten, hatte Schwester Hiltrud nie die Gewissheit, dass ihre Tat nicht doch noch irgendwann ans Licht kommen und sie dafür zur Rechenschaft gezogen werden würde. Albert und Magdalena hatten die Methoden von Ritter Geowyn, der rechten Hand der neuen Äbtissin, nur zu gut am eigenen Leib kennengelernt. Sie zweifelten keinen Augenblick daran, dass Geowyn sie ohne zu zögern ins Jenseits befördern würde.

Deshalb hatten sie beschlossen, zunächst ein Wanderleben zu führen und unter anderen Namen kreuz und quer durchs Badische und Elsässische zu ziehen, damit ihre Häscher keine Witterung aufnehmen und auf ihre Spur kommen konnten. Irgendwann mussten sie doch aufgeben und wieder nach Mariaschnee zurückkehren.

Unter freiem Himmel zu schlafen, war zwar neu für Abeline, aber weil die Nächte mild waren und der Sommer noch vor ihnen lag, fand sie es wundervoll, unter ihrer Decke zu liegen und sich die Abertausende Sterne anzusehen, die am Himmelszelt glitzerten und funkelten wie die schönsten Edelsteine. Sie waren jetzt seit Tagen unterwegs und gönnten sich zum ersten Mal eine längere Rast, weil sie bisher versucht hatten, Mariaschnee möglichst weit hinter sich zu lassen. Dabei hatten sie Dörfer und menschliche Ansiedlungen überhaupt, so gut es ging, gemieden, um ihren möglichen Verfolgern keinerlei Hinweise zu geben, wohin sie unterwegs waren. Das wussten sie selbst nicht, Albert fuhr einfach seiner Nase nach in Richtung Norden.

Abeline war immer noch dabei, sich einigermaßen zu erholen. Körperlich ging ihre Genesung ziemlich schnell vonstatten, weil Magdalena ihre wenigen Blessuren mit einer Salbe behandelte. Die Striemen auf Abelines Gesicht, meinte sie, würden narbenfrei verheilen und die Haare mit der Zeit wieder nachwachsen. Nur mit ihren Ängsten und Alpträumen war es so eine Sache. Magdalena hatte aufgehört zu zählen, wie oft Abeline des Nachts zu schreien anfing und sie ihre Freundin wecken musste, weil sie schluchzte, um sich schlug oder sich den Kopf blutig kratzte. Wenn sie dann wach war, wusste sie für eine ganze Weile nicht, wo sie war, und Magdalena musste aufpassen, keinen Schlag von ihr abzubekommen, weil Abeline sich einbildete, sie sei die Äbtissin, bis sie wieder ganz bei Verstand war und klar denken konnte. Stets träumte sie entweder vom Flammentod ihrer Mutter oder vom Kloster, vom Auffinden des Leichnams der Äbtissin und der nächtlichen Verfolgung durch Schwester Hiltrud, die nicht selten die Ausmaße und das Aussehen eines fürchterlichen Dämons annahm, mit Reißzähnen, loderndem Feueratem und Teufelsaugen. Das war gar nicht mehr die Art von Träumen, die sie sonst gelegentlich gehabt hatte. Es waren pure Angstträume, die sie jede Nacht aufs Neue plagten und sie quälten, bis sie schweißgebadet aufwachte.

Albert beruhigte sie und fand, das sei nach allem, was Abeline erfahren und durchgestanden hatte, völlig normal und würde sich nach einer Weile bestimmt von selbst wieder legen. Er redete davon, bis zur Küste zu fahren und mit einem Schiff ganz andere, fremde Gestade anzusteuern, aber das tat er nur, um Abeline auf andere Gedanken zu bringen. In

Wirklichkeit hatte er sich schon einen recht konkreten Plan zurechtgelegt, um sich und die Mädchen durchs Leben zu bringen, aber davon musste er die beiden erst einmal überzeugen – es war ein gewagter und riskanter Plan, aber er schien ihm, wenn sie alle an einem Strang zogen, vorläufig am vielversprechendsten.

Als sie zum ersten Mal fernab von jeder menschlichen Behausung einen Rastplatz fanden, der ihnen geeignet erschien, für ein oder zwei Tage zu verweilen, errichteten sie dort ein Lager und hielten Kriegsrat. Zu Abelines Überraschung hatte einmal nicht Magdalena, sondern ihr Vater einen Plan. Der war so hanebüchen, dass es Abeline zunächst den Atem verschlug. Jetzt war ihr klar, von wem Magdalena ihre Vorliebe für ungewöhnliche Vorstellungen und Vorgehensweisen geerbt hatte ...

Sie brieten sich Forellen auf Stecken am Lagerfeuer, die Magdalena mit Abeline gefangen hatte, tranken dazu dünnes Bier aus einem Fass, das Albert auf einem der Wagen mitführte, und waren guter Dinge.

Er probierte seinen Fisch und nickte zufrieden. »So weit, so gut«, schmatzte er und nahm dazu einen großen Schluck aus seinem Bierhumpen. »Aber jetzt müssen wir darüber reden, wie wir weiter verfahren.«

»Ich dachte, wir suchen deinen Onkel im Elsässischen auf und fragen ihn, ob ich bei ihm als Goldschmiedin arbeiten kann«, sagte Magdalena ziemlich undeutlich, weil sie gleichzeitig kaute.

Albert schüttelte den Kopf. »Genau das werden wir nicht tun. Wenn sich dieser Geowyn von der Trenck ...«

»Von der Tann«, verbesserte ihn Magdalena.

»Jedenfalls dieser glatzköpfige Totschläger, von dem alle sagen, er sei der Spürhund der Äbtissin – wenn er wirklich hinter uns her ist, dann ist das die einzige Spur, die er hat. Meine Verwandtschaft. Irgendjemand wird ihm das schon erzählt haben. Und genau da wird er nach uns suchen. Nein, nein, so einfach wollen wir es ihm nicht machen. Was hat er denn sonst? Nichts. Wir sollten ein ganzes Jahr umherziehen, bevor wir uns wieder irgendwo niederlassen können. Bis dahin wird er wohl aufgegeben haben und sich wieder seinen eigentlichen Aufgaben widmen ...«

»Den Zehnten eintreiben, brandschatzen, Leute bedrohen, foltern und vergewaltigen ...«, murmelte Magdalena.

»So ist es. Aber wenigstens nicht uns. Ich habe mir übrigens bereits was ausgedacht, wie wir uns fortan durchschlagen werden. Oder habt ihr vielleicht irgendwelche brauchbaren Vorschläge? Du auch nicht, Magdalena – nein?«

Dabei schaute er seine Tochter an. »Ausnahmsweise nicht«, sagte sie und nagte ihren Fisch bis auf die Gräten ab.

»Abeline?«, fragte er.

Die schüttelte den Kopf und zuckte mit den Schultern.

»Na bestens«, freute sich Albert, warf seine Fischreste ins Feuer und putzte sich die Hände an seinem Beinkleid ab. »Dann könnt ihr auch gegen meinen Plan keine Einwände vorbringen. Wir sind nämlich aufeinander angewiesen, denn ihr zwei spielt bei meiner famosen Handelsidee eine nicht unerhebliche Rolle.«

Da keine weiteren Fragen kamen und die beiden Mädchen ihn nur gespannt und neugierig ansahen, stand er auf und rieb sich die Hände. »Ab sofort bin ich für euch und alle anderen Medicus Albertus. Ja, ihr habt richtig gehört. In den letzten friedlichen Wochen in meinem Laboratorium habe ich meine Forschungen auf dem Gebiet der menschlichen Unpässlichkeiten und Krankheiten zu einem glorreichen Abschluss gebracht.«

Er stand auf, griff unter die Plane des Fuhrwerks und holte

ein etwa faustgroßes Keramikfläschchen heraus, das mit einem Korken verschlossen war, und hielt es demonstrativ in die Höhe. Offensichtlich hatte er es dort schon vorher versteckt, um seinen Vortrag effektvoller gestalten zu können. »Mit dem Inhalt dieses Gefäßes werden wir so viel Geld einnehmen, dass es reicht, um damit über die Runden zu kommen.«

»Mit einem Fläschchen?«, meldete sich Magdalena skeptisch zu Wort. »Was ist da drin? Flüssiges Gold?«

»So etwas Ähnliches. Ich nenne es Aqua Sancta«, sagte Albert fast ehrfürchtig und sah das Fläschchen liebevoll an.

»Heiliges Wasser? Ist das Weihwasser?«, wollte Abeline argwöhnisch wissen.

Stöhnend über so viel Ignoranz setzte Albert sich wieder zu den Mädchen auf den Baumstamm und wog das Fläschchen in seiner Hand. »Oh ihr Kleingläubigen! Was seid ihr beiden doch für ungebildete Holzköpfe. Erstens ist das nur ein Fläschchen von vielen, die wir erst noch herstellen müssen. Und zweitens werden uns die Leute das Aqua Sancta aus den Händen reißen.«

»Und warum sollten sie das tun?« Magdalena ließ nicht locker.

»Weil ein Schluck davon jede Form von Krankheit kuriert. Sag mir deine Krankheit, und hier ist das Gegenmittel. Ob Warzen, Fieber, Wasser in den Beinen oder Kopfweh – das ist besser als jeder Aderlass.« Er küsste das Fläschchen nachdrücklich.

Abeline und Magdalena warfen sich einen argwöhnischen Blick zu, der Albert nicht entging.

Magdalena streckte die Hand nach dem Fläschchen aus. »Soll das dein Allheilmittel sein, an dem du dich so lange versucht hast?« Albert reichte es ihr, sie entfernte den Stopfen und roch daran, bevor sie es Abeline naserümpfend weiterreichte.

»So ist es. Und Aqua Sancta klingt doch vielversprechend. Ich habe noch in meinem Laboratorium genügend von diesem Mittel hergestellt. Es ist in dem großen Fass auf dem Wagen. Wir besorgen uns einen Vorrat von diesen Flaschen, füllen sie mit Wasser, geben zwei oder drei Tropfen meines Konzentrats dazu – das genügt –, und fertig ist es.«

»Und du glaubst, die Leute kommen zu uns und kaufen das?«

»Nein, natürlich nicht«, belehrte sie Albert mit einem überlegenen Lächeln. »Es wird genau umgekehrt sein. Wir gehen zu den Leuten. Wir klappern die Märkte ab, verkaufen so viel wie möglich von meinem Wundermittel, und bevor sie es sich versehen – sind wir schon wieder auf Nimmerwiedersehen verschwunden.«

»Bevor uns der Vogt oder ein Dorfschulze als Betrüger in Gewahrsam nehmen lässt, weil es nicht wirkt.«

Albert zuckte mit den Schultern. »Die Leute müssen eben von der Wirksamkeit überzeugt werden.«

»Und wofür brauchst du uns?«, fragte Magdalena.

»Gute Frage!«, antwortete Albert schelmisch. »Denn genau da kommt ihr beiden ins Spiel. Auf dem Markt kennen wir uns nicht. Ihr seid Geschwister, sagen wir Magda und Abel. Und Magda kann nicht mehr gehen, irgendwas mit den Beinen. Oder besser: Sie humpelt. Abel – also Abeline – hat von mir gehört, schleppt seine verkrüppelte Schwester Magda zu Medicus Albertus, der lässt sie einen Schluck aus besagtem Fläschchen nehmen, und – oh Wunder! – sie kann wieder hüpfen wie ein junges Reh!«

Von sich selbst begeistert fügte er hinzu: »Sagte ich schon, dass uns die Leute das Aqua Sancta aus den Händen reißen werden?«

Trotz seiner enthusiastisch geführten Rede sahen Abeline und Magdalena immer noch nicht begeistert aus.

»Wieso Abel? Ist das wirklich notwendig?«, wollte Abeline wissen.

»Berechtigte Frage! Die Antwort lautet schlicht und einfach: ja. Versteht ihr denn nicht? Ritter Geowyn sucht nach mir, also einem älteren Mann, und zwei Mädchen. Er wird landauf und landab nach uns fragen. Wahrscheinlich ist auch noch eine Belohnung auf unsere Köpfe ausgesetzt, stimmt ihr mir zu?«

Die beiden Mädchen nickten.

»Nach außen hin bin ich allein unterwegs. Und selbst wenn uns jemand zusammen sieht, bin ich der Vater eines Sohnes, Abel …«, er zeigte auf Abeline, dann auf Magdalena, »… und einer Tochter, Magda. Kein Mensch wird uns so mit den Gesuchten, Albert, Abeline und Magdalena, in Verbindung bringen.«

Das schien den beiden Mädchen einzuleuchten.

»Aber warum muss ich den Jungen spielen?«, fragte Abeline.

Magdalena antwortete für ihren Vater. »Ganz einfach – fass mal an deinen Kopf. Bis deine Haare nachwachsen – das dauert.«

Meister Albert nickte. »Wenn erst mal Gras über die Sache in Mariaschnee gewachsen ist, können wir uns wieder irgendwo, wo es uns gefällt, niederlassen und so leben, wie wir sind. Bis dahin leistet uns ein wenig Verkleidung gute Dienste. Im Übrigen ziehen wir nur in der warmen Jahreszeit durch die Gegend, weil wir da im Freien übernachten können und da die Märkte stattfinden. Im Winter suchen wir uns ein festes Quartier. Das Geld dafür verdienen wir mit unserem Mittelchen, das wir in den Wintermonaten in aller Ruhe und in ausreichender Menge herstellen. Na – was sagt ihr dazu?«

»Dass sie dich spätestens nach einer Woche als Quacksalber

in den nächsten Kerker werfen. Und uns als deine Helfershelfer dazu. Welche Bestrafung steht darauf? Eine Hand abhacken oder gleich den Kopf?«

»Ach was. Die Leute wollen glauben, dass es so etwas wie Aqua Sancta gibt. Sie hungern nach Wundern! Und wir geben ihnen, was sie brauchen. Die Heilige Mutter Kirche für die Seelen und Aqua Sancta für den Leib.«

Abeline bekreuzigte sich rasch, sie konnte es einfach nicht lassen, so sehr war ihr diese Geste in Fleisch und Blut übergegangen.

Albert beeilte sich zu sagen: »Verzeih mir, Abeline, es war nicht ketzerisch gemeint. Also – machen wir das so, oder habt ihr einen besseren Vorschlag?«

Magdalena sah Abeline fragend an. »Hast du?«

Die schüttelte verneinend den Kopf.

»Na gut«, sagte Magdalena. »Probieren wir's aus. Mehr als schiefgehen kann es nicht.«

»Falsch«, widersprach Albert. »Es darf einfach nicht schiefgehen. Es muss perfekt sein. Also werden wir das üben. Immer und immer wieder, bis ihr beiden eure Rollen beherrscht.«

»Wie meinst du das?«

»Wie ich es sage. Abel und Magda. Der besorgte Bruder und die Schwester mit dem Gehfehler.«

»Jetzt?«, fragte Magdalena.

»Jetzt«, antwortete Albert.

»Dann lasst mich Euer Aqua Sancta erst mal probieren, Meister Albert«, sagte Abeline und streckte die Hand danach aus. Albert zog das Fläschchen wieder weg.

»Wie heiße ich?«

»Medicus Albertus.«

»Sehr richtig, Abel. Hier.«

Abeline zog den Stöpsel aus der Flasche und nahm einen

kräftigen Schluck. Interessiert sahen Albert und Magdalena sie an. Erst einmal geschah nichts. Abeline nahm noch einen Schluck. Sie setzte die Flasche ab und fasste sich plötzlich an die Kehle, würgte, fing an zu husten, zu keuchen und zu stöhnen und kippte dann einfach nach hinten weg. Regungslos blieb sie auf dem Rücken im Gras liegen.

Albert und Magdalena tauschten einen verblüfften und dann erschreckten Blick aus. Magdalena sprang auf und schrie ihren Vater an: »Was hast du getan? Du hast sie vergiftet!« Sie kniete vor Abeline nieder, packte sie an den Schultern und schüttelte sie, wobei sie hilflos und verzweifelt auf sie einschrie: »Wach auf, Abeline! Herrgott im Himmel – bitte sag was!«

Zum Erstaunen der beiden setzte sich Abeline auf einmal wieder auf und fragte grinsend: »War das gut genug?«

Zuerst gab Magdalena ihrer Freundin einen verärgerten Schubs, dann musste sie doch lachen, weil sie auf Abelines Schauspielerei hereingefallen war. Albert und Abeline fielen in ihr Lachen ein, die beiden Mädchen umarmten sich mit Tränen in den Augen, und Albert schüttelte nur noch den Kopf über Abelines Durchtriebenheit – damit hätte er bei dieser kreuzbraven ehemaligen Novizin nie gerechnet.

III

Ritter Geowyn und seine Männer waren Woche um Woche auf ihren Pferden unterwegs. Sie scheuten weder Wind noch garstiges Wetter und drehten im Umkreis von fünfzig Meilen buchstäblich jeden Stein nach Abeline um, aber sie konnten nicht die geringste Spur finden. Wäre das ein normaler Auftrag gewesen, in dem es darum ging, den Zehnten von säumigen Bauern einzutreiben – ihr Anführer hätte längst den Befehl zur Umkehr gegeben. Aber ihre Suchaktion war mehr als das, durch den unmissverständlichen Auftrag der Äbtissin war sie zu einer heiligen Mission geworden, zu einem Kreuzzug gegen das Böse. Diese Gewissheit hinderte sie daran, die Suche nach der Nadel im Heuhaufen, bei der sie nicht einmal wussten, ob es den Heuhaufen, geschweige denn die Nadel überhaupt gab, einfach abzubrechen und zuzugeben, dass eine noch so gute Spürnase nichts half und dass ihnen auch das Glück in Form eines Zufalls nicht hold war. Die Männer murrten nicht, Ritter Geowyn hatte sie im Griff, sein Umgang mit den eigenen Leuten war ebenso streng wie das mit nicht willfährigen Schuldnern.

Natürlich hatten sie als Erstes den versteckt gelegenen Bauernhof von Meister Albert aufgesucht, um festzustellen, ob dieser auch wirklich mit seiner Tochter Reißaus genommen hatte. Zu gern hätte Geowyn dieses Biest Magdalena einem verschärften Verhör unterzogen, von der Äbtissin wusste er, dass sie Abelines Busenfreundin war. Wenn sie etwas über deren Verbleib wusste, hätte er es schon aus ihr herausgekitzelt. Tatsächlich hauste jetzt ein neuer Besitzer dort, der auch nicht mehr wusste, als dass Meister Albert und dessen Tochter sich mit Sack und Pack aus dem Staub gemacht hatten. Seltsamerweise genau zu dem Zeitpunkt, an dem Abeline verschwunden war. Doch sie waren nicht so dumm gewesen, einen Fingerzeig auf ihr Ziel oder einen neuen Aufenthaltsort zu hinterlassen. Eine nachdrückliche Befragung durch Ritter Geowyn ergab nur den vagen Hinweis, dass sie sich angeblich in Richtung Bodensee davongemacht hätten. Mit zwei Pferdefuhrwerken.

Sie durchkämmten die Ortschaften den ganzen Rhein entlang bis zum Bischofssitz in Konstanz, aber niemand hatte Vater und Tochter, geschweige denn eine kahlgeschorene Novizin namens Abeline auf einem Fuhrwerk gesehen. Ritter Geowyn beschloss, rheinabwärts zu suchen. Sie schlugen sich bis nach Straßburg im Elsässischen durch und fanden nichts und niemanden, der behaupten konnte auch nur einem der Gesuchten begegnet zu sein, auf den die Beschreibung passte.

Daraufhin kehrten sie wieder in einem weiten Bogen auf der anderen Rheinseite durch das Breisgau und das Alpgau zurück und konnten nur noch auf eine göttliche Fügung hoffen. Ansonsten musste es aller Wahrscheinlichkeit nach tatsächlich so sein, dass der Teufel Abeline mit sich genommen hatte, eine andere Erklärung für ihr spurloses Verschwinden gab es nicht. Die Äbtissin würde sich wohl damit zufriedengeben müssen – niemand war gründlicher als Ritter Geowyn, und wenn er sagte, dass Abeline aus der Welt gefallen sei, dann konnte sie auch kein anderes menschliches Wesen auf Erden mehr ausfindig machen.

Um seine Männer, bei deren Disziplin und Gehorsam sich doch allmählich Auflösungserscheinungen bemerkbar machten – schließlich war auf der vergeblichen Suche schon bald ein Jahr ins Land gegangen –, bei Laune zu halten, erlaubte Ritter Geowyn ihnen, eine ganze Woche in einem Dorf namens Tunsel in der Nähe des Klosters St. Trudpert im Hochschwarzwald zu rasten und ausgiebig zu feiern, mit allem, was dazugehörte. An den Kosten sollte es nicht scheitern, die Äbtissin hatte ihn nebst allen Vollmachten mit einer hinreichend großen Barschaft ausgestattet, um auch außerordentliche und nicht vorhersehbare Ausgaben begleichen zu können. Das Gelage im Wirtshaus dauerte nun schon mehrere Tage, und die Stimmung bei den Männern war glänzend. Dafür gab es mehrere Gründe. Nicht nur die Nachricht, dass es nun endlich wieder nach Hause auf Burg Melchingen zurückgehen sollte, vermochte die Moral der Männer zu festigen und sie aufzumuntern, auch die Versorgung mit allen weltlichen Genüssen, die Land und Leute zu bieten hatten, war gewährleistet. Die besten Speisen und Getränke wurden aufgetischt, es gab Wildbret und Bier im Überfluss, Musikanten spielten auf, und etliche reisende Hübschlerinnen versüßten den Männern den Aufenthalt.

Ritter Geowyn beteiligte sich als Einziger nicht an den ausufernden Festlichkeiten. Zwar war er beileibe kein Kind von Traurigkeit, aber ihm wäre es bedeutend lieber gewesen, er hätte der Äbtissin Abelines Kopf auf einem Silbertablett servieren und dafür seinen verdienten Lohn einfordern können, den zu geben Schwester Hiltrud jede Nacht, wenn sie allein in ihren Gemächern war, herbeisehnte. Das wusste er, sie hatte es ihm selbst gebeichtet. Aber was für ein Triumph wäre es erst für ihn gewesen, wenn er die Jagd erfolgreich abschließen und die Trophäe mit heimbringen und an den

Haaren vor der Äbtissin hätte hochhalten können! Sein Ruf wäre wie Donnerhall durch alle Lande gegangen, sein Name auf ewig in aller Munde gewesen, er hätte ein Stück Unsterblichkeit erlangen können ...

Davon war er nun weit entfernt, wie er so mit einem Humpen Bier in der milden Abendsonne vor dem Wirtshaus saß und der entgangenen Ruhmestat nachtrauerte. Dem Lärm in der Gaststube nach ging es dort hoch her. Er führte den Krug an seine Lippen und stürzte das Bier in einem gewaltigen Zug hinunter. Seit einer geraumen Weile versuchte er vergeblich, so viel zu trinken, dass er endlich für ein paar Stunden Vergessen finden und sein brummender Schädel nicht nur ständig mit dem Teufel und dieser Novizin Abeline beschäftigt sein würde.

Hinter ihm ging die Tür auf, und der beleibte Mann mit den schwarzen Bartstoppeln und der schwarzen Bekleidung, der sich ihm als Burkhart vorgestellt hatte, kam heraus, seine glatten, fettigen Haare hatte er zu einem dünnen Zopf am Hinterkopf zusammengebunden. Er hielt ebenfalls einen Bierhumpen in der Hand und wandte sich an ihn. »Ist es gestattet?«, fragte er und bleckte seine braun verfärbten Zähne, was wohl seine Art zu lächeln war. Burkhart war ein herumziehender Frauenwirt, eine Umschreibung dafür, dass er gegen Bezahlung ein halbes Dutzend Frauen und Mädchen, die in seiner Obhut waren und für ihn arbeiteten, für die Männer organisiert und ihnen zur Verfügung gestellt hatte.

Ritter Geowyn zuckte mit den Achseln zum Zeichen dafür, dass ihm die Gesellschaft des Mannes gleichgültig war. Burkhart ließ sich ächzend neben ihm auf dem Holzbalken nieder, und sie sahen zunächst schweigend der Sonne beim Untergehen zu. Schließlich fragte der Frauenwirt: »Sind meine Mädchen nicht ganz nach Eurem Geschmack?«

»Warum willst du das wissen?«

»Nun, Ihr seid ein weitgereister Mann, der voll in seinem Saft steht, wenn Ihr diesen Ausdruck gestattet. Ein großzügiger Herr, der seine Männer freihält. Habt Ihr nicht auch das Bedürfnis wie Eure Begleiter, Euch ein wenig ... Abwechslung zu gönnen? Ich könnte mir durchaus vorstellen, dass meine Jeanne aus Burgund für Euren anspruchsvollen Geschmack genau die Richtige sein könnte.«

Geowyn warf ihm einen verächtlichen Blick zu und antwortete barsch: »Ich habe kein Verlangen nach Huren. Genügt das?«

Burkhart machte eine devote Geste der Entschuldigung, schniefte und schwieg wieder. Ritter Geowyn, der zwar viel Bier getrunken hatte, bei dem sich aber noch immer nicht die erhoffte berauschende Wirkung einstellen wollte, stand auf, ging ein paar Schritte zur Seite und erleichterte sich an einem Baum. Das Geschrei und Gejohle aus dem Wirtshaus brandete erneut auf, und er beschloss, sich seinen Humpen noch einmal füllen zu lassen. Er wollte gerade die Tür mit der freien Hand aufstoßen, als Burkhart beiläufig sagte: »Kann es sein, dass ein ganz bestimmtes Mädchen Euer Herz verhext hat? Weil Ihr keine Lust auf meine Hübschlerinnen habt? Nach denen sich jedermann die Finger einzeln abschlecken würde?«

»Was geht's dich an? Kümmere dich um deine eigenen Angelegenheiten und lass mich in Ruhe, verstehst du?«

Er machte einen Schritt auf Burkhart zu, beugte sich zu ihm hinunter und sagte mit gefährlich leiser Stimme: »Oder soll ich dir dein vorlautes Maul stopfen?«

Der Stoppelbärtige zeigte wieder seine fleckigen Zähne und blinzelte vor sich hin grinsend in die rot untergehende Abendsonne. Nebenher sagte er: »Mir ist zu Ohren gekommen, dass Ihr ein ganz bestimmtes Mädchen sucht, welches Abeline heißt ...«

Er kicherte leise, weil er jetzt auf einmal die ganze Aufmerksamkeit des Ritters hatte, der ihn von oben herab mit den Augen musterte und abschätzte.

»Du kennst ein Mädchen, das Abeline heißt?«, wollte Ritter Geowyn wissen.

»Ich habe sie einmal gesehen.«

»Wie sieht sie aus? Wie alt ist sie? Und vor allem: Wo ist sie?«

»Das sind eine ganze Menge Fragen auf einmal«, stellte Burkhart süffisant fest. »Wenn Ihr sie beantwortet haben wollt, möchte ich gerne vorher wissen, was Ihr als Gegenleistung anzubieten habt. Umsonst ist nur der Tod. Und der kostet bekanntlich das Leben.«

Ritter Geowyn überlegte kurz, ob er die Antworten nicht auch ohne Gegenleistung haben konnte, indem er sie aus diesem gewieften und mit allen schmutzigen Wassern gewaschenen Kuppler herausprügelte. Aber in diesem Fall war es sicher vernünftiger, Burkhart zunächst einmal mit Samthandschuhen anzufassen, bevor er mit harten Bandagen zu Werke ging.

Er setzte sich neben ihn. »Du weißt sicher, dass eine Belohnung auf ihren Kopf ausgesetzt ist.«

»Das ist allgemein bekannt, ja. Man spricht von fünfzig Silberstücken. Bin ich da richtig informiert?«

»Allerdings. Eine erkleckliche Summe.«

»Was sind die Bedingungen dafür?«

»Die fünfzig Silberstücke werden ausgezahlt für jeden Hinweis, der zu ihrer Ergreifung führt.«

Burkhart schniefte, dann blickte er Ritter Geowyn direkt an. Geowyn konnte die Gier in seinen Augen erkennen. Aber auch die Skrupellosigkeit, das Maximum für sein Wissen für sich herauszuschlagen. »Die Abeline, von der ich spreche, ist vielleicht fünfzehn oder sechzehn Jahre alt, schlank, mittelgroß. Sie hat kurze, hellbraune Haare und gibt sich als

Jüngling aus. Wenn sie sich als solcher kleidet, erscheint das vollkommen glaubhaft.«

»Ihr fehlt vorn ein Zahn? Links oben?«

»Wollt Ihr mich auf den Arm nehmen? Sie hat perfekte Zähne.«

Ritter Geowyn nickte zufrieden. Er wollte Burkhart nur auf die Probe stellen. Aber die Beschreibung konnte immer noch auf viele Mädchen ihres Alters zutreffen. Er musste ganz sichergehen. »Woher weißt du das alles?«

»Ich komme viel herum. Höre Gerüchte und Geschwätz. Das ist zuweilen unbezahlbar in meinem Gewerbe. Aber meine Mädchen ... oh, sie bekommen manchmal Dinge zu hören – Ihr glaubt es nicht.«

»Komm zur Sache!«

»Ich hatte bis vor kurzem eine erfahrene Hübschlerin, sie hat unter anderem in einem Badehaus in Straßburg ihre Dienste feilgeboten. Drei Fremde kamen ihr in ihrem Verhalten ein wenig seltsam vor. Sie hatten mit den anderen Annehmlichkeiten eines Badehauses nichts im Sinn, sie waren anscheinend schon eine ganze Weile auf der Landstraße unterwegs und wollten sich nur waschen. Sie hat sie belauscht. Und heimlich beobachtet. Und dann nach mir gerufen ...«

Ritter Geowyn war auf einen Schlag stocknüchtern, hellwach und ganz Ohr. »Du sagst, drei Fremde ... Was meinst du damit?«

Burkhart stand auf. Die Sonne versank blutrot hinter dem dichtbewaldeten Horizont. »Ab jetzt wird's teurer«, bemerkte er lapidar nach einer Weile.

»Was willst du damit sagen?«, fragte Geowyn, obwohl er genau wusste, worauf der Frauenwirt hinauswollte.

»Mir ist nicht bekannt, was Ihr gegen diese Abeline habt.«

Bevor Ritter Geowyn etwas entgegnen konnte, wiegelte er mit einer Geste ab. »Und ich will es auch gar nicht wissen.

Mir ist nur klar, dass Ihr hinter diesem Mädchen her seid wie der Teufel hinter der armen Seele. Ein entsprechender Hinweis auf ihren gegenwärtigen Aufenthaltsort muss Euch ausgesprochen viel wert sein.«

Ritter Geowyn überlegte; der Frauenwirt war gar nicht so dumm, wie er vorgab. Er war sogar außerordentlich raffiniert, aber wahrscheinlich war diese Eigenschaft eine Grundvoraussetzung seines Gewerbes. »Wenn du mir sagen kannst, wo sie ist oder wohin sie unterwegs ist, dann verdopple ich die Belohnung – immer vorausgesetzt, es ist die Abeline, die ich suche.«

»Das ist ein Wort. Die Hälfte gleich, die andere Hälfte, sobald Ihr sie am Schlafittchen habt.«

Ritter Geowyn griff wortlos in sein Wams und fischte einen dicken Lederbeutel heraus, den er Burkhart zuwarf, der ihn geschickt auffing. »Das sind fünfzig Silberstücke. Weitere fünfzig, sobald ich sie mit eigenen Augen sehe.«

Der Frauenwirt nickte bestätigend und wog den Beutel in seiner Hand.

»Aber dafür«, sagte Geowyn und zeigte auf den Beutel, »will ich noch wissen, wer in Begleitung des Mädchens war. Du sagtest, es waren zwei ...«

»Ja, da war noch ein gleichaltriges Mädchen.«

»Der Name?«

»Magda.«

»Herrgott – sie ist es tatsächlich!«, entfuhr es Geowyn, und er knallte seinen Krug auf den Holzbalken, auf dem er saß, dass es nur so krachte. Er stand auf und packte Burkhart am Kragen. »Jetzt lass dir nicht alles aus der Nase ziehen! Mach schon und spuck's aus: Wer war die dritte Person?«

»Ein Mann. Älter. Könnte ihr Vater gewesen sein. Nannte sich Medicus Albertus. Sie ziehen alle drei mit einem Pferdewagen durchs Land. Und verkaufen irgendein Wundermittel auf Märkten. Meine ... Vertrauensperson hatte mitbekommen, dass sie nach Ulm wollten.«

Ritter Geowyn hatte genug gehört, ließ Burkhart los, riss die Tür zum Gastraum auf und brüllte hinein: »Ruhe! Alles mal herhören!«

Die Musik und das Gejohle brachen schlagartig ab.

Ritter Geowyn befahl lautstark: »Wir reiten morgen früh bei Sonnenaufgang nach Ulm. Also hört auf der Stelle auf zu saufen und herumzuhuren und legt euch aufs Ohr.«

Er drehte sich zu Burkhart um, der mit dem prall gefüllten Beutel herumjonglierte. »Hast du mir noch etwas zu sagen?«, fragte er ungehalten.

»Ja. Wie komme ich an die zweite Hälfte?«

»Du begibst dich ins Kloster Mariaschnee, das liegt direkt am Rhein, bevor er die große Biegung nach Norden macht, und fragst nach der ehrwürdigen Mutter Äbtissin. Berufe dich auf mich. Wenn du ihr meinen Namen nennst und ihr sagst, dass wir sie haben ...«

»Abeline.«

»Ja, Abeline. Dann wird sie dir die zweiten fünfzig Silberstücke aushändigen.«

»Welches Unterpfand habe ich?«

»Gar keines«, feixte Geowyn, betrat die Wirtsstube und knallte die Tür hinter sich zu.

IV

Erst seit kurzem schlief Abeline den Schlaf der Gerechten und wurde nicht mehr im Traum von der Äbtissin verfolgt, die sich in ein zähnefletschendes Monstrum mit Teufelsaugen verwandelte, das es auf sie und ihre Seele abgesehen hatte. Endlich war doch das eingetreten, was ihr Albert vorausgesagt hatte: Ihr neues Leben, ihre Jugend und die Zeit heilten so manche Wunde. Die Schrecken von Mariaschnee verfolgten sie immer seltener im Schlaf, und auch die äußeren Anzeichen – die Verletzungen im Gesicht und der Verlust ihrer Haare – waren bald überwunden. Die Haare waren nachgewachsen, und Abeline war, ebenso wie Magdalena, die das aber meist unter einer Dreckschicht gut zu verbergen wusste, zu einer hübschen jungen Frau herangewachsen. Dazu trug sicher auch bei, dass sie nun ihre natürliche weibliche Eitelkeit, die sie plötzlich entdeckt hatte, in schicklichen Maßen ausleben konnte und Schritt für Schritt an Selbstbewusstsein gewann.

Wenn sie ein paar freie Tage hatten, es heiß war und sie abseits von jeder Menschenseele in einem See oder Fluss baden und sich anschließend mit Seife abwaschen konnten, waren Magdalena und Abeline so lange im Wasser, bis sie blaue Lippen bekamen und ihre Zähne klapperten. Magdalena hatte Abeline sogar das Schwimmen beigebracht. Und anschließend kämmten sie sich gegenseitig ihre Haare, und manchmal benutzten sie sogar eines der Duftwässerchen, die sie auf einem Markt erworben hatten, momentan war leichter Rosenduft in Mode. Dann konnten sie auch kichernd wie kleine Mädchen, die sie nun nicht mehr waren, einfach albern sein und sich über junge Burschen lustig machen, deren Blicke sie zuweilen auffingen. Magdalena kam bei solchen Gelegenheiten immer mal wieder auf Abelines Traum zurück, den Traum mit dem Jüngling auf hohem Ross in südlichen Gefilden, und machte sich einen Spaß daraus, sie damit zu necken. Aber was ihre Träume anging, war Abeline nicht zu verunsichern. Sie wusste mit absoluter Bestimmtheit und Sicherheit, dass sie sich bewahrheiteten, das war bisher immer so gewesen. Nur wann – das stand in den Sternen. Abeline musste ihrer Freundin in den Nächten, wenn sie nebeneinander noch wach lagen, in allen Einzelheiten Aussehen und Auftreten des Jünglings beschreiben, und Magdalena wunderte sich stets aufs Neue, dass Abeline sogar behauptete, seinen Namen zu wissen: Paolo de Gasperi. Da sie aber in dieser Hinsicht nicht zurückstehen wollte, fantasierte sie ebenfalls davon, eines Tages einen strahlenden Helden für sich zu gewinnen und ihn zappeln zu lassen. So viel verstanden sie vom anderen Geschlecht, dass es leicht zu beeindrucken war und dass es mit seinen Schwächen Wachs in den Händen einer Frau war, wenn sie ihre weiblichen Waffen richtig einzusetzen wusste. Natürlich war das reines Wunschdenken, keines der beiden Mädchen hatte Erfahrung auf diesem Gebiet, auch wenn Magdalena behauptete, in der Hinsicht schon einiges erlebt zu haben, mit dem Nachbarsjungen zum Beispiel, aber das sei kein besonders schönes Erlebnis gewesen. Ihnen schwebte schon etwas Größeres, etwas Edleres, etwas Einzigartiges vor, wenn sie über ihre Vorstellungen ins Schwärmen gerieten. So konnten sie sich stundenlang ihre Zukunft ausmalen, und Magdalena war mehr und mehr davon abgekommen, sich dem Goldschmiedehandwerk widmen zu wollen. Ihr gefiel das unstete Wanderleben, das sie führten, inzwischen viel zu sehr. Nur eines wussten sie: Niemals würden sie sich wieder trennen, sie waren wirklich zu zwei gleichgesinnten Schwestern im Geiste geworden, wenn schon nicht aus Fleisch und Blut. Fast wie Zwillinge, die sich wortlos verstanden und alles miteinander teilten, ihr Schicksal und sogar ihre geheimsten Sehnsüchte und Wünsche.

Abeline drehte sich im Schlaf und seufzte. Sie lag neben Magdalena auf der Ladefläche des einen Fuhrwerks, Albert pflegte auf dem anderen zu schlafen. Aber bei gutem Wetter bevorzugte er den nackten Boden, weil er in der Nacht schon beim geringsten unnatürlichen Geräusch aufwachte und dann nach dem Rechten sah.

Auch diesmal war es wieder ein anstrengender, ereignisreicher, aber auch einträglicher Tag gewesen, den sie auf dem Markt eines Dorfes namens Lauingen am Ufer der Donau verbracht hatten. Abeline war nun seit fast einem Jahr mit Albert und Magdalena unterwegs, mit einer Zwangspause in den Wintermonaten, die sie gegen Entgelt in der Scheune bei einem Bauern verbracht hatten. Sie hatten die Zeit genutzt, sich auszuruhen, neue Vorräte an Aqua Sancta für den Sommer anzulegen und zu planen, welche Ortschaften und Städte sie im Monat Ostaramond – sobald die Straßen und Wege, je nach Wetterlage, wieder gut passierbar waren – aufsuchen würden. Immer in Bewegung bleiben – das war der Wahlspruch von Meister Albert. »Eine Fliege, die sich nicht setzt und nur herumschwirrt, die erwischt man nicht«, pflegte er zu sagen, wenn er die Pferde anspannte und Magdalena und Abeline zum Weiterziehen aufforderte, auch wenn sie noch so einen idyllischen und versteckten Platz gefunden hatten. Diese Losung galt insbesondere auch für Marktflecken und Städte, sie blieben niemals länger als einen Tag, und manchmal warf Albert sogar ihre gesamte Planung über den Haufen, wenn er kurzfristig beschlossen hatte, ihre Wanderroute zu ändern. Normalerweise gingen sie nicht aufs Geratewohl vor, sondern suchten sich die Tage und Märkte aus, die am vielversprechendsten waren. Je größer der Menschenauflauf, der zu erwarten war, desto mehr Leute würden sich um die Ladefläche ihres Fuhrwerks scharen, wenn Medicus Albertus mit der Präsentation seines Wunderwassers auftrat und die verblüffende Wirkung desselben an Magdalena demonstrierte. Sie fuhren stets nur mit einem Wagen vor, den zweiten ließen sie versteckt außerhalb zurück, in ihm waren ihre Vorräte.

Magdalena spielte die hinkende Marktbesucherin, die von ihrem »Bruder« herumgeführt und schließlich »rein zufällig« von Medicus Albertus mitten in der staunenden Zuschauermenge erspäht und auf die Bühne gerufen wurde, die aus der Ladefläche des Fuhrwerks bestand. Magdalena hatte ihre Rolle inzwischen perfekt verinnerlicht und hatte schon vorgeschlagen, dass sie auch als vermeintlich Blinde auftreten könnte, weil deren Heilung noch eindrucksvoller zu gestalten wäre. Zwei- oder dreimal hatten sie das schon ausprobiert, und jedes Mal war es ein durchschlagender Erfolg gewesen.

Im Winter hatten sie eines der Fuhrwerke so zurechtgeschreinert, dass eine Längswand des Wagenkastens mit stabilen Lederriemen versehen und herunterklappbar war. Außerdem hatten sie so viele Keramikgefäße unterschiedlicher Größen gekauft, dass sie wochenlang damit beschäftigt gewesen waren, sie mit dem Wunderwasser zu füllen und zu verstöpseln. Ihr Auftritt auf den Märkten, egal ob klein oder groß, war jedes Mal eine Herausforderung und durch die schauspielerische Leistung von Magdalena und Meister Albert nicht selten ein Spektakel. Wie der geübteste Marktschreier konnte er als Medicus Albertus an manchen Tagen Dutzende von Leuten auf sein Wundermittel aufmerksam machen. Nicht immer scharten sich so viele Leute um den Wagen, aber Albert schaffte es stets aufs Neue, sie zu fesseln und ihre Gemüter so anzustacheln, dass sie geradezu fasziniert von der Wirkung des Aqua Sancta waren, und die Gefäße sich verkauften wie geschnitten Brot. Der Ansturm von Kaufwilligen war manchmal so gewaltig, dass Magdalena schon vorgeschlagen hatte, einen Gehilfen einzustellen. Aber ihr Vater hatte das strikt abgelehnt – je weniger von ihrem Gewerbe und der Herstellung des Aqua Sancta wussten, desto besser. Außerdem wies er immer mal wieder, wenn sie nach eines langen Tages Mühen abends eine sichere Stelle zum Übernachten gefunden hatten und an einem wärmenden und lichtspendenden Feuer saßen, darauf hin, dass sie mehr oder weniger vogelfrei waren und ein Gehilfe durch die versprochene Belohnung, deren enorme Höhe sich bis zu ihnen herumgesprochen hatte, auf dumme Gedanken kommen und sie verraten konnte.

Sie blieben nie länger als einen Tag, manchmal sogar nur für ein paar Stunden, auf demselben Markt. Sobald sie merkten, dass sie nichts mehr verkauften oder gar die Gefahr bestand, dass sich Unmut ausbreitete, weil ihr Wunderwasser nichts taugte und sie Hochstapler, Quacksalber oder Gauner geschimpft wurden, packten sie ihre Sachen zusammen und verschwanden. Zwar verkauften sie ihr Aqua Sancta nicht allzu teuer, weil sie sich nicht ständig dem Zorn der Leute oder gar der Obrigkeit aussetzen wollten, aber wenn die erhoffte Wirkung des Wassers ausblieb, konnte die Stimmung bei den Marktbesuchern schnell umkippen. Albert war so klug, allen Kaufwilligen stets zu predigen, dass die Heilkraft bisweilen erst verzögert eintreten konnte. Er wusste den beiden Mädchen von Fällen zu berichten, wo es Händlern, die Ähnliches verkauften, ans Leder gegangen war, weil ein enttäuschter Käufer die Menge so aufwiegelte, dass der eine oder andere nur mit Müh und Not mit dem nackten Leben davongekommen war.

Die Galgenbäume auf den weithin sichtbaren Hügeln am Ortseingang der Städte waren Abschreckung und Warnung genug. An ihnen baumelten verurteiltes Diebsgesindel und Täter noch schlimmerer Natur im Wind, als mahnendes Zeichen an alle Reisenden, dass man mit Betrügern und Halsabschneidern jeglicher Art sprichwörtlich kurzen Prozess machte.

So waren sie eigentlich ständig auf der Flucht, aber auch daran gewöhnten sie sich. Nur wussten sie nicht, ob Ritter Geowyn und seine Männer immer noch hinter ihnen her waren. Auf jeden Fall machten sie um Kloster Mariaschnee und den gesamten Einflussbereich der Äbtissin einen großen Bogen. Dabei vergaß Abeline nie, dass sie eines Tages nach Mariaschnee zurückwollte, um das Medaillon ihrer Mutter wieder in ihren Besitz zu bringen. Wie sie das bewerkstelligen sollte, wusste sie nicht. Aber egal wie – sie würde es versuchen.

Der Gedanke an Rache lag ihr fern. Sie war gottfroh, dass sie der Schreckensherrschaft der Äbtissin entkommen war. Wenn es nach ihr gegangen wäre, hätte sie noch ewig mit Albert und Magdalena auf ihren zwei Fuhrwerken umherziehen können. Eine neue, nie gekannte Leichtigkeit bestimmte nun ihr Dasein. Es war ein wahres Labsal, mit Lust und Laune in den Tag hinein zu leben und nicht zu wissen, was der nächste Morgen brachte. So also schmeckte die Freiheit, von der sie jetzt gekostet hatte, und an diesen Geschmack konnte sie sich gewöhnen.

Kurz bevor ihr abends vor Müdigkeit die Augen zufielen, grübelte sie darüber nach, warum sie so lange nicht mehr von zukünftigen Ereignissen oder ihren Eltern geträumt hatte. Ganz allmählich verblasste ihr Bild. Das empfand sie als traurig und bedrückend. Sie betete immer für sie und versuchte dabei, sich ihre Gesichter vorzustellen. Aber sobald sie sich darauf konzentrierte, war sie meist schon am Wegdämmern. Es war, als würde ein gnädiger Gott verhindern, dass sie sich in einer grenzenlosen Melancholie und Kümmernis verlor.

In der Regel schlief sie lang, tief und traumlos und wachte am nächsten Morgen ausgeruht und voller Tatendrang auf. Aber in dieser Nacht wurde sie unerwartet von heftigeren Träumen traktiert, als sie das für möglich gehalten hätte. Aus dem Nichts kamen in grellen Farben auf ihren Pferden galoppierende Reiter auf sie zu, die sie sofort erkannte: Ritter Geowyn und seine Männer. Die Bewegungen ihrer Pferde verlangsamten sich, als wären sie unter Wasser, erweckten so aber gleichzeitig den Eindruck, als ob sie gnadenlos alles zermalmen würden, was sich ihnen in den Weg stellte. Die schweren Hufe der Schlachtrösser wirbelten den Schmutz der Landstraße in die Höhe, Abeline konnte jedes Staubkorn mit einer erschreckenden Deutlichkeit erkennen und jeden polternden Hufschlag hörte sie dröhnen, als bestünde diese Reiterhorde aus rächenden Gestalten der Apokalypse, gekommen, um Abelines Welt in Grund und Boden zu galoppieren. Die Gesichter der waffenstarrenden Männer waren mordlüstern und finster entschlossen, sie schwangen Schwerter und Streitäxte und hielten unaufhaltsam auf sie zu. Abeline sah sich jetzt selbst in einer weißen, blutgetränkten Tunika. Sie drehte sich um und wollte wegrennen, aber ihre Beine versagten ihr den Dienst, es war, als steckten sie in einem knietiefen Morast, der die Füße ansaugte und nicht mehr losließ. Das Getöse der donnernden Hufe kam immer näher. Abeline schaute verzweifelt hoch und erblickte ihren Vater, der ernst und mit eindringlicher Geste demonstrativ mit seiner Rechten einen Zahn – ihren Milchzahn, sie wusste das sicher – hochhielt, der im Licht aufblitzte. Dann waren er und die Verfolger auf einmal verschwunden, und Abeline sah Meister Albert, der auf dem hochgelegenen Wehrgang einer Stadtmauer entlangrannte. Er war auf der Flucht vor unzähligen Männern und sprang schließlich in auswegloser Situation – denn von vorn näherten sich auch schon bewaffnete Soldaten – auf die Zinnen der Mauer, wo er augenscheinlich beinahe das Gleichgewicht verlor, jedenfalls ruderte er verzweifelt mit den Armen, um nicht nach außen in den Abgrund zu fallen, der sich beinahe bodenlos nach unten auftat. Als er wieder Halt gefunden hatte, schickte er einen provokanten Gruß nach unten auf den Marktplatz, der von der Mauer auf einer Seite begrenzt wurde, wo die Menschen in Scharen standen und die herausfordernde Frechheit und den scheinbaren Übermut Alberts mit Jubel und Beifall quittierten. Die Begeisterung galt seiner eigentlich aussichtslosen, aber bisher geschickten Flucht, weil er sich seinen Verfolgern, Ritter Geowyn und dessen Männern sowie Soldaten der Stadt, immer wieder im letztmöglichen Augenblick entzog und sie dabei wie Hampelmänner und Trottel aussehen ließ, indem er katzengleich auf den Zinnen herumturnte, ihrem Zugriff nur um Haaresbreite entwischte und allerlei abfällige Gesten ihnen gegenüber machte. Das kam gut an beim Volk, wenn einer der Ihren den Büttel der Obrigkeit eine lange Nase drehte, obwohl abzusehen war, dass das nicht mehr lange gutgehen konnte. Die Menge wollte Blut sehen, auf welcher Seite, war ihr gleichgültig, Hauptsache, es wurde ihnen ein Spektakel geboten.

Meister Albert sah sich trotz seiner tänzerisch anmutenden

Eleganz schließlich so in die Enge getrieben, dass er vernünftigerweise eigentlich hätte aufgeben müssen. Ritter Geowyn kam schon langsam mit erhobenem Schwert auf ihn zu und forderte ihn wild gestikulierend auf, von seiner Zinne herunterzukommen. Albert blickte Abeline in ihrem Traum mit ernsten und gleichzeitig entschlossenen Augen an, sah sich nach dem lotrecht abfallenden Mauerwerk in seinem Rücken um, hob die Arme und war plötzlich verschwunden.

Er hatte sich in den Abgrund gestürzt.

Abeline schrie auf vor Schreck, Magdalena war plötzlich neben ihr, und ihr fassungsloses und schockiertes Gesicht verzerrte sich in grenzenlosem Entsetzen. Sie packte sie an der Schulter ...

Abeline spürte, wie jemand sie heftig an der Schulter rüttelte. Benommen schlug sie die Augen auf und erkannte Magdalena, die sie besorgt ansah.

»Was ist?«, fragte Abeline halb betäubt.

»Du hast fürchterlich geschrien«, antwortete Magdalena. »War wohl wieder einer deiner seltsamen Träume. Was hast du gesehen?«

»Nein, nein«, beschwichtigte Abeline sie. »Nur das Übliche. Ich habe geträumt von ... von Schwester Hiltrud. Sie hat sich in einen schrecklichen Drachen verwandelt ... es war furchtbar.«

Sie verbarg ihr Gesicht in den Händen, damit ihre Freundin nicht sehen konnte, wie sie log.

Magdalena nahm sie fürsorglich in den Arm. »Du bist in Sicherheit, Abeline. Du bist hier bei uns.«

»Ja«, brachte Abeline heraus, dann löste sie sich von Magdalena und schenkte ihr ein zuversichtliches Lächeln, das ihr schwerfiel. »Alles in Ordnung. Schlaf nur weiter.«

Magdalena konnte sich umdrehen und einfach weiterschlafen, dazu war sie jederzeit in der Lage. Und so war es auch jetzt.

Abeline dagegen lag da und wusste, dass es sinnlos war, die Augen zu schließen, an Schlaf war nicht mehr zu denken. Ihr Traum war überdeutlich gewesen. Die Häscher waren ihnen dicht auf den Fersen. Und Magdalenas Vater, Meister Albert, würde sterben.

Das Herz schlug ihr bis zum Hals. Sie musste unbedingt verhindern, dass sie morgen früh auf diesen Markt fuhren.

Um jeden Preis.

V

»Sag mir einen triftigen Grund, warum wir heute nicht auf den Ulmer Markt fahren können. Einen!«

Die Sonne ging soeben zaghaft rosafarben am östlichen Horizont auf. Es würde ein warmer, sonniger Frühsommertag werden, der schöner nicht sein konnte. Meister Albert hatte die Arme verschränkt und stand missbilligend vor Abeline, die schwieg und verlegen an ihrer Unterlippe nagte. Magdalena räumte schon auf und tat so, als halte sie sich aus dem Zwist zwischen ihrem Vater und Abeline heraus. Albert schüttelte den Kopf. »Dir fällt keiner ein. Warum auch – es ist der bestbesuchte Markt weit und breit, wie man mir mehrfach versichert hat.«

Abeline versuchte, ihre ganze Überzeugungskraft in ihre Antwort zu legen. »Ich habe einfach ein ungutes Gefühl. Lasst uns bis morgen hierbleiben.«

»Abeline – wir können heute so viel Aqua Sancta verkaufen wie sonst in zwei oder drei Wochen. Das dürfen wir uns nicht entgehen lassen!«

Abeline seufzte. »Na gut. Wenn Ihr Euch davon nicht überzeugen lasst ... es ist so: Ich habe wieder einen Traum gehabt letzte Nacht ...«

Albert, der sonst kaum aus der Ruhe zu bringen war, wirkte allmählich aufgebracht. »Jetzt ist es aber mal gut mit deinen Visionen, Schwester Abeline. Wenn du wirklich vorhast, mit uns ein neues Leben anzufangen, dann wird es Zeit, dass du das alte endlich abstreifst. Willst du ewig mit deinen Klostererlebnissen bepackt herumlaufen, als hättest du einen Felsbrocken im Genick?«

»Meine Träume …«

Albert unterbrach sie. »Deine Träume sind ein Trugbild aus der Vergangenheit. Jedenfalls diese Art von Träumen. Jetzt brauchst du sie nicht mehr. Mach dich frei davon, sie vergiften dich. Jeder Mensch träumt dann und wann.«

»Nein. Ich weiß genau zu unterscheiden zwischen Traum und Traum. Und ich weiß, dass meine Träume sich früher oder später bewahrheiten.«

»Früher oder später … Abeline, seit du das Kloster hinter dir hast, hat diese Art von Träumen aufgehört. Das hast du selbst gesagt.«

»Das stimmt. Aber ich habe mich getäuscht. Es hat nie aufgehört. Und die Träume sind deutlicher denn je.«

Sie packte Albert an den Oberarmen und sprach eindringlich auf ihn ein. »Wir dürfen auf keinen Fall nach Ulm – so glaubt mir doch! Ritter Geowyn und seine Männer sind dort und warten nur auf uns! Ich weiß es ganz sicher!«

Albert winkte ab. »Ritter Geowyn von der Trenck …«

»Ritter Geowyn von der Tann!«, verbesserte Magdalena aus dem Hintergrund. Natürlich hatte sie alles mitgehört.

Albert verdrehte die Augen und sagte: »Geowyn von der Tann, von mir aus. Also: Er und seine Männer haben längst aufgegeben, wenn ihr mich fragt. Und selbst wenn nicht – woher wollen sie wissen, dass wir ausgerechnet heute in Ulm sind, hm? Sag mir – woher?«

»Weil es jemand aufgeschnappt und weitererzählt hat, zum Beispiel«, mischte sich Magdalena gewohnt schnippisch wieder ein.

In gespielter Verzweiflung warf Albert seine Arme gen Himmel. »Oh Herr im Himmel – womit habe ich das verdient? Jetzt fällt mir meine eigene Tochter auch noch in den Rücken! Wenn du eine Tochter hast, dann brauchst du keine Feinde mehr. Und ich habe dank deinem weisen Ratschluss inzwischen gleich deren zwei!«

»Mein Vorschlag zur Güte«, meldete sich Magdalena trocken. »Wir fahren nach Ulm, sind aber dabei so vorsichtig wie nie, und mein Vater und ich hören uns vorher um, ob vielleicht Bewaffnete in der Stadt sind. Wenn nicht, verkaufen wir unser Aqua Sancta, und dann machen wir uns so schnell wie möglich wieder aus dem Staub. Beim geringsten Anzeichen von Gefahr kehren wir sofort um. Was meint ihr dazu?«

Abeline zögerte. Sie konnte den beiden einfach nicht beichten, was sie in ihrem Traum noch gesehen hatte: dass Magdalenas Vater von der Stadtmauer in den Tod stürzte.

Das war ausgeschlossen.

Sie sah in die Gesichter von Albert und Magdalena, die ihr vertrauten, so wie sie ihnen vertraute, die aber einfach nicht glauben wollten, wie ernst es ihr mit ihrer Warnung war. Aber vielleicht hatte sie ja auch unrecht. War es denn wirklich so, dass alles immer haarklein eingetroffen war, wie sie es geträumt hatte?

Bestimmt nicht.

Oder hatte man vielleicht davon gehört, dass eine Heerschar mit König Friedrich an der Spitze von Sizilien aus kommend die Alpen überquert hatte?

Oder dass die Äbtissin von Mariaschnee von einem gewaltigen Brocken, der vom Himmel fiel, erschlagen worden wäre?

Wahrscheinlich war es wirklich so, dass sie, seit sie dem Kloster entkommen war, nur noch diffusen Unsinn träumte. Es musste so sein. Albert hatte recht. Wenn sie es bedachte, wünschte sie es sich auch so. Sie war es leid, im Voraus zu wissen, was passierte. Es war ein Fluch – wie eine Art Hexenmal –, eine Unglücksbotin zu sein. Der schwarze Rabe, nicht der fröhlich bunte Kleiber unter der Vogelschar. Wenn sie jetzt nach Ulm fuhren und ihr Traum bewahrheitete sich nicht ... dann wusste sie endgültig, dass sie von der Last der Verantwortung erlöst worden war. Dass sie diese unselige Gabe, die im Grunde nur eine Bürde, etwas Belastendes und Bedrückendes war, endlich losgeworden und wieder wie jeder normale Mensch war. Sie *wollte*, dass ihr Traum nur ein Hirngespinst war.

Also stellte sie sich hin und sagte: »Na gut. Einverstanden. Aber beim geringsten Verdacht, dass etwas nicht stimmt, machen wir kehrt.«

Albert fasste sie kurz bei der Schulter, um ihr zu zeigen, dass er wusste, dass Abeline nur aus Besorgnis um sie alle dagegengehalten hatte.

»Natürlich, was denkst du denn? Oder glaubst du vielleicht, ich will diesem Ritter Geowyn noch einmal begegnen? Ein zweites Mal würde ich das nicht überleben, so viel ist mal sicher.«

Sie beeilten sich, alles, was sie brauchten, in ihr Fuhrwerk zu laden, und machten, dass sie endlich loskamen. Den zweiten Wagen hatten sie wie immer, so gut es ging, im Wald hinter Buschwerk versteckt und getarnt.

Es wurde auch Zeit, die Sonne war gerade ganz aufgegangen.

VI

Mit Adleraugen musterte Abeline die Stadt am Zusammenfluss von Donau und Iller, die komplett von einer mehr als baumhohen Stadtmauer umgeben war. Sie hatten den Wagen in Sichtweite von Ulm abgestellt, Abeline wollte dort warten, während Albert und Magdalena sich zu Fuß aufgemacht hatten, um innerhalb der Stadtmauern erst einmal vorsichtig Erkundigungen einzuziehen und sich unauffällig umzusehen.

Von außen und von der Weite – die Stadt war etwa eine viertel Meile von Abelines Standort entfernt – war jedenfalls nichts Verdächtiges festzustellen. Vielleicht hatte sie doch unrecht gehabt, dass sie hier in eine Falle geraten könnten, das hoffte Abeline jedenfalls aus tiefstem Herzen. Der Zustrom von Bauern mit Vieh, Händlern, Trägern mit Säcken und Käfigen mit Federvieh, bewaffneten Kaufleuten mit Konvois von Fuhrwerken und Besuchern des Marktes auf der Landstraße war groß. Ulm war ein Knotenpunkt wichtiger Handelswege, und am Markttag schien alles, was Beine hatte und laufen konnte, vom Trubel, den Waren und dem bunten Menschengemenge angezogen zu werden wie Gläubige durch die erstmalige Zurschaustellung einer bedeutenden Reliquie der Christenheit.

Albert und Magdalena hatten ihren Rundgang durch die Straßen und Gassen der Stadt schnell beendet. Sie hatten die

Augen offen gehalten, aber weder Ritter Geowyn und seine Männer noch auffällig viele Bewaffnete oder Reitpferde entdeckt. In einem Wirtshaus mit großem Pferdestall hatten sie sogar unter einem Vorwand nach fremden Rittern gefragt, aber niemand wusste etwas darüber. Ulm war eine geschäftige Stadt, und besonders Magdalena konnte sich gar nicht sattsehen an dem, was es alles zu kaufen oder zu bewundern gab. Vor allem die Gaukler hatten es ihr angetan. Da war ein Junge, der ihr auf Händen gehend nachlief und sie und alle Umstehenden mit seinen Kunststücken und Verrenkungen zum Staunen und Lachen brachte, und ein Bärenführer, der einen riesigen, zotteligen Braunbären an einem Nasenring durch die Menge hinter sich herzog, bei dessen Anblick sich jedoch schnell eine Gasse bildete, denn der Bär stellte sich auf Geheiß seines Herrn zu furchterregender Größe auf und brüllte mit gebleckten Reißzähnen, dass es einem kalte Schauder über den Rücken jagte. Albert musste seine Tochter mehrfach daran erinnern, dass sie nicht zum Vergnügen hier waren und dass es an der Zeit war, ihr Fuhrwerk aufzustellen, solange es noch Platz gab. Obwohl es noch früh am Morgen war, stritten sich einige Händler bereits um die strategisch günstigsten Standplätze, ein Stadtbüttel hatte mit seinen Helfern alle Hände voll zu tun, um die erhitzten Gemüter wieder zu beruhigen und die Standgebühren einzufordern.

Albert sprach ihn deswegen gleich an und bekam einen Platz unter einer Eiche mit der Stadtmauer im Rücken zugewiesen, den er bezahlte und besetzt hielt, während Magdalena mit der Zusicherung, dass wohl alles seine Ordnung hatte und die Luft rein war, vor die Tore der Stadt lief, um Abeline zu helfen, das zweite Fuhrwerk zu holen.

So ganz traute Abeline dem Frieden nicht, als sie sich mit dem Fuhrwerk und Magdalena neben sich auf dem Kutschbock zwischen immer mehr Menschen und einer Schafherde, die auch noch in die Stadt getrieben wurde, durch das Westtor von Ulm drängelte und schließlich den Marktplatz erreichte, wo ein heftig winkender Albert sie auf den freien Platz dirigierte. Das Aufstellen des Wagens und die Präsentation der Aqua-Sancta-Gefäße übernahm er allein, denn die Mädchen, die auf ihren Fahrten unauffällige graue Kutten mit Kapuze trugen, damit sie nicht erkannt wurden, mussten einen Ort finden, um sich für ihren Auftritt umzuziehen. Medicus Albertus würde sie dann, wenn er seine Ansprache gehalten hatte, um die Aufmerksamkeit der Menge auf sich zu ziehen, aus dem Volk herauspicken und an ihnen die umwerfende Wirkungskraft seines Wundergetränks demonstrieren.

In einer stillen Seitengasse zwischen zwei eng beieinanderstehenden mehrstöckigen Steinhäusern zogen Abeline und Magdalena schnell ihre Kutten aus, darunter kam ihre einfache Kleidung zum Vorschein, die sie als Bauernjunge beziehungsweise -mädchen kennzeichnete. Magdalena zog sich die obligatorische Haube über ihren Haarschopf und begann schon einmal zu hinken, während Abeline sich eine breitkrempige Kappe über ihr brünettes Haar stülpte, das inzwischen wieder armlang nachgewachsen war, und sich das Gesicht mit einer Handvoll Staub schmutzig machte. Sie überprüften gegenseitig Aussehen und Wirkung und machten sich dann als hilfreicher Bruder und humpelnde Schwester zum Schauplatz des Geschehens auf.

Die Leute auf dem Marktplatz standen schon dichtgedrängt vor dem Fuhrwerk von Medicus Albertus, der auf der Ladefläche herumturnte und sein Elixier in den höchsten Tönen pries. Ganz im Stil eines versierten Gauklers lenkte er die Aufmerksamkeit seiner Zuschauer auf sich und sein geheimnisvolles Aqua Sancta. Magdalena und Abeline hielten derweil aus sicherem Abstand Ausschau nach Männern, die ihnen verdächtig vorkamen, vor allem nach Bewaffneten. Aber so sehr sie sich die Hälse verrenkten, sie konnten nichts dergleichen feststellen. Überall um sie herum waren nur gaffende, staunende und neugierige Gesichter, darunter ein narbenübersäter Skeptiker, dessen frecher Zwischenruf jedoch sofort und schlagfertig von Medicus Albertus gekontert wurde, worauf die Menge in schallendes und schadenfrohes Gelächter ausbrach und der Spötter selbst zum Gespött wurde. Das beherrschte Albert perfekt, fand Abeline, er spielte regelrecht mit seinem Publikum, verstand es, die Stimmung von Anfang an mit ein paar derben Witzen anzuheizen, bis er sicher sein konnte, alle auf seiner Seite zu haben. Er wechselte von laut zu geheimnisvoll, von marktschreierisch zu leise und war sich auch nicht zu schade, sich gelegentlich selbst auf den Arm zu nehmen. Ein ganz besonderer Trick, den er sich für den Höhepunkt seines Vortrags aufsparte, verschaffte ihm stets die allergrößte Aufmerksamkeit und machte sich letztendlich in klingender Münze bezahlt. Darin unterschied er sich von allen anderen Quacksalbern und Heilsbringern, die sich allerorten auf den Märkten herumtrieben. Er setzte sein alchemistisches Wissen und seine Erfahrung gezielt ein, um auf sich und sein Aqua Sancta aufmerksam zu machen, indem er hin und wieder eine kleine Dosis seines Donnerkrauts zur Anwendung brachte. Zuerst erschraken die Leute und drohten davonzulaufen, aber die Neugier und die Schaulust überwogen – auch weil Medicus Albertus den Eindruck erweckte, alles im Griff zu haben, und sich als Beherrscher der Naturgewalten gerierte, was wiederum den Eindruck verstärkte, dass er auch in Hinsicht auf sein Wunderwasser nicht zu viel versprach. Auch in Ulm war ihm sein Ruf und der eines spektakulären Vortrags vorausgeeilt, und das Publikum wartete gespannt, ob Medicus Albertus tatsächlich noch etwas Besonderes zu bieten hatte.

Auf diesen Augenblick warteten auch sechs Mönche, die trotz des sonnigen und heißen Tages die Kapuzen ihrer schwarzen Kukullen weit über den Kopf gezogen hatten, damit ihre Gesichter nicht zu sehen waren. Sie hatten abseits der Menschentraube, die sich vor dem Fuhrwerk von Albert drängelte, am Rand der Stadtmauer unter der mächtigen Eiche Aufstellung genommen. Niemand hatte gesehen, wie sie durch eine schmale Pforte in der Stadtmauer hereingekommen waren. Allzu sehr hatte sich die Aufmerksamkeit auf dem Marktplatz ganz auf den Mann fokussiert, der die Menschenmenge auf der Ladefläche seines Fuhrwerks mit seinen Sprüchen und Herumhampeleien in seinen Bann zog. Die Pforte, Einlass genannt, diente eigentlich dazu, des Abends, wenn noch vor Einbruch der Dämmerung die großen Stadttore aus Sicherheitsgründen geschlossen wurden, Nachzüglern und Zuspätkommenden Gelegenheit zu geben, gegen eine Gebühr für den Nachtwächter doch noch in die Stadt zu kommen. Die Mönche verharrten unauffällig und ruhig, bis Medicus Albertus seine Trumpfkarte ausspielte und eine Schale in die Höhe hielt, deren Inhalt er mit Hilfe von Zunder, Feuerstein und Feuerschläger entzündete. Es blitzte, tat einen Knall, und gleichzeitig entstand schwarzer Qualm. Der Effekt war so wirkungsvoll, dass ein Aufschrei durch die Reihen der Zuschauer ging und alle unwillkürlich zurückwichen. Dabei wurden einige Leute umgestoßen, andere liefen sogar davon, um den weiteren Ablauf aus sicherer Entfernung zu verfolgen.

Einer der Mönche wandte sich an seinen hünenhaften Begleiter und murmelte: »Jetzt weiß ich, wie er es geschafft hat, Abeline zu befreien.«

Der Angesprochene nickte und fragte: »Worauf warten wir noch?«

»Worauf? Auf Abeline. Ihretwegen sind wir schließlich hier.«

»Wenn wir diesen Alchemisten in die Mangel nehmen, wird er uns schon verraten, wo sie steckt. Sie kann uns nicht mehr durch die Lappen gehen.«

»Du hast recht. Verteilt euch. Sobald ich meine Kutte abnehme, greifen wir an.«

Sie schwärmten im Rücken des Publikums sternförmig aus und verteilten sich über den Platz, dann drängte sich der Anführer rücksichtslos durch die Menge zum Fuhrwerk vor. Die anderen Mönche taten es ihm gleich und lösten bei den Zuschauern gehörige Unruhe aus, einige wollten sich das Stoßen und Anrempeln nicht gefallen lassen, aber der Respekt vor Mönchen in ihren Kukullen war groß, so dass die meisten sogar versuchten, ihnen eine Gasse freizusperren. Der erste Mönch blieb am Fuhrwerk stehen und sah herausfordernd zu Albert hoch.

Der hielt in seiner Bewegung inne, weil seine Aufmerksamkeit von dem großgewachsenen schwarzen Mönch in Beschlag genommen wurde, dem die Leute anscheinend teils unwillig, teils willfährig Platz gemacht hatten, bis er ganz vorn war, sich nun unter ihm aufbaute und schließlich die Kapuze zurückschlug. Darunter kam das Albert wohlbekannte bärtige Gesicht Ritter Geowyns zum Vorschein, der seine Glatze auch unter der Kapuze mit der obligatorischen Lederkappe bedeckt hatte. Geowyn verzog seine Lippen zu einem schiefen Grinsen.

»Du bist kein Mönch«, sagte Albert mit einem leichten

Zittern in der Stimme, das Geowyn nicht entging. »Leute – das ist kein Mönch!«, schrie er laut und zeigte auf Geowyn.

»Nein«, sagte Geowyn ebenso laut, so dass es alle hören konnten. »Nein, ich bin kein Mönch.« Mit einem Schwung entledigte er sich seiner schwarzen Mönchskutte und ließ sie zu Boden fallen. Darunter kamen seine Lederrüstung, seine Stiefel und seine Waffen zum Vorschein. Er zog absichtlich langsam die Schwertklinge aus der Scheide, bei dem metallenen Geräusch wichen die Menschen, die um ihn herumstanden, einen Schritt zurück und machten so einen Halbkreis um ihn frei. Ritter Geowyn zeigte mit seiner Schwertspitze auf Medicus Albertus und brüllte so laut, dass es über den ganzen Platz hallte: »Und das, ihr Leute, ist kein Medicus. Das ist der Mann, hinter dem ich seit einem Jahr im Auftrag des Fürstbischofs von Konstanz her bin. Das ist ein Lügner und Betrüger, der euch das Geld aus der Tasche zieht. Ein Mann, der im Namen und im Auftrag des Teufels unterwegs ist und mit Hexenwerk die Seelen und Körper der Menschen vergiftet!«

Albert blickte sich gehetzt um. Er entdeckte Soldaten der Stadt, die mit Lanzen und Armbrüsten bewaffnet waren und jetzt aus den Seitengassen hervortraten. Und er sah, wie fünf weitere Mönche, die sich alle um seinen Wagen herum verteilt hatten, ebenfalls ihre Kutten abwarfen und sich als das zeigten, was sie wirklich waren: die waffenstarrenden Männer von Ritter Geowyn, die Albert nur zu gut kannte, weil er auf seinem früheren Hof nähere Bekanntschaft mit ihnen gemacht hatte. Dieses Mal würden sie ihn nicht mit einer Warnung, garniert mit einer derben Abreibung, davonkommen lassen. Er wusste, was die Stunde geschlagen hatte, und diese Erkenntnis war ihm überdeutlich vom Gesicht abzulesen. Hätte er doch nur auf Abelines Warnung gehört! Aber dafür war es jetzt zu spät, es würde für ihn kein Entkommen geben. Wenn er das finster entschlossene und gleichzeitig schadenfrohe Antlitz von Ritter Geowyn richtig deutete, gehörte das Wort »Gnade« nicht zu dessen Wortschatz. Hatten sie ihn erst einmal dingfest gemacht, konnte er sich an fünf Fingern abzählen, was weiter mit ihm geschehen würde – ganz sicher war die Streckbank oder noch Schlimmeres dazu ausersehen, ihm jedes wahre oder erlogene Geständnis zu entlocken, darüber machte er sich keine Illusionen. Aber was war mit Magdalena und Abeline? Wenn er schon verloren war – und daran bestand nicht der geringste Zweifel –, dann musste er wenigstens alles tun, um den beiden ein ähnliches Schicksal zu ersparen, das war das Einzige, was ihm noch zu tun übrigblieb. Wo steckten sie nur? Waren sie schon aufgegriffen worden? Nein, er entdeckte sie mit seinen Augen am Rand des Geschehens, sie waren eben auf dem Weg nach vorn gewesen, um ihren Auftritt zu absolvieren. Schreckensstarr und totenbleich blickten sie nun zu ihm hoch und wussten nicht, was sie jetzt tun sollten. Ihm helfen konnten sie nicht, aber sie hatten noch eine winzige Gelegenheit zur Flucht, die er ihnen verschaffen konnte. Er musste Ritter Geowyn und die Männer ablenken und Magdalena und Abeline ein unmissverständliches Zeichen geben, dass sie auf ihn keine Rücksicht mehr nehmen durften, wenn sie ihre eigene Haut retten wollten. Aber wollten sie das? Seine Tochter hatte noch nie auf ihn gehört, im Gegenteil, ihr Widerspruchsgeist machte ihm auf einmal die größten Sorgen. Magdalena konnte durchaus auf die aberwitzige Idee verfallen, irgendwie zu seinen Gunsten einzugreifen. Dabei würde sie in ihr Verderben laufen, das konnte er niemals zulassen. Seine ganze Hoffnung war Abeline mit ihrer Auffassungsgabe und ihrem schnellen Verstand. Sie war als Einzige in der Lage, nicht wie Magdalena rein gefühlsmäßig zu reagieren, sondern blitzschnell das Für und Wider abzuwägen und die richtigen Entscheidungen zu treffen. Sie würde Magdalena mit sich ziehen, darauf setzte er.

Die Analyse der eigenen aussichtslosen Situation und die daraus resultierenden Schlussfolgerungen dauerten zwei Lidschläge. Viel mehr Zeit hatte Albert auch nicht, denn Geowyns Männer kamen mit ihren gezückten Waffen immer näher, wenn auch langsam und vorsichtig, weil sie insgeheim fürchteten, Albert habe noch etwas von seinem Donnerkraut in der Hinterhand und würde es irgendwie gegen sie einsetzen. Das gab ihm genau die Zeit, die er brauchte, um einen Entschluss zu fassen und alles auf eine Karte zu setzen. Neben seinem Fuhrwerk ragte die knorrige Eiche in den Himmel, deren stabile Äste bis zum Wehrgang der Stadtmauer reichten. Durch die Höhe der Ladefläche, auf der er stand, war der untere Rand der Baumkrone in Reichweite. Er schleuderte das Gefäß mit Aqua Sancta, das er in der Hand hielt, auf Ritter Geowyn, der sich wegduckte, aber am Kopf gestreift wurde, und schwang sich gleichzeitig auf den untersten Ast der Eiche. Von dort aus kletterte er mit einer Schnelligkeit und katzenhaften Gewandtheit, die ihm keiner zugetraut hätte, nach oben. Er vernahm den kollektiven Aufschrei der Marktbesucher und Geowyns Befehl an seine Männer, ihm nachzusetzen, nur am Rande, weil er ganz darauf konzentriert war, nicht abzurutschen. Immer höher hangelte er sich, und dann sprang er auf den Wehrgang und sah aus dem Augenwinkel, wie die städtischen Schergen und Geowyns Männer die enge Treppe zum Wehrgang hochstürmten. Schon spürte er auch den ersten Armbrustbolzen mit einem hässlichen Zischlaut knapp an seinem Kopf vorbeischießen. Er kletterte auf die Zinnen der Mauer, die gerade drei Fuß breit waren, und versuchte mit herumrudernden Armen, sein Gleichgewicht wiederzugewinnen. *Was für ein Spektakel!*, fuhr es ihm durch den Kopf, als er auf den Marktplatz hinunterblickte, auf dem immer mehr Menschen zusammenströmten, um nur ja nichts von der Jagd auf den offensichtlich durchgedrehten Medicus Albertus zu verpassen. Er war nicht schwindelfrei und geriet prompt erneut aus dem Gleichgewicht, von unten musste er aussehen wie ein Hanswurst, der zur Belustigung des Pöbels halsbrecherische Kunststücke ausführte. Aber auf das Urteil seiner Mitmenschen kam es ihm endgültig nicht mehr an. Er hörte die Zurufe von unten heraufhallen, die ihn anfeuerten, die Pfiffe, den Beifall, das Aufstöhnen, sobald er mit den Armen ruderte, und er betete inständig, dass seine beiden Mädchen – Abeline war ihm inzwischen wie eine zweite Tochter ans Herz gewachsen – so geistesgegenwärtig waren und die letzte Gelegenheit, die er ihnen mit seiner verzweifelten, aber aussichtslosen Vorführung verschaffte, zur Flucht nutzten. Mehr konnte er nicht mehr für sie tun, aber sein Tod, der unausweichlich war, sollte wenigstens einen Sinn haben, das war das Einzige, was ihn noch antrieb: so lange wie möglich durchzuhalten. In seiner wilden Verzweiflung hüpfte er von Zinne zu Zinne, rutschte dabei einmal kurz aus, konnte sich aber gerade noch halten. Die Häscher – es wurden immer mehr – schrien ihm zu, er solle herunterkommen, aber er nahm es gar nicht mehr richtig wahr, auch nicht das Geschrei und die Pfiffe der Leute. Von unten sah es sicher immer noch so aus, als würde er Faxen machen, aber in der luftigen Höhe, umschwirrt von immer mehr Bolzen, war er nur noch bestrebt, den Mädchen einen Vorsprung zu verschaffen, obwohl er nicht einmal wusste, ob sie inzwischen die Flucht ergriffen hatten. Er hatte genug damit zu tun, nicht abzurutschen. Kurz wunderte er sich, dass ihn die zahlreichen Armbrustschützen mit ihren Bolzen verfehlten, bis ihm klar war, dass sie wohl versuchten, ihn lebend in ihre Hände zu bekommen. Das sollte ihnen nicht gelingen. Zum ersten Mal wagte er es, in den gähnenden Abgrund zu blicken.

  Dort fiel die Stadtmauer mehr als baumhoch lotrecht nach unten ab, der Boden bestand aus Lehm und dicken Felsbrocken. Bei einem Absturz würde er sich unweigerlich den Hals brechen. Die Donau war ein gutes Stück entfernt, er sah ihren Wasserlauf in der Sonne glitzern. Wieder kam er beinahe ins Straucheln. Er bereute es, sein Donnerkraut und den Zünder nicht bei sich zu haben, damit hätte er den zahlreichen Zuschauern noch ein schönes, aufregendes Finale bieten können. Er dachte an Gott, an seine Tochter, an Abeline, an seine vor langer Zeit verstorbene Frau, die er sehr geliebt hatte und die er, so hoffte er, nun bald wiedersehen würde, hob die Arme, als könnte er fliegen, und ließ sich zur stadtabgewandten Seite in den Abgrund fallen.

VII

Noch nie war es Abeline so vorgekommen, als würde sich eine ihrer Visionen vor ihren Augen tatsächlich genauso abspielen, wie sie es geträumt hatte. Es war erschreckend, dass alles exakt so ablief, wie sie es vorausgesehen hatte. Wie töricht sie gewesen war, darauf zu hoffen, dass sich ihr Traum nicht bewahrheitete! Hier auf dem Marktplatz von Ulm, mitten in einer aufgebrachten Menschenmenge, stand sie zitternd neben der zur Salzsäule erstarrten Magdalena und musste zusehen, wie ihr Alptraum zur schrecklichen Gewissheit wurde. Albert turnte auf den Zinnen der Stadtmauer, verfolgt von Ritter Geowyn, seinen Männern und einem guten Dutzend Schergen, und sie war unfähig, sich von der Stelle zu bewegen, ebenso Magdalena. Die schrie bei einem erneuten waghalsigen Manöver ihres Vaters auf, genauso wie alle Umstehenden. Das war das Signal für Abeline. Auf einen Schlag wurde ihr bewusst, in welcher Gefahr sie sich befanden, und ihre Lähmung löste sich.

»Komm!«, zischte sie Magdalena zu und zerrte an ihrem Ärmel. »Wir müssen machen, dass wir wegkommen.«

»Nein«, widersprach Magdalena. »Nein, mein Vater ...«

»Komm schon, du kannst nichts mehr für ihn tun.«

»Aber ich kann ihn doch nicht im Stich lassen, Abeline!« In ihrem Blick erschien gleichzeitig ein Flehen und die pure Angst und Verzweiflung, diesen Ausdruck hatte Abeline so noch nie in den Augen ihrer Freundin gesehen. »Magdalena,

du kommst jetzt mit mir! Keine Widerrede, komm jetzt!«
Mit aller Kraft zerrte Abeline ihre Freundin weg, die den
Blick nicht von der Stadtmauer und der darauf zappelnden
Gestalt lösen konnte, die ihr Vater war. Sie wollte sich nicht
von der Stelle bewegen und schubste Abeline beiseite. Da tat
Abeline etwas, das sie noch nie getan hatte. Sie schlug ihrer
Freundin mit der flachen Hand ins Gesicht. Nicht mit aller
Kraft, aber doch so, dass es zu spüren war. Der Schlag löste
Magdalenas Schreckstarre, sie sah Abeline völlig konsterniert und fassungslos unter Tränen an, aber die Ohrfeige
hatte sie halbwegs zur Vernunft gebracht. Schritt für Schritt
ließ sie sich wegziehen, doch den Blick konnte sie noch immer nicht von dem Geschehen auf der Stadtmauer wenden.
Abeline schubste die Menschen beiseite, die ihr johlend,
pfeifend oder schlicht nur regungslos verharrend im Weg
standen, und steuerte mit Magdalena im Schlepptau das
westliche Stadttor an. Plötzlich riss sich Magdalena von ihr
los und blieb mit einem Schrei stehen. Abeline hörte den
gleichzeitigen Aufschrei der Menschen um sie herum und
warf einen letzten Blick über ihre Schulter zurück. Albert
war verschwunden, die Häscher beugten sich über die Zinnen nach draußen, wohl um nachzusehen, wo Albert aufgeschlagen war. Abeline wusste, obwohl sie nicht hingesehen hatte, auch so, was geschehen war. Sie hatte es ja in ihrem
Traum vorausgesehen. Magdalena sank auf die Knie und fing
an zu schluchzen. Ihre Schultern bebten, sie hatte ihre Hände
vors Gesicht geschlagen. Abeline zog sie mühsam hoch und
nahm sie in ihre Arme. »Komm«, flüsterte sie so sanft sie
konnte. »Dein Vater ist ein Held. Er hat sich für uns geopfert.«

»Lass mich. Ich muss zu ihm!« Magdalena wollte sich von
Abeline lösen, aber die hielt sie eisern fest.

»Du kannst nichts mehr für ihn tun. Er wollte, dass wir
entkommen. Das war sein letzter Wunsch. Und genau den

erfüllen wir ihm jetzt!«, zischte sie lauter, als sie es eigentlich wollte.

Magdalena sah Abeline an, als habe sie den Verstand verloren. »Komm«, sagte Abeline und führte ihre Freundin, die nun willenlos mittrottete, zum unbewachten Stadttor und hinaus auf die Landstraße. Dann fing sie an zu traben, Magdalena hielt Schritt. Abeline sah sich um, niemand schien ihnen zu folgen.

Endlich erreichten sie ihr zweites verstecktes Fuhrwerk. Abeline verfrachtete die geistesabwesend wirkende Magdalena mit Müh und Not auf die Ladefläche, wo sie einfach liegen blieb, entfernte, so schnell sie konnte, die tarnenden Äste und bugsierte das Gefährt mit Hilfe des Zugpferds aus dem Unterholz auf die Landstraße, wo sie das Pferd in eine Gangart übergehen ließ, die sie so schnell von Ulm wegbrachte, wie es nur irgend möglich war, ohne das Pferd durch eine zu scharfe Geschwindigkeit zu überfordern.

Sie fuhren, bis es dunkel wurde, und Abeline steuerte den Wagen so weit wie möglich in den Wald. Dann verharrte sie regungslos auf dem Kutschbock. Mit einem Mal wurde ihr richtig bewusst, was geschehen war und was das für sie und Magdalena bedeutete. Jetzt konnte auch sie um Albert trauern und weinen, dem sie zum zweiten Mal ihr Leben zu verdanken hatte und der wie ein Vater zu ihr gewesen war. Aber nach einer geraumen Weile kehrte ihr Verantwortungsgefühl wieder zurück. Magdalena hatte allen Grund, sich gehen zu lassen, aber für sie kam das in der jetzigen Situation nicht in Frage, wenn sie überleben wollten. Sie musste sich als Erstes um das Pferd kümmern, ein Lager errichten, etwas Feuerholz sammeln und dann konnte sie sich Magdalena widmen.

Stunden später saß sie allein mit einer Decke um die Schultern an einem kleinen wärmenden Feuer und stocherte nachdenklich mit einem Stecken in der Glut herum. Das Feuer hatte sie in einer Kuhle im Boden entfacht, so dass es nicht schon von weitem gesehen werden konnte. In der Nacht war in der Regel niemand unterwegs, zumal der Himmel inzwischen wolkenverhangen war und man die Hand nicht vor den Augen sehen konnte. Das Pferd war versorgt, sie hatte Wasser getrunken wie eine Verdurstende und etwas Brot gegessen. Magdalena verweigerte beides, schwieg und gab sich, zusammengekrümmt auf der Ladefläche des Wagens liegend, ganz ihrem grenzenlosen Schmerz hin. Abeline hatte sie lange in ihren Armen gewiegt, und Magdalena hatte sich an sie geklammert und an ihrer Schulter geschluchzt, bis sie so erschöpft war, dass sie sich schließlich in den Schlaf weinte. Abeline hatte sie sorgfältig zugedeckt, mühsam ihr kleines Feuer entfacht, und jetzt musste sie das tun, was eigentlich in den Zuständigkeitsbereich ihrer Freundin fiel: Sie musste sich einen Plan zurechtlegen. Sie allein – Magdalena war in ihrem augenblicklichen Zustand nicht dazu imstande. Abeline befürchtete, dass sie wohl noch eine ganze Weile für sie beide das Denken und Handeln übernehmen musste. Sie seufzte – was sollte bloß aus ihnen werden? Jedenfalls konnten sie nicht einfach blindlings durch die Gegend ziehen, bis ihre Vorräte zur Neige gegangen waren. Eines war auf jeden Fall klar: Ritter Geowyn und seine Männer würden jetzt, wo sie sicher sein konnten, dass Abeline noch lebte, erst recht nicht aufgeben und weiterhin Jagd auf sie machen.

Das war Tatsache Nummer eins, zählte sie für sich selbst auf, um Ordnung in ihre wirren Gedanken zu bringen.

Tatsache Nummer zwei: Sie waren zwei Mädchen, die sich ohne männliche Begleitung durchschlagen mussten. Mit einem beladenen Fuhrwerk und einem Pferd waren sie eine willkommene Beute und schutzloses Freiwild für herumziehende Vagabunden und Wegelagerer.

Tatsache Nummer drei: Sie hatten kein Ziel und keinerlei Möglichkeit, sich mit irgendeiner Tätigkeit durchbringen zu können. Der Hof von Magdalenas Vater war verkauft, alles, was sie noch besaßen, befand sich auf einem Fuhrwerk, das andere war verloren. Den Handel mit Aqua Sancta konnten sie ohne Medicus Albertus vergessen.

Als Abeline ihre gegenwärtige Lage gedanklich so zusammenfasste, musste sie sich eingestehen, dass ihre Situation schlicht und einfach ernst und, was die Zukunft anging, hoffnungslos war. Wenn sie doch nur mit Magdalena darüber reden könnte! Sie stand auf und kletterte auf den Wagen, wo Magdalena immer noch im Schlaf leise vor sich hin wimmerte. Abeline streichelte ihr behutsam über die Wange und bemerkte, wie heiß diese war. Ihre Freundin hatte Fieber, ihr Kopf glühte geradezu. Magdalena musste trinken. Abeline holte einen von ihren Wasserschläuchen und flößte ihr Wasser ein. Anschließend deckte sie das Mädchen, das immer wieder von heftigen Krämpfen geschüttelt wurde, mit einer zweiten Decke zu. Besorgt wegen ihres Zustands fasste Abeline einen Entschluss. Bei Morgengrauen würden sie sich aufmachen und irgendwo ein Versteck suchen, abseits von der Landstraße, irgendeinen Schlupfwinkel, wo Magdalena sich erholen konnte und sie zusammen in aller Ruhe über ihre Zukunft nachdenken würden. Erschöpft und ausgelaugt legte sie sich neben ihre Freundin und machte die Augen zu. *Morgen ist auch noch ein Tag!*, dachte sie, bevor sie einschlief.

Magdalena weckte sie. Sie klapperte mit den Zähnen, obwohl sie schwitzte, und fantasierte laut, aber unverständlich im Fieber. Es dämmerte, und Abeline sprang vom Wagen.

Durch die Bäume konnte sie sehen, dass sie nicht weit genug mit dem Wagen in den Wald gefahren war und befürchten musste, dass man sie von der Landstraße bemerkte. Sie ging zur Straße vor, um das genau zu überprüfen, als sie ein näherkommendes Geräusch hörte. Die Landstraße führte kerzengerade den Waldrand entlang, und am nordöstlichen Horizont, von Ulm kommend, war eine Staubwolke zu erkennen, die schnell größer wurde. Jetzt war das Geräusch eindeutig – es waren die Hufe herangaloppierender Pferde. Sie warf einen Blick in den Wald hinein zu ihrem Wagen. Das Zugpferd war nicht zu sehen, aber das Heck des Fuhrwerks – wenn man ganz genau hinschaute. Schnell riss sie ein paar belaubte Zweige ab und tarnte das verräterische Wagenteil damit. Dann warf sie sich flach auf den Boden. Keinen Moment zu früh, denn da kam der Reitertrupp schon in scharfem Galopp vorbei. Es waren bewaffnete Söldner, Ritter Geowyn und seine Männer waren nicht darunter. Sie ritten, ohne anzuhalten, vorbei und das Hufgetrappel wurde leiser, bis es gar nicht mehr zu hören war.

Abeline atmete auf – das war gerade noch einmal gutgegangen. Aber so viel Glück würden sie nicht immer haben. Zuallererst brauchten sie ein sicheres Versteck.

VIII

Es wurden anstrengende Tage. Zunächst war Abeline auf der Suche nach einem Zufluchtsort. Sie versorgte Magdalena, deren Fieber noch nicht zurückgegangen war, so gut es ging, dann durchforschte sie die nähere Umgebung zu Fuß, dabei war sie übervorsichtig, um nur ja niemandem über den Weg zu laufen. Nach kurzer Zeit kam sie an einen Fluss, die Iller, der mit ihrem Pferdewagen nicht zu überqueren war. Zwar führte er wenig Wasser, aber er bildete ein unüberwindliches Hindernis. Eine Stelle zu suchen, an der es eine Fähre oder eine Brücke gab, war viel zu gefährlich und auffällig. Ganz sicher war schon eine Beschreibung von ihr und Magdalena in Umlauf gesetzt worden, irgendjemand würde sie erkennen, und die Verfolger wären wieder auf ihrer Spur.

Sie wanderte die Iller flussaufwärts und gelangte an einen Bauernhof, den sie von einer sicheren Warte aus eine Weile unter Beobachtung nahm. Der Hof war groß, mit mehreren Stallungen für Vieh, sie konnte mindestens zehn Menschen zählen, die offensichtlich dort lebten und arbeiteten. Es erschien ihr zu riskant, dort um vorübergehende Aufnahme zu bitten. Die Reiterkavalkade, vor der sie sich gerade noch verstecken hatte können, war womöglich ausgesandt worden, um nach ihr zu suchen und eine Belohnung für ihre Ergreifung auszusetzen. Sie marschierte wieder zurück, um vor Einbruch der Dunkelheit an ihrem Wagen zu sein. Am nächsten Tag wollte sie ihr Suchgebiet in südwestlicher Richtung ausdehnen.

Sie gab Magdalena, deren Zustand sich immer noch nicht verbessert hatte, zu trinken, wusch sie, weil sie völlig nassgeschwitzt war, deckte sie zu und machte sich einen Brei, den sie gierig hinunterschlang. Besorgt legte sie sich danach neben Magdalena, die immer noch stark fieberte, aber anscheinend besser schlafen konnte, jedenfalls fantasierte sie nicht mehr, sondern atmete ruhig und gleichmäßig. Abeline betete für Magdalena, die Seele ihres Vaters, für ihre eigenen Eltern und, ganz am Ende, für sich.

Dann schlief sie ein und träumte. Von dem seltsamen kleinen Heerzug über einen im Nebel und Dunst liegenden Alpenpass. An der Spitze der zu allem entschlossene Jüngling, der den Erzählungen ihrer klösterlichen Mentorin Schwester Nelda nach nur der jetzt siebzehnjährige König Friedrich von Hohenstaufen sein konnte, der sich mit einer Handvoll Männer und unbeirrbarer Tollkühnheit das Reich seines Vaters von den Welfen zurückholen wollte. Das Heer hatte anscheinend die Passhöhe schon überwunden und war auf dem Weg hinunter ins Tal. Und neben dem König ritt der junge Mann aus Sizilien, der sein Freund und Berater geworden war seit seinem beherzten Eingreifen zugunsten Friedrichs auf Sizilien. Sie waren unterwegs nach Konstanz am Bodensee, das alles wusste Abeline in diesem Augenblick. Und es würde nicht mehr lange dauern, bis es so weit war. Ein seltsames, schon sehr lange nicht mehr verspürtes Glücksgefühl durchströmte sie bei diesem Anblick und dieser Gewissheit. Nein, es ging sogar weit über das hinaus, was sie früher als Kind gespürt hatte, wenn sie etwas Schönes geträumt hatte. Was tatsächlich schon sehr lange zurücklag –

seit sie im Kloster gewesen war, hatte sie, soweit sie sich erinnern konnte, keine angenehmen Träume mehr gehabt. Dieser Traum jedoch vermittelte ihr ein anderes, gewissermaßen erwachsenes Glücksgefühl. Etwas, das sie bisher nicht gekannt hatte, etwas Neues, das ein seltsam wohligbrennendes Ziehen in ihr verursachte und mit dem Reiter an des Königs Seite zusammenhing. Er verschwand genauso wie das Heer wieder im Nebel, aber er würde wieder auftauchen, und sie würden sich begegnen, dessen war sie sich ganz sicher.

Aus dem Nebel, noch verschwommen und unscharf, tauchte auf einmal ihr Vater auf. Wieder hielt er ihr mit seiner altbekannten Geste den aufblitzenden Zahn entgegen. Davon hatte sie schon oft geträumt. Aber diesmal war etwas anders. Sie konnte zuerst nicht erkennen, was es war. Erst als ihr Vater aus der Unschärfe heraus näher kam, begriff sie es. Er war älter geworden, sein Haar war schlohweiß. Aber zum ersten Mal tat er etwas, was er noch nie in ihren Träumen getan hatte. Er lächelte.

Als Abeline beim Zwitschern der Vögel, die den nächsten Morgen begrüßten, aufwachte, fühlte sie sich seltsam beseelt und mit frischem Mut gestärkt. Sie sprang von der Ladefläche herunter und sah zu den Wolken hinauf, die zwischen den Baumwipfeln dahinschwebten, dann erinnerte sie sich wieder: Sie wusste jetzt mit Bestimmtheit, dass ihr Vater noch lebte. Er wartete auf sie, und sie würde ihn treffen. Seltsamerweise wusste sie auch, dass es bald sein würde. Das war neu. Sonst, wenn sie geträumt hatte, war sie zwar stets sicher, dass sich irgendwann etwas ereignen würde, doch das konnte am nächsten Tag oder im nächsten Jahr sein oder in noch fernerer Zukunft. Doch dieses Mal war sie fest überzeugt davon, dass es nicht mehr lange dauern würde. Wenn das nicht ein gutes Zeichen war, dass ihr Vater gelächelt hatte ...

Gestärkt von neuer Zuversicht machte sie sich voller Tatendrang wieder auf die Suche nach einem geeigneten Versteck. Schließlich fand sie einen idealen Ort. Mitten im Wald lag ein einsamer, geheimnisvoll grün schimmernder Weiher, dessen Ufer sie einmal umrundete. Außer schwirrenden Insekten und quakenden Fröschen gab es weit und breit keine Spur von einem Lebewesen. Jetzt musste sie es nur noch bewerkstelligen, mit dem Fuhrwerk, für das sie auf ihrem Rückweg gleich eine befahrbare Zugangsmöglichkeit suchte, ungesehen die etwa fünf Meilen zurückzulegen. Eigentlich wäre es in der Nacht am besten gewesen, doch dazu hätte es eine klare Vollmondnacht sein müssen. Der Himmel war aber inzwischen von einer dichten Wolkenschicht bedeckt, es sah nach Regen aus, der Wind frischte auf. Besorgt beobachtete Abeline den Horizont, wo die tief dahinziehenden Wolken immer schwärzer wurden. Wenn es stark und andauernd regnen sollte, konnte das ihr ganzes Vorhaben zunichtemachen. Mit dem schweren Wagen war es dann unmöglich, allzu weichen oder morastigen Untergrund zu bewältigen. Doch vor dem nächsten Morgen waren ihr die Hände gebunden. Sie konnte erst im frühen Licht des Tages zum Weiher fahren.

Als sie beim Lagerplatz zurück war und sich wieder um Magdalena kümmerte, hatte sie den Eindruck, das Fieber hätte nachgelassen. Sicher war sie sich nicht, doch Magdalena war für einen kurzen Augenblick halbwach, während sie ihr zu trinken gab und sie wusch. Dabei war sie immer noch nicht ansprechbar, auch wenn Abeline es versuchte. Magdalena öffnete zwar ihre Augen, aber sie waren wie verschleiert, sie schien Abeline gar nicht wahrzunehmen und ließ willenlos alles mit sich geschehen.

In dieser Nacht konnte Abeline nicht schlafen, weil es anfing zu tröpfeln. Sie lag neben Magdalena auf der Ladefläche und hörte, wie die Regentropfen auf die Plane ihres Wagens trommelten. Sie hoffte inständig, dass der Regen nicht stärker wurde. Dann kamen Sturmböen auf, ein Gewitter zog über sie hinweg. Es blitzte und donnerte, und bei jedem Blitz, der den Wald für einen kurzen Augenblick taghell erleuchtete, zog Abeline ihre Decke in banger Erwartung des Donners über den Kopf und zuckte zusammen, wenn er unausweichlich und in immer kürzeren Abständen erfolgte.

In der Pause zwischen zwei Blitzen hörte sie plötzlich Magdalena etwas Undeutliches murmeln, was sie aber nicht verstand. Wollte sie Abeline etwas sagen oder war das nur die Stimme ihres immer noch verwirrten Geistes?

Sie versuchte es und flüsterte Magdalena ins Ohr: »Magdalena – ich bin's, Abeline. Verstehst du mich?«

Die Antwort kam unvermittelt und heiser, war aber klar zu verstehen und unmissverständlich: »Warum sollte ich nicht? Ich bin doch nicht taub. Du alter Angsthase, machst dir noch ins Hemd, was? Das ist doch nur ein harmloses Gewitter!«

Abeline fuhr hoch vor Überraschung. Sie fasste Magdalena an beide Wangen und versuchte, ihr in die Augen zu sehen. »Magdalena – geht's dir wieder besser?«

Magdalena murmelte: »Du bist vielleicht ein furchtbarer Quälgeist. Jetzt lass mich bitte schlafen, ja?«

Sie drehte sich einfach weg und schlief tatsächlich weiter. Abeline legte ihre Hand auf Magdalenas Stirn. Sie fühlte sich nicht mehr heiß an. Ihre Freundin war endlich auf dem Weg der Genesung.

Erleichtert sank Abeline zurück, das Unwetter schien sich ebenfalls ausgetobt zu haben. Die Windböen und der Regen hatten aufgehört, und bald war das Donnergrollen nur noch in weiter Ferne zu vernehmen. Nur vereinzelt klatschten ab und zu dicke Tropfen von den Bäumen herunter. Jetzt endlich fand Abeline auch den Schlaf, den sie dringend benötigte.

Die Wiesen und Wälder dampften in den Strahlen der Morgensonne, als Abeline es am nächsten Tag wagte, mit dem Pferdefuhrwerk und der immer noch schlafenden Magdalena auf der Ladefläche ihr neues Versteck anzusteuern. Entgegen ihren Befürchtungen begegnete sie keiner Menschenseele und fand im ersten Anlauf zum Weiher, ohne ein einziges Mal stecken zu bleiben, obwohl sie querfeldein fahren musste und ein ganzes Stück über unebenen und verwurzelten Waldboden. Als sie schließlich den klaren und ruhigen Wasserspiegel des Weihers zwischen den Bäumen hindurch schimmern sah und das Quaken der Frösche hörte, fiel ihr ein Stein vom Herzen. Es fing wieder an zu tröpfeln, es stand wohl ein dauerhafter Landregen bevor, doch diesmal konnte es Abeline gleichgültig sein. Hier, abseits aller menschlichen Siedlungen und mitten im Wald, konnten sie sich vorerst für die nächste Zeit sicher fühlen. Außerdem hatte ein längerer Regenguss auch etwas Gutes: Er würde die Spuren ihres Wagens auslöschen, die von der Landstraße abgingen und etwaigen Verfolgern verdächtig hätten erscheinen können.

Magdalena erholte sich dank Abelines Pflege und Fürsorge erstaunlich schnell. Sie hatte keinerlei Erinnerung mehr an die Zeit seit dem Absturz ihres Vaters, und sie war noch lange nicht das unternehmungslustige und für jedes Abenteuer zu habende Mädchen, das sie vorher gewesen war.

Aber sie war wenigstens wieder klar bei Verstand und fieberfrei. Sie fühlte sich schlapp und war so hungrig, dass sie von Abelines Getreidebrei gleich mehrere Portionen verputzte.

»Also«, sagte sie dann, wischte sich den Mund mit dem Ärmel ab und gab Abeline den leeren Teller zurück, »sobald ich wieder auf den Beinen bin, geh ich auf die Jagd. Wir brauchen Fleisch oder Fisch. Nichts für ungut – aber dein Brei kommt mir schon zu den Ohren heraus.«

Jetzt, wo Magdalena wieder mehr und mehr ihre alte Verfassung wiedergewann, kam es Abeline unter der regendichten Plane ihres Fuhrwerks regelrecht gemütlich vor. Der Regen trommelte unablässig darauf, aber sie saßen im Trockenen. Nach dem Essen schlief Magdalena wieder ein, gerade als Abeline anfangen wollte, auf das Thema zu kommen, das für sie beide von entscheidender Bedeutung war: wie es mit ihnen weitergehen sollte. Magdalena schnarchte leise, und Abeline seufzte ergeben – auf einen Tag mehr oder weniger kam es jetzt auch nicht mehr an.

IX

Es duftete nach gebratenem Fisch, Magdalenas Lieblingsessen. Davon wachte sie auf, musste sich zuerst orientieren, wo sie überhaupt war, dann stand sie auf, kletterte vom Wagen, auf dem sie geschlafen hatte, und folgte dem verführerischen Geruch. Die Sonne brannte bereits vom wolkenlosen Himmel, die Luft war klar und frisch vom nächtlichen Regen und das Gras feucht. Von den Nadeln und Blättern der Waldbäume fielen die letzten Tropfen herunter, und Magdalena entdeckte ihre Freundin in der Hocke vor einem Feuer, an dem sie zwei ausgenommene Fische auf Stecken gespießt hatte, wobei sie gut aufpasste, dass sie schön braun wurden und auf einer Seite nicht zu viel Hitze abbekamen.

»Na – bist du endlich von den Toten auferstanden?«, fragte Abeline ohne hochzusehen, und lächelte.

Magdalena streckte sich in der Sonne. »So ähnlich fühle ich mich auch. Mir tut jeder Knochen weh. Und ich habe einen Bärenhunger. Sag bloß, du hast die Forellen selbst gefangen?«

»Nein, die sind freiwillig aus dem Teich gesprungen, als sie mich gesehen haben.« Abeline grinste Magdalena an, und die grinste zurück, gesellte sich zu ihrer Freundin und wedelte sich genüsslich den Duft der Fische in die Nase. »Das riecht vielleicht gut! Kann ich mal probieren?« Schon wollte sie an einem der Fische herumzupfen, aber Abeline klopfte ihr auf die Finger. »Nichts da. Erst wenn sie ganz durch sind. Ich habe fast den ganzen Tag gebraucht, bis ich sie erwischt habe. Sie sind nicht aus dem Weiher, ich habe sie aus dem Fluss dahinten. Das muss die Iller sein.«

»Dass aus dir noch eine Fischerin wird, hätte ich nicht gedacht«, sagte Magdalena anerkennend und setzte sich erwartungsvoll neben Abeline auf einen quer liegenden Baumstamm.

»Ich hatte eben eine gute Lehrmeisterin«, sagte Abeline, reichte Magdalena einen Fisch und nahm sich den anderen. »Fertig!«, sagte sie.

Während die Mädchen aßen, sprachen sie kein Wort. Als Magdalena aufgegessen hatte, sah sie ihre fettigen Hände an, roch an ihrer Tunika und verzog das Gesicht.

»Ja«, sagte Abeline und grinste dabei, »ein Bad könnte uns beiden wahrlich nicht schaden.«

Magdalena schenkte ihr einen gespielt bösen Seitenblick, dann stand sie auf und wollte sich schon ihre Tunika ausziehen, aber Abeline hielt sie zurück. »Warte. Vorher habe ich noch etwas Wichtiges mit dir zu besprechen.«

»Was um Himmels willen kann wichtiger sein, als dass ich mich endlich wieder sauber fühle?«, fragte Magdalena verwundert. »Wer wartet denn auf uns? Niemand. Also – wir können doch tun und lassen, was uns gerade in den Sinn kommt.«

»Nein, Magdalena, jetzt hörst du mir erst mal zu. Wir müssen unbedingt bereden, was wir tun. Wohin wir gehen sollen.«

»Das nennst du wichtig? Es kommt, wie es kommen muss. Da wird sich schon was finden. Erst bleiben wir mal hier.« Sie schaute sich um und breitete die Arme aus. »Ist doch ein schönes Plätzchen, ich weiß gar nicht, was du willst. Hast du wunderbar ausgesucht. Die Sonne scheint, es ist warm, mir geht es wieder gut. Also warum soll ich mir jetzt über ungelegte Eier den Kopf zerbrechen?«

»Das habe ich schon für uns getan.«

Magdalena sah sie mit gemischten Gefühlen an und wartete darauf, dass Abeline mit ihrem Plan herausrückte. »Und?«, fragte sie, »was ist dabei herausgekommen?«

»Wir werden zum Bodensee fahren, nach Konstanz. Wir werden uns wieder als Bruder und Schwester ausgeben, die unterwegs zu ihrem Vater sind.«

Magdalena reagierte skeptisch. »Das hast du dir ausgedacht, während ich krank war?«

»Ja sicher, eine von uns musste ja darüber nachdenken, wie es mit uns weitergehen soll. Du warst dazu nicht in der Lage.«

»Wie lange war ich eigentlich krank?«

»Acht volle Tage.«

»Was?« Jetzt war Magdalena doch erschrocken und setzte sich wieder. »So lange?«

»Ja. Und deshalb schlage ich vor, wir brechen morgen auf. Viel Zeit haben wir nicht mehr.«

Magdalena stand wieder auf, ging hin und her und kratzte sich am Kopf. »Moment mal, ganz langsam, damit ich das richtig mitbekomme. Wir sind immer noch auf der Flucht vor diesem grässlichen Ritter Geowyn von der Tann, richtig?«

Abeline nickte zustimmend.

»Warum in Gottes Namen willst du dann ausgerechnet zum Bodensee? Die Gegend gehört doch zu seinem Revier, immerhin ist der Fürstbischof von Konstanz sein oberster Dienstherr. Meinst du nicht, es wäre angebracht, wir ziehen nach Norden, so weit uns die Wagenräder tragen?«

»Und wohin? Und vor allem: zu wem? Wir sind zwei Mädchen, Magdalena ...«

»Was du nicht sagst!«, spottete Magdalena, machte ein grimmiges Gesicht und ballte die Faust. »Mir braucht bloß einer dummzukommen, dann kann er was erleben!«

»Magdalena – im Ernst! Glaubst du wirklich, wir können etwas gegen ein paar Männer ausrichten, die es auf unser Pferd und den Wagen abgesehen haben und auf uns vielleicht auch noch?«

Magdalena hatte einen faustgroßen Stein vom Boden aufgehoben und spielte unwillig damit. »Dass du immer schwarzsehen musst. Sag mir einen triftigen Grund, warum wir zum Bodensee fahren sollen. Einen einzigen!«

Abeline blickte auf den Weiher hinaus und atmete einmal tief durch, bevor sie antwortete: »Weil wir dort auf meinen Vater treffen.«

Magdalena sah Abeline ungläubig an, als hätte sie vorgeschlagen, zum Papst nach Rom zu pilgern, wo dieser nur auf sie beide warten würde. »Du willst deinen Vater treffen?«, brachte sie schließlich heraus. »Ich denke, er lebt nicht mehr oder hat das Kreuz genommen und ist im Heiligen Land.«

»Das hat mir Schwester Hiltrud erzählt, das stimmt. Aber es war eine Lüge, wie so vieles, was sie gesagt hat. Er ist am Leben. Und er wartet auf mich. Am Bodensee.«

Magdalena legte alles an Misstrauen in ihren Blick, das sie hatte, als sie fragte: »Woher willst du das wissen?«

Mit dieser Frage hatte Abeline natürlich gerechnet, sie seufzte tief. Magdalena fuchtelte auf einmal mit der Hand vor ihrem Gesicht herum. »Warte, warte, warte! Sag jetzt bitte nicht, du hast es geträumt!«

Abeline antwortete nicht und stocherte stattdessen stumm, aber vielsagend mit ihrem Stock in der Glut des Feuers herum.

Magdalena verdrehte die Augen. »Bei allen Heiligen im Himmel! Abeline – bist du noch ganz bei Trost? Auf einen Traum von dir hin sollen wir nach Konstanz in die Höhle des Löwen? Das kannst du doch nicht im Ernst meinen! Wäre es nicht gleich einfacher, wir fahren zurück nach Mariaschnee, stellen uns dort und lassen uns zusammen in die Kunigundenkapelle einmauern? Bin ich krank gewesen, oder bist du es immer noch – und zwar hier?!« Sie tippte mit ihrem Zeigefinger gegen ihre Stirn.

Abeline blieb ganz ruhig. »Mit Mariaschnee hast du nicht ganz unrecht. Eines Tages werde ich ins Kloster zurückgehen und holen, was mir gehört. Das Medaillon meiner Mutter.«

»Das Hexenmedaillon?«

Das war Magdalena ungewollt herausgerutscht, aber damit hatte sie es doch geschafft, Abeline so zu provozieren, dass sie aus der Haut fuhr und fauchte: »Es ist kein Hexenmedaillon, du blöde Gans! Es ist das Einzige, was ich von meiner Mutter habe! Außerdem habe ich mit meinen Träumen bisher immer recht gehabt.«

»Pah«, entgegnete Magdalena mit einer wegwerfenden Handbewegung. »Das war Zufall, Abeline, Zufall oder Pech oder Schicksal oder was weiß ich! Jetzt denk doch mal nach: Wir können doch nicht, nur weil du davon geträumt hast, durch die Gegend fahren und diesem Ritter Geowyn ins offene Messer laufen!«

»Weißt du was Besseres? Na los, heraus damit, ich höre!«

Magdalena schüttelte resigniert den Kopf und spielte wieder mit ihrem Stein. Abeline stand auf, nahm ihr den Stein aus der Hand, warf ihn in den Weiher, ging vor Magdalena in die Hocke und fasste sie an den Schultern, um auf Augenhöhe auf sie einzureden. »Ich will dir bei Gott nicht weh tun, Magdalena, aber du zwingst mich dazu. Darf ich dich daran erinnern, dass ich dich und deinen Vater davor gewarnt habe, nach Ulm zu fahren? Weil ich im Traum vorausgesehen habe, wie das enden wird? Habe ich vielleicht nicht recht gehabt? Aber ihr wusstet es ja besser und habt nicht auf mich gehört. Und jetzt haben wir deinen Vater verloren, sitzen hier, wissen nicht, was wir tun sollen, und streiten uns.«

Sie schüttelte Magdalena, als müsse sie wachgerüttelt werden. Der kullerten plötzlich die Tränen über die Wangen, als sie leise sagte: »Ja. Du hast recht. Wir hätten auf dich hören sollen. Dann wäre mein Vater noch am Leben. Ich vermisse ihn so sehr ...«

Sie schluchzte auf, und im nächsten Augenblick fiel sie Abeline weinend um den Hals, die sie fest an sich drückte. »Ich weiß, Magdalena, ich weiß. Er fehlt mir doch auch.« Sie trösteten sich gegenseitig, dann löste sich Magdalena, wischte sich schniefend die Tränen ab und sagte kleinlaut: »Es tut mir leid, Abeline, ich wollte mich nicht mit dir streiten. Sei mir wieder gut. Wir fahren zum Bodensee.« Sie schnäuzte sich in den Ärmel ihrer Tunika, stand auf, zog sie sich über den Kopf und sah Abeline herausfordernd an. »Wer als Letzte im Wasser ist, ist ein Feigling!«

Schon lief sie zum nahen Ufer und, ohne innezuhalten, laut schreiend hinein ins Wasser, dass es nur so spritzte. Abeline zögerte nicht länger, zog ihre Tunika ebenfalls aus und folgte Magdalena, dabei ebenfalls spitze Schreie ausstoßend, weil der Weiher eiskalt war. Im hüfthohen Wasser spritzten sie sich nass, tauchten sich gegenseitig unter, plantschten, lachten und benahmen sich so übermütig wie damals, als sie zum ersten Mal zusammen im Rhein gebadet hatten. Sie gewöhnten sich schnell an das kühle, aber erfrischende Nass, und als sie sich genügend ausgetobt hatten, schwammen sie ungelenk wie zwei große, bleiche Frösche nebeneinander durch den Weiher.

In ihrem kindlichen Eifer hatten sie nicht bemerkt, dass sie schon seit geraumer Weile von einem dunklen Augenpaar heimlich beobachtet worden waren. Der junge Mann, der sein Pferd ein Stück weit weg im Wald angebunden hatte und zu Fuß herangeschlichen war, angelockt durch die

Schreie, warf einen Blick in den Wagen, während Abeline und Magdalena noch fröhlich und unbeschwert nackt im Wasser plantschten. Als er sich versichert hatte, dass die beiden Mädchen allein sein mussten, setzte er sich in aller Ruhe auf den Baumstamm am verglimmenden Feuer und wartete darauf, dass sie aus dem Weiher kommen und ihn bemerken würden. Beim Gedanken daran, dass sein Anblick ihnen todsicher einen gehörigen Schreck einjagen würde, schmunzelte er vergnügt.

X

»Du hast ja schon ganz blaue Lippen!«, sagte Abeline zu Magdalena, die wie sie auf der Stelle mit den Füßen das Wasser trat und mit zusätzlichen rudernden Armbewegungen ihren Kopf mühsam gerade eben über Wasser hielt. »Lass uns rausgehen.«

»Wer zuerst am Ufer ist«, antwortete Magdalena stattdessen und begann, so schnell sie es vermochte, zurückzuschwimmen. Abeline wollte sich nicht geschlagen geben, nahm die Verfolgung auf und schluckte eine gute Portion Wasser, aber das hinderte sie nicht daran, Magdalena nach und nach einzuholen. Sie hatten sich schon beide gehörig verausgabt und tasteten mit den Füßen nach Grund. Als sie endlich Halt fanden, drehte sich Magdalena zu Abeline um und lachte: »Erste!« Sie spritzte der ankommenden Abeline Wasser ins Gesicht und bemerkte erst jetzt, dass ihre Freundin mit schreckgeweiteten Augen zum Ufer starrte. »Magdalena, dreh dich um!«, zischte Abeline und zeigte mit einer Hand zum Ufer. »Da ist jemand!«

Magdalena fuhr herum.

Am Ufer saß, an den Baumstamm gelehnt, die Beine elegant übereinandergeschlagen, ein junger, gutaussehender Mann von schlanker Gestalt mit langem, schwarzem Haar und einem schwarzen Bartschatten. Die Arme hatte er bequem hinter dem Kopf verschränkt, es sah aus, als ließe er sich nur die Sonne ins Gesicht scheinen und genieße das Bild, das sich ihm bot: zwei junge, nackte Frauen in einem geheimnisvollen Waldsee. Seine Stiefel, seine Lederhandschuhe und seine farbenfrohe, teure Kleidung wiesen ihn als Mann von hohem Stand aus, seine unverschämte Haltung und sein unverhohlenes spöttisches Lächeln als jemanden, der sich einen Spaß aus der Situation, in die er da geraten war, machte.

Abeline und Magdalena standen immer noch bis zum Hals im Wasser und sahen sich verängstigt an.

»Was machen wir jetzt?«, fragte Abeline und wäre am liebsten ganz weggetaucht.

»Wir reden mit ihm. Was sonst«, antwortete Magdalena mit fester Stimme, nachdem sie ihren ersten Schreck verwunden hatte. »Lass mich nur machen.« Dann drehte sie ihren Kopf wieder zum Ufer und brüllte, so laut sie konnte: »He – was macht Ihr da? Verschwindet, das ist unser Weiher. Ihr habt hier nichts zu suchen!«

Der Mann erhob sich in aller Ruhe, klopfte sich den Sand von den Beinlingen und sagte mit einem starken Akzent, der ahnen ließ, dass er von sehr weit herkam: »Redet man so mit einem Mann, dem man hilflos ausgeliefert ist?«

Er stellte sich mit verschränkten Armen in Positur, bemüht, sich sein Lächeln nicht anmerken zu lassen und streng zu wirken, und wartete auf eine Antwort.

Abeline und Magdalena, deren Zähne allmählich vor Kälte zu klappern anfingen, warfen sich hilflose Blicke zu und waren verzweifelt bemüht, bis zum Kinn unter Wasser zu bleiben. Magdalena versuchte es auf andere Art. »Bitte lasst uns raus und an unsere Kleider.«

Der Mann bückte sich nach den Tuniken, die achtlos von den Mädchen auf den Boden geworfen worden waren, und hob sie wie erbeutete feindliche Feldzeichen in die Höhe. »Meint ihr vielleicht diese da?«

»Ja. Legt sie hin und lasst uns raus. Uns friert allmählich!«

»Bitte, es steht euch frei«, sagte er, deutete eine Verbeugung an und machte eine einladende Handbewegung. »Es ist nicht mein Land.«

»Nein, das ist es nicht«, fing zu Magdalenas großer Verblüffung Abeline plötzlich neben ihr an, sich laut einzumischen. »Das Land, auf dem Ihr steht, gehört Friedrich von Hohenstaufen. Ihr seid hier in Schwaben. Und Friedrich ist nicht nur König von Sizilien, sondern auch Herzog von Schwaben.«

Als sie dies ausgesprochen hatte, wäre Magdalena augenblicklich vor Überraschung untergegangen, wenn sie nicht Boden unter den Füßen gehabt hätte. Auch auf den Mann am Ufer hatten diese Sätze eine durchschlagende Wirkung. Er schien nicht glauben zu können, was er da eben gehört hatte. Aber dann antwortete er deutlich vernehmbar: »Ihr habt recht. Ich bin nur ein Fremder in diesem Land. Ich bitte um Verzeihung!« Er verbeugte sich. »Ich habe gedacht, es ist an diesem Weiher wie in einer dieser seltsamen Geschichten, von denen mir mein Herr immer erzählt, Geschichten aus diesem kalten Land jenseits der Alpen. Dass ihr – wie sagt man? – Wasserfeen seid.«

»Ja, wir sind Wassernymphen. Und wenn Ihr jetzt nicht gleich verschwindet, dann holen wir Euch und ziehen Euch hinunter in unser nasses Reich!«, drohte Magdalena, die allmählich wütend wurde.

Der Fremde musste herzlich lachen und schüttelte den Kopf. »Was für ein sonderbares Land, in dem sogar Wassergeister diese deutsche Sprache sprechen, die mein Herr auch erst mühsam erlernen musste!« Er breitete die Arme aus. »Holt mich, wenn ihr wollt, ihr Wassernymphen. Vielleicht gefällt es mir ja in eurem Reich dort unten!«

Abeline warf Magdalena einen strengen Blick zu und flüsterte: »Du hältst jetzt gefälligst deinen Schnabel!« Dann wandte sie sich wieder an den Jüngling. »Habt Mitleid mit uns, ich bitte Euch! Uns ist kalt!«

»Keine Angst, ich drehe mich jetzt um, dann könnt ihr herauskommen. Ich werde auch nicht hinsehen. Ihr habt das Ehrenwort eines Ritters!« Er legte die rechte Hand zur Beteuerung seines Schwurs auf sein Herz, drapierte die Tuniken am Baumstamm und kehrte ihnen den Rücken zu.

Magdalena und Abeline trauten dem Braten nicht so ganz und wechselten einen fragenden Blick. »Was sollen wir tun?«, flüsterte Magdalena unsicher mit blauen Lippen und klappernden Zähnen. Abeline wirkte entschlossen. »Uns bleibt nichts anderes übrig. Oder willst du hierbleiben und als Eiszapfen enden? Ich jedenfalls nicht«, entgegnete sie resolut und begann, sich zum Ufer zu bewegen, dabei behielt sie den Rücken des Mannes scharf im Auge, der mit verschränkten Armen in den Wald zu starren schien und ein fröhliches Liedchen pfiff. Abeline nahm ihren ganzen Mut zusammen und stieg endlich aus dem Wasser, dabei bedeckte sie ihre Blößen, so gut es ging, mit den Händen, jeden Augenblick darauf gefasst, dass der Fremde sich plötzlich umdrehen könnte. Aber das tat er nicht, obwohl er genau gehört haben musste, wie sie aus dem Weiher herausgekommen war. Hastig zog sich Abeline – nass wie sie war – die bereitgelegte Tunika über den Kopf. Magdalena verharrte immer noch zitternd und bibbernd im kalten Wasser. »Wir sind noch nicht so weit!«, beeilte sich Abeline laut zu sagen, und der Fremde antwortete: »Schon gut. Lasst euch Zeit.«

Endlich wagte es Magdalena auf einen heftigen Wink von Abeline hin, sich durch das Wasser an Land zu pflügen und sich ihre Tunika, mit der ihr Abeline bereits entgegenkam, überzustreifen. »Jetzt dürft Ihr Euch umdrehen«, sagte Abeline, während sich Magdalena schnell nach einem Stein bückte, den sie so unauffällig wie möglich hinter ihrem Rücken versteckte.

Der Fremde drehte sich um, verbeugte sich noch einmal in höfischer Manier und sagte: »Vergebt mir mein schlechtes Benehmen, ich habe mich gar nicht vorgestellt. Mein Name ist Paolo de Gasperi.«

Magdalena, die ausnahmsweise den Mund nicht aufmachte, überließ es ihrer Freundin, zu antworten. In dieser Situation schien es Abeline nicht angebracht, eine Lügengeschichte zu erfinden, und so sagte sie die Wahrheit. »Mein Name ist Abeline von Melchingen, und das ist meine Freundin Magdalena.«

Der Fremde horchte bei der Nennung des Namens Melchingen kurz auf, ließ sich aber nichts anmerken. »Sehr erfreut, eure Bekanntschaft zu machen. Ist es gestattet, eure Gastfreundschaft in Anspruch zu nehmen?«

Wieder warfen sich Magdalena und Abeline einen erstaunten Blick zu, sie waren es wahrlich nicht gewohnt, mit so viel ausgesuchter Höflichkeit behandelt zu werden – oder handelte es sich dabei nur um einen bösen und scheinheiligen Versuch des Fremden, sich bei ihnen einzuschmeicheln, um erst einmal nur auf leichte Art und Weise herauszubekommen, was sie hier zu tun hatten, bevor er sein wahres Gesicht offenbarte? Es nutzte nichts, sie hatten keine andere Wahl, als auf seine Worte zu vertrauen, fand Abeline, die vom ersten Augenblick an wusste, dass dies der Jüngling aus ihren Träumen war, Paolo de Gasperi, sie hatte den Klang seines Namens noch immer im Ohr und nie vergessen. Er war der Junge, der auf Sizilien zugunsten des jungen Königs bei einer Rauferei eingegriffen hatte und ihm nun als dessen Freund und Begleiter bei einem riskanten Feldzug in den kalten Norden des Heiligen Römischen Reiches zur Seite stand. Also musste Friedrich von Hohenstaufen mit seinem Tross, wie in ihren Träumen schon längst vorausgesehen, die Alpen überquert haben und irgendwo unweit des Bodensees sein Lager aufgeschlagen haben. Aber diese Erkenntnis würde sie vorläufig für sich behalten.

»Bitte, fühlt Euch wie zu Hause«, sagte sie deshalb mit dem gleichen, leicht spöttischen Unterton, den er an den Tag gelegt hatte, und wies auf ihr Lager.

»Danke«, antwortete Paolo freundlich.

Dabei war Abeline in der Aufregung immer noch nicht klar, dass ihre nass gewordene Tunika praktisch durchsichtig war. Magdalena fiel das jetzt auf, und als sie an sich hinunterschaute, war es bei ihr genauso. Schnell kehrte sie dem Fremden ihre Rückseite zu, verdeckte ihm die Sicht auf Abeline und zischte: »Abeline – er sieht alles!«

Paolo blieb ungerührt. »Ja, ich sehe – ihr friert alle beide!«, sagte er ohne Spott in der Stimme.

Er überraschte die zwei Mädchen erneut, als er zum Wagen ging und zwei Decken herausholte, die er ihnen galant reichte. »Danke«, sagte Abeline ehrlich, und Magdalena murmelte etwas, das so ähnlich klang, während sie sich in die Decken wickelten und sich alle um die Feuerstelle setzten.

»Wenn ich fragen darf«, begann Paolo, »was machen zwei Mädchen ohne Begleitung an diesem Ort?«

»Wir sind unterwegs zum Bodensee und haben wegen des Dauerregens für ein paar Tage Rast gemacht und auf die Sonne gewartet«, sagte Abeline.

»Ein schöner Platz«, nickte der Fremde.

»Und Ihr?«, wollte Abeline wissen, während Magdalena auf einmal bewusst wurde, dass sie ihre schmutzige und durchgeschwitzte Tunika wieder übergeworfen hatte, und versuchte, die Flecken darauf mit der Decke, die sie um ihre Schultern hängen hatte, zu kaschieren.

»Meine Profession ist der Handel mit Wein. Wein aus

Sizilien, meiner Heimat. Auch ich bin unterwegs zum Bodensee, das trifft sich gut. Wenn ihr gestattet, schließe ich mich euch an. Dann haben wir alle – wie sagt man?«

»Gesellschaft?«, warf Abeline ein.

»Ja, ja. Gesellschaft. Das ist besser, als allein unterwegs zu sein. Sechs Augen sehen mehr als zwei. Am besten wird es sein, ihr gebt euch als meine Schwestern aus – wenn ihr einverstanden seid.«

Abeline sah Magdalena fragend an. Die zuckte mit den Schultern, was wohl ihre – wenn auch etwas unwillige – Zustimmung bedeutete. Aber dann stellte sie doch eine Frage: »Woher sollen wir wissen, dass Ihr es ehrlich mit uns meint?«

Paolo zog leichthin seine Achseln in die Höhe. »Genauso wenig weiß ich es von euch. Ich biete euch mein Schwert an – warum hast du dann … wie ist noch mal dein Name?«

Er sah Magdalena an, die seinem Blick auswich. »Magdalena.«

»Magdalena – warum hast du dann einen Stein in der Hand, den du mir auf den Kopf hauen willst?« Er feixte Magdalena an, deren Gesicht prompt puterrot anlief. Sie ließ den Stein zu Boden fallen, und Paolo hielt ihr seine Hand zum Einschlagen hin. »Waffenstillstand?«, fragte er, und Magdalena schlug nach einem kurzen Zögern ein. »Waffenstillstand.«

Paolo stand auf. »Gut, das hätten wir so weit geklärt. Ich will euch nicht zur Eile drängen, aber was haltet ihr davon, wenn wir uns allmählich reisefertig machen? Wir haben einen langen Weg vor uns, und je früher wir aufbrechen, desto besser.«

Wieder tauschten die Mädchen einen Blick, der Paolo nicht entging, und nickten sich zu.

Die Vorbereitungen zum Aufbruch gingen in Windeseile vonstatten, die Mädchen zogen sich reisefertig um, während Paolo sein Pferd holte, einen großen Schimmel, der ihm, wie es Abeline nicht anders erwartet hatte, auf den geringsten Schenkeldruck gehorchte. Sie schafften es, ohne dass Paolo eingreifen musste, das Fuhrwerk auf die Landstraße zu bugsieren, und sogar Magdalena schien nicht unzufrieden zu sein, als sie endlich zu dritt in Richtung Süden unterwegs waren. Die zwei Mädchen saßen auf dem Kutschbock ihres Fuhrwerks, und der Jüngling aus Sizilien ritt auf hohem Ross nebenher, es mussten etwa noch ein oder zwei Tagesritte bis zum Bodensee sein. Abeline war bester Dinge, sie hatte das Gefühl, dass sie sich in Gesellschaft von Paolo de Gasperi so sicher fühlen konnte wie in Abrahams Schoß. Magdalena hatte sich sogar noch ihre strubbeligen Haare mit Seife gewaschen und gekämmt, und als Paolo ein Stück vorausgeritten war, konnte sie einfach nicht umhin, ihrer Freundin einen Stoß mit dem Ellbogen zu verpassen und zu sagen: »Hör endlich auf, so dämlich zu grinsen! Sag mir lieber, wieso du am Weiher gewusst hast, dass diesem Friedrich von Hohenstaufen das Land hier gehört?«

»Es hat diesen Sizilianer ziemlich beeindruckt, oder etwa nicht?«, bemerkte Abeline nicht ohne eine Spur Genugtuung in ihrer Stimme.

»Woher weißt du das alles? Ich habe noch nie von diesem Friedrich gehört.«

»Aber ich. Ich weiß sogar, wie er aussieht. Er würde dir gefallen. Und Paolo kenne ich schon lange.«

Jetzt wurde Magdalena ärgerlich. »Willst du mich vielleicht endlich einweihen oder weiter die geheimnisvolle Wassernymphe spielen, die das Schicksal vorhersagen kann?«

»Wenn ich's dir sage, dann glaubst du mir wieder nicht.«

Magdalena rollte mit den Augen. »Schon gut, ich verstehe. Aber das alles ist mir allmählich zu hoch.«

»Dann frag nicht dauernd. Vertrau mir einfach.«

»Würde ich ja liebend gerne. Aber du scheinst *mir* nicht über den Weg zu trauen. Weil du mehr weißt, als du mir sagen willst.«

»Magdalena – bitte!«

»Ich weiß, ich weiß. Ich soll mal wieder meinen Schnabel halten. Das werde ich von jetzt an tun.« Sie legte einen Finger auf ihren Mund und tat so, als ob sie ihre Lippen versiegeln würde.

So fuhren sie eine Weile dahin und sahen schweigend vor zu Paolo, der auf seinem edlen Ross gerade noch in Sichtweite vorausritt. Aber schon, als die Straße in ein Tal hinunterführte, hielt es Magdalena mit ihrem Schweigegelübde nicht länger aus. »Aber eines muss ich dir doch noch sagen«, seufzte sie.

Als Abeline nicht antwortete, sondern nur unwillig stöhnte, fuhr sie trotzdem ungerührt fort. »So ganz allmählich wirst du mir unheimlich.«

»Du machst es mir auch nicht leicht, Magdalena. Wenn ich dir nichts sage, heißt es, ich verheimliche etwas vor dir. Und wenn ich dir sage, woher ich das alles weiß, glaubst du mir auch nicht. Also bitte – wie soll ich es dir recht machen?«

So in ihr übliches Streitgeplänkel vertieft, merkten sie gar nicht, wie die Zeit verging und sie Meile um Meile zurücklegten. Sie begegneten einigen Bauern bei der Feldarbeit, die ihnen neugierig nachstarrten, und einer Wagenkolonne von Kaufleuten mit bewaffneter Begleitung. Magdalena, die die Zügel führte, lenkte den Wagen an die Seite, damit die entgegenkommende Kolonne aus fünf Wagen ungehindert passieren konnte, während Paolo an der Seite ihres Fuhrwerks mit seiner Präsenz demonstrierte, dass sie zusammengehörten. Man grüßte sich höflich, und niemand stellte Fragen außer nach dem Zustand der zu erwartenden Wegstrecke, der beiderseits zufriedenstellend ausfiel. Magdalena wollte von einem Begleitsoldaten wissen, wie weit es noch bis zum Bodensee war. »Ein guter Tagesritt«, antwortete der, und dann fuhren sie wieder ihres Weges.

Kurz vor Einbruch der Dunkelheit hob Paolo die Hand und ritt ihnen voraus einen Waldweg entlang auf der Suche nach einem geeigneten Platz zum Übernachten. Magdalena lag schon seit geraumer Zeit eine Frage auf der Zunge, die sie Abeline stellen wollte, bevor sie zu dritt um ein Lagerfeuer sitzen und etwas essen würden. »Meinst du nicht, wir sollten unserem Begleiter erzählen, dass wir wahrscheinlich gesucht werden?«

»Warum? Er sagt uns ja auch nicht die ganze Wahrheit«, entgegnete Abeline.

»Wieso sollte er uns eine Lügengeschichte auftischen?«

»Weil er genauso etwas zu verbergen hat wie wir. Oder glaubst du wirklich, ein sizilianischer Edelmann kommt so weit nach Norden, ohne Bedienstete oder irgendeinen Begleitschutz, nur um mit jemandem in Schwaben über ein paar Fässer Wein zu verhandeln?«

»Jetzt, wo du's sagst …«, brummte Magdalena nachdenklich, bevor sie Abeline einen ihrer misstrauischen Seitenblicke zuwarf. »Du weißt wieder mal mehr als ich!«

Abeline zuckte mit den Achseln. »Sagen wir: Ich vermute mehr. Aber lassen wir uns überraschen.«

Paolo kam aus dem Waldweg heraus und winkte ihnen. Er führte das Fuhrwerk an einen plätschernden Bach, stieg von seinem Pferd, nahm ihm den Sattel ab, ließ es saufen und gab ihm Hafer zu fressen, den er in einem Leinensack dabeihatte. Dann half er den Mädchen beim Holzsammeln und Feuermachen, sie teilten ihre Vorräte, Paolo hatte Schinken, Brot und Käse dabei und köstlichen Wein in einem Schlauch. Da sie alle müde waren, legten sie sich zeitig schlafen. Auf Magdalenas Vorschlag, ob nicht einer Wache halten und sie sich dabei abwechseln sollten, schüttelte Paolo nur den Kopf. »Mein Pferd hat gute Ohren und eine feine Nase. Wenn es etwas bemerkt, dann schnaubt oder wiehert es. Das höre ich schon.« Er hatte es sich neben seinem Sattel auf dem Waldboden bequem gemacht und sich zugedeckt. Die Mädchen verließen sich auf seine Worte, verkrochen sich auf der Ladefläche ihres Fuhrwerks und taten so, als schliefen sie.

Jedenfalls tat Magdalena nur so, die sich im Gegensatz zu Abeline, die todmüde war, doch noch einen Rest Argwohn bewahrt hatte und über all das nachdachte, was ihre Freundin gesagt hatte. Wie das jetzt am Bodensee weitergehen sollte, wusste sie nicht zu sagen. Bei jedem Geräusch spitzte sie die Ohren. Erwartete sie, dass Paolo plötzlich zu ihnen auf den Wagen kam? Nein, wenn er ihnen etwas hätte antun wollen, wäre es am Weiher für ihn sicher die beste Gelegenheit gewesen, im Wasser waren sie ihm hilflos ausgeliefert gewesen. Aber seit ihr Vater tot war, schien es mit Magdalenas Selbstsicherheit, die sie sonst an den Tag gelegt hatte, nicht mehr weit her zu sein. Sie zerbrach sich den Kopf darüber, was es mit diesem Paolo de Gasperi aus dem fernen Sizilien auf sich hatte. Wenn doch ihr Vater noch am Leben gewesen wäre! Ihn hätte sie fragen können, er hatte sich in der Welt und damit, was dort an politischen Machenschaften vor sich ging, ausgekannt und hätte es ihr sicher erklären können. Sie seufzte in sich hinein – dafür hatte sie sich nie interessiert. Die da oben machten sowieso, was sie wollten, es zählte nur das Recht des Stärkeren. Ihr war nun mal von Gott ein anderer Platz auf dieser Welt zugewiesen worden, dessen Begrenztheit sie, so weit es ging und so gut, wie sie nur konnte, ausnutzen wollte. Seltsam, wie aufgewühlt und aufgekratzt sie sich fühlte. Als ob sie spüren konnte, dass irgendetwas Großes im Gange war. Dabei wurde ihr auf einmal ganz bang ums Herz: Hatte Abeline sie mit ihren möglichen und unmöglichen Visionen schon angesteckt? Sie hoffte es nicht – das Leben war so schon kompliziert genug. Abeline sagte ihr nicht alles, was sie wusste. Was bezweckte sie damit? Wollte sie Magdalena damit beschützen oder sie hintergehen? Diesen Gedanken tat sie sofort als unsinnig ab, das würde sie nie tun. Sie waren wie Schwestern zueinander und fühlten auch so. Zwischen sie und Abeline passte kein Haar, so eng war ihre Beziehung inzwischen geworden. Und was wäre, wenn nun ein Mann dazwischenkam? Dieser Paolo zum Beispiel? Abeline war auch nur aus Fleisch und Blut, und Magdalena hatte genau gesehen und gespürt, wie sich Abeline und Paolo verhielten und, wenn sie glaubten, unbeobachtet zu sein, wie sie miteinander umgingen und sich verstohlene Blicke zuwarfen. Ob sich da etwas anbahnte? Je länger Magdalena darüber nachdachte, desto sicherer war sie sich – obwohl sie nicht gerade eine ausgewiesene Kennerin auf diesem Gebiet war. Sie nahm sich vor, ihr Augenmerk auf die weitere Entwicklung des Verhaltens zwischen Abeline und Paolo zu richten. Vielleicht war es nötig, beizeiten einzugreifen und Abeline klarzumachen, dass sie vorsichtiger sein sollte, um diesem Sizilianer keinen Anlass zu falschen Hoffnungen zu geben. Man wusste nie, wie Fremde in dieser Situation reagierten. Magdalena wusste ja nicht einmal, wie ein Mann überhaupt reagierte, wenn er eine gewisse gegenseitige Anziehungskraft spürte. Wie würde sie reagieren? Sie hatte nicht die geringste Ahnung. Sie hatte es noch nie selbst erlebt, aber sie merkte, dass sie sich auf einmal für Dinge interessierte, die sie früher nur gelangweilt hatten. Sie musste dahinterkommen, wie das war mit der Liebe und dem Verliebtsein. Als sie darüber nachdachte, wie sie das bewerkstelligen sollte, war auch sie endlich eingeschlafen.

XI

»Te Deum laudamus.
  Te Dominum confitemur.
Te aeternum patrem omnis terra veneratur.«

Die hellen Stimmen des Mönchschors stimmten das Te Deum an und ließen es durch den Dom von Aachen schweben.

Der Palast Karls des Großen war ein zweistöckiges, prachtvolles Gebäude aus rötlichen Steinquadern mit vergoldeten Dachziegeln, kein Bau für Verteidigungszwecke wie alle anderen Burganlagen im Norden des Heiligen Römischen Reichs, sondern eine steingewordene Verkörperung der Macht und des Ansehens der Kaiserwürde. Im daran anschließenden achteckigen Dom mit der großen Kuppel befand sich auf der Empore der Thron Karls des Großen, ein schlichter Sitz aus kalten, grauen Marmorplatten. Friedrich von Hohenstaufen stand davor, im Halbkreis hinter ihm die Fürsten des Reiches mit der hohen Geistlichkeit. Die Fürsten hatten ihm das Krönungsornat angelegt, das aus der Dalmatika, der Alba, der Stola und dem Pluviale bestand. Unter den feierlichen Klängen des Chors nahm er auf dem steinernen Thron Platz und erhielt aus der Hand eines Bischofs die Reichsinsignien – Zepter und Reichsapfel –, bevor ihm die Kaiserkrone aufgesetzt wurde und alle vor ihm in die Knie gingen, er aufstand und die alte Hymne »Christus vincit, Christus regnat, Christus imperat« aus Mönchskehlen erklang, in die alle mit einstimmten. Sämtliche Augen waren auf den frischgekrönten Kaiser des Heiligen Römischen Reichs gerichtet, aus dem schwäbischen Herrscherhaus der Hohenstaufen stammend, der als König aus Sizilien gekommen war, um das Erbe seines allseits verehrten Großvaters Friedrich Barbarossa anzutreten. Sein jungenhaftes Gesicht, das ein spärlicher roter Bartwuchs zierte, war dem Anlass entsprechend ernst und würdevoll, seine neugierigen, klugen Augen schenkten jedem der anwesenden Würdenträger einen kurzen Blick, der mit einem Kopfnicken erwidert wurde. Der letzte Blick galt Abeline, die diese Investitur träumte, als wäre sie selbst anwesend.

Dann sah sie die Stadtmauern von Konstanz, den Hafen, die schillernden Wasser des Bodensees. Auf den Mauern waren flatternde Fahnen, schwarzes Kreuz auf weißem Grund, am oberen Rand ein roter Streifen, das sogenannte Blutband, das weithin sichtbare Zeichen dafür, dass in dieser Stadt geköpft werden durfte. Auf den Zinnen über einem geschlossenen Stadttor erkannte sie Fürstbischof Konrad II. von Tegerfelden, den sie nun wirklich nicht gut in Erinnerung hatte. Der Fürstbischof war im Harnisch und hatte seine Mitra auf dem Kopf, er schwitzte fürchterlich, und pure Angst war von seinen flackernden Augen abzulesen. Neben ihm standen zwei Söldner mit Armbrusten im Anschlag.

Vor dem Stadttor wartete Friedrich von Hohenstaufen, neben ihm ein päpstlicher Legat im feierlichen Ornat mit Mitra und Krummstab, Berard, der Bischof von Bari. Er verlas die päpstliche Exkommunikation des Kaisers Otto IV. und eine Botschaft des Papstes, dass Friedrich an die Stelle Ottos zu setzen sei.

Wie von Zauberhand öffnete sich schließlich das Stadttor, und Friedrich zog mit seinem kleinen Heereshaufen in Konstanz ein, bevor die Tore hinter ihm mit einem dumpfen Rumpler geschlossen wurden.

Den Rumpler hatte Magdalena verursacht, die im Schlaf einen Lederkübel auf der Ladefläche des Fuhrwerks umgestoßen hatte. Das Geräusch weckte die Mädchen. Von draußen war Pferdeschnauben zu hören. Die beiden erhoben sich und sahen aus dem Wagen. Die Sonne war aufgegangen, Paolo striegelte sein Pferd und massierte es sogar mit Öl ein. Die Mädchen staunten, so etwas hatten sie noch nie gesehen. Als er die beiden Mädchen erblickte, rief er ihnen ein »Guten Morgen!« zu und kümmerte sich weiter um seinen Schimmel.

Die Mädchen wuschen sich abseits vom Lager im Bach, bevor sie sich zu Paolo setzten und gemeinsam Grütze und Brot aßen. Keiner sprach ein überflüssiges Wort, jeder war in seine Gedanken versunken, vor allem Abeline, die ihren Traum und seine Bedeutung erst noch innerlich verarbeiten musste. Sie hatte noch etwas gesehen, bevor Friedrich inthronisiert wurde, und das spukte ganz gewaltig in ihren Gedanken herum. Es betraf Magdalena ganz persönlich, deren Bestimmung sie erst für sich verdauen und deuten musste – obwohl: Es war eindeutig gewesen. Doch dieses Bild würde sie besser für sich behalten. Wenn wirklich eintreffen sollte, was sie da gesehen hatte, dann konnte sie Magdalena noch immer davon berichten. Manchmal war es wirklich besser, nicht zu wissen, was die Zukunft brachte. Als sie Magdalenas unschuldiges Gesicht ansah, die an ihrem trockenen Brot kaute und es mit frischem Bachwasser hinunterspülte, konnte sie es kaum glauben. Aber wann hatte sie sich bei ihren Träumen schon einmal getäuscht? Magdalenas Zukunft war eine ganz andere, als sie es sich vorgestellt hatte. Eine ganz andere …

Auch Paolo, der sonst immer einen fröhlichen Eindruck machte, war seltsam in sich gekehrt. Er war ebenfalls am letzten Abend nicht gleich eingeschlafen, denn er hatte genauso wie die Mädchen darüber nachgegrübelt, dass er nicht die Wahrheit über sich und seine Mission gesagt hatte. Das hätte er grundsätzlich nicht getan, um seinen Auftrag und den Auftraggeber dahinter nicht zu gefährden, aber seit er diese zwei Mädchen getroffen hatte, galt es, das alles unter einem ganz neuen und anderen Licht zu betrachten. Als Abeline, im Wasser des Weihers stehend, von Friedrich von Hohenstaufen gesprochen hatte, war es ihm durch Mark und Bein gegangen, und er hatte im ersten Moment geglaubt, dass seine Tarnung aufgeflogen war. Woher ahnte diese junge Frau, die er nicht kannte, ebenso wenig wie sie ihn, mitten in dieser gottverlassenen Gegend abseits von jeglichem Weltgeschehen, dass er sich mit ebendiesem Fürsten aufgemacht hatte, um ihm dabei zu helfen, sein Reich wieder für sich und das Geschlecht der Staufer zurückzugewinnen? Die Anspielung war eindeutig gewesen, Gott sei Dank war er geistesgegenwärtig genug, um sich nichts anmerken zu lassen. Aber woher hatte sie das gewusst? Waren die beiden doch so etwas wie Zauberwesen? Die ihn mit ihren durchaus weiblichen Reizen ablenken und ihm Schaden zufügen würden? Das konnte er nicht glauben. Wie sein Herr und Freund Friedrich war Paolo ein Skeptiker, der Vorkommnisse und Ereignisse, die nicht mit dem gesunden Menschenverstand zu erklären waren, nicht so recht glauben mochte. Darüber konnte er aber nur mit Friedrich reden, unter vier Augen, denn dieser Skeptizismus betraf auch die Lehre und die Dogmen der Heiligen Mutter Kirche. Allzu schnell konnte man in den Ruch geraten, ein Häretiker und Ketzer zu sein und die Denkweise des Satans zu vertreten. Aber woher wusste diese Abeline dann davon – und setzte dieses Wissen gewissermaßen bewusst als Waffe ein, um ihm zu demonstrieren, dass sie über ihn und seine Mission im Bilde war? Und dann auch noch dieser Name, Abeline von Melchingen ...

Er sah Abeline zu, wie sie aufräumte und Magdalena half, das Zugpferd vor das Fuhrwerk zu spannen. Dabei tat er so, als würde er etwas an seinem Sattel richten, den er auf sein Ross gehoben hatte und mit dem Bauchgurt befestigte. Er wollte auf gar keinen Fall, dass ihr auffiel, wie genau er sie in Augenschein nahm. Sie war ein überaus hübsches Mädchen und gescheit dazu. Wenn sie lachte, was selten vorkam, hätte er sie am liebsten in den Arm genommen und geküsst. Bei diesem Gedanken schalt er sich einen Narren. Er war nicht hierher in den unwirtlichen deutschen Teil des Reiches gekommen, um Brautschau zu halten, obwohl er an Abeline, je länger er mit ihr zusammen war, mehr und mehr Gefallen fand. Auch wenn er alles tat, um sich das nicht anmerken zu lassen, was gar nicht so einfach war, denn ihrer Gefährtin Magdalena entging nichts. Wahrscheinlich war sie eifersüchtig darauf bedacht, dass niemand versuchte, ihr die Freundin auszuspannen. Er lächelte in sich hinein und fasste einen Entschluss, weil er glaubte, die Mädchen jetzt genügend einschätzen zu können. Von ihnen ging keine Gefahr für seine Mission aus, er konnte ihnen die Wahrheit anvertrauen. Vielleicht würde er im Gegenzug erfahren, was der wirkliche Grund für ihre Anwesenheit in diesem Teil von Schwaben war.

Er zurrte den Sattelgurt stramm und beschloss, seine Karten aufzudecken.

»Seid ihr so weit?«, fragte er, und die beiden Mädchen nickten. »Gut«, sagte er, »bevor wir aufbrechen, müssen wir kurz reden. Aber das muss unter uns bleiben, ihr müsst es mir versprechen, bei allem, was euch heilig ist.«

Die Mädchen sahen sich verunsichert an, dann antwortete Abeline: »Das trifft sich gut. Auch wir wollten mit Euch reden.«

Sie standen alle drei da und wussten nicht so recht, wie sie beginnen sollten und wer den Anfang machte. Paolo, der für gewöhnlich alles andere als schüchtern war, versuchte, die peinliche Stille mit einem Scherz aufzulockern. »Das scheint heute ein Tag der Beichten zu werden«, brachte er schließlich heraus, und Abeline entgegnete: »Dann fangt Ihr doch schon mal damit an. Wir sind ganz Ohr.«

»Abeline – ich habe jemanden kennengelernt, der für Euch von Belang sein könnte.«

»Wie kommt Ihr darauf?«

»Weil er den gleichen Namen trägt wie Ihr. Von Melchingen.«

Er hatte eine Reaktion auf seine Worte erwartet. Aber dass sie so heftig ausfiel, überraschte ihn doch. Abeline lief kalkweiß an, kam heran und packte ihn an seinem Wams. »Ihr habt meinen Vater getroffen?«

»Wenn er Philip von Melchingen heißt ...«

Abeline löste sich wieder von Paolo und trat einen Schritt zurück, wobei sie die Hände faltete und sie vor ihren Mund hielt, bis sie sich wieder gefasst hatte. »Verzeiht bitte. Ja, so heißt mein Vater. Gott im Himmel – er lebt also! Wie geht es ihm? Wie sieht er aus?«

»Er ist groß und schlank und bei bester Gesundheit.«

»Hat er weißes Haar?«

»Ja. Wie der Schnee auf den Bergen.«

Abeline sank auf die Knie und betete stumm. Paolo sah Magdalena fragend an. Die zuckte mit den Schultern und sagte: »Sie hat geglaubt, dass er nicht mehr am Leben ist.«

Abeline erhob sich und sagte mit fester Stimme: »Ihr wisst, wo er ist. Führt mich zu ihm!«

»Gemach, gemach. Das werde ich. Er hat sich uns angeschlossen.«

»Wer ist ›uns‹?«, wollte Abeline wissen.

»Das ist es, was ich euch sagen wollte. Ich darf eigentlich nicht darüber sprechen, ohne meinem Herrn möglicherweise großen Schaden zuzufügen, der auf uns alle zurückfallen könnte. Ich vertraue deshalb auf euer Schweigen. Ihr müsst wissen, dass mein Herr – und ich bin stolz darauf, auch sagen zu dürfen: mein Freund – Friedrich von Hohenstaufen ist, der König von Sizilien. Wir sind mit einem Heer, das anfangs Heer zu nennen eine starke Übertreibung gewesen wäre, von Sizilien aus über die Alpen bis nach Chur und St. Gallen gezogen. Dabei haben sich uns immer mehr Männer angeschlossen, unter anderem auch dein Vater, Abeline. Mein Herr ist gekommen, um sich die Krone des Heiligen Römischen Reiches zu holen, die der Welfe Otto von Braunschweig an sich gerissen hat. Unser Unterfangen ist riskant, der Rückhalt für Otto im Reich ist groß, der Gegner an Männern wahrscheinlich um das Zehnfache überlegen, aber unsere Sache hat den Segen des Heiligen Vaters, und Gott wird auf unserer Seite stehen, davon sind wir alle zutiefst überzeugt. Ich bin als Kundschafter für den König unterwegs, er will wissen, auf welchem Weg Otto ihm entgegenkommt und wo er gerade ist. Wenn ihr etwas darüber wisst, dann sagt es mir.«

»Wir haben kein Heer gesehen, noch von einem gehört«, antwortete Abeline. »Wir hatten genug damit zu tun, unsere nackte Haut zu retten. Ich bin aus dem Kloster entflohen, Magdalena hat mir dabei geholfen, und jetzt werden wir gesucht und verfolgt. Wenn man uns erwischt, sind wir des Todes.«

»Und das ist nur die kurze Fassung unserer Geschichte«, warf Magdalena ein.

Paolo stieg in den Sattel. »Ihr bringt mich zum Bodensee, und ich bringe euch zu Philip von Melchingen. Ist das ein guter Handel?«

Die beiden Mädchen kletterten behände auf den Kutschbock, und Magdalena knallte mit der Peitsche, damit das Zugpferd sich in Bewegung setzte. »Mal sehen, ob wir die Ersten sind.«

Paolo lächelte und folgte dem Fuhrwerk, das auf die Landstraße ratterte.

XII

Zu ihrer Linken glitzerte und glänzte der Bodensee, die Gipfel der majestätischen Bergkette im Süden waren schneebedeckt, als sie endlich ihr Ziel erreichten. Die letzten Meilen ihres Weges waren doch für das Fuhrwerk beschwerlicher, als sie dachten. Der Landstrich nördlich des Sees war von Schluchten durchzogen, die Richtung, die sie eingeschlagen hatten, führte durch unendlich scheinende Wälder, Sumpf- und Moorgebiete und unbewirtschaftetes Brachland stetig bergauf und bergab, so dass die Mädchen des öfteren absteigen und schieben mussten, wobei Paolo ihnen ritterlich zur Seite stand. Sie hatten es schließlich eilig und wollten auf den Rat von Magdalena hin, die sich in der Gegend leidlich auskannte, nach Überlingen im Nordwesten, weil es dort Fährverkehr nach Konstanz am südwestlichen Ufer beim Rheintrichter gab. Dort führte eine Brücke über den Abfluss des Bodensees, der bis nach Basel Hochrhein genannt wurde. Vor Überlingen wurde es plötzlich felsig und schroff und ging wieder bergauf auf eine mühevoll zu bewältigende waldige Anhöhe.

Als sie aus dem Wald ins Freie kamen, sahen sie vor sich zwei Männer an der Felsenkante auf dem Bauch liegen. Von hier aus konnte man das ganze nordwestliche Ufer überblicken. Hinter ihnen war ein von zwei Pferden gezogenes, mit Fässern beladenes Fuhrwerk abgestellt, offensichtlich handelte es sich um Kaufleute. Sie blickten sich misstrauisch um, als sie Paolo und den Wagen mit Abeline und Magdalena aus dem Wald kommen sahen, stuften die Ankömmlinge aber wohl nicht als gefährlich ein und winkten sie heran.

»Kommt her, kommt her, so was habt Ihr noch nicht gesehen!«, zischte der Dicke der beiden, als ob sie Angst hätten, dass jemand sie hören konnte. Dabei war hier weit und breit nichts anderes als Wald, über dem ein Falkenpaar sich Runde um Runde lautlos in den wolkenlosen Himmel schraubte.

Der Dicke winkte immer noch aufgeregt: »Nun kommt schon, aber seid vorsichtig! Der Fels geht lotrecht nach unten! Und passt bloß auf, dass ihr keinen Stein lostretet!«

Paolo stieg von seinem Pferd, die beiden Mädchen sprangen vom Kutschbock. Paolo bückte sich, als er sich dem Abgrund näherte, und die beiden Mädchen taten es ihm nach. Das letzte Stück bis neben die beiden Männer an die Kante robbte er, bis er über den Rand der Klippe nach unten sehen konnte. Jetzt wusste er, warum die beiden Männer so vorsichtig und außer sich waren. Abeline und Magdalena schoben sich neben ihn und brachten zuerst vor lauter Staunen auch kein Wort heraus.

Linker Hand unter ihnen lag Überlingen, ein kleines, von einer wehrhaften Stadtmauer umgebenes Städtchen, und rechter Hand, so weit das Auge reichte, glitzerte und glänzte es mit dem Wasser des Sees um die Wette, nur dass es Waffen, Schilde, Helme und Rüstungen waren, die sich in der Sonne spiegelten wie Abertausende Edelsteine. Ein riesiges Heer lagerte auf dem langgezogenen, flachen Uferstreifen, unzählige einfache Mannschaftszelte waren oder wurden in Dreier- und Viererreihen aufgestellt, im Zentrum standen Turnierzelte rund um ein wahrhaft herrschaftliches Ungetüm von Zelt im Kreis, dessen Leinwände rot und golden gestreift waren. Eine wandteppichgroße Fahne war auf der Spitze angebracht, die einen gespaltenen Schild mit drei übereinanderstehenden Löwen und einen halbierten Adler zeigte. Überall flatterten Banner und Feldzeichen, Dutzende Pferde waren angekoppelt oder standen in Pferchen, unzählbar viele Männer übten mit ihren Waffen oder pflegten sie oder saßen in Gruppen um Feuer herum, während immer noch neue dazuzukommen schienen und mit Johlen und Geschrei begrüßt wurden. Die Rufe und Befehle schallten bis zu den fünf neugierigen Betrachtern des spektakulären Schauspiels oben auf dem Felsvorsprung hoch.

»Was ist das für ein Heer?«, fragte Abeline eingeschüchtert. »Und was für einen Feldzug führen sie?«

»Ja erkennt Ihr die Farben nicht?«, prahlte der Dicke mit seinem Wissen. »Das sind die Welfischen. Ihr wohnt hier der Vorbereitung einer Schlacht bei, die die Welt verändern kann.« Er drehte sich in Bauchlage zur Seite und bekreuzigte sich, was im Liegen und bei seiner Statur ziemlich lächerlich wirkte.

»Heilige Mutter Gottes – steh uns bei!«, bekräftigte der andere Händler. »Wenn das nicht das Ende der Welt bedeutet, dann weiß ich auch nicht, was noch kommen muss.«

»Es ist das Heer von Kaiser Otto von Braunschweig, dem Vierten seines Namens«, zischte Paolo Abeline zu, die neben ihm lag. Ob er aus Vorsicht so leise war oder aus Ehrfurcht vor der Stärke und Größe des kaiserlichen Heeres – jedenfalls erkannte Abeline, wie bleich und beeindruckt er bei diesem Anblick geworden war.

»Was glaubt Ihr«, fragte Paolo möglichst unschuldig den Dicken, »gegen wen zieht der Kaiser in die Schlacht?«

»Ihr seid nicht von hier, stimmt's?«, brummte der. »Man hört es. Es heißt, der Staufer Friedrich soll sich mit einem Heer über die Alpen getraut haben, um Otto seinen Titel streitig zu machen. Und wer als Erster in Konstanz einzieht, hat das Reich für sich gewonnen. Konstanz hat unüberwindliche Befestigungsanlagen und liegt strategisch günstig. Es wäre nicht einmal von so einem Heer, wie Ihr es da unten seht, im Sturm einzunehmen. Wenn der Kaiser nicht vor Friedrich in Konstanz ist, hat er den Kampf um seine Krone schon so gut wie verloren. Gott möge uns davor bewahren!« Erneut bekreuzigte er sich.

»Warum setzt er dann nicht über?«, wollte Abeline wissen.

»Verzeiht, man merkt, dass Ihr eine Weibsperson seid und nichts von Kriegshandwerk versteht«, sagte der Dicke überheblich. »Wo seht Ihr die welfische Flotte, die dieses Heer aufnehmen kann? So viele Boote und Fähren bekommt Ihr auf dem ganzen Bodensee nicht zusammen, um diese Männer mit einem Mal überzusetzen. Nein, ich nehme an, bis morgen früh hat Otto seine Soldaten zusammen und lässt sie um das sumpfige Westufer herum die zwanzig oder dreißig Meilen auf Konstanz marschieren.« Er lachte seinem Gefährten verächtlich zu. »So, wie es aussieht, kann Friedrich dann nur noch den Schwanz einziehen und schleunigst nach Sizilien zurück, wo er hingehört.«

Paolo, Abeline und Magdalena tauschten besorgte Blicke aus. »Nur gut, dass uns das alles nichts angeht«, meinte Paolo, an die beiden Kaufleute gewandt. »Wenn die hohen Herren ihre Kriege führen, halten wir Handelsleute uns besser heraus.«

»Das will ich meinen«, pflichtete der Dicke ihm bei. »Da sprecht Ihr uns aus der Seele. Wer da zwischen die Fronten gerät, hat nichts zu lachen. Besonders, wenn er auch noch Wein geladen hat wie wir.«

Paolo erhob sich. »Habt Dank für Eure Warnung. Dann wollen wir zusehen, dass wir uns rechtzeitig aus dem Staub machen. Gehabt Euch wohl, Ihr Herren.« Er eilte gebückt zu seinem Pferd, die Mädchen kletterten geschwind auf den Kutschbock.

»Wohin?«, fragte Abeline, als sie zunächst einfach nach Osten weiterfuhren, bis sie nicht mehr zu hören waren und der Weg sich gabelte.

Paolo, der neben dem Kutschbock ritt, hielt an. »Wir müssen irgendwie zu meinem Herrn gelangen und ihn warnen. Ich brauche euch wohl nicht zu sagen, was auf dem Spiel steht.«

Magdalena, die die Zügel führte, schnalzte mit der Zunge, um das Pferd wieder anzutreiben, und schlug den Weg nach unten ein. Wie fast immer hatte sie einen Plan. »Wir fahren nach Meersburg. Das ist nicht weit von hier. Dort gibt es Boote und Fähren. Paolo – habt Ihr genug klingende Münze bei Euch, um uns eine Überfahrt nach Konstanz zu spendieren?«

»In der Nacht?«

»In der Nacht. Oder wollt Ihr bis morgen früh warten?«

Zum ersten Mal, seit sie beisammen waren, schenkte Paolo Magdalena ein Lächeln, das nur für sie bestimmt war. Magdalena nickte ihm verschwörerisch zu, dann feuerte sie das Zugpferd an, und sie fuhren so schnell auf dem holprigen Weg nach unten, wie es überhaupt nur möglich war.

Erst weit nach Einbruch der Dunkelheit kamen sie am Rand von Meersburg an, der Mond war aufgegangen, die Sterne blinkten am Himmel, der See war ruhig und glatt, nur ein paar Seevögel krakeelten unentwegt. Vor der Einfahrt zur alten Burg, die auf einem steilen Fels thronte und deren grobe Umrisse in der mondhellen Nacht zu erahnen waren, lagen zur Seeseite hin ein paar Hütten an einem kleinen Hafenbecken, in dem Boote verschiedener Größen dümpelten.

Sie klopften an die größte Hütte, in der sie noch Kerzenlicht sahen. Als sich nichts rührte, klopfte Paolo noch einmal, aber mit aller gebotenen Vorsicht. Schließlich wurde die Tür einen Spalt aufgemacht, und ein alter, bärtiger Mann mit einem gut sichtbaren Dolch in der einen und einem Talglicht in der anderen Hand lugte heraus und beäugte die Fremdlinge argwöhnisch im flackernden Licht seiner schwachen Lampe.

»Was wollt Ihr?«, fragte er unfreundlich.

»Übersetzen nach Konstanz«, antwortete Magdalena.

Der Mann lachte und zeigte seine Zahnlücken. »Jetzt ist es Nacht. Und in der Nacht gibt es keine Überfahrt. Kommt wieder, wenn es hell wird.«

»Was kostet es für drei Leute, zwei Pferde und einen Wagen? Einen Zuschlag für die Überfahrt bei Nacht eingerechnet?«

Der Mann überlegte, kratzte sich mit seinem Dolch am Kinn, kniff ein Auge zusammen und taxierte die Fremden, um einzuschätzen, wie zahlungskräftig sie wohl waren. Bevor er etwas sagen konnte, mischte sich Paolo ein. »Egal, wie hoch der Preis ist – wir zahlen das Doppelte.«

»Das Doppelte?« Dies schien das richtige Stichwort zu sein, um ihn hellhörig zu machen.

Magdalenas Stimme war honigsüß, als sie ihm schmeichelte: »Meister Fährmann – es weht kein Wind, es gibt kaum Nebel, das Wasser ist glatt wie ein Brett, der Mond scheint, die Sterne leuchten – also, was hindert Euch daran, Eure Nase zu vergolden?«

»Na, zum Beispiel, dass ich meinen Hals riskiere. Der Kaiser soll am Bodensee sein. Es wird mir schlecht bekommen, wenn ich mich darauf einlasse, etwas zu tun, was ihm schaden könnte. Wer seid Ihr eigentlich?«

Paolo antwortete. »Wir zahlen das Dreifache, wenn Ihr

keine Fragen mehr stellt, sondern ein passendes Fährboot für uns klarmacht.«

»Das Fünffache in Silber – und wir sind handelseinig.« Er rammte den Dolch in die Tür und hielt auffordernd seine Hand auf.

Paolo zögerte keinen Moment, holte einen Lederbeutel aus seinem Wams und zählte dem Alten, der genau mit seiner Talglampe hinleuchtete, Münzen in die Hand, bis dieser endlich zufrieden war und die Finger um seinen Fährlohn schloss, ihn zum Mund führte und in eine der Münzen biss. Die Qualität schien zu seiner Zufriedenheit auszufallen, er brummte: »Wartet!«, und verschwand wieder in der Hütte.

Paolo, Abeline und Magdalena vertraten sich die Beine und dachten schon, er käme gar nicht mehr, als er, mit einem Umhang um die Schultern und einer Kappe mit Ohrenklappen auf dem Kopf wieder auftauchte. Ihm folgte ein junger, kräftiger Bursche, der die Fremden von oben bis unten in Augenschein nahm, aber ansonsten stumm blieb. Der Alte ging wortlos auf den wackligen Bootssteg hinaus, an dem Boote verschiedenster Größe vertäut waren. Er sah auf den dunklen See hinaus, dann kam er wieder zurück und knurrte: »Kommt mit.«

Das klobige Fährboot wurde vom Alten und seinem Helfer mit langen Ruderblättern zügig und gleichmäßig auf den See hinausgefahren.

Paolo, Abeline und Magdalena standen im Heck und warfen einen Blick zurück auf die wuchtige Meersburg, die sich als schwarze Silhouette gegen das Firmament abzeichnete. Auf dem Turm der alten Burg flackerte ein einsames Licht. Sie sprachen kein Wort, aber sie spürten die Anspannung, die umso größer wurde, je weiter sie sich vom Ufer entfernten.

Der Bodensee war ein großes Gewässer, und als sie etwa die Hälfte der Strecke quer über die nordwestliche Ausbuchtung des Sees, die von den Einheimischen Überlinger See genannt wurde, bis zum anderen Ufer zurückgelegt hatten, konnten sie hinter sich die Lagerfeuer der welfischen Truppen in der Ferne wie Glühwürmchen blinken sehen.

Auch die Fährleute blieben stumm, aber sie gaben routiniert ihr Bestes, beinahe lautlos tauchten die Ruder ins Wasser und ließen das schwerfällige Fährboot gleichmäßig durch das schwarze Wasser gleiten.

Nach einer Weile konnten sie in der Ferne schemenhaft eine Landzunge erkennen, lärmende Wasservögel stoben auf und flogen davon. Als sie die Landzunge hinter sich gelassen hatten, erreichten sie eine weitläufige Bucht, an deren linkem Rand einige Lichtpunkte in der Ferne flackerten. Der Alte zeigte auf die Bucht. »Da hinten liegt Konstanz, da fließt der Rhein wieder aus dem See heraus. Ihr könnt es nicht verfehlen.« Er steuerte mit seinem Helfer das flache Ufer an, das an dieser Stelle nicht sumpfig, sondern fest und kiesig war. Zusammen bugsierten sie den Wagen und die Pferde an Land, und die beiden Fährleute legten sich ohne ein weiteres Wort wieder ins Zeug, um so schnell wie möglich vom Uferbereich weg und ins Fahrwasser zu kommen.

»Ihr wartet hier!«, befahl Paolo den Mädchen und schwang sich auf sein Pferd.

»Ich hole euch, sobald ich weiß, wo mein Herr sein Lager aufgeschlagen hat.«

Dann ritt er am Ufer entlang davon in die Nacht.

Abeline und Magdalena setzten sich auf zwei Felsen, betrachteten den Sternenhimmel und zuckten jedes Mal beim geringsten Geräusch zusammen. Schließlich flüsterte Magdalena: »Meinst du wirklich, wir treffen deinen Vater?«

»Mhm«, machte Abeline und wirkte dabei ziemlich geistesabwesend.

»Warum bist du dir so sicher?« Magdalena ließ nicht locker. »Vielleicht ist das ein anderer Mann, der zufällig den gleichen Namen trägt.«

»Glaub mir – ich weiß es einfach, Magdalena«, sagte Abeline in einem Ton, der andeutete, dass sie jetzt nicht in der Stimmung war, zu plauschen.

Aber Magdalena war viel zu aufgedreht, um jetzt einfach nur schweigen und abwarten zu können. »Ob wir den König von Sizilien zu Gesicht bekommen werden?«, fragte sie.

»Oh, das werden wir«, sagte Abeline mehr zu sich selbst.

»Wie er wohl ist – so als Mann?«

»Woher soll ich das wissen?«

»Du bist doch diejenige, die behauptet, alles im Voraus zu wissen. Dieser Paolo – hast du gewusst, dass wir ihm begegnen?«

Abeline nickte.

»Und?« Magdalena ließ nicht locker. »Wie gefällt er dir so? Ist er so, wie du ihn dir immer erträumt hast?«

»*Geträumt*, Magdalena. Ich habe *von ihm geträumt*. Das ist ein Unterschied.« Abeline seufzte und warf in Gedanken versunken Kieselsteine ins Wasser.

»Ist es so ernst?«

Abeline stand jetzt beileibe nicht der Sinn nach einem albernen Geplänkel. Sie erhob sich und ging vor Magdalena in die Hocke, um ein ernstes Wort mit ihr zu reden. »Magdalena – wenn ich dir alles sagen würde, was ich in meinen Träumen sehe, dann könntest du nachts nicht mehr schlafen. Und tagsüber könntest du keinen klaren Gedanken fassen, glaube mir. Das, was heute und morgen hier geschieht, kann die ganze Zukunft verändern und die bisherige Welt auf den Kopf stellen. Ich habe geträumt, dass Friedrich von Hohenstaufen in Konstanz einzieht. Und wie er im Dom zu Aachen zum Kaiser gekrönt geworden ist. Auf dem Thron von Karl dem Großen.«

»Woher willst du das wissen? Du warst doch noch nie da.«

»Ich weiß es einfach.«

»Aber ... ich verstehe das nicht ... ich dachte, Otto von Braunschweig ist Kaiser ...«

»Nicht mehr lange ...«, sagte Abeline, und dann hörten sie das Geräusch näher kommender Pferde.

Es war Paolo in Begleitung zweier bewaffneter Männer und eines weißhaarigen Edelmanns, sie hatten Fackeln in der Hand und kamen an der Wasserlinie entlanggeritten, so konnten sie die Mädchen nicht verfehlen. Paolo hob die Hand, als er Abeline sah, die sich aufgerichtet hatte und zitterte, aber nicht vor Kälte – sie und Magdalena trugen graue Kapuzenmäntel aus Wolle. Abeline streifte ihre Kapuze vom Kopf, der Weißhaarige sprang bei ihrem Anblick vom Pferd und rannte durch den Kies auf sie zu.

»Abeline!«

Abeline ließ sich in seine ausgebreiteten Arme fallen. »Papa!«, brachte sie gerade noch heraus.

So standen sie stumm da, mit geschlossenen Augen, aus denen Tränen quollen, als hätten sie Angst, dass alles nur ein Trugbild ihrer Wunschträume war und sich verflüchtigte, sobald sie die Augen öffneten. Sie schämten sich ihrer Tränen nicht, als sie sich aus der Umarmung lösten und sich ansahen. Philip von Melchingen wischte die Tränen seiner Tochter sanft mit seinen Fingern ab, dann konnte er nicht anders und musste seine Tochter noch einmal an sich drücken. »Ich habe dir versprochen, dass ich eines Tages komme und dich abhole. Stattdessen bist du gekommen ... Der Herr hat mir endlich verziehen. Ich habe ihn verflucht, weil ich glauben musste, dass er mir alles genommen hat. Aber jetzt werde ich Abbitte leisten müssen ...«, flüsterte er ihr ins Ohr und streichelte unentwegt behutsam über ihr Haar.

Paolo hielt das Pferd von Abelines Vater am Zügel und räusperte sich dezent, bevor er sprach: »Ich will Euch nicht drängen, aber wir haben nicht viel Zeit. Der König wartet.«

Philip von Melchingen trat einen Schritt zurück. »Er hat recht. Nehmt die Pferde der beiden Männer, sie bringen euren Wagen ins Lager.«

Die beiden Mädchen zögerten nicht länger, stiegen auf die Pferde und galoppierten durch das aufspritzende Wasser hinter Paolo und Philip von Melchingen in die Nacht.

XIII

Friedrich von Hohenstaufen trat aus seinem Zweimastzelt. Vor dem Eingang flackerte ein großes Feuer und beleuchtete die ranghohen Fürsten und Prälaten, die Friedrich bisher für sich gewinnen hatte können und die als Unterstützer, Heerführer und Ratgeber an seiner Seite dienten. Friedrich in seiner jugendlichen, schlanken Gestalt schenkte allen Umstehenden ein gewinnendes Lächeln, obwohl sein Leben, seine Zukunft, sein Erbe und seine Reputation, alles, was er in die Waagschale geworfen hatte, auf dem Spiel standen. Seine Kleidung war einfach und zweckmäßig, nur die feinen Stiefel und die Handschuhe sowie sein roter Samtumhang ließen darauf schließen, dass er den höchsten Rang innehatte. Paolo flüsterte ihm ins Ohr, Friedrich hörte ihm zu, als würde ihm ein Freund mitteilen, was es morgen zum Frühstück geben würde, dabei ging es um alles oder nichts. Hinter Friedrich stand, wie sein unverrückbarer Schatten, ein grimmig blickender, dunkelhäutiger Sarazene mit Turban, Bart und Krummsäbel, dessen Augen ständig in Bewegung waren, bereit, jederzeit einzugreifen, wenn jemand seinem Herrn, ohne dass dieser es wollte, zu nahe trat. Während Friedrich Paolo zuhörte, betrachtete er die beiden jungen Frauen, die Paolo in das Zentrum des kleinen Heereslagers geführt hatte, wohlwollend, interessiert und mit freundlichen Augen. Die Mädchen hatten ihre Kapuzen, die sonst ihre Haare verbargen, zurückgeschlagen und deuteten einen höfischen Knicks an, der etwas unbeholfen ausfiel, aber jedenfalls so, wie sie sich das vorstellten, als Friedrich auf sie zukam. Zum ersten Mal sah Abeline ihn aus der Nähe. Wie in ihrem Traum hatte er einen rötlichen Bartflaum und dichte, lockige Haare, die nach römischer Sitte kurz geschnitten waren. Er fasste sie an den Armen, und Paolo bedeutete ihnen, sich zu erheben.

»Wie ich hörte, habt Ihr Euer Leben riskiert, um in unser Lager zu gelangen«, sprach sie der König an. Paolo stellte die beiden Mädchen vor. »Das ist Magdalena und das ihre Freundin Abeline. Sie ist die Tochter des Philip von Melchingen, der sich uns angeschlossen hat. Seine Majestät, Friedrich von Hohenstaufen, König von Sizilien ...«

Friedrich unterbrach ihn leutselig. »Und so fort und so fort. Titel sind nachrangig. Was jetzt zählt, ist, was Ihr gesehen habt. Und wo genau. Paolo hat mir berichtet, dass Ihr Euch gut auskennt in dieser Gegend.«

Paolo nickte Magdalena zu, die mutig einen Schritt nach vorn machte und mit fester Stimme sagte: »Das will ich wohl meinen, Eure Majestät. Otto von Braunschweig lagert mit seinem Heer bei Überlingen und hat vor, morgen früh nach Konstanz zu marschieren. Er wird den Bodensee westlich umgehen.«

»Mit wie viel Mann – was schätzt Ihr?«

Die Mädchen sahen Paolo an, dann sagte Abeline: »Ich bin nicht erfahren darin, aber es war ein ziemlich großes Heer. Mindestens drei- bis viertausend Männer.«

Friedrich blickte zu Paolo, der bestätigend nickte. »Das ist auch meine Schätzung.«

Bei den Umstehenden setzte aufgeregtes Getuschel ein, auch Friedrichs Gesicht war anzumerken, dass er von der großen Anzahl der Gegner alles andere als begeistert war. Er hob die Hände: »Ich bitte die entsprechenden Herren zur

Beratung in mein Zelt.« Dann wandte er sich den Mädchen zu. »Ruht Euch aus, und nehmt unsere Gastfreundschaft in Anspruch. Ihr seid meine Gäste, so lange Ihr wollt – sofern Ihr es wagt, Euch mir und meiner Sache anzuschließen.«

»Wären wir sonst hier, Eure Majestät?«, sagte Magdalena.

Ihre Offenheit gefiel Friedrich, er lächelte. »Ich bin über jedermann und jede Frau froh, der oder die an mich glaubt, auch wenn Eure Nachrichten alles andere als gut waren. Wir sehen uns noch.«

Er schenkte ihnen ein Kopfnicken und verschwand mit seinem Gefolge im Zweimastzelt.

Im Feldlager des Königs von Sizilien war es ruhig geworden. Die Feuer brannten herunter, die meisten Männer – bis auf ein paar Wachen – hatten sich in ihren einfachen Keilzelten oder um die Mannschaftsfeuer in Decken eingewickelt und aufs Ohr gelegt, schließlich stand ein anstrengender und aufreibender Tag bevor, egal, wie die Entscheidung von Friedrich von Hohenstaufen über Vormarsch oder Rückzug ausgehen würde. Nur im Zweimastzelt des Königs brannte noch Licht. Dort waren aufgeregt gestikulierende Silhouetten zu sehen und erregte Stimmen zu hören. Zwischen den hochrangigen Männern, die etwas zu sagen hatten, und Friedrich ging es turbulent zu. Eine Entscheidung musste noch vor Tagesanbruch gefällt werden.

Die Einzigen, die noch wach waren, saßen abseits um ein Feuer, das Magdalena in Gang hielt, während Abeline und ihr Vater sich viel zu erzählen hatten. Abeline wollte zuallererst wissen, was mit ihrer Mutter geschehen war. Philip von Melchingen berichtete wahrheitsgetreu unter Auslassung der schlimmsten Details von der Verhaftung, dem Prozess, dem Tod seiner Frau, Abelines Mutter, und seiner Flucht. Er gestand, dass er Abeline, als er sie in einer Nacht-und-Nebel-Aktion ins Kloster gebracht hatte, weil er glaubte, sie nur so vor der Verfolgung als Hexentochter bewahren zu können, damals die Wahrheit verschwiegen hatte. Sie hätte das nicht verstanden und vor Sorge um ihre Mutter wahrscheinlich sofort versucht, von Mariaschnee zu fliehen. Abeline sah ein, dass diese Notlüge zu ihrem eigenen Schutz gewesen war, und hörte weiter stumm zu, wie ihr Vater schilderte, wie er auf Beschluss des Gerichts Burg und Besitz verlor und Ritter Geowyn von der Tann stattdessen sich mit Schwester Hiltruds Zustimmung und dem Segen des Fürstbischofs alles unter den Nagel gerissen hatte. Als ihr Vater vom Flammentod ihrer Mutter erzählte, den er nicht verhindern konnte, liefen ihr die Tränen herunter, in der Erinnerung an seine schlimmste Stunde konnte auch der Vater sie nicht zurückhalten. Aber er sah es als seine Pflicht an, seiner Tochter, die jetzt erwachsen war, die ganze Wahrheit zu erzählen. Er fragte nach dem Medaillon, das er Abeline beim Abschied vor der Klosterpforte als Andenken an ihre Mutter übergeben hatte, und zog bei dieser Gelegenheit den Beutel mit Abelines Milchzahn heraus, den er immer noch mit sich führte und von dem er nach wie vor überzeugt war, dass er dafür verantwortlich war, die Prüfungen, die ihm Gott auferlegt hatte, überstanden und Abeline wiedergefunden zu haben. Abeline musste ihm mitteilen, dass sie das Medaillon ihrer Mutter in der Mauer von Kloster Mariaschnee versteckt hatte und es auf ihrer Flucht zurücklassen musste. Nun war sie an der Reihe, ihrem Vater zu schildern, was sie in all den Jahren im Kloster erlebt hatte. Stockend berichtete sie von den zahllosen Qualen, den Erniedrigungen, den Anfeindungen, den Demütigungen und den geistigen und körperlichen Foltern, denen sie ausgesetzt gewesen war. Sie sah, wie ihr Vater noch im Nachhinein darunter litt, sie dem allen preisgegeben zu haben, wo er doch dachte, nur das Beste für sein einziges Kind im Sinn gehabt zu haben, als er sie sicher im Schoß der Kirche untergebracht zu haben glaubte. Das Einzige, was ihr die Kraft gegeben hatte, das alles aus- und durchzuhalten, war ihre Freundschaft zu Magdalena. Sie war es auch, die ihr zur Flucht aus ihrem Kerker verholfen hatte, in den sie eingemauert worden war – weil sie den Mord an der Äbtissin beobachtet hatte, der ihr von der Mörderin Schwester Hiltrud in die Schuhe geschoben wurde, und weil sie als Tochter einer Hexe ebenfalls als solche zum Hungertod verurteilt wurde. Nur dank Magdalenas Hilfe und der ihres Vaters war sie den Schergen von Schwester Hiltrud entkommen, bis sie in Ulm in eine Falle gerieten. Philip von Melchingen fragte nach jeder Einzelheit, und dabei überwog die wachsende nackte Wut über das, was seiner Tochter angetan worden war, den Schmerz, den er bei ihrer Schilderung empfand.

Magdalena hielt sich heraus und briet währenddessen Bodenseefelchen am Feuer, um die sie einen der Lagerköche gebeten hatte. Auch Abeline und ihr Vater griffen zu, denn sie hatten den ganzen Tag über nichts gegessen. Dann beschlossen sie, sich doch noch kurz zurückzuziehen und sich schlafen zu legen, sie waren zwar aufgewühlt, aber auch todmüde und erschöpft.

Magdalena blieb allein am Feuer zurück und stocherte nachdenklich in der Glut herum. Zu viel war geschehen, als dass sie jetzt Schlaf finden konnte.

XIV

Zwischen den Zeltreihen schlich eine Gestalt im Kapuzenmantel und mit einer Fackel in der Hand herum, die anscheinend einen Rundgang durch das staufische Lager machte und überall nach dem Rechten sah. Die Kapuze ragte so weit ins Gesicht des Mannes, dass Magdalena sein Antlitz nicht erkennen konnte, als er herankam und fragte: »Darf ich mich kurz zu Euch setzen?«

Sie machte eine einladende Handbewegung und fragte: »Wollt Ihr?« Dabei bot sie ihm den letzten gebratenen Fisch auf einem Stecken an, der noch übrig geblieben war. Der Mann nickte zum Dank, nahm den Fisch und aß ihn schweigend mit sichtlichem Appetit. Das Einzige, was Magdalena im Licht des Feuers, das wieder hochflackerte, weil sie noch Holzscheite nachgelegt hatte, erkennen konnte, war, dass ihr Gegenüber für einen Mann außergewöhnlich schöne Finger hatte, feingliedrig und mit einem funkelnden Ring am Zeigefinger der rechten Hand.

»Einen schönen Ring habt Ihr da«, sagte sie. »Ich kenne mich aus, ich habe Goldschmiedin gelernt.«

»Es ist der Ring meiner Mutter. Konstanze von Sizilien«, antwortete der Mann, und in diesem Augenblick wurde Magdalena bewusst, wem sie da gegenüber saß: Friedrich Roger von Hohenstaufen. Erst jetzt bemerkte sie, dass der sarazenische Leibwächter halb verdeckt hinter einer Zeltleinwand stand und seinen Herrn nicht aus den Augen ließ.

Sie wollte schon aufstehen, aber der König nahm ihre Hand und sagte mit leiser, angenehmer Stimme: »Bleibt sitzen, Magdalena. Ich wollte mir nur die Freiheit nehmen, ohne großes Aufsehen mit Euch und Eurer Freundin zu reden.«

»Soll ich sie holen, Majestät?«

»Nein, nein. Lasst sie schlafen.«

»Wenn ich mir die Freiheit erlauben darf: Das solltet Ihr auch tun. Morgen wird ein anstrengender Tag für Euch.«

Der König schlug die Kapuze zurück, und sie erkannte sein Lächeln.

»Ihr seid doch kaum älter als ich und doch redet Ihr wie eine Mutter zu mir. Eine Mutter, die ich nie gehabt habe. Sie ist gestorben, als ich vier Jahre alt war.«

Magdalena senkte verschämt den Blick. »Verzeiht, Majestät, ich wollte Euch nicht zu nahe treten.«

Friedrich winkte ab. »Wisst Ihr, wie man mich in meinem Stammland, hier auf deutschem Boden, nennt?«

Magdalena schüttelte verneinend den Kopf.

»Das Kind aus Pülle.«

Magdalena konnte nicht anders – sie musste lächeln. Friedrichs Gesicht wirkte auf einmal finster entschlossen, als er sagte: »Aber dieses Kind aus Pülle wird es allen noch zeigen.«

»Ich weiß, es steht mir nicht zu, aber ich mache mir nur Sorgen um Euch.«

Friedrich seufzte. »Die mache ich mir auch. Deshalb bin ich hier bei Euch. Man hat mir gesagt, Eure Freundin und Ihr könnt zuweilen in die Zukunft sehen.«

»Wer hat das gesagt?«

»Paolo de Gasperi.«

»Er hat uns belauscht?«

»Nein. Nicht absichtlich. Aber er hat Euch darüber sprechen gehört. Ganz genau hat er es nicht verstanden, aber er hat damit mein Interesse geweckt.«

»Nun – Euer Gefährte hat richtig gehört. Abeline und ich – wir haben darüber gesprochen. Es ist ... wie soll ich das erklären ... es ist eine seltsame Gabe. Bisweilen träume ich, was in der Zukunft geschieht«, log Magdalena. Jetzt war es unwiederbringlich heraus. Sie wusste in diesem Augenblick nicht, warum sie das tat und etwas von sich behauptete, das Abeline zu eigen war. Ob sie sich bei einem König wichtigmachen wollte oder größer, als sie war? Aber irgendetwas in ihr wollte nicht, dass dieser Mann, der ihr mehr gefiel, als sie es vor sich selbst zugeben wollte – eigentlich war er der Allererste, der ihr jemals gefiel –, jetzt aufstand und wieder ging. Wenn er das tat, würde sie ihn höchstwahrscheinlich nie mehr wiedersehen. Also war es das Beste, ihn mit dem festzuhalten, wofür er sich in seiner prekären Situation am meisten interessierte: seine eigene Zukunft. Und die kannte sie schließlich. Abeline hatte ihr alles haarklein erzählt, was sie geträumt hatte. Sie konnte sich an jedes Wort erinnern. Und wenn sie schon flunkerte, dann konnte sie gleich Abelines Träume als die ihren ausgeben, ihre Freundin hatte ihr oft genug erzählt, dass sie aus dem Nichts kamen und wie sie sich danach, wenn sie aufgewacht war, gefühlt hatte. Sie merkte, dass sie seine Aufmerksamkeit hatte, räusperte sich und sagte: »Es ist nicht so, dass ich meine Hand auf Eure legen muss oder aus alten Knochen lese. Es ist keine ... keine Hexerei. Ich kann es nicht herbeizaubern. Es kommt im Schlaf, wenn ich träume.«

»Eine Vision?«

»So ähnlich. Ich sehe es im Schlaf vor mir, als ob es gerade geschieht, so deutlich ist es manchmal.«

»Seit wann habt Ihr das?«

»Seit ich ein Kind war. Ihr glaubt mir?«

Mit vollem Ernst sagte er: »Ich glaube alles bis zum Beweis des Gegenteils. Sagt mir – was habt Ihr gesehen?«

»Ich habe Euer Heer schon vor Jahren über die Alpen kommen sehen. Und ich wusste im Traum, dass Ihr ein König seid.«

»Dann habt Ihr vielleicht auch gesehen, was morgen geschieht? Wird Otto mit seinem Heer kommen und uns vernichtend schlagen?«

»Er wird kommen. Aber er wird zu spät kommen.«

Friedrich schüttelte bekümmert den Kopf. »Das sagt Ihr. Ein Mädchen, so alt wie ich. Ein Mädchen, das nichts von Krieg weiß, nichts von Machtkämpfen, nichts von Intrigen, nichts von den selbstsüchtigen Interessen mächtiger Fürsten, vom Primat der Kirche. Meine Berater, die mit all diesen Machtspielen seit Jahr und Tag zu tun haben und diese Gemengelage mit der Muttermilch eingesogen haben, sagen etwas anderes. Dass ich mit meinen Ambitionen von Anfang an auf verlorenem Posten gestanden habe und dass wir vernichtet werden, wenn wir in offener Feldschlacht auf unsere Gegner treffen.«

Er legte seine Hand beschwörend auf Magdalenas Knie und sah ihr in die Augen, dass es Magdalena durch Mark und Bein fuhr. Noch nie hatte sie ein Gefühl dieser Art verspürt, es war gleichsam, als flösse flüssiges Blei statt Blut durch ihre Adern. Sie wünschte, Friedrich, der Mann, nicht der König, würde seine Hand nicht mehr wegnehmen. Gott sei Dank sprach Friedrich weiter. Magdalena hatte einen so dicken Kloß in ihrem Hals, dass sie kein Wort herausgebracht hätte.

»Mein Herz sagt mir, dass ich auf Euch hören sollte. Mein Kopf sagt mir, dass ich damit in mein Verderben renne. Sagt mir: Auf was soll ich hören? Auf das ...«

Er nahm ihre Hand und legte sie auf seine Brust, dann auf seine Stirn. »... oder auf das?«

Magdalena erschauerte. Bevor sie etwas antworten konnte, drückte er sanft seine Finger auf ihre Lippen, zum Zeichen, dass sie schweigen sollte. Das Blut schoss ihr ins Gesicht, was man am schwach flackernden Lagerfeuer nicht sehen konnte. Sie fing an zu zittern, als er wieder sprach. »Es ist sonst gar nicht meine Art, solche Fragen mit jungen Frauen zu erörtern. Aber Ihr seid etwas Besonderes. Das spüre ich.«

Er war ihr ganz nahe gekommen und schaute in ihre Augen, als wolle er ihr Innerstes erforschen. Magdalena wagte es nicht, auch nur einen Lidschlag zu tun, geschweige denn, ihre Augen niederzuschlagen, so wie es, wie sie wusste, als Frau von Sitte und Ehrbarkeit angebracht war. Sie konnte dem Bannstrahl seiner Augen einfach nicht ausweichen, selbst wenn sie es gewollt hätte. Plötzlich lehnte er sich wieder zurück und fragte: »Also?«

Magdalena schluckte und spürte, dass sie ihre Stimme wiedergefunden hatte. Im selben Augenblick wusste sie, dass das, was sie jetzt sagen würde, von eminent wichtiger Bedeutung für sie war. Sagte sie etwas Falsches oder Belangloses, würde er sich in ihr getäuscht fühlen, und die Magie des Augenblicks wäre schneller dahin als eine Schneeflocke im Herdfeuer. Sagte sie hingegen etwas Geistreiches und für seine Sache Erfolgversprechendes, hätte sie die Gelegenheit beim Schopf gepackt, dass sich für sie die Tür zu einer ganz anderen Welt, eine ganz andere Zukunft auftun würde. Sie beschloss, es zu versuchen. Abeline würde es hoffentlich verstehen und gutheißen ...

»Majestät«, flüsterte sie, »hört auf das!«, und besaß die ungeheure Dreistigkeit, kurz ihre Hand auf seine Brust zu legen. Er bewegte sich nicht und sprach kein Wort. Sie nahm ihren ganzen Mut zusammen und sagte: »Wenn es Euch recht ist, erzähle ich Euch, was ich noch gesehen habe in meinem Traum.«

Ihr Herz hörte für einen Moment auf zu schlagen, bis er auffordernd nickte. So ermutigt, fuhr sie fort: »Ich habe nicht nur gesehen, wie Ihr vor Eurem Widersacher in Konstanz eingetroffen seid, sondern auch, dass Fürstbischof Konrad II. von Tegerfelden Euch Einlass gewährt, sobald Ihr die päpstliche Urkunde von der Exkommunikation des Otto von Braunschweig vorzeigt.«

Er beugte sich überrascht zurück. »Woher wisst Ihr von dieser Urkunde?«

»Wenn ich davon träume, weiß ich es.« Inzwischen war es Magdalena, als hätte sie selbst den Traum von Abeline geträumt, so sicher war sie geworden, so sehr glaubte sie selbst an das, was sie sagte. Sie spürte, dass nun der Augenblick gekommen war, alles aufs Spiel zu setzen. Sie hatte Friedrichs ganze gespannte Gunst und Geneigtheit. Ihr war klar, dass sie den ganzen Mann niemals bekommen würde, aber wenigstens einen kleinen Teil von ihm, und das war mehr, als sie jemals vom Leben hatte erwarten können. Ihr, der grauen Maus, die lange Zeit, als sie noch kleiner war, ein Junge sein wollte, war gleichzeitig offenbar geworden, was es bedeutete, dass sie eine Frau war und was sie damit bewirken konnte, und dass sie noch andere Sehnsüchte hatte, als herumzustreunen. »Otto von Braunschweig wird erfolglos wieder abziehen, weil er weiß, dass Konstanz mit seinem für Belagerungen nicht ausgerüsteten Heer nicht einzunehmen ist. Und Ihr ... Ihr werdet auf dem steinernen Kaiserthron Karls des Großen in Aachen sitzen und zum Kaiser gekrönt werden.«

Als er das hörte, fuhr Friedrich regelrecht zurück. »Das wollt Ihr gesehen haben?«

»Ja. So deutlich, wie Ihr hier vor mir sitzt, Majestät.«

Er erhob sich und ging innerlich aufgewühlt hin und her, bis er endlich stehen blieb und Magdalena einen Seitenblick zuwarf. »Ich nehme Euch beim Wort. Ihr hört wieder von mir.«

Damit drehte er sich um und ging raschen Schrittes davon, seine Leibwache folgte ihm auf dem Fuß.

Magdalena blieb zurück, sie war bis in die Grundfesten ihres Seins erschüttert. War sie zu weit gegangen? Hatte sie Abeline aus eigensüchtigen Motiven verraten? Hatte sie mit ihren Prophezeiungen, die gar nicht die ihren waren, Friedrich zu einer Tat verleitet, die ihn und seine Anhängerschaft geradewegs ins Verderben und den Untergang führte? Schlechtes Gewissen und ein merkwürdig beklemmendes Angstgefühl krochen in ihr hoch.

Nein, das hatte sie nicht. Sie hatte nur das vorhergesagt, was sie von Abeline wusste. Und Abeline hatte immer recht gehabt.

Bis der Morgen zu grauen begann, blieb Magdalena an der Feuerstelle sitzen und sah zu, wie die rötliche Glut allmählich zu grauer Asche wurde. Sie war nicht fähig, aufzustehen und sich irgendwo zur Ruhe zu begeben. Sie zuckte erst zusammen, als sie einen dumpfen Trommelwirbel hörte.

Der Weckruf.

Die Männer schälten sich aus ihren Decken und schlüpften aus ihren Zelten, auf einen Schlag war Leben im Lager, Befehle ertönten, jedermann wusste, was er zu tun hatte. Der Abriss des Lagers und der Aufbruch gingen rasch vonstatten.

Der Wettlauf um Konstanz und somit der Kampf ums Reich hatte begonnen und war nicht mehr aufzuhalten.

Abeline kam heran und setzte sich verschlafen und wortlos zu Magdalena an die Feuerstelle. Sie hatte eine Decke um ihre Schultern gelegt und fröstelte. Magdalena legte Holz nach und blies in die Glutreste, um das Feuer wieder zu entfachen. Sie war ganz wirr im Kopf. Sollte sie ihrer Freundin beichten, wer sie aufgesucht hatte und was sie ihm erzählt hatte?

Sie beschloss, über das, was geschehen war, für immer Stillschweigen zu bewahren. Wenn Abeline jemals davon erfuhr, dass ihre beste und einzige Freundin Magdalena ihre Träume für sich benutzt hatte, um sich in das Herz eines Mannes – des Königs und zukünftigen Kaisers! – einzuschleichen, dann würde sie diesen Umstand als Verrat sehen und ihre Freundschaft aufkündigen. Und das würde Magdalena das Herz brechen.

Das kleine Heer mit Friedrich an der Spitze setzte sich in Bewegung.

Was hatte sie nur getan?

TEIL V

I

Abeline und Magdalena waren aufgestanden und beobachteten, wie Friedrich Roger von Hohenstaufen, seine Männer und seine hochrangigen Begleiter im Morgennebel gen Konstanz abzogen und darin verschwanden. Für sie als Frauen war kein Platz im Heer, schließlich waren Kampfhandlungen mehr als wahrscheinlich, obwohl Magdalena in diesem Augenblick nichts lieber gewesen wäre, als an vorderster Front dabei zu sein. Abeline hatte schon ihrem Vater und Paolo auf Wiedersehen gesagt, die beiden hatten im Heerzug wichtige Aufgaben zu übernehmen. Nur zu gern hätte Magdalena gewusst, wie sich der Abschied zwischen Abeline und Paolo abgespielt hatte.

Ein späteres Nachrücken der beiden Mädchen war vorerst nicht vorgesehen, erst einmal musste abgewartet werden, ob Friedrichs Aufmarsch vor den Toren von Konstanz von Erfolg gekrönt war, so wie es Abeline vorausgesehen hatte. Selbst wenn alles tatsächlich so reibungslos vonstatten ging, wie es Magdalena Friedrich vorher prophezeit hatte, war es nicht angebracht, dass sie sich in Konstanz sehen ließen und Abeline womöglich von Fürstbischof Konrad II. von Tegerfelden noch erkannt wurde. Es hätte zu unabsehbaren Komplikationen führen können, wenn herauskam, dass Friedrich eine zum Tod verurteilte Hexe in seinen Tross aufgenommen hatte.

Philip von Melchingen, der im Heer eine ganze Abteilung

unter seinem Befehl hatte, stellte die zwei Männer als Begleitschutz für seine Tochter und deren Freundin ab, die das Fuhrwerk ins Lager gebracht hatten. Die zwei waren nicht ganz unglücklich über ihre Aufgabe, denn es hatte sich allgemein herumgesprochen, dass Friedrichs Marsch auf Konstanz bei der gewaltigen Übermacht des Feindes mehr oder weniger einem Himmelfahrtskommando gleichkam. Auch sie sahen dem Abmarsch der Kameraden mit gemischten Gefühlen zu, bevor sie sich daranmachten, sich um die Pferde zu kümmern und Brennholz herbeizuschaffen. Sie richteten sich im besten Fall auf ein paar Tage ein – selbst wenn alles gut ausging, sollten sie erst mit Abeline und Magdalena nachkommen, sobald Friedrich Konstanz wieder verlassen konnte, um auf der alten Römerstraße ins Elsass und in die Kaiserpfalz nach Hagenau weiterzuziehen, die einst von Kaiser Friedrich Barbarossa, dem Großvater des jungen Friedrich, errichtet worden war. Jedenfalls war das der Plan.

Magdalena konnte Abeline kaum in die Augen sehen, dazu hatte sie ein viel zu schlechtes Gewissen. Sie kümmerte sich um Fuhrwerk und Pferd und versuchte so, sich abzulenken. Beim Striegeln tat sie etwas, was sie schon lange nicht mehr praktiziert hatte: Sie betete inständig für die Seele ihres Vaters und dann für Friedrich und dessen Vorhaben. Dann führte sie das Pferd zum Ufer des Sees, damit es saufen konnte. Der eigentliche Grund dafür war aber, dass sie vielleicht sehen konnte, ob in Richtung Konstanz – die Stadt am Rheinabfluss war im Dunst nur zu erahnen – schon Rauchsäulen aufstiegen, die angezeigt hätten, dass es zu Kampfhandlungen gekommen und eine Schlacht im Gange war. Aber sie konnte nichts dergleichen erkennen, obwohl sie den ganzen Horizont absuchte. Die Ungewissheit nagte an ihr ebenso wie die Tatsache, dass sie gelogen und Abelines Fähigkeiten als die ihren ausgegeben hatte. Andererseits war Abeline seit dem Wiedersehen mit ihrem Vater ungewöhnlich still und in sich gekehrt. Magdalena vermutete, dass sie wahrscheinlich durch die Schilderungen ihres Vaters von den Umständen des Todes ihrer Mutter innerlich erneut so aufgewühlt war, dass es angebracht schien, sie jetzt nicht noch zusätzlich mit ihren Sorgen und Gewissensbissen zu belasten. Wie sie es auch drehte und wendete, es war wie verhext. Egal, wofür sie sich entschied – es gab nur einen Gedanken, den sie nicht ertragen konnte: ihre Freundschaft zu Abeline aufs Spiel zu setzen oder sie gar zu verlieren. Kurz war ihr, als hörte sie Abeline nach ihr rufen. Sie horchte – nein, da musste sie sich getäuscht haben. Sie tätschelte ihr Pferd und führte es zurück zum Waldrand, an dem sie ihr Lager aufgeschlagen hatten. Das Fuhrwerk war noch da, aber von den zwei Bewaffneten und Abeline war weit und breit nichts zu sehen. Wo waren sie hingegangen? Sie stieß einen schrillen Pfiff aus. Nichts. Die zwei Pferde der Männer waren angepflockt, also waren sie nicht weggeritten. Außerdem hätte Abelines Vater niemals unzuverlässige Männer als Schutz für seine Tochter abkommandiert. Da stimmte etwas nicht. Sie pfiff erneut, rief: »Abeline!« Dann noch einmal, so laut sie konnte. Etwas raschelte in ihrem Rücken. Gerade war sie im Begriff, sich umzudrehen, da bekam sie einen heftigen Schlag auf den Hinterkopf und verlor das Bewusstsein.

Magdalena wachte auf, als sie spürte, dass der Untergrund, auf dem sie lag, schwankte und dümpelte. Oder träumte sie etwa? Aber sie konnte doch deutlich das Schwappen von Wasser hören, spürte, wie es leicht schaukelte. Also war sie doch wach. War es noch Tag oder schon Nacht? Ihr Hinterkopf schmerzte höllisch, die Arme waren irgendwie verdreht und taten ebenfalls weh, irgendetwas Unförmiges klemmte zwischen ihren Zähnen, es schmeckte ekelerregend, und sie konnte ihre Zunge kaum bewegen. Ihre Augen mussten verbunden sein, und sie hatte einen Knebel im Mund. Aber nicht nur das – sie schien in einem Sack zu stecken. Mit den Händen, die in ihrem Rücken gefesselt waren – deshalb die Schmerzen in den Armen – spürte sie ein raues Gewebe, ebenso an ihren nackten Füßen, die an den Knöcheln zusammengebunden waren. Sie versuchte, sich zu bewegen. Neben ihr schien eine weitere Person zu liegen. Magdalena nahm ihre ganzen Kräfte zusammen, wand sich wie eine Wildkatze und versuchte zu strampeln und zu schreien. Prompt bekam sie einen heftigen Tritt in die Rippen, so dass ihr die Luft wegblieb vor Schmerz.

»Sei ruhig!«, befahl eine barsche Männerstimme. »Sonst schneide ich dir die Kehle durch.«

Zuerst zuckte Magdalena zusammen, dann versuchte sie, sich trotz der Schmerzen still zu verhalten. Die Stimme kam ihr bekannt vor, ebenso die Drohung – wie ein Blitz fuhr es ihr durch alle Glieder: Jetzt war sie ihm doch noch in die Hände geraten, ihm, Geowyn von der Tann!

Nachdem der erste Schreck vorbei war, tastete sie nach der neben ihr liegenden Person, sie wollte unbedingt wissen, ob das Abeline war. Doch es gelang ihr nicht durch den Rupfen des Sacks. Aber sie spürte den Körper und dass er sich bewegte. Aus dem Schaukeln und dem gelegentlichen Plätschern schloss sie, dass sie auf einem Boot oder einer Fähre auf dem Bodensee unterwegs waren. Immerhin waren sie noch am Leben. Aber was hatte Ritter Geowyn vor? Warum hatte er sie nicht gleich getötet, wenn er sie schon aufgespürt und die Gelegenheit dazu hatte? Sollte es etwa zurück nach Mariaschnee gehen? Plötzlich bekam sie einen fast unbezähmbaren Hustenreiz. Sie musste ruhig und gleichmäßig atmen, sonst geriet sie noch in Panik und erstickte an ihrem eigenen Knebel.

Sie hatte nicht die geringste Ahnung, wie lange sie jetzt schon in diesem Sack steckte, als sie merkte, dass sie wohl für eine ganze Weile weggedämmert war. Das Schaukeln war jetzt in ein Rumpeln und Schütteln übergegangen, sie lagen offenbar auf ihrem eigenen Fuhrwerk, das jetzt über einen holprigen Weg fuhr. Sie erkannte es auch an den Geräuschen, außerdem war ihre Augenbinde unter dem Rupfensack verrutscht, und sie sah, dass es draußen hell war. Der Wagen hielt an. Grobe Hände packten sie, wuchteten sie unsanft aus dem Wagen und stellten sie auf ihre wackligen Füße. Der Sack wurde ihr über den Kopf gezogen, die Augenbinde und der stinkende Knebel entfernt, von dem ihr schon ganz schlecht war. Sie spuckte und hustete und blinzelte ins Sonnenlicht. Schließlich nahm sie wahr, dass sie sich mitten auf einer Waldlichtung befanden, neben ihr das Fuhrwerk. Ein blonder Hüne hatte ihr den Sack, die Augenbinde und den Knebel abgenommen, sie kannte ihn, er gehörte zu Ritter Geowyns Männern und hatte ihr und Abeline bei Idas Grablegung geholfen. Seine Miene war völlig ausdruckslos, als er sie herumdrehte und zusah, wie zwei weitere Männer einen zweiten Sack mit einem menschlichen Körper von der Ladefläche des Wagens hievten und neben sie stellten. Von seinem Pferd aus überwachte Geowyn von der Tann die Aktion. Die zwei Männer zogen den Sack über Abelines Kopf und nahmen ihr ebenfalls die Augenbinde und den Knebel ab. Sie blinzelte und spuckte genauso wie Magdalena, erfasste die Situation und warf ihrer Freundin einen beredten Blick zu. Auch sie wackelte bedenklich und musste anfangs von den zwei Männern gestützt werden, damit sie nicht umfiel. Abeline war ebenfalls an Händen und Füßen gefesselt.

Unvermittelt wurden sie von Ritter Geowyn angesprochen. »Ihr habt jetzt zwei Möglichkeiten. Entweder ihr benehmt euch daneben, dann werdet ihr wieder in eure Säcke gesperrt, egal wir lang wir noch unterwegs sind, und da drin bleibt ihr bis ans Ende eurer Tage oder wie es mir gerade passt. Oder ihr fügt euch, sagt keinen Ton und befolgt strikt, was euch gesagt wird. Dann bekommt ihr, wenn wir einen kurzen Halt einlegen, Wasser zu trinken und ein Stück Brot. Also noch mal: keine Fragen, kein Gemecker, kein Fluchtversuch. Ihr würdet nicht weit kommen. Fügt ihr euch?«

Abeline und Magdalena tauschten einen Blick aus, sie waren sich gezwungenermaßen einig und nickten.

Geowyn nickte ebenfalls und sagte: »Ihr dürft jetzt nacheinander kurz in den Wald. Wenn eine von euch es vorzieht, die Situation auszunutzen und davonzurennen, bezahlt es die andere mit ihrem Leben. Habt ihr das verstanden?«

Wieder nickten sie, zu sprechen trauten sie sich nicht.

»Na dann los. Ach ja, bevor ich das vergesse: Sollte eine von euch auf die dumme Idee kommen, irgendeine verfluchte Hexengeschichte zu veranstalten, dann fackeln wir nicht lange und beenden euer irdisches Dasein. Dann könnt ihr eure Zauberkünste in der Hölle ausprobieren.«

Er wendete sein Pferd und sprengte davon.

Der blonde Hüne befreite Magdalena von ihren Fesseln, schubste sie an und brummte: »Du kannst so lange wegbleiben, wie ein Vaterunser dauert.« Er wies mit dem Kopf auf Abeline, der einer der Männer einen Dolch an die Kehle hielt. »Du betest laut!«, befahl er Abeline.

Während Abeline stockend anfing: »Pater noster, qui es in caelis, sanctificetur nomen tuum …«, stolperte Magdalena keinen Augenblick zu spät hinter die Büsche und übergab sich.

II

Der Wagen mit den gefesselten Mädchen auf der Ladefläche rumpelte die einsame Landstraße auf einem Höhenzug den Oberrhein entlang. So weit das Auge reichte, war nur Wald zu sehen, tief unten, zur linken Hand, schimmerte das silbergraue Band des Rheins zwischen den Bäumen hindurch. In den Alpen musste es ungewöhnlich heftige Regengüsse gegeben haben, der Fluss war stark angeschwollen, er führte entwurzelte Bäume und Schwemmholz mit sich und war schon weit über seine Ufer getreten.

Aber an den gewaltigen Fluss und seine unbändige Kraft, die alles mit sich riss, was im Weg war, verschwendete Ritter Geowyn von der Tann keinen Blick. Er ritt hinter dem Wagen und seinen Männern her und war mehr als zufrieden, ja, er sonnte sich geradezu in seinem glanzvollen Erfolg. Wie lange waren er und seine Männer auf der Suche nach diesen zwei Hexen kreuz und quer durch den Südwesten des Landes gezogen? Sie wollten schon mehrfach aufgeben, obwohl sein Ruf davon abhing, dass er die Gesuchten ausfindig und dingfest machen konnte. Erst nach Monaten des erfolglosen Herumstreifens hatte er endlich einen brauchbaren Hinweis bekommen, Witterung aufgenommen und diesen Alchemisten ausgeschaltet, doch dann waren ihm die zwei Hexenfrauen wieder knapp durch die Lappen gegangen. Doch in Ulm, als er sie schließlich mit eigenen Augen gesehen hatte, als er endlich den Beweis hatte, dass sie überhaupt noch am Leben waren, war sein Jagdinstinkt wiedererwacht und der seiner Männer ebenso. Abeline und Magdalena waren zwar mit knapper Not entkommen, aber diesmal war er sich sicher gewesen, dass er sie binnen kürzester Zeit doch noch zur Strecke bringen würde.

Einen seiner Männer hatte er als Boten zu Schwester Hiltrud geschickt mit der Meldung, dass er nicht eher nach Burg Melchingen zurückkehren würde, bis er die Hexen entweder getötet, oder, noch viel, viel besser, gefangen genommen hatte und sie der Äbtissin von Mariaschnee auf dem Silbertablett präsentieren konnte. Das wäre der ultimative Triumph. Schwester Hiltrud würde ihm in ihrer unendlichen Dankbarkeit jegliche Belohnung zukommen lassen, die er sich nur wünschen konnte.

Nachts, wenn seine Männer schliefen, schwelgte er in der Vorstellung, wie diese Belohnungen aussehen konnten, und tagsüber befeuerten sie seinen Eifer und seine Tatkraft. Er hatte von reisenden Kaufleuten erfahren, dass Abeline und Magdalena zum Bodensee unterwegs waren, und tatsächlich das Glück gehabt, in Meersburg einen Fährmann aufzutreiben, der zwei Mädchen, auf die die Beschreibung passte, des Nachts nach Konstanz übergesetzt hatte.

Über den politischen Machtkampf zwischen Welfen und Staufern um den Kaiserthron und eine sich anbahnende Entscheidung in Konstanz wusste er Bescheid, alle möglichen Gerüchte darüber waren im Umlauf. Es war immer nützlich, sich auf dem Laufenden zu halten, was sich im Reich abspielte, aber im Grunde genommen scherte er sich einen Dreck darum. Für sein Vorhaben war es nur von Vorteil, wenn es drunter und drüber ging, dann waren die Leute gefälliger und auskunftsfreudiger, weil jeder nur danach trachtete, wie er in der undurchsichtigen Gemengelage einen persönlichen Vorteil für sich herausschlagen konnte. Solange er im Auftrag der Äbtissin und damit mit dem Segen des Fürstbischofs unterwegs war – und dieser sich nicht der Verliererpartei anschloss –, konnte er kraft seines Amtes und seiner starken Arme und der seiner Männer schalten und walten, wie es ihm beliebte. Wenn er mit seiner furchteinflößenden Truppe dahergaloppiert kam wie die Reiter der Apokalypse, wagte es niemand, sie aufzuhalten, es sei denn, er war lebensmüde.

Der alte Fährmann mit dem lückenhaften Gebiss hatte sie für gutes Geld genau an der Uferstelle des Bodensees abgesetzt, an der er die beiden Mädchen und ihren seltsamen neuen Gefährten zurückgelassen hatte. Geowyn versprach dem Alten, dem die nackte Gier ins Gesicht geschrieben stand, eine weitere erkleckliche Entlohnung, wenn er dort mit seiner Fähre, einem alten und wackligen, aber geräumigen Holzboot, auf ihre Rückkehr wartete und sie wieder zum nördlichen Ufer übersetzte, ohne irgendwelche Fragen zu stellen.

Endlich hatten sie einmal verdammtes Glück gehabt und die beiden Hexen entdeckt. Sie waren davon abgelenkt, wie dieses klägliche Heer des Kindes aus Pülle nach Konstanz zog. Für Ritter Geowyn und seine Männer war es mit ihrer soldatischen Erfahrung eine Kleinigkeit gewesen, die zwei bewaffneten Aufpasser lautlos kaltzumachen und die beiden Mädchen lebend in ihre Gewalt zu bekommen.

Es war ausgerechnet der 22. des Monats Scheiding im Jahre des Herrn 1212, das für das Heilige Römische Reich so bedeutsame Datum von Friedrichs Einmarsch in Konstanz – drei Stunden vor seinem Widersacher Otto von Braunschweig, wie man sich erzählte, der mit seinem Heer vor verschlossenen Toren stand, den Wettlauf um Konstanz verloren hatte und wieder abziehen musste.

Diesen Tag würde Geowyn für immer im Gedächtnis behalten, obwohl es ihm normalerweise herzlich egal war, ob es Ostern war oder Weihnachten. Was zählte, war allein der Triumph, die Hexen lebendig und völlig unversehrt in die Hände bekommen zu haben. Diesmal schickte er keinen Boten zur Äbtissin. Diese Nachricht würde er persönlich überbringen, das konnte er sich nicht entgehen lassen, das Gesicht der in der Öffentlichkeit als unnahbar und unbeirrbar streng geltenden Schwester Hiltrud zu sehen, wenn er davon Meldung machte ...

Er lachte still in sich hinein. Dieser Moment war die mühevolle, monatelange Jagd, die ursprünglich sogar ihm in schwachen Stunden aussichtslos erschienen war, wert gewesen.

Das Fuhrwerk vor ihm wurde langsamer, was daran lag, dass sie endlich auf den steil ansteigenden Zufahrtsweg zur Burg Melchingen eingebogen waren. Die Männer vor ihm stiegen von ihren Pferden und halfen schieben, die heruntergelassene Zugbrücke war schon in Sichtweite.

Die Mädchen hatten sich während der gesamten Fahrt brav und gehorsam verhalten wie willfährige Lämmer, er hatte sie auch genügend eingeschüchtert. Trotzdem hatten er und seine Männer sie keinen Moment aus den Augen gelassen, schließlich konnte man nie wissen, was diese Hexenbrut alles im Sinn und im Köcher hatte. Diesmal sollte es ihnen nicht gelingen, dem Teufel noch einmal von der Schippe zu springen. Das Gedankenwortspiel erheiterte ihn. Abeline und Magdalena, die Dienerinnen des Teufels, würden bald Gelegenheit bekommen, ihrem Herrn und Meister gegenüberzutreten. Das Wann und das Wie bestimmte Schwester Hiltrud, diese Entscheidungen würden zu ihrer großen, persönlichen Genugtuung werden, die er ihr zu Füßen legte und die er ihr ganz allein überlassen würde.

Der Wagen polterte über die Zugbrücke und hielt mitten auf dem Burghof, wo sie schon, weil er einen Mann vorausgeschickt hatte, von den restlichen Burginsassen und den Bediensteten, die er zum größten Teil vom vorherigen Burgherrn übernommen und auf sich eingeschworen hatte, mit dem Respekt erwartet wurden, der ihrem Herrn, Ritter Geowyn von der Tann, gebührte.

Pechschwarze Wolken zogen am Firmament auf, es begann zu regnen. Sie hatten auch jetzt wieder Glück gehabt, rechtzeitig angekommen zu sein, es sah wirklich nach einem schweren Unwetter aus.

Abeline und Magdalena waren die ganze Fahrt über gefesselt und geknebelt gewesen, Ritter Geowyn wollte kein unnötiges Risiko eingehen, dass sie vielleicht heimlich miteinander konspirierten oder irgendwelche teuflischen Pläne schmiedeten. Er hatte kein weiteres Wort mit ihnen gesprochen und sie über das Ziel ihrer Fahrt im Ungewissen gelassen. Sie sollten im eigenen Saft schmoren, ein wenig Angstschweiß vor dem endgültigen Schlusskapitel konnte nicht schaden, fand er – als kleiner Ausgleich dafür, dass sie ihn und die Äbtissin so lange Zeit an der Nase herumgeführt hatten. Er hatte sie unterwegs anständig behandelt und sie weder Hunger noch Durst leiden lassen. Schwester Hiltrud würde es zu schätzen wissen, wenn sie Abeline und Magdalena in guter körperlicher Verfassung antraf. Sie hatte sicher nie und nimmer damit gerechnet, dass Ritter Geowyn sie überhaupt bei lebendigem Leib wieder herbeischaffen würde. Nach Mariaschnee konnte er sie nicht bringen, die Gefahr war zu groß, dass Abeline ihr Wissen um die Ermordung der Äbtissin ausplauderte, weil der Fürstbischof sich vielleicht für die Hexe interessierte und wissen wollte, auf welche Weise es ihr gelungen war, aus der zugemauerten Kunigundenkapelle zu entkommen. Nein, vorerst durfte niemand davon erfahren, dass er Abeline und Magdalena in seinem sicheren Gewahrsam hatte, Schwester Hiltrud würde schon wissen, wie mit den beiden zu verfahren war – wahrscheinlich würde sie die Mädchen diesmal einem peinlichen Verhör unterziehen wollen, um auch das letzte Geheimnis aus ihnen herauszupressen. Dessen war er sich sicher, das würde die Äbtissin sich nicht entgehen lassen. Aber heute würde er erst einmal in der Burg, die vormals der Familie von Abeline zu eigen und nun dank Schwester Hiltrud in seinen Besitz übergegangen war, mit seinen Männern ein Gelage zur Feier des Tages veranstalten, das es in sich hatte, während die zwei Hexen, sicher eingesperrt in der Burgkapelle, sich schon einmal ausmalen konnten, was sie alles erwartete. So, wie er Schwester Hiltrud und ihre Rachsucht einschätzte, konnte das für die beiden ein langes Martyrium werden, während sich für ihn die Pforten des irdischen Paradieses auftun würden …

III

Der blonde Hüne stellte noch zwei Eimer in die Burgkapelle, einen davon mit Trinkwasser, daneben legte er einen Laib Brot und ein paar Äpfel. Dann ging er wortlos wieder hinaus und verriegelte die Tür von außen, danach schloss er noch mit einem Schlüssel ab. Abeline und Magdalena saßen auf der Stufe vor dem Altar, der einzigen Sitzgelegenheit. Der Riegel und das Schloss waren ihretwegen frisch angebracht worden, die Tür war aus altem, steinhartem Eichenholz. Die Kapelle von Burg Melchingen war, nach Ritter Geowyns eingehender Untersuchung, der ausbruchsicherste und zugleich am leichtesten zugängliche Raum in der ganzen Burg, er hatte nicht einmal eine kleine Fensteröffnung. Der Boden bestand aus schwerem Granit, an der Stirnseite befand sich der kleine Altar mit dem eisernen Kruzifix, daneben mehrere Kerzenständer, und an der Wand waren genügend Ersatzkerzen aufgestapelt, um die kleine Hauskapelle, die gerade Platz für ein Dutzend Menschen bot, ausreichend auszuleuchten. Zentral auf dem Boden war eine türgroße Steinplatte eingelassen, in die das Wappen der Melchinger, der steigende Hirsch mit siebenendigem Geweih auf zwei Wellenbalken, eingemeißelt war und darunter die Buchstaben »PVM – MCLXI«, offensichtlich die Deckplatte für die Familiengruft. In der rechten Seitenwand stand in einer Nische in Kopfhöhe eine fast lebensgroße Marienstatue aus Marmor, die segnend die linke

Hand hob. Mit ihrer Miene, die keinerlei Gefühlsregung zeigte, mit ihrem kerzengeraden Rücken und ihrer stolzen Haltung in ihrem perfekt gefältelten Kapuzenumhang wirkte sie unnahbar und erhaben über alle irdischen Angelegenheiten.

Während Magdalena nach einem Apfel griff und hineinbiss, stand Abeline auf und sah nachdenklich die Figur an, die sie schon als Kind immer bewundert hatte.

Magdalena aß erst ihren Apfel auf und warf den Apfelbutzen zielsicher in den leeren Kübel, bevor sie sich nicht mehr zurückhalten konnte und spöttisch fragte: »Glaubst du, es hilft uns, wenn wir zur Heiligen Jungfrau Maria beten? Dass wir hier herauskommen?«

Irritiert drehte sich Abeline um. »Nein«, sagte sie, »nicht wirklich. Aber wer weiß ... Ich musste oft an die Heilige Jungfrau Maria in unserer Burgkapelle denken im Kloster ...«

Magdalena stand ächzend auf, nahm einen zweiten Apfel und stellte sich kauend neben Abeline. Zu zweit starrten sie auf die Figur.

»Ich weiß, warum«, sagte Magdalena undeutlich. »Weil sie aussieht wie Schwester Hiltrud. Genauso unnahbar und streng. Fehlt nur noch, dass sie die Hände in die Ärmel gesteckt hat. Meinst du, Ritter Geowyn wird uns nach Mariaschnee bringen?«

»Nein. Das wird er nicht.«

»Warum bist du dir da so sicher?«

»Weil Schwester Hiltrud es nicht riskieren kann, dass durch mich die Wahrheit ans Licht kommt. Über den Mord an der Äbtissin. Geowyn wird Schwester Hiltrud hierherholen.«

»Wann?«

»Ich weiß es nicht.«

»Wieso nicht? Du weißt doch sonst alles, was sich abspielen wird.«

Als Abeline nur gleichmütig mit den Schultern zuckte, verlor Magdalena mit einem Mal ihre stoische Gelassenheit, die seit ihrer Gefangennahme nur aufgesetzt und gespielt war, schließlich wussten sie beide, dass ihr Leben auf dem Spiel stand. Was nun zutage trat, war eine heillose Wut, die sie, seit sie in der Kapelle von Burg Melchingen eingesperrt waren, mühsam unterdrückt hatte. Aber nun begann sie, den letzten kläglichen Rest von Zuversicht und Hoffnung zu verlieren, die pure Verzweiflung brach sich Bahn. »Warum hast du nicht in deinen Träumen gesehen, dass Geowyn immer noch hinter uns her ist und uns hierher verschleppt?! Jetzt, wo ich kurz davor war, meine vierte Möglichkeit zu finden und sie auch zu bekommen?«

Abeline verstand kein Wort. »Wovon sprichst du in Gottes Namen?«

»Wovon ich spreche? Davon, dass ich nicht hier zugrunde gehen will!«

Sie warf den Rest des Apfels wütend an die Wand, packte die völlig überrumpelte Abeline und schüttelte sie. »Sag mir, warum du das hier nicht geträumt hast – du weißt doch sonst auch alles im Voraus!«

Als sie merkte, dass Abeline nicht einmal mit der Wimper zuckte und sich willenlos Magdalenas Anfall von Verzweiflung gefallen ließ, war ihr Zornesausbruch so schnell verraucht, wie er entstanden war. Sie drehte sich weg, setzte sich auf den Boden und schlug die Hände vors Gesicht. »Es tut mir leid, Abeline. Ich weiß nicht mehr, was ich sage. Aber dass wir wieder in der Gewalt der Äbtissin sind und nur noch auf unser Todesurteil warten können – das macht mich ganz wirr im Kopf. Die ganze Fahrt hierher habe ich darüber nachgedacht, warum das nie aufhört. Warum mein Vater sterben musste. Warum man uns nicht in Frieden leben lässt. Ich kann einfach nicht mehr!«

Mit Tränen in den Augen sah sie verstört zu Abeline hoch. »Was glaubst du, was die mit uns machen?«

»Das kannst du dir doch denken. Wenn es nach denen geht, kommen wir nicht mehr lebend hier raus.«

»Und da bleibst du so ruhig? Ich verstehe dich nicht. Irgendwas müssen wir doch tun!«

»Ja was denn?« Nun schlich sich auch eine Spur verstörenden Spotts in Abelines Stimme, obwohl sie das eigentlich gar nicht wollte. »Oder hast du zufällig noch etwas übrig von der Mixtur, mit der dein Vater das Loch in die Mauer der Kunigundenkapelle gemacht hat? Das wäre jetzt das Einzige, was uns helfen könnte.«

»Du machst dich lustig über mich!«

Abeline kniete sich zu Magdalena nieder.

»Keineswegs, Magdalena. Das ist nur Galgenhumor. Wenn wir jetzt beide durchdrehen, dann ist alles verloren. Und ich sage dir: Den Gefallen tue ich denen nicht. Niemals.«

Magdalena schüttelte den Kopf. Sie glaubte, ihre Freundin nicht mehr zu kennen. »Wie kannst du nur so eiskalt bleiben? Ich will noch nicht sterben. Ich habe gerade angefangen zu leben, Abeline!«

»Ich will auch noch nicht sterben. Und das werden wir auch nicht.«

Magdalena starrte ihre Freundin verständnislos an. »Was hast du vor?«

»Erst mal gar nichts. Abwarten.«

»Abwarten? Auf was willst du warten? Bis sie kommen und uns abholen?«

»Nein. Aber ich beschwöre dich: Vertraue mir. Gib nicht auf.«

»Und wie lange soll das deiner Meinung nach hier dauern?

Eine Woche? Zwei Wochen? Das ertrage ich nicht. Ich war noch nie eingesperrt. Schon allein der Gedanke daran macht mich krank.«

»Dir wird nichts anderes übrigbleiben.«

»Ja, sicher, du bist es ja gewohnt. Aber ich will hier raus!«

Sie schlug mit ihren Fäusten gegen die Tür und schrie: »Lasst mich hier raus! Hört mich jemand? Ich habe nichts getan!«

Wieder hämmerte sie gegen die Tür.

Abeline schüttelte den Kopf. »Hör auf, Magdalena, es hat keinen Sinn.«

Magdalena ließ erschöpft von der Tür ab und sah mit großen Augen zu Abeline, die sich, so gut es ging, in ihren Kapuzenmantel einwickelte und hinlegte.

»Was machst du da?«, fragte sie erstaunt.

»Ich versuche zu schlafen. Das solltest du auch tun.«

»Schlafen? Wie kannst du jetzt an Schlaf denken?«

»Ich bin müde. Reicht das?« Damit drehte sie Magdalena einfach den Rücken zu. Die konnte es nicht glauben und ging, leise vor sich hin schimpfend, hin und her. Schließlich horchte sie an der Tür. Draußen musste es hoch hergehen. Lachen, Gegröle und Tonfetzen einer Sackpfeife drangen an ihr Ohr, der Burgherr feierte wohl seine erfolgreiche Rückkehr mit seinen Kumpanen. Magdalena hielt sich die Ohren zu und sank an der Tür zusammen, zog die Knie an den Körper und steckte den Kopf dazwischen, um nichts mehr hören zu müssen. Irgendwann fiel sie endlich in einen gnädigen Dämmerschlaf.

Abeline war auf den Beinen und biss gerade herzhaft in ein Stück Brot, als Magdalena aufwachte. Sie stand auf und horchte wieder an der Tür. Kein Geräusch war zu hören.

»Wie spät ist es wohl?«, fragte sie Abeline, die sie mit einer Geste einlud, sich zu ihr zu setzen.

»Ich schätze, es wird in der Früh sein, Zeit für die Terz …«, fügte sie scherzend hinzu. Sie zeigte auf die schwere Tür, an deren unterem Rand durch einen schmalen Spalt Tageslicht hereinschimmerte, und bot ihrer Freundin Brot an. Magdalena griff zu, sagte aber nichts weiter und sah Abeline zu, wie sie die nahezu heruntergebrannten Kerzen auf den Ständern durch neue ersetzte.

»Jetzt weiß ich, was mir an dir so seltsam vorkommt«, sagte sie und kaute dazu. »Schon die ganze Zeit. Seit wir hier sind.«

»Was denn?«, fragte Abeline mit unschuldigem Augenaufschlag.

»Dass du für eine Todgeweihte einen …«, sie bekreuzigte sich sicherheitshalber, schließlich befanden sie sich in einer Kapelle, »… so verdammt zuversichtlichen Eindruck machst, den ich allmählich unerträglich finde. Willst du vielleicht noch ein Liedchen anstimmen und dazu tanzen?«, ätzte sie.

»Erst, wenn es wirklich dazu einen Anlass gibt«, gab Abeline im gleichen Tonfall zurück.

Magdalena schwieg beleidigt, und auch Abeline sagte nichts mehr. Schließlich hielt Magdalena es nicht mehr aus und sagte: »Ich habe nachgedacht. Ich muss dir was erklären.«

»Ich höre«, antwortete Abeline.

»Es ist mir sehr ernst. Aber jetzt, wo unser gemeinsamer Weg so gut wie an sein Ende gekommen ist, scheint es mir angebracht, dir alles zu offenbaren.«

»Ich hoffe, du erwartest nicht, dass ich dir die Absolution erteile«, sagte Abeline.

Magdalena rückte nahe an Abeline heran, fasste sie an den Schultern und fing ihren Blick ein. »Mir ist nicht zum Scherzen zumute.«

»Mir ebenfalls nicht.«

»Vermisst du deinen Paolo nicht?«

»Darauf willst du hinaus … Glaub mir, Magdalena, wenn

er mit einigen Männern von Friedrichs Heer hier wäre, wäre mein Vater wieder rechtmäßiger Herr auf seiner angestammten Burg, und kein Mensch würde sich glücklicher schätzen als ich. Aber wie du siehst – das ist leider nicht der Fall.«

»Liebst du ihn?«

Magdalena merkte, wie Abeline kurz zusammenzuckte, doch dann warf sie ihr einen teils vorwurfsvollen, teils einsichtigen Blick zu. »Wie kann man jemanden lieben, den man nicht kennt?«

»Oh, ich denke, das ist durchaus möglich.«

»Woher willst ausgerechnet du das wissen?«

Magdalena schniefte, bevor sie weitersprach. »Schau mich an. Bisher hielt ich mich ungeeignet für die Liebe. In den letzten Tagen sind mir da zum ersten Mal Zweifel gekommen.«

»Von wem sprichst du?« Dann ging ihr ein Licht auf. »Etwa von Friedrich von Hohenstaufen?«

»Mhm«, antwortete Magdalena und sah zu Boden, zu mehr war sie nicht fähig.

Abeline erkannte, wie ernst es ihr damit war. »Du weißt, dass es unmöglich ist.«

»Nein, ich weiß, dass es auf Gegenseitigkeit beruht.«

»Magdalena – Friedrich ist verheiratet und hat bereits ein Kind. Standesgemäß verheiratet, meine Liebe. Konstanze von Aragon heißt die Glückliche. Die Ehe hat Papst Innozenz III. gestiftet. Konstanze ist zehn Jahre älter und war die Witwe des Königs von Ungarn.«

»Was du alles weißt«, schmollte Magdalena, die sichtlich getroffen war.

»Mein Vater hat mir das erzählt.«

»Und wo ist seine Frau?«

»Auf Sizilien. Und kurz bevor ihr Gatte sich in deutsche

Lande aufgemacht hat, hat er seinen Sohn noch zum König von Sizilien ernannt.«

»Sizilien, siehst du! Wo ist das? Am Ende der Welt. Es stört mich nicht, dass er in Sizilien verheiratet ist.«

Abeline seufzte. »Ach Magdalena. Selbst wenn er dich erhörte – du könntest nie mehr sein als seine Mätresse.«

»Na und? Das ist immerhin noch besser als alles, was man sich erträumen kann mit einer Herkunft wie der meinen. Die Geliebte eines Königs zu sein, ist nicht anrüchig, im Gegenteil. Es ist ehrenvoll.«

Abeline sagte nichts mehr. Magdalena vertrat sich die Beine und sprach mehr zu sich selbst. »Nun – nach unserem nächsten Zusammentreffen mit der ehrwürdigen Mutter Äbtissin erledigt sich das alles sowieso von selbst.« Sie blieb stehen und blickte auf das Kruzifix auf dem Altar. »Ob er wohl sein Ziel erreicht hat? In Konstanz einzuziehen?«

»Oh ja«, antwortete Abeline zu Magdalenas Überraschung mit absoluter Überzeugung. »Das hat er. Und das ist erst der Anfang. Er wird noch viel mehr erreichen.«

Magdalena ging vor Abeline in die Hocke. »Wie wäre es, wenn du mir endlich alles sagen würdest, was du weißt? Oder besser: was du geträumt hast?«

Abeline blickte hoch und sah Magdalena direkt in die Augen. »Sobald du mir die ganze Wahrheit sagst. Uneingeschränkt. Ich weiß, was du getan hast. Ich wusste es schon vorher, weil ich es gesehen habe, in *meinem* Traum.«

Magdalena erstarrte, dann erhob sie sich und sah ihrer Freundin in die Augen. »Du hast recht. Ich habe deinen Traum für meinen ausgegeben. Ich habe dem König vorgegaukelt, dass ich die Vision von seinem gelungenen Einzug in Konstanz hatte.«

Abeline ließ Magdalena nicht aus ihrem Blick und wartete ab.

Magdalena schluckte. »Ich habe einen Fehler gemacht. Vergib mir, es tut mir sehr leid. Ich wollte dich nicht verraten, falls du das meinst, Abeline, ganz gewiss nicht. Ich … ich wollte mich einfach nur wichtigmachen. Weil ich in den Augen des Königs ein Niemand bin.«

»Ich glaube nicht, dass er so denkt.«

»Mag sein. Aber sein hoher Rang lässt ihm keine Wahl. Ich gehöre nun mal nicht zu seiner Welt. Unter normalen Umständen hätte ich nicht die geringste Möglichkeit gehabt, auch nur in seine Nähe zu kommen. Als gewöhnliches Mädchen, noch dazu nicht annähernd standesgemäß. Ich bin ja nicht von Adel, so wie du.«

Abeline schüttelte den Kopf. »Wir waren trotzdem Freundinnen, oder etwa nicht?«

»Ich meine das nicht böse, versteh mich nicht falsch. Du bist eine von Melchingen, ich bin Magdalena, die Tochter eines Goldschmieds und Alchemisten. So einfach ist das. Und so wird das sein für ewige Zeiten.«

»Und? Was macht das jetzt und hier für einen Unterschied? Glaubst du, dass Gott einen Unterschied macht?«

»Ich weiß es nicht. Aber ich befürchte, ich werde es bald erfahren, sobald ich vor sein Angesicht trete. So, wie es aussieht, kann es ohnehin nicht mehr lange dauern. Kannst du mir vergeben? Jetzt, wo es ohne Belang ist?«

»Ich danke dir, dass du mir doch die Wahrheit gesagt hast.«

Magdalena stürzte auf Abeline zu und umarmte sie heftig. »Ich kann es nicht ertragen, wenn du mir die Freundschaft aufkündigst. Ich bitte dich von ganzem Herzen – sei mir nicht mehr böse!«

»Das bin ich nie gewesen. Aber eine Freundschaft ohne Vertrauen ist keine Freundschaft.«

Sie hielt Magdalenas Gesicht, an dem die Tränen herunterliefen, vor das ihre. »Vertraust du mir?«

Magdalena nickte. »Ja. Ohne jede Einschränkung.«

Abeline wischte ihrer Freundin die Tränen mit ihrem Ärmel ab. »Dann wird alles gut, Magdalena.«

Plötzlich legte Abeline zum Zeichen des Schweigens den Zeigefinger auf ihre Lippen. Sie hatte etwas vernommen – und jetzt hörte es auch Magdalena. Jemand klopfte tatsächlich zaghaft an die Tür. Abeline huschte sofort an die Wand neben der Tür und stellte sich mit dem Rücken dagegen. Die ganze Zeit schon hatte Magdalena vermutet, dass ihre Freundin etwas im Schilde führte. Seit jener Nacht im staufischen Lager, als sie Magdalena allein am Lagerfeuer zurückgelassen hatte, um unter vier Augen mit ihrem Vater zu sprechen – dass sie müde sei, war wohl nur eine Ausrede gewesen –, benahm sie sich anders als sonst, so als wäre sie nicht ganz bei der Sache und würde etwas ausbrüten. Oder war sie nur enttäuscht gewesen, weil Magdalena ihr nicht die ganze Wahrheit gesagt hatte?

Es klopfte noch einmal. Abeline ging in die Knie, und in diesem Moment wurde etwas durch den schmalen Spalt unter der Tür hindurchgeschoben – ein kleiner Fetzen Pergament. Ehe sich's Magdalena versah, hob Abeline den Fetzen auf, las davon etwas ab, steckte ihn in den Mund und verschluckte ihn. Was Abeline da veranstaltete, war für Magdalena nicht mehr schlüssig nachvollziehbar. Sie stand nur noch völlig verwirrt und entgeistert da, während Abeline vergeblich versuchte, das Stück Pergament ganz hinunterzuschlucken.

»Kannst du mir einen Schluck Wasser geben, bitte?«, sagte sie hustend und wedelte mit der Hand.

Magdalena gehorchte schlafwandlerisch, obwohl sie inzwischen in Sorge war, ob sie sich noch auf ihre Sinne verlassen konnte und sich nicht nur alles einbildete. Sie tauchte die Schöpfkelle, die im Trinkeimer war, ins Wasser und reichte sie Abeline, der es mit ein paar Schlucken gelang, den im Hals steckenden Pergamentfetzen endlich ganz hinunterzuwürgen. Sie gab Magdalena die Kelle zurück und wirkte auf einmal so zuversichtlich, zufrieden und entschlossen, wie sie ihre Freundin schon lange nicht mehr gesehen hatte. Zu Magdalenas Überraschung kam sie auf sie zu, drückte sie fest an sich und flüsterte ihr ins Ohr: »Vergib mir, Magdalena, dass ich dir nicht von Anfang an reinen Wein eingeschenkt habe. Ich versichere dir, es war nur zu deinem Besten. Ich wollte nicht, dass sie dich zwingen, alles zu verraten, wenn irgendetwas schiefgegangen wäre. Und du weißt, sie haben die nötigen Mittel und die nötige Grausamkeit dazu. Aber jetzt wird alles gut, das verspreche ich dir.« Sie hielt die völlig perplexe Magdalena auf Armeslänge fest und strahlte sie an. Magdalena erkannte ihre eigene Freundin nicht mehr, so fremd und erwachsen und gleichzeitig überlegen kam sie ihr vor, gleichsam wie verwandelt.

»Du musst mir jetzt gut zuhören, Magdalena«, redete Abeline weiter beschwörend auf sie ein, als wäre sie ein kleines und unverständiges Mädchen von fünf Jahren, das man mit Engelsgeduld in ein Geheimnis einweihte. Die pure panische Angst durchfuhr Magdalena, dass die Ereignisse der letzten Tage zu viel für Abeline gewesen waren und sie nun vollkommen der Narretei anheimgefallen war.

Abeline fuhr fort: »Wir werden bald frei sein. Ich erkläre dir alles, sobald wir unterwegs sind.«

Das war zu viel für Magdalena, sie erschrak regelrecht und machte zwei Schritte zurück, beinahe wäre sie noch ins Straucheln gekommen. Jetzt war sie sich vollkommen sicher: Abeline war kurz davor, den Verstand zu verlieren!

»Abeline«, sagte sie und hob die Hände, als müsse sie Abeline abwehren, dabei sprach sie so vernünftig und ruhig wie möglich, wie sie es einmal bei ihrem Vater gesehen hatte, der ein durchgegangenes Pferd wieder eingefangen hatte. »Wir sind hier hinter Schloss und Riegel. Wir können nicht einfach gehen, wie es uns passt. Geht das nicht in deinen Kopf?«

»Im Gegenteil, es geht nicht in den deinen. Aber hab noch ein klein wenig Geduld. Du wirst schon sehen, vertrau mir einfach.«

Allmählich verlor Magdalena die Geduld. »Vielleicht glaubst du ja, dass es für dich möglich ist, durch Mauern zu gehen – ich kann es jedenfalls nicht!«

Abeline winkte ab. »Ich auch nicht. Oder meinst du, ich wäre damals freiwillig so lange in der Kunigundenkapelle geblieben, bis du mit deinem Vater gekommen bist, um mich da rauszuholen?«

Sie setzte sich auf die Stufe vor dem Altar und klopfte neben sich, um Magdalena an ihrer Seite zu haben. »Bevor wir gehen, warten wir noch ab, bis der Blonde kommt und uns etwas zu essen und zu trinken bringt, damit vor morgen niemand Verdacht schöpft und Alarm schlägt.«

Sie klopfte noch mal auf den Platz neben sich, bis Magdalena endlich zögerlich herankam und sich neben sie setzte. Abeline fuhr im Flüsterton fort: »Was ich eben verschluckt habe, war eine Nachricht von meinem alten Kindermädchen. Sie ist immer noch Magd auf der Burg und hat nie verwunden, dass meine Mutter tot und mein Vater nicht mehr der rechtmäßige Burgherr ist. Else ist meiner Familie treu ergeben. Du erinnerst dich, dass wir in der Burgküche einen Teller Grütze bekommen haben, als wir hier ankamen? Sie hat mich natürlich erkannt, und ich habe ihr kurz etwas zuflüstern können, während Ritter Geowyn die Burgkapelle noch einmal genau untersucht hat, bevor wir dort eingesperrt wurden. Davon hat niemand etwas mitbekommen. Du etwa?«

»Nein. Es ging viel zu laut zu, als die Männer sich alle begrüßten. Was hast du ihr gesagt?«

»Dass sie mir eine Nachricht zukommen lassen soll, sobald Ritter Geowyn losreitet, um die Äbtissin hierherzuholen. Natürlich nur, wenn die Gelegenheit günstig ist. Das hat sie eben getan. Darauf habe ich gewartet. Scht!«

Sie hörten Schritte, und dann machte sich jemand geräuschvoll am äußeren Riegel und dem Schloss zu schaffen. Die Tür ging auf, und der blonde Hüne streckte seinen Kopf herein, um zu sehen, ob alles seine Ordnung hatte. Dann betrat er die Kapelle, stellte zwei frische Eimer, Brot und ein Stück Speck auf dem Boden ab und nahm die zwei anderen Eimer mit. Dabei sprach er wie immer kein Wort und würdigte sie keines Blickes. Die Mädchen bewegten sich erst, als er gegangen war und sie hörten, dass der schwere Riegel wieder vorgeschoben und das Schloss abgesperrt worden war.

»Pack das Brot und den Speck in das Altartuch ein!«, befahl Abeline.

»Warum?«, fragte Magdalena befremdet.

»Weil wir das als Wegzehrung brauchen, wenn wir von hier abhauen.«

»Wie ... abhauen?«

»Na, wir verschwinden von hier. Oder willst du darauf warten, bis Ritter Geowyn mit Schwester Hiltrud zurückkommt?«

»Ganz bestimmt nicht. Verlangst du vielleicht von dieser Magd, dass sie für uns die Tür öffnet?«

»Niemals. Erstens hat sie keinen Schlüssel, und zweitens würde sie das den Kopf kosten.«

»Verzeih – aber dann verstehe ich dich nicht.«

»Wir haben keine Zeit mehr zu verlieren, wir müssen los! Jetzt komm schon, pack die Sachen zusammen.«

Magdalena stemmte die Arme in die Hüften und sagte: »Mach's doch selber, Abeline von Melchingen. Ich bin nicht deine Dienstmagd!«

Abeline verdrehte die Augen.

Magdalena bewegte sich nicht vom Fleck, als sie forderte: »Weihst du mich jetzt endlich in deinen Plan ein, oder willst du so weitermachen und mir einen Bären nach dem anderen aufbinden?«

Abeline lächelte sie entwaffnend an und erwiderte: »Wir brauchen was zum Essen für unterwegs. Es wird anstrengend werden. Und gefährlich obendrein. Wir müssen uns sputen. Sonst kommen wir zu spät. Natürlich steht es dir frei, mitzumachen.« Sie holte einmal tief Luft und sprach es endlich aus. »Ich will das Medaillon meiner Mutter aus dem Kloster zurückholen, bevor es untergeht.«

Als Magdalena das hörte, erstarrte sie förmlich und bekreuzigte sich. Das hatte Abeline noch nicht allzu oft bei ihrer Freundin gesehen. Magdalena wandte sich der Marienstatue zu und fing an, ein Stoßgebet für die geistige Gesundheit Abelines zu murmeln. »Heilige Mutter Gottes, steh mir bei! Ich habe mit dem Leben abgeschlossen, und meine einzige und beste Freundin hat den Verstand verloren!«

Sie drehte sich abrupt um und packte mit der freien Hand Abelines Oberarm um einiges heftiger, als sie eigentlich wollte, aber irgendwie musste sie ihre Freundin wieder zur Vernunft bringen, selbst wenn es nur mit Gewalt ging. »Abeline – bitte, komm wieder zu dir! Ich habe wirklich Angst um dich.«

Abeline schien den Schmerz nicht zu spüren, sie lächelte immer noch. »Weißt du, was mir an der ganzen Geschichte ein geradezu höllisches Vergnügen bereitet?«

Magdalena schaffte es gerade noch, Abeline loszulassen und ihren Kopf verneinend zu schütteln. *Viel schlimmer kann es mit Abeline nicht mehr werden*, dachte sie.

Abeline wisperte: »Dass alle glauben müssen, wir hätten wirklich Hexenkräfte. Weil sich niemand erklären kann, wie wir entwischt sind. Wir werden uns nämlich spurlos in Luft auflösen!«

Um zu verdeutlichen, dass sie es wirklich so meinte, schwang sie dabei ihre Arme so in die Höhe wie ein Gaukler am Markttag, der die Leute dazu aufforderte, für ein gelungenes Kunststück Beifall zu klatschen.

Nur dass Magdalena nicht klatschte, sondern Tränen der Verzweiflung und Ratlosigkeit in den Augen hatte.

IV

Seit Ritter Geowyn und seine Männer die Hexen Abeline und Magdalena auf Burg Melchingen gebracht hatten, regnete es. Ununterbrochen und ausgiebig. Es war kein üblicher Landregen mehr, es waren wahre Sturzbäche, die vom Himmel herunterkamen.

Ritter Geowyn war allein auf seinem Pferd nach Mariaschnee unterwegs und verfluchte das nasskalte Wetter. Zeitweilig war er sogar in Versuchung, wieder kehrtzumachen, doch er biss die Zähne zusammen und stemmte sich gegen den Regen, der ihm aus tiefhängenden, dunkelgrauen Wolken schräg von vorn ins Gesicht schlug, als wolle er verhindern, dass Geowyn zügig vorankam. Aber der Ritter, der sich selbst gern – halb im Scherz, halb im Ernst – als altes Schlachtross zu bezeichnen pflegte, war hart im Nehmen und konnte einiges aushalten, wenn er sich etwas in den Kopf gesetzt hatte. Er hätte auch einen seiner Männer schicken können, doch in diesem ganz besonderen Fall ging das nicht, sein Ehrgeiz ließ es nicht zu, dass ein anderer an seiner Stelle die Nachricht überbrachte, die für Schwester Hiltrud das überaus befriedigende Ende all ihrer Sorgen bedeutete. Das hätte er sich selbst und sie ihm nie verziehen. Unter diesen widrigen Umständen würde er es allerdings nicht an einem Tag schaffen, das Kloster zu erreichen, er war gezwungen, einen Unterschlupf zu finden, sobald die Nacht anbrach. Bei so einem Wetter durfte er nachts nicht durchreiten, das war zu gefährlich. Sein Pferd konnte leicht einen Fehltritt machen und sich ein Bein brechen – oder er sich den Hals. Er hatte die Ohrenklappen seiner Lederkappe diesmal mit den Bändern stramm unter dem Kinn zusammengebunden und sich zusätzlich, bevor er losgeritten war, mit einem dicken, eingefetteten Wollmantel ausstaffiert. Trotzdem spürte er, wie ihm schon nach kurzer Zeit das Wasser den Rücken hinunterlief und er bald bis auf die Haut durchnässt sein würde. Mit einem Schlag war der milde Spätsommer vom herannahenden Winter abgelöst worden, er roch den Schnee, der in der Luft lag und in den Alpen sicher schon Einzug hielt.

Geowyn ritt jetzt auf dem Höhenweg, wo tief unten zu seiner Rechten der Rhein seine Bahn zog, und zügelte sein Pferd, um einen kurzen Blick auf den Fluss zu werfen, der seit dem gestrigen Tag noch einmal beängstigend angeschwollen war. Aus dem normalerweise träge fließenden silbernen Band, das sich aus weiter Ferne gesehen elegant zwischen den Ausläufern der Vogesen und des Schwarzwalds hindurchschlängelte, war ein schmutzig braunes, brodelndes Ungeheuer geworden, schäumend, strudelnd und gischtwerfend buckelte es sich auf und nieder, als wolle es sich seiner unsichtbaren Fesseln entledigen. Der Strom hatte schon beidseits die Waldsäume erreicht, die ansonsten steinwurfweit vom Ufer entfernt waren, und riss die Bäume mit seiner Urgewalt gnadenlos mit sich. Schwemmholz tanzte an gigantischen Strudeln sinnlose Kreisel, eine riesige, mitsamt der Wurzel ausgerissene Tanne bäumte sich auf und klatschte mit gewaltiger Wucht aufs Wasser zurück.

Wenn der Wasserspiegel des Rheins weiter so sintflutartig stieg, würde die Flut des Flusses alles mit sich reißen und überschwemmen, was auch nur in der Nähe des alten, normalerweise friedlichen Wasserbettes war.

Das, was durchaus alle paar Jahre im Frühjahr vorkam, nämlich das übliche Anschwellen des Flusses durch die Schneeschmelze, wurde nun im Herbst um das Doppelte übertroffen. So etwas hatte Geowyn noch nie erlebt – hatte sich denn jetzt auf einmal alles gegen seine Mission verschworen?

Mehr und mehr sorgte er sich um Mariaschnee, das zwar vor regelmäßig wiederkehrenden Überschwemmungen hinreichend geschützt war – doch das hier war nicht mehr normal, das war der Auftakt zu einer Katastrophe biblischen Ausmaßes.

Er musste sich gewaltsam einen Ruck geben, um sich vom Anblick des alles zermalmenden Flusses zu lösen, und dirigierte sein Pferd wieder auf den Weg. Sobald es der aufgeweichte Untergrund zuließ, trieb er seinen Gaul erbarmungslos an. Angesichts der Umstände konnte er keine Rücksicht darauf nehmen, ob er ihn damit langfristig zuschanden ritt. Der Weg führte in Serpentinen steil bergab. Ritter Geowyn wollte ihn abkürzen und direkt nach unten reiten. Dabei kam sein Pferd ins Straucheln, stürzte über seine Vorderbeine und schleuderte seinen Reiter in hohem Bogen aus dem Sattel. Geowyn prallte mit dem Kopf gegen einen Baum und blieb reglos liegen.

V

Kloster Mariaschnee bröckelte in seinen Grundfesten.
 War dies der Weltuntergang? Hatte Gott in seinem Zorn eine neue Sintflut geschickt, um dem sündigen Treiben der Menschen ein Ende zu setzen? Sie alle auszulöschen, weil sie den Verlockungen des Satans nachgegeben hatten? War sein Zorn über die Verderbtheit so groß, dass er keinen neuen Noah fand, der es wert war, gerettet zu werden, um den Fortbestand der Menschheit und der Tierwelt zu sichern? Oder war das gar der Fluch der Hexe Abeline, den sie im Augenblick ihres baldigen Todes als lebendig Eingemauerte ausgestoßen hatte?

Schwester Hiltrud, die Äbtissin von Mariaschnee, stand mit banger Miene vor dem Eingangstor, blickte auf den Damm, der vom Kloster aufs Festland führte, und wartete darauf, dass er vom Wasser des Rheins überspült wurde. Sie trotzte mit erhobenem Haupt dem erbarmungslos herunterprasselnden Regen, ihr sonst so makellos schneeweißes Habit war dunkel vor Nässe. Die Nonnen hatten sie händeringend angebettelt, dass sie sich in die trockene und sichere Klosterkirche zurückziehen möge, wo sie seit der Laudes versammelt waren und unentwegt für ein Ende der Regenfälle beteten. Nichts hätten sie dringender herbeigesehnt, als in dieser dunklen Stunde von ihrer obersten Seelenhirtin Worte des Trostes und der Zuversicht zu hören, aber Schwester Hiltrud hatte sie barsch und unmissverständlich alle wieder weggeschickt. Sogar der Schwester Pförtnerin hatte sie befohlen, in der Kirche und nicht in ihrem Wächterstübchen auszuharren. Sie hatte sich jede weitere Einmischung verbeten und bot nun allein dem Wüten der Naturgewalten ungeschützt im Freien die Stirn. Tief in ihrem Herzen glaubte sie zu erahnen, dass Mariaschnee zu einem verfluchten Ort geworden war, den die Hexe Abeline mit ihrer Anwesenheit besudelt und entweiht hatte. Es war, als schwebte Abelines unseliger Geist über ihrem Haupt und rächte sich an ihr, indem er alles unternahm, um den Untergang des Klosters – ihres Klosters! – zu verursachen. Als sie einen Blick auf die tosenden Wasser des Rheins warf, die das Geviert von Mariaschnee im braunen Würgegriff hatten und den Damm, die einzige Verbindung zum Festland, jeden Moment zu überspülen drohten, überkam sie die Erkenntnis, dass Abeline noch unter den Lebenden weilen musste. In diesem Moment bereute sie es zutiefst, Abeline nicht direkt vom Leben zum Tode befördert zu haben, am liebsten hätte sie es im Nachhinein noch selbst getan, vielleicht hätte sie damit den Fluch vom Kloster nehmen können und von sich selbst.

Wie sie so dastand, betete sie nicht um den Rückgang der Fluten, sie konnte nur noch stumm und wie zu Stein erstarrt zusehen, wie ihre Welt aus den Fugen geriet, seit dieses Kind aus Pülle, dieser sizilianische Staufer aus schwäbischem Adelsgeschlecht, den Boden des Reiches diesseits der Alpen betreten hatte. Er musste der Sendbote des Teufels oder sogar der Satan persönlich sein, etwas anderes schien ihr nicht mehr denkbar. Und wer hatte dem Antichristen Tür und Tor geöffnet – ausgerechnet ihr Fürstbischof in Konstanz, Konrad II. von Tegerfelden, der treueste Diener des Stellvertreters Christi auf Erden, des Papstes in Rom! Waren denn alle blind geworden, dass sie es nicht sehen konnten, was sie für ein Unheil damit heraufbeschworen? Wenn das nicht eine Ironie der Geschichte war – aber der Teufel hatte es schon immer verstanden, sich auf perfide Art und Weise Geltung zu verschaffen, indem er als Wolf im Schafspelz auftrat und Geist und Verstand der Menschen zu seinen Gunsten umkrempelte.

Die unaufhörlich heranrollenden Wassermassen hatten bestimmt schon die wuchtigen Fundamente, auf denen das Kloster stand, angenagt und ausgehöhlt. An den trutzigen Stützmauern zeigten sich die ersten Risse, wenn es so weiterging, war es nur noch eine Frage der Zeit, bis Mariaschnee nicht länger widerstehen konnte und in sich zusammenfiel wie ein Kartenhaus. Jetzt fing Schwester Hiltrud doch noch an, laut zu beten. Aber sie hatte das dumpfe Gefühl, dass es dafür schon zu spät war. Ob Gott sie im Tosen des Wassers hören konnte oder wollte, schien ihr mehr als zweifelhaft. Mit dem stetigen Ansteigen des Wasserpegels wuchs auch ihre Angst. So etwas wie Angst hatte sie bisher nur in den Augen derjenigen gesehen, die sie schikaniert, drangsaliert, denunziert und bestraft hatte. Angst zu verbreiten, war ihr zur zweiten Natur geworden und schließlich ihr Lebensinhalt – und es hatte ihr ein klammheimliches Vergnügen bereitet. Nun erst spürte sie am eigenen Leib, was Angst eigentlich bedeutete. Sie wünschte, Ritter Geowyn wäre jetzt an ihrer Seite. Er hätte sie verstanden, weil er der einzige Mensch war, den sie kannte, der niemals Angst haben würde. Sie merkte auf einmal, dass sie zitterte wie Espenlaub. Aber nicht vor Kälte.

VI

Abeline klammerte sich an Magdalena, so fest es ging. Sie hatte blindes Vertrauen in die Fähigkeiten ihrer Freundin, die reiten konnte wie der Teufel und den Weg, wenn es sein musste, im Schlaf finden würde, so oft hatte sie ihn schon zu Fuß zurückgelegt. Sie saß hinter Magdalena auf einem Pferd, aber sie waren leicht und das Pferd kräftig, und ihr Wille, es rechtzeitig zu schaffen, war, nach allem, was sie zusammen durchgemacht hatten, so eisern und entschlossen wie der ihres neuen Fürsten Friedrich von Hohenstaufen bei der Überquerung der Alpen.

Es war wie früher, sie waren wieder unzertrennlich wie zwei Schwestern, jede wusste, sie konnte sich ohne Wenn und Aber auf die andere verlassen. Diese Gewissheit machte sie stark und verlieh ihnen zusätzliche Kräfte, die sie brauchten, wenn sie ihr gewagtes Vorhaben verwirklichen wollten – vor Ritter Geowyn in Mariaschnee anzukommen. Abeline hatte Magdalena erzählt, was sie in ihrem Traum gesehen hatte – und dieses Mal, nachdem sie aus der Burgkapelle entkommen waren, wie Abeline es versprochen hatte, zweifelte Magdalena nicht mehr daran, dass Abeline die Gabe hatte, künftige Ereignisse vorherzusehen. Dabei war es verblüffend einfach gewesen ...

Kaum hatte der blonde Hüne die Burgkapelle verlassen und Abeline zu Magdalenas Entsetzen im vorauseilenden Triumph über ihre Widersacher die Hände in die Höhe geworfen, um ihrer Freundin zu demonstrieren, dass sie sich spurlos in Luft auflösen würden, hatte sie ihr Ohr wieder an die Tür gepresst und gelauscht, bis sie sicher sein konnte, nichts Verdächtiges mehr zu hören. Magdalena stand mit ungläubiger Miene da und folgte jeder ihrer Bewegungen misstrauisch mit den Augen, zu mehr war sie nicht fähig. Eigentlich war sie innerlich darauf eingestellt, dass ihre Freundin vollkommen außer Rand und Band geraten und etwas völlig Unerwartetes und Sinnloses anstellen würde. Wie sie darauf reagieren sollte, wusste sie nicht. Sie bereitete sich schon darauf vor, ihre Freundin notfalls gewaltsam festzuhalten, damit sie sich nicht selbst verletzen konnte. Verzweifelt sah sie sich um, ob sie nicht irgendetwas zweckentfremden konnte, um Abeline, falls es gar nicht mehr anders ging, zu fesseln und ruhigzustellen.

Abeline löste sich von der Tür, zog mit einem heftigen Ruck das Altartuch unter dem Kruzifix weg, ohne dass sich dieses auch nur einen Fingerbreit bewegte, wickelte Brot und Speck darin ein und wandte sich Magdalena zu.

»Bist du bereit, Magdalena?«, fragte sie. »Kannst du eben mal zwei Schritte zur Seite machen?«

Magdalena folgte zögerlich der Anweisung, weil sie einmal gehört hatte, dass man Narren nie widersprechen sollte, und trat von der im Boden eingelassenen Grabplatte mit der Inschrift und dem Wappen herunter.

»Danke«, sagte Abeline, stellte sich vor die marmorne Marienstatue, fasste deren segnende Hand und drückte sie sanft, aber nachdrücklich wie einen Hebel nach unten. Gleichzeitig quietschte es leise, die Grabplatte schwang seitlich nach unten weg und gab den Blick frei auf ein dunkles Rechteck, in das grob in den Stein gehauene Stufen hinunterführten und aus dem ein modriger Geruch heraufkam.

Abeline tat so, als sei dies die normalste Sache der Welt, nahm eine der brennenden Kerzen vom Ständer und fragte scheinheilig: »Was ist jetzt? Kommst du mit oder bleibst du lieber?«

Magdalena näherte sich vorsichtig dem Loch, das sich vor ihr aufgetan hatte, und starrte ungläubig auf die Treppenstufen, die sich in der Tiefe in der Dunkelheit verloren. »Das … das ist gar keine Gruft … ist das ein Geheimgang?«, brachte sie mit Müh und Not heraus.

»Ja was denkst du denn? Der Eingang zur Hölle?«, entgegnete Abeline. »Der Vater meines Vaters hat ihn zu Barbarossas Zeiten anbringen lassen, für den unwahrscheinlichen Fall, dass ein feindliches Heer die Burg einnimmt und er fliehen muss. Mein Vater hat ihn mir gezeigt, als ich sechs war und wusste, wie man ein Geheimnis, das lebenswichtig sein kann, für sich behält. Man weiß ja nie – auf jeden Fall war es eine ganz nützliche Idee von meinem Großvater, könnte man sagen.«

Mit einem Grinsen drückte sie Magdalena das Bündel mit der eingewickelten Wegzehrung in die Hand und stieg die Treppenstufen hinunter. Magdalena folgte ihr vorsichtig.

Es ging steil hinunter, Abeline wartete vor dem Eingang zu einem in den Fels gehauenen Gang, der feucht und glitschig war und weiter hinabführte. Sie reichte Magdalena die Kerze und machte sich an einer Vorrichtung zu schaffen, die die Grabplatte nach und nach wieder nach oben an ihren ursprünglichen Platz beförderte, indem sie eine schwere Kette Zug um Zug nach unten zog. Mit einem letzten Ruck war die Platte wieder ganz nach oben geklappt und fugendicht eingerastet, und nur noch die Kerze in Magdalenas Hand erhellte mit ihrem schwachen Schein den Gang.

Magdalena fand ihre Stimme wieder. »Warum hast du mir nicht gesagt, dass es in der Burgkapelle einen Geheimgang gibt? Ich habe mir fast ins Hemd gemacht vor lauter Angst, dass unser letztes Stündlein geschlagen hat.«

»Lieber stehst du ein bisschen Angst aus, als dass Ritter Geowyn oder sonst wer dir anmerkt, dass du keine hast, und Verdacht schöpft.«

Sie war schon vorausgegangen und tastete sich vorsichtig abwärts den Gang entlang.

Magdalena folgte ihr, konnte sich aber immer noch nicht beruhigen. »Und was hättest du gemacht, wenn man uns irgendwo anders eingesperrt hätte?«, wollte sie mit sturer Beharrlichkeit wissen.

»Hätte, hätte, Eisenkette ...«, alberte Abeline. »Komm jetzt, halt deinen Schnabel und zieh den Kopf ein, wenn du ihn noch benutzen willst. Da vorn geht die Decke runter.«

Sie mussten gebückt weitergehen, es wurde eng, und Magdalena hielt sich mit ihrer freien Hand an Abelines Kapuzenmantel fest. Von oben tropfte es herunter, der Gang machte mehrere Biegungen und wurde bisweilen so steil, dass sie gefährlich ins Rutschen kamen. Aber Magdalena trottete ergeben und vertrauensvoll an Abelines Mantelzipfel hinterher. Rechts herum, links herum und immer bergab. Sie befürchtete schon, der Gang würde nie enden, als sie endlich an eine schwere Eisentür gelangten.

»Die Tür zur Freiheit«, merkte Abeline an. Sie stellte die brennende Kerze auf eine kleine Einkerbung an der Wand und schob mühsam zwei eingerostete Riegel beiseite, dann zog sie die Tür auf. Tageslicht schimmerte herein, es roch nach Stall, irgendwo fingen Hunde an zu bellen. Abeline gab Magdalena eine kurze Erklärung: »Das ist die Hütte des Jagdaufsehers. Sie liegt am Fuß des Felsens, auf dem die Burg steht. Er wird uns helfen, er kennt mich gut. Warte hier, ich hole dich gleich wieder ab.« Dann schlich sie hinaus.

Magdalena lehnte sich an die Wand, schloss die Augen und

hörte dem Hundegebell und dem Regen zu, der auf das Dach der Jagdhütte prasselte. Beides empfand sie als wunderbar normal.

Es dauerte nicht lange, und das Gebell der Hunde hörte schließlich auf, nachdem eine Männerstimme laut und mehrfach »Aus!« gerufen hatte. Nach einer Weile kam Abeline zurück. Sie sagte kein Wort und zog Magdalena mit sich in den Stall, in dem ein graubärtiger Mann bereits eines von zwei Pferden sattelte. Er beachtete Magdalena nicht weiter und reichte Abeline wortlos die Zügel, als er fertig war. Abeline instruierte ihn. »Mein Vater ist mit dem Heer König Friedrichs nach Hagenau weitergezogen, zur Kaiserpfalz seines Großvaters. Das liegt rheinabwärts im Elsässischen auf der Westseite des Rheins. Berichtet ihm von mir und sagt ihm, dass die Besatzung unserer Burg ohne Anführer ist. Er wird wissen, was zu tun ist.«

Magdalena sah staunend zu, wie der Mann ehrerbietig seine Kappe zog und seinen Kopf vor Abeline neigte, dann half er Magdalena in den Sattel, Abeline saß ebenfalls auf und klemmte sich hinter sie.

»Viel Glück, Eure Hoheit«, sagte der Jagdaufseher respektvoll, öffnete die Stalltür einen Spalt und spähte hinaus. »Die Luft ist rein«, sagte er, machte die Tür ganz auf, und die beiden Mädchen trabten auf ihrem Pferd ins Freie.

Beide atmeten tief die frische Waldluft ein und zogen ihre Kapuzen über den Kopf. Magdalena warf ihrer Freundin über die Schulter einen Blick zu. »Eure Hoheit – muss ich das jetzt auch immer sagen?«

»Untersteh dich!«, drohte Abeline.

»Mariaschnee?«, fragte Magdalena.

»Mariaschnee«, antwortete Abeline.

Magdalena schnalzte mit der Zunge und spornte das Pferd mit ein paar Fersenstößen gegen die Flanken an, eine schnellere Gangart einzuschlagen. Sie ritten zwischen den triefenden Bäumen davon, so schnell es ging.

VII

Magdalena, die sich in der Gegend auskannte wie ein Fuchs in seinem Revier, fand trotz des widrigen Wetters eine leerstehende Köhlerhütte, in der sie in der Nacht ein paar Stunden Schlaf im Trockenen verbrachten. Beim ersten Morgenlicht brachen sie wieder auf. Weiterhin zogen zwar tiefhängende, bleigraue Wolken von Osten kommend über das Land, aber es tröpfelte nur noch vereinzelt, und sie kamen gut voran, auch wenn der Boden tief und morastig war. Abeline und Magdalena waren beide schweigsam, jede hing ihren Gedanken nach, weil ihnen durchaus bewusst war, dass dies ein gefährlicher und tollkühner letzter Gang war, auf den sie sich eingelassen hatten. Aber er musste getan werden, das waren sie sich schuldig. Magdalena verstand Abeline und ihre Beweggründe ganz und gar. Bevor für sie beide ein neues, aufregendes Kapitel in ihrem Leben begann, musste dieses Kapitel abgeschlossen werden, sonst würden sie nie mehr nachts ruhig schlafen können. Es war Abelines ganz persönlicher Feldzug, den Magdalena auch zu dem ihren gemacht hatte. Sie verknüpfte ihre Zukunft, die in den Sternen lag, mit der von Abeline, weil sie es ausdrücklich so wünschte, sie brauchten das nicht mehr auszusprechen – schließlich waren sie Freundinnen. Solange sich Abeline nicht von ihren Geistern der Vergangenheit befreit hatte, war sie selbst auch nicht dazu in der Lage. Sie war auf Gedeih und Verderb mit dem bisherigen Leben ihrer

Freundin verbunden, weil sie wusste, was es Abeline bedeutete, noch einmal – ein letztes Mal! – an die Stätte ihrer Leidenszeit zurückzukehren, um sich endgültig von einer Phase ihres Lebens, die sie geprägt hatte, zu verabschieden. Es war gar nicht so sehr das Medaillon, das Abeline zurückhaben wollte. Natürlich bedeutete es ihr viel, schließlich war es das Einzige, was ihr von ihrer geliebten Mutter geblieben war – es war ein Abschied von ihrer Kindheit und Jugend, und das Medaillon wollte sie auf gar keinen Fall im Dunstkreis dieser Teufelin, der Äbtissin Hiltrud, zurücklassen. Es war gewissermaßen das Symbol dafür, dass Schwester Hiltrud noch immer Macht ausübte über sie – das musste einfach ein Ende haben.

Das galt auf andere Art auch für Magdalena. Sie hatte ihre Tante, die frühere Äbtissin, auf ihre Weise geliebt, und wenn das, was Abeline in ihren Träumen gesehen hatte, auch nur im Entferntesten zutraf – und daran zweifelte Magdalena inzwischen nicht mehr im Geringsten –, dann wollte sie Augenzeugin davon sein, wie deren Mörderin, Schwester Hiltrud, an ihrer eigenen Hybris und Grausamkeit zugrunde ging. Abeline und Magdalena wollten Zeugnis ablegen davon, dass es doch noch eine Gerechtigkeit in Gottes Plan gab, bevor sie sich von der Vergangenheit loslösten und einen neuen Lebensweg einschlugen.

Als sie im fahlen Licht des wolkenverhangenen Himmels an der Ruine der Kunigundenkapelle ankamen und auf Kloster Mariaschnee hinunterblickten, hatten sie eigentlich keinen konkreten Plan, wie sie es anstellen sollten, ungesehen oder wenigstens ohne einen Aufruhr auszulösen auf das Klostergelände zu gelangen. Doch der Anblick, der sich ihnen bot, ließ ohnehin jedes Vorhaben zur Makulatur werden. Das sichtbare Ausmaß der herannahenden Katastrophe erschreckte selbst sie, die nun wahrlich keinerlei angenehme Erinnerungen an Mariaschnee hatten. Der Rhein war durch den Dauerregen derart angeschwollen, dass das ganze Klostergeviert zur Insel geworden war. Eine Insel inmitten eines Kessels aus Wassermassen, deren Nabelschnur, der Damm, bereits überschwemmt war und die dem gleichsam blindwütigen und gnadenlosen Ansturm der Elemente hilflos ausgeliefert war.

Es blieb ihnen nicht mehr viel Zeit, wenn sie es überhaupt noch riskieren wollten, ihr Leben aufs Spiel zu setzen und zu wagen, das Kloster zu betreten. Sie fragten sich, ob es nicht längst schon evakuiert worden war, aber sie waren auf dem Ritt hierher keiner Menschenseele begegnet, was kein Wunder war bei den Regengüssen, die seit Tagen vom Himmel heruntergekommen waren. Wenn Unwetter dieser Größenordnung die Menschen heimsuchten, dann war das untrüglich ein Zeichen des Himmels und des Zorns Gottes. Da blieb man am besten zu Hause und wartete betend und seine Sünden bereuend auf das Jüngste Gericht, das über die Welt hereinbrach, möglichst weit weg von diesem Fluss, der anscheinend vom Allmächtigen dazu auserkoren war, schlimmer zu wüten als alle zehn biblischen Plagen zusammen. Gott allein war die Entscheidung überlassen, die Welt untergehen oder noch einmal Gnade vor Recht ergehen zu lassen.

Das dumpfe Tosen und Brausen aus diesem Höllenschlund – es kam Abeline und Magdalena vor, als ob die Wassermassen förmlich kochten – stieg bis zu ihnen hoch und zeigte ihnen überdeutlich an, dass sie keine Sekunde länger zögern durften, wenn sie ihr Vorhaben noch verwirklichen wollten.

VIII

In der Klosterkirche herrschte Endzeitstimmung. Die Nonnen und Novizinnen von Mariaschnee waren dort seit fast zwei Tagen und Nächten auf strikte Anordnung der Äbtissin ohne Essen und Trinken versammelt und hatten inzwischen jegliche Disziplin und Ordnung angesichts der hoffnungslosen Lage aufgegeben. Anfangs hatten sie noch gebetet, gesungen und das reinigende Strafgericht Gottes als angemessen empfunden, weil sie darauf hoffen durften, so hatte es ihnen Schwester Hiltrud prophezeit, dass es vorübergehender Natur sei. Aber jetzt lagen oder saßen sie nur noch apathisch herum. Viele beteten still, manche laut, einige weinten und schlugen sich gegen die Brust, einige hatten sich umarmt und warteten gemeinsam auf das unvermeidliche Ende, wieder andere waren nur noch körperlich anwesend und starrten mit stierem Blick vor sich hin, ein halbes Dutzend sang unentwegt »Te Deum laudamus« oder flehte im monotonen Wechselgesang »Herr, erbarme dich«, und wenn sie damit fertig waren, fingen sie wieder von vorn an. Zwei frischgebackene Nonnen, Schwester Sophia und Schwester Richardis, hielten es nicht länger aus und wollten mit Gewalt aus der Kirche fliehen, aber die allein schon von ihrer massigen Gestalt her einschüchternde Schwester Pförtnerin, die sich von ihrem Zusammenbruch wieder erholt hatte, vereitelte standhaft jeden Fluchtversuch, indem sie, mit ihrer Peitsche bewaffnet, wie Zerberus, der Höllenhund, den Ausgang bewachte und damit drohte, jede niederzuschlagen, die es wagte, der Order der Äbtissin zuwiderzuhandeln.

Schwester Hiltrud hatte nach stundenlangem Ausharren im Freien auf einmal gewusst, was sie tun musste. Dort draußen vor dem Damm, angesichts der unablässig heranbrausenden Flutmassen, hatte sie einen Entschluss gefasst, den sie rigoros und ohne jede Rücksicht durchsetzen würde, er war unabänderlich und unumstößlich. So innerlich wieder gefestigt und aufs Äußerste vorbereitet, war sie in ihre Gemächer gegangen, hatte das klatschnasse Habit aus- und ein trockenes angezogen und war durch die Seitenpforte, die ebenfalls bewacht wurde – von der nicht weniger resoluten Schwester Clara –, in die Klosterkirche gerauscht, um vor dem Altar mit ihrer üblichen Haltung Aufstellung zu nehmen.

Doch wo früher sofortige Ruhe und allgemeine Aufmerksamkeit bei ihrem Auftritt die Folge gewesen wäre, musste sie zu ihrem großen Missfallen feststellen, dass bis auf ein paar hündisch ergebene Nonnen keine Frauenseele mehr auf sie achtete. Immer noch befand sie sich im Irrglauben, dass sie die völlig verstörten und verängstigten Nonnen und Novizinnen, die sie zu ihren Geiseln gemacht hatte, durch eine Predigt wieder für ihr Vorhaben gewinnen könnte kraft der heiligen Worte. Sie hatte ihren Schäflein befohlen, in der Klosterkirche auszuharren, bis Gott ein Einsehen hatte und dem Rhein Einhalt gebot, oder, wenn er denn Mariaschnee dem Untergang geweiht hatte, sie eben zu sich heimholte, und bisher hatten sie sich gefügt. Aber jetzt, wo die Stimmung längst umgeschlagen war, musste sie mit allem, was Stimme und Leidenschaft hergaben, gegen das Stöhnen, Jammern und Wehklagen anpredigen. Mit geschlossenen

Augen und der ihr eigenen zunehmenden Lautstärke und Intensität begann sie:

»Ihr alle, die ihr am Verzagen seid, höret das Wort des Evangelisten Markus, Kapitel vier, Vers 37 bis 40. ›Und es erhob sich ein großer Windwirbel und die Wellen schlugen in das Boot, so dass das Boot schon voll wurde. Und der Herr war hinten im Boot und schlief auf einem Kissen. Und sie weckten ihn auf und sprachen zu ihm: ›Meister, fragst du nichts danach, dass wir umkommen?‹ Und er stand auf und bedrohte den Wind und sprach zu dem Meer: ›Schweig und verstumme!‹ Und der Wind legte sich und es entstand eine große Stille. Und er sprach zu ihnen: ›Was seid ihr so furchtsam? Habt ihr noch keinen Glauben?‹«

Vor der Klosterkirche lauschten zwei junge Frauen – die ehemalige Novizin Abeline und die Nichte der ehemaligen, rechtschaffenen Äbtissin, Magdalena, an der Eingangstür und sahen sich an. Sie waren sich mit einem Blick einig über das, was da im Inneren der Kirche vor sich ging – Schwester Hiltrud hielt bis zum bitteren Ende an ihrer Schreckensherrschaft fest, wenn es sein musste, führte sie sämtliche Schwestern auch in den Untergang. Die Zeit drängte, und die Gelegenheit war günstig, Magdalena zog Abeline mit sich, sie rannten weiter durch den Kreuzgang und zwischen Lang- und Querhaus hindurch, an den Wirtschaftsgebäuden entlang bis zu der Stelle an der Außenmauer, an der sie früher hinter dem losen Stein ihre Briefe versteckt hatten. Das an- und abschwellende Tosen und Brausen war hier so stark zu vernehmen, dass sie glaubten, die Flutwelle könnte jeden Moment die Mauern einreißen und sie hinwegspülen. Abeline wusste genau, welcher Stein es war, er war knapp über Kopfhöhe. Sie fingerte ihn heraus und tastete in das Loch. Magdalena sah mit besorgter Miene zu und war über alle

Maßen erleichtert, als Abeline das Medaillon herauszog, es hochhielt, küsste und sich um den Hals hängte. Jetzt war sie sicher, dass ihr nichts mehr passieren konnte.

»Nichts wie weg hier!«, brüllte Magdalena gegen das Rauschen und immer stärker werdende Knacken und Ächzen der Gemäuer an und zog Abeline mit sich.

Sie rannten wie die Hasen zurück, aber am Eingang zum Langhaus, wo im ersten Stock die Gemächer der Äbtissin waren, blieb Abeline stehen.

»Geh du schon voraus. Ich habe noch etwas zu erledigen«, sagte sie mit einer Bestimmtheit, die keinen Widerspruch zuließ, und schon war sie durch die Eingangstür verschwunden.

»Abeline, nein!«, schrie Magdalena. »Was machst du?!« Aber Abeline schien sie nicht zu hören. Magdalena fluchte und folgte ihr.

Abeline war schon im ersten Stock, als Magdalena die Treppe hochstürmte, und öffnete die Tür zum Allerheiligsten, den Gemächern der Äbtissin. Da standen sie immer noch an der Wand, die vielen Käfige mit den Vögeln darin, jeder Vogel für eine Novizin, ein Relikt der ermordeten Äbtissin, das Schwester Hiltrud übernommen und anscheinend beibehalten hatte. Auch Abelines Vogel war noch dabei, der Kleiber. Er flatterte aufgeregt in seinem Vogelbauer umher. Genauso wie seine Artgenossen schien er zu spüren, dass es um Leben und Tod ging. Ohne zu zögern begann Abeline, die Tür jedes Käfigs aufzureißen, es waren Dutzende. Magdalena half ihr, im Nu waren alle Vögel aus ihren Gefängnissen herausgeflogen. Abeline nahm ein schweres Buch, das auf dem Schreibtisch der Äbtissin lag – sie warf einen kurzen Blick darauf, es war Schwester Hiltruds persönliches Exemplar der Bibel –, und schleuderte es gegen eines der wertvollen Glasfenster, das zersplitterte. Jetzt mussten die Vögel den

Weg in die Freiheit selbst finden. Abeline und Magdalena waren schon wieder auf dem Weg die Treppe hinunter und von dort hinaus aus dem Langhaus. Kurz bevor sie auf den Innenhof kamen, konnte Magdalena Abeline gerade noch zurückhalten – beinahe wären sie ihm direkt in die Arme gelaufen: Ritter Geowyn. Sie sahen, wie er durch das offenstehende Eingangstor des Klosters gelaufen kam und nach Atem ringend stehen geblieben war, so sehr schien er sich verausgabt zu haben. Er sah schrecklich aus, sein Gesicht war eine Fratze der Anstrengung, Blut quoll aus seiner Kappe heraus über die Stirn, er hinkte und wankte mit letzter Kraft auf die Klosterkirche zu, wo er mit den Fäusten gegen die Eingangstür hämmerte, die ihm schließlich aufgetan wurde.

Ritter Geowyn, zu Tode erschöpft, war schmutzig von Kopf bis Fuß und durchnässt bis auf die Haut, mit seinem blutverkrusteten Gesicht wirkte er wie eine Ausgeburt der Hölle, als er die Tür ganz aufstieß und die Schwester Pförtnerin, die sich ihm entgegenstellen wollte, einfach beiseitestieß, in das Kirchenschiff stolperte und dort die versammelten Nonnen und Novizinnen erblickte, die weder auf ihn noch auf die Äbtissin achteten, die vorn am Altar immer noch vergeblich predigte. Ihre Stimme war heiser und krächzte nur noch, wegen der Wirkungslosigkeit ihrer Bemühungen hatte sie längst ihre Überzeugungskraft und Schärfe verloren, aber Schwester Hiltrud war zäh und gab nicht auf. Ritter Geowyn negierte die bizarre Situation und marschierte quer durch die Reihen der hoffnungslosen Frauen, die ein einziges Pandämonium der Schreckens und des Jammers bildeten. Seine hallenden Schritte und sein unerwarteter Auftritt lösten nun doch eine plötzliche Stille aus, die schlimmer war als das Getöse und Gebrause, die seit Tagen und Nächten um das Kloster tobten. Es war auf einmal, als würde der

Lauf der Welt kurz innehalten. Nichts war mehr zu hören als das Schluchzen Einzelner, das aber nun ebenfalls nach und nach verebbte. Hatte die Äbtissin tatsächlich mit ihren lauten Gebeten nach der Predigt den Elementen wie Jesus Christus auf dem See Genezareth Einhalt geboten? Ein Wunder erwirkt? Das Dröhnen des Wassers und das Knarzen der Gemäuer schien einer unheilvollen Ruhe vor dem endgültigen Entfesseln des Sturms gewichen zu sein, als die schleppenden Schritte des Ritters durch das Kirchenschiff tönten. Auch die Äbtissin war verstummt, bis Geowyn bei ihr war und ihr einen Blick zuwarf, der dem eines waidwund geschossenen Hirsches glich, bevor er sich an die Schwestern wandte. »Seid ihr alle nicht mehr bei Sinnen?!«, brüllte er und ruderte mit den Armen. »Was macht ihr noch hier? Raus aus der Kirche! Alles raus!«

Doch niemand reagierte. Alle waren wie von einer plötzlichen Lähmung befallen und starrten ihn verständnislos an. Er packte Schwester Hiltrud an den Schultern und schüttelte sie. »Rasch, zur Glocke! Läutet die Glocke, Äbtissin, um Himmels willen! Ihr müsst Eure Frauen zur Besinnung bringen, sonst sind sie alle verloren!«, schrie er sie an, so heftig er konnte. Seine Stimme, seine Gestalt und seine Berührung erweckten Schwester Hiltrud endlich aus ihrem Schockzustand. »Ja«, sagte sie, »ja, Geowyn, Ihr habt recht!«

Sie drehte sich um und eilte mit hochgerafftem Habit in den Seitenraum zum Erdgeschoss des Glockenturms. Dort hängte sie sich ans Glockenseil und setzte ihre ganze noch verbliebene Kraft und ihr Gewicht ein, um die schwere Glocke hoch oben in Bewegung zu versetzen. Wie erleichtert sie war, dass Geowyn auf einmal neben ihr auftauchte und ebenfalls nach dem Seil griff, um ihr dabei zu helfen! Zu zweit hängten sie sich ans Glockenseil und zogen, bis sie vom Schwung der Glocke beide nach oben gerissen wurden, doch sie ließen nicht nach. Endlich hatten sie ausreichend Schwung, endlich ertönte der volle Klang der Glocke, zuerst zaghaft und dann lauter und lauter, drängender und drängender ...

Sie wurden vom Seil, das sie nicht losließen, nach oben gerissen und fielen dann wieder nach unten, einmal, zweimal, dreimal. Beide blickten das Seil entlang hinauf zur Glockenaufhängung, als Schwester Hiltrud schlagartig der Fluch der Hexe Abeline in den Sinn kam, die, kurz bevor sie lebendig eingemauert worden war, noch gesagt hatte: »Ich habe von Euch geträumt, Äbtissin, und Ihr sollt wissen: Meine Träume gehen in Erfüllung. Ich habe geträumt, dass eines Tages etwas Großes vom Himmel herunterfällt und Euch erschlägt. Denkt an meine Worte, wenn es so weit ist, aber dann wird es zu spät sein!«

Genau in dem Moment zerbrach die Holzkonstruktion der Glockenaufhängung hoch oben im Turm, und die schwere Glocke fiel lotrecht nach unten, direkt auf Schwester Hiltrud und Ritter Geowyn wie ein letzter Gruß vom Himmel.

Abeline und Magdalena standen in sicherer Entfernung vom Kloster bei ihrem Pferd neben der Kunigundenkapelle und hörten den Klang der Glocke, der durch das Brausen und Rauschen der Wasserfluten bis zu ihnen heraufdrang, als er auf einmal abrupt abbrach.

Der Damm war, kurz nachdem sie ihn in fliegender Hast, schon bis zu den Knien im Wasser, überquert hatten, mit einem Mal hinweggespült worden, jetzt war Mariaschnee tatsächlich nur noch eine Insel, die Stück um Stück zerbröckelte und im Wasser versank. Der Glockenturm sackte als Erstes in sich zusammen.

Das Pferd wieherte und bäumte sich auf, Magdalena konnte es mühsam beruhigen, und dann geschah die endgültige Katastrophe: Der steile Hang neben dem Friedhof mitsamt einigen Grabkreuzen und Bäumen setzte sich in Bewegung. Durch den Dauerregen vollkommen aufgeweicht, kam er ins Rutschen, der halbe Berg sackte talabwärts und schob innerhalb zweier Atemzüge in einer gigantischen Lawine aus Geröll und Erdreich die gesamte Klosteranlage endgültig in die tobenden Fluten des Rheins.

Abeline und Magdalena waren fassungslos angesichts dieses Zerstörungswerks der Natur von apokalyptischen Ausmaßen. Sie tauschten einen kurzen Blick und bekreuzigten sich beide, ihre Gesichter waren aschfahl geworden. Abeline drückte dabei das Medaillon ihrer Mutter fest an ihr Herz. Sie hatte gewusst, dass es so kommen würde. Jetzt hatte sie es mit eigenen Augen gesehen.

Das Nonnenkloster Mariaschnee war nicht mehr.

IX

Im Monat Gilbhard im Jahre des Herrn 1212 hielt Friedrich Roger von Hohenstaufen, der sich von nun an nur noch Friedrich nannte, seinen ersten deutschen Hoftag in der Kaiserpfalz seines Großvaters im elsässischen Hagenau ab. Der Weg dahin war ein einziger Triumphzug für ihn geworden. Er hatte den Süden von Deutschland und die Herzen der Menschen im Handstreich erobert. Nicht mit Waffengewalt, sondern mit seinem entschlossenen Auftreten und seinem Einfühlungsvermögen in die Hoffnung der Leute, der Enkel des großen Barbarossa könnte ihre Sehnsucht nach Frieden und Gerechtigkeit und nach einem Ende der Streitigkeiten erfüllen. Überall standen Menschen und jubelten seinem Zug zu, dem sich immer mehr anschlossen, in manchen Dörfern wurden sogar Tannenzweige und Blumen auf den Weg gelegt, den er nahm. Schon jetzt, keine drei Monate, nachdem er deutschen Boden betreten hatte, war Friedrich von Hohenstaufen zur Legende geworden.

Abeline, dem Anlass entsprechend festlich gekleidet und herausgeputzt, sollte von ihm empfangen werden und war deswegen ziemlich aufgeregt. Vielleicht lag das nicht nur an der bevorstehenden Unterredung mit dem Enkel Barbarossas, sondern auch daran, dass sein Leibwächter, der dunkelhäutige Sarazene mit dem Turban, dem furchteinflößenden Krummsäbel und grimmigen Gesicht, sie nicht aus den Augen ließ? Es konnte ihr gleichgültig sein, sie freute sich darauf, dem jungen König wiederzubegegnen, denn das war er nun wahrlich, obwohl er noch nicht gekrönt worden war. Natürlich war Abeline befangen, schließlich war es für eine junge Frau wie sie eine außerordentliche Ehre und Ausnahme, eine persönliche Audienz zu bekommen. Friedrich war ein vielbeschäftigter junger Mann, dem jeder, der auch nur etwas zu sagen hatte im Heiligen Römischen Reich, seine Aufwartung machen wollte und der seinen ersten deutschen Hoftag mit den bedeutendsten deutschen Fürsten vorzubereiten und abzuhalten hatte. Berater, Kanzlisten und Prälaten schwirrten um ihn herum, eine Besprechung jagte die nächste, Stunde um Stunde hatte er Verhandlungen zu führen, Gesandte von kleineren und größeren europäischen Reichen zu empfangen, Allianzen zu planen und zu schmieden, Briefe zu lesen und zu beantworten und zwischendurch noch heiligen Messen beizuwohnen, kurz: seine Macht vor aller Welt zu demonstrieren, zu festigen und auszubauen.

Abeline nippte vorsichtig an ihrem Wein, der, wie ihr die Dienerin versicherte, aus dem fernen Sizilien stammte und der rubinrot im silbernen Kelch glänzte und nach exotischen Gewürzen aus dem Morgenland duftete.

So viel war in der kurzen Zeit geschehen, seit sie am Bodensee gewesen war. Ihr Vater hatte, begleitet von Paolo de Gasperi und zwanzig von Friedrich abgestellten Männern, seine Burg zurückerobert, oder besser: unblutig zurückgewonnen. Denn Geowyns Männer waren nach dem Tod ihres Anführers nicht in der Lage oder willens, für etwas den Kopf hinzuhalten, das ihnen gar nicht mehr gehörte. Friedrich hatte Philip von Melchingen für dessen Verdienste eine Urkunde ausgestellt, die mit Brief und Siegel bestätigte, dass er der rechtmäßige Herr auf Burg Melchingen war, und ihr Vater hatte den Männern großzügig angeboten, sie in seine

Reihen aufzunehmen, sofern sie ihm den Treueeid schworen, was sie nach kurzer Bedenkzeit bereitwillig und dankbar taten.

Abeline und Magdalena, die so lange in der Jagdhütte untergekommen waren, wurden von Paolo nach Hagenau eskortiert, um als Friedrichs Gäste am ersten Hoftag teilzunehmen. Sie wurden fürstlich untergebracht und bewirtet, tagelang aber bekamen sie weder Paolo noch Friedrich zu Gesicht, weil diese mit den Vorbereitungen und Begrüßungen der zahlreich eintreffenden hohen und höchsten Herrschaften beschäftigt waren.

Dann erfüllte sich Magdalenas größter Wunsch – der dunkelhäutige Sarazene, Leibwächter und Kammerdiener des Königs, machte ihr persönlich seine Aufwartung, weil sein Herr sie zu sehen wünschte. Abeline durfte ihre Freundin begleiten, drei Dienerinnen brachten ihr kostbare Gewänder und hatten einen Badezuber vorbereitet, das heiße Wasser war mit Rosenessenz verfeinert. Als Magdalena aus dem Badehaus kam, war sie wie verwandelt. Abeline staunte nicht schlecht, dass aus dem frechen und jungenhaften Mädchen, das sie war, als sie sich kennengelernt hatten, inzwischen ein edles Fräulein mit graziler Gestalt und kunstvoll geflochtenem Haar geworden war, eine Zierde für jeden fürstlichen Hof, das zudem alle durch seine Natürlichkeit und Beredsamkeit in seinen Bann ziehen konnte. Magdalena hatte von den Dienerinnen erfahren, dass Friedrich jeden Tag – sofern es die Umstände zuließen – zu baden und frische Kleidung anzuziehen pflegte, eine Sitte, die er wohl aus dem fernen Sizilien mitgebracht hatte. Magdalena, die sich fühlte und behandelt wurde wie eine Prinzessin, wurde anschließend weggeführt, und Paolo bat Abeline zum Bankett, das noch in vollem Gange war, obwohl der König gerade den Festsaal verlassen hatte. Er forderte Abeline, die gerade mal als Kind mit ihrem Vater getanzt hatte, zum Tanz auf und wurde nicht müde, ihr alles an Schritten beizubringen, was er kannte. Abeline erwies sich als Naturbegabung und merkte, wie sie nach und nach wieder ihre fröhliche Leichtigkeit zurückgewann. Als die Musiker endlich Feierabend machten und ihre Instrumente einpackten, saßen sie noch bis zum frühen Morgen zusammen. Sie hatten sich unendlich viel zu erzählen und merkten gar nicht, wie sich der Saal allmählich leerte und die Zeit verging. Paolo brachte Abeline schließlich zu ihrem Zimmer und verabschiedete sich mit einer Verbeugung, so eine Geste hatte ihr gegenüber noch niemand gezeigt. Paolo de Gasperi war genau so, wie Abeline ihn in ihren Träumen gesehen hatte, viel mehr noch: Sie fühlte, er war der Mann ihres Lebens. Von Anfang an hatte sie das gespürt und gewusst, aber gesagt hatte sie es niemandem, auch Magdalena nicht. Sie ahnte, dass es umgekehrt genauso war. Zwar legte sich Abeline zum Schlafen nieder, aber sie war innerlich so aufgeregt und beseelt, dass sie kein Auge zumachte. War es denn möglich, dass sie in ihren Träumen einmal nicht ein Unglück, einen Todesfall oder ein anderes schreckliches Ereignis voraussah, sondern ausnahmsweise ihr eigenes, ganz persönliches Glück? Sie würde es darauf ankommen lassen …

Noch einmal sah sie das Medaillon ihrer Mutter mit dem Wappen der Melchinger an, dem steigenden roten Hirsch mit siebenendigem Geweih auf zwei blauen Wellenbalken vor weißem, in Perlmutt eingelegtem Hintergrund. Das Hexenmedaillon, wie es Schwester Hiltrud genannt hatte. Sie öffnete den zierlichen Verschluss und strich einmal mit dem Zeigefinger über das mit Wachs an einem Ende zusammengeklebte Haarbüschel in dem kleinen Hohlraum, dann verschloss sie es wieder und drückte es an ihr pochendes Herz. Wie froh sie war, das Medaillon aus dem untergehenden Kloster gerettet zu haben! Seitdem trug sie es immer um den Hals und das würde sie tun bis ans Ende ihrer Tage, und so lange würde es sie an ihre Mutter erinnern. Sie berührte es mit den Lippen und spürte, dass es ihr Glück brachte. Mit dieser Gewissheit fand sie endlich in den Schlaf.

Die nächsten Tage bekam sie Paolo nicht zu Gesicht, ebenso wenig Magdalena. Dann war schließlich die überraschende Einladung zu einem Vier-Augen-Gespräch mit dem König gekommen.

Und nun wartete Abeline in einem seiner Vorzimmer auf ihn. Sie trank noch einen Schluck von dem sizilianischen Wein und sah aus dem Fenster hinaus auf die weite und liebliche Landschaft des Elsass, die geschwungenen Höhenrücken und die unendlichen Wälder, die im sanften, leicht dunstigen Licht der milden Oktobersonne in den vielfältigsten Rot-, Gelb- und Brauntönen schillerten, als sie hörte, wie jemand hereinkam und sie sich umdrehte.

Friedrich stand in der Tür und lächelte sie herzlich an. Sie beugte das Knie vor ihm, aber er sagte: »Nein, nein, bitte!«, und gab ihr mit einer sanften Berührung ihres Ellbogens zu verstehen, dass sie sich erheben sollte. »Ihr habt mir nur Glück gebracht, Abeline.« Sie wollte antworten, aber er legte ihr seinen behandschuhten Finger auf die Lippen und bat sie mit einer einladenden Geste, sich zu setzen. Er nahm ihr gegenüber auf einem gepolsterten Hocker Platz und fuhr fort: »Glück in jeder Beziehung. Eure Freundin Magdalena hat mir alles erzählt, es ist eine Bereicherung, mit ihr zu reden. Ihr seid diejenige, die meine Zukunft vorausgesehen hat – nicht sie. Sie hat mir alles gestanden, und auch den Grund dafür.« Er lächelte, weil er wusste, dass auch Abeline ihn kannte.

»Aber schließlich hat sich diese Weissagung erfüllt. Wer weiß, ob ich ohne sie den Entschluss gefasst hätte, mit so wenigen Männern in Konstanz einzumarschieren. Dafür stehe ich bei ihr und bei Euch ewig in der Schuld.«

Er legte eine Pause ein, bevor er fortfuhr. »Verzeiht mir, dass ich erst jetzt Zeit gefunden habe, Euch zu sprechen. Es ist mir ein Herzensanliegen, aber die Umstände und Staatsgeschäfte lassen mir nur wenig Zeit. Sagt mir: Stimmt es, dass Ihr in die Zukunft sehen könnt, oder war das nur eine einmalige Eingebung?«

Abeline zögerte mit ihrer Antwort: »Bitte versteht mich nicht falsch, Majestät, aber als man das meiner Mutter nachgesagt hat, ist sie als Hexe auf dem Scheiterhaufen gelandet.«

Er machte eine wegwerfende Handbewegung. »Zwischen dem, was die vorherrschende Meinung der Kirche ist, und dem, was ich denke, besteht bisweilen ein himmelweiter Unterschied.«

Abeline wagte es, kurz nach dem Sarazenen, der wie eine Statue an der Wand hinter dem Kaiser postiert war, zu sehen, aber Friedrich winkte ab. »Ihr könnt ohne Bedenken und frei sprechen, mein Leibwächter versteht die deutsche Sprache nicht. Und ich bin interessiert an allem, was nicht in den Lehrbüchern steht und was in diesem Leben hinter dem sichtbaren Horizont vor sich geht. Also zögert nicht, mir die Wahrheit zu sagen. Könnt Ihr in die Zukunft sehen?«

»Ja«, sagte sie, »ich habe diese Gabe. Aber glaubt mir, es kann Segen und Fluch zugleich sein. Ich kann es nicht steuern, wenn Ihr das meint. Es geschieht einfach. Und manchmal sehe ich in meinen Träumen auch etwas, das ich verschweigen muss, weil ich das Leben von Freunden, denen ich nur Gutes will, unnötig verdüstern würde, wenn ich ihnen mitteile, was ihnen bevorsteht. Und das kann bisweilen eine große Gewissenslast sein.«

»Ihr habt das, was mit Euch und Magdalena geschehen ist, vorausgesehen?«

»Nein. Nicht ganz. Nur in Bruchstücken. Aber ich habe gesehen, was mit Euch geschieht. In Konstanz. Und es ist genauso eingetreten.«

»Ist es immer so? Dass alles so geschieht, wie Ihr es seht?«

Abeline zuckte mit den Schultern. »Manchmal ist es nicht eindeutig. Und ich kann mir dann keinen Reim darauf machen, was es bedeutet. Selbst wenn es mich betrifft. Und anderen gegenüber schweige ich lieber.«

»Wollt Ihr auch mir gegenüber schweigen, oder kann ich auf ein offenes Wort hoffen?«

»Eure Zukunft betreffend?« Sie seufzte, als er bestätigend nickte. »Wie ich Euch schon sagte: Es kann eine Last sein, zu wissen, was einem bevorsteht. Und nicht jeder kann diese Last tragen.«

»Oder eine Bestätigung dafür, dass man das Richtige tut. Oder zumindest auf dem richtigen Weg ist.«

»Auch dann, wenn nicht alles nur gut ist, was man erfährt?«

»Nun, ich bin zwar noch jung an Jahren, aber ich habe schon manches erlebt, das für zwei Leben ausreicht.« Er legte ihr beschwörend eine Hand aufs Knie und fixierte ihre Augen. »Versteht mich bitte nicht falsch. Mir liegt es fern, irgendetwas von Euch zu fordern, was Ihr nicht wollt.«

»Es gibt bestimmte Ereignisse, von denen man besser nichts im Voraus weiß.«

»Ich weiß nicht, ob Ihr dazu überhaupt in der Lage seid, aber ich verlange nicht, dass Ihr mir sagt, wie alt ich werde und wann und wie ich sterbe. Es hat schon seine Berechtigung, dass man das nicht weiß, das liegt besser in Gottes Hand. Aber wenn Ihr mir etwas mitzuteilen habt, was meine Zukunft im Heiligen Römischen Reich angeht, dann seid so frei und erzählt es mir. Kein Mensch wird je davon erfahren. Alles, was hier besprochen wird, bleibt in diesem Raum und in diesem Kopf.« Zur Bestätigung seiner Aussage klopfte er an seine Schläfe. »Das ist ein Versprechen.«

»Nun gut, Majestät, wenn Ihr es wünscht. Aber Ihr müsst mir noch etwas versprechen: Es darf nicht zu meinem Nachteil sein, wenn ich Euch reinen Wein einschenke. Ich werde Euch nicht belügen, indem ich etwas beschönige oder vor Euch verberge.«

»Das erwarte ich. Ihr habt mein Wort.«

»Es ist Eure Entscheidung …«

Sie holte tief Luft, bevor sie die Augen schloss und begann: »Ja, ich habe noch mehr von Euch gesehen. Schon vor geraumer Zeit. Ihr werdet auf dem Thron Kaiser Karls des Großen in Aachen zum König gekrönt werden. Und vom Papst zum Kaiser in Rom. Wann das geschieht, weiß ich nicht, aber es wird geschehen. Ihr werdet das Kreuz nehmen und Euch zum Kreuzzug nach Jerusalem aufmachen. Ihr werdet noch drei Mal heiraten und ein gutes Dutzend Kinder zeugen. Ihr werdet fast alles bekommen, was Ihr Euch in Euren kühnsten Vorstellungen ausmalt. Nur eines nicht …«

Friedrichs Miene blieb steinern, aber Abeline sah es ihm an, wie es in ihm arbeitete. »Sagt es mir!«, brachte er schließlich mit Mühe heraus.

»Egal, was Ihr auch tut – Frieden mit dem Heiligen Vater in Rom und der Kirche werdet Ihr auf Erden niemals finden.«

Friedrich stand auf und starrte reglos aus dem Fenster. Eine ganze Weile blieb er so stehen.

Abeline sagte ebenfalls nichts mehr, sie hatte ihm genügend erzählt. Eigentlich hatte sie gar nicht so in Einzelheiten gehen wollen, aber sie konnte ihre Worte schließlich nicht zurücknehmen. Sie befürchtete, dass ihr wie so oft zu viel herausgerutscht war, und wagte es nicht, sich vom Fleck zu rühren.

Nach einer ihr schier unendlich lang erscheinenden Pause wandte sich Friedrich wieder ihr zu. »Ich danke Euch für Eure Offenheit. Ihr seid sehr mutig. Ich glaube, das habe ich Euch schon einmal gesagt.«

Abeline verstand seine Worte als Aufforderung zum Gehen und erhob sich. Friedrich lächelte nicht, als er hinzufügte: »Darf ich Euch noch eine letzte Frage stellen?«

»Wenn ich sie beantworten kann, will ich das gern tun, Majestät.«

»Seht Ihr in Euren Träumen auch, was mit Euch selbst geschieht?«

Sie lief rot an, weil sie ahnte, worauf Friedrich hinauswollte. Schließlich war Paolo de Gasperi sein bester Freund. Sie nickte zaghaft: »Gelegentlich.«

Friedrich sagte: »Ich kann die Antwort in Eurem Gesicht lesen. Ich kenne Paolo seit meiner Kindheit. Ihr werdet keinen besseren Mann finden. Er wird gut sein zu Euch, Ihr verdient es aber auch. Ich muss Paolo mit einem wichtigen Auftrag nach Sizilien schicken – vielleicht begleitet Ihr ihn. Er wünscht es sich. Ich glaube, nichts würde ihn mehr freuen. Sagt ihm aber um Gottes willen nicht, dass ich Euch das verraten habe!«

Abeline schüttelte den Kopf, sie brachte kein Wort heraus. Friedrich fasste sie an der Schulter. »Ihr werdet sehen: Sizilien wird Euch gefallen. Und vor allem ist es dort viel wärmer als hier im Land meiner Väter.« Jetzt lächelte er doch. »Vielleicht sehen wir uns dort eines Tages wieder. Ich wünsche es mir.«

Abeline schenkte ihm ebenfalls ein Lächeln, als sie entgegnete: »Wie ich sehe, seid Ihr durchaus auch in der Lage, einen Blick in die Zukunft zu werfen.«

»Das ist meine Aufgabe im Reich. Danke, Abeline. Habt Dank für alles.«

Er gab ihr einen brüderlichen Kuss auf die Wange, der Sarazene hielt ihm die Tür auf, und Friedrich verschwand aus dem Raum und aus Abelines Leben.

EPILOG

Der Augenblick des Abschieds für Abeline und Magdalena war gekommen.

Magdalena würde mit Friedrichs Hof weiterziehen nach Frankfurt und nach Mainz, Abeline mit Paolo de Gasperi in dessen Heimat nach Sizilien. Paolo hatte in aller Form um ihre Hand angehalten, und Abeline hatte ohne Worte eingewilligt, indem sie ihm einfach um den Hals gefallen war und ihn geküsst hatte.

Er wartete mit zehn Männern als Begleitschutz hoch zu Pferd schon im Hof der Kaiserpfalz auf seine zukünftige Gattin, sie wollten auf Burg Melchingen im Beisein ihres Vaters heiraten und versuchen, noch vor dem Einbruch des Winters die Alpen zu überqueren und ein Schiff im Hafen von Genua zu erreichen, um von dort aus nach Sizilien zu gelangen.

Die beiden jungen Frauen hatten darum gebeten, sich in Magdalenas Gemach allein und nicht vor aller Augen verabschieden zu dürfen, weil sie zu Recht befürchteten, dass es nicht ohne Tränen abgehen würde – und so war es dann auch. Sie umarmten sich noch einmal und versicherten sich gegenseitig, sich nie zu vergessen und fleißig Briefe zu schreiben. Was durchaus möglich war, denn es herrschte reger Botenverkehr zwischen Friedrichs Königreich Sizilien und seinem Hof in deutschen Landen, wo immer er sich gerade aufhielt.

Ein Bediensteter klopfte und meldete, dass Paolo und seine Männer bereit waren und nur noch auf Abeline warteten.

Magdalena bat den Junker, auszurichten, dass Abeline gleich kommen würde, dann wandte sie sich an ihre Freundin: »Der, der geht, fühlt nicht so sehr den Abschiedsschmerz. Der, der bleibt, ist derjenige, der leidet.«

Abeline drückte sie noch einmal fest an sich und flüsterte ihr ins Ohr: »Ich habe von dir geträumt.«

Magdalena flüsterte zurück: »Was Schlimmes?«

»Nein. Im Gegenteil. Du hast ein königliches Kind empfangen. Ich darf dich als Erste beglückwünschen.«

Als sie Magdalenas fassungsloses, überraschtes Gesicht sah und ihre Tränen, die die Wangen hinunterliefen, nahm sie ein Tuch und tupfte sie sanft ab. »Kein Grund zum Weinen. Das hast du dir doch immer gewünscht, nicht wahr?«

Magdalena konnte nur nicken, zu dick war der Kloß, den sie auf einmal in ihrer Kehle hatte.

»Es wird kerngesund und ein Mädchen sein, so viel kann ich dir schon mal verraten. Leb wohl, Magdalena.«

Damit ging sie entschlossen hinaus, sonst wären sie beide nie voneinander losgekommen.

Magdalena eilte ans Fenster, um in den Hof hinunterzuschauen, wo Abeline mit Paolos Hilfe in den Sattel ihres Pferdes stieg, sich nach oben umwandte und einmal hochwinkte, bevor sie mit ihrem zukünftigen Gatten und dessen Männern aus dem Tor und in eine neue Welt unterwegs war, die sie nur in ihren Träumen gesehen hatte.

Bei diesem Anblick murmelte Magdalena zu sich selbst: »Wenn der König einverstanden ist, werde ich unsere Tochter Abeline nennen.«

Das hörte Abeline zwar nicht mehr, aber sie wusste es sowieso.

ENDE

GLOSSAR

Absolution
Vergebung einer Sünde nach der Beichte

Aderlass
seit der Antike angewendetes Heilverfahren; dabei wird dem Patienten eine (nicht unerhebliche) Menge Blut entnommen

Aedificium
Gebäude

Alba
Teil des Krönungsornats, wird unter dem Krönungsmantel getragen

Annalen
chronologische Aufzeichnungen wichtiger Begebenheiten und Ereignisse eines Jahres

Apage, Satanas!
Weiche von mir, Satan!
Formel zur Bannung einer teuflischen Erscheinung

Apsis
halbkreisförmiger Abschluss des Kirchenraums mit Kuppel; auf einer erhöhten Plattform befindet sich dort der Altar

Augiasstall
sprichwörtlich für einen stark verdreckten Raum; eine der zwölf legendären Aufgaben des Herakles bestand darin, den Stall des Augias mit 3000 Rindern an einem Tag auszumisten

Aureole
Heiligenschein um die ganze Gestalt, bes. bei Christusbildern

Ave Maria, gratia plena, Dominus tecum. Benedicta tu in mulieribus, et benedictus fructus ventris tui, Iesus.
Sancta Maria, Mater Dei, ora pro nobis peccatoribus nunc et in hora mortis nostrae!
Gegrüßet seist du, Maria, voll der Gnade, der Herr ist mit dir. Du bist gebenedeit unter den Weibern, und gebenedeit ist die Frucht deines Leibes, Jesus.
Heilige Maria, Mutter Gottes, bitte für uns Sünder, jetzt und in der Stunde unseres Todes.

Botanica
Heilkundige im Kloster

Brevier
liturgisches Buch

Conditio sine qua non
notwendige Bedingung für eine bestimmte Tatsache (wörtlich: Bedingung, ohne die nicht)

Confiteor
Schuldbekenntnis

Credo
Glaubensbekenntnis

Christus vincit, Christus regnat, Christus imperat
Christus siegt. Christus herrscht. Christus gebietet.

Dalmatika
Krönungsornat, Gewand aus dunkelblauem Seidenstoff;
wird unter der Alba getragen

Damoklesschwert
sprichwörtlich für stets drohende Gefahr; nach einer Anekdote von Cicero: Bei einem Festmahl wurde vom Gastgeber über Damokles ein Schwert an einem Rosshaar aufgehängt, um ihm zu verdeutlichen, dass der Tod allgegenwärtig sei

Dispens
Kirchenrecht: amtliche Befreiung von gesetzlichen Verboten oder Geboten

Dominus vobiscum!
Et cum spiritu tuo
Der Herr sei mit euch!
Und mit deinem Geiste

Dormitorium
Schlafsaal im Kloster

Drakonische Strafe
übertrieben harte Bestrafung (nach Drakon, einem griech. Gesetzesreformer, der als Erster Gesetze öffentlich bekannt machen ließ)

Elysium
»Insel der Seligen« in der griech. Mythologie

Extra omnes!
Alle hinaus!

Fresko
Wand- oder Deckenbild, bei dem in Wasser gelöste Pigmente auf den frischen Putz aufgetragen werden

Gang nach Canossa
als erniedrigend empfundener Bittgang; der Investiturstreit zwischen Papst und Kaiser endete im Januar 1077 vor der Burg Canossa, wo Heinrich IV. vor Gregor VII., um vom Kirchenbann erlöst zu werden, einen Akt der Buße tun musste und angeblich drei Tage und Nächte hungernd und frierend wartete, bis ihn der Papst erhörte

Gilbhard
Monat Oktober

Griechisches Feuer
im byzantinischen Reich seit dem 7. Jahrhundert verwendete militärische Brandwaffe

Habit
Ordenstracht

Häresie
Bezeichnung für eine Lehre, die im Widerspruch zur Lehre der römisch-katholischen Kirche steht

Heuert
Monat Juli

Hornung
Monat Februar

Indulgentiam
Ablass der zeitlichen Sündenstrafen

Infirmarium
Krankensaal im Kloster

Infirmaria
Krankenpflegerin in einem Kloster

In nomine Iesu Christi Dei et Domini nostri, intercedente immaculata Vergine Dei Genetrice Maria, ad infestationes diabolicae fraudis repellendas securi aggredimur.
Fiat misericordia tua, Domine, super nos.
Im Namen Jesu Christi, unseres Gottes und Herrn, und durch die Fürsprache der unbefleckten Jungfrau und Gottesmutter Maria gehen wir voll Zuversicht daran, die arglistigen teuflischen Angriffe abzuwehren.
Deine Barmherzigkeit sei über uns, Herr.
(Gebetsformel beim Exorzismus)

In nomine Patris, et Filii, et Spiritus Sancti!
Im Namen des Vaters, des Sohnes und des Heiligen Geistes!

Inquisitionsgericht
Gremium eines kirchlichen Verfahrens zum Ziel der Verfolgung von Häresien

Investitur
kirchenrechtlich: Recht zur Einsetzung von Klerikern in ein hohes geistliches oder weltliches Amt; säkular: Einsetzung eines Adligen in ein hohes Amt

Ketzerei
Abweichung von der allgemein als gültig erklärten Kirchenmeinung oder Verhaltensnorm; ursprünglich synonym zur Häresie gebraucht

Klosterkapitel
Leitendes Gremium des Klosters; Versammlung von Klerikern zur Beschlussfassung

Kleriker
Angehöriger des geistlichen Standes

Kontemplation
Versunkenheit in Werk und Wort Gottes

Konvent
Mitglieder einer Ordensgemeinschaft

Konversinnen
Laienschwestern für die groben Arbeiten im Kloster

Kukulle
Ausgehmantel einer Nonne mit Kapuze

Laudetur Iesus Christus.
In aeternum. Amen.
Gelobt sei Jesus Christus.
In Ewigkeit. Amen.

Litanei
Wechselgebet zwischen einem Vorbeter und der Gemeinde

Majuskel
typographischer Fachbegriff für die Großbuchstaben des Alphabets

Mea culpa
Mea maxima culpa
meine Schuld,
meine ganz große Schuld (Schuldbekenntnis)

Menetekel
unheilverkündende Warnung

Memento mori!
Gedenke des Todes!

Minuskel
typographischer Fachbegriff für die Kleinbuchstaben des Alphabets

Mitra
liturgische Kopfbedeckung eines Bischofs

Novizin
Bezeichnung für ein(e) Mädchen/Frau, die neu (lat. novus) in einen Orden eingetreten ist und sich auf das Ordensgelübde vorbereitet

Oboedientia
Gehorsam

Oremus!
Lasset uns beten!

Ornat
festliche Amtstracht eines Geistlichen oder Herrschers

Ostaramond
Monat April

Pandämonium
Aufenthalt oder Gesamtheit aller Dämonen und bösen Geister

Pater noster ...
Vater unser ...

Plackerer
Raubritter (der Begriff »Raubritter« kam erst im Zeitalter der Romantik auf)

Pluviale
liturgisches Gewand, Umhang mit kunstvoller Schließe

Pontifikat
Amtszeit des Papstes

Portaria
Pförtnerin

Prälat
Würdenträger der Kirche

Priorin
Stellvertreterin der Äbtissin im Kloster

Primat
Vorrang; üblicherweise des Papsttums über das Kaisertum

Profess
Ordensgelübde; öffentliches Bekenntnis einer Novizin, nach der Ordensregel zu leben

Pülle
mittelalterl. deutsche Bezeichnung für Apulien

Purgatorium
Fegefeuer; Prozess der Läuterung, in dem die Seele eines Verstorbenen auf den Himmel vorbereitet wird

Quidquid agis, prudenter agas et respice finem
Was du auch tust, das tu mit Bedacht und erwäge das Ende

Quod erat demonstrandum
wörtl.: was zu zeigen war; der Begriff schließt einen mathematischen oder logischen Beweis ab

Refektorium
Speisesaal im Kloster

Scheiding
Monat September

Silentium!
Ruhe!

Skapulier
Überwurf über die Tunika einer Ordenstracht

Skriptorium
Schreibstube im Kloster

Stola
liturgisches Gewandstück, ein schmaler Stoffstreifen

Te Deum laudamus.
Te Dominum confitemur.
Te aeternum patrem omnis terra veneratur.
Dich Gott loben wir.
Dich Herr preisen wir.
Dir ewiger Vater huldigt das Erdenrund.

Transsubstantiation
die Wandlung von Brot und Wein in den Leib und das Blut Christi in der heiligen Messe

Zingulum
Gürtel, den Mönche, Nonnen und andere Geistliche um ihr Habit tragen

Wollen Sie mehr von den Ullstein Buchverlagen lesen?

Erhalten Sie jetzt regelmäßig
den Ullstein-Newsletter
mit spannenden Leseempfehlungen,
aktuellen Infos zu Autoren und
exklusiven Gewinnspielen.

www.ullstein-buchverlage.de/newsletter

Johanna Geiges

DAS GEHEIMNIS DER MEDICA

Ein Mittelalter-Roman

Eine Heilerin in dunkler Zeit

ISBN 978-3-548-28432-3

Deutschland zur Stauferzeit: Die junge Anna hat eine ganz besondere Gabe. Sie kann Menschen heilen. Der jüdische Medicus Aaron erkennt ihr Talent und wird ihr Lehrmeister. Die Heilverfahren sind ihrer Zeit weit voraus und schon bald steht Anna im Ruf, eine Wunderheilerin zu sein. Doch ihre ungewöhnlichen Fähigkeiten und die Liebe zu einem jungen Grafen bringen die Medica in höchste Gefahr: Der Erzbischof von Köln brandmarkt sie als Hexe. Anna weigert sich, ihre Kunst aufzugeben und stellt sich dem Kampf mit einem übermächtigen Feind.

Auch als ebook erhältlich
e-book

www.ullstein-buchverlage.de

ullstein

Oliver Pötzsch

Die Henkerstochter und der Teufel von Bamberg

Historischer Roman.
Taschenbuch.
Auch als E-Book erhältlich.
www.ullstein-buchverlage.de

Der Henker jagt den Teufel

Gemeinsam mit seiner Tochter Magdalena und ihrem Mann Simon reist der Henker Jakob Kuisl im Jahre 1668 nach Bamberg. Was als Familienbesuch geplant war, wird jedoch bald zum Alptraum: In Bamberg geht ein Mörder um. Die abgetrennten Gliedmaßen der Opfer werden im Unrat vor den Toren der Stadt gefunden. Schnell verbreitet sich das Gerücht, die Morde seien das Werk eines Werwolfs. Jakob Kuisl mag sich diesem Aberglauben nicht anschließen und macht sich auf die Suche nach dem »Teufel von Bamberg«.

Perfekt recherchiert und grandios spannend geschrieben – die Henkerstochter-Serie von Bestsellerautor Oliver Pötzsch!